Oetinger

Unkorrigiertes Vorabexemplar

Das Buch erscheint am 26.09.2016.

448 Seiten, gebunden mit Schutzumschlag
Einband von Kathrin Schüler
ISBN 978-3-7891-0456-5
19,99 € (D) / 20,60 € (A)

Liebe Buchhändlerin,
lieber Buchhändler,

am Abend des 13. Novembers 2015 kam ich von der Geburtstagsfeier meiner langjährigen Förderschülerin wieder, die ich in ihrer ersten eigenen Wohnung besucht hatte. Ich hatte ihr ein Abonnement für die Lokalzeitung geschenkt.
Als ich an diesem Abend ins Netz sah, wünschte ich, ich hätte ihr etwas anderes geschenkt. Einen Klodeckelbezug. Eine Kaffeekanne. Ein Abonnement für frische Schnittblumen.
Man möchte eigentlich keine Zeitung mehr lesen.

Durch das Netz und die Medien flackerten die ersten Bilder von den Anschlägen in Paris, darunter ein Durcheinander an Informationen, an Orten, an Reihenfolgen von Geschehnissen. Niemand war sich sicher, was überhaupt wo passiert war.
Aber die Planung des Ganzen, die Gleichzeitigkeit, war von Anfang an frappierend. Zugleich die absolute Stümperhaftigkeit der Flucht der Attentäter.
Menschen. Es sind immer nur Menschen.
Menschen wie wir. Wie ich.
Ein beunruhigender Gedanke.

Am Abend des 15. Novembers schickte ich dem Oetinger Verlag den Plot für die Attentäter. Ohne zu glauben, dass sie den Stoff nehmen würden. Einfach, weil die Geschichte mich überfallen hatte.
Einen Tag später baten sie mich, zu schreiben. Am 8. Februar war das Buch fertig.

Nicht, dass es nicht vorher schon Anschläge gegeben hätte.
2001 wollte ich mit meiner Mutter zusammen einen Spielfilm sehen, doch statt des Films lieferte der Fernseher nur Bilder der einstürzenden Twin Tower, und ich weiß noch, dass wir zueinander sagten: »Das ist wieder irgend so ein blöder Actionfilm.« Erst als auf allen Sendern die endlose Wiederholung der Katastrophe zu sehen war, sickerte die Wahrheit zu uns durch.
Es ist ja bei Katastrophen meistens so: Man glaubt die Dinge auch dann nicht, wenn sie geschehen. Es dauert, die Nervenleitgeschwindigkeit für psychischen Schmerz scheint sehr langsam zu sein.
Mit der gleichen Langsamkeit wurde mir die Fatalität des Geschehens für die muslimische Welt klar, das ganze Ausmaß dieser Maschinerie des Misstrauens, die der Tag in Gang gesetzt hatte.

Inzwischen ist 2001 lange vergangen.
Aber es gab in den letzten beiden Jahren mehr Anschläge denn je.
Nicht nur die Anschläge der Islamisten. Die Zahlen der Anschläge an sich sind gestiegen, Anschläge auf die Zivilbevölkerung, Anschläge auf unsere Meinungsfreiheit, Anschläge auf Unterkünfte für Geflüchtete.
Es gab eine Zeit, da sprachen wir über den Klimawandel. Da war unsere größte Sorge das Schulsystem oder der steigende Benzinpreis.
Wie weit fort scheint diese Zeit nun.
Die Gewalt quillt aus allen Ritzen, hat Einzug gehalten in alle Wohnzimmer, tropft aus den Fernsehern und Computern. Man möchte die Zeitung direkt aus dem Briefkasten nehmen und im Garten vergraben.

Aber natürlich nützt das nichts.
Es hat auch am Morgen des 14. Novembers nichts genützt, den Computer abzuschalten.
Wir müssen hinsehen, um etwas zu begreifen, so lange hinsehen, bis es nicht mehr wehtut, bis uns das, was wir sehen, nicht mehr lähmt. Bis wir handeln können.
Es gibt keine einfachen Lösungen. Aber wir müssen so lange hinsehen, bis wir Lösungen finden, und wenn wir die Bildschirme anstarren, bis

unsere Augen tränen, wenn wir die Nachrichten hören, bis wir uns übergeben.
Und wenn es Jahrzehnte dauert.

Alles beginnt irgendwo.
Auch der Extremismus. Und ich spreche von allen Arten des Extremismus, denn dies ist kein Buch nur über den Dschihad, weit entfernt.
Es ist ein Buch über den Beginn.
Und der Beginn ist, in den meisten Fällen, ein Verlust. Ein Verlieren.
Jemand verliert – oder glaubt, zu verlieren – in der Gesellschaft, in der er lebt. Tausende von Jemands. Im Fall des Syrienkrieges waren es die Rebellen, die verloren haben. Sie haben den Glauben an den Sieg über das Regime verloren, der Westen hat lange nicht eingegriffen, und die Islamisten boten eine angebliche Chance, doch noch siegreich zu sein. Kein Wunder, das Menschen überliefen.
Im Fall Deutschlands sind die Verlierer die sozialen Schichten, die sich selbst ganz unten sehen, die, auf die niemand mehr achtet, weil sie ohnehin nicht integrierbar sind. Der Schwenk zum Rechtsextremismus ist nicht schwer, auch hier werden Chancen geboten. Sei endlich jemand! Jemand, den jeder fürchten und ernst nehmen muss! Zünde ein Heim an, es ist ganz leicht.
Im Falle ausländischer Dschihadisten sind es Randgruppen, die sich als Verlierer fühlen; jene, die sich selbst nicht integriert fühlen, oft junge Menschen, die zwischen zwei Kulturen leben. Oder solche, die keinen Halt in der unseren finden, obwohl sie hineingeboren sind: Keinen Halt, keine Werte, keine Vorbilder, sie verdammen sich letztlich selbst zum Scheitern. Bis sie zu Menschen werden, die man abgeschrieben hat. Die man vergisst. Und sie beginnen, sich zu verwandeln: von Menschen in Humus – in einen Nährboden für den Extremismus. Für alles, was da kommt und Besserung verspricht.
Genauso haben wir im Buch die verlorenen Personen, eine im Besonderen, jemanden, der Regeln braucht, klare Regeln, um zu leben. Jede strikte Religion bietet solche Regeln. Nicht nur der Islam, im Übrigen.
Regeln sind begreifbarer als das Chaos, und sie bieten die Chance darauf

zu gewinnen, wenn man sie nur beachtet. Sie bieten, darüber hinaus, etwas noch Verlockenderes an: Eine Identität. Das gilt genauso für die Wutbürger Deutschlands (Oder Frankreichs. Oder Amerikas. Oder …) wie für die Islamisten.
Wer möchte nicht ein neuer Mensch werden, ein besserer Mensch, der von sich sagen kann, dass er auf dem richtigen Weg ist? Dass er, dieses Mal, gewinnen wird?
Alles, also, beginnt irgendwo – und von dort aus breitet es sich aus.
Sicher müssen wir uns um die Auswüchse dieser Ausbreitung kümmern, sie eindämmen, uns absichern. (Wie weit, eigentlich? So weit, bis wir in den eigenen Sicherheitsfesseln ersticken?) Sicher müssen wir das, aber mir geht es um etwas anderes: Darum, am Beginn zu beginnen.
Und das, was da wächst, im Keim zu ersticken. Ihm den Nährboden zu nehmen. Vielleicht ist es möglich. In einem winzigen Prozentsatz der Fälle. Immerhin.
All meine Bücher sprechen über Beginn, über Beweggründe.
Niemand ist böse oder gut von Anfang an, der Mensch wird, was er wird.
Im Buch gibt es jemanden, der versucht, sehr fest daran zu glauben, dass er von Anfang an auf die Seite des Dunklen gehört. Hat er recht? Ich habe lange mit ihm diskutiert. Er ist eine störrische Figur. Eine Figur, die gehasst werden wird. Auch das.

Nein, ich maße mir nicht an, eine Lösung für die Bekämpfung des neuen Extremismus an allen Fronten zu kennen, sicher nicht. Aber ich wünsche mir, dass wir hinsehen.
Und dass wir den Menschen, die zu Humus werden, helfen, weiter Menschen zu sein. Nein, dass wir sie zwingen: dazu, denkende, selbst entscheidende, irgendwie zufriedene Menschen zu sein. Dass wir Alternativen finden, sie rechtzeitig zu integrieren. Ihnen auf anderer Ebene Regeln bieten, an die sie sich halten können, Erfolge bieten, auf die sie stolz sein können.

All dies ist abstrakt und politisch und langweilig.
Eigentlich wollten Sie etwas darüber lesen, wie ich durch Berlin gewandert bin und mir überlegt habe, welche Orte ich in die Luft jagen könnte.

Das hat, ehrlich gesagt, etwas sehr Befreiendes. Sollten Sie auch mal versuchen.
Phantasien lebt man besser im Kopf aus.
Ich liebe Berlin (und ich hasse Berlin), und es ist ein schönes Gefühl, für ein, zwei Tage die Macht über Berlin zu haben.
Sicher gibt es Dutzende von Büchern, in denen es Autoren ähnlich ging und in denen daher Teile der Stadt in die Luft fliegen oder der Schauplatz von Verbrechen werden, es liegt einfach nahe. Und sicher ist das alles gar nicht so durchführbar wie in diesem Buch. Ich möchte es jedenfalls hoffen.
Doch ein gewisses Unbehagen bleibt.

Ihre
Antonia Michaelis

Antonia Michaelis

DIE ATTENTÄTER

Verlag Friedrich Oetinger · Hamburg

MIX
Papier aus verantwortungsvollen Quellen
FSC® C083411

Einband von Kathrin Schüler unter Verwendung von Motiven von Lefthanders' Store / Ajakor / PhuShutter / Peerawat Aupala @shutterstock
Satz: Dörlemann Satz, Lemförde
Druck und Bindung: CPI books, Leck
Printed 2016
ISBN 978-3-7891-0456-5
www.oetinger.de

In Gedanken an die Einsamkeit zwischen den Glaswänden im obersten Stock
der lettischen Nationalbibliothek,
die Einsamkeit eines Hotels mit einem großen Weihnachtsbaum,
die Einsamkeit in einem Flugzeug
und alles, was danach geschah.

1

Ich hätte ihn beinahe nicht erkannt.
Er stand an einen Baum gelehnt und rauchte, sehr konzentriert, als müsste er all seine Aufmerksamkeit der Zigarette in seinen Fingern schenken, als wäre dies wichtig. Der Himmel war hellblau und fadenscheinig an diesem Tag wie etwas, das wir so lange benutzt hatten, bis es beinahe zerriss. Der Rauch der Zigarette zog in dieses Blau hinauf, durch den kalten Sonnenschein, und der Wind griff ins gelbe Herbstlaub der Parkbäume.
Leute führten Hunde spazieren, spielten mit Kindern, lachten, warfen auf einer Wiese einen Ball hin und her. Saßen auf Bänken. Und an diesem Baum stand Cliff und rauchte und betrachtete das alles wie etwas ihm Fremdes, etwas, womit er sich erst wieder arrangieren musste.
Cliff war schmal geworden.
Der Wind fuhr durch sein braunes Haar, doch es war nicht mehr braun, es sah staubig aus. Grau. Natürlich lag das am Licht. Das Licht malte auch Schatten unter seine Wangenknochen, unter seine Augen, tiefe Schatten, in denen etwas Unbekanntes wohnte.
Er hatte immer im Schatten gelebt. Im Dunkel. Und das Dunkel hatte geglüht, hatte eine eigene Anziehungskraft ausgeübt, wie ein schwarzes Feuer. Er hatte im Schatten gelebt, doch jetzt lebten die Schatten in ihm. Er schien nicht mehr Herr über sie zu sein.
Ich stand ganz still, halb hinter einem anderen Baum, er sah mich nicht. Einen Moment lang betrachtete ich meine eigenen Hände, die ich an die Rinde des Stammes gelegt hatte: schlanke Hände mit Farbresten unter den Nägeln, Hände, die ein wenig zu zerbrechlich wirkten. Ich war immer der Schmalere von uns beiden gewesen, der, den der Wind wegwehen konnte. Cliff war stets der Stärkere gewesen, stark genug, um den Wind aufzuhalten. Jetzt sah ich seine Schulterblätter, die sich unter dem T-Shirt abzeichneten. Er war immer noch kräftig, ich sah auch die Muskeln unter dem

T-Shirt, aber er mochte gerade noch die Hälfte seines damaligen Gewichts auf die Wage bringen.
Und er wirkte nicht, als hielte er sich an der Zigarette fest, um nicht mit dem Herbstlaub davon zu treiben.
Ich schluckte. Ich hatte gedacht, es wäre vorbei. Ich hatte gedacht, ich würde ihn nie wiedersehen, hatte mir gesagt, das Dunkle wäre mit ihm aus meinem, aus unserem Leben verschwunden. Aber natürlich hatte ich gewusst, dass es nicht so war. Dass er wiederkommen würde.
Ich hatte auf ihn gewartet.

Als er schließlich die Zigarette austrat und den Weg entlangging, an den Kindern und Ballspielern vorbei, folgte ich ihm. Er ging langsam, blieb immer wieder stehen, wie jemand, der aus einem langen Schlaf erwacht. Er drehte sich nicht um, aber sicher würde er sich umdrehen. Gleich. Mein Herz schlug rascher, und ich legte mir die Worte zurecht, die ich sagen würde, wenn er mich sah. Ich *wünschte* mir, dass er mich sah. Ich hatte mir immer gewünscht, dass er mich sah, schon mit vier Jahren.
Obgleich mir die Vernunft sagte, dass es besser wäre, herauszufinden, wohin er ging, ohne von ihm gesehen zu werden. Herauszufinden, warum er nach Berlin zurückgekommen war.
Der Park, durch den wir gingen, zu zweit und doch allein, war der Mauerpark.
Rechts erhob sich der Hügel, auf dessen Spitze die Reste der Mauer saßen, Betonblöcke wie große Tiere, die alles beobachteten, was in der Stadt geschah: alles Licht und allen Schatten. Sie wechselten ihre Farbe fast täglich, wurden von den Graffitisprayern in andere Blau-, Grün-, Gelb-, Bunttöne gekleidet: wie Frauen, die sich ständig umzogen und von jedem gesehen werden wollten, wie wechselndes Wetter auf Stein.
Die Oktoberluft schmeckte schon nach der kommenden Kälte, und entlang des breiten, geraden Weges wuchsen kleine, alte Gasöfen, über denen Leute Würstchen brieten oder Glühwein warm machten: sonntägliche Mauerpark-Feierstimmung. Das in mir, das nicht vernünftig war, sehnte sich danach, Cliff mit ein paar langen Schritten einzuholen, seine Schulter zu berühren, zu sagen:

»Hey! Wäre Glühwein eine gute Idee? Komm.«
Und wir würden den Hügel hinaufgehen mit unseren Styroporbechern und uns oben auf eine der riesigen Schaukeln vor der Mauer setzen und in den Himmel schwingen: Weißt du noch, wie damals.
Aber vermutlich hatte er es vergessen, vermutlich verwahrte nur ich all diese kleinen Erinnerungsfetzen in mir wie Juwelen. Schwarze Juwelen, die ein gefährliches Funkeln an sich hatten, da war ein ganzen Berg von ihnen, durch den ich mit den Händen fuhr, wenn ich alleine war. Jeder der Erinnerungsjuwelen trug das Gesicht des Menschen, dem ich folgte. Und ich schnitt mich an ihnen, wenn ich sie durch meine Finger gleiten ließ, bis das Blut über meine Finger lief.
Aber das war nur eine verrückte Idee, man hat wohl solche Bilder im Kopf, wenn man zwanzig Stunden am Tag vor einer Leinwand steht und Acrylfarbe darauf verteilt.
Was hatte Cliff das letzte Jahr über getan, während ich Acrylfarbe auf Leinwand verteilt hatte? Letzten Herbst, nachdem er verschwunden war, hatte ich ihn gemalt.
Immer wieder. Acryl, Aquarell, Kohle, Dreck auf Papier, Teer, Vulkankleber, Kreide.
Am Ende hatte ich alle Bilder in einen Karton gepackt, um sie wegzuwerfen, aber Margarete hatte gesagt: *Tu das nicht.* Und sie in den Keller gebracht. *Tu das nicht*, als würde ich Cliff damit töten. Auch Margarete hatte nie aufgehört, an ihn zu denken.
Er war stehen geblieben, am Rande der Menge, die sich um das Amphitheater gebildet hatte, in dem die Technik der Karaokeleute aufgebaut war wie jedes Wochenende. Die steinernen Ränge des Runds waren voll, die Menschen saßen in Mänteln und Daunenjacken dort, Glühweinbecher in den Händen, hundert oder zweihundert Menschen, und ihre Gesichter waren rot vor Kälte und Aufregung, auf ihnen glühte die Möglichkeit, der nächste zu sein, der dort unten ins Mikro singen würde. Es war ein guter Platz, um Menschen zu beobachten, wenn man sie malen wollte.
Cliff stand da und tippte mit dem Fuß den Rhythmus von *Zombie*. Gott, war das Lied lange her. Es gehörte in die Zeit meiner Eltern. Cliff sah nicht die Frau an, die sang, eine rothaarige, nicht ganz schlanke Schottin mit

einem glücklichen, breiten Lächeln auf dem Gesicht und einer Stimme, die immer um einen Halbton neben der Melodie blieb. Nein, Cliff sah nicht die Schottin an, sein Blick wanderte über die Ränge. Ich fragte mich, ob er jemanden suchte.

In der Menge stand ein Typ in einem alten Parka mit Kurt Cobains Konterfei auf dem Rücken, ein Typ, dessen Schultern etwas zu schmal waren für seine Größe, ein Typ, der sein hellblondes Haar zu einem Pferdeschwanz zusammengenommen hatte, ein Typ mit zu hellen, zu blauen Augen. Wie der Himmel über einem Haufen schwarzer Diamanten. Cliff sah ihn nicht.

Der Typ strich sich eine helle Haarsträhne aus dem Gesicht und steckte die Hände in die Taschen der Jacke: Alain Dubois, neunzehn Jahre und elf Monate alt. Sohn eines französischen Musikers und einer deutschen Galeristin. Unsichtbar, vielleicht, in einer Berliner Menschenmenge, nur einer von vielen, ein Mensch voller dummer Träume, mit Farbe unter den Fingernägeln und an den Jeans. Ein Mensch, der in diesem Moment gleichzeitig Angst hatte und glücklich war.

Ich.

Damals, als wir uns zum allerersten Mal gesehen hatten, war es genauso gewesen. Ich sah es noch vor mir, sah mich von außen, mich, das Kind.

Da war eine Menge von Menschen, obgleich natürlich eine kleinere, eine Menge von Menschen, die Möbel durch ein dunkles Berliner Treppenhaus trug und Topfpflanzen in den Armen hielt.

Dazwischen, im schwärzesten Schatten, in einer Ecke auf dem ersten Treppenabsatz, stand ein kleiner Junge. Etwa so alt wie Alain. Kräftig für sein Alter, muskulös, in einem schäbigen, zu großen T-Shirt und Jeans. Sehr kurz geschnittenes braunes Haar. Eine Zahnlücke vorne rechts.

Er sah den Menschen zu, die die Möbel hinauftrugen, er hatte sich in die Ecke gedrängt.

Dann drehte er den Kopf und sah nach unten. Dorthin, wo ein anderer kleiner Junge stand, ein kleiner Junge mit blondem Haar wie ein

Heiligenschein, ein kleiner Junge mit einem schmalen, feinen Gesicht, der die Hände in den Taschen verbarg.
Als der dunkelhaarige Junge ihn ansah, von seinem Treppenabsatz aus, durch die Menge an Menschen und Möbeln hindurch, bekam der blonde Junge gleichzeitig Angst und fühlte sich seltsam erhoben. Als ströme eine unerklärliche Energie durch seinen Körper.
Die Augen des Jungen auf dem Treppenabsatz waren dunkelblau, beinahe schwarz, eine Farbe, von der der andere Junge bisher nicht gewusst hatte, dass Augen sie haben können. Sie funkelten. Wie Diamanten. Von diesem Moment an war nichts mehr so, wie es vorher gewesen war.
Das war der Beginn.
Angst und Glück und ein dunkles, staubiges Treppenhaus in Berlin.
Der Beginn.

Man hat mit vier oder fünf Jahren keine Zahnlücken. Die Milchzähne fallen erst später aus.
Alain Dubois, ebenfalls vierjährig, wusste das nicht.
Er stand an jenem ersten Tag in Berlin lange auf seinem Bett, am Fenster des Zimmers, das aufregend nach altem Haus und neuen Möbeln und nicht nach zu Hause roch, er wippte auf der Matratze auf und ab und sah in den Hof hinunter: sah die beiden großen Bäume an, die Büsche, die Fahrräder, die Mülltonnen, an denen bunte Aufkleber in verschiedenen Stadien der Auflösung klebten.
Er dachte an den kleinen Ort an der französischen Küste, der jetzt sehr weit weg war, und an alles, was dort geblieben war, seine Freunde, seine Großeltern, sein Meer. Und er dachte, dass er wahrscheinlich nicht gut gekaut hatte beim Mittagessen, auf der Reise, weil etwas in seinem Magen lag, schwer wie ein Stein. Schließlich kroch er unter die Bettdecke, denn das Bett hatte seine Mutter schon bezogen, und er lag eine Weile in der Dunkelheit und atmete nur. Ein und aus.
Er war in einer Eisbärhöhle, aber niemand wusste das. Nicht einmal die Eisbären, die draußen lauerten. Wenn er herauskam und sie ihn bemerkten, würden sie ihn zerfetzen, das war klar. Er hätte es seinen Eltern erklärt, aber seine Eltern hatten mit der Wohnung zu tun.

Alain schloss die Augen, und da sah er die Augen des anderen Jungen wieder vor sich. Dieses Dunkelblau. Es hatte nach ihm gegriffen. Wie eine Hand. Und plötzlich wurde ihm warm. Eine Weile spürte er die Wärme einfach in sich, ließ sie durch seinen Körper rinnen, und lächelte. Dann schlief er ein.
Die Eisbären kamen nicht, um ihn zu zerfetzen. Das war erstaunlich.

Drei Tage später stand er im Hof und sah die Blumen dort an.
Da war ein Beet von violetten Blumen auf langen, dünnen Stängeln, mit grünen Fusselblättchen wie Petersilie. Sie sahen aus wie Margeriten, aber sie hatten weniger Blütenblätter. Er stand ganz still da und versuchte, die Blütenblätter zu zählen, während in seiner Hand ein Stück Schokolade schmolz. Die Sonne schien, es war Sommer. Aus dem zweiten Stock hörte Alain die Klänge eines Saxophons. Er war ganz allein im Hinterhof, völlig auf sich gestellt. Seine Mutter war irgendwo, was häufiger vorkommt bei Müttern, und sein Vater hatte nicht mal gemerkt, dass er alleine hinunter in den Hof gegangen war, sein Vater spielte Saxophon.
Er fühlte sich erwachsen.
Er pflückte eine Blüte ab und begann, die Blütenblätter zu zählen.
Ein, zwei, drei …
Ein Stein unterbrach ihn. Er landete mit einem winzigen Klicken vor seinen Füßen, und Alain fuhr herum. Hinter den Blumen, auf einer Treppe, die zum Hinterhaus führte, saß der Junge mit den dunkelblauen Augen und sah ihn an. Alain bückte sich ganz langsam und hob den Stein auf. Er war so groß wie eine ziemlich große Murmel und hatte eine scharfe Kante.
Der Stein, dachte Alain, hätte ihn treffen können. Und das hätte ziemlich wehgetan.
Er sah in die dunklen, fast schwarzen Augen des Jungen, und ihm wurde wieder warm. Aber die Wärme war wie ein Feuer, sie hatte etwas Zerstörerisches.
Der Junge stand jetzt auf und kam herüber, ging um zwei kaputte Fahrräder herum und blieb auf der anderen Seite des Blumenbeets stehen. Sie sahen sich zwischen den grünen Stilen mit dem Petersilienkraut weiter an.

»Der ist scharf«, sagte Alain und steckte den Stein in die Tasche, langsam, als wäre es ein geheimes Ritual.
»Kann schon sein«, sagte der andere und spuckte aus. Alain wusste nicht, was es zu bedeuten hatte, aber er spuckte auch aus.
»Okay«, sagte der andere.
»Okay«, sagte Alain.
»Die haben gesagt, du kannst gar nicht deutsch«, sagte der andere.
»Ich heiße Alain«, sagte Alain.
»Meine Mutter kann einen Zaubertrick mit einer weißen Taube«, sagte der andere. »Aber sie ist jetzt nicht hier. Sie ist weg.«
Und Alain fragte sich, ob er die Taube meinte oder die Mutter.
Eine Weile standen sie wieder schweigend da, zwischen sich die Blumen, deren hauchdünne violette Blütenblätter ihre Gesichter zu beiden Seite des Beets berührten.
Dann trat jemand Großes hinter den anderen Jungen, legte eine Hand auf seine Schulter und zog ihn ein Stück zurück.
»Nicht in die Beete, wie oft denn noch!«, knurrte er. Er trug eine schwarze Lederhose und einen Bart, einen Pferdeschwanz und ein ziemlich graues T-Shirt. An seinem Hals war ein Bild von einer Schlange oder einem Drachen oder einem Krokodil, das sich bewegte, wenn seine Halsmuskeln unter der Haut spielten. Alain dachte *Pirat.*
»Wir waren gar nicht im Beet«, sagte er, und der Pirat sah ihn an. Er trug zwei Ringe an der Hand, die auf der Schulter des Jungen lag. Aus echtem Gold. Oder aus gefälschtem.
»Hm«, sagte er und nickte. »Du bist vielleicht ein anständiger Junge, aber John-Clifford hier muss ich alles viermal sagen.«
»Cliff«, sagte der andere leise.
»Cliff«, wiederholte Alain, eben so leise. Und er dachte bei Cliff an die Felsen an der französischen Küste, wo das weißschäumende Meer gegen den Stein schlug und die Möwen schrien. Er stellte sich vor, wie er zusammen mit Cliff dort stand. Sie könnten Steine hinunterwerfen. Murmelgroße, scharfkantige Steine.
»Was ist mit dem Zahn?«, fragte er, weil ihm das plötzlich einfiel. »Kriegst du da schon einen neuen?«

»Er ist die Treppe runtergefallen«, antwortete Cliffs Vater, obwohl Alain Cliff gefragt hatte. »Ich weiß nicht, wie man so blöd sein kann, die Treppe runterzufallen und sich dabei einen Zahn auszuschlagen.«
»Wann kommt deine Mutter wieder?«, fragte Alain. »Wegen dem Zaubertrick mit der Taube.«
»Taube?«, fragte Cliffs Vater, und dann sagte er plötzlich, sie müssten jetzt reingehen, obwohl die Sonne schien und es Nachmittag war. Aber vielleicht mussten sie etwas Wichtiges tun.

John-Clifford Bergmann und Ricki Bergmann lebten schon ihr ganzes Leben lang im Erdgeschoss des Hauses in der Schivelbeiner Straße, Ricki natürlich länger, er war bereits da gewesen, bevor Prenzlauer Berg schick geworden war, wie er sagte, schon damals, als der Umstandsmodeladen nebenan noch eine Kneipe gewesen war. Mit »schick« meinte Ricki nicht unbedingt »besser«. Alain erfuhr das nach und nach, setzte sich sein Bild aus den Scherben zusammen, die von den Gesprächen seiner Eltern blieben, wenn sie vom Abendbrottisch aufstanden. Sie vergaßen meistens, die Scherben ihrer Gespräche rechtzeitig wegzufegen, sie waren Künstler, keine all zu ordentlichen Menschen. Wenn Alain eine Scherbe länger betrachtete und Fragen stellte, versuchten sie, zu antworten.
»Wann kommt Cliffs Mutter und zeigt mir den Zaubertrick?«, fragte Alain.
Seine Mutter, Coco, legte ihre Stirn in Falten, was sie noch hübscher machte, als sie ohnehin war, und sagte: »Ich glaube, sie kommt vielleicht gar nicht zurück.« Sie saß mit Alain zusammen auf dem Fußboden, im Schneidersitz, zwischen den bunten Kissen, die im Wohnzimmer verstreut lagen, und zupfte Johannisbeeren in eine große Schale. »Wir pflanzen im Hinterhof Johannisbeeren, ja?«, sagte sie, und Alain sagte: »Aber auch Bananen«, und Coco lachte und meinte, sie würden es versuchen.
»Warum kommt die Mutter von Cliff nicht wieder?«, fragte Alain. »Weil er die Treppe runtergefallen ist?«
»Das würde mich ja mal interessieren, wie er diese Treppe runtergefallen ist«, murmelte Alains Vater, Henri, der dabei war, die Fenster zu putzen. Er sagte, er putzte gerne Fenster, weil man sah, was man getan hatte. Sogar

von außen. »Wenn ich mir diesen Ricki Bergmann so ansehe …«, sagte Henri und rieb das Fenster mit einem Knäuel Zeitung ab.
»Der Vater ist doch nicht die Treppe runtergefallen«, sagte Alain.
»Henri, das ist eine Unterstellung«, sagte Coco. »Du kennst die Leute gar nicht. Wir haben eine Menge Zeit, um sie kennenzulernen. Wir bleiben ja jetzt.«
Coco hatte früher in Berlin gelebt, aber an einer anderen Stelle, soviel hatte Alain verstanden, und dann war sie nach Frankreich gegangen, um Henri kennenzulernen, was sehr gut geklappt hatte, nur irgendwann hatte sie Heimweh nach Berlin bekommen. Oder Berlin hatte Heimweh nach ihr bekommen, denn es hatte ihr eine Arbeitsstelle in einer Galerie angeboten, wo Leute seltsame Bilder aufhängten, meistens falsch herum. Alain war erst vier, doch er wusste, wie herum die Bilder hätten hängen müssen.
Coco steckte ihm eine Johannisbeere in den Mund und drückte ihn einen Moment an sich. Sie roch gut, und er vergrub die Finger in ihrem weichen kurzen Haar. »Willst du immer noch zurück?«, fragte sie leise. »Nach Frankreich? Bananen im Hinterhof, das ist doch was.«
»Ja, aber die Treppen sind hier so gefährlich«, sagte Alain ernst.

Draußen im Hof – Alain sah es durchs geputzte Fenster – stand Clifford Bergmann mit seinem fehlenden Zahn und warf Steine auf ein Fahrrad, bis irgendwo ein Fenster geöffnet wurde und jemand, dem das Fahrrad gehörte, ihn anschrie.
Da zuckte er die Schultern und verzog sich.

Als Alain ein paar Tage später mit Coco vom Einkaufen kam, war eine große Aufregung im Haus ausgebrochen wie ein Feuer; mindestens hundert Leute schrien sich im Flur unten an.
Coco versuchte, möglichst schnell an den hundert Leuten im Flur vorbeizukommen, und irgendwie schaffte sie es, aber Alain blieb auf der Treppe stehen, eine braune Papiertüte mit Baguettes im Arm.
Einer der hundert Leute war Ricki Bergmann. Der Pirat. Er stand in der offenen Wohnungstür, eine Hand in den Rahmen gestützt, und das Krokodil oder der Drache auf seinem Hals wand sich und fauchte. Ricki Berg-

mann trug nur ein Unterhemd und eine Jeans, die vorne offen war. Seine Haare sahen feucht aus, und Alain dachte, dass er vielleicht gerade durch einen Sturm gesegelt war, das war ja bei Piraten möglich. Es konnte natürlich auch sein, dass er seine Haare lange nicht gewaschen hatte und sie ein bisschen fettig waren, Coco sagte, das würden Haare.

Im Flur stand eine junge Frau mit pechschwarzem Haar und pechschwarzen Augen und einer pechschwarzen Stimme, sie war wunderschön und trug einen eng anliegenden, grünen Samtmantel und zwei große Taschen, aus denen Dinge ragten. Eines war eine kleine Topfpalme. Alain sah die Worte zwischen diesen beiden eine Weile hin und her fliegen, sie waren kleine, bissige Tiere, die sich im Flug zusammen- und auseinanderrollten, die Stacheln hatten und winzige Klauen.

Der Letzte der hundert Leute, die einander anschrien, befand sich in der Wohnung, und Alain wusste, dass es Cliff war, obwohl er ihn nicht sah. Er hörte Dinge umfallen, krachen und klappern, Töpfe oder Geschirr. Dann rannte Cliff in den Flur und stürzte sich auf die junge Frau mit dem engen grünen Mantel wie ein Tier, und um ihn war etwas wie ein Schatten, ein dunkles Ding, das ihn umgab. Später würde Alain das Wort »Verzweiflung« denken, aber nicht mit vier Jahren.

Cliff schlang seine Arme um die junge Frau, ganz fest. Sie hob die Hände, hilflos, ließ die Taschen fallen, auch die mit der Topfpalme, welche umkippte. Dann kniete sie sich hin und drückte Cliff an sich, und Alain sah, dass sie weinte. Er sah auch, dass Cliff weinte. Seine Tränen wurden zu harten schwarzen Splittern, als sie auf dem altmodisch gefliesten Boden des Flurs aufkamen.

»Ich hole dich nächste Woche«, sagte sie. »Dienstag. Dann habe ich den ganzen Tag Zeit.«

Am Ende küsste sie Cliff auf die Stirn, und das war wohl ein Zaubertrick wie der mit der weißen Taube. Denn nach dem Kuss konnte sie Cliffs Arme von sich lösen, und sie stand auf, nahm die Taschen und war plötzlich weg. Noch ein Zaubertrick.

Alain blinzelte. Nein, sie war gar nicht plötzlich weg, sie war nur durch die Haustür gegangen, die Haustür klappte noch hin und her, und Cliff stürzte hinaus, der Frau nach. Alain folgte ihm, und er roch auf dem Weg

durch den Flur etwas aus Richtung des Piraten, das er Jahre später als Bier identifizieren würde.
Draußen stieg Cliffs Mutter in ein Auto, dass auf sie gewartet hatte. Er sah sie ihren grünen Mantel zusammenraffen, sah sie etwas zu dem Mann am Steuer sagen, der den Motor startete.
Cliff warf einen Stein. Einen großen Stein. Alain war relativ sicher, dass die Heckscheibe des Autos splitterte. Dann steckte er die Hände in die Taschen und ging langsam zurück ins Haus. Der Pirat löste sich aus dem Türrahmen und kniete sich hin und umarmte Cliff, so wie vorher seine Mutter, aber auch wieder ganz anders, und Cliff legte den Kopf an seine Schulter. Eine Weile streichelte der Pirat sein Haar, und schließlich gingen beide nach drinnen.
Alain stand noch immer reglos mit der Baguettetüte auf dem Bürgersteig.
Und dann merkte er, dass dort noch jemand stand, neben der offenen Haustür. Ein Mädchen in einer Ringelstrumpfhose und einem kurzen lila Kleid. Sie hatte die ganze Sache auch beobachtet, und jetzt schüttelte sie den Kopf, so dass ihr braunes Haar um sie herumflog und sagte: »Auweia. Das mit dem Auto gibt Ärger.«
»Hallo«, sagte Alain. Seine Stimme war komisch, als hätte der Stein die Stimme getroffen, nicht die Heckscheibe.
»Er kriegt immer Ärger«, sagte das Mädchen. Sie pustete ihr Haar aus dem Gesicht, das ein bisschen gewellt war und glänzte, es sah aus wie Holz, das jemand gerade mit einem Tuch poliert hat.
»Ich wohn da oben«, sagte sie. »Erster Stock. Wir waren wegverreist. Für die Ferien. Du wohnst jetzt im zweiten, oder?«
Alain nickte. Das Mädchen war wunderschön, und sie war so vollkommen normal, sie hatte nichts Dunkles an sich und nichts Unerklärliches. Die Ringel an ihren Beinen waren rot und braun und violett wie ihr Kleid, und in ihrem Haar trug sie ein schmales Band im gleichen Farbton, mit einer rosa Stoffblume seitlich.
»Ich heiße Alain«, sagte Alain und streckte seine Hand aus, weil er erwachsen und höflich sein wollte, aber dabei fiel die Baguettetüte auf die Erde.
Das Mädchen nahm seine Hand und hielt sie einen Moment fest. Er spürte

ihre feinen, kühlen Finger in seinen und fragte sich, wie es wäre, Cliffs Hand zu fühlen. Cliffs Hand, dachte er, wäre rau und verschwitzt und vermutlich dreckig.

»Ich heiße Margarete«, sagte das Mädchen, und dann bückte es sich und hob die Tüte für Alain auf. »Ich bin schon fünf. Seit nicht so lange.«

»Ich werde auch fünf, wenn Herbst ist«, sagte Alain.

Sie gingen zusammen die Treppe hinauf zum ersten Stock, wo Margaretes Mutter wartete, eine freundliche, pummelige kleine Frau in einem Kleid von der Farbe einer Sahnetorte mit Karamell; sie fuhr Alains durchs Haar und sagte, es wäre schön, dass er jetzt im Haus wohnen würde, und sie hätte eben seine Eltern getroffen, und dann könnten sie ja zusammen im Hof spielen und sicher ginge er auch bald in die Kita, in die Margarete ging.

Oben, im zweiten Stock, wartete Coco. Sie wartete auf ähnliche Weise wie Margaretes Mutter, in der Tür, und Alain dachte, dass keine von diesen Müttern ein Pirat war und keine beim In-der-Tür-Warten nach dem Komischen roch, das er später als Bier identifizieren würde.

Coco nahm ihn in die Arme, und er umarmte sie zurück.

Sie würde seine Arme nie von sich lösen, dachte er, um irgendwohin zu fahren. Und er würde nie einen Stein auf ein Auto schmeißen.

Bestimmt war das Auto kaputt. Bestimmt wurde das teuer. Eigentlich geschah es dem Auto aber recht, weil es Cliffs Mutter weggebracht hatte, es hatte sie einfach aufgefressen und war mit ihr davongelaufen.

Alain sah Cliff ab und zu, doch er spielte wirklich mehr mit Margerete in jenem Sommer. Sie bauten zusammen Häuser für Zwerge zwischen den Blumen im Hinterhof, und sie pflanzten mit Coco und mit Margeretes Mutter Johannisbeeren und Bananen. Die Bananen wurden natürlich nichts.

Mit Margarete war alles einfach und schön, und wenn ihre blassen, kühlen Hände seine berührten, fühlte er sich sicher.

Cliff war ab und zu bei seiner Mutter und für eine Weile verschwunden. Wenn er wieder auftauchte, wurde es in der Wohnung im Erdgeschoss lauter, weil der Pirat und er sich manchmal anschrien.

Cliff zeigte Alain, wie man Steine warf. Wie man aufs Dach des Schuppens im Hof kletterte. Und dass man Regenwürmer durchschneiden konnte. Aber Alain wollte keine Regenwürmer durchschneiden. Er sammelte die Regenwürmer ein und evakuierte sie unter einen Rhododendron, obwohl er natürlich auch Worte wie evakuieren und Rhododendron erst später lernte. Cliff brachte ihm Worte bei, die die Erwachsenen nicht gerne hörten. Doch manchmal stand er mit Alain bei den Blumen, und sie sprachen nur über die Blütenblätter. In diesen Momenten war Alain glücklich; weder Weihnachten noch Geburtstage, die sicher alle schön waren, erreichten je den Rang der Momente, in denen er mit Cliff Blütenblätter zählte. Und Weihnachten bekam in diesem Winter ohnehin einen seltsamen Beigeschmack.

Es schneite.
Doch, ja, Weihnachten 2000 schneite es, schon seit Anfang November, und Berlin verschwand unter einer dünnen, jedoch kalten Decke. Alain war im November endlich fünf geworden.
Er hatte Coco geholfen, in der Galerie mit den falsch herum aufgehängten Bildern Weihnachtsschmuck aufzuhängen – richtig herum –, und Henri spielte auf Weihnachtsveranstaltungen in Hotels oder Restaurants oder Firmen Saxophon. Er war jetzt in einer Band, und einmal zogen er und *die Jungs*, wie er sie nannte, rote Nikolausmützen an und spielten im Mauerpark, und Alain und Margerete hopsten durch die Schneeflocken und tanzten zu der Musik, während ihre Mütter Glühwein tranken.
Die Wohnung im zweiten Stock roch nach Tannenzweigen. Margaretes Mutter, die eine kleine Boutique für Einrichtungsgegenstände besaß, schenkte Coco einen Türkranz mit silbernen und weißen Kugeln und Schleifen und lauter totem Holz, von dem Coco und Henri fanden, er wäre hässlich und deshalb höchstwahrscheinlich Kunst, aber Alain sollte das Margaretes Mutter nicht sagen.
Und dann war Weihnachten, und es schneite weiter, und Henri und Coco kämpften mit dem Tannenbaum und drehten die Musik laut und tanzten durchs Wohnzimmer. Henri war nicht sehr schlank und nicht sehr groß, eher eine gemütliche, meistens entspannte Kugel. Wenn er tanzte, sah

das lustig aus, und genau das fand er selber auch. Coco hatte ein knappes schwarzes Kleid an und war schön, und in ihrem kurzen Haar hatte sich Lametta verfangen. Alain sah ihnen zu und fühlte, dass er sie liebte.
Irgendwann ging er hinunter, um eine Kiste mit vergessenem Schmuck aus dem Keller zu holen, er hatte das allein tun wollen, um groß zu sein. Als er im Erdgeschoss vorbeikam, schrien sie sich hinter der Tür wieder an. Dass gerade Weihnachten einer dieser Tage sein musste, tat weh.
Er hob die Hand, um an die Tür zu klopfen. Doch er traute sich nicht. Drinnen brüllte Ricki Bergmann. Als Alain mit der Kiste voller Schmuck wieder aus dem Keller kam, brüllte drinnen Cliff. »Ich geh wohl zu ihr!«, brüllte er, ganz nahe bei der Tür. Alain blieb stehen und lauschte. »Ich will Weihnachten bei ihr sein, mir egal, was du sagst! Mir egal!« Und dann splitterte irgendwas.
Alain lief die Treppe hinauf.
Er sagte nichts zu Coco und Henri über das Gebrülle unten, aber das war auch nicht nötig, sie hörten es selbst ganz gut. Nach einer Weile knallten Türen, und es wurde es still unten. Alain war auf dem Klo, das ein Fenster zur Straße hatte, und als er hinaussah, lief unten Ricki Bergmann über die Straße und verschwand im Kiosk auf der anderen Seite.
Sie haben sich wieder vertragen, dachte Alain, und jetzt geht er Zigaretten kaufen und für Cliff Schokolade. Das wäre es gewesen, was Henri getan hätte, obwohl er sich nie so mit Alain gestritten hatte.
Draußen war es beinahe dunkel, irgendwann war es ganz dunkel, und sie wanderten durch den verschneiten Nachmittag zur Gethsemanekirche, die eine Viertelstunde entfernt lag. Alain hatte die dicke Daunenjacke an und die neuen Stiefel, in denen man lief wie auf Wolken, weil sie so gut gefüttert waren wie ein ganzer Zoo zur Fütterungszeit, wie Henri sagte. Coco hielt Alains eine Hand und Henri seine andere, und ab und zu ließen sie ihn in die Luft fliegen.
Hinter ihnen ging Margarete mit ihren Eltern, und sie sangen leise »Stille Nacht«, während sie so dahinmarschierten. In der Kirche war es kalt und langweilig und schön, genau wie es sein musste, und auf dem Rückweg fingen Margarete und Alain die Schneeflocken mit der Zunge auf.
Aber die ganze Zeit über, auf dem Hinweg und auf dem Rückweg, drehte

Alain sich alle paar Meter um und suchte unter den Kirchgängern Cliff und seinen Vater.
Gingen sie nicht zur Kirche? Alains Eltern waren nicht besonders christlich, aber Weihnachten ging man eben. Alain hatte ein Weihnachtsgeschenk für Cliff, ein kleines, rotes Auto, das er hinter dem Schrank gefunden und in ein altes Stück Geschenkpapier eingewickelt hatte. Es steckte in seiner Jackentasche.
Aber sie trafen Cliff und Ricki Bergmann nicht.
In der Erdgeschosswohnung lief das Radio. Als Alain klingelte, kam keiner an die Tür. Er steckte das kleine rote Auto in den Briefkasten.
Irgendwo schrie und klagte eine Katze, und Henri sagte, die wollte wohl irgendwo durch ein Fenster herein, um einen Weihnachtsbraten zu essen.
Die Bescherung war wunderbar. Der Baum mit den brennenden Kerzen war wunderbar. Das Weihnachtsessen war wunderbar; riesige rote Teller mit hübschen kleinen Pasteten standen auf dem langen glatten Holztisch, und Henri und Coco tranken Wein aus bauchigen Gläsern und lachten.
Sie telefonierten mit allen Großeltern, und irgendwann lag Alain erschöpft im Bett, in einem neuen Schlafanzug mit Pinguinen, im Arm einen gelben Kran, den man echt benutzen konnte. Als er einschlief, fielen draußen noch immer weiße, leichte Flocken. Die Katze hatte aufgehört, zu miauen.
Er fragte sich, wie sie im Erdgeschoss Weihnachten gefeiert hatten.
Als er die Augen schloss, sah er Cliffs Gesicht vor sich. Das Dunkelblau in seinem Blick, dieses Beinahe-Schwarz, das so glühte. Und er fragte sich, ob Cliff wirklich zu seiner Mutter gegangen war und ob er ihn dann die ganze Zeit bis Neujahr nicht sehen würde.

Am nächsten Morgen wachte Alain als Erster auf.
Der Hinterhof war völlig unter dem Schnee verschwunden. Es glitzerte und funkelte in den Ästen der beiden großen Bäume im Hof, die Sonne war gerade erst aufgegangen und der Hof in ein rosa-orangefarbenes Licht getaucht Alain zog sich leise an, lief die Treppe hinunter und dann in den Hof, um Spuren im Neuschnee zu machen.
Er führte seine Spur einmal um die Fahrräder herum, an den Johannisbeersträuchern und der eingegangenen Bananenstaude entlang, zum

Schuppen, auf dessen Dach ebenfalls eine weiße Schneedecke lag. Darin lagerten Luftmatratzen vom Sommer, mehr Fahrräder, die Kohlen, mit denen sie im Erdgeschoss heizten, und Holz für den kleinen, nachträglich eingebauten Kaminofen in der Wohnung der Dubois. Alain fragte sich, ob irgendwo im Schuppen auch sein Schlitten war. Bisher war nie genug Schnee gewesen, und er hatte ihn seit dem Umzug nicht gesehen. Er kletterte auf den Hackblock, der unter dem Schuppenfenster stand und auf dem Henri ihr Holz hackte, weil ihn das entspannte, wie er sagte.

Vom Hackblock aus wischte Alain das kleine Schuppenfenster sauber und sah hinein. Das Licht des langsam erwachenden Morgens fiel durch das andere Fenster gegenüber, rosa und orange, tastete sich drinnen über Fahrradschläuche, Kartons, einen schimmeligen alten Teppich … Aber etwas war seltsam im Schuppen. Der alte Teppich und die Plastiktüten lagen alle in einer Ecke, zusammen mit den unaufgeblasenen Luftmatratzen und einem Haufen anderer Dinge wie löchrigen Picknickdecken. Jemand hatte sie *in dieser Ecke aufgehäuft.* Vorher waren sie auf dem großen, langen Regal und in Schachteln und Kisten verteilt gewesen.

Und dann sah Alain, dass in der Ecke, unter den angehäuften Dingen, noch etwas lag. Oder eigentlich jemand. Da war ein Kopf. Ein Gesicht. Alain fuhr zurück, schwer atmend. Es war unheimlich. Die Neugierde siegte, er sah noch einmal hin, und diesmal erkannte er das Gesicht. Es gehörte Cliff. Er hatte sein Gesicht hier in den Schuppen gelegt und die Augen fest geschlossen.

Als Alain zum dritten Mal durchs Fenster sah, begriff er, dass da nicht nur Cliffs Gesicht war. Natürlich, der Rest von Cliffs Körper war auch da, verborgen unter den Decken und dem Teppich. Alain kletterte vom Hackblock und ging zur Schuppentür. Wollte sie öffnen. Doch die Schuppentür klemmte. Vielleicht war sie festgefroren.

Er sah Cliffs Augen vor sich, dieses Glühen, und ihm wurde heiß und kalt und er riss an der Tür wie er nie zuvor an irgendetwas gerissen hatte. Da gab sie nach. Alain fiel rückwärts in den Schnee.

Er rappelte sich hoch und trat ins Dämmerlicht des Schuppens.

Jemand hatte hier gewütet. Eines der kleineren, schmalen Regale war umgeworfen worden. Das Fenster, durch das er nicht gesehen hatte, war

gesplittert. In der Mitte war ein Loch, als hätte jemand seine Faust ins Glas gerammt. Aber das Fenster war zu klein, um durchzuklettern. Alain spürte die Angst in sich, die wie eine Flut in seinen Hals hinaufstieg. Seine Beine trugen ihn bis zu der Ecke, in der Cliff unter all den Dingen lag.
Er erinnerte sich plötzlich an die Klagelaute der Katze.
Vielleicht war die Katze auch in einem Schuppen eingesperrt gewesen.
Vielleicht war es keine Katze gewesen.
Alain stand jetzt ganz nahe bei dem Haufen an Dingen, und er beugte sich über Cliff. Er spürte, dass er zitterte vor Kälte, trotz seiner Daunenjacke und den Stiefeln. Cliff trug nur einen Pullover. Er hatte die Kapuze des Pullovers über sein braunes Haar gezogen.
Alain streckte die Hand aus, um ihn zu berühren. Er ist tot, dachte er. Er war die ganze Nacht hier, aus irgendeinem Grund, und er ist tot. Er hatte noch nie einen toten Menschen gesehen.
Er legte die Hand auf Cliffs Hals.
Die Haut war eiskalt.
Und dann lief ein Ruck durch den Körper. Auf einmal krallte sich eine Hand um Alains Unterarm. Er schrie. Cliff schlug die Augen auf und sah ihn an, und dann begann er, Alain zu sich hinabzuziehen. Alain spürte wieder das Schwarze, das Dunkle, das möglicherweise Verzweiflung war, aber auch noch etwas anderes.
Die Angst in ihm stieg weiter und schwappte aus seinen Augen.
Er wollte sich losreißen und weglaufen, und gleichzeitig wollte er helfen, doch er wusste nicht, wie. Es war, wie wenn man ein angefahrenes Tier auf der Straße findet, das vielleicht fast tot ist. Einmal hatten sie so ein Tier gesehen, einen Fuchs, der nur noch zuckte. »Nicht hingucken«, hatte Henri gesagt, »er stirbt sowieso.« Alain hatte sich im Auto übergeben.
Sein Gesicht war jetzt ganz nahe an Cliffs Gesicht, und die dunkelblauen Augen fixierten ihn.
»Hilf mir«, flüsterte Cliff, kaum hörbar. »Alain.«
Alain nickte und schluckte. Er konnte sich nicht aus Cliffs Griff befreien, nur Cliffs Mutter hätte das gekonnt, mit einem Kuss, er erinnerte sich. So versuchte er mit der anderen Hand, die Dinge beiseite zu räumen, unter denen Cliff lag, er grub ihn aus wie einen Igel; er würde ihn

aus dem Schuppen ziehen müssen, irgendwie, er konnte ihn bestimmt nicht tragen.
Er spürte die Tränen auf seinen Wangen als glühend heiße Spuren in der Kälte.
»Alain?«
Alain fuhr herum, und da stand Margarete in der Schuppentür. Sie trug einen dicken roten Wintermantel mit Kapuze und Kunstpelzkragen und strahlte. Aber dann begriff sie, dass etwas nicht stimmte und war mit ein paar Schritten bei Alain.
Sie sah Cliff an, sah seine Hand an, die sich um Alain gekrallt hatte, und riss die grauen Augen weit auf.
»Er … ich glaube, er hat hier übernachtet«, sagte Alain.
Margarete nickte nur, machte auf dem Absatz kehrte und rannte, und Alain gab auf und ließ sich neben Cliff in den Haufen aus Dingen fallen. Wenn selbst Margarete wegrannte, konnte niemand ihm helfen. Er lag so, dass seine Wange Cliffs Wange berührte, und er spürte, wie seine Tränen Cliffs Gesicht nass machten. Sie waren sich noch nie so nahe gewesen.
»Alain«, flüsterte Cliff wieder, und Alain sagte: »Cliff«, und »tut mir leid«. Merkwürdigerweise sagte er eines nicht, er sagte nicht: »Lass mich los«.
Dann waren da auf einmal Stimmen von Erwachsenen und auch die von Margarete, die Schuppentür flog auf, und Coco und Henri und Margaretes Eltern stürzten herein, notdürftig angezogen, und Henri löste Cliffs Klammergriff und hob ihn auf seine Arme und Coco zog Alain in ihre Arme. Sie roch nach Zimt und Parfum und nach Sex, was Alain erst später begriff, noch später als »Bier«.
»Mein Gott«, sagte Margaretes Mutter immer wieder, »mein Gott, mein Gott« und »die ganze Nacht« und »niemand zu Hause« und noch ein paar Dinge. Die Worte der Erwachsenen waberten irgendwo über Alains Kopf, und er merkte, wie Margarete ihre Hand in seine schob, eine ganz und gar andere Hand als die klammernde Hand, die Alain eben noch so gnadenlos festgehalten hatte.
»Wieso war er im Schuppen?«, flüsterte sie, als sie nebeneinander, nach den Erwachsenen, die Treppe hinaufstiegen.

»Ich weiß nicht«, flüsterte Alain. »Die hatten Streit, oder. Vielleicht deswegen.«
Henri trug Cliff in die Wohnung im zweiten Stock, und Coco ließ warmes Wasser in die Badewanne und pellte ihm die Sachen vom Leib, die Jeans und den übrigens ziemlich ungewaschenen schwarzen Kapuzenpulli, und steckte ihn ins Wasser. Henri telefonierte, er hatte die Nummer von Ricki Bergmann, aber Ricki Bergmann ging nicht ans Telefon. Unten war niemand in der Wohnung. Cliff lag mit geschlossenen Augen im warmen Wasser; Alain und Margarete und Coco saßen im Badezimmer auf dem Fußboden und sahen ihn alle an, und Alain war sich nicht ganz sicher, aber möglicherweise weinte seine Mutter.
Henri schimpfte im Wohnzimmer und kochte Tee, und allemachten alle einen furchtbaren Wirbel. Schließlich ging Coco für einen Moment aus dem Bad, wahrscheinlich, weil sie sah, dass Cliff ziemlich normal atmete, sie schloss die Tür, und da wurde es endlich, endlich still.
Und Cliff schlug die Augen auf.
Er setzte sich in der Badewanne hin und schlang die Arme um die Knie, er hatte ziemlich viele blaue Flecken überall, auch an den Knien. Im Sommer hatte Alain auch immer blaue Flecken vom Draußenspielen. Im Winter nicht.
Cliff sah Alain und Margarete an, und Alain begriff, dass er so dasaß, mit den Armen um die Knie, weil er nicht wollte, dass sie ihn nackt sahen.
»Hallo«, sagte Margarete. »Ich glaub, du bist jetzt wärmer.«
Cliff nickte.
»Warum warst du da drin? Im Schuppen?«, fragte Alain.
»Die Tür ging nicht auf«, sagte Cliff.
»Aber warum bist du da rein?«
Cliff zuckte die Schultern. »Nur so. Ich wollte nicht zu Hause sein.«
»Hat dein Vater dich in den Schuppen gebracht?«, fragte Margarete.
»Nee«, sagte Cliff. »Warum?«
»Nur so«, sagte Margarete. Und dann schwiegen sie, sie saßen einfach da und schwiegen, und es war, als gehörten sie alle drei auf eine komische Weise zusammen. Alain fühlte sich wieder glücklich und hatte gleichzeitig Angst. Das schwarze Funkeln in Cliffs Blick fraß sich in sein Innerstes, wie

ein Schatz aus einem Märchen, der überall, wo er einmal liegt, verbrannte Erde hinterlässt.

Coco zwang Cliff, Tee zu trinken und Butterbrote zu essen, steckte ihn ins Bett und deckte ihn sehr gut zu. Alain hatte ihm den neuen, warmen Schlafanzug mit den Pinguinen geliehen.
Ricki Bergmann rief eine Stunde später zurück. Alains Vater, der nie schrie, schrie ihn am Telefon an.
Alain und Coco saßen still daneben. Er hatte das Telefon auf laut gestellt, und sie hörten wie Ricki Bergmann sagte, er würde Cliff seit einer ganzen Weile suchen. Cliff müsste aus der Wohnung gerannt sein, als er kurz weg war, um Zigaretten zu holen. Er hätte wohl zu seiner Mutter gewollt, oder jedenfalls hätte er, Ricki, das gedacht, und als er dann gemerkt hätte, also, durch einen Anruf gemerkt, dass er nicht bei ihr war, hätte er angefangen, sich Sorgen zu machen und wäre los, die Straßen absuchen, und dann hätte er die U-Bahn genommen, doch noch zu Cliffs Mutter, aber da hätte er ihn auch nicht gefunden.
Es klang alles sehr kompliziert.
Coco schüttelte den Kopf und Henri sagte bemüht ruhig, Ricki Bergmann solle sofort nach Hause kommen. Als spräche er mit einem Hund.
Und als Ricki Bergmann eine Dreiviertelstunde später ihre Wohnung betrat, sah er auch aus wie ein Hund, ein geschlagener Hund, er ließ den Kopf hängen und wirkte nicht mehr wie ein Pirat. Er stand an dem Gästebett, in dem sein Sohn jetzt schlief, und wischte sich über die Augen und erklärte ungefähr eine Million Mal, es täte ihm leid.
Aber Coco und Henri flüsterten in der Küche, und Coco sagte, er hätte Cliff vergessen und sich die Nacht mit irgendwelchen Kumpels um die Ohren geschlagen und wahrscheinlich gesoffen. Und Henri sagte, er würde sich ernsthaft fragen, ob er Cliff in den Schuppen gesperrt hatte, aber Coco sagte, da wäre kein Schloss gewesen, nur die Tür hätte geklemmt. Und Henri sagte, das könnte man auch einsperren nennen und dass er eigentlich gerne die Polizei rufen würde. Coco beschwichtigte ihn, weil es für Familien immer das Schlimmste wäre, sie auseinanderzureißen. Und was dann noch alles gesagt wurde, daran erinnerte sich Alain später

nicht mehr. Es war zu schwierig und hatte mit Ämtern zu tun und Telefonaten.

Er erinnerte sich nur daran, wie Ricki irgendwann ging und er in das Zimmer schlich, in dem Cliff schlief. Er öffnete die Augen, sobald sich die Tür hinter seinem Vater schloss.

Und er sagte: »Der hat geheult, ja?«

»Ja, und wie«, sagte Alain. Er sah, dass Cliffs Augen auch komisch waren.

»Heulst du auch?«, fragte er.

Aber Cliff nieste nur, und dann hustete er. Und danach war er eine Woche lang ziemlich krank. Er blieb in der Wohnung im zweiten Stock. Er warf keine Steine, weil es in der Wohnung keine gab. Er redete nur das Nötigste. Manchmal saß Alain wieder an seinem Bett, und sie redeten einfach *nicht*, und das war schön und komisch. Cliff schien dann nach innen zu sehen und zu träumen.

Sein Gesicht sah manchmal wieder nach Steineschmeißen aus. Als wären seine Tagträume nicht unbedingt gut. Da war noch immer diese Energie in ihm, die Alain schon beim allerersten Mal gespürt hatte, ein dunkles Pulsieren in der Luft, und es schien Cliff selbst am meisten Schmerz zuzufügen.

Es war das seltsamste Weihnachten, das Alain je erlebt hatte. Sie versuchten, normale Dinge zu tun, sie aßen zusammen Kekse, und der Kinderarzt kam vorbei und verschrieb Cliff irgendwelche Medizin, und Cliffs Vater kam und saß an Cliffs Bett und sah aus, als wäre ihm alles furchtbar peinlich. An dem Tag, an dem er zurück nach unten zog, stand Cliff mit Alain am Fenster und sagte etwas Komisches.

Er sagte: »Wenn ich groß bin, sperr ich die ganze Welt in einen Schuppen. Und denn wart mal, bis es richtig kalt ist.«

Alain!

Ich stehe auf der Brücke beim Mauerpark, unter der die Birken an den Gleisen wild wachsen wie Wünsche, und ich sehe in die Ferne, in der die Züge verschwinden und all diese Wünsche in Erfüllung gehen können. Es ist kalt, aber das ist gut so.

Januar 2016, der kälteste Monat in meinem Leben.

Alain, als ich dich zum ersten Mal sah, auf der Straße, mit dieser Bäckereitüte im Arm, wusste ich nichts.

Du warst einfach ein kleiner Junge, und ich war ein kleines Mädchen. Und der Stein, den Cliff auf das Auto warf, war nur ein Stein. Für mich waren die Dinge immer nur das, was sie waren. Wenn ich deine Bilder betrachte, ist das bei dir anders, du hast immer mehr in den Dingen gesehen, vielleicht schon mit vier Jahren.

Ich kannte ihn länger als du, aber nicht lange, vielleicht ein halbes Jahr, da waren wir in das Haus eingezogen. Und jetzt ist es für mich so, als hätte ich euch zusammen kennengelernt. Ihr wart eine Einheit, nie zu trennen. Und niemals zueinander zu bringen.

Ich sehe dich noch vor mir: diesen schmächtigen Jungen mit dem blonden Haar und dem aufmerksamen, ernsten, schmalen Gesicht. Und dann er, so ganz anders. Ein Kontrapol.

Ich habe euch heimlich beobachtet, vom Fenster aus, wie ihr manchmal im Garten bei den Blumen standet, die meine Mutter gepflanzt hatte. Und ich dachte, alles könnte gut werden.

Als du ihn damals im Schuppen gefunden hast und ich dich gefunden habe, dachte ich, er stirbt. Nie bin ich so schnell die Treppen hinaufgerannt, nie habe ich so laut an eine Tür gehämmert.

Jetzt frage ich mich, wie alles gewesen wäre, wenn wir ihn nicht gefunden hätten. Wenn er tatsächlich erfroren wäre, mit fünf Jahren, in einem Schuppen im Hinterhof.

Es bricht mir das Herz, das zu denken. Es bricht mir generell das Herz, über ihn nachzudenken.

Und über dich, natürlich.

Alain, weißt du noch, wie oft wir zusammen hier auf der Brücke standen? Es war ein guter Ort zum Träumen. Vor allem später, als Cliff verschwun-

den war. Als wir hier standen und uns in seine Ferne träumten, von der wir nie genau wussten, wo sie wirklich lag.
Als er wieder aufgetaucht ist, Alain, was hast du gedacht? Im ersten Moment? Hast du geahnt, warum er nach Berlin zurückgekommen war? Die Wahrheit? Hast du sie in seinen Augen gesehen?
Erzähl mir nichts. Natürlich hast du sie geahnt. Du warst immer der Mensch, der ihm am nächsten stand.

2

Ich erkannte ihn sofort.

Er saß auf einer Bank vor einem wackeligen Tisch, in der stillen Straße, in der das Eisenbahncafé liegt, und zeichnete. Die Sonne spielte in seinem hellen Haar, er hatte sich tief über das Blatt gebeugt, und von Zeit zu Zeit pustete er sich das Haar aus der Stirn. Es reichte noch immer bis zu den Schultern. Ich sah seine Hände an, die den Bleistift hielten, er hatte schöne Hände, immer gehabt: unwirklich lange, geschmeidige Finger und schmale Gelenke.

Damals war ich seit drei Wochen wieder in Berlin. Ich hatte nicht geplant, ihn zu treffen. Weniger als das. Ich war mir sicher gewesen, ich würde ihn nie wiedersehen.

Aber da saß er und zeichnete mit einem weichen Bleistift Linien aufs Papier, konzentriert, und ich stand auf der anderen Straßenseite und starrte ihn an. Der Himmel war grau und voller Wolken an diesem Tag, der Wind war kalt und schmeckte nach Herbst. Alain trug himmelgraue Handschuhe mit abgeschnittenen Fingerkuppen.

Die anderen Tische waren leer, nur ganz außen saß ein Penner in einer schmuddeligen Trainingsjacke, seine Sammlung an Tüten und Taschen neben sich.

Ich sah Alain wieder an. Etwas wie ein Leuchten ging von ihm aus. Der Wind fuhr durch sein blondes Haar, das Blau seiner Augen war so durchscheinend wie Buntglasfenster. Er hatte immer im Licht gelebt.

Ich merkte, dass ich zitterte.

Etwas in mir sehnte sich danach, hinüberzugehen und ihn anzusprechen. Doch stattdessen ging ich einen Schritt rückwärts. *Das Licht.* Es war mir immer unheimlich gewesen. Natürlich sah man es nicht, nicht wirklich. Aber es war da. Die ganze Zeit über. Es war in mein Leben eingedrungen wie ein unbesiegbarer Feind. »Alain«, wisperte ich. »Alain.«

Er sah nicht auf, er zeichnete weiter. Er zeichnete den Penner, für ihn war der Penner schön.
Ich schloss ebenfalls die Augen.
Und ich sah das Blut. Eine Pfütze, zu meinen Füßen, die auf der Erde stehen blieb, weil die Erde zu trocken war, zu rissig, um irgendetwas in sich aufzunehmen. Ich sah das Blut, und ich roch es, und ich öffnete die Augen wieder. Da hatte Alain den Kopf gehoben und blickte mich an, seine durchscheinend blauen Augen fanden meine. Etwas wie ein Lächeln huschte über sein Gesicht.
Und meine Beine trugen mich über die stille Straße, zwischen den Reihen parkender Autos hindurch. Es waren vielleicht zehn Meter. Es waren zehntausend Kilometer.
Ich sah die Reklametafeln am Eisenbahncafé, während ich ging. Ich sah die Kolonnen von buntem Metallschrott auf der Straße. Ich sah eine junge Frau mit einem Kinderwagen und zwei schweren Einkaufstaschen, prallvoll mit frischem Gemüse und steril verpackten Fertignahrungsmitteln. Ich sah die Sneakers der jungen Frau, die engen Jeans, das genauso enge Oberteil, das Kinderwagenverdeck aus silbergrauem Stoff. Sie trug eine amerikanische Flagge hinten auf ihrer Jacke. Ich sah einen Mann im Jackett, der aus einem Auto ausstieg, ein teures Jackett, ein teures Auto.
Ich sah, was ich sehen musste, um zu funktionieren, und mir war kalt, und die Stadt war fremd und groß und ein Feind, aber sie war auch das Wasser, in dem ich schwamm, der einzige Ort auf der Welt, an dem ich hundertprozentig funktionieren *konnte.*
Und dann stand ich an Alains Tisch. Er sah zu mir auf und blinzelte, auf die Art, auf die er es immer tat, als blicke er in eine noch größere Helligkeit.
»Cliff«, sagte er. Mehr nicht. Nur meinen Namen. Einen Namen, den ich lange nicht mehr gehört hatte.

Ich hätte niemals über diese Straße gehen dürfen.
Warum bin ich nicht weggegangen? Ohne mich umzudrehen? Ich wusste, dass das Licht gefährlich sein würde. Ich wusste es.

»Hey«, sagte Alain. »Du bist also wieder hier?«
»Und du?«
»Ich war nie weg. Nicht für länger. Ich war hier und habe gemalt. Und rumgehangen. Sozialkram gemacht. Sollte ein FSJ werden, aber dann war ich nicht organisiert genug und hab irgendwie so in ein paar Projekten gearbeitet. Obdachlose und Suppe und Flüchtlinge und so.«
Ich weiß nicht, ob er wollte, dass ich reagierte. Ich reagierte nicht.
»Ich habe dir Mails geschrieben«, sagte er.
Ich zuckte die Schultern. »Ich hab die alte Mailadresse nicht mehr.«
»Das dachte ich mir«, sagte Alain, auf eine Art gleichgültig, die unecht klang. Und dann grinste er plötzlich. »Ich … um ganz ehrlich zu sein, ich habe dich vor einer Woche schon gesehen. Ich wollte dir nach. Mit dir reden. Im Mauerpark. Aber dann bist du abgehauen, hinter dem Park. Du bist in ein Auto gestiegen und warst weg.«
Ich sah, dass er wissen wollte, wer in dem Auto gesessen hatte. Ich sagte nichts.
Er zuckte die Schultern. Schließlich brach das Lächeln wieder durch. »Kaffee?«
»Ich weiß nicht. Ich habe eigentlich keine Zeit. Ich muss gehen.«
»Wohin denn?«, fragte er.
»Du siehst genau so aus wie damals«, sagte ich. »Okay, einen Tee.«
Ich holte den Tee, zwei Becher voll, drinnen, zwischen merkwürdigen Eisenbahnrelikten und merkwürdigeren Menschen. Das Eisenbahncafé war immer schon eine Anlaufstelle für merkwürdige Menschen gewesen. Womöglich, dachte ich, fühlten sich die merkwürdigen Menschen zwischen Schienen und alten Lampen wohl, weil sie genauso auf dem Abstellgeleis lebten, nicht mehr gebraucht wurden, einstaubten, wie der ganze Schrott hier. Ich schenkte der Frau an der Theke ein Lächeln, als ich zahlte. Sie lächelte zurück. Nicht so wie Alain. Normal. Unwissend.
Und ich dachte, dass ich es also noch konnte. Frauen zum Lächeln bringen.
Gut.
Draußen stellte ich die Tassen ab und setzte sich mich auf einen wackeligen Klappstuhl an Alains Tisch.

Er sah mich in meinen Taschen suchen und schob mir ganz selbstverständlich den Aschenbecher hin. Doch es war das Handy, das ich gesucht hatte, keine Kippen.
»Ich rauch nicht mehr«, sagte ich und checkte die Zeit und die letzten Anrufe. Gut. Fünf Minuten.
»Kein Alkohol, keine Zigaretten. Ende.«
Und ich dachte, dass ich doch geraucht hatte, im Mauerpark. Hatte Alain es gesehen?
»Wo warst du?«, fragte er.
»Ist das Paket angekommen?«
»Es war für deine Mutter.«, sagte Alain. »Nicht für uns.«
»Habt ihr es ihr gegeben?«
Alain nickte. »Wir … haben es aufgemacht, wir waren zu schnell, wir dachten, es ginge an uns. Was du hineingelegt hattest … Margarete hat sich übergeben, aber sie denkt, ich weiß es nicht. Es war eine Botschaft, aber was sollte es heißen?«
Ich sah weg, blies in meine Teetasse. Botschaften kann man nicht erklären, sie müssen sich selbst erklären. Und auf einmal beugte Alain sich über den Tisch und legte eine Hand auf meine, seine Hand war warm und lebendig.
»Hast du schon mit Margarete geredet?«
»Nein.«
»Ruf sie an«, sagte er. »Sie hat dieselbe Nummer wie damals. Sie wartet. Sie hat das ganze Jahr über gewartet, auch wenn sie es niemals zugeben würde.«
Ich nickte langsam. Margarete.Ich sah nochvor mir, wie sie in der Tür des alten Hauses stand, unten, in der Tür voller Graffiti, vor dem dunklen Hausflur. Wie sie sich das Haar aus der Stirn strich und ihren Schal enger zog, einen weichen, anschmiegsamen Seidenschal, in den ich so gerne mein Gesicht gepresst hätte. Sie hatte nicht gewinkt, mir nur nachgesehen. Und ich war gegangen, ohne mich umzudrehen.
Ich hatte gedacht, es wäre ein Abschied für immer.
Alain beugte sich über das Blatt Papier auf dem Tisch und zeichnete weiter, und ich sah ihm zu.
Der Penner auf dem Papier war ein anderer als der in der Realität. Dre-

ckiger, abgerissener, selbst seine Konturen waren zerrissen. Aber er hatte Flügel. Große, zerbrechliche, zarte Schmetterlingsflügel. Ein Windstoß, und auch sie würden zerreißen.

»Du bist noch besser geworden«, sagte ich.

Alain zuckte die Schultern. »Ich mache eine Mappe. Für die Kunsthochschule. Ich habe zu lange rumgehangen.«

Ich beobachtete seine Finger, die den Bleistift übers Papier führten, den Flügeln Schatten verliehen. Sie waren nicht schön, sie waren beunruhigend, und die Figur des Penners verkrümmt, verzerrt, wie eine Gestalt von einem anderen Planeten. Ein wenig wie die Gestalten von Giger; Giger hatte uns immer beide fasziniert. Maschinenkörper.

»Was ist mit dir?«, fragte Alain. »Hast du gezeichnet? Im letzten Jahr?«

Ich nickte.

»Was?«

Wie sollte ich Alain das sagen? Ich merkte, dass ich schwitzte. Und dass meine Hand auf seiner lag, ihn vom Weiterzeichnen abhielt. Ich hatte die Hand nicht dort hinlegen wollen, ich wusste nicht, wie es geschehen war.

»Du weißt nicht, wo ich war«, sagte ich ganz leise.

»Nicht genau.« Er schien zu schlucken. »Aber egal, wo«, flüsterte er dann. »Jetzt bist du wieder hier. Jetzt ist es vorbei, oder?«

Er sah von dem Bild auf, sah mich an, und ich spürte, wie seine hellen Augen die Wahrheit suchten.

»Ist es vorbei, Cliff?«

»Ich bin von dort wiedergekommen«, sagte ich. »Oder?« Und sah auf mein Handy, nach der Uhrzeit. »Ich muss. Ich treffe mich mit jemandem.« Ich bemerkte Alains Misstrauen und lächelte. »Normale soziale Kontakte.«

Er nickte. »Integration, Arbeitsmarkt, der ganze Scheiß? Was wirst du machen?«

»Ich weiß nicht«, sagte ich. »Mich beim Jobcenter melden, denke ich. Irgendwas finden.«

»Du solltest wieder zeichnen«, sagte Alain.

Ich stand auf. »Ja. Vielleicht.«

Der Penner erhob sich schwankend und schlurfte mit seinen Tüten die

Straße entlang, doch ich sah beinahe die Flügel, er war ein Engel, ein falscher Engel, Alain hatte ihn dazu gemacht.
Und ich ging einen Schritt rückwärts, von Alain weg. Da saß er und lächelte, in all dem Licht, und er war mir unheimlich. Auch er war ein Engel, immer gewesen, ein Engel von Giger.
Irgendwo knallte etwas, und ich muss zusammengezuckt sein, mehr als normale Menschen zusammenzucken, denn Alain sah mich seltsam an.
»Fehlstart«, sagte er. »Ein Motorrad. Sonst nichts.«
Ich nickte. Ging noch einen Schritt rückwärts.
»Cliff?«, sagte Alain. »Komm vorbei, wann immer du willst. Wir wohnen noch in der alten Wohnung, ich … na ja.« Er lachte. »Ich bin bisher immer nur *fast* ausgezogen. Ich glaube, meine Eltern würden mich gerne langsam rausschmeißen. Aber … wenn du irgendetwas brauchst, komm vorbei, ja?«
»Mal sehen«, sagte ich.
Und dann ging ich, rasch, an den Schlangen aus geparktem Blech vorbei, fort von dem Licht, das in meinem Rücken brannte. Zwei Straßen weiter gab es eine Kneipe, die schon offen hatte, irgend so ein abgewracktes Ding, an das ich mich erinnerte, kalte, dunkle Räume, schon nachmittags voller Zigarettenqualm. Ich hatte nicht vor, zu bleiben.
Ich schaffte es gerade noch bis zur Toilette, dann hing ich über der Schüssel und übergab mich, spuckte alles aus, was ich gar nicht in mir hatte, spuckte, bis ich nur noch Galle hochwürgte, bittere Galle und ätzende Säure. Und etwas in mir wollte heulen, doch das war unmöglich. Die ganze Kneipe war voller Blut, es stand bis zur Decke, rot und dickflüssig, und das Licht, Alain in seinem Licht, trieb reglos darin, das blonde Haar ausgebreitet wie Seetang.
Komm vorbei.
»Du weißt nichts«, flüsterte ich in den Wasserspiegel der Kloschüssel. »Wenn du wüsstest, warum ich hier bin, Alain. Dann würdest du anders reden.«

Als ich in der U-Bahn saß, sah ich in der Scheibe die Spiegelung eines Gartens voller kleiner leuchtender Ballons aus Papier. Sie waren nicht da,

natürlich, sie waren nur in meiner Vorstellung vorhanden. Die Lampion-Ballons hingen in den knorrigen alten Obstbäumen, als wären sie eine andere Art von Äpfeln: blassblau, violett, grün, gelb. Die letzten echten Äpfel des letzten Jahres hingen dazwischen wie Papierkugeln.
Ich sah aufs Display des Handys, schrieb eine SMS, dass ich später kommen würde. Und sah wieder in die Scheibe.

Unter den Zweigen saßen zwei kleine Jungen auf einer Holzwippe, zwei Jungen in dicken Winterjacken und mit glänzenden Augen. Unter der Wollmütze des einen lugten hellblonde Haarsträhnen hervor. Die beiden wippten auf und ab, auf und ab, und von irgendwoher kam Musik. Ein Tango. Erwachsene standen und saßen herum und tranken Punsch, eine Menge anderer Kinder rannte unter den Bäumen herum, und über einem Feuer weiter hinten im Garten brieten sie Würstchen an Stöcken.
Es war Februar, und dies war ein Fest der Kita, in die Alain und Margarete gingen. Cliff war immer in eine andere Kita gegangen, eine weniger private und weniger teure.
Margarete saß auf dem Schoß ihres Vaters und sah den beiden Jungen beim Wippen zu.
Es war eine schöne Szene, eine Szene wie für einen Film.
Irgendwann kletterte Alain von der Wippe, und Margarete in ihrem roten Mantel lief über das kalte, nasse Gras und setzte sich aufs Ende des Brettes, und Cliff stieß sich ab und ließ die Wippe auf und ab schwingen, und er sah Margaretes Lachen vor den Lampions und den Äpfeln und fühlte, dass er glücklich war.
Aber es war immer eine zweischneidige Sache, glücklich zu sein. Wenn man es am meisten war, kam irgendetwas und zerstörte das Ganze.
Bei Margaretes und Alains Eltern saß seine Mutter an einem der wackeligen Klapptische. Cliff hob die Hand und winkte ihr. Sie winkte zurück. Lächelte. Und er verließ Margarete und die Wippe und lief hinüber, um sie zu umarmen, denn auf einmal hatte er Angst, dass sie plötzlich fort sein könnte.

Sie streichelte sein Haar, und ihre Hand war sanft und freundlich, aber sehr leicht. Wie ein Schmetterling, der sich nur kurz setzt, um weiterzufliegen.
»Kannst du nicht immer da bleiben?«, fragte Cliff. »Kann ich nicht bei dir wohnen?«
»Ich wünschte, das ginge«, flüsterte seine Mutter und schlang ihre Arme um ihn. Sie duftete nach Parfum und nach Punsch und nach frischer Luft.
»Ich wünschte, es ginge einmal gut. Wenn ich zu Ende studiert habe, habe ich vielleicht mehr Nerven.«
Er wusste, was sie meinte. Es ging nie gut, wenn er bei ihr war, irgendwann bekam er immer einen dieser Anfällen; dann zerschlug er etwas, tat jemandem weh, und sie sagte, sie könne nicht damit umgehen, und am nächsten Tag war er wieder bei seinem Vater, mitsamt Koffer und Autokindersitz.
Er wusste nicht, warum er diese Anfälle bekam. Oder vielleicht doch.
Es passierte, wenn sie ihn alleine ließ oder ihm nicht zuhören konnte, weil sie so viele andere Dinge tun musste. Sie lernte immerzu. Sie wollte etwas Gutes werden, sie wollte viel Geld verdienen. Cliff wusste nicht, wofür. Für wen.
Vielleicht würde sie sich ein anderes Kind kaufen, wenn sie genug Geld verdient hatte.
Er hasste Geld. Es machte so viel kaputt, man hätte es nie erfinden sollen.
Er hatte sie schon ein paar mal gehauen, mit den Fäusten, oder getreten oder gebissen. Es gab diese Momente, in denen er ihr wehtun wollte. Einfach, damit sie kapierte, dass er da war. Wenn er sah, was er getan hatte, erschrak er vor sich selbst.
Er war sehr stark für fünf Jahre.
Er liebte sie.
So sehr, dass es gefährlich war, denn Liebe ist immer gefährlich, je größer, desto gefährlicher, wie Feuer. Diesmal, dachte er, dort unter den Lampions, diesmal würde er bei ihr bleiben. Nicht wütend werden wegen irgendetwas. Niemanden verletzen. Er konnte es.

Zwei Tage später war er wieder bei seinem Vater.

Seit Weihnachten kam ab und zu eine Sozialarbeiterin und schnüffelte in der Wohnung herum, aber man konnte das ignorieren. Es wurde Frühling, wurde Sommer, Margarete und Cliff waren jetzt sechs und kamen zur Schule – vor Alain, der erst im November Geburtstag hatte. Und um Cliff sammelten sich ein paar Leute, Jungs aus der Straße, die ihn bewunderten. Weil er stark war. Weil er gut Steine werfen konnte. Und weil er nicht dumm war. Er hatte Ideen. Sie hatten diese Wette laufen, wer im Spätkauf am meisten Kaugummis klauen konnte. Und es gab einen Automaten an der U-Bahnstation in der Schönhauser Allee, aus dem man manchmal Coladosen herausbekam, wenn man auf eine bestimmte Art dagegen trat. In den Schönhauser Allee Arkaden, dem Einkaufscenter neben der U-Bahn, war es trocken, wenn es draußen regnete. Es war eine gute Zeit.
Manchmal saß Cliff mit Alain im Hinterhof, und sie malten mit Kreide, die Coco gekauft hatte, auf den Boden. Alain konnte gut malen für sein Alter: Blumen, Gesichter, Hunde, Häuser. Cliff malte ganz anders. Seine Striche füllten den ganzen Asphalt aus, wilde, seltsame Striche, und Alain kauerte am Ende ihrer Malnachmittage manchmal nur am Rand des Hofs und sah ihm zu wie einem Erdbeben oder einem Sturm.
Zum Schluss war der Asphalt gefüllt mit Strichen, und Cliff sah Alain an, verschwitzt, außer Atem.
»Was … ist das?«, fragte Alain. Ein wenig ängstlich.
»Ich weiß nicht«, flüsterte Cliff. »Es ist … das, was da ist.« Er konnte es nicht besser erklären.
Alain war ihm unheimlich, er war ein Lichtfleck inmitten von sehr vielen dunklen Dingen, er war wie ein Engel, der manchmal auftauchte. Aber wenn er malte, begriff er, dass er es war, Cliff, der Alain unheimlich war.
Es war auch an dem Tag so, an dem Henri in den Hof hinunterkam. Alains Vater.
»Clifford«, sagte Henri und sah ihn komisch an. Und Cliff spürte, dass etwas nicht stimmte. Ricki Bergmann war an diesem Tag im Hof dabei, ein Fahrrad zu reparieren.
»Kommen Sie mit«, sagte Henri, und Ricki folgte ihm ins Haus, und Alain und Cliff rannten ihnen nach. Sie gingen bis in den zweiten Stock hinauf,

in Alains Wohnung. Da stellten sie sich ans Fenster, und Henri zeigte hinunter in den Hof.
»Das ist unglaublich«, sagte er, und Ricki sagte: »Mein Sohn«, und Alain sagte ernst: »Er kann zaubern. Wie seine Mutter. Er hat gezaubert, obwohl er gemalt hat.«
»Was hat er denn gemalt?«, fragte Coco, die aus der Küche kam.
»Alain«, sagte Henri. »Alain, der vor den Blumen sitzt und eine Kreide in der Hand hält. Fotografisch genau. Das Bild ist nur zu groß, um es zu erkennen, wenn man unten steht.«

Nach diesem Tag passierten eine Weile zu viele Dinge.
Henri und Coco versuchten, alles mögliche »für Cliff zu tun«; sie meldeten ihn zusammen mit Alain zu einem Zeichenkurs für Kinder an, der schrecklich war, kauften Papier und Farben, die Cliff beunruhigten, und sprachen über »Förderung«, was Cliff nicht begriff. Irgendwann ließen sie ihn in Ruhe. Er wollte nichts, außer manchmal Linien malen. Und zwar so groß, wie die Linien eben gerade waren. Sie stellten fest, dass er, wenn er klein genug malte, noch beunruhigendere Dinge zeichnete, nämlich Dinge, an die er sich erinnerte. Cliff hörte sie wieder das Wort *fotografisch* sagen: *fotografisches Gedächtnis.*
Und er lag nachts lange wach und fragte sich, was es bedeuten würde, etwas so Seltsames zu haben. Ob es war wie eine Krankheit. Oder ein Lottogewinn. Ricki spielte Lotto, gewann aber nie einen Cent.
Er telefonierte lange mit Cliffs Mutter und benutzte das Wort auch. Als er sie das nächste Mal besuchte, bat sie ihn, etwas für sie zu zeichnen. Aber der Stift in seiner Hand zitterte, er wusste nicht, was er zeichnen sollte, und schließlich zerbrach er den Stift. Sie seufzte und sagte, sie müsse zu ihren Büchern, weiter lernen. Ihr Studium war beinahe zu Ende.
Irgendwann legte sich die Aufregung.
Und Cliff saß ab und zu mit Alain irgendwo herum und malte, auf der Treppe zum Hinterhaus, im Flur, später im Mauerpark in der Nähe. Sie malten nur noch, wenn niemand zusah.

Margarete war die Einzige, die bleiben durfte. Sie saß stundenlang neben ihnen und sah die Bilder entstehen, und obwohl sie sonst kein schweigsames Kind war, schwieg sie in jenen Stunden.

Der nächste Vorfall mit dem Schuppen passierte, als Cliff in der dritten Klasse war.
Es war an einem sonnigen, warmen Tag, und sie gingen nach der Schule in die Drogerie, nicht zum Spätkauf, weil die Sache mit der Drogerie neu war. Bei den Jungs, mit denen Cliff herumhing, waren jetzt ein paar ältere aus der Schule. Und diesmal sollten es keine Kaugummis sein, sondern etwas anders. Haargel, hatte einer der älteren Jungen gesagt. Lukas. Ich will Haargel. Wer das kriegt, ist König für den Tag. Er sah Cliff an, als er das sagte.
Es war klar, was er erwartete. Er lächelte.
Und Cliff war nahe daran, der König zu werden. Niemand beobachtete ihn. Er ließ die Haargeltube in seiner Tasche verschwinden und nahm an der Kasse ein Päckchen Pfefferminzbonbons, die er bezahlen würde. Nur die Pfefferminzbonbons. Er spürte, dass Lukas und die anderen ihn beobachteten und dass manche neidisch waren, weil sie sich nicht trauten.
Und dann legte sich eine Hand auf Cliffs Hand, die auf den Pfefferminzbonbons auf dem Band vor der Kasse lag. Eine Hand, die schmaler und zerbrechlicher war als seine. Blasser.
»Mach das nicht mit dem Haarzeug«, flüsterte jemand hinter ihm. »Die gucken.«
Cliff starrte einen Moment lang nur die Hand an.
Die Berührung dieser Hand war elektrisch.
Dann drehte er sich langsam um und sah in Alains Gesicht: ein ernster Blick umrahmt von halblangem, hellem Haar. Cliff zog seine Hand zurück.
»Die gucken«, flüsterte Alain. »Die Detektive von hier.« Er klang flehend.
»Lass mich durch«, flüsterte Cliff. Denn die anderen Jungs guckten auch. Er fühlte ihre Blicke, fühlte, wie sie sich an ihm festsaugten. An ihm und diesem schmächtigen blonden Jungen neben ihm.
Alain griff in Cliffs Tasche und zog die Haargeltube heraus.

»Das brauchst du doch gar nicht«, sagte er.
Cliff starrte die Flasche an. Er sah Alain nach, der die Tube zurücktrug, dahin, wo sie hingehörte. Dann ging er, ohne Bonbons, ohne Haargel, durch die Kasse.
Der Kaufhausdetektiv fing ihn kurz vor dem Eingang ab. »Ich möchte mir nur mal deine Taschen angucken«, sagte er, und Cliff musste mitten in dem leeren Raum vor den Kassen stehen und die Hände hochheben und zulassen, dass der Detektiv ihn abtastete und in alle seine Taschen griff.
Er fand nichts, zuckte die Schultern und sagte: »Dann hau ab. Aber nächstes Mal erwisch ich dich, da kannst du Gift drauf nehmen.«
Cliff sah sich nach Alain um, als er durch die leise aufgleitenden Glastüren in den warmen Augusttag trag. Alain stand an der Kasse, bezahlte irgendetwas und lächelte zu ihm herüber.
Und alle anderen sahen es.
Warum hatte er Cliff nicht die verdammte Tube klauen lassen? Es wäre wichtig gewesen, egal, ob er erwischt wurde oder nicht.
»Hast einen kleinen Schutzengel, was«, sagte Lukas, der plötzlich neben ihm auftauchte.
»Wir … malen nur manchmal zusammen«, murmelte Cliff. »Er wohnt oben im Haus.«
»Ach, malen«, sagte Alex, Lukas Freund. Sie waren beide zehn oder elf. »Schau mal an, John-Clifford Musterschüler malt. Mit Buntstiften, ja? Was denn, Blümchen und Bienchen?«
»Natürlich sind Schutzengel immer oben«, sagte Lukas.
Sie lachten beide. Und die ganze Bande an kleineren Jungen lachten mit ihnen, dreckig, lüstern, obwohl sie nichts begriffen.
»Fickt euch«, sagte Cliff, was er von Ricki gelernt hatte.
Und er beeilte sich, ihnen nachzurennen, draußen die Straße entlang, und dachte an Alain, den Schutzengel. Und hasste ihn. Diesen Engel, der wieder und wieder in seiner Welt auftauchte und Löcher aus Licht in die Dunkelheit brannte, der jede Regel außer Kraft setzte.
In diesem Moment wusste Cliff, glasklar, dass er ihn zerstören musste, wenn er überleben wollte.

Sie fanden Alain am Nachmittag im Hinterhof.
Er saß zwischen dem Blumenbeet und der schmalen Reihe mit Johannisbeersträuchern und beobachtete eine große, pelzige hellgrüne Raupe.
Coco war in der Galerie, und Henri schlief, weil er nachts irgendwo mit der Band gespielt hatte, Cliff wusste das. Die Leute aus dem dritten und vierten Stock, die in Cliffs Leben sonst keine Rolle spielten, arbeiteten bis sechs Uhr abends, auch das wusste er. Margarete saß im ersten Stock mit ihrer Mutter bei den Hausaufgaben. Die Tage in Margaretes Familie liefen immer gleich ab, geregelt, ordentlich. Ihr Vater war bei irgendeinem Amt, ihre Mutter kam jeden Tag um Punkt zwölf aus ihrem Dekorationsartikelladen und holte Margarete von der Schule ab. Doch, Cliff wusste eine Menge. Und an diesem Tag ging ihm zum ersten Mal auf, dass die anderen nicht wussten, *dass* er wusste. Man kann Dinge bemerken und registrieren, ohne dass jemand es mitbekommt. Vor allem, wenn man einen Vater wie Ricki Bergmann hat und Löcher in den Hosen. Erwachsene unterschätzen einen in diesem Fall gerne.
Cliff war klug. Er wusste, dass er klug war.
Er und die Jungs kamen eigentlich in den Hof, um Cliffs Fahrrad zu holen, ein ausrangiertes Rad von irgendjemand anderem. Aber dann sah er Alain dort sitzen, versunken in die Betrachtung der Raupe, und ihm fielen all diese Fakten ein, die darauf hinausliefen, dass Alain, was die wachen Hausbewohner anbelangte, allein war.
Allein.
Da saß er, in all dem Licht, sein blondes Haar glänzte in der Sonne, beinahe wie ein Heiligenschein. Neben ihm lagen ein Block und ein offener Wasserfarbkasten. Vielleicht hatte er gehofft, Cliff käme.
»Da ist er ja!«, sagte Alex. »Der Typ, der uns den Detektiv auf den Hals gehetzt hat!«
Sie waren zu siebt, da waren noch vier andere, ungefähr so alt wie Cliff selbst.
»Na komm, Cliffi, geh deinen Busenfreund knutschen«, flüsterte Lukas und schmatzte mit den Lippen.
»Hey, holen wir das Rad und lassen wir Mamasöhnchen alleine«, sagte ein anderer.

Aber Cliff ging nicht mehr auf das Fahrrad zu, das bei den anderen Rädern an der Wand lehnte. Er ging auf Alain zu. Und blieb vor ihm stehen. Mit verschränkten Armen. Sah zu ihm hinab.

»Hallo, Alain«, sagte er.

Alain blickte auf, blinzelnd gegen den hellen Himmel.

Cliff merkte, dass Lukas und Alex sich rechts und links von ihm aufgebaut hatten. Hinter ihnen standen die anderen.

»Du hast diesen Detektiv geholt«, sagte Cliff.

»Nein«, sagte Alain. »Ich wollte dir helfen.«

Seine Augen waren so hellblau wieder Himmel, so durchscheinend wie die Wahrheit. Eine eisige Kralle schloss sich um Cliffs Eingeweide und drückte sie zusammen, und er dachte, er müsste schreien vor Schmerz. Er biss die Zähne zusammen.

»Lüg nicht«, sagte Lukas. »Klar hast du den Detektiv geholt.«

»Hübsche Raupe hast du da«, sagte Alex. »Es gibt ja Menschen, die so was essen. Solltest du vielleicht mal probieren.«

Sein Arm schnellte vor, doch Alain war schneller. Er pflückte die Raupe vom Boden, holte aus und schleuderte sie in die Johannisbeersträucher, wo niemand sie mehr finden würde. Sie landete dort, kurz bevor Lukas Alain packte und auf die Füße zog.

»Das war unsere Raupe«, sagte Lukas. »Dafür wollen wir Ersatz. Für die Haargeltube auch.«

Alain sah ihn nur an und schwieg.

»Wir sollten irgendwohin gehen, wo man in Ruhe reden kann«, sagte Alex.

Er sah Cliff an, und Cliff sah zum Schuppen hin. Lukas nickte.

»Ich schreie«, sagte Alain. Er klang heiser.

»Ich glaube nicht«, sagte Alex und hielt ihm seine Faust unter die Nase. »Sonst kriegst du die hier in die Fresse. Wenn wir vernünftig reden, tun wir dir nichts.«

Einer der kleineren beugte sich vor und zischte: »Schisshase. Der macht sich jetzt schon in die Hosen!« Und alle lachten wieder.

Cliff hielt ihnen die Schuppentür auf, und sie schoben Alain ins Dämmerlicht zwischen den alten Gummimatratzen, Fahrradschläuchen, Flaschen,

Kartons. Cliff ging noch einmal zurück, hob den Farbkasten, das Wasserglas und zwei Pinsel auf und nahm sie mit hinein. Die Schuppentür klickte ganz leise, als sie hinter ihm ins zufiel.

Er dachte an Ricki. An Weihnachten. Damals. Daran, wie er gebettelt hatte. *Hilf mir.* An die Demütigung. Den Umstand, schwach zu sein und auf Hilfe angewiesen.

Lukas stand jetzt hinter Alain und hielt seine Arme fest. »Okay, was kriegen wir? Als Ersatz?«

»Ich hab nichts«, sagte Alain leise.

Da holte Alex aus, und Cliff sah seine Faust durch die Luft zischen und hart in Alains Gesicht landen. »Versuch's nochmal«, sagte Lukas liebenswürdig. »*Was* kriegen wir?«

Alain sagte nichts. Schrie auch nicht.

Er tat etwas Schlimmeres: Er sah Cliff an. Die Haut unter seinem linken Auge war geplatzt, ein feines Rinnsal Blut lief darüber.

Diesmal war es Lukas, der zuschlug, in die Magengegend, und Alain krümmte sich und würgte. Cliffs Blut raste, ihm war heiß. Da hing er, der Engel, in Lukas Griff, er war ihnen ausgeliefert. Sein Blick, der um Hilfe bat, war ein Hexenblick; er versuchte, ihn, Cliff, umzukrempeln. Das Helle in ihm an die Oberfläche zu rufen. Doch er würde sich nicht verhexen lassen, diesmal nicht.

»So kommen wir nicht weiter«, sagte Alex und sah sich um, und Cliff hob ein Seil auf, das auf dem Boden lag. Ein Lächeln breitete sich über Alex's Gesicht. »Die Indianer haben das auch so gemacht«, sagte er. »Ihre Feinde an den Marterpfahl gebunden. Natürlich nackt.«

Er zog Alain das T-Shirt über den Kopf, unter dem der schmächtige Brustkorb sich zu rasch hob und senkte. Zwei von den jüngeren zogen ihm die Shorts aus, streiften kichernd die Unterhose herunter, und Lukas stieß ihn gegen das größte Regal im Schuppen, in dem Dosen und leere Apfelsaftflaschen lagerten. Die mittlere Ebene war eine Art Weinregal. Alex und Lukas zogen Alains Arme nach beiden Seiten auseinander, wickelten das Seil um sie und zurrten es am Regal fest, man konnte das Seil durch die Lücken zwischen den einzelnen Flaschenmulden fädeln. Alain sagte die ganze Zeit über kein Wort, er starrte Cliff nur an. Er stand jetzt mit ausge-

breiteten Armen vor dem Regal, splitterfasernackt, und Alex trat zurück und sagte: »Na, wenn das kein schöner Jesus ist.«
Lukas rieb sich die Hände und wippte auf den Fersen auf und ab wie ein Boxer, bereit, wieder zuzuschlagen.
Da tauchte Cliff die beiden Pinsel in die Farbe und gab sie zwei der kleineren Jungs. »Wollten wir nicht malen? Malt ihn an.«
Rot. Er hatte die Pinsel in rote Farbe getaucht, Hellrot und Dunkelrot, Karmin und Zinnober, Cliff kannte die Namen der Farben seit dem unsäglichen Malkurs. Er sah Lukas zurücktreten, er sah die Pinsel über Alains nackte Haut fahren, die Jungen kicherten jetzt alle, es war ein Kinderspiel. Alain zitterte.
Und dann packte Cliff die Wut, die Wut auf seine Geduld, sein Schweigen, das Licht, das ihn umgab, diesen verfluchten Heiligen, der sich nicht wehrte – und er griff sich einen der Pinsel und malte ihm das Rot quer übers Gesicht, ins Haar, verteilte die Farbe über Schultern, Armen, Brust, verschmierte sie mit beiden Händen. Hörte die anderen lachen und applaudieren. Blut. Für sie war es Blut, es war ein Rausch.
Er ließ das Blut Alains Beine hinunterlaufen, fuhr mit dem Pinsel zwischen die Beine, strich rot, rot, rot über Alains entblößten, siebenjährigen Penis; die Jungen konnten kaum mehr atmen vor Lachen. Auf dem Boden zwischen Alains Beinen gab es einen Fleck, der nicht von dem Rot herrührte, einen gelblichen Fleck der Angst. Die Jungen machten demonstrativ würgende Geräusche.
Cliff ließ den Pinsel fallen. Er stand schwer atmend da, mit geballten Fäusten.
»Lass uns abhauen«, sagte Alex, plötzlich unbehaglich.
»Denk dran«, zischte Lukas und beugte sich noch einmal ganz nah zu Alain. »Nächstes Mal kriegen wir eine Entschädigung. Und du hast mit den Kaufhausdetekiven nichts zu quatschen.«
Dann drehten sie sich um und gingen. Es war niemand im Hof, der sie sah. In der Tür drehte Cliff sich um. Ein Fehler.
Da stand er, in einem Strahl staubigen Spätnachmittagslicht: der Engel, in einem Gewand aus Blut. Seine Augen strahlten klar und tränenlos durch die rote Farbe.

Und seine stümperhaft festgebundenen Arme, an denen das Rot die einzelnen Muskeln überdeutlich hervortreten ließ, waren nichts anderes als Flügel. Weite, ausgebreitete Flügel, die die ganze Welt umspannten. Da stand er in seinen Fesseln, und er hatte noch immer wahnsinnige Angst, Cliff sah es, und dennoch bat er um nichts.
Er war stark, dieser Engel. Stark und hell. Und sehr, sehr unheimlich.
Cliff schloss die Schuppentür und rannte den anderen nach.

Er versuchte zu vergessen. Mit den anderen Fußball zu spielen. Lukas hatte gesagt, er solle den Schuppen auf keinen Fall betreten, er solle den da drinnen noch ein bisschen seine Lektion lernen lassen. Und der könne ja schreien, oder? Kein Problem.
Cliff konzentrierte sich darauf, den Ball zu schießen.
Eine Stunde später, oder waren es zwei, kam er zurück nach Hause. Im Flur saß Margarete auf den Stufen.
»Hey, Margarete«, sagte er und setzte sich neben sie, und sie nahm seine Hand und sah sie an. »Du hast rote Farbe an den Fingern«, sagte sie sanft. »Wo ist Alain? Ich hab ihn gesucht.«
»Ich weiß nicht«, sagte Cliff. »Ich dachte, irgendwo im Hof? Vorhin hatte er eine Raupe, bei den Johannisbeeren.«
Margarete schüttelte den Kopf. »Da liegt nur ein angefangenes Bild. Von dir.«
»Nein«, sagte Cliff. »Ich habe nicht gemalt.«
»Alain hat gemalt«, sagte Margarete. »Dich gemalt. Deshalb ist es ein Bild von dir.«
Sie stand auf, und Cliff folgte ihr langsam in den Hinterhof. Jeder Schritt schmerzte. Eine Amsel sang hoch in den Hinterhofzweigen. Im zweiten Stock klapperte Henri mit Geschirr und pfiff. Margarete hob das Bild auf, das mit einem Stein beschwert gewesen war.
Es zeigte eine schwarze Gestalt vor einer Wiese aus violetten Blumen und grünem Gras. »Warum bin ich das?«, fragte Cliff.
»Steht doch drauf«, meinte Margarete und zeigte auf den Rand des Bildes.
»Hast du geguckt, ob er im Schuppen ist?«, fragte Cliff. Die Worte taten so weh wie die Schritte.

»Wieso sollte er im Schuppen sein?«, fragte Margarete.
Cliff zuckte die Schultern und zog die Schuppentür auf. Alles in ihm wünschte, der Schuppen wäre leer.
Margarete griff nach seiner Hand.
Da stand er, der Engel, oder er hing eigentlich, nur durch das Seil gehalten, die Augen geschlossen, erschöpft. »Oh Gott«, sagte Margarete und hörte sich an wie ihre Mutter. »Ist er tot?«
»Nein«, sagte Cliff fest. Es war mehr ein Flehen als eine Feststellung. Dann drückte er Margarete auf einen alten Klappstuhl, war mit ein paar Schritten bei Alain und löste das Seil. Es dauerte, die Knoten zu öffnen, aber er schaffte es. Alain rutschte hinunter und saß jetzt auf dem Boden, er schlug die Augen auf und schüttelte den Kopf wie jemand, der aus einem Traum erwacht, und Cliff wickelte das Seil von seinen Armen und nahm das Taschentuch, das Margarete ihm gab, weil sie gar nicht mehr auf dem Klappstuhl saß. Er tauchte es in das übriggebliebene, hellrote Malwasser in dem Glas und begann, fieberhaft Alains Arme damit abzureiben, sein Gesicht, seinen Hals. Alain rührte sich nicht, ließ es einfach geschehen. Margarete fand irgendwo noch ein Taschentuch. Sie arbeiteten zusammen, mit fliegenden Fingern, und Margarete fragte: »Ist das Blut?« und Alain flüsterte: »Nur Farbe«, und Margarete fragte. »Wer war das?«
»Kennst du nicht«, sagte Alain. »Jungs aus der Straße. Die waren sauer auf mich.«
»Warum?«, fragte Margarete, und dann nahm sie Alain in die Arme, den nackten, nassen, immer noch teilweise rot verschmierten Alain, und drückte ihn gegen ihr helles T-Shirt. »Warum waren sie sauer? Was hast du gemacht?«
»Nichts«, flüsterte Alain. »Genau deswegen.«
Schließlich löste er sich von ihr und sah sich um, doch die Shorts und das T-Shirt lagen nicht mehr auf dem Boden. Einer der Jungen musste sie mitgenommen haben. Es war kühl im Schuppen, die Sonne war weitergewandert, Alain zitterte.
»Ich hol dir was anzuziehen von oben«, sagte Margarete.
»Nein«, sagte Alain. »Ich will nicht, dass mein Vater fragt, warum …«

»Ich erzähl ihm, wir hatten einen Unfall mit dem Malwasser oder so«, sagte Margarete.
Und stand auf, und war fort. Die Entschlossene. Die Jungfrau der einfachen Worte und Taten, das würde erst später gedacht werden …
»Warum hast du nicht geschrien?«, flüsterte Cliff. »Jemand hätte dich rausgeholt.«
Alain zuckte die Schultern. »Ich wollte nicht, dass sie mich so finden.«
Sie saßen nebeneinander auf dem Boden, die Welt existierte nur draußen.
Cliff legte eine Hand auf Alains Brust, in das Blut, das nur Farbe war. »Es tut mir leid«, wisperte er. »Es tut mir leid.«
Und er meinte es. Die Wut war verraucht. Er merkte, dass er weinte, die Tränen rannen über sein Gesicht und tropften zu Boden, und Alain legte seine Hand aufs Cliffs Hand und hielt sie fest.
Er spürte Alains Herzschlag.
Dann standen sie auf, und dann umarmte er Alain, wie Margarete ihn vorher umarmt hatte.
Er spürte, wie die Helligkeit und die Dunkelheit sich mischten, wie sie in Schlieren ineinander liefen, ohne sich jemals ganz aufzulösen. Es war falsch gewesen; er musste diesen Engel nicht zerstören. Er *konnte* ihn gar nicht zerstören, er war ein Teil von ihm. Wenn er das Licht zerstörte, zerstörte er auch sich selbst. Es war nichts, was er so mit acht Jahren dachte, es war mehr ein Gefühl.
Und dann kam Margarete mit einem Arm voll Kleider.

Cliff.
Ich bin es, Margarete. Nein, du kannst mich nicht hören, ich bilde es mir nur gerne ein. Ich stehe wieder auf der Brücke zum Mauerpark, über den Geleisen. Es ist ein guter Ort, um mit Dir zu sprechen.
Als du wiederkamst, nach Berlin, hatte ich Angst. Ich habe an alles gedacht, was passiert war. An das Rot von Wasserfarben auf Haut. An diese Abgründe, die unsere gemeinsame Zeit durchzogen.
Als wir Alain damals im Schuppen fanden, wusste ich, dass du bei denen gewesen warst, die das getan hatten. Ich kann dir nicht sagen, warum, aber ich wusste es.
Er ist später eine ganze Weile nicht aus dem Haus gegangen, nicht in die Schule, nirgendwohin, und sie haben ihm viele Fragen gestellt, seine Eltern, der Kinderarzt, der Psychologe. Er hat geschwiegen. Für dich.
Als ihr wieder zusammen gezeichnet habt, war es Winter geworden. Ein Weihnachten ohne Katastrophen. Du hast eine Playstation von Ricki und deiner Mutter bekommen, ein damals noch teures Ding, und Mama und Coco haben etwas von Entschädigung gesagt. Eine Entschädigung dafür, dass seine Mutter ihn so selten holt.
Sie hatte das Studium geschafft, sie stand endlich im Labor und forschte, und ich stellte sie mir vor, da zwischen den Reagenzgläsern, in einem seltsamen blauen Licht … Sie hatte noch weniger Zeit als zuvor. Es war schwer, sie nicht zu mögen, wenn man ihr begegnete, sie war so voller Hoffnung, so jung, so hübsch.
Aber es war ganz leicht, sie nicht zu mögen, wenn man deine Augen sah.
Und Ricki war vielleicht auf seine Weise besser zu dir als sie, vielleicht war er auf seine Weise ein guter Vater. Man sollte nicht immer vom Äußeren ausgehen.
Als du verschwunden warst, im Sommer vor dem letzten, habe ich ihn in den ersten Wochen manchmal besucht und mit ihm Kaffee getrunken. Nur so. Ein bisschen die Küche aufgeräumt. Er hat sich schreckliche Sorgen gemacht.
Ich habe ihm nie gesagt, was ich wusste.
Und dann kamst du zurück, Alain hat es mir erzählt.

Und du hast angerufen, ein paar Tage später. Ich werde nie vergessen, wie das Telefon klingelte.
»Margarete«, hast du gesagt. Nur das.
»Wo bist du?«, habe ich gefragt.
»Hier«, hast du gesagt. »Komm runter.«
Und da standst du, unten im Hof, und sahst mir entgegen. Ich hätte dich beinahe nicht erkannt, du hattest an Gewicht verloren, du warst ein Schatten dessen, den ich kannte. Als ich dich zuletzt gesehen hatte, hattest du einen Bart getragen, jetzt war er fort, dein Gesicht glatt rasiert, ohne dadurch jünger zu wirken, die Augen dunkel wie immer. Vielleicht noch dunkler.
»Alain hat mich gefragt, ob es vorbei ist«, hast du gesagt.
»Und?«, fragte ich. »Was hast du gesagt?«
»Natürlich«, sagtest du. »Du kannst das allen sagen. Meinem Vater. Deinen Eltern. Wo ist er? Wo ist Ricki?«
»Er wohnt nicht mehr hier«, habe ich gesagt. »Schon eine Weile. Er ist jetzt in einer betreuten Einrichtung.«
»*Was?*«
»Es war wegen der Trinkerei. Er hat es geschafft, sich halb totzusaufen, als du weg warst. Wusstest du das nicht?«
Du hast den Kopf geschüttelt. »Scheiße.«
»Ja«, habe ich gesagt. Und wir sind einfach losgegangen, die Straße runter, und es war seltsam, nach so langer Zeit wieder neben dir herzugehen. Wir haben uns nicht berührt.
»Margarete«, hast du wieder gesagt. Aber dann nichts mehr.
Wir sind lange gegangen. Ich habe dir Dinge erzählt, die passiert waren, von Geburtstagen, einem Jubiläumsfest im Geschäft meiner Mutter, Cocos Arbeit mit Flüchtlingen, in die sie sich jetzt hineinhängte, ich glaube, ich habe nur geredet, um zu reden.
Du wolltest nicht über das sprechen, was gewesen war.
Ich dachte wieder an das Rot in unserem dritten Schuljahr, das Rot im Schuppen.
»Zeichnest du noch?«, fragte ich.
»Ich habe zu viel gezeichnet«, hast du gesagt. »Im letzten Jahr.« Und ich wusste nicht, was du meintest.

Und plötzlich bist du stehen geblieben, an einer Kreuzung, hast meinen Kopf zwischen deine Hände genommen und mein Gesicht zu dir gedreht. Hast mich geküsst, ganz sachte, auf die Lippen, es war kaum eine wirkliche Berührung.
Dann hast du irgendetwas gemurmelt, darüber, dass du wieder anrufen wirst, und du bist über die Straße gerannt, mitten durch den Verkehr, und auf der anderen Seite in die Tram gesprungen, die dort stand.
Cliff.
An diesem Tag, an dem du mich geküsst hast, wäre ich mit dir überall hingegangen, obwohl ich weiß, dass es unvernünftig gewesen wäre. Ich stand lange, lange neben der Straße und sah der Tram nach, spürte noch die Berührung deiner Hände auf meinen Wangen, sah noch die Schatten unter deinen Augen.
Ich ahnte, schon damals, dass das »vorbei« eine Lüge war.

3

Als ich Cliff unten mit Margarete sprechen sah, vor dem Haus, wusste ich, dass ich ihm nachgehen musste. Dass ich ihn nicht mehr verlieren durfte.

Ich hatte ihn am Rande des Mauerparks verloren, und ich hatte ihn verloren, als er beim Eisenbahncafé aufgetaucht war. Natürlich war ich ihm auch vom Eisenbahncafé aus nachgegangen. Aber er war gut darin, um eine Ecke zu biegen und zu verschwinden.

Er achtete ganz offensichtlich darauf, dass niemand ihm folgte.

Aber ich folgte ihm, ich rannte die Treppe hinunter, die Straße entlang, ihm und Margarete nach. Sah, wie sie sich unterhielten – ich sah alle Worte, die sie nicht sagten. Ich sah, wie Cliff sich zu Margarete hinunterbeugte und sie küsste, flüchtig. Ich sah, wie ein Windstoß mit den braunen Wellen ihres Haares spielte wie mit Herbstlaub, und ich spürte dieses weiche Haar noch unter meinen Fingern, als wäre es gestern gewesen.

Dort standen sie, zu zweit, sie bemerkten mich nicht, und hier stand ich, allein. Nur fünfzig Meter weit entfernt.

Dann lief Cliff über die Straße und sprang in eine Tram. Ich wusste, dass es kein Wort des Abschieds gegeben hatte.

Im Berliner Verkehr ist es manchmal möglich, einer Tram tatsächlich nachzurennen.

Ich kam mir blöd vor, aber ich sprintete auf dem Bürgersteig an Leuten, Kinderwagen und Hunden vorbei, egal, ob Margarete mich sah. Ich stieß Menschen beiseite und hatte keinen Atem, Entschuldigungen zu murmeln, ich war wie eine Gestalt in einem der Comics, über die wir früher zusammen gelacht hatten.

Es war immer am besten gewesen, wenn wir gelacht hatten …

Während ich rannte, hörte ich Cliffs Lachen aus der Erinnerung heraus,

das für Momente unbeschwerte Lachen eines Kindes, und an der nächsten Haltestelle hechtete ich in die Tram. Stand da, keuchend, ohne Ticket. Hielt mich an einer gelben Halteschlaufe fest und sah mich um.
Ich war in der Mitte eingestiegen, Cliff stand vorne, gleich hinter dem Fahrer. Er stand so, dass er die Tram jederzeit verlassen konnte, es war nur ein Schritt bis zur vorderen Tür.
Vielleicht, dachte ich, war noch jemand hinter ihm her.
Nach sieben Stationen stieg er aus, ging eine Straße entlang, ließ sich von einem U-Bahn-Schacht aufsaugen. Ich folgte ihm unter die Erde, ich war ihm immer unter die Erde gefolgt, in jedem Sinn.
Er kaufte ein Ticket am Automaten. Früher war er schwarz gefahren.
Doch, er hatte sich verändert. Seine Kleidung war ordentlicher, er trug ein Hemd mit Kragen unter der offenen Jacke. Die Jeans hatten keine Löcher, die Turnschuhe keine Flecken von Sprayfarbe wie früher. Er bewegte sich auch anders als früher, früher hatte er nach außen dieses mir-ist-alles-egal getragen, seine Angst vor der Welt vertuscht. Zugeschlagen, wenn sie zu groß wurde.
Jetzt kanalisierte er die Angst zu einer Art vernünftiger Vorsicht. Seine Bewegungen waren geschmeidiger als früher, elegant beinahe. Erwachsen. Wenn man ihm nicht ins Gesicht sah, verschmolz er mit seiner Umgebung, mit der Menge im Bus, war beinahe unsichtbar.
Ich kam mir auffällig und ungelenk vor im Vergleich, wie ein junger Hund mit zu großen Pfoten.
Wäre die U-Bahn nicht so überfüllt gewesen, er hätte mich sofort bemerkt.

Moabit.
Cliff führte mich nach Moabit.
Er war von Margarete aus, von Prenzlauer Berg aus, zuerst in eine völlig verkehrte Richtung gefahren, um dann umzukehren. War es gar nicht *irgendjemand*, der ihm auf den Fersen war, sondern glaubte er, *Margarete* käme ihm nach? Und warum war ihm so viel daran gelegen, dass sie es nicht tat?
Ich folgte ihm eine mehrspurige Straße entlang, auf einen Felsen zu, der sich zur Linken erhob: die JVA Moabit, die Justizvollzugsanstalt. Mir

wurde seltsam kalt. Und einen Moment lang dachte ich, er würde dort abbiegen, auf den mehrfach gesicherten Eingang zugehen, auf das Pförtnerhäuschen …

Doch Cliff führte mich an der JVA vorbei, vorbei an den Fensterreihen, hinter denen so viele Schatten lauerten wie in seinem Blick.

Zwei Straßen weiter gab es mehr Bäume, Büsche, und andere Felsen: sozialen Wohnungsbau. Otto-Dix-Straße. Gott, gerade Dix, wir hatten auch Dix einmal geliebt, versucht, uns mit ihm zu identifizieren, mit seinen Berliner Schmuddelkindern in den Hinterhäusern, mit der rußigen Luft auf seinen Bildern. Wen hatten wir nicht alles zu Idolen erklärt, Idolen der Malerei.

Ich wusste, dass ich nie so gut werden würde wie ein Otto Dix. Aber Cliff, Cliff war besser.

Er hatte immer gesagt, das wäre Unsinn.

Eine türkische oder arabische Familie mit Kinderwagen und sehr vielen Tüten waberte über den Gehsteig. Die Kinder kreischten. Deutsche Kinder ohne Gesichter grölten ein Stück entfernt auf einem Spielplatz, junge, verbrauchte Mütter starrten auf Handydisplays, Jugendliche klebten auf den Bänken und rauchten sich das Leben zurecht. Aber eins der türkischen oder arabischen Kinder lachte mich an. Ein kleines Mädchen mit lückenhaftem Erstklässlergebiss. Ihre Mutter lächelte.

Es gab Balkons, aber auf den Balkons keine Blumen.

Die Balkons waren grau. Die Tür war grau. Sie schloss sich hinter Cliff, und er war fort. Ich erwartete nicht, auf einem der Klingelschilder den Namen Bergmann zu finden, aber da war er, auf einem Klingelschild des vierten Stocks: *J. C. Bergmann.* Daneben hingequetscht: *S. Fresemann und F. Soudani.*

Ich setzte mich auf die Stufe vor der Tür. Ich brauchte einen Aufhänger, einen ersten Satz, den man durch eine Sprechanlage sagen konnte.

Cliff. Ich wollte nur … mit dir reden. Ich weiß nicht, was ich wollte.

Ich schloss die Augen und spürte die Sonne auf meinen Lidern. Ich dachte an das kleine Mädchen mit den Zahnlücken, das gelacht hatte, und an seine lächelnde Mutter. Zwei Straßen weiter wimmelte es von türkischen und arabischen Gemüseläden. Multikulti. Coco hatte Freunde in Moabit.

Henri hatte eine Weile Gigs in einer der Eckkneipen gehabt und gesagt, es wäre erfrischend un-hip. Das Dixhuitième von Berlin. Naja. In Paris war das 18te Arrondissement das der Araber. Das mit der besten Küche. Moabit war immerhin das Viertel mit dem billigsten Döner.
Die Klingel klemmte.

»Fuck«, sagte Cliffs Stimme, verzerrt aus dem Lautsprecher. Ein Wort, das nicht zu der neuen Unauffälligkeit und den sauberen Schuhen passte. »Was machst du hier?«
»Ich dachte nur«, sagte ich. Ein dummer Satz.
»Ich war bei Margarete«, sagte er. »Das wolltest du doch. Sie weiß, dass ich noch lebe. Also.«
»Deshalb bin ich hier. Weil du noch lebst. Andernfalls wäre ich nicht gekommen.«
»Alain«, sagte Cliff, irgendwie gequält.
Und drückte den Summer.

Und dann stand er da, in der Wohnungstür, lehnte im Rahmen, versperrte die Tür und sah zur gleichen Zeit aus, als hätte er auf mich gewartet. Lange. Seit Wochen.
»Was ist falsch an der Wohnung?«, sagte ich. »Warum willst du nicht, dass Margarete …?«
»Sie hat hier nichts zu suchen, das ist alles.« Er zuckte die Schultern. »Ich versuche, neu anzufangen. Ich brauche Zeit. Könnt ihr nicht loslassen?«
»Ich bin nicht der, der im Eisenbahncafé jemanden gesucht hat«, sagte ich leise.
Er schnaubte. »Das war Zufall, und das weißt du. Oder vielleicht … Nostalgie? Vielleicht bin ich da vorbei, weil wir früher da waren. Aber ich habe dich nicht gesucht.«
Er machte einen Schritt zur Seite, ließ mich in die Wohnung, beobachtete mich, während er die Tür langsam schloss.
Ich weiß nicht, was ich erwartet hatte. Die Wohnung war vollkommen unspektakulär.
Ein schmaler Flur, ein paar Jacken an einem Haken, Regenjacken mit

Sportlabels. Filmposter an den Türen und der Wand. *Ocean's Eeleven. From Dusk till Dawn. Deep Impact.* Und ein paar Filme, die ich nicht kannte. Einstürzende Welten, überlebende Helden. Über den Jackenhaken eine Girlande aus Plastikblumen, rosa und grün, liebevoll mit Stecknadeln an die Tapete gepinnt.

Ich merkte, wie ich lächelte.

Irgendwo rauschte eine Klospülung, aus einem Raum weiter hinten drang leise Musik. Es war noch jemand in der Wohnung. Kein Grund, nervös zu sein.

Ich folgte Cliff in eine winzige Küche, die sehr ordentlich, sehr kahl und sehr funktionell war, und dort lag auf einer schmalen Arbeitsplatte ein Klumpen blassen, zähen Teiges. Cliff war offenbar dabei gewesen, diesen Teig zu kneten, und ich sah ihm zu, wie er damit weitermachte, er hatte die Ärmel des Hemdes aufgekrempelt und Mehl im Haar, und all das war unerwartet.

»Pizza?«, fragte ich.

Er schüttelte den Kopf. »Fladenbrot. Setz dich.«

Es gab einen Tisch und zwei Klappstühle, und ich saß da und wusste nicht wirklich etwas mit mir anzufangen. Ich wünschte, wir wären allein gewesen.

An der Küchentür hing, in seltsamem Kontrast zu den Actionfilmpostern im Flur, ein Farbdruck von einem Bild, das offenbar im Original kleiner war, vielleicht die Illustration aus einem alten Buch. Der Druck zeigte einen grünen Vogel in den Ästen eines Baumes voller goldener Früchte. Er hatte den Schnabel leicht geöffnet. Er sang.

»Wie läuft's?«, fragte ich nach einer Weile. »Hast du was gefunden? Beim Jobcenter?«

»So schnell nicht«, sagte Cliff und teilte den Teig in zwei Hälften, knetete weiter. Ich sah die Muskeln seiner Arme, anatomisch genau, jeden einzelnen Sehnenstrang. Mir fiel wieder auf, wie dünn er war.

»Margarete sagt, Ricki ist in irgend so einer betreuten Wohnsache«, sagte er. »Kann man da hin?«

»Sicher«, sagte ich. »Ist kein Gefängnis. Du kannst ihn besuchen. Wenn du willst, finde ich die Adresse raus. Kann sein, Coco hat sie.«

Die Küchentür ging auf, und ein Typ kam herein, ein wenig älter als wir, vielleicht Mitte zwanzig. Kahlrasierter Kopf, Sportglatze am ehesten. Kapuzenpulli, Backenbart. Eine etwas schiefe Nase, grüne Augen. Er musterte mich, im ersten Moment misstrauisch, doch dann kam er herüber und streckte die Hand aus, um meine zu schütteln, wofür ich reflexartig wieder aufstand.
»Stefan«, sagte er.
»Das ist Alain«, sagte Cliff. »Wir … kennen uns von früher. Er ist jetzt … Was machst du jetzt?«
»Rumhängen«, sagte ich. Zuckte die Schultern. »Na ja. Ich hab 'ne Weile bei einem Jugendclub geholfen, und 'ne Weile Suppe ausgeschenkt für Penner … Was man so macht, wenn man darauf wartet, dass das nächste Semester an der Kunsthochschule anfängt. In der letzten Zeit sind es vor allem Flüchtlinge. Man verteilt Decken oder Wasser, steht am Bahnhof, erklärt Züge. Solcher Kram.«
Ich sah ihn an, als ich das Wort Flüchtlinge sagte. Beim letzten Mal hatte er nicht reagiert. Jetzt zuckte er kaum merklich. Stefan nickte nur.
Und ich dachte an früher. An Cliffs Freunde. Wenn sie Freunde gewesen waren. Daran, wie er sich mit acht Jahren geschämt hatte, mich zu kennen. An den Schuppen. Und an später, an andere Dinge. Ich hatte nie in die Welt gepasst, in der seine Freunde lebten. Ich spürte, wie ich mich innerlich versteifte, wie ich, im Geiste, die Fäuste ballte. Ich war nicht mehr der, der sich fertig machen ließ. Ich war durchaus inzwischen bereit und auch fähig, zuzuschlagen. Die Technik besaß ich, Henri hatte dafür gesorgt.
Aber Stefan ging nur zum Kühlschrank, nahm einen Karton grünen Tee heraus, stellte sich damit ans Fenster und trank aus dem Karton. Grünen Tee mit einem Aufdruck von Bambus und Blüten und japanischen Schriftzeichen. Nichts hier schien zusammenzupassen.
In der Tür stand jetzt noch ein Typ, jünger, schwarzhaarig, dunkeläugig. Alles an ihm wirkte sanft und zurückhaltend. Nervös. Er schüttelte mir ebenfalls die Hand, und Cliff sagte: »Das ist Farouk«, und ich nickte.
Vielleicht war alles gut. Vielleicht war er wirklich angekommen. In einer Welt, die in Ordnung war.
Farouk nahm eine Dose aus dem Kühlschrank, füllte mit einem Löffel et-

was in eine Schüssel und stellte sie auf den Boden, und verdammt, es war Katzenfutter. Sie hatten tatsächlich eine Katze. Eine junge, schwarze Katze, sie strich Farouk um die Beine und fraß schnurrend.
Farouk hockte sich neben sie auf den Boden und sah zu mir auf, und dann erzählte er etwas von der Lehre, die er machte, als Automechaniker, und davon, dass ein Teil seiner Familie in Algerien war und ein Teil hier und dass sein Bruder eine Autowerkstatt besaß, und er wollte wissen, was ich machte und nickte, irgendwie beeindruckt, als ich sagte, ich zeichne.
Er war selbst zutraulich wie die Katze.
Stefan stand die ganze Zeit über mit seinem grünen Tee am Fenster und schwieg.
Und ich lehnte neben Cliff an der Spüle und sah seinen Händen zu, die den Teig kneteten. Diese Hände, die ich so oft hatte zeichnen sehen, Kreide, ein Stück Kohle, eine Spraydose haltend. Und während Farouk redete und redete und die Katze schnurrte, sah ich, dass der Teig kein Teig war. Nicht für Cliff.
Ich sah, wie in dieser harmonischen, merkwürdigen Umgebung noch immer die alte Wut unter einer neuen Oberfläche brodelte. Der Teig war ein Körper. Er war ein Gegenspieler, den man quälen und töten konnte, er war Cliff ausgeliefert und bot gleichzeitig einen unzerstörbaren Widerstand. Schließlich wurden Cliffs Bewegungen langsamer, die Wut ebbte ab, und der Teig machte eine Verwandlung durch. Seine Finger brachten ihm jetzt etwas wie Zärtlichkeit entgegen, etwas beinahe Erotisches. Ich sagte mir, dass ich mir das einbildete – aber die beiden Teigklumpen, die er jetzt mit je einer Hand knetete, waren die Brüste einer Frau. Ich schluckte und fragte mich, ob er an Margarete dachte.
Und schloss einen Moment die Augen. Unsinn, sagte ich mir, dies alles entsprang nur meiner überreizter Fantasie.
Als ich die Augen öffnete, schob Cliff zwei breite, dünne Fladenbrote in den Ofen. Natürlich. Nur Brot.

»Du kannst zum Essen bleiben«, sagte Farouk, in seinem fehlerfreien Deutsch, dessen Akzent die Worte ein wenig rauer machte, ein wenig melancholischer. »Ist gleich Mittag.«

»Mal sehen«, sagte ich.
»Nein«, sagte Cliff »Das Brot dauert noch eine Weile.« Er drehte sich zu mir um und sah mich an. »Alain und ich können uns woanders treffen, um zu reden. Nicht jetzt. Um viertel nach zwölf bist du hier wieder weg.«
»Warum?«, fragte ich. »Verwandelt ihr euch dann in Werwölfe?«
Er lächelte, aber nur mit dem Mund. Nicht mit den Augen. Und nickte zu einer Ecke der Küche hin, in der ein gerollter Teppich stand.
Stefan stellte die Teepackung aufs Fensterbrett und starrte eine Weile feindselig auf sein Handy. »Die Scheißhure«, murmelte er dann, und Farouk zuckte zusammen.
»Was«, sagte Cliff nur, ein wenig genervt, und begann, die Arbeitsplatte mit einem Lappen abzuwischen, routiniert, rasch, effektiv. Er hatte bei McDonalds gejobbt, damals, ehe er verschwunden war.
Wie er es gehasst hatte! Amerikanische Kapitalistenhunde. Ich hatte darüber gelacht.
Immerhin hatte er ihr Geld genommen. Kapitalistenhunde, die zahlen, sind immer gut.
»Es wird nichts mit morgen«, sagte Stefan und knallte das Handy auf den Tisch. »Angeblich ist die Kleine *erkältet*. Was denkt sie sich als nächstes aus? Wenn ich die in die Finger kriege, die Fotze. Die hat die längste Zeit ihr hübsches Gesicht da draußen durch die Straßen spazieren getragen. Meterdicke Schminke. Und all die netten Männer. Die kümmert sich nicht mal um die Kleine, stellt sie irgendwo bei ihrer Mutter ab, und mich lassen sie nicht hin.«
»Reg dich ab«, sagte Cliff. »Du kannst es nicht ändern.«
»Seine Tochter«, erklärte Farouk. »Er sollte sie morgen sehen, aber irgendwas kommt immer dazwischen. Sie verstehen sich nicht so gut. Die Mutter und er.«
»Verstehen«, knurrte Stefan. »Oh doch. Ich verstehe sehr gut. Sie lässt mich gegen die Wand laufen und hat ihren Spaß dabei. Als würd ich sie zurückhaben wollen. Nicht geschenkt. Nicht diese Nutte.«
Und er hob die Teepackung und trank den Rest Tee in einem Zug aus, als wäre es Schnaps. Beinahe lachte ich über die Geste.
»Weißt du, was sie sagt?«, flüsterte Stefan und fixierte mich plötzlich mit

zusammengekniffenen Augen. »Es ist wegen des Glaubens. Weil ich kein richtiger Moslem bin. *Ich*. Ich würde das nicht kapieren. Aber Omilein und die Verwandtschaft in Adana, die kapieren es. Als ich konvertiert bin, da dachte ich, ich mach's ihretwegen, bis ich gecheckt habe, wie krank das ist, wie sie rumrennt, Haare bis hier, kein Hidschab, hohe Absätze, und das ist dann der Islam?« Er schüttelte den Kopf. »Ich würd die Kleine herholen, wenn ich dürfte. Damit sie weit weg aufwächst von diesem Hurenhaus. Da gehen die Männer ein und aus wie im Supermarkt. Das ist nichts für ein Kind. Ich meine, sie ist vier. Die Kinder muss man doch schützen. Und dann schickt sie sie zum Schwimmen mit den Jungs im Kindergarten, die ziehen sich aus, also, ich meine.«

Dann knallte er die Teepackung in den Mülleimer und verließ die Küche.

»Die Mutter seiner Tochter«, sagte ich. »Ist nicht wirklich … eine Prostituierte?«

Cliff zuckte die Schultern. »Aus seiner Sicht«, sagte er.

Und ich dachte, wie ruhig er nach außen hin war. Wie viel ruhiger als Stefan.

»Habt ihr ein Bad?«, fragte ich. Cliff zeigte es mir, und ich war froh, einen Moment allein zu sein. Auch das Bad wirkte sehr aufgeräumt, nichts lag lose herum. Nur in einer Ecke stand ein Pappkarton voller Computerteile und Kabel. An der Wand hing ein weiteres Poster, diesmal von einer kitschig fotografierten Frühlingslandschaft. Daneben waren mehrere Flecken an der Wand, wie von doppelseitigem Klebeband. Als hätte dort einmal etwas gehangen. Die Schubladen der kleinen, weißen Kommode neben der Dusche klemmten, schienen zu vollgestopft zu sein. Ich versuchte, vorsichtig eine herauszuziehen, doch es gelang mir nicht.

Und auf einmal hatte ich das Gefühl, dass etwas in dieser Scheinidylle nicht stimmte. Dass hier hektisch Dinge weggeräumt worden waren, in der Zeit, die man braucht, um vier Stockwerke weit die Treppen hochzusteigen.

Aus dem Spiegel sah mir das Gesicht eines Menschen entgegen, der nervös war. Blonder und größer als Farouk, aber genauso nervös. Ich verließ das Bad und hörte, wie Farouk und Cliff sich leise in der Küche unterhielten, während aus Stefans Zimmer laute Rapmusik drang, deren Worte ich

nicht verstand. Durch die halboffene Tür neben dem Bad sah ich eins der alten Gigerbilder. Cliff, dachte ich. Das ist Cliffs Zimmer. Niemand hörte, dass ich es betrat. Ich sagte mir, dass es falsch war, dass ich mich benahm wie ein Stalker.
Das Zimmer war genauso ordentlich wie die Küche. Giger an der Wand war das einzige Bild: *Gebärmaschine.* Daneben wieder Flecken wie von etwas, das jetzt nicht mehr dort hing. Das Bett war penibel gemacht, das Laken glatt gezogen. Zwei Laptops standen auf dem Schreibtisch, darunter ein Kabelgewirr, ein Fotoapparat, ein Handy. Ich zog die oberste Schublade des Schreibtischs auf. Du darfst das nicht tun. Das ist Cliffs Privatsphäre.
Stifte. Mehr Kabel. Ein Ladegerät. Lose Münzen, Heftklammern, Reißzwecken. Noch ein Handy, mit einem Riss auf dem Display, vielleicht kaputt. In der Schublade darunter lagen Bleistifte in mehreren Stärken und ein Zeichenblock. Ich lächelte. Er zeichnete also doch noch immer. Vielleicht würde ich es schaffen, ihn von der Kunsthochschule zu überzeugen. Davon, dass es eine Zukunft gab, die besser war als jeder vermittelte Job.
Alles war gut. Nichts Seltsames in dieser Wohnung. Verdammt, warum fiel es mir so schwer, das zu glauben?
Ich öffnete die letzte, die unterste Schublade, und Papier quoll mir entgegen, Zeichnungen, rasch gefaltet und in die Schublade gestopft. Ich atmete tief durch und entfaltete die oberste.
Und schluckte.
Der Mensch auf dem Bild hatte mir eben noch aus dem Spiegel entgegen gesehen. Doch der Alain auf der Zeichnung war jünger, dreizehn oder vierzehn, blinzelte gegen die Sonne und stand an einem See. Ich erinnerte mich.
Da waren mehr, mehr Zeichnungen, und ich erinnerte mich an jede einzelne Situation. Die meisten stammten aus den letzten Monaten, bevor Cliff verschwunden war. Aber sie waren nicht alt, sie wirkten neu. Er hatte sie erst vor Kurzem aus dem Gedächtnis gemalt. Auf dem untersten Blatt Papier, dem größten, am häufigsten gefalteten, stand ich vor dem Eisenbahncafé. Aber ich war nicht ich. Der Alain auf dem Bild trug die Flügel des Penners. Sonst nichts. Die Muskeln und Knochenvorsprünge der Ge-

stalt waren überzeichnet, unrealistisch, surreal. Es war kein schönes Bild. Es war beunruhigend. Und es war beunruhigend gut.

Ich stopfte es zurück zu den anderen und schloss die Schublade, es hatte nur Sekunden gedauert, die Bilder zu überfliegen, ich musste zurück. Dies war also die Erklärung. Vielleicht hatte Cliff seine eigenen Bilder von der Wand gerissen, ehe ich gekommen war.

Ich merkte, wie warm mir war.

Es war nichts Schlimmes, nichts Gefährliches. Es war ihm lediglich peinlich gewesen, dass er aus alter Gewohnheit heraus noch immer mich malte, wenn er übte. Aber hatte er nur geübt?

Ich stieß mit dem Fuß gegen etwas, als ich die Tür öffnen wollte. Ein schmaler, langer Pappkarton, der unter dem Bett hervorlugte. Ich schob ihn zurück, aber dann bückte ich mich und zog ihn wieder hervor. Ich dachte, es lägen mehr Zeichnungen darin. Und ich dachte, verdammt, nimm den Karton mit in die Küche, konfrontier ihn mit der Wahrheit – konfrontier ihn mit der Tatsache, wie gut er ist. Dass er diese Mappe machen *muss*. Dass er mitkommen *muss*, zur Kunsthochschule. Dass die Welt ihm offen steht.

Ich hob den Deckel des Kartons ab. Darin lag ein zusammengeknülltes schwarzes T-Shirt. Keine Zeichnungen. Ich nahm es aus dem Karton, und etwas rollte heraus, in meinen Schoß. Etwas, das in das T-Shirt eingewickelt gewesen war. Etwas Schweres, Schwarzes. Eine Waffe. Sie war eiskalt in meiner Hand, und ich wusste, dass sie schwerer hätte sein können, sie enthielt kein Magazin.

Vielleicht gab es keines mehr.

Vielleicht war dies nur eine Erinnerung.

Es ist vorbei.

Ich wickelte die Pistole wieder in das T-Shirt, stopfte alles in den Karton und schob ihn unters Bett zurück. Sekunden später war ich in der Küche, wo Cliff am Tisch saß und Zwiebeln schälte. Seine Augen tränten, das Dunkelblau tropfte aus ihm heraus auf den Tisch. Farouk hatte sich mit der Katze zusammen verzogen, vermutlich in sein eigenes Zimmer. Gott, wie leicht hätte er mir im Flur begegnen können, mich fragen, warum ich in Cliffs Zimmer herumschnüffelte.

»Hey«, sagte ich.
Cliff sah zu mir auf. »Dann«, sagte er. Es war ein Abschied. »Wir sehen uns.«
»Wie denn?«, fragte ich.
Er zögerte. Nahm einen Kugelschreiber aus einer Plastikschale, die auf dem Tisch stand, und kritzelte eine Nummer auf die Ecke eines Notizblocks.
»Ruf mich an.«
»Ich hab noch die alte Nummer«, sagte ich. »Du kannst auch anrufen. Wenn du willst.«
Er nickte. Und schälte weiter Zwiebeln. Und ich wollte etwas sagen. Über die Bilder. Über die Waffe. Über den gerollten Teppich und die Uhrzeit.
Ich sagte nichts.
Ich ging und ließ ihn alleine mit den Zwiebeln und seinen Tränen.

In der U-Bahn zurück schloss ich die Augen und sah die Zeichnungen wieder vor mir.
Ich sah den dreizehnjährigen Alain an einem See stehen, die Augen ein wenig zusammengekniffen gegen das Sonnenlicht. Es war vielleicht der Tag gewesen, an dem wir dem, was man gemeinhin Romantik nennt, am nächsten gewesen waren. Ohne es zu begreifen.
Aber es hatte vorher begonnen, vor einer Hauswand voller hingesprayter Linien …
Es war die Zeit der Graffitis in Cliffs Leben gewesen damals, eine Zeit der Wunder.

Die Fläche war endlos, alles schien möglich, die ganze Stadt war auf einmal nur ein Blatt Papier.
Nichts war eigentlich gut, Ricki und er gerieten häufiger aneinander denn je, man hörte es bis in den zweiten Stock, und wenn Cliff bei seiner Mutter war, war das Erste, was Alain bemerkte, die Stille. Aber er blieb nie bei ihr. Sie machte jetzt Karriere.

Niemand konnte ihr das zum Vorwurf machen, sagte Coco, jeder Mensch hat ein Leben.
Henri schnaubte nur. »Würdest du Alain für eine Karriere opfern?«, fragte er.
»Es ist nicht so, als ob sie Cliff geschlachtet hätte«, meinte Coco. »Er ist tatsächlich schwierig. Mit manchen Problemen wird man geboren.«
In der fünften Klasse flog Cliff von der Schule. Er hatte seine Klassenlehrerin von der Hofmauer aus mit Steinen beworfen, und die Steine waren zu groß gewesen. Die Lehrerin hatte irgendetwas über Cliffs Eltern gesagt, Cliff hatte das zufällig gehört; es war wohl nichts Nettes gewesen.
Alain kam auf den Hof, als alles schon passiert war und Cliff auf der Mauer saß und ins Leere starrte und eine Gruppe Erwachsener um die Lehrerin herumstanden. Sie blutete an der Schläfe, später musste sie mit drei Stichen genäht werden.
Danach ging er auf eine andere Schule, und Alain sah ihn in den Pausen nicht mehr. Nur noch zu Hause, im Hof oder auf der Treppe.
»Warum mussten es Steine sein?«, fragte er, ein paar Tage später.
»Felsbrocken hatte ich nicht«, sagte Cliff und grinste.
Margarete sagte, er würde Unsinn reden, und sie sprachen nicht mehr von den Steinen. Und sie wurden älter, und die Zeit der Graffitis kam. Und Cliff fand eine Sprayergruppe, der er sich anschloss und die durch Berlin zog, wenn andere Leute schliefen. Alain entdeckte die Spuren ihrer Aktivitäten am Morgen, mit zwölf Jahren fuhr er manchmal alleine mit der S- und U-Bahn quer durch Berlin, um diese Spuren zu suchen. Er hatte keine wirklichen Freunde.
Es lag nicht daran, dass er Probleme mit anderen Kindern gehabt hätte, es gab welche, die ihn besuchten oder die er besuchte, aber er nannte sie nie Freunde. In seinem Kopf, oder in seinem Herzen, war kein Platz für Freunde.
Margarete war die Einzige, die ihn verstand, wenn er von seinen Bahnfahrten durch die Stadt erzählte, von denen weder Coco noch Henri wussten. Sie selbst fuhr nirgends auf eigene Faust hin, denn das tut man nicht mit zwölf in einer Großstadt. Sie hatte einen geregelten Tagesablauf zwischen Schule, Sportverein, Flötenunterricht und der Wohnung im ersten Stock.

Doch sie verstand.
Margarete war es auch, die Alain und Cliff am Boden verankerte, sie stand felsenfest dort, wie eine Boje im Meer, oder ein Leuchtturm, sie streckte ihre Arme weit aus, und man konnte sich an ihr festhalten, wenn man von einer Welle weggespült zu werden drohte.
Alain zeichnete sie, wie sie auf der Treppe zum Hinterhaus saß, wo niemand mehr wohnte. Wie sie dort saß und ein Buch las, ihr welliges braunes Haar fiel halb über ihr Gesicht und fing die Sonne ein, und er zeichnete sie hundertmal. Er übte. Er wurde besser.
Cliff tauchte nur manchmal auf. Dann, wenn Alain nicht im Hof war. Dann saß er da und sah Margarete an, ohne sie zu zeichnen. Alain beobachtete es von seinem Fenster im zweiten Stock aus. Sie schienen nichts zueinander zu sagen, sie saßen nur da und schwiegen zusammen.
Nach einer Weile stand Cliff jedesmal auf und ging, und in den Tagen danach fand Alain irgendwo in der Stadt, an einer Mauer, an einem Müllcontainer, an einer Tür ein Bild von Margarete, die dasaß und las, perfekt bis ins Detail.
Mehrere Kunstlehrer versuchten, mit Cliff *zu arbeiten*, doch sie gaben alle auf. Cliff machte sich zu wie ein Buch, wenn jemand ihn zum Zeichnen bekommen wollte. Er kniff die dunklen Augen zu Schlitzen zusammen und malte Blumen. Oder, mit dreizehn, Schwänze. Bis die Kunstlehrer ihn hinauswarfen. Und dann lächelte er und nahm seine Sachen und ging die Stadt mit seinen perfekten Zeichnungen übersähen.
Alain experimentierte in seinem Zimmer mit Spraydosen, aber er wagte es nicht, sie draußen zu benutzen. Margarete sagte, das wäre auch besser. Zwei Ausnahmen gab es: Er brachte ein sehr kleines Graffiti an der Tür ihres Hauses an, ein Grafitti, das eine undefinierbare, geflügelte Gestalt zeigte. Die zweite Ausnahme bildete der Mauerpark, wo man das verbleibende Mauerstück, oben auf dem Hügel bei den Schaukeln, tatsächlich besprayen durfte. Alain versuchte es ein paar Mal, doch die älteren Sprayer ließen ihn meistens nicht ran.
Und dann kam der Tag, an dem er vor jener Mauer mit den verzerrten Gesichtern stand. Er fand sie in der Seelower Straße, die er früher immer für einen Schreibfehler gehalten hatte, nur fünf Minuten entfernt von der

Schivelbeiner Straße, zwischen einem Café für Familien mit Vorliebe für Bioprodukte und einem heruntergekommenen Mietshaus, nahe des Supermarkts, vor dem die letzten Penner von Prenzlauer Berg herumhingen. Eigentlich hatte er Henri versprochen, einzukaufen, aber irgendwie strandete er an diesem Stück Mauer.

Die Graffitis darauf trugen Cliffs Handschrift, aber sie zeigten nichts, das aus der Realität stammte, es war alles verbogen und verdreht. Alain erkannte die Gestalten nicht, vielleicht waren es auch eher Maschinen, und die verzerrten Gesichter schienen verloren, besitzerlos. Nur eines kannte Alain: Es war das Gesicht von Cliffs Mutter.

Das einzige schöne Gesicht inmitten der abstoßenden Verzerrungen.

Sie war nicht mehr in Berlin, sie hatte eine Stelle an der Uni in Hamburg bekommen, eine einmalige Chance.

Alain stand vor ihrem Gesicht und sah es eine ganze Weile an, und dann hielt der Roller neben ihm. Der Typ auf dem Roller nahm den Helm ab, und da war es Cliff. Er schüttelte den Kopf, schüttelte sein damals etwas zu lang geratenes braunes Haar zurecht, und seine Augen blitzten.

»Hey«, sagte er. Nur *Hey.*

»Woher hast du den Roller?«, fragte Alain.

Cliff zuckte die Schultern. »Kann man kurzschließen. Helm hing dran. Schön blöd.«

»Scheiße«, sagte Alain. »Du kannst doch nicht … Seit wann kannst du fahren? Das geht doch wieder schief! Du kommst keine zwei Kilometer weit mit dem Ding, bevor die dich schnappen!«

»Ich fahre zu ihr«, sagte Cliff. Und er sah das Bild an, das auch Alain angesehen hatte.

»Bis nach Hamburg?«

Cliff nickte. »Kommst du mit?«

Und auf einmal durchzuckte Alain ein merkwürdig kribbeliges Gefühl, es war eine Mischung aus Angst und Bewunderung und dem Wissen, dass dies alles verkehrt war. Dass er es verhindern musste. Aber vielleicht wollte er es nicht verhindern.

»Wenn die uns kriegen, sind wir dran«, sagte er.

»Ja oder nein?«, fragte Cliff.

Alain zögerte. Margarete hätte Nein gesagt. Margarete hätte gelächelt und sich die Haare glatt gestrichen und vernünftigerweise Nein gesagt und wäre nach Hause gegangen. Sie hätte auch die Einkäufe nicht vergessen.

Es war ein erhebendes und beängstigendes Gefühl, hinter Cliff auf dem Roller zu sitzen.
Ohne Helm. Cliff hatte den Helm auf dem Bürgersteig vor dem Bild liegen lassen, vielleicht, weil es ungerecht war, wenn nur einer einen Helm hatte. Er hatte manchmal ein abstruses Gefühl für Gerechtigkeit.
Alain hielt sich an ihm fest, und er fuhr den Roller, als hätte er nie etwas anderes getan, er steuerte ihn sicher durch den Verkehr und um die Kurven, und die Stadt schob sich bunt und laut an ihnen vorbei, bunt und laut und unwichtig. Wichtig war nur das Zentrum, um das die Stadt sich in diesem Augenblick drehte, das Innerste: der Roller mit den beiden Jungen darauf, von denen einer die Arme um den anderen geschlungen hatte.
Alain atmete den Geruch von Cliffs Kapuzenpullover ein, den Geruch nach Motoröl und Farblöser und Schweiß und vielleicht Zigaretten, er war ihm ganz nahe, und das machte ihn gut. Und er dachte wieder: Wir sind dreizehn, das hier ist so falsch. So verboten.
Doch es fühlte sich richtig an.
Sie flogen. Sie berührten die Straße nicht mehr. Er schloss die Augen.
Hamburg. Es war zu weit, viel zu weit, es würde eine Ewigkeit dauern …
Es grenzte an ein Wunder, dass niemand sie in den ersten fünf Minuten anhielt. Wunder können gefährlich sein.

Vor dem Stadtrand, kurz vor der Autobahnauffahrt in der Nähe des Flughafens, bog Cliff auf eine kleinere Straße ein, schließlich auf einen Radweg, vermutlich verboten für Roller, doch es war niemand da. Und dann stellte er den Roller ab, und vor ihnen breitete sich hinter einer irgendwie unordentlichen Bepflanzung aus Büschen und Stauden Wasser aus. Ein See.
Die Sonne malte glitzernde Punkte auf die winzigen Wellen.
Cliff teilte das Gestrüpp und schlüpfte durch bis zum Ufer, und Alain folgte ihm. Hinter dem See, in der Ferne, rauschte der Verkehr auf der Autobahn vorbei.

»Warum … sind wir hier?«, fragte Alain leise.
Cliff sagte lange nichts. Er sah nur den See an.
»Ich bin mir nicht sicher mit der Autobahn«, sagte er dann. »Wegen dem Roller.«
»Zu neunzig Prozent verboten«, sagte Alain.
Cliff nickte. »Aber es geht natürlich am schnellsten.«
Und Alain wollte sagen, dass es Wahnsinn war, ohne Helm, und dass das Benzin nicht reichen würde. Aber er hatte das Geld für den Einkauf in der Tasche, und das war es, was er sagte. Und Cliff nickte. »Ich hab auch zwanzig. Muss reichen bis Hamburg.«
Danach schwieg er wieder eine Weile und sah nur das Wasser an, und irgendwo auf der anderen Seite des Sees sah Alain die bunten Flecken von Leuten, die auch aus irgendeinem Grund an diesen See neben der Autobahnauffahrt gekommen waren, wo man ab und zu den Lärm der startenden Flugzeuge hörte. Die Flugzeuge flogen so weit oben. Waren so frei.
Sie konnten überallhin.
Alain spürte Cliffs Zögern. Es war einer der Momente, in denen er begriff, dass Cliff Angst hatte. Angst vor dem, was er begonnen hatte.
»Was wird sie sagen, wenn wir kommen?«, fragte Alain.
Cliff zuckte die Schultern.
Und Alain wollte sagen, dass sie vermutlich sauer werden würde, doch er sagte auch das nicht. Die Hoffnung, dass es nicht so wäre, die Hoffnung, dass Cliffs Mutter mit dem schönen, niemals ausgesprochenen Namen sich freuen würde, dass er Willkommen wäre, leuchtete in Cliff. Sie leuchtete durch die Angst hindurch, Alain sah sie im Sonnenlicht auf dem Wasser. Und er teilte sie.
Auf dem See schwammen Schwäne.
Sie sahen ihnen zu, wie sie vorbeipaddelten, und als sie ganz nahe waren, streckte einer den Hals vor und fauchte, und Alain und Cliff fauchten zurück und lachten über das dumme Gesicht des Schwans. Sie lachten, bis sie sich krümmten, und als das Lachen abebbte, fühlte Alain sich leer von innen und ganz ruhig.
Cliff sah ihn an, seine dunkelblauen Augen ruhten auf Alains Gestalt, und

er nahm Alains Hand, drückte sie kurz und sagte: »Wir könnten baden gehen. Nur … ich hab kein Badezeug dabei.«
»Na und«, sagte Alain.
Und dann streifte er seine Kleider ab und sprang in den See. Einfach so, ohne länger darüber nachzudenken. Er paddelte ein Stück weit auf dem Rücken und blickte zurück zum Ufer, und da sah er, wie auch Cliff sich auszog und ins Wasser sprang. Er dachte, dass er gerne ein fotografisches Gedächtnis gehabt hätte, um diese Szene später zu zeichnen. Die Kälte des Wassers machte ihn betrunken, es war zu früh im Jahr, um zu baden. Die Schatten, die er manchmal in Cliff sah, waren da wie immer, aber sie glühten, sie waren durchdrungen von Sonnenlicht. Alain schwamm und tauchte mit diesen Schatten, Cliff war dicht neben ihm, sie berührten einander beinahe, aber immer nur beinahe. Zwei nackte Körper in einem See.
Von der Mitte des Sees aus betrachtet bestand die Welt nur aus grünen Sträuchern, man sah die Stadt nicht, sah die Welt nicht. Die Leute am gegenüberliegenden Ufer waren gegangen.
Alain und Cliff sahen sich an. Wassertretend, auf der Stelle, über der dunklen Tiefe des Sees.
Sie sahen sich an und berührten sich nur mit Blicken.
Und schwammen zurück, ohne miteinander zu sprechen. Es war nicht notwendig.
Am Ufer setzten sie sich in das dürre Gras, bis sie trocken waren, streiften schließlich ihre Kleider wieder über, alles ohne ein Wort.
Dann saßen sie wieder auf dem Roller.
Alain schlang die Arme um Cliff.
Zehn Minuten später waren sie auf der Autobahnauffahrt.

Die Autos, die an ihnen vorbeirasten, glichen einem unberechenbaren, unglaublich schnellen Strom, der jederzeit die Richtung ändern und sie verschlingen konnte.
Der Roller fuhr nicht schneller als 80, aber 80 fühlte sich unglaublich schnell an.
Alain legte das Gesicht an Cliffs Pullover. Der Fahrtwind war kalt, aber

Cliffs Rücken war warm. Und Alain hatte Angst und wusste, dass sie diese Angst teilten und dass sie deshalb nicht kleiner, aber ertragbar wurde. Er schloss wieder die Augen. Sie konnten überall hinfahren. Alles schaffen. Sie waren freier als die Flugzeuge.
Wir könnten immer und immer so weiter fahren …
Die Polizei tauchte nicht auf. Wunder.
Am ersten Rastplatz fuhr Cliff hinaus. »Tanken!«, rief er gegen den Wind an. Alain nickte nur.

Seine Beine zitterten, als er vom Roller kletterte.
Cliff wusste genau, wie man einen Roller betankt. Alain sah ihm zu, wie er den Schlauch hielt und die Zapfsäule betätigte. Es roch nach Benzin und Wind. Die Welt war sehr weit.
Und Alain dachte, dass sie beim Bezahlen vielleicht Ausweise verlangen würden, was schlecht war, aber so weit kam es nicht.
Irgendjemand musste vorher telefoniert haben, von der Autobahn aus vermutlich.
Da sind zwei definitiv zu kleine Jungen mit einem Roller auf der Autobahn unterwegs, ohne Helm.
Sie gingen zum Gebäude der Tankstelle, Cliff mit breiten Schritten, selbstverständlich, sechzehnjährig in seinem Selbstbewusstsein. Alain, schmaler, schlüpfte unter dem Wind durch, blieb in Cliffs Schatten. Die Glastüren schoben sich automatisch auseinander, um sie einzulassen, doch in diesem Moment legte jemand eine Hand auf Alains Schulter.
Er drehte sich um. Die andere Hand des Mannes lag auf Cliffs Schulter.
Der Mann trug eine Uniform. Grünweiß. Polizei.
»So«, sagte er. »Und jetzt kommt ihr mit.«

Cliff machte einen Versuch auszubrechen, obwohl es keine Richtung für eine Flucht gab dort auf der Autobahnraststätte. Er entwand sich dem Griff des Polizisten, der nicht einmal ein richtiger Griff war, er schlug zu, er kämpfte tatsächlich für Sekunden mit dem Mann. Alain sah ihnen zu. Er sah den Polizisten das Gesicht verziehen, Cliff hatte es geschafft, ihm wehzutun, und Alain zuckte zusammen.

Er wollte Cliff helfen, aber er wollte niemandem wehtun. Und er wusste, dass sie ohnehin verloren hatten. Der perfekte Moment, in dem alles richtig gewesen war, entglitt ihm wie ein Teppich, den jemand unter einem wegzog.

Es gab eine Menge Ärger. Nicht nur eine verbale Attacke des Polizisten.
Ich hätte gute Lust, sagte er. *Euch in Handschellen. Wie alt seid ihr? Dreizehn. Das ist unglaublich. Ich hätte gute Lust …*
Cliff schwieg auf der ganzen Fahrt zurück, im Polizeiauto. Er schwieg anders als am See. Mit zusammengebissenen Zähnen. Er war jetzt sehr weit von Alain entfernt, unerreichbar. Alain sah seine Hand auf dem schwarzen Leder der Sitze liegen und wusste, dass er sie nicht berühren durfte.
Coco, Henri und Ricki tauchten alle gleichzeitig auf dem Polizeirevier auf.
Es wurde viel geredet. Alain sah, dass Cliff nicht zuhörte. Als sie das Revier verließen, knickte er im Vorbeigehen den Ast eines Gummibaums im Vorflur. Ricki knallte ihm eine dafür, und Cliff starrte seinen Vater mit so kaltem Blick an, dass Alain fror. Er dachte, Cliff würde zurückschlagen. Doch er wandte sich nur ab, verächtlich. Als wäre Ricki es nicht einmal wert, mit dieser Kälte bedacht zu werden.

Sie zahlten eine saftige Strafe. Die Erwachsenen. Der Besitzer des Rollers war ein cholerischer Bayer um die sechzig. Alain dachte ungern an die Begegnung mit ihm.
Es gab mehr Gespräche.
Zwischen Coco und Henri und Alain. Alain sagte, dass es ihm leid täte. Dass er alles einsähe. Was nicht gelogen war. Er sagte ihnen nicht, dass er es wieder getan hätte. Das war nicht zu erklären.
Nur Margarete verstand ihn, als er ihr die Sache erzählte.
Cliff wurde mitgeteilt, dass er das nächste Jahr über seine Mutter nicht besuchen würde.
In der Wohnung im Erdgeschoss wurde es kurzzeitig ein paar Mal sehr laut und dann für Wochen sehr still. Niemand schien dort mit irgendwem zu sprechen.

An der Haustür tauchte neben Alains Graffiti ein hingespraytes Ungeheuer auf, das im Begriff schien, die Flügelgestalt zu zerfetzen. Oder sich selbst.

Und eine Woche später standen Alain und Cliff wieder vor der Mauer in der Seelowerstraße.
Cliff sah sich um. Dann hob er einen Stein auf. Und dann noch einen, und noch einen. Eine ganze Sammlung an Steinen vom Straßenrand.
Und dann warf er den ersten. Auf das schöne Gesicht seiner Mutter auf der Mauer.
Er warf so lange Steine, bis die Farbe abplatzte, er warf Splitter der Dunkelheit, die ihn umgab, schleuderte Steine wie Flüche, die jenseits von Worten lagen. Alain wartete eine Weile. Als das Steinewerfen nicht aufhörte, half er Cliff. Er half ihm, mehr Steine zu sammeln und zu werfen.
Schließlich stand Cliff nur noch da, mit hängenden Armen und geballten Fäusten.
Dann drehte er sich um und rannte, verschwand in der nächsten Seitenstraße zwischen den Menschen und Kinderwagen. Alain ging ihm nicht nach. Er wusste, dass er ihn irgendwann im Hof wiedersehen würde, zufällig, und dass sie vielleicht miteinander reden würden und vielleicht nicht.
Nachts träumte er vom Geruch des Kapuzenpullovers.
Und vom kalten Metall der tödlich schnellen Autos auf der Autobahn.

Alain.
Ich sitze am Ufer des Sees. Weißt du noch? Dieser See, der irgendwie dir und Alain gehörte; du hast mir davon erzählt. Alain, warum habt ihr damals nicht den Zug genommen? Warum musste es ein Roller sein? Es wäre so viel einfacher gewesen, schwarz mit der Bahn zu fahren. Vielleicht war es die Gefahr, die zählte. Der Irrsinn.
Vernünftig zu sein war meine Aufgabe.
Ihr hattet die Aufgaben verteilt, ohne mich zu fragen. Aber jemand musste euch festhalten, jemand musste da sein. Also war ich da. Manchmal habe ich abends unter meiner glatt gezogenen Bettdecke geweint.
Ich war nie etwas Besonderes.
Später haben sie mir gesagt, ich sei schön; auch das habe ich nie ganz geglaubt. Ich war nur dadurch schön, nur dadurch besonders, dass ich im Haus neben dem Umstandsmodeladen in der Schivelbeiner Straße wohnte; dass ich den Hinterhof mit zwei Menschen teilte, die mehr oder weniger verrückt waren. Dass ich den Hinterhof teilte mit einem Kampf, einem ewigen Strudel, einem undurchdringlichen Gemenge von Hell und Dunkel.
Es klingt wie ein Bibelzitat. Vergiss es.
Und so einfach ist es wohl nicht. Die Gemengelage war immer unübersichtlich.
Vielleicht habe ich schon mit dreizehn Jahren geahnt, wie das Ende aussehen würde. Vielleicht lag ich unter der glatt gezogenen Bettdecke und ahnte es.
Im letzten Oktober, Alain, kurz bevor du neunzehn wurdest, im Oktober, als die goldenen Blätter durchs Licht fielen und in den Pfützen ertranken, im Oktober saßen wir in einer unbedeutenden Kneipe und redeten, ich weiß es noch genau. Es ist nicht einmal drei Monate her.
Die Kneipe hieß genauso, es stand über der Tür: *eine unbedeutende Kneipe.* Wir hatten schon mit dreizehn über den Namen gelacht.
Alain!
Du saßt mir gegenüber, an dem alten, unbedeutenden Tisch, wurmstichig, tatsächlich, etwas, das selten geworden ist in Kneipen. Du lehntest dich weit über den Tisch, und du sagtest:
»Ich war da. In seiner Wohnung.«

Und du trankst den Wein, der vor dir stand, als wäre er Schnaps, kipptest ihn herunter, und du erzähltest mir alles über die Wohnung, über Farouk und Stefan, dessen Ex ihn sein Kind nicht sehen ließ, und über das Fladenbrot, das Cliff buk, und ich lachte darüber. Du trankst mehr Wein, und dein blondes Haar hing zu strähnig um dein Gesicht, als wäre es nass geschwitzt, als wärst du gerannt, vielleicht in Gedanken. Und du sagtest leise: »Margarete. Er hat eine Waffe unter dem Bett.«

»Geh zur Polizei«, sagte ich, meine Stimme klein und nicht sehr sicher.

»Es ist kein Magazin drin. Vielleicht ist es nur eine Erinnerung an etwas. Keine Ahnung.«

»Niemand bewahrt eine Waffe und das Magazin am gleichen Ort auf«, sagte ich. »Das kannst du in jedem der tausend Krimis nachlesen, die meine Mutter in der Küche herumliegen lässt.«

Du lächeltest. Wir dachten beide an meine Mutter, die von ihrer Boutique für nutzlose kleine Schönheiten nach Hause kam, um auf dem Sofa blutrünstige Krimis zu lesen und Milchkaffee zu trinken, die violette Blumen im Hinterhof pflanzte und jeden Tag zur gleichen Zeit aufstand und zur gleichen Zeit schlafen ging.

Ich habe sie immer geliebt. Ich habe auch meinen Vater immer geliebt, der jeden Tag zur gleichen Zeit ins Büro ging und jeden Tag zur gleichen Zeit abends den Fernseher anschaltete.

Sie sind so anders. Ich ziehe die Bettdecke nicht mehr glatt, wenn ich schlafen gehe.

»Margarete«, sagtest du leise, eindringlich. »Würdest du zur Polizei gehen?«

»Das ist unwichtig«, flüsterte ich. »Es ist nur wichtig, was du tust.«

Und ich griff über den Tisch und legte meine Hand auf deine, als könnte ich dich beschützen. Und ich dachte daran, wie nahe wir uns gewesen waren, vor Kurzem noch. Ich spürte, wie du davonglittst, seit Cliff wieder da war. Oder war ich es, die davonglitt?

Du hieltest meine Hand fest.

»Ich muss mehr herausfinden«, wispertest du. »Warum er hier ist. Wie er da rausgekommen ist. Und wer das ist, nach dem er sich manchmal umdreht. Wer ihn verfolgt. Hilf mir.«

»Wenn ich kann«, sagte ich.
Und du kamst um den Tisch herum und nahmst mich in die Arme. Legtest deinen Kopf auf meinen Kopf, auf mein Haar. Dann bist du zur Bar gegangen und hast gezahlt, und dann warst du fort. Ich saß alleine an dem wurmstichigen Tisch.
Du hattest eine winzige Zeichnung auf den Bierfilz gemacht, ich hatte es nicht einmal bemerkt.
Die Zeichnung zeigte ein Fabelwesen. Nicht eines für Kinder oder für Manga-Fans. Es war ein Ungeheuer. Unverständlich, zerrissen, um sich selbst gewunden. Als hätte es Schmerzen.
Seine Augen waren die von Cliff. Aber ich fand dein Gesicht in seinem.

4

Sie spielten Beethoven an diesem Tag.
Die dritte Sinfonie, die Eroica, die Heldenhafte, ich hatte im Internet etwas darüber gelesen.
Beethoven, Helden und die roten und goldenen Äste der Stadt, die sich schüttelten. Die die Farben abwerfen wollten wie ein falsches Kleid. Der Wetterbericht sprach von Sturm. Es hätte nicht passender sein können.
Natürlich war es im Grunde egal, sie hätten Micky Maus spielen können, es kam auf andere Dinge an.
Es war der 21. Oktober. Zwei Tage, nachdem Alain in der Wohnung aufgetaucht war. Verdammt, Alain. Er hatte diese Art, aufzutauchen, es war, als wäre das Wort für ihn erfunden worden, ich schwamm in meinem eigenen, dunklen Meer, in das ich immer wieder von irgendeiner Klippe aus fiel – oder sprang, wer weiß das schon genau. Und gerade, wenn ich mich an das eisige Wasser gewöhnt hatte, an die Schwärze um mich und das fehlende Licht, gerade, wenn ich es geschafft hatte, tauchte Alain aus den schmutzigen Wellen auf.
Er kam aus der Tiefe und war plötzlich da, der strahlende Engel mit den Flügeln aus Licht. Und er streckte mir die Hand über die Wogen entgegen, um mich mit sich zu ziehen, obgleich ich nie wusste, wohin. Er wusste nicht, dass ich diese Szene gemalt habe, wieder und wieder.
Jenseits des Realismus, jenseits der fotografisch genauen Linien.
Er wusste nicht, dass auch ich meine Visionen hatte.
Er war ein gefährlicher Engel, er verführte mich dazu, weich zu werden und verletzlich und am Ende zu ertrinken, zu erfrieren. Er hat nie begriffen, dass er das Meer dieses Alptraums nicht mit seinem Licht füllen und auch nicht austrocknen konnte, dass es immer da sein würde.
Das Meer, aber niemand versteht das, ist mit mir geboren worden.
In mir. Oder ich in ihm. Wir waren nie voneinander trennbar.

Zwei Tage also, nachdem er mit seinem Lächeln in die Welt der kleinen Wohnung eingebrochen war, traf ich mich in der Stadt mit Margarete und fuhr mit ihr zur Philharmonie. Es war ein Punkt auf einer imaginären Liste, die ich ihr nicht erklären würde.

Ich hatte sie angerufen, und sie hatte sich gefreut. Ich sagte, ich würde sie einladen. Sie lachte. »Nein.«

»Doch«, sagte ich, »ich habe diese beiden Karten, und ich möchte mit dir dahin gehen. Es ist ein richtiges Konzert. Orchester, Dirigent, alles.«

»John-Clifford Bergmann«, hatte sie gesagt, »du spinnst.«

Sie hatte nicht gefragt, woher ich das Geld hatte. Sie hatte gefragt, ob ich sie abholen würde. Wir könnten, sagte sie, vorher einen Kaffee zusammen trinken.

»Wie stellst du dir das vor?«, hatte ich gesagt. »Wo trinken wir den Kaffee? Auf dem Sofa deiner Eltern? Unter den Dekorationswandleuchten aus der Boutique deiner Mutter?«

»Warum nicht? Du bist wieder hier. Alles fängt neu an. Für dich.«

»Ja«, hatte ich gesagt. »Aber keine Dekorationswandleuchten. Bitte.«

Und sie hatte gelacht.

Sie lachte auch, als wir uns trafen, dann doch ohne den Kaffee vorher. Ich hatte keine Zeit für Kaffee an diesem Tag. Margarete war in der Stadt unterwegs gewesen, ich auch, wir trafen uns am Bahnhof Friedrichstraße. Sie stand neben der Treppe zum richtigen Gleis, wo ich sie nicht verfehlen konnte und lächelte mir entgegen und war schön dabei. Und ich sah sie an und sah die Menschen um sie herum. All die Menschen. Friedrichstraße.

Friedrichstraße zur Stoßzeit musste noch voller sein.

Aber es gab zu viele unübersichtliche Treppen und Tunnel und Bahnsteige und Ausgänge.

Ich versah den Punkt auf der imaginären Liste mit einem Fragezeichen. Ich würde mit Ayna darüber sprechen, ich musste sie sowieso treffen, und Farouk war keine große Hilfe.

»Was ist?«, fragte Margarete und sah zu mir auf. »Warum guckst du dich so um? Stimmt was nicht?«

»Doch«, sagte ich. »Gut, dass du da bist. Komm.«

Ich nahm sie an der Hand, und ich dachte wieder an den Kuss beim letzten Treffen, der kein richtiger gewesen war. Ihre Hand war klein und schmal in meiner.
»Warum fahren wir da hin?«, fragte sie in der U-Bahn.
Ich saß neben ihr, und unsere Oberschenkel berührten sich, es war voll wie immer. Die Luft in der Bahn war gesättigt mit dem Schweiß der Menschen. U-Bahnen. Geschlossene Türen. Wie viele Menschen passen in eine U-Bahn? Eine muslimische Familie mit einem Kinderwagen, drei großen Plastiktüten und vier kleinen Kindern blockierte den Gang. Die Frau sah müde aus, ihr Kopftuch war verrutscht, man sah mehrere Haarsträhnen. Die beiden kleineren Mädchen hatten Zöpfe, ihr Haar strahlte weithin durch den Wagon, schwarz glänzend, unbedeckt.
Ich schloss kurz die Augen, atmete tief durch und öffnete sie wieder.
»Ich wollte es sehen. Ich habe achtzehn Jahre in Berlin gelebt und war noch nie in der Philharmonie. Und du? Was machst du jetzt?«
»Tischler«, sagte sie, und ich erinnerte mich vage, dass sie einmal so etwas gesagt hatte. Ich war zu sehr mit mir selbst beschäftigt gewesen damals. »Ich bin fast mit der Lehre fertig.«
»Wirklich. Tischler. Du hast … tatsächlich nie Abi gemacht? Deine Eltern wollten immer, dass du studierst.«
»Eben«, sagte Margarete mit einem kleinen, zufriedenen Grinsen. »Erinnerst du dich, »dass ich immer die war, die euch auf dem Boden hielt? Da bleibe ich. Auf dem Boden. Ich will nicht studieren, ich werde Tischlerin. Ich liebe das Material, man kann es anfassen, es ist real. Keine Gefahr, dass sich jemand verliert. Ich will meinen eigenen Laden haben, später. Aber nicht wie meine Mutter. Keine Heititei-Boutique für Krimskrams mit Rüschen. Dinge, die Gewicht haben. Möbel ändern eine Menge im Leben.«
Ich glaube, ich nickte. »Ich dachte, Tischler ist ein Männerberuf.«
»Unsinn.« Sie lachte wieder. »Ich weiß ja nicht, was du für Leute kennst …«
Ich sah ihre Hände an und versuchte, mir vorzustellen, wie sie einen Hobel hielten, eine Säge, Schrauben. »Und wenn du mal heiratest, dann … tischlerst du weiter, und der Mann putzt die Küche und passt auf die Kinder auf?« Ich schüttelte den Kopf. »Wie Ricki auf mich?«

»Ich heirate nicht«, sagte Margarete und sah weg. Und schien sich auf die Unterlippe zu beißen.
»Wir müssen raus«, sagte sie dann und stand auf. »Komm.«

Ich weiß ja nicht, was du für Leute kennst.

Die Philharmonie erhob sich goldgelb und geschwungen in den blauen Spätoktoberhimmel, ein Zelt aus irgendwie gefälschtem Licht. Es war anders als das Licht des Engels im schwarzen Meer, es war käufliches und gekauftes Licht, weniger gefährlich als das, was Alain hinter seinen Augen verbarg.
Dies war ein Feind, der einfach zu besiegen war.
Ich merkte, das ich lächelte.
Margarete interpretierte das Lächeln falsch und erwiderte es. »Hier sind wir also«, sagte sie. »Im Begriff, uns unter die Kulturelite des Abendlandes zu mischen.« Dass sie gerade das sagte, ließ mich zusammenzucken.
»Was ist?«, flüsterte sie und zwinkerte. »Komm. Du siehst gut aus. Ich hätte nie gedacht, dass ich dich mal im Jackett sehen würde. Wir können denen da durchaus Konkurrenz machen.«
Sie nickte zu den anderen Konzertbesuchern hin, die mit uns zum Eingang der goldgelben Zeltkonstruktion strömten, Besuchern in Anzügen, Abendkleidern und polierten Schuhen. Aber sie waren nicht alle so, dies war noch immer Berlin, es gab Leute, die in Lederjacke oder Wollpullover ins Konzert gingen.
Als Margarete drinnen an der Garderobe ihren Mantel auszog, pfiff ich durch die Zähne und lachte.
Ich hatte gedacht, sie trüge einen Rock, aber es war tatsächlich ein Kleid, oben eng, schlicht und grün, besetzt mit ein paar glänzenden Streifen Seide, die ihre Figur betonten. »Es ist nur Verkleidung«, flüsterte sie. »Manchmal verkleide ich mich gern.«
Ich versuchte, nicht ihre Brüste anzustarren, die sich gegen die grüne Seide drückten wie neugierige Kinder an eine Fensterscheibe. Ich merkte, wie ich über das Bild lächelte. Und ich erinnerte mich daran, wie ich sie berührt hatte, halb betrunken vor Aufregung. Wir waren fünfzehn gewesen. Gott, es schien ein Leben lang her.

Ich bot Margarete meinen Arm an, sie nahm ihn, und dann schritten wir in Richtung es Konzertsaals. Beinahe musste ich mich zwingen, mich nicht zu sehr auf Margarete zu konzentrieren.
Die Eingänge waren unübersichtlich, die Nummerierung der Reihen und Logen von einem verrückten Genie erdacht. Die Plätze für das Publikum stiegen von der Bühne aus unregelmäßig an, sie glichen Terrassenfeldern, es gab ein Netzwerk aus kleinen Treppen und Zugängen dazwischen, und die Platzanweiser hatten hier und da Mühe, den Leuten zu erklären, wohin sie sich wenden mussten.
Margarete und ich saßen in Block B, außen links. Außen, was den Block betraf. Abgesehen davon gab es kein Außen, auch kein Hinten und Vorne, die Zuschauer saßen auf allen Seiten um die Bühne herum. Natürlich kannte ich den Grundriss, den Sitzreihenplan, ich kannte die ganze Architektur des Gebäudes. Aber es ist etwas anderes, wenn man es sieht. Erst, wenn du einen Ort siehst, kannst du begreifen, wie er atmet. Wie er funktioniert. Wo sein Herz schlägt. Es ist wie mit einem Lebewesen. Als Jäger musst du deine Beute in und auswendig kennen.
Du musst atmen wie sie, denken wie sie, du musst sie sein. Das Reh, der Hase, der Hirsch.
An jenem Tag wurde ich die Berliner Philharmonie. Ich wurde das Orchester. Ich wurde die Musik.
Das Licht hing über den Bühne an Seilen von der Decke, lange Röhrenlampen und einzelne trapezförmige Schirme, die es zurückwarfen, es tropfte von überall herab.
Umgerechnet hatte der Bau der Philharmonie 35 Millionen Euro gekostet.
In den Straßen froren Obdachlose.
Deutsche Autos rollten über Fließbänder, deutsche Waffen verließen das Land, Geld wurde verdient, jede Minute. Man konnte sich Kultur leisten. Amerika auf der einen und Afrika auf der anderen Seite pulsierten im Rhythmus der Transfers. Und hier saß ich neben einer Frau in einem grünen Abendkleid, deren Vater in einem Steuerbüro arbeitete.
Draußen senkte sich der Oktoberabend vom Himmel herab wie ein graues Tuch, drinnen wurden die Lichter über dem Publikumsbereich gedimmt,

nur das Orchester in der Mitte war noch erleuchtet, und dann begannen sie. Und ich spürte das echte Licht neben mir, einen kleinen Funken, und wusste, dass es Margarete war. Ihre Augen strahlten, und dieses Strahlen riss an mir wie ein Splitter.

Ich kannte den Komponisten des ersten Stücks nicht, ich sah nur dem Dirigenten zu.

Die Musiker gehorchten jeder seiner Gesten, es war militärischer Drill. Er hatte Macht, dieser Mann in seinem schwarzen Jackett, er war ein Feldherr der Töne. Seine Musiker marschierten für ihn

durch eine Wüste aus Klang.

In meinem Kopf verwandelte sich das Bild, Erinnerungen drängten heran, Staub, Erde, Befehle.

Und ganz plötzlich begriff ich, dass der Vergleich falsch war. Dies war mehr als Drill. Diese Musiker waren keine Truppe von Kämpfern gegen die Stille. Was sie taten, taten sie aus einer inneren Leidenschaft heraus, die Begeisterung trug sie weiter als der Gehorsam, und sie waren dem Dirigenten gar nicht untergeordnet. Sie waren eine Einheit.

Ich versuchte, nicht darüber nachzudenken, denn es war beunruhigend. Es erweckte eine schmerzhafte Sehnsucht in mir, dazuzugehören. Ich sah mich um und begann, zu zeichnen. Die Sitzreihen, die Menschen, die Treppen. Die Geländer, die Köpfe, die Türen. Das Orchester, den Dirigenten. Die Ausgänge.

Ich zeichnete ohne Stift, nur im Kopf, rascher und rascher, ich brauchte das ganze Bild, ehe dieser Strom aus Musik mir die Konzentration raubte. Dann fand ich die Glaswand, hinter der die Tontechniker saßen, fand die Kameras. Manche Konzerte wurden live im Fernsehen oder im Netz übertragen, das war bekannt. Live. Gott.

Die Vorstellung war fast zu gewagt.

Natürlich würden sie den Vorschlag lieben.

In der Pause standen wir im Foyer, und Margarete hielt ein Sektglas voller Orangensaft in der Hand und sah in ein verträumtes Nichts hinter meiner linken Schulter. »Danke«, sagte sie. »Danke, dass wir hier sind.«

Ich nickte nur. Der Orangensaft schmeckte nach Gift.

»Kannst du dir Alain hier vorstellen?«, fragte ich. Ich wollte ein Nein. Ich

wollte hören, dass er anders war als diese Menschen in ihrer Abendgarderobe. Doch Margarete nickte und sagte: »Er war ein paarmal hier, glaube ich. Mit seinen Eltern. Einmal mit meinen und seinen.«
»Aber sie sind … nicht so wie diese Leute. Oder?«
»Wer ist schon wie jemand anders.« Sie lächelte.
»Alain im Jackett«, murmelte ich.
»Er hat eins. Irgendwie blaugrau. Sieht gar nicht schlecht aus.« Sie fand meinen forschenden Blick, zuckte sie die Schultern und trank den Saft aus.
»Als du weg warst, waren wir … uns … relativ nahe. Wir dachte wohl beide … dass du nicht wieder kommst.«
»Ich auch«, sagte ich. »Es war nicht der Plan.«
»Also hat der Plan sich geändert«, flüsterte Margarete und stellte das Glas ab. »Es war nicht so, wie du dachtest, oder?«
»Nein.«
»Und deshalb bist du zurückgekommen.«
Ich biss mir auf die Lippen. Ich bin nicht zurückgekommen, Margarete. Sie haben mich zurückgeschickt. Und es ist auch kein Zurück. Das schwarze Wasser ist immer noch da, und es ist dickflüssiger denn ja. Es fühlt sich an wie Blut.
Sie zog mich in den Saal.
Und dann spielten sie, endlich, Beethoven.

»Eroica«, wisperte ich, als die Lichter im Seitenbereich dunkler wurden. »Die Heldensinfonie. Beethoven wollte sie eigentlich Bonaparte nennen. Er hat Napoleon … im Netz steht: *verehrt.* Napoleon, der dabei war, die Welt zu erobern. Aber dann hat sich Napoleon selbst zum Kaiser gekrönt, und Beethoven hat den Titel zurückgenommen.«
Ich spürte Margaretes erstaunten Blick, ein wenig misstrauisch beinahe. »Ich hätte nie gedacht, dass du mir mal was über Beethoven und Napoleon erzählen würdest.«
»Vergiss es wieder«, flüsterte ich.
Und ich dachte, dass sie sich, viel später, daran erinnern würde, was ich gesagt hatte. Später würde sie es verstehen. Ich fragte mich, was sie denken würde. Und wo sie dann wäre.

Die Musik trug mich fort, noch während ich darüber nachdachte, schwemmte mich mit sich wie eine Flutwelle, bis ich sie nicht mehr hörte. Nein, ich hörte weder Beethoven noch Napoleon, ich hörte mein eigenes Herz in den Tönen schlagen. Meinen Puls. Meinen Atem.
Und den all der anderen Menschen im Saal, 2250 Menschen, so stand es im Internet, nein, mit dem Orchester 2300, sie alle atmeten die Musik ein und aus, und jetzt wurde ihr Atem lauter, wie der Atem eines riesigen Tieres.
Ich saß ganz still und hörte das Tier atmen. Als wüsste es, dieses zweitausendmündige Ungeheuer, was geschehen würde.
Ich sah die Türen, die verriegelt, die Kameras, die in Position gebracht wurden.
Ich sah die Menschen aufstehen, zu den Ausgängen drängen, obwohl sie alle wussten, dass es sinnlos war. Ich sah die Panik, hörte sie in diesem schrecklichen Keuchen. Die Musik wurde wieder lauter, peitschte die Panik noch an.
Der Konzertsaal war rot und glitschig. Überall Pfützen, glänzend wie große Käfer. Dazwischen Menschen, die übereinander fielen, krochen, die Hände krallenartig ausgestreckt. Menschen mit weit aufgerissenen Augen, Menschen, aus denen das Feuchte, Rote lief, der Geruch ihrer Angst war so streng, dass er mich würgen ließ.
Ich hörte die Schüsse. Jeden einzelnen. Oder war es nur die Pauke im Orchester?
Und dann sah ich Margarete an, aber Margarete saß nicht mehr neben mir.
Sie lag mit Alain auf einem Bett, er hatte das blaugraue Jackett achtlos zu Boden gleiten lassen. Und ich begriff: Die Menschen, das Blut, all das lief auf dem riesigen Flachbildschim über dem Bett. Live-Übertragung aus der Philharmonie.
Alain und Margarete auf dem Bett sahen es nicht, der Ton war abgeschaltet, und sie waren zu sehr ineinander vertieft, um die Köpfe zu heben.
Ich sah sie ohne Eifersucht an, im Gegenteil: mit Erleichterung.
Diesen beiden, dachte ich, würde nichts geschehen. Sie waren hier, auf diesem Bett, zusammen, in Sicherheit.

Und ich watete weiter durch das Blut auf dem Boden der Philharmonie, bis nach vorne zur Bühne.
Zwischen den Musikern, die noch immer spielten, saß meine Mutter, eine Geige in den Händen, die Wangen voller Blutspritzer. Sirenen heulten draußen. Ich kletterte auf die Bühne.

»Cliff? Hörst du mich?«
Über mir schwebte das verschwommene Oval von Margaretes Gesicht. »Was ist passiert?«
»Nichts«, flüsterte ich, »alles in Ordnung.«
Ich sah mich um und begriff, dass ich im Foyer auf dem Boden lag. Neben mir knieten zwei orangefarben gekleidete Gestalten. Sanis. Verdammt. Ich hatte es geschafft, da drinnen umzukippen. Natürlich hatte niemand die Türen des Saals abgeschlossen.
»Ich glaube, ich war kurz weg«, murmelte ich und richtete mich auf.
»Kann man so sagen«, meinte einer der Sanis und grinste.
»Der Puls ging glattweg durch die Decke«, sagte der andere. »Haben Sie eine Herzerkrankung?«
Ich lachte beinahe. Und schüttelte den Kopf. Sie sagten, sie sollten mich vielleicht mitnehmen, aber ich wollte nicht mitgenommen werden.
»Unterzucker«, meinte der eine mit einem Schulterzucken. »Könnte auch sein. Wann haben Sie zuletzt was gegessen?«
»Ich … ist eine Weile her«, sagte ich.
Einer der Sanis, dem wohl etwas aufgefallen war, verschob mit einer raschen Bewegung den Ausschnitt meines Hemdes ein wenig, sodass man die Haut darunter sah, die voll von Narben und in Reihen angeordneten kleinen Verbrennungen waren. Sie sahen auch die alte, zerstörte Tätowierung, die schwarzen Buchstaben, nicht mehr leserlich; ich wusste, dass sie sie sahen.
»Da hat jemand noch ein paar mehr Probleme als Unterzucker«, sagte er, stand auf und klopfte sich den Staub von der Hose. Margarete sah mich seltsam an.
Und ich zog das Hemd zurecht und wäre dem Sani gerne an die Gurgel gegangen. Aber ich stand nur vom Boden auf und sagte höflich, ich würde jetzt nach Hause gehen.

»Du kommst mit zu uns, wir nehmen ein Taxi«, sagte Margarete. Ihre Stimme war weniger sicher als sonst. »Und dann isst du was und erzählst mir, woher …«

Ich legte ihr eine Hand an die Wange. »Nein«, sagte ich. »Bitte. Ich weiß auch nicht, was los war. Ich wollte das Konzert nicht für dich kaputtmachen.«

Als ich meine Hand wegnahm, klebte Blut auf Margaretes Wange. Ich sah meine Hand an. Sah das feuchte Rot dort. »Nasenbluten«, sagte Margarete. »Du hattest Nasenbluten. Vom zu hohen Blutdruck, wahrscheinlich. Du solltest mit einem Arzt reden, Cliff. Auch wegen …« Sie sah zu den geschlossenen Knöpfen hin. »Was auch immer das ist.«

»Nichts«, sagte ich. »Das ist gar nichts. Lass mich gehen, ja?«

»Ja«, sagte sie. Und dann standen wir vor der Philharmonie, und die Blätter waren alle von den Bäumen gefallen. Keine Farben mehr da oben. Nur graue Wolkenfetzen über den Ästen.

»Du hast das Konzert nicht kaputtgemacht«, flüsterte Margarete. »Es war schön.«

Ich wollte sie in die Arme nehmen, dort vor dem goldenen Zeltbau der besseren Gesellschaft, aber ich drehte mich nur um und ging. Ich war immer so gegangen.

Bilder von damals in meinem Kopf:

Margarete, die mit dem Fahrrad durch den Sonnenschein eines anderen Herbsttages fährt. Die Lichtreflexe in ihrem Haar. Ein fünfzehnjähriger Junge, der auf einer Mauer herumsitzt und ihr nachsieht, ein Junge mit neuerdings sehr kurz geschnittenem dunklem Haar, zwei Millimeter, Haarschneidemaschine. Schwarze Kleidung, weißer Aufdruck. Mehrere Adler und ein paar eindeutige Zeichen.

Das Jahr, in dem dieser Junge fünfzehn wurde, war zu Beginn ein schlechtes Jahr.

Er machte zwei oder dreimal den ernsthaften Versuch, sich aufzuraffen und etwas für die Schule zu tun. Dinge nachzuarbeiten, die er hatte schlei-

fen lassen. Vielleicht konnte er seiner Mutter etwas beweisen. Aber die anderen waren an ihm vorbeigeglitten im Unterricht, er hatte den Anschluss verpasst. Er fragte Ricki. Ricki konnte ihm nicht helfen. Er verstand genauso wenig von Mathe, Englisch und Geographie wie Cliff.
»Frag Alain«, sagte Ricki. »Frag Margarete.« Und Cliff nickte und tat es nicht.
Er hätte die Freundlichkeit ihrer Erklärungen nicht ertragen. Das letzte bisschen Würde, das er hatte, musste er bewahren.
Und er gab in der Schule wieder auf.
Das war die Zeit, in der er eine neue Gruppe fand, eine Gruppe, die Abwechslung und Action versprach und die ganz von selbst zu ihm kam.
Sie sprachen ihn vor der Schule an, es waren zwei, und das Erste, was er sagte, war »Ich kaufe nichts«, begleitet von einem vielsagenden Grinsen. Sie wirkten tatsächlich wie Schulhofdealer. Sie waren beide kräftiger als er, breiter, älter. Einer hatte unter seiner schwarzen Kapuze einen rasierten Schädel.
»Wir wollen auch nichts verkaufen«, sagte er und grinste zurück. »Wir dachten nur. Du gehörst zu uns.«
Cliff und steckte die Hände in die Hosentaschen. »Zeugen Jehovas?«
Die beiden lachten. Einer bot ihm eine Kippe an. »Nationale Kameradschaft.«
»Du kriegst gerne mal Ärger, oder?«, fragte der andere. »Wir auch. Sie sind alle gegen uns. Die, die das Geld haben. Für Leute wie uns ist nichts übrig, aber den Schwuchteln mit dem Migrationshintergrund schieben sie es in den Arsch. USrael regiert die Welt. Unsereiner ist doch gefickt auf ganzer Linie.«
Cliff sah ihn an, abwartend. Ob noch etwas kam. Ein Angebot. Ein Versprechen.
»Komm mit«, sagte der mit dem rasierten Schädel. Es war keine Bitte, es war ein Befehl.
Das gefiel ihm.

Schwarz-weiß-rote Flaggen.
Ein Lager in einem Hinterhof.

Bier, Ideologie, Schnaps, Verschwörungstheorien.
Die meisten von ihnen waren älter, sowohl die Theorien als auch die Jungs.
Mädchen gab es keine, die gab es woanders. Sie gehörten dazu, ohne im Hinterhof anwesend zu sein, manche kamen ihre Kerle abholen und blieben noch eine Weile, Mädchen mit vollen Lippen und Feather Hair Cut, kurz, gefärbt, anti.
Wie rasch es ging! Auf einmal war Cliff ein Teil der Kameradschaft, Teil der deutschlandweit existierenden Nationalen Front. Er glitt in die Bewegung wie ein warmes Messer in Butter. Oder in einen Körper.
Und Berlin verwandelte sich. Es war auf einmal voller Feinde.
Doch die Feinde waren selbst gewählt, gut und böse klar definiert wie in einem Computerspiel.
Die Lieder, die sie im Hinterhof hörten, waren offiziell verboten. In ihnen spritzte Blut aus Köpfen, traten Stiefel zu, retteten Helden ein Land.
Zum ersten Mal bekam das Leben einen Sinn: die anderen kaputtzumachen.
Sie spielten Unser-Volk-befreien.
Nicht, dass er an irgendetwas glaubte, was sie sagten. Aber er mochte das Spiel. Es war eine Herausforderung.

An den Wochenenden fuhr man gemeinsam zu einem der Seen raus, zum Grillen und Saufen.
Cliff trank nie exzessiv viel, er blieb nüchtern und beobachtete die anderen.
Lernte aus ihrer Aggressivität. Er war wie ein Spion in den eigenen Reihen.
Er merkte sich all ihre Argumente. Gegen die Linken, gegen den Staat, gegen die Überflutung mit Ausländern. Er lernte ihre Art zu reden, stülpte sie sich über wie eine Maske. Berlin war eine Bühne, und er konnte die Rolle spielen, die er wollte.
Hinter der Maske, unter der Verkleidung, war er nie ein Neonazi, die anderen, die echten Neonazis, waren naiv. Cliff nicht, noch nicht einmal mit fünfzehn. Unter seiner Oberfläche, er spürte es selbst, lauerte etwas noch viel Dunkleres.

Er fragte sich manchmal, woher es kam, und es gab Nächte, da lag er wach und hatte Angst davor.

»Du bist echt richtig bei uns«, sagten die Jungs. Sie tranken und lachten wie Kinder. Selbst die Alphatiere unter ihnen, selbst die, zu denen Cliff – noch – aufsah.
Die Anerkennung lief warm und feucht seine Kehle hinunter wie Schnaps, wie Benzin, wie Gift.
Sie sagten viel »Wir« und »die anderen«. Wir gegen den Rest der Welt: die Bonzen, die Politiker, die Menschen in Anzügen, die Linken, die Migranten.
Allein das Wort schon, diese politische Korrektheit. *Menschen mit Migrationshintergrund.* Und die wurden also hofiert, sagten die anderen. Damit Deutschland politisch gut aussah. Denen wurden Integrationskurse geboten, finanzielle Hilfe, ärztliche Behandlung, Freizeitclubs, jede mögliche Hilfe. Aber jemanden wie ihnen, wie den Jungs, nicht.
Armer schwarzer Kater. Es war ein Satz, den Cliff manchmal dachte, wenn er die Jungs jammern hörte. Dennoch gefiel ihm ihr Spiel immer besser
Die Ausländer und die Antifa waren wie die Monster bei einem Computerspiel. Sehen, anpeilen, draufschlagen. Fäuste ballen, Messer schärfen. Punkte sammeln.
Adrenalin.

Es hatte eine ganz eigene Schönheit, mit der Masse zu laufen. Sie waren eine Flut aus Schwarz mit weißen Aufschriften. Er träumte von diesen Farben. Schwarz und weiß. Dazwischen irgendwo Rot. Gut und böse, und die Farbe des Blutes.
Früher hatte die Reichsflagge diese Farben gehabt.
Er fragte sich, wie es gewesen wäre, damals zu leben, zwischen 33 und 45. Sie sprachen manchmal darüber. Man hätte kämpfen können, ein Soldat und ein Held werden. Die Dunkelheit, tief innen, hätte sich in ein eigenes Licht verwandelt, und die Menschen hätten gejubelt, wenn man zurückkehrte und durch die Straßen marschierte.

Cliffs Mutter hätte am Rand gestanden, dachte er, in der Menge, und geklatscht.
Er hatte seit Monaten nichts von ihr gehört.

»Aber wer sagt denn, dass du das nicht jetzt genauso kannst?«, fragte Andi, der die Gruppe führte.
Cliff zeichnete inzwischen auch für sie. Tattoo-Vorlagen. Ein ganze neues Betätigungsfeld. Andis Oberarm-Tattoo stammte von ihm, ein platzender Schädel in einem Kranz von altdeutschen Runen.
Manchmal schlugen sie sich mit den Linken, warfen die Scheiben des Punker-Jugendclubs ein, schlitzten Fahrradreifen auf. An anderen Tagen standen sie gegen die Türken oder die Russen auf der Straße, und manchmal fanden sie tatsächlich richtige Asylanten.
Einmal einen Afrikaner. Der heulte. Obwohl er ein erwachsener Mann war.
Irgendwann bekam Alain Wind von der Sache.
Er hatte lange nichts gewusst, denn die Kameradschaft traf sich außerhalb. In Prenzlauer Berg hatten die Rechten schlechte Karten, zwischen den Bioläden und den Mate-Cafés, sagte Andi, war kein Platz für gesundes völkisches Gedankengut.
Cliff und Alain hatten lange nicht miteinander gesprochen, nur das übliche Nicken, wenn man sich im Haus traf. Alain, verdammt, Alain im Hausflur.
Er wartete eines Tages einfach auf Cliff. Saß auf der Treppe. Cliff kam spät nach Hause, es war gegen zehn. Er blieb stehen. Lehnte sich gegen die Wand im Flur.
»Ich verstehe nicht«, sagte Alain ohne Einleitung. »Du bist doch nicht dumm. *Tust* du jetzt auf einmal so, als wärst du dumm?«
»Man muss nicht dumm sein, um einen Feind zu brauchen«, sagte Cliff.
»Das auch. Das ist ein zu kluger Satz«, sagte Alain.
Und Cliff drehte sich um, schloss wortlos die Wohnungstür auf und drückte sie hinter sich zu.
Ricki schlief schon oder war nicht da, es machte eigentlich keinen Unterschied.

Cliff zitterte innerlich. Noch Stunden später.
Da war es wieder gewesen, ja, dieses verfluchte Licht, das von Alain ausging. Er griff nach Cliff, er versuchte, ihn von seinem Weg abzubringen, ihn zurückzuholen in die alte Welt, in der immer alles weh tat. Alain reichte mit einer Hand aus Helligkeit durch Haut und Muskelfleisch bis in Cliffs Innerstes; ein grausamer und beunruhigender Gedanke. Er schob ihn beiseite. Verschloss sich gegen diesen Angriff.
Und träumte dennoch, zwischen schwarz-weiß-rot, Alains Lächeln.
Und sehnte sich, tief innen, noch hinter der Schwärze, danach, es zu berühren.

Dann geschah die Sache mit dem Negermädchen.
Es war mitten im Sommer. Sie hatten eine Weile keine Typen mehr gefunden, mit denen man sich prügeln konnte, es schwelte in der Gruppe. Und es war drückend heiß. Die Stadt glühte wie Kohlen auf einem Grill, kein Windhauch bewegte die träge, zähe Luft.
Cliff hatte erfahren, dass er die Klasse wiederholen musste, noch wussten weder Ricki noch seine Mutter davon. Sie hatte ihm eine Postkarte geschrieben aus Washington, wo sie irgendeinen Kongress besuchte. Es stand nicht darauf, wann sie wiederkäme, nur belanglose Sätze über das Essen. Die Karte hing über Cliffs Bett an der Wand, er sah sie jeden Abend und jeden Morgen an, und vielleicht konnte er sie eines Tages so lange ansehen, bis er sie vergaß.
Er war in der Hierarchie der Kameradschaft gestiegen.
Die beiden Alphas der Gruppe waren an diesem Tag nicht da. Er war mit sechs Jungs unterwegs, an diesem Tag doch in Prenzlauer Berg. Nicht ganz unabsichtlich vielleicht; es gab in den Schönhauser Allee Arkaden einen Elektromarkt, und es hieß, das Ding wäre schlecht bewacht. Das Gerücht bestätigte sich, die Ausbeute war weniger deutschnational als praktisch: Batterien, CD-Rohlinge, eine Handykarte, solcher Kram. Für einen Moment fühlte Cliff sich an damals erinnert, an die Drogerie und Alains Hand auf seinem Arm. Hinterher landeten sie in dieser irgendwie abgefuckten Seitenstraße, in der wenig los und es nicht besonders hell war, nicht wirklich zufrieden mit dem Ergebnis ihrer Aktion. Es war nichts Großartiges gesche-

hen, die Luft war immer noch zu heiß, bläulich wie das Innere einer Kerzenflamme. Die Dämmerung hing über den alten Häusern mit ihrem abblätternden Putz, die hübschen und alternativen Geschäfte hatten geschlossen.
Und durch diese Straße kam ihnen das Mädchen entgegen.
Ein kleines, dickes Mädchen, vielleicht zwölf Jahre alt, ein schwarzes Mädchen, dessen Kraushaar unter einem lilaweißgemusterten Kopftuch verborgen war.
Es war niemand außer ihnen in der Straße unterwegs – ein unerwarteter Glücksfall.
Cliff nickte nur, und die anderen verstanden.
Sie fingen das Mädchen ein wie eine Katze. Umkreisten es, sahen es nach allen Richtungen blicken, sich ducken, rennen – doch da gab es schon nichts mehr, wohin es rennen konnte. Cliff griff es sich, drehte ihm die Arme auf den Rücken, und es gab einen erstickten Schmerzenslaut von sich, der das Blut schneller durch seine Adern jagte.
Er stieß das Mädchen zu einem der anderen hinüber, und der fing es auf, presste die Kleine an sich und hielt ihr mit einer Hand den Mund zu.
Die Jungs lachten. Cliff lächelte nur, still.
»So«, sagte einer. »Sag uns mal, wie du heißt.«
Einen Moment lang nahm der, der das Kind festhielt, die Hand von seinem Mund, doch es sagte nichts.
»Sehr unhöflich«, meinte ein anderer bedauernd. »Du bist hier in einem fremden Land, ja.«
Der kräftigste von ihnen, ein kurzgewachsener, bulliger Typ, nickte. »Hier gibt es alles. Geld, Süßigkeiten, alles. Aber dafür muss man bezahlen. Das ist dir doch klar.«
»Lass mir«, sagte das Mädchen, mit starkem Akzent.
Daraufhin hielt ihr der eine wieder den Mund zu.
»So ein Kauderwelsch, da wird einem ja übel«, sagte er. »Besser, du bist still.« Er sah zu Cliff hinüber. »Und? Was machen wir mit ihr?«
Cliff streckte die Hand aus und zog an dem Kopftuch. Es löste sich nicht, war festgesteckt, er kämpfte einen Moment damit, was ihn wütend machte, dann ließ er es und riss stattdessen am Stoff ihrer langärmligen Bluse, die sofort zerriss. Auch das Unterhemd bot keinen Widerstand.

Sie zogen die Kleine in einen Hauseingang, wo ein Bewegungsmelder für angemessene Beleuchtung sorgte, und schließlich stand sie vor ihnen und war nackt. Bis auf das Kopftuch, das immer noch hielt. Sie wand sich jetzt, versuchte, zu treten, zu beißen, völlig ineffektiv.
Cliffs Herz schlug schneller, ihm war heiß und leicht schwindelig. Das hier war ein neues Level des Spiels: sehen, anpeilen, draufschlagen. Punkte sammeln …
Hier gab es Bonuspunkte.
Er spürte, wie die Dunkelheit sich in ihm ballte und zu einer schmerzhaften Erektion führte, die sich gegen die Naht seiner Jeans drückte.
Er war fünfzehn, ja, er war der älteste von ihnen hier, aber er hatte noch nie ein Mädchen gefickt.
Das Seltsame war, dass es gar nicht das Mädchen war, das ihn anturnte. Es war ihre Angst.
Sie drückten die Kleine auf den Boden, bis sie kniete, und sahen ihn an. Er spürte die Erwartung der anderen. Er war jetzt der Alpha hier, dies war seine Beute.
Sie hielten sie zu zweit fest.
Jedem war klar, was geschehen würde.
Wenn jetzt jemand aus der Tür in dem Hauseingang kam, waren sie geliefert, er sah die nervösen Blicke von ein paar aus der Gruppe, kniff die Augen zusammen und fixierte die Angsthasen.
»Wer Schiss hat, kann ja gehen«, flüsterte er. Keiner ging.
Der jüngste war vielleicht zwölf. »Mach schon«, sagte er und lachte. »Sonst mach ich das.«
»Klappe«, sagte Cliff.
Er stand lange über dem Mädchen und sah es nur an.
Es weinte.
Es wurde hässlich und schön zugleich durch seine Tränen.
Seine Brüste waren gut ausgebildet für sein Alter, was daran lag, dass es dick war. Er sah die dunkle Haut an wie ein fremdes Objekt.
Er hatte Macht. Alle Macht der Welt. In diesem Moment. Und er kostete ihn aus.
Schließlich beugte er sich zu dem Mädchen hinunter.

»Bitte mich darum«, zischte er, dicht neben ihrem Ohr. »Ich will das hören. Ich will hören, wie du mich bittest.«
Sie starrte ihn nur weiter mit weit aufgerissenen Augen an, das Weiß um die dunklen Murmeln ihrer Iris wirkte unnatürlich, wie halb geronnenes Eiweiß, in dem winzige Adern liefen. Sie sagte nichts, verstand nicht, und als einer der anderen sie schlug, drehte sie nur den Kopf zur Seite und verstand noch immer nichts. Dumm. Wirklich. Sie machte ihn jetzt wütend.
Nein, nicht sie. Es war Alain. Cliff spürte Alains Finger, ganz plötzlich: Finger, die sich in seine Schultern gruben und ihn fortzogen. Obwohl Alain gar nicht da war.
»Sag es«, wiederholte er und hockte sich vor sie auf den schmutzigen Boden. Und er sprach ihr die Worte vor, langsam, überdeutlich. *»Fick mich.* Die anderen lachten. Er sagte ihr mehr Worte, die sie wiederholen musste.
Sie hielten ihr noch immer die kurzen, plumpen Arme auf dem Rücken fest, verdreht.
Jetzt flüsterte sie etwas. »Lauter!«, sagte einer, sie erntete noch eine Ohrfeige und sprach lauter, stotternd, verzweifelt, stammelte die Worte zu ihm auf: *»Fick mich. Bitte. Ich will dich, jetzt …«*
Sie wusste vermutlich nicht einmal, was es hieß. Wie sie lachten! Es war der größte Witz des Jahrhunderts. Nur Cliff lachte nicht mit.
Zwei filmten mit ihren Handys.
Ihr Lachen verstummte, als sie nicht mehr aufhörte, die Worte zu sagen, sie wiederholte sie wie eine hängengebliebene Platte. »Fick mich, bitte …«
Eine Beschwörung, ein Gebet. Und schließlich schien es den ersten der Jungs unheimlich zu werden, sie wollten dass Cliff diesen ekelhaften Wortbrei endlich unterbrach.
Doch er wartete, bis die allerletzte Silbe in ihrem Mund zu purer, reiner Furcht geronnen war.
Dann nickte er, ganz langsam. Ernst.
»Nein«, sagte er kalt. Als wäre es ein Antrag, den er ablehnte. Er zog sie auf die Beine, nickte den anderen zu: »Lasst sie los, das Flittchen. Den Gefallen tun wir ihr nicht.«

Sie gehorchten, im ersten Moment perplex, dann mit einem zunehmen hämischen Grinsen. Sie stießen sie von sich, sie taumelte, landete im Dreck des Rinnsteins, rappelte sich auf. Und rannte. Stolpernd, ungelenk. Würdelos. Sie lachten ihr hinterher.
Und machten, dass sie wegkamen aus dem Hauseingang.
Cliff spuckte aus, drehte sich um und ging, allein, in die andere Richtung davon.

Als er nach Hause kam, zitterte er am ganzen Körper, als hätte sich das Zittern des Mädchens auf ihn übertragen. Er war noch immer high, wie auf Drogen, er flog, zitternd, auf der Dunkelheit, die nur ihm gehörte.
Im Hausflur spürte er, dass jemand da war, und zuerst dachte er *Alain* und presste sich einen Moment lang still an die Wand, kaum atmend. Aber es war nicht Alain.
Es war Margarete.
Er hörte sie jetzt leise singen, während sie die Wohnungstür im ersten Stock aufschloss. Er hatte ihr oft hinterhergesehen, in letzter Zeit, sie war hübsch geworden, kein Kind mehr, sondern eine junge Frau, und er hatte gedacht, er müsste sie zeichnen. Aber er hatte den Kopf nie freigehabt zwischen dem Schwarz und dem Weiß und dem Rot.
An diesem Abend ging er ihr nach, hinauf in den ersten Stock, mit leisen Schritten.
Er legte ihr die Hand auf die Schulter, als sie es gerade geschafft hatte, das klemmende Schloss zu überlisten, und sie zuckte zusammen.
»Cliff«, sagte sie, überrascht. Und lächelte ihn an. »Man sieht dich kaum noch. Ist … alles okay? Du zitterst.«
Er antwortete nicht, und sie schüttelte den Kopf und sagte: »Komm rein. Meine Eltern kommen später. Wir können, ich weiß nicht, einen Tee trinken oder was?«
Sie führte ihn in den Flur wie einen Kranken, und er dachte: Du weißt nicht, was du tust, du holst dir etwas Unheilbares, Pechschwarzes, Bodenloses in die Wohnung.
Aber er ließ sich von ihr auf einen Küchenstuhl drücken und eine Tasse Tee geben. Trank, gehorsam wie ein Kind.

»Du bist schön«, sagte er. Sie sah ihn ernst an. Ihr Gesicht war ebenmäßig, ihre Augen vom Braun der satten Erde im Sommer, wenn man sie mit dem Spaten aufbricht, um einen Baum zu pflanzen.

Eine halbe Stunde später saßen sie in ihrem Zimmer auf dem sorgfältig gemachten Bett und küssten sich.

Er hatte nie ein Mädchen geküsst.

Sie sagten beinahe nichts, die ganze Zeit über. Er spürte Margaretes Wärme und klammerte sich an sie, doch er hörte nicht auf zu zittern, er spürte ihre Besorgnis, spürte, wie sie mit der Zunge in ihm nach Antworten suchte auf die Frage danach, was geschehen war. Und er schwor sich, dass sie es nie erfahren würde.

Du küsst die Dunkelheit selbst.

Über ihrem Bett hing ein Bild von zwei Kindern, vier oder fünf Jahre alt, die nackt im Hof unten zwischen den Blumen spielten und sich mit Wasser bespritzten. Margarete und Alain. Er sah Alain an, während er mit Margarete auf die glattgezogene Tagesdecke sank, und er wusste nicht mehr, was er fühlte. Es war eine Mischung aus Furcht und Sehnsucht und Licht und Schwärze, Tag und Nacht.

Margarete legte seine Hand unter ihr Hemd, auf ihre Brust, und das, was er dort fand, war so warm wie ihr ganzer Körper, aber es war nichts, was ihn erregte.

Er hätte sie gerne nackt gesehen. Um sie zu zeichnen.

Wenn es nicht Margaretes Körper war, der ihn erregte, war es noch immer die Angst des Kindes von vorhin? Oder etwas anderes? Warum sog sich sein Blick an dem alten Foto fest? Er schloss die Augen und sah nicht Margarete, nicht das schwarze Mädchen, sondern Alain.

Er öffnete die Augen wieder. Er musste etwas gegen diese Verwirrung tun, etwas, das richtig war.

Er löste mit fliegenden Fingern die Knöpfe der Jeans, schob Margaretes Hose herunter. Sie half ihm, ein wenig aufgeregt, aber nicht abgeneigt. »Cliff ...«, sagte sie.

Und dann kamen Schritte durch den Flur.

Die Schritte waren zu schnell, ihr Besitzer stand neben dem Bett, schwer atmend, ehe Cliff oder Margarete irgendetwas tun konnten. Ein Arm riss Cliff hoch, von Margarete weg, zog ihn auf die Beine. Es war nicht Margaretes Vater oder ihre Mutter, die Nachhausekommenden.

Es war ein Eindringling.

Es war Ricki.

Sie mussten die Tür angelehnt gelassen haben, und Ricki hatte irgendetwas gehört. Cliff begriff es zu spät, versuchte, aufzustehen … Rickis Gesicht war wutverzerrt, rot, entgleist. Er schlug noch vor dem ersten Wort zu, seine Faust sauste durch die Luft, getrieben von der Kraft eines Wahnsinnigen, und landete in Cliffs Gesicht, Cliff taumelte, versuchte seinerseits auf Ricki loszugehen, was Tradition hatte, hielt Ricki an einer Schulter fest und holte mit der anderen Hand aus, der Schlag wäre in der Magengegend gelandet. Doch Ricki hob reflexartig ein Knie, vielleicht nur, um Cliff abzuwehren. Er traf ihn zwischen die Beine, traf die noch immer standhafte Erektion, und die Welt versank in einer Farbe jenseits von Rot, Schwarz und Weiß, einer gleißenden und unbeschreiblichen Farbe, die nur der grenzenlose Schmerz hatte. Er hörte Margarete schreien.

Sie schrie Ricki an. Schrie Cliff an.

Aufhören, aufhören!

Und dann sah er wieder etwas, sah, wie Margarete halb angezogen versuchte, seinen Vater festzuhalten, dessen Wut noch größer geworden war. Er rappelte sich hoch. Seltsam, das Zittern hatte aufgehört. Gerade jetzt. Er fühlte sich benommen und verlangsamt, wie jemand, der aus einem langen Rausch erwacht.

Ricki packte ihn am Kragen und zog ihn mit sich in Richtung Tür wie einen ungehorsamen Welpen.

»Wenn ihre Eltern das erfahren«, knurrte er, leise, Coco und Henri von oben mussten dies hier nicht hören. »Du machst einem nur Schande, wie kannst du …«

Aber Cliff hatte sich längst losgerissen, er war kein Welpe. Er spürte die Schamesröte in seinem Gesicht, sie schmerzte noch mehr als der Schlag zwischen die Beine.

Er zog endlich seine Hose hoch und richtete sich auf. »Fass mich nicht an«, fauchte er.
Ricki scherte sich nicht darum, griff wieder nach seinem Sohn und schleifte ihn schließlich ins Treppenhaus. Sagte irgendetwas über Cliffs Mutter. *Wenn sie das wüsste.*
Margarete stand in der Wohnungstür und sah ihnen nach, wie sie die Stufen hinunterstolperten.

Sie versuchte am nächsten Tag mit Cliff zu reden. Doch er ging ihr aus dem Weg. Sie wollte etwas gut machen, etwas besprechen, sie streckte ihre weiche Hand nach ihm aus, wenn er ihr im Hausflur begegnete. Er schüttelte nur stumm den Kopf, presste die Lippen aufeinander.
Nicht reden. Bitte.
Es tut mir leid, sagte Margaretes Schweigen.
Warum gerade dir?, fragte sein Schweigen zurück.
Er sah sie mit Alain sprechen. Und verkroch sich. Wünschte sich weit weg aus dem Haus in der Schivelbeinerstraße.

Eine Woche später stürzte Ricki Bergmann sehr ungünstig auf der Treppe und wurde ins Krankenhaus gebracht, wo er mit einem komplizierten Bruch mehrere Wochen verbrachte. Cliff zog doch noch zu seiner Mutter nach Hamburg. Sie war erstaunlicherweise schon eine ganze Weile wieder aus Washington zurück, ohne dass jemand es gewusst hatte.

Cliff.
Ich hab dich einmal geliebt. Doch, wirklich.
Jenseits der üblichen Verliebtheit. Damals, mit fünfzehn, dachte ich, ich würde dich lieben.
Doch diese Liebe, oder nenn es, wie du willst – war immer gepaart mit Sorge.
Damals, als ihr neben meinem Bett anfingt, euch zu prügeln, und ich dachte, Ricki schlägt dich tot oder du schlägst ihn tot. Ich hatte genauso viel Angst um ihn wie um dich.
Seltsam, um mich hatte ich überhaupt keine Angst.
Als du in der Philharmonie plötzlich weg warst, nicht mehr ansprechbar, da habe ich dich möglicherweise wieder zu lieben begonnen. Liebe aus Sorge. Ist das möglich? Ich war nie so besorgt um jemanden wie an diesem Abend um dich. Nie so schmerzhaft sicher, dass etwas nicht in Ordnung war.
Zu spät habe ich begriffen, was.
Hätte ich etwas ändern können? Ich weiß es nicht. Es war jemand anders, der am Ende eingegriffen hat. Wäre es auf mich angekommen, hätte vermutlich nichts sich zum Guten gewandt.
Cliff. Auf den Zweigen der kahlen Bäume entlang der Schivelbeiner Straße liegt Schnee, eine dünne Schicht nasskalter Januarschnee, und ich gehe dort entlang und denke an dich und alle Erinnerungen und an alles, was noch kommen wird.
Und an Alain.
Irgendwo in den Ästen sitzt ein kleiner grüner Vogel und singt. Ich folge dem grünen Vogel über die Ampel, zwischen die Bäume am Arnimplatz, bis zu der Bank neben dem Spielplatz. Und ich setze mich auf die Bank, auf der ich mit Alain saß, als wir fünfzehn waren.
Es war zwei oder drei Wochen nach der Sache mit Ricki, du wohntest bei deiner Mutter, warst fort, das Erdgeschoss des Hauses ohne euch beide geisterhaft leer.
Damals, als du plötzlich bei mir aufgetaucht warst, zitternd, mit weiß aufgerissenen Augen … Um ehrlich zu sein, dachte ich, du wärst auf Drogen. Es war keine sehr weit hergeholte Vorstellung. Und ich war schon besorgt,

ehe ich dich in die Wohnung zog, Liebe aus Sorge … Vielleicht ist es eine falsch verstandene Art von Mitleid. Entwürdigend, eigentlich, jemanden aus Mitleid zu lieben.

Verzeih mir.

Alain hat mir, auf jener Bank beim Spielplatz, die Wahrheit erzählt.

Weil du sie ihm erzählt hattest. Ihr hattet euch irgendwo in der Stadt getroffen sagte er. Zufällig. Eure Zufälle waren möglicherweise manchmal gefälscht.

Warum hast du ihm von dem afrikanischen Mädchen erzählt? Um anzugeben? Um seine Reaktion zu beobachten? Als eine Art Beichte?

Wir saßen also auf dieser Bank, die letzten Mütter packten ihre Kinder ein, klappten ihre Hunde zusammen und verließen den Spielplatz.

»Und er hat sie nicht … oh Gott«, sagte ich. »Alain.«

»Ich glaube ihm«, sagte Alain.

Mir war übel, die ganze Szene war abscheulich, abstoßend, jenseits von allem, was ich kannte.

»Nein«, sagte ich dann leise. »Er hat sie nicht … na ja. Er ist zu mir gekommen und hat versucht, das alles dort loszuwerden. Und ich dachte … Ich hätte es getan, weißt du? In dem Moment hätte ich. Wenn sein Vater nicht reingeplatzt wäre.«

Alain legte mir einen Arm um die Schultern. »Ich weiß«, sagte er.

»Du … weißt? Das hat er dir auch erzählt?«

Er zuckte die Schultern. Nickte dann.

»Ich will ihn nie wieder sehen«, sagte ich.

Alain sah mich eine Weile an, schweigend, mit diesen lichthellen, wasserblauen Augen, die trotz ihrer Farbe niemals kalt waren. »Er hat sie gerettet«, sagte er schließlich.

Ich schüttelte seinen Arm ab. »*Was?*«

»Er hat dieses Mädchen gerettet. Sie haben ihr nichts getan. Sie hat zwei Ohrfeigen kassiert, das war's. Es waren sieben Jungs. Sie hätten wer weiß was mit ihr anstellen können.«

»Das meinst du nicht ernst«, flüsterte ich. »Ich meine … sie haben sie ausgezogen? Sie gezwungen, schmutzige Dinge zu sagen? Sie haben …«

»Ja«, sagte Alain. »Aber dann sind sie gerannt. Er hat sie gerettet.«

Er lächelte still in sich hinein, als wüsste er, dass ich ohnehin nicht begreifen könnte, was er mir erzählte. »Und mich auch. Bei der Sache mit dem Schuppen. Als ich sieben war. Sie haben angefangen, mich zu verprügeln, sie waren viele, und sie waren älter als ich. Aber dann hat er die Sache mit der Farbe angefangen. Und sie haben mich nicht verprügelt. Es war … auf eine gewisse Weise erniedrigend, natürlich. Trotzdem hat er mich gerettet. Und ich weiß, dass sie ihm gesagt haben, er sollte den Schuppen vergessen. Mich dort lassen, bis … ich weiß nicht. Aber er ist zurückgekommen. Gegen die Anweisung.«

»Das ist lächerlich«, sagte ich. »Er hat niemanden gerettet.«

»Man kann es so und so sehen«, sagte Alain, mit diesem privaten Lächeln. Er bückte sich, hob einen langen, dünnen Ast vom Boden auf und begann, damit in den Sand und den Kies des Weges vor er Bank zu zeichnen. Er zeichnete einen Jungen, der auf dem Boden kauerte, im Begriff, die Flügel zu entfalten oder sie zusammenzufalten, gerade gelandet oder dabei, aufzufliegen.

»Die Sache mit Cliff ist«, wisperte Alain. »Er glaubt, er könnte die reine Dunkelheit sein. Und ich das reine Licht. Er hat mal so was gesagt. Aber es stimmt nicht. Niemand kann etwas Reines sein.«

»Hm«, sagte ich. Es war mir unheimlich, wie er redete. Wie ein Buch. Er war vierzehn, kein Buch.

»Ich habe schon Regenwürmer zertreten, absichtlich«, sagte er. »Und einmal einem Schmetterling die Flügel ausgerissen. Da war ich sechs oder so. Jeder tut böse Dinge.«

Er strich seine Haare wieder hinters Ohr, eine nachdenkliche Geste, und ich sah das Sommerlicht in diesem blonden Haar wie einen Heiligenschein und dachte an die zertretenen Würmer.

»Der Teufel«, wisperte Alain, kaum hörbar. »Luzifer. Er ist auch nur ein gefallener Engel. Und ehe er fiel, war er der Engel des Lichts. Warum hat sich niemand die Mühe gemacht, ihn wieder heraufzuholen aus der Hölle?«

»Ich … weiß nicht«, flüsterte ich.

Alain seufzte und legte den Arm wieder um mich, und in diesem Sommer war ich mehr mit einem Jungen voller Leuchtkraft zusammen als mit einem, der aus der Schwärze kam. Nicht, dass irgendetwas lief zwischen

Alain und mir, nicht mit fünfzehn. Wir gingen Arm in Arm durch den Park, das war's. Luzifer jedoch saß weit weg bei seiner Mutter in Hamburg, saß in meinen Träumen, und streckte die Hände nach mir aus. Und das, Cliff, ist die Wahrheit. Ich habe dich geliebt.

In den Zweigen über der Bank sitzt kein kleiner grüner Vogel mehr und singt.

Ich werde nach Hause gehen und dir schreiben.

5

Ich sah Cliff nicht noch einmal, der Oktober ging zu Ende. Das Gold war von allen Bäumen gefallen. Der November kam. 2015. Es war der Herbst der Flüchtlinge. Ich stand mit Henri und Coco am Bahnhof, um Leuten den Weg zu zeigen und die Ausdrucke zu erklären, ich stand mit anderen Leuten in meinem Alter vor dem LaGeSo, dem Landesamt für Gesundheit und Soziales: ein Monsterwort, das bedeutete, dass die Flüchtlinge dort theoretisch hätten registriert werden sollen, die Warteschlange aber quer durch Berlin zu wachsen schien.

Ich fing an, in einem neuen Projekt mitzuarbeiten, das sich um Arztbesuche und Ämtergänge kümmerte. Manchmal half ich zwischendurch immer noch in der Suppenküche für die deutschen Obdachlosen.

Es war das Jahr, in dem man sich einbilden konnte, gebraucht zu werden. Das Jahr, in dem man zu viele Geschichten hörte und in dem man den Fernseher nicht anzumachen wagte, weil irgendwer immer aus dem Bildschirm heraus Parolen schrie. Weil fünf Minuten später der Krieg aus dem Fernseher quoll und sich wie eine Pfütze auf dem Küchenboden ausbreitete. Und ich sah die zerbombten Häuser in Syrien und die Panzer im Irak und die Spaziergänger von Dresden mit ihren Hassplakaten voll abendländischer Besorgnis, Pegida, allein der Name war wie eine Krankheit – und neben mir saß ein Schatten und sah all das mit mir.

»Lass uns endlich darüber sprechen, was passiert ist«, sagte ich zu dem Schatten, der Cliff war. »Du kannst nicht ewig schweigen.« Und, leiser: »Ich habe Angst, Cliff. Hast du keine Angst?«

Ich versuchte zweimal, ihn anzurufen. Ohne Erfolg. Auch am Bahnhof stand Cliffs Schatten neben mir. Er verteilte mit uns anderen Tee und Butterbrote und Erklärungen, und ich spürte sein Lächeln.

»Siehst du«, sagte ich. »Das ist es nämlich. Das ist die Seite, auf die du gehörst.«

»Was?«, fragte eine Studentin mit Rastalocken neben mir und musterte mich seltsam.
»Nichts«, sagte ich.
Ich hatte die Mappe für die Kunsthochschule fast fertig. Aber wenn ich sie durchblätterte, kamen mir die Arbeiten flach und leblos vor. Coco sah mich am Tisch sitzen und trat hinter mich.
»Sie sind perfekt«, sagte sie. »Die Bilder. Reich sie ein.«
Ich schüttelte den Kopf. »Sie leben nicht.«
Und sie beugte sich über mich und sah sich die menschlichen Studien genauer an. »Das ist *er*«, sagte sie. Und seufzte. »Ich dachte, du hättest das hinter dir.«
»Er ist wieder in der Stadt.«
»Hier? In Berlin?« Ich hörte, wie sie schluckte. »Alain, bitte«, sagte sie und legte ihre Arme um mich, wie sie es getan hatte, als ich klein gewesen war.
»Damals hast du ihn hier einquartiert«, sagte ich. »Weihnachten. Weißt du noch.«
»Da wart ihr vier.« Sie schüttelte den Kopf. »Versprich mir, dass du ihm aus dem Weg gehst.«
»Das brauche ich gar nicht«, sagte ich. »Er geht *mir* aus dem Weg.«

Henri war es, der mir schließlich erklärte, warum die Zeichnungen leblos waren. Spät in der Nacht, als er von einem Gig mit seinem Saxophon in irgendeiner Bar nach Hause kam. Henri, der immer noch so aussah wie vor zwanzig Jahren, nur ein wenig ergraut an den Schläfen, untersetzt und bärig, in sich ruhend. Ich wünschte, ich hätte so sein können.
Er sah sich die Bilder an, über denen ich noch immer brütete.
»Du brauchst eine Lösung«, sagte er schließlich. »Eine Auflösung, sagt man das so? Du musst herausfinden, was er hier tut. Wenn du es weißt, kannst du zeichnen.«

Und dann wurde ich neunzehn.
Henri buk einen Kuchen, was er immer tat, und Coco sagte, sie würde uns helfen, ihn aufzuessen. Wir saßen beim Frühstück, ehe sie in die Galerie

ging. Draußen schlug der Regen gegen das Fenster, und die bunten Krümel verteilten sich auf dem alten Küchentisch, der von irgendeinem romantischen Antiquitätenkauf-Ausflug meiner Eltern in Frankreich stammte.
»Das ist der letzte Geburtstag, an dem ich zu Hause wohne«, sagte ich.
»Hast du eine Wohnung?«, fragte Henri und sah mit einer leisen melancholischen Sehnsucht zum Balkon, wo er nach dem Frühstück rauchen würde.
»Nein, aber den Plan, eine zu finden«, sagte ich, und Coco lachte und gab mir einen Kuss und ging.
Ich sah sie unten über die Straße fahren, in ihrer sehr grünen Regenjacke auf dem alten gelben Postfahrrad. Und ich dachte, dass ich meine Eltern liebte und fragte mich, warum sich das ausgerechnet am Morgen meines neunzehnten Geburtstags wie etwas Trauriges anfühlte.

Vielleicht war es der Regen, Regen macht melancholisch.
Und vielleicht stieg ich in die U-Bahn, weil ich melancholisch war, vielleicht fuhr ich deshalb trotz aller guten Vorsätze an jenem Tag nach Moabit. Vielleicht war ich deshalb froh, dass die Haustür in der Otto-Dix-Straße offenstand, stieg deshalb die Treppen hoch.
Ich wusste nicht, was ich Cliff sagen wollte.
Ich wollte nur, dass er die Wohnungstür öffnete und Teig an den Händen hatte und fragte: »Warum bist du hier?« Ich wollte mich an den kleinen Tisch in der Küche setzen und das Poster mit dem grünen Vogel an der Tür betrachten und eine Weile mit Cliff über belanglose Dinge reden. Von mir aus ganz ohne dadurch irgendwelche Wahrheiten herauszufinden.
Aber niemand öffnete auf mein Klingeln. Ich klingelte lange. Ich klopfte. So lange, bis sich die Tür gegenüber öffnete, und eine alterslose Frau mit T-Shirt, Hängebrüsten und Kurzhaarfärbung mich feindselig anstarrte.
»Die sin wech«, sagte sie.
»Weg?«, fragte ich.
Sie nickte. »Hab seit ner Woche keinen mehr gesehen da. Wenn Se mich fragen, da is was faul. Is nie einer ausgezogen, aber wech sind se trotzdem. Vielleicht liegt da ne Leiche in der Wohnung, wer weiß. Hören tut man nischt an der Tür.«

»Sie haben keinen von ihnen in der letzten Woche gesehen? Ich suche Clifford Bergmann, wissen Sie, wer das …«
»Der Junge mit diesen dunkelblauen Augen. Ja. Hat immer gelächelt, wenn wa uns im Flur getroffen haben. Wenn Se mich fragen, der hätte auch gleich bei H und M anfangen können als Model oder was, aber wie der gelächelt hat, da is es mir kalt den Rücken runter gelaufen. Der kleine Türke, der war ja noch ganz lieb, obwohl die Türken … na ja.«
»Algerier«, sagte ich.
»Is doch alles dasselbe«, sagte die Frau kopfschüttelnd. »Sowieso viel zu viele von denen hier, gibt ja kaum noch Deutsche. Die ganzen Wohnblocks hier, suchen Sie da mal die Deutschen, da brauchen Sie ne Lupe. Der dritte, der da gewohnt hat, das war auch ein Deutscher, na, der hat *nie* gegrüßt, und dauernd gab's Rumgeschreie auf dem Flur mit seiner Ex, wenn Sie mich fragen, na, die arme Frau. Wirklich ne nette Frau. Der, den sie suchen, der Bergmann, ich glaub das war der, den ich zuletzt gesehen habe, aber nur unten vorm Haus, er hat nur hochgeguckt. Und sich so umgeguckt, als wär da einer, der ihm folgt. Und dann ist er weg. Wenn Sie mich fragen …«
»Ich frage Sie nicht«, sagte ich.
Und dann lief ich vier Stockwerke wieder hinunter und sah mir den Briefkasten unten an.
Natürlich, es hätte mir gleich auffallen müssen. Die Reklamezeitungen quollen aus dem Schlitz wie kreischend bunte Innereien. Der Briefkasten war ein totes Tier. Ich zog alle Reklameblätter heraus, Werbung für Heimwerkersägen und unschlagbar billige Salami aus ungarischen Fleischfabriken. Unter den Zeitungen lag ein Umschlag.
Er war an mich adressiert.

Alain, hör auf, hier rumzuschnüffeln. Bitte.
Stefan hat die Bullen auf dem Hals, das ist seine Sache. Ich will in nichts reingezogen werden.
Ich brauche einen Neuanfang, und ich werde eine Weile nirgendwo sein.
Sag das auch Margarete. Such mich nicht.
C.

Ich zeigte Margarete den Brief am Abend, auf einem samtbezogenen roten Sofa, im Zwielicht des Al Hamra, einer Kneipe, die arabisches Essen servierte. Wir saßen mit ein paar Leuten da, die darauf bestanden hatten, dass ein Geburtstag gefeiert werden musste und dass sie mich einladen wollten. Mir war nicht nach Feiern.

Ich schob Margarete den Umschlag unter dem Tisch zu und wünschte, die anderen würden gehen und ich könnte mit ihr zusammen auf diesem Sofa sitzen und über Cliff reden.

Die, die feiern wollten, waren Typen, die mit mir auf dem Hauptbahnhof herumstanden und halfen oder mit mir irgendwo Tee und Decken verteilten. Menschen, die gerne aßen und tranken und Musik hörten und die Welt heilmachten, wenn sie irgendwo kaputt ging. Ich mochte sie.

Aber es war nicht genug, Menschen zu mögen, die das gleiche taten wie man selbst. Und die Nähte der Welt klafften zu weit auseinander, um sie heil zu machen.

Wir teilten eine Flasche Rotwein und stießen an.

»Irgendwann«, sagte einer von den anderen, »treffen wir uns in einem Land, in dem es so aussieht wie hier, ich meine, in einem echten arabischen Lokal. Irgendwann, wenn da wieder Frieden ist.«

»Ich glaube nicht, dass es in einem echten arabischen Lokal so ist wie hier«, sagte Margarete. »Aber der Gedanke ist schön.«

»Ich mache da einfach so ein Lokal auf«, meinte ein Mädchen mit langem blondem Haar und einem sehr engen T-Shirt. »Margarete tischlert die Möbel.«

»Von mir aus«, sagte Margarete.

Neben dem großen ovalen Spiegel, in dem sich das Licht von hundert Kerzen und kleinen Lampen spiegelte, saß ein alter Herr mit weißem Haar vor einem Bildschirm und schrieb E-Mails auf einer arabischen Tastatur.

»Der plant den nächsten Anschlag auf eine Zeitung«, sagte jemand, und alle lachten.

»Das Al Hamra ist eigentlich eine Untergrundorganisation des Daisch«, sagte das blonde Mädchen und lächelte mir zu. »Des IS. Sie machen einen mit ihrem Essen abhängig, und eines Tages werden sie mit ihrer Schließung drohen und damit ganz Berlin erpressen, zum Islam überzutreten.«

»Klar, frag die Montagsspaziergänger«, sagte ein Typ mit grün gefärbten Haaren, den ich noch von früher kannte. Wir waren mit sechzehn zusammen auf Demos gewesen. Er hatte sich nicht verändert, nur die Haare waren zwischendurch blau, rosa und einmal gestreift gewesen. »Gestern sind sie wieder gelaufen. Ich warte auf die Petition für das Verbot von Falafel.«

»Übrigens schneit es diesen Winter auch nicht«, sagte der neben ihm. »Keine weiße Weihnacht für die Deutschen. Und wisst ihr, warum? Weil die Flüchtling ihre Heimattemperaturen mitbringen. Sollten die auch mal auf ihre Plakate schreiben.«

»Ich weiß nicht, warum die Politik es so kompliziert macht«, meinte irgendwer. »Ist doch ganz einfach, man schickt Pegida in den Kampf gegen den IS, da ist der montagliche Spaziergang eben dann etwas länger, ich stifte die Wanderschuhe, und dann machen die sich gegenseitig platt, und das Problem ist gelöst.«

Alle lachten. Es war die zweite oder dritte Flasche Wein.

»Ach, lass uns über was anderes reden«, meinte das blonde Mädchen und setzte sich zu mir aufs Sofa, etwas zu nah. »Die Spaziergänger sind sowieso nur Futter für die Comedians.«

»Ich weiß nicht«, sagte Margarete. »Hier ist alles in Ordnung, hier sind nur wir. Es ist ein warmes Nest. Aber da draußen?«

Die Blonde, deren Namen ich vergessen hatte, legte ihren Kopf an meine Schulter. Ich strich ihr gedankenverloren übers Haar, da sie das zu erwarten schien. Dann stand ich auf, murmelte eine Entschuldigung und ging zum Klo.

Ich sah lange in den Spiegel. Ich fragte mich, ob ich mich in den letzten drei Jahren verändert hatte, anders als der Typ mit den grünen Haaren. Da waren mehr Linien in meinem Gesicht. Womöglich wurde es Zeit, endlich die Haare abzuschneiden. Ich hatte keine Lust, zurück zu den anderen zu gehen. Vor allem nicht zu dem blonden Mädchen. Es wäre vermutlich unhöflich, nicht wenigstens mit ihr zu flirten, aber ich spürte nicht einen einzigen Funken von sportlichem Ehrgeiz.

Die Welt war zu einfach für diese Leute, das Gute siegte, das Böse starb, alle Fantasygeschichten gehen gut aus. Übrigens auch die Bibel, der größte

Fantasyschinken überhaupt. Niemand ist blöd genug, um vom Paradies hinab in die Hölle zu steigen und die Hand auszustrecken. Im Fegefeuer brennen die, die es verdient haben.
»Alain«, sagte Margarete leise. »Alain, sch!«
Und ich begriff, dass ich die Worte laut gesagt hatte, möglicherweise mehrfach, möglicherweise sehr oft. Dass ich nicht mehr vor dem Spiegel im Klo stand sondern wieder auf dem Sofa saß. Und dass ich ziemlich betrunken war. Der Raum schwankte. Der alte Herr, der arabische E-Mails geschrieben hatte, hatte sich vervierfacht.
Ich schloss die Augen. »Mach, dass sie gehen«, flüsterte ich. »Bitte.« Ich war wieder vier oder fünf Jahre alt, und ich betete nicht zu Gott, ich betete zu Margarete. Sie war immer die einzige Heilige gewesen in meinem Leben.
Und sie erhörte meinen Wunsch und drehte die Uhr um eine Stunde vor.

Als ich die Augen wieder öffnete, lag ich mit dem Kopf in Margaretes Schoß. Die Kerzen brannten noch immer auf dem niedrigen Couchtisch, die Weingläser waren leer, die Stühle an unserem Tisch ebenfalls. Der Rest des Al Hamra war immer noch voll.
»Wie lange habe ich geschlafen?«, fragte ich.
»Hundert Jahre«, sagte sie und lächelte.
»Tut mir leid«, murmelte ich. »Ich glaube, ich bin jetzt wieder ein bisschen nüchterner.«
»Es ist okay.« Sie lachte. »Es hat sowieso keiner begriffen, was du gefaselt hast.« Sie drehte Cliffs Brief zwischen den Fingern, und die Worte, die er enthielt, schwebten zwischen uns.
»Ich hasse es, wenn er verschwindet«, sagte ich leise. »Es fühlt sich jedes Mal endgültig an. Er geht nicht ans Telefon.«
»Hör auf, ihn anzurufen«, sagte sie. Ich nickte. Ich dachte an die Zeit, in der Cliff ganz fort gewesen war, an die Zeit mit Margarete. Eine Zeit, die nicht wiederkommen würde. Draußen schlug der Regen gegen die Scheiben.
»Vielleicht muss man mit allem aufhören«, sagte sie leise. »Weggehen aus Berlin. Er hat Recht mit seinem Neuanfang.«

Ich nickte und setzte mich auf. »Lass uns das tun. Du in die eine Richtung und ich in die andere. Keine E-Mails. Keine Telefonate. Mit keinem über Cliff sprechen. In zehn Jahren treffen wir uns wieder, genau hier.« Ich lachte auf einmal. »Und dann sind wir alt und dick geworden und erzählen uns, was passiert ist.«

»Wenn du es fertig kriegst, in zehn Jahren alt zu werden«, sagte Margarete und grinste.

Sie streckte die Hand aus, und ich wollte sie schütteln, es war wie ein Pakt. Doch ich kam nicht dazu. Denn in diesem Moment trat jemand an unseren Tisch.

Er blieb hinter den verlassenen Stühlen stehen und lächelte ganz leise, ein wenig unsicher. Er hielt etwas in der Hand. Ein Päckchen. Ein richtiges Päckchen, in Geschenkpapier verpackt, rot mit kleinen weißen Engeln darauf, natürlich, es ging auf Weihnachten zu.

»War nicht so leicht, euch zu finden«, sagte er. »Ich glaube, du hast Geburtstag.« Und er sah auf sein Handy. »Noch fünf Minuten lang.«

Wir saßen beide auf dem Sofa und starrten ihn an wie eine Erscheinung.

Cliff.

Er deutete auf den Stuhl, hinter dem er stand. »Kann ich …?«

»Natürlich«, sagte ich, perplex, und er setzte sich. Margarete hatte den Brief auf den Tisch gelegt, und er starrte ihn einen Moment lang an.

»Stefan«, sagte er dann, sehr leise. »Stefan hatte wohl eine ungesunde Sammelleidenschaft. Ich wusste nichts davon. Sie haben's wohl nicht in die Zeitung gesetzt wegen laufenden Ermittlungen.«

Er lachte plötzlich. »Waffen. Er hat Waffen in der Wohnung gehortet. Ausgerechnet. Offenbar haben sie sogar in meinem Zimmer was gefunden, in irgendwelchen Pappkartons. Man sollte genauer nachfragen, wenn jemand seine Kartons irgendwo verstauen will. Keine Ahnung, was er vorhatte. Seine Ex erschießen? Die hatten einen Durchsuchungsbefehl, wir waren nicht da, nur er.«

»Das ist seltsam«, sagte ich. »Die Polizei war da und eure Nachbarn haben das nicht gemerkt?«

»Haben sie nicht? Die von gegenüber? Dann waren sie auch nicht da. Sonst hatte die Alte ja das Ohr immer an der Tür.« Er drehte ein Buttermesser in den Händen, das noch auf dem Tisch lag. »Jedenfalls ist es besser, da nicht mehr aufzutauchen«, murmelte er. »Auch wenn man nichts damit zu tun hat. Ich muss der Polizei nicht öfter begegnen als nötig.«

»Ich dachte, du fängst neu an.«

»Eben«, sagte er.

Und da stand Margarete ganz auf, ging hinüber, legte ihre Arme um ihn und blieb einen Moment so stehen. Schließlich trat sie zurück und strich ihre Haare beiseite. »Ich muss los«, sagte sie. »Muss morgen früh raus. Trinkt noch ein letztes Bier für mich mit.«

Sie schlängelte sich zwischen den Stühlen und Menschen hindurch, ehe ich überhaupt vom Sofa hochkam, und einen Augenblick sahen wir ihr beide nach. Dann schob Cliff mir wortlos das Päckchen zu.

Es war seltsam, ihm so gegenüber zu sitzen, er auf dem Stuhl, der eigentlich zu hoch für den Couchtisch war, ich auf dem Sofa, in das man zu tief versank, zwischen uns der Tisch mit den Teelichtern in ihren Schalen. Ich öffnete das Päckchen vorsichtig und spürte, wie er mich beobachtete. Rotes Papier mit weißen Engeln. Es hätte aus dem Dekorationsgeschäft von Margaretes Mutter stammen können. Auf ihre Weise war die Geste rührend.

Nur dass das Wort nicht zu Clifford Bergmann passte.

Ich löste die letzte Lage Papier und hielt einen metallenen Becher in der Hand, die Außenflächen bedeckt mit eingravierten arabischen Schriftzeichen und verschlungenen Ornamenten. Der Becher war alt, und er hatte eine weite Reise hinter sich. Ich hielt ihn ins Kerzenlicht und sah mir die Gravur genauer an. Es waren nicht nur Schriftzeichen. Da waren Figuren. Figuren mit Flügeln, so perfekt in die Ornamente eingefügt, dass sie mit ihnen verschmolzen. Niemand im ganzen arabischen Raum zeichnete menschliche Figuren, es widersprach dem Bilderverbot. Diese Figuren waren neu. Und obwohl sie so winzig waren, erkannte ich sie. Er und ich, ich und er.

Ich sah auf und begegnete Cliffs Blick.

»Du hast sie gemacht«, flüsterte ich. »Die Flügelgestalten.«

Er schwieg, wie er meistens schwieg, er konnte Antworten schweigen und Fragen schweigen.

Und ich schwieg ein Danke. Ich goss den letzten Rest Rotwein aus der Flasche in den Becher, hob ihn und trank. Und stellte ihn vor Cliff.
Aus irgendeinem Grund dachte ich an das Abendmahl.
Das ist mein Blut.
Cliff nahm den Becher, hob ihn ebenfalls. Ganz langsam. Und trank wie ich. Obwohl es Alkohol war. Es war wie ein Opfer. Er setzte den Becher ab und legte seine Hand auf den Tisch, und ich legte meine Hand darauf.
Das ist mein Leib.
»Das mit Stefan ist nicht die Wahrheit«, sagte ich.
»Möchtest du, dass es die Wahrheit ist?«
Ich nickte. »Dann ist es wahr«, sagte er. Und nach einem Blick in die Runde, zu den anderen Tischen: »Die machen bald zu. Lass uns woanders hingehen. Nicht nach Hause. Irgendwohin. Ich weiß nicht. Tanzen.«
Er nahm seine Hand weg und stand auf, und ich merkte, dass ich noch immer oder wieder unstet auf den Beinen war. Es war nicht der Wein, diesmal. Es war Glück. Ich war, in den ersten Minuten meines zwanzigsten Lebensjahrs, glücklich. *Lass uns woanders hingehen.*
Ich machte einen Versuch zu zahlen, aber das hatten die anderen erledigt: die netten Leute, die Decken an Flüchtlinge und Obdachlose verteilten und die meinen Geburtstag hatten feiern wollen. Die netten Leute, die nicht wussten, mit wem ich diesen Abend beschloss.

Wir traten zusammen hinaus in die Nacht.
Cliff zog seine Jacke zu und steckte die Hände in die Taschen, verkroch sich in seiner Kapuze gegen den Regen und den Wind. Mir war warm, ich ließ die Tropfen in mein Gesicht peitschen, schmeckte den Regen auf meiner Zunge. Mir war nach Lachen zumute.
Eine Straße weiter streifte er seine Kapuze ebenfalls ab, sah mich an und lächelte.
»Hast recht«, sagte er. »So ist es besser.«
Und ich dachte, dass ich seine Hand genommen hätte, wenn wir vier gewesen wären, und dass wir zusammen in die Pfützen gesprungen wären.
Wir fanden eine andere Kneipe, eine halbe Stunde weit entfernt, die bis morgens aufhaben würde und in der sie tanzten: Rauchschwaden, billiges

Bier, Klo und Stoff im Hinterhof, Holzbänke. Die Musik ließ den Raum im Rhythmus pulsieren, das Licht war rosa und gelb und blau und grün abwechselnd, an der Decke hing eine kaputte Diskokugel, deren Spiegel teilweise fehlten wie die Zähne eines alten Kamms. Elektronische Klänge schwebten durch den Nebel, und ich fand mich mitten zwischen all dem wieder, eine Bierflasche in der Hand, bewegte mich mit den anderen Tänzern. Cliff war neben mir, ich hatte nie mit ihm getanzt, und jetzt sah ich, wie sein Körper sich im bunten Licht auflöste, sich wieder neu zusammensetzte. Er war ein guter Tänzer, ich war nicht betrunken genug, um das nicht zu bemerken. Er passte sich der Menge und dem Rhythmus an, wie er sich allem anpasste, ein Chamäleon. Und doch nicht ganz: Das dunkle Leuchten, das von ihm ausging, war auch hier spürbar. Auch wenn er nur tat, was alle taten, steckte eine andere Energie dahinter, eine andere Intensität.

Und dann war er so nah, dass wir uns berührten, manchmal, flüchtig. Und ich schloss die Augen und ließ mich von der Musik tragen, die jetzt uralt war, ein Schlager aus der Zeit unserer Eltern. Damals war die Welt anders gewesen, ich dachte in meinem halb vernebelten Bewusstseinsstadium darüber nach. War sie einfacher gewesen? Es hatte andere Kriege gegeben. Andere Märsche. Gewaltfreie Marzipankissenlandschaften sicherlich nicht.

Doch ich stellte mir vor, dass alles direkter gewesen war – greifbarer. Keine Lifestream-Übertragungen von Grausamkeiten aus weit entfernten Wüsten.

Keine Flashmobs zum Parolengrölen.

Ich weiß nicht, wie lange wir tanzten, die Zeit zerrann mit dem Schweiß in meinem Nacken, und irgendwann spürte ich Cliffs Hände auf meinen Schultern. Er legte den Kopf auf meine Schulter, die Musik war langsamer geworden, und wir standen so, für eine Ewigkeit. Tanzten nicht mehr, standen nur.

Irgendwann war die Ewigkeit vorüber, das Lied vorbei, die Lichter wurden langsam heller, die Musik schlecht: Rausschmiss. Sie wollten schließen. Cliff *sprang* beinahe zurück, als das Licht ihn ertappte, er stand jetzt einen Meter entfernt von mir, war nie näher gewesen.

Eine Weile später atmeten wir die kühle Luft der frühmorgendlichen Stadt. Der Regen war versiegt wie Blut. Die Menge war in den Straßen zerronnen, versickert, und wir saßen da, den Rücken an die raue Hauswand gelehnt, die Knie angezogen. Es dämmerte an den Ecken der Dunkelheit.

»Manchmal denke ich, dass ich die Zeit zurückdrehen möchte«, sagte Cliff, kaum hörbar.«

»Ja«, sagte ich. »Zu dem Tag am See. Als wir dreizehn waren.«

»Nein«, sagte er. »Weiter. Zu dem Weihnachten, als wir vier waren.«

»Als du bei uns im Bett gelegen und gefiebert hast?«

»Noch weiter. Zu dem Punkt, an dem ich im Schuppen war. Er hat mich übrigens vergessen, damals, oder vielleicht sogar extra dort gelassen, alles andere ist eine Lüge.«

»Warum wünschst du dich zurück an diesen Punkt?«, wisperte ich.

»Weil ihr mich vielleicht nicht finden würdet«, flüsterte er. »Weil ich dann wirklich erfrieren könnte und alles andere nicht passiert wäre. Es würde alles leichter machen.«

»Sag das nicht. Das ist Unsinn.«

Er zuckte die Schultern, kam auf die Beine und klopfte sich den Dreck von der Jeans.

»Zeit, schlafen zu gehen.«

Ich nickte. Über den Häusern hing ein langgezogenes Rosa mit lila Untertiteln.

»Wo wohnst du jetzt?«, fragte ich und nahm die Hand, die er mir entgegenstreckte, ließ mich von ihm hochziehen. »Hier und da«, sagte er. »Ich hab noch keine neue Wohnung gefunden. Aber das ist okay.«

»Aber … wovon lebst du überhaupt? Bist du irgendwo registriert? Kriegst du Hartz oder was?«

»Gute Nacht«, sagte er, schon einen Schritt entfernt. »Gute Nacht, Alain.«

»Warte.« Ich hielt ihn am Ärmel fest. »Du schläfst nicht unter der Brücke oder auf einer Parkbank oder was?«

Er sah weg. »Ist nicht wichtig. Bitte, Alain. Du hattest Geburtstag und ich bin aufgetaucht, das war das Maximum von dem, was ich tun kann. Geh jetzt nach Hause.«

»Ja«, sagte ich fest, plötzlich fühlte ich mich, als wäre ich der Ältere. »Das tue ich. Und du kommst mit. Wir haben ein Gästezimmer, das weißt du. Bis du was Neues gefunden hast, kannst du bleiben.«

Nein.
Ich habe das mit Stefan nicht geglaubt. Nicht mal im volltrunkenen Zustand.
Warum habe ich ihn dann ins Haus geholt? Das ist einfach. Wen man bei sich hat, hat man eher unter Kontrolle. Oder war der Grund ein anderer, irrationalerer?
Coco und Henri schliefen, sie merkten nicht, mit wem ich nach Hause kam. Und es war auch weiter nichts, in dieser Nacht.
»Da ist das Bad«, sagte ich, und Cliff sagte »Ich weiß«, und ich fand eine Zahnbürste für ihn, mehr geschah nicht.
Als ich im Bett lag und wusste, dass Cliff im Nebenzimmer lag wie damals mit vier Jahren, fühlte ich mich seltsam. Die Erinnerungen verhedderten sich. Da war der vierjährige Alain, der dreizehnjährige, der fünfzehnjährige.
Der fünfzehnjährige.
Schwarz gekleidet, im Block der Antifa.

Nein, eigentlich nicht ganz schwarz. Er trug ein gelbes Halstuch und rote Turnschuhe mit grünen Schnürsenkeln, er mochte schwarz nicht besonders. Sie hatten gesagt, schwarz müsste sein, des Blocks wegen. Er wusste nicht mal, ob er die Antifa besonders mochte. Er war irgendwie hineingerutscht.
Es war Frühling.
Ein warmer Frühling, verregnet aber lau, und überall reckten sich Knospen aus dem Erdreich der Parks und Beete, überall drängten Blüten ans Licht, alles war bunt oder dabei, bunt zu werden, hoffnungsfroh. Unschwarz.
Er dachte an Cliff, als er mit ihnen am Rand der Hellersdorfer Straße stand und auf die NPD wartete, die vorbeiziehen würde, eine ordentlich ange-

meldete Demo. Die Masse der Linken war erdrückend. In einem Eimer vor einem Blumenladen stand ein Strauß weißer Zuchtnarzissen.
Alain hatte Cliff eine ganze Weile nicht gesehen, die meisten Leute gingen davon aus, dass er noch immer bei seiner Mutter in Hamburg lebte, und Margaretes Eltern sagten, nun wäre wohl endlich alles in Ordnung, und sicher wäre er jetzt weg von diesen Jungs, die ihm nicht gut getan hatten. Ricki, der nach seinem Sturz von der Treppe noch eine Weile auf Krücken herumgehumpelt war, blieb allein in der Erdgeschosswohnung. Er grüßte nur flüchtig im Treppenhaus. Wenn man ihn nach Cliff fragte, zuckte er die Schultern.
Coco hatte angefangen, in der Galerie Malkurse für Kinder anzubieten, es war auch eine Gruppe von Kindern aus dem nächsten Asylbewerberheim dabei – 2012, die ersten illegal eingereisten Flüchtlinge aus Syrien tauchten in Deutschland auf, begleitet vom ständigen Strom der Afghanen, Iraner, Pakistani, Schwarzafrikaner, Tschetschenen … Alain half, die Kindergruppe zu beaufsichtigen, machte Unsinn mit ihnen. Und vielleicht war diese Gruppe der Grund, aus dem er in die Antifa rutschte. Oder vielleicht war es Timothy mit den blauen Haaren aus seiner Klasse, weil Timothy ihn gefragt hatte. Oder vielleicht war es einfach die Tatsache, dass er fünfzehn war und im Prenzlauer Berg lebte und seine Eltern Galeristen und Musiker waren.
Die NPD hatte beschlossen, gegen die Überfremdung zu demonstrieren, gegen die ausländischen Verbrecher, und natürlich für unsere-deutschen-Kinder, und Timothy hatte gesagt, natürlich würden sie hingehen. Da waren auch zwei Mädchen aus Alains Paralellklasse, Mädchen mit schwarz gefärbten kurzen Haaren und Metall im Gesicht.
Wir stellen uns denen in den Weg. Wir lassen sie nicht durch.
Wir machen eine Sitzblockade. Wir greifen sie an.
Wir werfen Pflastersteine.
Wir sind lauter als sie. Wir zeigen ihnen, wie blöd sie sind. Durch unser Berlin marschiert keiner!
Alain hörte sich selbst diese Sätze zu Hause am Abendbrottisch sagen, und Coco nickte und seufzte, und Henri sagte: »Na mach man, wir holen dich dann bei der Polizei ab«, mit einem müden und nachsichtigen Lächeln.

Aber die Sätze der anderen fühlten sich kratzig an in Alains Mund, als spazierte eine große, überreife Raupe kurz vor ihrer Verpuppung langsam über seine Zunge.

»Pass auf dich auf«, sagte Margarete, als es so weit war, und umarmte ihn. Er roch ihr Parfum, es war neu, dass sie Parfum trug. Vielleicht war es das ihrer Mutter, es roch nach Frühling. Ein bisschen zu sehr vielleicht.

Und dann saßen sie in der U-Bahn, und dann standen sie an der Straße: eine schwarz gekleidete Menge. Alain hatte geholfen, bei Timothy zu Hause die Fahnen zu sprayen, weiß und rot auf schwarzem Grund. Und in der Ecke jeder Fahne gab es eine kleine Taube, die Tauben hatte er ganz zum Schluss gemalt, als es schon beinahe dunkel gewesen war. Sie hatten sie nicht gewollt, aber Alain hatte darauf bestanden.

»Na ja«, hatte eines der Mädchen schließlich gesagt, »lassen wir unseren Picasso eben ein paar Tauben malen.« Und sie hatte ihm über die Wange gestrichen. »Friedensvögelchen.«

Als sie die Banner jetzt hochhielten an ihren hölzernen Stangen, sah Alain, dass seine Tauben nicht weiß waren, sondern hellgrün. So viel dazu, im Dunkeln in einem Hof zu sprayen.

Die Polizei hatte Absperrungen entlang der Demonstrationsroute aufgestellt, die Gegendemonstranten verteilten sich dahinter, nur die schwarze Masse der Antifa ballte sich an einer Stelle, noch beratschlagend. Alain schätzte sie auf etwa fünfzig Köpfe.

Es war eines der Mädchen, das die Leitung übernahm, zusammen mit Timothy.

»Sobald die Nazis sich nähern und man sie hört, durchbrechen wir da vorne die Absperrung, da ist eine Schwachstelle«, sagte sie. »Sitzblockade. Zwei Reihen. Schneidersitze, Arme ineinander verschränken, als Kette kann man uns schlechter wegtragen. Die Fernsehkameras sind auf der anderen Seite, wichtig ist, dass die uns im Fokus haben. Die Bullen werden versuchen, uns gewaltsam zu entfernen, das tun sie immer, letztes Mal hatten sie Tränengas. Die Scheißcops sind natürlich auch alle rechts, schützen den braunen Mob. Aber wenn wir die Kameras auf unserer Seite haben, können sie uns nicht zu viel tun. Noch gibt es Pressefreiheit in diesem Land.«

Alain nickte, obwohl ihre Worte wieder Raupen in seinem Mund waren, als er sie leise wiederholte. Sie warteten lange, neben sich einen Ghettoblaster, der linken Punkrock in die Luft schleuderte, Kampfansagen, Mutmacher. Die gefüllten weißen Zuchtnarzissen wiegten ihre kleinen runden Rüschenköpfchen im Wind. Es dauerte.
Die Rechten hielten irgendwo eine Art Kundgebung ab, und offenbar sprachen ihre Redner länger als geplant. Oder sie wurden zu oft von anderen von der Antifa gestört.
Aber dann, ganz plötzlich, waren sie da. Es war nicht nur die NPD. Die, die dahinterliefen, waren schwarz. Ein schwarzer Block, kopiert von der Linken. Ihre Banner waren schwarz mit weißer und roter Schrift. Alain konnte von Ferne keinen Unterschied zu ihren eigenen Bannern ausmachen.
Doch. Es gab keinen kleinen grünen Vogel in der Ecke.
Die Polizei verkündete durch Megafone, man sollte friedlich bleiben.
Die aus den schwarzen Reihen der Rechten brüllten ihre Parolen ebenfalls in Megafone, brüllten lauter als die Polizei.
LÜGNER UND HEUCHLER! DIEBE! KINDERSCHÄNDER UND TERRORISTEN! ASYLBETRÜGER AUSWEISEN!
BERLN OHNE DEUTSCHE? NEIN DANKE!
SCHLUSS MIT MULTIKULTI! DEUTSCHE FAMILIEN STÄRKEN!
»Lassen Sie sich nicht provozieren. Bleiben Sie ruhig«, verlangte die Polizei.
»Über die Absperrung!«, brüllte Timothy.
Alain sah ihn und die beiden Mädchen über den Sperrzaun flanken, sah gleichzeitig, wie jemand einen Stein warf, wie einer der Polizisten sich wegduckte. Vielleicht war es ein Ablenkungsmanöver, damit alle über die Sperrung kamen. Er hechtete hinter den anderen her, und er dachte, ihm müsste heiß sein vor Aufregung, doch er fror.
Jemand drückte ihn zu Boden, er wurde rechts und links untergehakt, saß zwischen den anderen aus der Antifa, ein festes Glied in der Menschenkette. Unverrückbar. Die Demo, angeführt von der NPD, kam vor ihnen zum Stillstand; verharrte wie ein großes, schnaubendes Tier, scharrte mit den Krallen.

Alain blickte zu ihnen auf. Und auf einmal hörte er die Worte aus dem Megaphon der Polizei nicht mehr. Die Welt war stumm geworden wie unter Wasser. Er saß nur da und sah in das Gesicht, das er in der dritten Reihe entdeckt hatte, ein Gesicht mit tiefdunkelblauen Augen und sehr kurzem, braunem Haar. Ein Gesicht, das Schwärze verbreitete, glühend, intensiv.
Sein Mund formte ein Wort, formte einen Namen.
Cliff.
Er war also nicht »weg von den Jungs«, wie Margaretes Mutter gesagt hatte. Und er war nicht mehr in Hamburg.
Vielleicht, dachte Alain, war er bei einem seiner Kumpel ohne Haare untergekrochen.
Er schwenkte eine Fahne mit einem weißen deutschen Adler. Eine Tätowierung prangte im Ausschnitt seines Hemdes, Alain konnte die altdeutschen Buchstaben nicht lesen. Es war auch nicht nötig. Sie waren schön, diese Buchstaben, ornamental, perfekt, trotz ihrer vermutlich tödlichen Botschaft. Cliff musste die Tätowierung selbst entworfen haben.
Auf einmal merkte Alain, dass er stand, er hatte die anderen losgelassen, hakte sich nicht länger unter, er stand, auf Augenhöhe mit Cliff – vielleicht zehn Meter entfernt, da waren zwei Reihen von anderen Menschen im Weg, aber nichts störte die Luftlinie zwischen ihnen, über die Blicke reisen. Cliff sah durch ihn hindurch.
Es dauerte nur Sekunden, nicht einmal das, dann bekam Alain einen Stoß in die Seite, wurde unsanft gepackt und von zwei Beamten weggezerrt, spürte einen Tritt, hörte Befehle. *Vorwärts!* Und fand sich mit den anderen am Rand der Straße neben einem offenen Polizeikombi wieder. Ein paar kämpften noch immer, rangen mit den Polizisten, brüllten Beschimpfungen, er sah, wie eines der Mädchen einen Polizisten anspuckte. Sie versuchten, die Demonstranten in den Kombi zu stoßen, wütend jetzt. *Personalien, Name, Adresse.* Doch Timothy entschlüpfte dem Griff es Polizisten, genau wie das Mädchen, das gespuckt hatte, und irgendwie gelang es auch Alain in dem Durcheinander, wegzukommen.
Hinter der Polizei hallten die Parolen der Rechten durch die Straße, die jetzt weitermarschierten.

Alain beachtete sie nicht. Er rannte.
Sie rannten alle, sie waren zu sechst.
Blieben Sekunden später ein paar Straßen weiter stehen und rangen nach Atem.
»Hier lang!«, keuchte das Mädchen, sie war achtzehn oder neunzehn, und Alain hätte sie in diesem Moment gern gemalt, obwohl er sie eigentlich nicht mochte, wie sie mit erhobener Hand die anderen zu sich winkte: Jeanne d'Arc, mit schwarzem, zu engem Oberteil, unter dem ihre Brüste sich zu klein und zu deutlich abzeichneten, Jeanne d'Arc mit kurzem Haar, schwarz wie die Nacht. Jeanne dark. Sie hatte, er sah es, einen winzigen Funken der Dunkelheit, den Cliff in sich trug. »Los! Wir müssen bis zum Ende der offiziellen Strecke, da vorne ist eine Art Abkürzung … Wir können sie abfangen. Ein paar können wir alle machen.« Ihre Fäuste waren geballt, in einer hielt sie eine gerollte Fahne. PEACE! Jetzt sah es mehr aus wie ein Schlagstock.
Timothy nickte; sie rannten ihrer Jeanne d'Arc im Laufschritt nach, in ausreichender Entfernung von Demonstranten und Polizei, rannten durch Seitenstraßen. Das Blut sang in Alain, er fror nicht mehr. Und dann waren sie dort, wo die Demonstrationsstrecke offiziell endete, sich auflöste.
Warteten wieder.
Alain schloss kurz die Augen.
»Sie kommen«, flüsterte er schließlich. »Sie kommen.«

Es waren acht oder neun.
»Die«, sagte Alain.
»Warum gerade die?«, fragte Timothy und strich sich die blauen Haare zurück. Eigentlich war es ihm vermutlich egal, wen sie abfingen.
»Nur so«, sagte Alain. *Weil Cliff dabei ist.*
Sie stellten sich ihnen in einer engen Seitenstraße entgegen. Jeanne d'Arc packte die zusammengerollte Fahne fester.
Die Rechten sahen sie sofort, und sie grinsten. Sie näherten sich ihnen langsam, siegesgewiss. Sie waren muskulöser, trainierter. Aber – merkwürdig, die Kapuzenpullover, die sie trugen, glichen denen der Antifa beinahe vollkommen. Natürlich, der Aufdruck war, wenn man näher hinsah, ein

anderer. Die Frisuren der Rechten ordentlicher. Und ihr Gewicht sehr viel größer.

Einer von ihnen, noch fünfzig Meter entfernt, lachte schallend.

»Süß, oder«, sagte er. »*Das* ist die Antifa? Kriegt ihr zu Hause nichts Anständiges zu Essen?«

Es war keine Polizei da. Hier nicht mehr.

Wie seltsam, es gab auch in dieser Seitenstraße einen Blumenladen, und davor stand die gleiche Sorte gefüllter weißer Zuchtnarzissen in einem Eimer. Alain sah sie an, sah die kleinen blauen Blüten der Perlhyazinthen daneben an, die zarten Glockenblumen. Die Fahne in der Hand des Mädchens. Timothys Fäuste.

Und er ballte die eigenen Fäuste.

Dann trat er nach vorne, ganz allein. Hob die Hände, öffnete die Fäuste.

»Lasst es«, sagte er laut. »Das ist doch sinnlos. Was ihr auf eure Fahnen schreibt, das ist doch … glaubt ihr das überhaupt?«

Und er wollte mehr sagen. Viel mehr. Er hatte Argumente. Er hatte sich und seinen offenen Blick geradeaus. Seine Zuneigung. Seine Zuneigung, unerklärlich, war die eines vierjährigen Jungen.

»Wer ist das denn?«, fragte einer von denen drüben, und auch der lachte. »Jesus?«

Sie lachten jetzt alle. Kurz darauf wurde die Luft zu einem Feuerwerk aus Bewegung, er wusste nicht einmal, wer zuerst vorstürzte, die Antifaleute hinter ihm oder die Rechten vor ihm, aber sie verbissen sich in einem Knäuel ineinander wie Hunde, und dann rannte irgendwer, und jemand anders hinterher, und Alain stand immer noch still.

Vor ihm waren noch vier der Rechten übrig, die ebenfalls stillstanden. Abwartend, lächelnd.

Einer von ihnen war Cliff. Er sah ihn an. Und Cliff erwiderte seinen Blick.

Er sah nicht länger durch ihn hindurch.

Nein, dachte Alain, Jeanne d'Arc von der Antifa hatte nichts mit ihm gemein, er hatte sich geäutscht. Der Magnetismus, der von Cliff ausging, war einzigartig.

Und er war nicht erklärbar.

»Cliff«, sagte er und streckte eine Hand aus. Cliff schüttelte den Kopf, kaum merklich. Es glitzerte im Dunkelblau seiner Augen. Auch er hatte Fäuste. Und Alain begriff, zu spät, dass es falsch war, hier zu stehen und die Hand auszustrecken. Aber es war auch zu spät, zu rennen.

Er sah sich um.

Das Licht fiel schräg zwischen den mehrstöckigen alten Mietshäusern hindurch auf die weißen Narzissen und die blauen Perlhyazinthen. In der Luft schwang ein Geruch nach Frühling wie ein hellgrünes Band. Wie die grünen Vögel auf den schwarzen Fahnen.

Die vier kamen ganz langsam näher, einen Halbkreis bildend.

Und er wandte sich ab und rannte doch. Auf das Blumengeschäft zu. Es waren vielleicht zwanzig Meter.

Da sind zwei Wände, du rennst zwischen den Wänden entlang, du bist eine Maus. Hinter dir die Katze. Und die Wände werden immer enger, treffen sich in einer Ecke. Dort ist das Ende.

Kafka. Sie hatten die Geschichte in der Schule interpretiert.

Die Ecke war eine geschlossene Tür.

Das Blumengeschäft. War. Nicht. Offen.

Obwohl es Blumen draußen stehen hatte, was merkwürdig war, aber daran dachte Alain erst später. In diesem Moment dachte er nichts. Er warf sich gegen die Tür. Dann wurde er herumgezerrt und sah in das Gesicht eines Menschen, den er nicht kannte, und dann sah er nichts mehr.

Wir brauchen hier keine exzessiven Gewaltszenen.

Es reicht aus zu sagen, dass ein paar Rechte an diesem Tag einen von der Antifa aufrieben. In einer Seitenstraße. Die Polizei kann nicht überall sein.

Jemandes Blut spritzte auf die weißen Narzissen, was kitschig war und nur für einen Film gut. Man hörte jemanden husten und spucken, man hörte jemanden keuchen und jemanden lachen, und dann waren sie weg, drei von ihnen, nur einer stand noch da.

Und das ist das einzige möglicherweise Interessante, denn andere solche Geschichten gibt es viele.

Alain durchbrach eine Grenze, hinter der die Zeit verschwunden war und der Schmerz wie ein Kleid und seine eigene Dummheit ein Licht, das ihn blendete.

Hinter dieser Grenze, Jahre später also, oder in einer anderen Welt, trat jemand zu ihm und riss ihm das T-Shirt vom Körper

Er kniete.

Der andere hatte ihn zum Knien gebracht, ihn halb hochgezogen. Er spürte die Hand des anderen an seiner Schulter. Es war Cliffs Hand, er wusste es, und er begrüßte dieses Wissen, aber mehr so, wie man den Schlaf begrüßt, wenn man sehr, sehr müde ist.

»Du bist nicht Jesus, kapier das«, flüsterte Cliff, und tatsächlich verstand er die Worte, so klar, als hätte er selbst sie gesprochen. »Du bist gar nichts. Schon gar kein Engel. Und du kannst mich nicht ändern. Hör auf damit. Du musst aufhören zu existieren, weil ich dann nicht existieren kann.« Er sagte noch etwas.

Einen Satz, der zu tief reichte, der zu viel erklärte, und der so weit in Alains Inneres sank, dass er von diesem Moment an dort verschlossen blieb.

Vor seinen Augen wippte das Blau und Violett, das zerbrechliche Grün und Weiß der Blumen. Hinter ihm, er konnte das nicht sehen und es war unlogisch, dass er es wusste, blitzte ein Messer in der Luft.

Auf einmal war da ein neuer Schmerz, ein vorher nicht da gewesener, der sich eigentlich nur kalt anfühlte und seltsam. Es geschah zwei Mal. Zwei tiefe Schnitte. Auf seinem Rücken, etwas unterhalb der Schulterblätter.

»Sie sind nicht mehr da«, wisperte Cliff. »Sie sind weg. Für immer. Bergreif das. Bergreif es, Alain.«

Und dann fiel Alain ins Nichts.

Aber er erwachte. Er war zur Seite gekippt und sah in den Himmel. Der Himmel war sehr hell, sehr blau. Ein Blau zwischen dem Blau seiner eigenen Augen und dem Blau von Cliffs Augen.

Hinter der Glastür des Blumengeschäfts, durch die sich jetzt Risse zogen wie ein Spinnennetz, sah Alain einen Schatten. Eine Frau. Sie trug ein Kopftuch. Er sah die Angst in ihrem Gesicht.

Und jetzt fiel ein Schatten auf ihn. Cliff stand vor dem Himmel, er hatte entweder gewartet, dass Alain wieder zu sich kam, oder er war zurückgekehrt.

Er hob die Faust.

Alain erwartete diesen Schlag, der das Licht für immer löschen würde.

Und Cliffs Hand sauste nieder und stoppte kurz vor seinem Gesicht. Sie war blutig. Er sah es weniger als dass er es roch, und er wusste, dass es sein eigenes Blut war. Blut aus den Wunden, die ein Irrer mit dem Messer geschnitten hatte. Er begriff, was Cliff versucht hatte, abzutrennen.

Etwas, das es nur in seinem Kopf gab, nur in der Welt jenseits von allem.

Alain fand nie heraus, ob Cliff an diesem Tag unter Drogen gestanden hatte.

Er schlug nicht noch einmal zu.

Er bückte sich und hob Alain hoch, hob ihn in dem Mantel aus Schmerzen auf seinen Rücken und trug ihn irgendwohin, aber das bekam Alain nicht mehr mit.

Das Irgendwo war die nächste größere Straße, wo der Notarzt ankam, den Cliff mit dem Handy gerufen hatte. Er blieb dort, bis der Arzt kam.

John-Clifford Bergmann war der einzige Rechte, der nach der Demonstration festgenommen wurde, von der berichtet wurde, dass sie abgesehen von diesem Zwischenfall, alles in allem, friedlich verlaufen war.

Er erzählte einige sehr wirre Dinge, etwas von einem Licht und der Dunkelheit und Federn. John-Clifford Bergmann, sechzehn Jahre alt, verbrachte die nächsten Wochen in der Psychiatrie, ehe er dem Jugendrichter vorgeführt wurde.

Am Rücken des stark blutenden fünfzehnjährigen Jungen, den er dem Notarzt in die Arme legte, klafften zwei tiefe Kerben, wie in Holz geschnitzt. Zwei daumengroße Stücke von Fleisch waren herausgeschnitten worden, als hätte jemand einem gefiederten Geschöpf die Flügel mit Wurzel abgetrennt.

Alain.
Damals, als sie Cliff für verrückt erklärten und sie dich erst wieder zusammenflicken mussten, dachte ich, das wäre der Tiefpunkt. Ich weiß noch, wie ich an deinem Bett saß, während Coco und Henri sich leise in der Küche unterhielten. Wie ich dir gesagt habe, dass du auch verrückt bist. Dass man sich nicht auf die Straße stellt und Jesus von der Antifa spielt, wenn man weiß, wer die Gegner sind. Dass man verdammt nochmal niemandem die Hand entgegenstreckt, der sich dadurch vor den anderen lächerlich gemacht fühlt, wenn man weiß, dass gerade der möglicherweise austickt.
Und ob du mir jetzt wieder erzählen willst, dass er dich gerettet hätte?
Und du hast gelächelt und nicht geantwortet, und das hieß: Ja.
Ich ballte die Fäuste und hätte etwas zerschlagen wollen, aber genau das war ja falsch.
Im Übrigen war das dein Beginn mit Giger. Damals hast du angefangen, dich für seine seltsamen außerirdischen Wesen zu interessieren, du hast ihn im Netz gefunden, denke ich, und Henri hat dir den Bildband besorgt, den du dir wünschtest. Du hast ihn dir im Bett angesehen, stundenlang. Du sahst nicht gut aus nach deinem Zusammenstoß mit den Rechten, sie hatten dir zwei Zähne ausgeschlagen und den Arm gebrochen, abgesehen von den Wunden am Rücken, die lange nicht heilten.
Aber Gigers Bilder sahen schlimmer aus. Ich fand seine Wesen immer schrecklich. Irgendwie glitschig. Und definitiv zu viele Geschlechtsteile. Du hast mir erklärt, dass es darum nicht ging, sondern um das Unerklärliche.
Ach komm, habe ich gesagt.
Während du langsam gesund wurdest, haben sie Cliff damals in der Psychiatrie auf irgendein Medikament eingestellt. Ich habe den Namen vergessen. Und dann hat er all diese Sozialstunden abgearbeitet; er hat im Heim gelebt, und das Einzige, was wir von ihm bekamen, waren Kurznachrichten, die nichts beinhalteten.
Erinnerst du dich daran, wie seine Mutter im Haus auftauchte? Völlig aufgelöst, ihr kurzes dunkles Haare durcheinander, die blassblaue Perlenkette in ihren Fingern wie etwas, mit dem sie sich strangulieren wollte. Ich

dachte, ich müsste sie hassen, aber du hast nur gelacht, als du sie gesehen hast.

»Verdammt, Margarete«, hast du gesagt, als sie wieder weg war und ein Paket aus Schokolade und Wein und Blumen hinterlassen hatte wie eine Fußspur. »Für diese Frau macht Cliff sich fertig? Ich hatte sie gar nicht mehr richtig in Erinnerung … Was macht sie, forschen? Und sie ist angeblich so klug und so schön? Scheiße, die kannst du doch in das Dekogeschäft von deiner Mutter stellen, die kauft sogar noch jemand, die ist ja nichts außer Firnis. Nur Luft dahinter. Sieht er das nicht?«

»Aber sie forscht wirklich, und sie ist gut in dem, was sie tut«, sagte ich, als müsste ich sie verteidigen. »Und wer sagt, dass er ihretwegen auf der Straße herumgelaufen ist und Parolen gegrölt hat?«

»Er«, hast du gesagt. »Er hat das gesagt. Dass sie ihn endlich sehen soll. Kann schon sein, dass sie klug ist. Aber sonst ist da gar nichts. Alles leer. Ihr Herz hat eine rein anatomische Funktion.«

»Du kennst sie gar nicht.«

»Gott sei Dank«, hast du gesagt und das Buch von Giger herangezogen, und ich bin gegangen.

Und wusste, dass du Cliff irgendwann wiedersehen würdest. Dass wir Cliff irgendwann wiedersehen würden. Dass er ein anderer und kein anderer sein würde.

Und dass ich von ihm träumen würde. Wie ich es immer getan hatte. Nacht für Nacht. Und Tag für Tag. Weil auch ich niemals immun gegen den Magnetismus war.

Ich hätte nicht gedacht, dass Henri und Coco Cliff noch einmal, auch Jahre später, in ihrer Wohnung dulden würden. Aber es war im Jahr 2015 ein anderer Cliff, natürlich. Ein älterer, ein nicht-mehr-wahnsinniger, einer, der niemandem erzählte, dass er irgendwelche Flügel sah. Ein höflicher und in sich gekehrter junger Mann.

6

In der Nacht nach Alains Geburtstag, in der ich nach fünfzehn Jahren wieder im Gästezimmer im zweiten Stock des alten Hauses schlief, fühlte ich mich, als wäre ich angekommen.
Nach einer langen Reise.
Mehrere hunderttausend Kilometer. Ich war um die Welt gereist, um wieder im gleichen Bett zu liegen in dem ich als Vierjähriger gelegen hatte, in der sogenannten Heiligen Nacht.
Das Bett war groß, ein französisches Bett mit einer Decke so riesig und schwerelos wie die Wolkendecke der nördlichen Hemisphäre. Das Zimmer roch noch wie damals: Pfeifentabak, Küchenkräuter und irgendetwas wie Veilchen, das aber nur zu ahnen war. Vielleicht Parfüm von Coco. Ich erinnerte mich an die Farben der Wohnung, obwohl ich sie im Dunkeln nicht sah: rot und gelb und ein warmes Braun. Die Wände waren voll von Stoffen aus Südamerika oder anderen weit entfernten Ländern, in denen Coco und Henri früher gewesen waren. Zwischen den Stoffen teilten sich Bücherborde und gerahmte Zeichnungen den Platz, auch das war schon damals so gewesen, und ich schloss die Augen und wusste, dass ich fester schlafen würde als in allen Nächten der den letzten Jahre.
Ich hatte nicht mitkommen wollen. Ich hatte mich gesträubt. Aber dann war ich mitgegangen, obwohl ich wusste, dass es falsch war. Und dass es, wenn überhaupt, nur kurze Zeit dauern durfte. Die Vorstellung, ich wäre tatsächlich angekommen, ich könnte hierbleiben und das sein, was Alain in mir sehen wollte, war verlockend. Gefährlich verlockend.
Hatte es je eine Zeit gewesen, in der das möglich gewesen war?
Und welches war der Tag gewesen, an dem ich die unsichtbare Grenze überschritten hatte, neben der ein unsichtbarer Grenzbeamte geflüstert hatte: »Zu spät«?
Jetzt waren da draußen zu viele Menschen, die ich nicht enttäuschen

durfte, zu viele Verpflichtungen. Unsichtbare, klebrige Fäden, die mich hielten wie ein Netz.
Aber ich spürte sie nicht mehr. Ich schlief.
Und in dieser Nacht schrak ich nicht hoch, weil ich meinen Schweiß, der das Laken tränkte, für Blut hielt. Nur am Rand meines Bewusstseins schwebte auf sachten Flügeln ein kleiner grüner Vogel, der sich weigerte, fortzufliegen.

Als ich am Morgen wach wurde, fiel das Licht in windigen gelben Schlieren durch die Vorhänge, Licht aus dem Hof, Licht, das draußen auch den Schuppen und die letzten Herbstblumen in ihren Beeten zwischen dem Asphalt berührte.
Es fiel auf die gerahmten Zeichnungen, und ich sah, dass es nicht die Zeichnungen von damals waren, Zeichnungen von Landschaften und Pflanzen. Nein, diese Zeichnungen waren damals nicht hier gewesen. Ich lag lange still und sah sie an; je länger ich hinsah, desto mehr schienen es zu werden. Sie waren schön, aber ihre Schönheit war beunruhigend.
Flügel.
Auf allen Zeichnungen waren Flügel.
Da waren Kunstdrucke von Da Vincis Flugmaschinen, Menschmaschinenflügelwesen von unserem Freund Giger, ein Engel von Dix, der davon flog wie aus einem Kinderbild heraus, die Skizze eines einzelnen Vogelflügel von Dürer, jede Feder im Detail. Und dann Bilder, deren Urheber klar war: Fotos von toten Vögeln auf der Straße. Eines, seltsam ästhetisch, vom Flügel eines geschlachteten Hähnchens. Daneben Zeichnungen: zertretene Flügel, aufsteigende Flügel, verkrümmte, verzerrte, psychedelische Flügel. Alle schwarzweiß.
Alain malte nicht nur den Pennern im Eisenbahncafé Flügel.
Er schien von der Mechanik des Flugs besessen zu sein wie Da Vinci selbst, er hatte das Gästezimmer über die Jahre zu einem Museum des menschlichen Flugs gemacht, einem Museum der Unmöglichkeit.
Einem Museum für das Blut auf der Scheibe eines Blumenladens.

Ich zog mich an – ich hatte meine Sachen alle bei mir, sie passten in einen Reiserucksack. Dann legte ich meine Hand auf das Bild eines Fledermausflügels, angewachsen an einem menschlichen Arm, dessen Muskelstränge sich in Folge der Flugbewegung verändert hatten. Schließlich trat ich leise in den Flur. In der Küche klapperte Coco mit Geschirr und sang vor sich hin, während das Radio etwas anderes spielte.

Ich schlüpfte ins Bad und schloss die Tür hinter mir. Ich brauchte kaltes Wasser, ehe ich Alains Eltern oder auch Alain gegenübertreten konnte. Zu spät bemerkte ich, dass schon jemand hier war. Sie hatten die Türen der Dusche durch klares, modernglattes Glas ersetzt, es war nicht beschlagen. Wer hier geduscht hatte, hatte kalt geduscht.

Das Morgenlicht fiel auch durchs Badezimmerfenster. Es fiel auf Alain, der dabei war, sich abzutrocknen. Und ich sah die Narben, zwei tiefe Narben unterhalb der Schulterblätter. Aber das schräg einfallende Licht malte, gebrochen durch die Wassertropfen an der Scheibe, ein Netz aus Linien auf Alains Rücken, als wären da Strukturen wie Adern, wie Umrisse.

»Ich habe sie nicht abgetrennt«, sagte ich leise. »Sie sind noch da. Oder.«

Alain fuhr herum, sah einen Moment lang erschrocken aus. Lächelte dann und trat aus dem gläsernen Käfig der Dusche, so dass die Lichtreflexe auf seiner Haut verschwanden.

»Und du hast sie gemalt«, sagte ich. »Wie sie sich gefreut hätten, wenn ich all diese Flügel gemalt hätte! Damals, in der Klapse. *Malen heilt. Malen ist Therapie.*« Ich schnaubte. »Weißt du, was ich am Ende getan habe, in der Ergotherapie, damit sie Ruhe gaben? Kerzen gezogen. Die Alternative war, Holzräder an Tigerenten zu bauen.«

Alain lachte und rubbelte sein Haar trocken.

Schließlich ließ er das Handtuch sinken, sah sich offenbar nach seinen Kleidern um, und ich dachte: Warum stehe ich hier? Und: Wenn jemand kommt.

Für einen Moment schloss ich die Augen und rief die Bilder der Frauen, die ich nackt gesehen und gefickt hatte. Frauen, die knieten, Frauen, die lagen, Frauen in Räumen mit kahlen Wänden, Frauen im Staub, manche waren vielleicht noch keine Frauen gewesen. Ich öffnete die Augen, die

Frauen waren wie ein Schutzschild, während ich noch immer einfach dastand.
Alain benahm sich, als gäbe es keine Peinlichkeiten. Immerhin, wir kannten uns, seit wir vier Jahre alt waren. Er schlüpfte in Unterhose und Jeans, und ich streckte die Hand aus und legte sie auf eine der Narben an seinem Rücken. Die Haut war glatt und kühl.
»Hast du gut geschlafen?«, fragte er, leichthin.
Ich nickte. »Ich werde nicht lange bleiben. Ich …«
»Bleib, solange du willst.«
»Ich sollte deinen Eltern Guten Tag sagen. Ich weiß nicht, was sie denken.«
»Das weiß ich bei den beiden auch nie.« Alain zuckte die Schultern. »Aber ich denke, ich habe darüber zu entscheiden, wer in meinem Museum wohnt.« Dann nahm er sanft meine Hand weg.
»Cliff, es gibt keine menschlichen Flügel«, flüsterte er. »Weder schwarze noch weiße. Es hat nie welche gegeben. Deshalb male ich sie.«
Er streifte sein T-Shirt über, und kurz darauf standen wir beide in der Küche.

Natürlich wussten sie, dass ich da war, sie hatten uns reden gehört.
Sie saßen an dem alten, quadratischen Holztisch am Fenster, das auf die Straße hinabsah, auf die Autos, die Bäume, die Obstgeschäfte, die Cafés, die Stadt, das Leben. Sie saßen da und tranken Kaffee und sahen uns an. Schweigend. Und ich fühlte mich besiegt allein durch ihre Ruhe.
»Cliff wohnt eine Weile hier«, sagte Alain. »Er ist auf der Suche nach einer neuen WG, aber in der Zwischenzeit, habe ich gesagt, kann er hier schlafen.«
Ich senkte den Kopf, eine angedeutete Verbeugung, versuchte, zu lächeln. Nur ein wenig: ein Danke, ein Zeichen von Bescheidenheit. Im Glas des alten Geschirrschranks sah ich, was sie sahen: einen jungen Mann in einem hellgrauen Flanellhemd und sauberen, heilen Jeans, gekämmt, am Vortag rasiert, ein wenig zu hager vielleicht, ein wenig müde, die Lippen ein wenig zu schmal, aber alles in allem einen ordentlichen jungen Menschen mit einem schüchternen Lächeln.
Chamäleon.

»Setz dich«, sagte Henri und zog einen Stuhl am Tisch zurück. »Ist lange her.«
»Ja«, sagte ich. »Ich bleibe nur kurz. Vielen Dank. Ich … Alain hat mich überredet.«
»Ziemlich«, sagte Alain und grinste.
Mehr sagte ich nicht während des ganzen Frühstücks, ich trank Kaffee, schwarz mit Zucker, und hörte zu und nickte oder schüttelte den Kopf, wenn ich etwas gefragt wurde, reichte den Korb mit den Brötchen weiter, die Butter, die Marmelade. Ich saß an ihrem Tisch und aß mit meinen Augen die Farbe dieser behüteten, bunten Welt.
Sie sprachen über alles Mögliche, um nicht über mich zu sprechen.
Und ich sah sie an und dachte, dass ich sie vielleicht immer zu sehr gemocht hatte, und hätte ich mir erlaubt, mich fallen zu lassen, hätte ich vielleicht gedacht: Dies sind, alles in allem, gute Menschen.
Aber es gab ein Muster, in das sie nicht passten. Es gab eine Welt, in der sie nicht existieren konnten, weil sie Teil einer anderen waren. Es gab eine Zeit, in der man ohne sie würde auskommen müssen. Sie saßen mit mir am Tisch wie ein Stück Vergangenheit, wie ein Blick in eine Camera Obscura mit historischen Bildern, ein Blick zurück in eine altmodische, schöne und jetzt überholte Epoche. Die Zukunft würde anders sein.

»Ich muss los«, sagte Alain schließlich mit einem Blick zur der altmodischen Küchenuhr inmitten der modernen Bilder. »Dienst in der Suppenküche. Ich bin erst abends zurück, sieben oder so. Nein, verdammt, heute sogar neun. Wir haben noch ein Treffen von der Flüchtlingshelfergruppe, oder, Coco? Ich meine, ich bin zwischendurch mal irgendwann frei, aber ich dachte, ich setze mich zum Zeichnen irgendwo in ein Café …«
»Ist okay«, sagte ich. »Du musst mich nicht babysitten.«
Er nickte.
»Die Sache ist, dass Cliff nicht allein in der Wohnung bleibt«, sagte Henri. »Ich werde der Letzte sein, der heute geht, und dann gehst du auch.« Er sah mich eindringlich an. »Du kannst mit Alain wiederkommen, wenn du nochmal hier schlafen willst. Du verstehst das.«
»Natürlich«, sagte ich leise und sah ihn nicht an.

Ich fühlte mich wie ein gescholtener kleiner Junge. Innerlich waren meine Fäuste geballt.
Alain verdrehte die Augen. »Er wird wohl kaum anfangen, das Tafelsilber zu klauen«, sagte er.
»Ich hab sowieso Termine«, murmelte ich und zuckte die Schultern. »Vielleicht ist eine Wohnung dabei.«
Und als Coco aufstand, stand ich ebenfalls auf und half ihr, den Tisch abzuräumen. Coco sah mich kurz von der Seite an und lächelte dann. Sie war hübsch, immer noch, das hellbraune Haar fiel ihr bis auf die Schultern, früher war es kürzer gewesen. Ihre Augen waren die gleichen wie die von Alain, das gleiche Hellblau, die gleichen Wimpern. Ich zeichnete sie im Geiste, ihr weißes Männerhemd mit dem etwas zu weiten Ausschnitt, die Silberkette mit dem durchbohrten Kieselstein um ihren Hals. Ich trocknete das Geschirr ab, das sie abwusch, während Henri zum Rauchen auf den Balkon ging und Alain im Wohnzimmer verschwand.
»Abends ist Henri dran mit Küche«, erklärte Coco. »Wie … geht's deinen Eltern?«
Ich zuckte die Schultern. Stapelte Teller. Was sollte ich sagen? Dass ich sie nicht gesehen hatte, seit ich zurück war? Es war Coco, die es sagte, Coco, die sprach, während ich weiter Dinge abtrocknete, sie füllte die Küche mit Worten voller Farben, Worten wie Kaffeeduft und Blumen in einer Vase. Sie sprach von früher, von meinen Eltern, von dem missglückten Versuch, mich in einen Malkurs zu stecken, sie lachte darüber. Sie sagte nichts über die Bilder im Gästezimmer. Nichts über die Antifa oder die rechte Kameradschaft, in der ich gewesen war. Nichts über die Flügel.
Sie sprach von Alains Abitur. Davon, wie sie den Abiball gehasst hatte mit all den zu fein angezogenen jungen Leuten, wie sie sich komisch und alt vorgekommen war.
Wie es in der Galerie leichter war, weil Bilder einen ganz anders ansahen als Menschen. Und wie alles sich im Moment veränderte und niemand wusste, wie dieses Jahr enden würde mit all der Gewalt, die sich ständig vermehrte, mit den Flüchtlingen im Land und … Sie sah mich an, und ich wusste nicht, was ihr Blick bedeutete. Was wusste Coco?
Sie war eine kluge Frau. Auf andere Weise klug als meine Mutter.

Der letzte Teller war in den alten hölzernen Küchenschrank geräumt. Es war einen Moment still.

»Als ihr klein wart«, sagte Coco leise, »habe ich mir immer vorgestellt, wie es wäre, wenn ich zwei Söhne hätte. Wenn du damals einfach geblieben wärst.« Sie zögerte einen Moment. »Aber du hast ja Eltern«, sagte sie dann und lachte ein wenig. »Ricki und Cemre waren immer da. Sie hatten nur … ihre Probleme. Hat wahrscheinlich jeder. Du solltest mit ihnen reden. Sie sehen.«

Ich fragte mich, ob sie mich sehen wollten. Aber ich sagte wieder nichts, ich stand nur da und sah Coco an und fragte mich, wie es wäre, wieder vier Jahre alt zu sein und einfach hierzubleiben.

Ich streckte eine Hand nach ihr aus, doch dann ließ ich sie sinken, murmelte etwas davon, dass ich los musste, und verließ die Küche. Alain war im Flur dabei, in den alten Parker mit dem aufgenähten Kurt Cobain auf dem Rücken zu schlüpfen. »Wir können zusammen bis zur U-Bahn an der Schönhauser gehen«, sagte er. »Zu neunundneunzig Prozent musst du auch zur U-Bahn.«

Ich nickte. »Und zu einem Prozent nicht. Danke. Für alles. Bis heute Abend.«

Ich spürte seinen Blick im Rücken, als ich die Stufen hinunterlief, die ich als Kind so oft hinuntergelaufen war.

Farouk, in der Fresszeile des Hauptbahnhofs, war wie ein kleines Kind. Seine Hand, die den Kaffeebecher hielt, zitterte, und er schimpfte leise auf Stefan und darauf, dass die Wohnung weg war. Er dankte mir mehrmals die Minute dafür, dass ich gekommen war, und verfluchte mich im gleichen Atemzug für dieses Treffen. Er sah sich um, als könne hinter jeder Ecke jemand stehen und uns belauschen.

»Waffen, unter dem Bett«, sagte er, trank einen Schluck Kaffee, verschluckte sich, hustete. »Ich frage dich, was ist das für ein Mensch, dieser Stefan? Wie kann man so blöd sein? Jetzt sind wir alle dran. Was erzählt er denen, er kann sonst was erzählen. Und wie soll ich meiner Tante erklären, was los ist? Wenigstens habe ich ein Bett, und sie mag die Katze. Aber du?«

»Ruhig«, sagte ich. »Ganz ruhig. Wenn du dich weiter so auffällig umdrehst, glauben sie, du hast vor, die Kaffeetasse zu stehlen.«
»Die Tasse?« Farouk sah sie an. »Die Tasse ist hässlich.«
»Es war ein Witz«, sagte ich. »Reiß dich verdammt nochmal zusammen.« In diesem Moment wünschte ich mir nichts sehnlicher, als ihn loszuwerden. Ich war weder ein großer Bruder noch ein Prediger.
»Nein«, sagte ich schließlich.
»Was, nein?«
»Nein zum Hauptbahnhof.« Ich drehte mich halb um, und in diesem Moment sah ich Alain. Er stand hinter den Tischen und Menschen und Fressständen vor dem Zugang zu den öffentlichen Toiletten, seinen Rucksack geschultert. Er sah mich nicht an, aber er wusste, dass ich hier saß, ich war mir sicher. Ich rückte ein wenig mit dem Stuhl, sodass ich mit dem Rücken zu Alain saß.
»Farouk, siehst du den Typen da hinten? Blond, Haare bis zu den Schultern, alter brauner Parker, Jeans, Docks ...?«
Farouk nickte. »Du musst ihn loswerden, ja?«, meinte er. »Soll ich mich kümmern?« Er lächelte vorsichtig, plötzlich entspannter. Er war immer noch ein Kind, aber jetzt ein Kind, das seine Murmelbahn vorführen darf.
»Siehst du den Rucksack? Er war auf dem Klo. *Mit* dem Rucksack. Die Leute nehmen ihr Gepäck mit rein«, murmelte ich. »Vielleicht ist der Hauptbahnhof doch interessant.« Dann stand ich auf und trat ganz nahe an Farouk heran. »Der Typ«, sagte ich leise. »Lass ihn in Ruhe. Kapiert? Wenn jemand sich darum kümmert, ihn loszuwerden, dann ich.«

Ich fand an diesem Tag nicht heraus, ob Alain mir tatsächlich folgte.
Ich schaffte es, drei Treffen und sieben Rechercheorte in den Tag zu quetschen; das Treffen mit Ayna war das sinnvollste. Ayna bewahrte einen kühlen Kopf. Noch. Ein leiser Nieselregen trieb mich durch die Stadt, durch überheizte U- und S-Bahnen, breite Straßen, über windige Plätze und durch wiederum überheizte Geschäfte, deren Rolltreppen sich wie ein Labyrinth in die Höhe reckten. Touristen drängten sich mit mir durch die Stadt, auf der Jagd nach Selfies vor den Wahrzeichen des vereinigten Deutschlands, vor den Wahrzeichen der angeblichen Freiheit, des Kon-

sums, der verlorenen Werte. Fernsehturm, Reichstagskuppel, Brandenburger Tor, neonfarbige Andenkenstände.
Ich besuchte Ricki wieder nicht.
Ich hinterließ meiner Mutter eine Nachricht auf der Mailbox, immerhin.
Cemre. Es hatte eine Zeit gegeben, da hatte ich diesen Namen niemals gedacht, hatte sie nur »meine Mutter« genannt, vor allem den anderen gegenüber. Der Name war schön, er passte zu ihr. Aber damals, mit dreizehn, mit sechzehn, hatte er für mich zu viel über ihre Herkunft verraten.
Schließlich fand ich mich auf der Brücke am Ende des Mauerparks wieder, in meinem Hinterkopf pochte schmerzhaft jedes Lachen, jedes Handyklingeln, jeder Atemzug der Tausenden von Menschen dieser Stadt.
Stefan hatte gesagt, dass er betete, wenn es zu viel wurde. Zu viel Input. Zu viel Welt. Mir hat nie jemand geantwortet bei meinen Gebeten.
So stand ich im stetig stärker werdenden Regen, stützte die Arme aufs Geländer der Brücke, den Kopf auf die Arme, und unter mir bogen sich halb tote, abendgraue Birken unter den Tropfen. Irgendwo fuhr ein Zug in die Ferne.
Ich war eiskalt und verdammt nass, aber dies war keine Zeit zum Ausruhen. Ich musste ins Netz. Ich brauchte einen trockenen, unauffälligen Ort, um übers Handy online zu gehen. Ich brauchte dringend Informationen. Den aktuellen Stand. Ich musste ins Netz, doch ich war zu erschöpft, um noch einen Fuß vor den anderen zu setzen, und mein Magen zog sich in Krämpfen zusammen, sobald ich an Essen dachte.
Und hätte ich ein höheres Wesen fragen können, so wäre es nicht Er gewesen, der Höchste. Sondern jemand … etwas … anderes. Eine Lichtgestalt. Ich wusste, ich würde sie vor mir sehen, sobald ich die Augen schloss.
Und deshalb schloss ich die Augen nicht.

»Alain ist noch nicht da«, sagte Henri durch die Gegensprechanlage.
»Das heißt, ich warte vor der Tür?«
»Quatsch«, knurrte Henri und drückte den Summer. Fünf nach halb neun Uhr in einer Berliner Novembernacht: tausend umgeleitete Autos von der nahen Baustelle, Bäume im nassen Wind, glänzendes Regenobst vor dem

Spätkauf. Ich drückte die schwere alte Tür auf und schlüpfte in den Hausflur, in dem Briefkästen und Fahrräder Vorwinterschlaf hielten.
Und dann oben, in der Wohnung, alleine mit Henri: zwei Flaschen Bier.
Die fragenden Augen des Zurückhaltenden am Couchtisch, vor ihm die aufgeschlagene Zeitung, hinter ihm die Bücherwand. Vor mir ein Notizzettel und mein hin und her fahrender Bleistift. Ich zeichnete den Zurückhaltenden, wie er las. Nur eine Skizze ohne Bedeutung.
Schließlich sah er doch noch auf. Sah mich an. Und fragte endlich.
»Also. Wo warst du? Das Jahr lang?« Er trank einen Schluck Bier, seufzte.
»Du hast gesessen, oder?«
Beinahe lachte ich. Das war es, was er dachte?
»Hat Alain nie darüber geredet?«
Henri schüttelte den Kopf.
»Ich war im Ausland. Es war eine Art … Weltreise, könnte man sagen. Work and travel.«
Er nickte. Er war wortkarger als Coco, auch wortkarger als Alain, es war eine Ebene, auf der wir uns trafen. »Und? Was für Jobs? Erntehelfer? Kneipen?«
»Alles.«
»Länder?«
»Ich habe in London angefangen. Von da aus weiter.«
»Ich dachte jetzt, Türkei. Nein? Keine Wurzelsuche in Istanbul?«
»Nein. Ich war seit Jahren nicht bei den Eltern meiner Mutter. Wir … haben uns nie gut verstanden. Ich war in Neuseeland. Australien. Eher diese Route.«
»Was war mit der letzten Wohnung?«, fragte Henri plötzlich. »Du hattest doch eine Wohnung. In Moabit. Hat Alain gesagt.«
Ich zuckte die Schultern. »Differenzen in der WG.«
Und ich fragte mich, wann die Polizei hier auftauchen würde, weil mein Vater früher im Haus gewohnt hatte und sie hofften, mich auf die Weise zu finden. Obwohl es Unsinn war, sich verrückt zu machen wie Farouk. Stefan hatte sich diese Sache ganz alleine eingebrockt, und wir hatten schlicht nichts damit zu tun. Dennoch, ich kannte einen, der saß acht Monate in U-Haft, bis sie ihn freilassen mussten, weil es keine Beweise gegen ihn gab.

»Differenzen, hm«, sagte Henri.
In diesem Moment wurde die Tür aufgeschlossen. Alains und Cocos Stimmen fielen übereinander, stolperten mit einem leuchtenden Schwall an feuchter Regenluft in die Wohnung. Henri stand auf.
»Zeit fürs Abendessen«, sagte er und blieb kurz neben meinem Sessel stehen, um sich die hingekritztelten Striche anzusehen.
»Mach, was Alain sagt«, meinte er. »Bewirb dich mit ihm für diese Kunsthochschule. Das da schmeichelt mir nicht, aber es ist gut.«
Ich zerriss den Zettel erst, als er mir den Rücken zuwandte und sich durchs schütter werdende Haar strich. Er stützte sich in den Türrahmen und sah seiner Familie entgegen, dieser bärenhafte, gemütliche Mann in seinem unförmigen Wollpullover. Wie alt war er? Anfang fünfzig? Manchmal dachte ich darüber nach, wie alt bestimmte Leute sein würden, wenn sie starben.

Er klopfte nicht.
Seine Schritte waren leise, und er schloss die Tür lautlos hinter sich. Halb zwölf Uhr nachts.
Ich lag im Bett, das Display des Handys war die einzige Lichtquelle im Zimmer. Ich schloss die Seite, unterbrach die Internetverbindung. Er setzte sich auf die Kante des Gästebetts und sah sich eine Weile im Zimmer um, sah wieder die Bilder von den Flügeln an.
Ich dachte, er würde etwas darüber sagen, dass er mir gefolgt war.
»Manche Dinge«, sagte er. Und danach lange nichts. Als wäre er in einen Tagtraum versunken, während er an mir vorbeisah. »Alain?«, flüsterte ich. Da sah er mich an. »Manche Dinge«, begann er noch einmal, »merke ich.« Seine hellen Augen waren aufmerksam, wach, suchend wie immer.
»Was«, sagte ich. Und in diesem Moment wünschte ich mir, er wüsste alles.
»Du isst nichts«, sagte Alain.
»Und?«
»Du hast dieses Brot gemacht, in eurer WG, aber du hast nichts davon gegessen, richtig? Du sitzt mit uns am Tisch und isst eine Gabel voll Auflauf und den Rest lässt du liegen. Wie ein Kind.«
»Und?«

Alain nahm meine Hand, legte das Handy auf die Matratze und strich über meine Finger.
»Du bist krank, Cliff«, sagte er.
»Ich esse ab und zu, und ich bin nicht krank, und ich bin kein Kind«, flüsterte ich. Aber der Satz war so belanglos, dass niemand von uns darauf einging. Ich ließ mich nach hinten ins Bett sinken und spürte nur die Berührungen von Alains Fingern, die immer noch meine Finger entlangstrichen. Und schloss die Augen.
Nachts, als ich erwachte, war ich allein.

Und ich dachte an die Zeit damals, nach meiner Zeit in der Klapse. Daran, wie die großen Veränderungen begonnen hatten.
Wie ich Alain wiedergesehen hatte, ein Jahr nach seiner Begegnung mit meinem Messer.
Damals, zum einzigen Mal, hatte ich ihn tatsächlich gerettet.
Da stand ich in meiner Erinnerung, der siebzehnjährige Clifford Bergmann, das Gesicht an die Fensterscheibe einer unbedeutenden Kneipe gepresst. Der siebzehnjährige Clifford Bergmann, der mehrere Monate Sozialstunden abgerissen hatte, der medikamentös eingestellt war gegen seinen Kontrollverlust und seine offenbar krankhaften Visionen, der siebzehnjährige Clifford Bergmann in einem Kapuzenpullover, der keine Adler oder Hakenkreuze oder Totenköpfe mehr trug. Der Pullover war weiß. Die Kapuze schützte sein Gesicht vor den Blicken der Menschen.
Der siebzehnjährige Clifford Bergmann war vielleicht, medikamentös bedingt, schwach. Für eine Weile. Gebrochen. Formbare Masse auf der Suche nach Form. Aber an jenem Abend konnte er sich Schwäche nicht leisten. Denn hinter der Scheibe, drinnen im Zwielicht und Rauch der Kneipe, stand Alain Dubois, sechzehn Jahre alt, an der Theke und war in Schwierigkeiten.

Cliff war Alain eine ganze Weile gefolgt, und dann hatte er lange gewartet, draußen, an die Wand gelehnt, unsicher, was er tun sollte. Er hatte gehofft,

Alain würde einfach wieder aus der Kneipe kommen und er könnte mit ihm reden. Er streifte seit zwei Wochen in der Gegend herum, doch es war unmöglich, am Haus in der Schivelbeiner Straße zu klingeln. Der Gegensprechanlage seinen Namen zu nennen. Hätte er noch einen Haustürschlüssel besessen, hätte er sich vielleicht auf die Treppe gesetzt wie früher. Aber er hatte den Schlüssel in seinem ersten Monat in der Klapse im Klo runtergespült.

Er träumte beinahe jede Nacht von Margaretes Gesicht am Fenster im ersten Stock, sie kämmte in seinem Traum ihr weiches, braunes Haar wie das einer Puppe und sah zu ihm hinunter, und dann schloss sie das Fenster und war fort. Margarete wusste, was geschehen war und dass sie ihn für verrückt erklärt und weggesperrt hatten, sie hatte ihn abgeschrieben wie auch Alain, sicher.

Also streifte er durch die altbekannten Straßen wie ein streunender Kater, und an diesem Abend hatte er Alain gefunden, war zu einem Schatten geworden und ihm gefolgt.

Die Kneipe lag in einer dunklen Seitenstraße, es war spät, und all das war untypisch für Alain. Er hatte einen seltsamen langen Regenmantel getragen, Secondhand, schwarz oder dunkelgrün mit weitem, umgeklapptem Kragen, historisch beinahe, und durchs Fenster sah Cliff, dass er den Mantel auch drinnen nicht abgelegt hatte. Seine Haare waren noch länger als vorher und zu einem strähnigen Pferdeschwanz gebunden. Und jetzt, als er sich in den Lichtschein der niedrigen Lampen über der Theke drehte, sah Cliff, dass er ein Piercing in der Lippe hatte, oder eigentlich zwei, zwei silberne Ringe dicht nebeneinander, seitlich. Seine hellblauen Augen waren unverändert, dies war ohne Zweifel Alain, jedoch eine veränderte Version von Alain.

Oder, dachte Cliff, eine Version, die versuchte, verändert zu wirken.

Seine Bewegungen waren die gleichen wie früher, sein Blick, die Haltung seines Kopfes, all jene Kleinigkeiten, die vielleicht niemand so gut kannte wie Cliff. Er hatte drinnen an einem Tisch mit ein paar anderen Jungs gesessen, älter als er, und gespielt. Skat. Auch das schien zu der neuen Version von Alain zu gehören, zu einem Alain, der versuchte, abgebrüht zu wirken. Der in seinem weiten, merkwürdigen alten Mantel allerdings

genauso gerade und aufmerksam, genauso hellwach am Tisch saß wie immer. Er war gut, er schien zu gewinnen.
Der, der neben ihm saß, war ihm zu nah. Ein breitschultriger, untersetzter Typ, der hinter seiner Brille kleine, flinke Augen verbarg und eine Hand auf Alains Arm gelegt hatte.
Cliff spürte einen überraschenden Schmerz in der Brust.
Alain, die neue Version von Alain, legte seinen Kopf an die Schulter des anderen. Er verlor das nächste Spiel, doch er schien sich nicht darüber zu ärgern. Beinahe schien es Cliff, als wäre das Absicht gewesen.
Und jetzt lehnte Alain also an der Theke, auf die er einen Geldschein gelegt hatte. Der Mann hinter der Theke schien Alains Geldschein jedoch nicht haben zu wollen, er drehte ihn hin und her, schüttelte den Kopf – und dann entbrannte dort ein Streit. Cliff hörte nicht, was drinnen gesagt wurde, doch es waren keine freundlichen Worte. Und obwohl Alain noch immer lächelte, schien etwas schiefzugehen.
Cliff sah, wie er beschwichtigend die Hände hob.
Der Kneipenwirt kam um die Theke herum und legte einen Arm um Alain, drückte ihn an sich – in einer Mischung aus Schwitzkasten und anzüglicher Zärtlichkeit. Alain versuchte, aus seinem Griff zu schlüpfen, aber es gelang ihm nicht. Der Kneipenwirt nickte mit dem Kopf in Richtung des hinteren Teils der Kneipe, wo sich Stühle und Tische in Dunkelheit verloren, es war ein schlüpfriges Kopfnicken voller Hintergedanken, und alle da drinnen lachten, weil sie es nicht ernst nahmen. Alain lachte nicht. Die Angst kroch in seine Augen, und sie bekamen denselben Ausdruck, den sie mit vier Jahren im Schuppen gehabt hatten, und später vor der Tür eines Blumengeschäfts. Er bemühte sich, genau wie damals, die Angst nicht zu zeigen, doch Cliff sah sie.
Die Luft in der Kneipe war stickig, die Tür schwer, als wollte sie ihn eigentlich nicht hereinlassen.
Misch dich nicht ein.
Und dann stand er neben den Männern an der Theke, im Gedränge, in dieser explosiven Stimmung zwischen Wut und halb erotischem Interesse.
Alain starrte ihn an wie einen Geist.
Cliff streifte die weiße Kapuze des zu großen Pullovers zurück.

»Hey«, sagte er. Für mehr Begrüßungen war keine Zeit. Cliff hob den Geldschein von der Theke auf.
»Kannste haben«, sagte der Kneipenwirt mit einem weiteren verächtlichen Lachen. »Ein ganz echter falscher Fuffziger. Gut gemacht. Aber wir haben ein Gerät hier zum Prüfen.«
Cliff betrachtete den Schein. Kein optischer Unterschied zu gewöhnlichen Fünfzigern. Er sah wieder Alain an. »Du … fälschst jetzt Geld?«
»Kennt ihr euch?«, fragte der Untersetzte mit der Brille.
Sie nickten beide. »Es ist ein Projekt«, erklärte Alain. »Verdammt, nur ein Experiment! Ich hätte das noch aufgelöst! Ich löse es immer auf, das hier ist die zwölfte Kneipe, Mann, ich hatte nie vor, wirklich jemanden zu betrügen! Es ist ein Kunstprojekt, nur kapiert das hier offenbar keiner!«
Er wand sich noch immer, und der Kneipenwirt hielt ihn noch immer fest.
»Das Problem ist, dass du diesen netten Leuten versprochen hast, eine Saalrunde auszugeben, wenn du ein Spiel verlierst. Das war vielleicht ein bisschen größenwahnsinnig. Und die Geschichte vom jetzt Nachhausegehen finde ich nicht so wirklich gut.« Wieder lachten alle. »Aber man kann ja Schulden auch anders bezahlen, ich bin da nicht so«, sagte der Kneipier, zu Cliff diesmal. »Deshalb war ich gerade dabei, mit deinem Freund hier einen kleinen Trip in private Räumlichkeiten auszuhandeln. Er ist mir leider etwas zu zögerlich.«
Es war alles ein großer Spaß, das Grinsen der Umstehenden erinnerte Cliff wieder an den Schuppen und die rote Wasserfarbe. Der Kneipier legte Alain die freie Hand an die Wange und drehte sein Gesicht zu sich, und Alain zuckte zurück, woraufhin der Mann ihm einen Stoß gab, sodass er vornüber fiel und auf allen Vieren zu Füßen der Zuschauer landete. Das Gelächter ließ nicht auf sich warten, und als Alain versuchte, aufzustehen, stellte irgendwer, der gar nichts mit der Sache zu tun hatte, den Fuß auf seine Schulter, was noch lustiger war, sie waren alle nicht nüchtern, und Cliff spürte den Ekel in sich hochsteigen.
Genau das. Genauso. Es hätte in einer seiner Cliquen von früher passieren können. Er fand die Kraft von damals in sich. Kickte den Fuß des Typen

weg. Zerrte Alain auf die Beine, griff in die Tasche, fand einen Fünfzigeuroschein, ein seltenes Glück, und knallte ihn auf die Theke, über den gefälschten Schein. »Sticht.«

Das Lachen versiegte, als er Alain mit sich aus der Kneipe zog.

Die Tür zu den Stimmen und den Blicken fiel zu wie der Deckel eines Buches.

Minuten später waren sie eine Straße weiter, und Cliff ließ Alain los und trat keuchend einen Schritt zurück.

»Falschgeld«, sagte er.

Alain zuckte die Schultern und knöpfte seinen Mantel zu. Sah weg.

»Und Skat. Wow.«

»Es ist wirklich ein Projekt«, murmelte Alain. »Ich dokumentiere es. Wird ein Teil einer Arbeit, die ich in Kunst abgebe. Schein und Sein. Naja. Ich hab lange mit dem Papier experimentiert, man kann alte, wertlose Scheine bleichen, Henri hatte noch D-Mark in einer Schublade liegen … Ich arbeite mit dem Scanner und dem Drucker in Cocos Galerie, aber Teile zeichne ich auch mit Hand nach.«

»Coco … weiß davon?«

»Nicht direkt«, sagte Alain. »Aber es ist Kunst, ich meine, was sollte sie dagegen haben? Man muss die Scheine natürlich dreckig machen, damit sie echt aussehen. Bis zu fünfzig Mal über einer Tischkante hin und her ziehen. Dann dokumentiere ich die Reaktionen. Handyphotos. Ich hätte am Anfang nicht gedacht, dass es funktioniert …« Er zuckte die Schultern, grinste, ein wenig verlegen. »Manchmal verändere ich sogar die Bauwerke, die darauf sind, wenn ich sie zeichne. Die Leute merken es nicht im Kneipenlicht, es ist unglaublich. Sie sehen, was sie erwarten.«

Alain machte eine Pause, in der der Satz zwischen uns in der Luft stand. Als dächte er darüber nach, ob er auch auf ihn zutraf. »Die Geräte kann man natürlich nicht täuschen«, sagte er schließlich.

Cliff schüttelte den Kopf, und sie gingen langsam die nächtliche Straße entlang.

»Du versuchst, ich zu sein«, sagte Cliff leise. »Du versuchst, die Seiten zu wechseln.«

Alain antwortete nicht.

»Ich bin gekommen, um dir zu sagen, dass es mir leid tut. »Es klang zu auswendig gelernt. »Ein Jahr ist lang genug. Um sich mal aufzuraffen und das zu sagen.«

»Anweisung des Psychologen?«, fragte Alain.

»Auch«, meint Cliff leichthin.»Ich … die Dinge sind jetzt anders.«

»Sie müssen sehr anders sein«, meinte Alain mit einem unsicheren Grinsen. »Du hast solche Dinge nie gesagt.«

»Ich habe ein paar Sachen gelernt. Die Klapse war nicht ganz umsonst. Ich nehme Medikamente.«

»Gegen was?«

»Nicht gegen, sondern für.« Auch das klang auswendig gelernt, er merkte es selbst. »Für ein normales Leben wahrscheinlich.«

»Prost«, sagte Alain.

Dann ließ er sich auf einen angeketteten Caféstuhl fallen, der mit anderen auf dem Bürgersteig stand, und fing an zu lachen. Er lachte und lachte, bis Cliff auf einen anderen angeketteten Stuhl fiel und mitlachte.

Und es fühlte sich verrückt an. Wahnsinnig. Befreiend.

»Woher hast du einfach so fünfzig Euro?«

»Dein Glück, dass ich sie hatte«, sagte Cliff. »Ich hab eine Lehrstelle. Seit Kurzem. Bei einer Malerfirma.«

»Das heißt, du streichst Wände an? Das ist … auch sehr lustig«, murmelte Alain. »Und sonst? Sie haben dir eine Menge Sozialstunden aufgebrummt, oder? Ich fand es immer komisch, dass jemand anders dich dafür verurteilen kann, dass du mich fertig gemacht hast. Ich hätte das Urteil sprechen müssen. Oder?«

»Vielleicht hast du das getan, auf irgendeine Weise«, sagte Cliff. »Der Ort, an dem ich gearbeitet habe … Er hätte dir gefallen. Ich meine, jedenfalls der zweite. Der erste war ein Altenheim, nichts besonderes. Das zweite war ein Kindergarten.«

»Ehrlich? Die haben dich auf die Kinder losgelassen?«

»Sie haben mich gedoped, vergiss das nicht«, meinte Cliff mit einem Grinsen. »Ruhig gestellt.« Und dann, nach einer Weile: »Im Ernst. Es war schön da. Es war ein gemischter Kindergarten, ich meine, irgendwie international. Kopftuchmädchen. Hätte ich früher gesagt.«

Alain schnappte nach Luft. »Und die ganze Geschichte mit Deutschland für die Deutschen ...?«

»Ist gegessen«, sagte Cliff kurz angebunden. »Ich ... brauch das nicht. Nicht mehr. Es war eine Phase. Es hat meine Mutter nie so getroffen, wie ich ... gehofft hatte. Dass sie mich in die Anstalt gesteckt haben, hat sie mehr getroffen.«

»Du wohnst nicht bei ihr?«

»Was? Nein. Sie ist noch in Hamburg. Ich bin im Lehrlingsheim. Ab und zu kommt ein Betreuer vorbei, eine Art Bewährungshelfer. Aber das hört demnächst auch auf.« Er grinste wieder, nur ganz leicht. »Gute Führung. Kann ich dir was zeigen?«

»Was?«

»Den Ort, wo ich jetzt manchmal aushelfe. Es hat sich durch den Kindergarten so ergeben. Durch einen der Väter. Ich helfe bei Wochenendgeschichten. Veranstaltungen.«

Alain nickte. »Klar. Ich würde mich freuen.« Er lehnte sich Stuhl zurück und sah in den dunklen Himmel. »Tausend Sterne«, sagte er leise. »Milliarden. Da oben.« Und, nach einer Pause: »Nur komisch, dass man keinen einzigen davon sieht.«

»Ich dachte«, flüsterte Cliff, »der Typ mit der Brille und du ... in dieser Kneipe ... dass ihr zusammen seid. Aber das stimmt nicht, oder? Sonst hätte er dir geholfen.«

»Ich weiß nicht, ob er mir sonst geholfen hätte«, sagte Alain.

»Ich sehe einen Stern«, sagte Cliff. »Ganz schwach. Da oben neben dem Ast.«

»Und du?«, fragte Alain. »Hast du jemanden?«

»Nicht wirklich. Zu viel Müll im Leben aufzuräumen. Ich räume jetzt den Müll der ganzen letzten Jahre auf. Da ist ein Mädchen ... da, wo ich aushelfe. Im Gemeindezentrum. Sie erinnert mich manchmal an Margarete. Wir reden. Über Philosophie. Religion. Geschichte. Sie ist sehr klug. Aber außer Reden ... nichts.« Er zuckte die Schultern. »Das ist okay so. Kannst du Samstag? Da haben sie ein Kinderfest, und ich werde mit dem Kuchen helfen. Ich schick dir die Adresse und wie man hinkommt.«

»Samstag«, wiederholte Alain. »Okay.« Dann setzte er sich auf, strich den

merkwürdigen Kragen des merkwürdigen Mantels glatt und fragte: »Kann ich sie mitbringen?«
»Wen?«
»Du weißt genau, wen. Sie gibt es nicht zu, aber sie denkt immerzu an dich. Sie läuft mit einem ziemlich furchtbaren Typen aus ihrer Schule herum, von dem ich sie gerne irgendwie loseisen würde. Ihre Eltern mögen ihn. Er passt ins Dekogeschäft.«
Cliff lachte. »Ich werde Margarete von niemandem loseisen. Falls du das hoffst. Das ist ihre Entscheidung. Aber von mir aus, bring sie mit. Dann kann ich dir das andere Mädchen zeigen, und du kannst mir sagen, ob sie sich wirklich ähnlich sehen. Ich … frage mich, ob ich je ihr Haar sehen werde, um es mit Margaretes Haar zu vergleichen.«

Und dann war Samstag, und Alain und Margarete standen an der Straßenkreuzung, an der sie sich verabredet hatten, und Cliff holte sie ab. Er hätte ihnen gleich die Adresse des Ortes sagen können, doch er zögerte die Überraschung ein wenig hinaus.
Margarete trug ihr braunes Wellenhaar offen, sie musste es lange gekämmt haben, denn es glänzte seidig wie in Cliffs Traum. »Cliff«, sagte Margarete, und er sagte »Margarete«. Und führte sie die Straße entlang zum Gemeindezentrum. Er sah ihr Erstaunen. Er hatte sich darauf gefreut.
»Das ist ein … muslimisches Gemeindezentrum«, sagte Margarete.
»Exakt«, sagte Cliff. »Stört dich das?«
»Es hätte *dich* gestört. Früher.«
»Aber ich bin jetzt jemand anders. Oder dabei, jemand anders zu werden. Noch bin ich vielleicht gar nichts.«
»Auf der Suche nach dem geheimnisvollen Selbst«, wisperte Alain und grinste.
»Kommt mit rein«, sagte Cliff.

Und er führte sie durch die Räume, zeigte ihnen alles, was ihm selbst erst vor ein paar Monaten gezeigt worden war: Versammlungsräume, Kinderspielplatz, die kleine Moschee nebenan, die Aula, die Küche des Zentrums. Zum ersten Mal war er stolz auf etwas, das hell und gut war, weich und

freundlich, etwas, das nichts mit Dominanz zu tun hatte, nichts mit Gewalt. Und die, die ihn grüßten, lächelten. Durch große, moderne Fenster drang der Sommer herein, und im Garten blühte der Springbrunnen neben Blumenbeeten. Die Kinder tobten und spielten Fangen, und da war eine Wippe aus einfachem Holz, unter einem alten Apfelbaum.
Zwei kleine Jungen und ein Mädchen wechselten sich mit dem Wippen ab.
Die Mütter standen daneben, ein Sommerstrahlen in ihren Augen. Manche Frauen waren verschleierter, geheimnisvoller als andere. Es gab keine Konkurrenz um die Frauen, nicht dieses anstrengende Gebalze. Alles, was es gab, auch den jüngeren Mädchen gegenüber, war Respekt.
Und dann sie: Gülay, deren Name Mohammed ihm übersetzt hatte, als er ihn vom Kindergarten hierher mitgenommen hatte: *Rosenmond.* Cliff sah sie neben Margarete stehen und mit ihr sprechen, mit ihr lachen. Ja, sie waren sich ähnlich, doch es war eine innere Ähnlichkeit, die nur jemand bemerkt, der einen Menschen schon immer sehr genau beobachtet hat. Gülay hielt den Kopf wie Margarete. Sie hätte ihr Haar so zurückgestrichen wie sie, doch auch ihr Haar war verborgen unter einem hinten hochaufgesteckten Tuch. Nachtblau mit einem Muster aus winzigen weißen Blüten.
»Sie ist schön«, flüsterte Alain neben ihm. »Und es ist schön *hier*. Es ist … ich bin ein bisschen verwirrt. Verwundert.«
»Gut«, sagte Cliff. Ihm war schwindelig.
Er war nur einer der Helfer von außen, dies war nicht seine Kultur, nicht seine Religion. Aber sie faszinierte ihn. Ihre Lyrik. Ihre Andersartigkeit. Ihre, ja, vor allem … ihre Regeln. Er erklärte es Alain, während sie zusammen Kuchen schnitten.
»Es ist wie in jedem Gemeindezentrum«, sagte Alain, »oder? Es könnte evangelisch oder katholisch oder jüdisch sein, nur dass es hier getrennte Räume für Frauen und Männer gibt, ich nehme an, für den Fall, dass jemand betet … ansonsten ist es einfach Berlin im 21. Jahrhundert. Oder? Samt den Kisten für Kleiderspenden für Syrien.«
»Nein«, sagte Cliff. »Oder: Ja. Das Zentrum vielleicht. Aber was sie glauben, ist anders. Was sie lehren. Es ist interessant. Es ist sehr einfach.«

»Einfach?«
»Ja. Ich habe angefangen, viel zuzuhören. Dinge zu lesen. Und es gibt eine Art Unterricht. Manchmal nehme ich teil.«
»Koranschule?«
»Nicht ganz. Mehr so … zum Reinschnuppern. Und für Kinder. Ich meine, hey, ich hab nicht vor, Moslem zu werden. Trotzdem, es hat was. Du weißt genau, was du zu tun hast. Es gibt Dinge, die verboten sind, und Dinge, die du tun musst. Man kann in diesen Regeln leben wie in Mauern.«
»Wie in den Mauern eines Gefängnisses.«
»Nein. Wie in den Mauern eines Schlosses. Die Mauern sperren dich nicht ein, sie schützen dich.
Du darfst nicht stehlen, du darfst nicht töten, klar, das gibt es überall. Aber es ist mehr. Die Gebete, die Fastenzeit. Kein Alkohol. Keine Zigaretten. Keine Drogen. Die Geschlechterrollen. Manche Dinge tun nur die Männer, manche nur die Frauen. Die Frauen müssen nicht versuchen, Männer zu sein. Was Cemre immer versucht hat. Sie musste immer allen beweisen, dass sie ein Mann sein kann. Erfolgreich wie ein Mann.«
»Cliff?«, fragte Alain. »Du hast dir in den Finger geschnitten. Du blutest.«
Cliff sah seinen Zeigefinger an und fluchte. Der Schnitt war tief, durchtrennte die Kuppe einmal quer. Er spürte den Schmerz kaum, aber das Rot, das herauslief, erinnerte ihn plötzlich an das Rot an einem Messer vor einem Blumengeschäft.
Für einen Moment verschwand die Welt, und als er sie wiederfand, stand er draußen vor dem Gemeindezentrum und rauchte, während er langsam wieder ruhiger wurde. Alain stand neben ihm, in dem verdammten Mantel, obwohl es viel zu warm dafür war.
»Keine Zigaretten, kein Alkohol«, sagte er. »Was ist mit den Regeln?«
»Ich bin kein Moslem.«
»Fast schade«, sagte Alain und lächelte. »Wäre besser für deine Lunge. Finger über Herzhöhe, dann hört es schneller auf zu bluten. Erste-Hilfe-Kurs Rollerführerschein.«
»Du fährst Roller?«
»Möglich.«

Eine Erinnerung, dachte Cliff. An die Autobahn. »In *diesem* Mantel?«
»Was ist verkehrt daran? Kann sein, dass wir mit dem Roller zu der Kreuzung gekommen sind, wo du uns getroffen hast In diesem Mantel.«
Cliff lachte. Der Mantel war lächerlich, sah Alain das nicht? Genau wie die Falschgeldgeschichte. Das ganze Selbst, das Alain herzustellen versuchte, war eine schlechte Fälschung.
Er sagte das nicht zu Alain.
Und Alain fand Gülay, und Gülay fand Verbandsmaterial für Cliffs Finger. Sie hatte rot geschminkte Lippen an diesem Tag, und er war ziemlich sicher, dass das nicht den Regeln entsprach.
»Keiner kümmert sich hier um deine Regeln«, sagte Gülay, als er es erwähnte, und gab ihm einen neckischen Klaps auf die Wange. »Jedenfalls nicht so genau. Das, worüber du nachdenkst, das ist kein Islam, das ist Mittelalter. Du hast noch nichts verstanden.«
Sie sagte es sanft und warf Margarete, die neben ihr stand, einen verschwörerischen Blick zu. Cliff sah durch sie beide hindurch in einen Garten, der weit entfernt war, jenseits der Wirklichkeit. Auf einer Palme am Rand eines Springbrunnens, der mit feinen Pinselstrichen auf Pergament gemalt war, saß ein winziger grüner Vogel und sang.
»Vielleicht doch«, sagte er leise.

Cliff!

Es ist kalt geworden. Nein. Es ist noch kälter geworden.

Dieser Januar macht mich fertig.

Ich bin heute wieder lange spazieren gegangen, auf die Art, auf die ich jetzt manchmal spazieren gehe: einfach geradeaus, ohne auf die Umgebung zu achten. Nur so, durch die Stadt. Ohne zu wissen, wo ich bin oder wo ich hinwill.

Und ich bin an dem muslimischen Gemeindezentrum vorbeigekommen, weißt du noch?

Ich dachte wieder an den Tag mit dem Kinderfest damals, an jenen unbeschwerten oder scheinbar unbeschwerten warmen Tag, als wir siebzehn waren. Mai 2013. Es war kurz bevor der Krieg in Syrien begann, sich auszuweiten und unsere Nachrichten zu überschwemmen, kurz bevor der Traum von unserer heilen, von allem abgeschotteten Welt voller Dekorationsartikel endgültig platzte.

Erinnerst du dich an die Wippe unter dem Apfelbaum? Hast du damals auch an die Winterwippe gedacht, unter einem anderen Apfelbaum, in dem ein blasser Regenbogen aus runden Lampions hing?

Ich bewahre die Szene in meinem Herzen auf, und auch den Nachmittag im Garten des Gemeindezentrums, mit all dem Kuchen. Damals dachten wir für eine Weile, alles würde in Ordnung kommen.

Letzten Samstag habe ich Gülay getroffen. Im Starbucks. Sie saß da mit ein paar Freundinnen; sie kam zu mir herüber, und wir haben eine ganze Weile geredet. Natürlich auch über dich. Ihre Freundinnen haben zu uns herübergesehen und getuschelt u nd wussten selbstverständlich, wer ich war und hatten alle diese unsichtbaren Opferblutspritzer auf ihren Gesichtern, diese sensationshungrigen Babykatzenbedauerungsmünder, diese wissenden Funken von Gier nach fremden Tränen. Aber das sind nur Wortungetüme, Titel für Bilder, die ihr gemalt haben könntet, du und Alain.

»Siehst du ihn manchmal?«, hat Gülay gefragt.

»Dazu«, habe ich gesagt, »muss noch eine ganze Zeit vergehen. Ich glaube, er wartet.«

Ist das wahr, Cliff? Wartest du auf mich?

7

Die Tage mit Cliff waren gezählt, selbstverständlich. Ich ahnte, dass er wieder gehen würde.
Auch er wollte frei sein, auch er musste fliegen.
Ich begriff seine Askese nicht, sein Fasten außerhalb jeglicher Fastenzeit, seine endlosen Wanderungen durch die Stadt, bis zur Erschöpfung.
Ich träumte wirr in den Nächten, in denen Cliff nebenan im Gästebett lag, ich lief im Traum lange Korridore zwischen hohen Hecken entlang, und ich hörte die Vögel eines wunderschönen Gartens auf der anderen Seite singen. Doch ich fand den Ausweg nie. Ich folgte einem Schatten, und dieser Schatten war Cliff. Manchmal erreichte ich kleine Plätze im Labyrinth der Hecke, Plätze mit Bänken oder wunderschön gekachelten Springbrunnen, Plätze wie Miniaturen in einem antiken Buch, gemalt mit Grün und Blattgold. Auf diesen Plätzen wartete Margarete und lächelte mir zu. Sie ließ mich eine Weile ausruhen, aber ich blieb nie, ich musste weiter, und sie wusste es.

Am Tag war das Labyrinth, durch das ich dem Schatten folgte, Berlin.
Es gab keine Punkte, um auszuruhen. Und immer verlor ich den Schatten, ehe ich sein Ziel verstand. Er war wie ein Tourist in seiner eigenen Stadt: Ich verlor ihn zwischen Reisegruppen in Museen, im Gedränge unten im Fernsehturm, im Gewimmel am Kudamm.
Was wollte er an diesen Orten?
Wenn ich ihm nicht nachging, half ich weiter in der Obdachlosenunterkunft und im Flüchtlingsheim und versuchte, mich abends aufs Zeichnen zu konzentrieren. Ich weiß nicht, wer von uns am Ende des Tages müder war, Cliff oder ich. Er schien nie zu bemerken, dass ich ihm folgte.

Es war der dritte Abend, und wir saßen im Hof, als Margarete auftauchte. Es war kalt, wir kauerten zu zweit unter einem alten Regenschirm, ohne uns zu berühren, tranken Tee aus einer Thermoskanne und sprachen wenig. Pfefferminztee. Es fühlte sich merkwürdig an, mit neunzehn Jahren an einem Abend in Berlin Pfefferminztee zu trinken, aber Cliff hatte eine Art Obsession dafür entwickelt.

»Auch eine Droge«, sagte ich.

»Eben nicht«, sagte er ernst. »Keine Drogen mehr. Es gab eine Zeit, als ich vierzehn oder fünfzehn war, da haben wir eine Menge rumprobiert.«

»Rum geht ja noch«, sagte ich, und er lachte.

»Und dann die Medikamente, später«, sagte er. »Jetzt ist es vorbei damit. Ich will die Welt klar sehen. Ganz klar.«

Das war der Moment, in dem Margarete sich zu uns setzte, auf die feuchten Betonstufen des unbewohnten Hinterhauses. Es geschah ganz selbstverständlich, obwohl keiner von uns ihr gesagt hatte, dass Cliff bei uns schlief. Sie wusste es, natürlich. Sie wusste immer alles.

Wir rückten ein Stück auseinander für sie, und da saßen wir: Cliff rechts, ich links und Margarete in der Mitte. Zu dritt wurde es eng unter dem Schirm, es war nicht mehr möglich, sich nicht zu berühren.

»Es interessiert dich vielleicht, dass sie da waren«, sagte Margarete. »Sie suchen dich.«

»Die Bullen.« Ich spürte seine plötzliche Anspannung.

»Natürlich«, sagte sie, nahm die Blechtasse und trank einen Schluck Pfefferminztee. »Ich habe ihnen gesagt, dass Ricki nicht mehr hier wohnt. Und dass du nicht aufgetaucht bist. Coco und Henri waren nicht da, um mit ihnen zu reden. Dein Glück.«

»Sie suchen mich wegen der Waffensache von Stefan«, murmelte Cliff. »Aber das war nicht mein Ding, ich hatte nichts damit zu tun, das habe ich Alain schon gesagt.«

»Das Vernünftigste wäre es, dich der Polizei zu stellen und es denen auch zu sagen«, meinte Margarete. Wir lauschten eine Weile den Tropfen. »Aber du tust nie das Vernünftigste«, fügte sie hinzu.

»Für die bin ich sowieso schuldig«, sagte Cliff. »Vorbestraft. Irrenhausstempel. Ende.«

»Ich dachte, es heißt Psychiatrie«, sagte Margarete sanft. »Und es ist lange her.«
Cliff schnaubte nur verächtlich.
»Kommen sie wieder?«, fragte ich. »Die von der Polizei?«
Margarete zuckte die Schultern. »Sie wollten als nächstes zu deiner Mutter«, sagte sie. »Nach dem, was ich gehört hatte.«
»Verdammt«, zischte Cliff. Und dann sprang er auf, aus dem Schutz des Regenschirms heraus und stand vor uns, im Wasser, das jetzt vom Himmel strömte wie ein Fluss. Margarete fing den Griff des Schirms auf, und wir rückten reflexhaft näher darunter zusammen.
»Cemre«, sagte Cliff, mehr zum Regen als zu einem von uns beiden. »Verdammt. Und sie geht nicht ans Telefon. Sie drückt mich weg. Aber ich werde mit ihr reden. Ich weiß, wo sie ihre Freitagabende verbringt. Sie wird sich wundern.« Er lächelte auf einmal. »Ist das eine Idee – da einfach aufzutauchen, abends, in einer Partymenge, und vor ihr zu stehen?«
»Ich weiß nicht«, sagte Margarete. »Schreib ihr vorher.«
»Mach's«, sagte ich.
Die Tropfen rannen über sein Gesicht, und er wischte sie nicht weg. »Ihre Wohnungen«, sage er. »Jede einzelne, in der sie gewohnt hat … dieser ganze Nippes … lauter Andenken an früher, an Istanbul, an ihre Eltern … die Teppiche … diese ganze ornamentale Stickigkeit, und dazwischen saß sie und war kalt wie ein Fisch. Sie wollte kalt sein. Sie musste effektiv sein. Sie hatte diese Koranseiten an der Wand, gerahmt, hinter Glas, obwohl sie den Koran nie gelesen hat, als hätte sie sogar die Koranseiten eingesperrt … Ich habe es nie verstanden. Sie wollte, dass ich mich mit ihren Eltern verstehe, obwohl sie sich selbst nicht mit ihnen verstanden hat, ich meine, sie ist aus der Türkei weggegangen … hat hier ein Kind bekommen, mit einem Deutschen … aber wozu eigentlich das Kind? War das ein Unfall?« Er schüttelte den Kopf. Sein Haar war klitschnass. »Ein paar Mal hab ich den ganzen Nippes von den Regalen geworfen, Porzellankätzchen, alte Uhren, die blaue Moschee aus Keramik, falsche Rosen. Es ist nie alles zerbrochen. Ich frage mich, ob sie das Zeug immer noch bei sich rumstehen hat. Eine Heimat aus Glas und Plastik, die sie eigentlich loswerden wollte und trotzdem mitgeschleppt hat.«

Er holte tief Luft und stand einfach weiter da, aufrecht, im Regen.
Er hatte selten so viel gesagt.
Ich sah ihn an und dachte, dass er schön war, schön im Regen, und dass ich ihn gern gezeichnet hätte. Doch er drehte sich um und ging ins Haus, und ich hörte ihn etwas murmeln wie Morgen oder Morgen Abend.
»Ich möchte nicht Cemre sein«, sagte Margarete und legte, unerwartet, den Kopf an meine Schulter.
»Ich möchte auch nicht Cliff sein«, flüsterte ich.
»Aber das bist du«, wisperte Margarete. »Du bist Cliff. Ihr seid immer eine Einheit gewesen.«

Am nächsten Abend stand Margarete vor der Tür, einfach so.
Es war sieben Uhr durch, ich saß zu Hause und zeichnete, und in mir brannte Cliffs verlorene Spur, denn auch an diesem Tag war einfach an einem bestimmten Punkt verschwunden.
»Ich weiß, wohin er heute geht«, sagte Margarete schlicht. Ich starrte sie an.
»Wer ist das?«, fragte ich dann und zeigte auf sie, und sie sagte: »Das ist eine andere Version von Margarete« und lachte.
Sie hatte ihr langes Haar mit mehreren perlenbesetzten Zierkämmen zu einer Art komplizierter Wellenfrisur aufgesteckt und trug ein schmales schwarzes Stirnband, ihre Augen waren dunkler geschminkt als sonst, ihr Teint blasser, und zum ersten Mal im Leben sah ich sie mit Lippenstift. Der kaum vorhandene altrosa Stoff ihres Kleides fiel auf merkwürdig sackartige Weise um ihren Körper und lief unten in einem unübersichtlichen Bausch von Rüschen aus, wobei »unten« bei diesem Kleid eher den oberen Teil der Oberschenkel bedeutete. Der Mantel, den sie offen darüber trug, gehörte ihrem Vater und war uralt, das wusste ich, weil wir ihn als Kinder manchmal zum Verkleiden benutzt hatten.
»Zwanzigerjahre«, sagte Margarete und drehte kokett den Kopf, als hätte sie das bereits vor dem Spiegel geübt.
»Du bist dabei, Cliff auf … eine Faschingsparty im November zu folgen?«
»Nein«, sagte sie. »Aber der Ort, an dem er seine Mutter trifft, ist das Ha-

ckendahl. Da gibt es heute einen Abend der Bohème Sauvage. Gesellschaft für mondäne Unterhaltung. Nie davon gehört?«
Ich schüttelte den Kopf.
»Ich auch nicht«, sagte sie. »Aber jetzt. Sie haben eine Internetseite komplett mit Kleiderordnung.«
»Wie lange hast du dafür gebraucht?«, fragte ich und nickte zu ihrer Aufmachung hin.
Sie zuckte die Schultern und rückte eine silberweiße Federboa zurecht. »Ging. Eine Kollegin von mir steht auf solchen Kram. Alles geliehen, sie hat ausgesucht. Überhaupt ist sie Gold wert. Ich habe die Karten von ihr, so schnell bekommt man sonst keine. Ich habe ihr gesagt, es wäre …« Sie zögerte. »Sehr wichtig.«
»Du hättest mir vor Stunden Bescheid sagen können«, knurrte ich. »Woher bekomme ich jetzt so schnell eine Federboa?«
Sie lachte wieder. »Vielleicht wollte ich dein Gesicht sehen«, sagte sie, mit dieser koketten kleinen Kopfdrehung. Da zog ich sie in meine Arme, und für einen Moment war die Zeit zurück, in der es nur uns beide gegeben hatte.
»Woher weißt du, dass Cliff …?«
Sie wischte die Frage mit einer Handbewegung weg. Sie trug Handschuhe bis zu den Ellenbogen.
»Hosenträger. Weißes Hemd. Schwarzes Jackett. Habt ihr so was?«
»Ganz bestimmt nicht«, sagte ich.
Da zauberte sie eine braune Papiertüte hinter ihrem Rücken hervor. »Auch von meiner Kollegin. Zieh dich um. Ich warte sittsam im Salon.«
»Die Zwanzigerjahre waren nicht unbedingt sittsam.«
»Ihr habt ja auch keinen Salon«, sagte Margarete. »Alain? Du bist mir in letzter Zeit viel zu ernst.«
Da hätte ich sie beinahe noch einmal in die Arme genommen, um sie nie mehr loszulassen. Aber ich wusste, dass es nicht möglich war. Die Zeit, in der wir alleine zu zweit gewesen waren, war vorüber, und es war immer nur eine begrenzte Zeit gewesen. Cliff war wieder da. Es wäre sinnlos gewesen zu leugnen, dass wir beide auf ihn gewartet hatten.

Wir nahmen den Roller, weil Margarete darauf bestand. Es sei stilvoller, sagte sie.
»In der S-Bahn braucht man keinen Helm«, sagte ich. »Und deine Frisur …«
»Kann ich rekonstruieren«, sagte Margarete.
Der Roller war weniger stilvoll als eingerostet, er stand seit zwei Jahren ungenutzt im Schuppen, weil er nie wirklich praktisch gewesen war. Damals hatte ich versucht, eine Weile anders zu sein, aber es war Unsinn gewesen, und eine S-Bahn muss man nirgendwo abstellen.
Der Motor sprang nach ein paar Versuchen tatsächlich an, und oben sah ich Coco das Fenster öffnen und winken. Ich hatte ihr nur gesagt, dass ich mit Margarete sozusagen ausging, und sie hatte genickt und gelächelt.
»Wenn Cliff irgendwann nach Hause kommt, machen wir ihm die Tür auf«, hatte Coco gesagt, und es klang, als spräche sie über eine Katze. Als wäre es nicht wichtig.
Aber das war nur gespielt. Auch Coco war nicht immun gegen Cliff und den Magnetismus, man konnte es deutlich sehen. Er war erst ein paar Tage da, und sie sah jünger aus, rotwangiger, lebendiger. Beinahe verliebt.

Während wir durch einen leisen, klammen Nieselregen fuhren, hatte Margarete die Arme um mich geschlungen; ich glaube, wir waren beide an jenem Abend nähebedürftig.
Die Bohème Sauvage feierte an diesem Abend die Dekadenz der Zwanziger im Hackendahl in der Friedrichstraße, einer Bar, in der ich noch nie gewesen war, vermutlich aber fast jeder Tourist.
Wir bestanden den Blicktest, der die Kleiderordnung kontrollierte, und dann fanden wir uns an einer langen Bar inmitten anderer Menschen wieder, die in der Zeit zurückgefallen oder steckengeblieben waren. In einem Spiegel hinter den Flaschen entdeckte ich einen jungen Mann mit hellblauem Hemd, schwarzen Hosenträgern und feucht gekämmtem blondem Haar, das, falls es lang sein sollte, unter einer Art Baskenmütze verborgen war. An einer Stelle fiel ihm eine Locke in die Stirn, das war alles. Die Augen des jungen Mannes waren hellblau wie das Hemd, und alles in allem

wirkte er wie eine Art Mischung aus Kleinganove und armem Künstler. Ich wusste nicht, ob ich ihn mochte.

Margaretes Spiegelbild daneben war leichter zu mögen, die Perlen, die doppelreihig um ihren Hals lagen, eine Schlaufe kurz und eine sehr lang, glänzten im Licht der warmen Lampen, und ihr dunkelrot geschminktes Lächeln war unbeschwert und fröhlich. Von der Wand sahen unschöne wenig angezogene Menschen auf uns herab; aus Bildern von George Grosz, Max Beckmann, Otto Dix. Mein Gott, sie waren so gut gewesen! Sie hatten gewusst, was sie malen mussten, die Hässlichkeit der Gesellschaft war damals noch greifbarer gewesen.

Irgendwie geriet ein Glas mit einer brennenden Flüssigkeit in meine Hand. Absinth.

»Die grüne Fee kommt erst nach dem fünften, munkelt man«, sagte ein beleibter Herr neben mir, setzte seinen Zylinder ab und wischte sich mit einem Taschentuch über die glänzend nasse Stirn. Seine Begleiterin lächelte und winkte mit einer lange Zigarettenspitze. Ihr blond gewelltes kurzes Haar, eng am Kopf anliegend, wurde von einer Art Netz gehalten.

Wir hatten unsere Zeit draußen gelassen, wo der Verkehr der Friedrichstraße die Minuten zu nutzlosen Stücken zermalmte. Die Damen und Herren am Kartentisch gehörten in eine andere Zeit, genau wie, der Klavierspieler und die Dame, die halb auf dem Flügel lag.

»Ich stelle es mir furchtbar unbequem vor, auf einem Klavier zu liegen«, sagte ich und leerte das Absinthglas.

»Oh, ich denke, eine Geige wäre unbequemer, wenn man darauf läge«, sagte Margarete.

»Man kann nicht mehr tun als herumzuliegen, wenn draußen die Welt untergeht«, sagte eine Dame mit schwarzem Hut, schwarzem Schleier, schwarzen Perlen. Mit einem wimperngetuschten Blick zu mir fügte sie hinzu: »Sie müssen schon entschuldigen, junger Mann. Die Melancholie des Fin de Siècle.«

»In welchem Jahr leben Sie denn?«, fragte ich.

Sie sah mich an, als wäre das eine ausgesprochen dumme Frage. »Chérie? Dies ist das Jahr 1898.«

»Ich wäre mir nicht so sicher«, sagte die Frau mit der Zigarettenspitze. Sie nahm der anderen den Hut vom Kopf und sah hinein. »Ihr Hut wurde 1928 maßgeschneidert, meine Liebe. Wir leben also mindestens in diesem Jahr.«

»Oh, machen Sie sich keine Sorgen, ich habe einen Wecker gestellt«, sagte der Dicke und gluckste vergnügt. »1933 klingelt er, damit wir alle aufwachen.«

Ich sah hilflos zu Margarete, doch sie zuckte nur die Schultern, kokett, wie alles, was sie an diesem Abend tat.

»Lang dauert es nicht mehr, bis der Krieg bei uns ist«, meinte die Dame mit dem Hut. »Das Land bricht auseinander. Keiner traut mehr seinem Nachbarn. In den Straßen marschieren die Rechten. Im Osten herrschen Fantasien von Macht und Gewalt, in Paris wird gerichtet, wer die falschen Bilder zeichnet. Und hier laufen die Wahnsinnigen mit Plakaten herum, nennen sich besorgte Bürger und zünden nachts die Häuser an. Noch leben wir im Luxus! Champagner, Trauben, Absinth. Aber die Republik endet. Lasst uns feiern, morgen ist es zu spät!«

Ich stand automatisch auf und hob mein Glas und fragte mich, ob sie über die Zwanziger oder über die Gegenwart sprach.

Die Parallelität war besorgniserregend.

»Fantasien von Macht und Gewalt«, wiederholte der dicke Herr und ließ den Absinth in seinem Glas kreisen. »Hört sich durchaus verlockend an.«

»Niemand kehrt aus solchen Fantasien zurück«, mahnte die Blonde und drohte neckisch mit ihrer Zigarettenspitze, und ich murmelte: »Ich kenne jemanden, der zurückgekommen ist.«

Margarete nickte zur Treppe hin, die zum Kellergewölbe hinabführte. »Zeit zum Tanzen!«

»Warte«, sagte ich»Wir sind doch nicht gekommen, um zu tanzen. Wieviel hast du getrunken? Sonst bist du die Vernünftige …«

»Es ist immer vernünftig zu tanzen, wenn die Welt untergeht, denn zum Weinen ist die restliche Zeit zu schade«, sagte Margarete und lachte.

Kurz darauf zog sie michdurch die Menge, und auf der Treppe sagte sie, leise und ernst: »Alain. Er muss da unten sein. Und seine Mutter auch. Wir sind da, um ein Auge auf die beiden zu haben, oder? Damit nicht wieder … der gesamte Nippes zu Bruch geht.«

Und da begriff ich, dass Margarete ihren Absinth nicht angerührt hatte und sich nur ab und zu gerne unter die Schauspieler mischte.
Doch an diesem Abend ging mehr zu Bruch als Nippes.

Ja, und dann fanden wir Cliff.
Wir fanden ihn wirklich zwischen den alten Mauerbögen des Kellers. Er sah anders aus als sonst und war doch ganz er selbst, alles passte. Margarete hatte mich in einen zweitrangigen Möchtegernganoven verwandelt, aber Cliff war eine andere Art von Gauner, einer von den echten. Natürlich. Er trug die Jacke eines vermutlich geliehenen Smokings nur ganz unten zugeknöpft, das Hemd darunter war strahlend weiß, eine dunkelrote Fliege zierte den Kragen. sogar Gamaschen hatte er aufgetrieben. Er stand an einem der kleinen Stehtische, allein, und trank. Wasser.
Sein Blick wanderte suchend durch den Raum, und wir traten zurück in die Schatten des ohnehin schummerig ausgeleuchteten Gewölbes. Schließlich löste sich Cliff vom Tisch und glitt durchs Gewühl der Federboas, Fransen und Perlen, und dann stand er vor der Frau, die er gesucht hatte. Da war ein Mann bei ihr, ein Mittfünfziger mit wenig Haar, und ich erkannte sie erst jetzt: Cemre Bergmann.
Mutter eines einzigen Sohnes, Mikrobiologin mit Doktortitel, nach all den Jahren also doch darauf aus, die Abende nicht mehr allein im Labor zu verbringen. Sie sah jung aus und schön, aber unecht. Ohne das Zwanzigerjahre Make Up, ohne die sorgsam zurechtgeföhnen dunklen Locken, ohne die cremefarbenen Rüschen des kurzen Kleides war sie vermutlich fünfzehn Jahre älter.
Cliff verbeugte sich leicht, um sie zum Tanzen aufzufordern, man konnte zu dr gewöhnungsbedürftigen Musik auch zu zweit tanzen, eine Art hopsenden, ein wenig albernen Tanz voller Hüftschwünge. Eigentlich sah es aus, als mache es Spaß.
Cemre schüttelte den Kopf, wollte nicht aufgefordert werden. Ich weiß nicht, ob sie Cliff erkannte. Doch, eigentlich muss sie ihn erkannt haben. Er ließ sich nicht abwimmeln. Er nahm sie einfach am Handgelenk und zog sie, sanft aber mit Nachdruck, auf die Tanzfläche. Ihr Begleiter blieb, sichtlich verärgert, am Rand stehen.

Cemre starrte Cliff an wie einen Geist, während sie ihm in die Mitte der Tanzfläche folgte.

Auch wir waren jetzt dort, waren unter den Tänzern. Margarete war nicht schlecht darin, die richtigen Bewegungen nachzumachen, und ich gab mir immerhin Mühe. Vermutlich sah es sehr komisch aus. Aber zum Lachen war keine Zeit. Wir näherten uns Cliff und Cemre durch die Menge, und jetzt, jetzt waren wir ganz nah – sie tanzten direkt hinter meinem Rücken. Die Musik war nicht so laut, dass man nichts hörte, dies war keine Disko.

»Tatsächlich«, sagte Cliff. »Du dachtest, ich sei tot. Deshalb hast du meine Nummer weggedrückt.«

»Nein! Ich wusste nicht, dass du … ich drücke die meisten Anrufe weg. Die Arbeit … Ich kann mir Nummern nicht gut merken.«

»Schlecht für jemanden, der forscht.«

Sie tanzten von uns weg, und wir hörten nichts mehr, aber die Bissigkeit der Worte klang noch in mir nach.

»Das geht schief«, sagte ich zu Margarete, und sie nickte, und dann waren wir wieder nah genug herangekommen.

»Warum mein Hemd?«, fragte Cemre, mit einer Stimme, zitternd wie die eines jungen Mädchens. Nicht zwanzig. Zwölf. »Du musst ein Kind gewesen sein, als du mir dieses Hemd geklaut hast … warum hast du es zurückgeschickt? Was bedeutet …« Sie brach ab. Das Paket. Natürlich. »War das eine Art, mir Schuldgefühle einzureden? Es … war nicht echt, oder?«

»Doch«, sagte Cliff. »War es. Ich habe dieses Hemd getragen. Verstehst du? Als Kind nicht, als Kind habe ich es nur angesehen und daran gerochen. Es muss dir zu groß gewesen sein, oder? Im letzten Jahr, passte es mir. Warum es so aussah … Das waren die Amis. Die dir so gerne Geld für Forschungszwecke geben. US-Army-Bomben. Drei Stück, sie sind auf eine Schule gefallen. Nur falls es dich interessiert.«

»Aber jetzt bist du raus da«, sagte Cemre.

»Ja. Ich bin hier.«

»Warum bist du zurückgekommen?«, fragte sie. »Um abzurechnen? Mit mir? Du bist immer gekommen, um irgendetwas zu zerstören.«

»Nein«, sagte Cliff sanft, »ich bin nie gekommen, um etwas zu zerstören. Ich wollte immer etwas heil machen. Und bleiben. Ich war ein dummes Kind. Und ich habe immer nur unwichtige Dinge kaputtgemacht. Nippes. Die wichtigen Dinge zwischen uns hast alle du zerstört, du hast mir keine übrig gelassen.« Er sagte all das mitten in Rhythmus und Musik ohne zu stocken, er musste sich diese Worte lange zurecht gelegt haben.
Aber dann sagte er etwas Unerwartetes. »Ich wünsche mir, dass es anders wird«, sagte er. »Es ist doch sowieso alles kaputt. Wir könnten also aus dem Nichts neu anfangen. Du könntest mir von deiner Arbeit erzählen. Vielleicht verstehe ich sie jetzt. Und ich könnte dir vom Malen erzählen.«
»Ja. Vielleicht … verstehe ich es jetzt«, murmelte Cemre weich.
Die Musik veränderte sich, wurde langsamer, melancholischer, und Margarete drückte sich gegen mich und sah zu mir auf. Es wird doch alles gut, sagte ihr Blick.
Wir drifteten in der Strömung der Töne wieder ein wenig weg von Cliff und Cemre, und ich sah, wie er sie in die Arme nahm. Sie waren ein schönes Paar.
Er schien noch etwas zu sagen. Etwas Wichtiges.
Und da machte sie sich von ihm los, ganz plötzlich, floh vor ihm, an uns vorbei.
»Doch, ich weiß es!«, rief sie, erschreckend laut, so dass sich eine Menge Köpfe nach ihr umdrehten. »Ich weiß, was du getan hast! Solche Dinge können nicht vergeben werden!«
Dann stand sie wieder neben ihrem Mann, zitternd. Margarete zog mich zu Cliff hinüber.
Er stand mit hängenden Armen auf der Tanzfläche und sah durch uns hindurch.
»Aber ich habe es doch noch gar nicht getan«, sagte er, wandte sich ab und verschwand, floh ebenfalls, durchs Gedränge der Aneinandergeschmiegten.

Wir fanden ihn erst später wieder.
Eine Diavorführung schlüpfriger Kunstwerke, mehrere Getränke und ein albernes Gesellschaftsspiel später.

Er saß an der Barwie aus dem Nichts aufgetaucht, und zeichnete. Seine Striche waren schnell, der weiche Bleistift in seiner Hand ständig in Bewegung, und ich dachte wieder an die wilden Kreidestriche im Hof.
Ich hatte Margarete in diesem Moment verloren, und ich trat allein hinter Cliff und sah ihm über die Schulter. Er nickte, als bestätige er meine Anwesenheit. Neben ihm auf der Theke stand ein Glas Mineralwasser mit einer Scheibe Zitrone.
Und um uns wirbelte die ganze Dekadenz der Zwanzigerjahre. Die Dekadenz des Beginns dieses Jahrtausends, das es sich sogar leisten konnte, für einen Abend eine andere Zeit heraufzubeschwören.
Ich folgte Cliffs Blick, wenn er zwischendurch aufsah. Sein Modell ansah. Seine Modell*e*. Sie hatten ihn nicht bemerkt, da saßen vier oder fünf Leute zwischen ihnen und Cliff, sein Blick reichte durch die Materie der trägen Körper. Die beiden, die Cliff malte, waren Cemre und ihr Begleiter.
Sie unterhielten sich; er rauchte, sie trank aus einem Champagnerglas.
Ihre Gesichter waren sofort zu erkennen. Doch die Maler der Wände waren in Cliffs Stift gekrochen, BeckmannGroszDix: Die Perspektiven des Raums hatten sich kubistisch verzerrt, und in die Gesichter kroch eine schonungslos ehrliche Hässlichkeit. Aber da war noch etwas.
Er malte sie nackt. Er ließ Cemre nur die dunkel gemalten Schatten um die Augen, die aufwendige Frisur, den Schmuck. Den Rest riss er ihr mit dem Zeichenstift vom Leib. Auch der Mann neben ihr trug auf dem Papier keine Kleider mehr. In einer Hand hielt er die Zigarette, die Zweite lag auf Cemres rechter Brust. Sie selbst hielt noch immer das Sektglas, aber mit der anderen fasste sie ihm auf dem Bild zwischen die Beine, gierig, den Mund halb offen; man sah ihre Zungenspitze, die über die geschminkten Lippen fuhr.
Das Bild war beunruhigend gut.
GroszDixBeckmann.
Inzwischen hatte sich eine ganze Menge Leuteum Cliff versammelt und sah ihm beim zu, manche lachten leise, manche pfiffen anerkennend durch die Zähne. Ich hörte sie fragen, wo man diesen Künstler gefunden hätte, es wäre erstaunlich … Sie glaubten, die Bohème Sauvage hätte ihn

engagiert. Er ignorierte sie. Und dann zog er den letzten Strich und legte das Bild auf die Theke.

Ich hörte nicht, was er zu dem Mann hinter der Bar sagte, es ging im Klatschen der Leute unter.

Der Barkeeper nahm das Blatt, kam um die Theke herum und hängte es mit ein paar Streifen Tesafilm zwischen die gerahmten Drucke der Zwanziger.

Da hing es, echter als sie: ein Original.

Und jetzt, endlich, merkten auch die beiden, die gezeichnet worden waren, das Bild.

Sie standen in der Menge und starrten. Man zeigte auf sie. Ein glücklich obszönes Kichern breitete sich aus; ein Mädchen mit Zylinder und schwarzer Fliege rief: »Jetzt uns! Mal uns!« Sie schlang den Arm um ihre Begleiterin und küsste sie ausgiebig auf den Mund. Da trat der Mann an Cemres Seite vor und packte Cliff am Kragen.

»Du weißt etwas zu genau, wie sie aussieht, wenn sie nackt ist«, sagte er in die plötzliche Stille. Ich sah Cemre zusammenzucken. In ihrem Gesicht zeichneten sich unter der Schminke rote Flecken ab.

»Hat sie dir nicht gesagt, dass ich ihr Sohn bin?«, fragte Cliff. Er wehrte sich nicht, stand nur da.

»Etwas zu genau für einen Sohn, der selten da war«, sagte der Mann. Und da bemerkte ich das große Muttermal, das Cemre auf dem Bild an der Oberschenkelinnenseite trug. Die leichte Asymmetrie der Brüste. Das Muster des Schamhaars. Vielleicht war sogar die Haltung ihrer Hand typisch, zwischen den Beinen des Mannes auf dem Bild.

Er warf er Cemre einen Blick zu, der zwischen voyeuristischem Interesse und Abscheu schwankte, dann schlug er Cliff mit der Faust ins Gesicht. Cliff duckte sich vor dem zweiten Schlag weg, wehrte sich aber nicht, und ich dachte: Er ist ich, wir haben doch noch die Seiten getauscht. Sonst war immer ich es, der sich nicht gewehrt hat, weil er glaubte, im Recht zu sein. Der dritte Schlag fand nicht mehr statt.

Der Barmann und zwei andere vom Hackendahl gingen dazwischen.

Sie begleiteten den Mann, der namenlos geblieben war, höflich aber bestimmt hinaus. In der Tür sah er sich um, und sein Blick ohrfeigte

Cemre. Sie folgte ihm kuze Zeit später, verschwand hinaus in die Novembernacht, wo es zu regnen begann, in einem zu dünnen Mantel. Der Regen würde ihre Schminke verschmieren, diesen Versuch, doch noch am Leben und der Liebe teilzuhaben und nicht nur für ihre Karriere zu leben. Ihre Askese der Vergangenheit glich der ihres Sohnes jetzt, ohne dass sie es wusste.

»Ein Kind vergisst nicht, wie seine Mutter aussieht«, sagte Cliff leise. Aber alle hörten ihn.

Wie er da stand, mit blutender Lippe, eine Platzwunde unter dem linken Auge, war er eindeutig der Gewinner der Schlacht. Der einsame Held. Das Blut rann von seiner Lippe auf das gestärkte weiße Hemd, und ich erinnerte mich an ein anderes Hemd, eines mit blauen und weißen Streifen, das in einem Paket gewesen war.

Eine der perlenbesetzten Frauen trat zu Cliff und tupfte ihm mit einem Taschentuch die Lippe trocken, und er ließ es geschehen.

»Wie viel willst du haben für das Bild?«, fragte irgendwer.

»Nichts«, sagte Cliff, riss es von der Wand und faltete es sorgfältig zweimal. Dann holte er ein Feuerzeug aus der Tasche und hielt die Flamme an eine Ecke des Papiers. Das Bild verbrannte innerhalb von Sekunden in seinen Fingern zu Asche, während ein entsetztes Stöhnen durch die Menge lief. Cliff ließ den letzten glimmenden Rest fallen und trat ihn aus.

Und damit endete die Stille wie ein Zauber, die Leute redeten wieder durcheinander, ein paar redeten auf ihn ein, wollten sich unbedingt malen lassen, jemand machte die Musik wieder an, deren vorübergehende Abwesenheit mir erst jetzt auffiel.Gläser wurden nachgefüllt, ein Tanzspiel im Keller angekündigt. Cliff wehrte alle Angebote ab, drängte sich zur Theke durch und ließ sich auf einen Barhocker fallen.

Von irgendwoher tauchte Margarete auf und stellte sich hinter ihn. »So«, sagte sie. »Hast du jetzt, was du wolltest?«

Ich trat zu ihnen, und Cliff sah zu mir auf und nickte nur. »Alain.«

»Ich meine: Herzlichen Glückwunsch«, fuhr Margarete fort. »Keine physische Gewalt. Du hast sie trotzdem fertig gemacht. Wolltest du sie deshalb sehen?« Sie klang bitter. Sie war eine Frau, wie Cemre.

Cliff schüttelte langsam den Kopf. »Ich wollte sie sehen, um … meinen

Frieden mit ihr zu machen«, sagte er leise, was nach einem Zitat aus einem Cowboyroman klang, doch niemand grinste. »Tja, sieht so aus, als wären das keine Zeiten für Frieden«, sagte er dann. »Die Zwanzigerjahre, was. Sie fangen demnächst wieder an ... noch fünf und wir haben wir 2020.« Er lachte. »Danach kommen die Dreißiger.«
»Wiederholt sich denn alles?«, fragte ich leise in das Glas hinein, das ich in der Hand hielt.
»Vielleicht sind die Kriege andere«, murmelte Cliff. »Sie werden andere Namen haben.«
Und dann gingen wir tanzen, wir nahmen Cliffs Lachen und Margaretes bittere Vernunft und meine Verzweiflung mit, oder vielleicht war es mein Lachen und Cliffs Verzweiflung, nur Margarete würde immer vernünftig bleiben. Wir tanzten zu dritt, mischten uns unter die Auswüchse der dekadenten Jahrzehnte. Auf einem Bildschirm unter der Gewölbedecke liefen alte Wochenschau-Ausschnitte ohne Ton. Demonstrierende Arbeiter auf den Straßen, ein Großbrand, eine tanzende Menge in einem Saal.
»Schau«, sagte Margarete und wies nach oben »Das ist von jetzt.«
Sie hatte recht, die alten Bilder über den Tanzenden waren den Nachrichten von 2015 gewichen.
Demonstrierende Spaziergänger mit Transparenten gegen die Überfremdung eines weitgehend unbekannten christlichen Abendlandes. Das Gesicht eines hasserfüllten Rednersauf einer Tribüne.
Panzer mit schwarzen Flaggen auf staubigen Pisten. Das Gesicht eines vollbärtigen Predigers, der der Welt erklärte, wie bald sie von seinesgleichen beherrscht werden würde.
Rennende Menschen in den Straßen einer Großstadt, vermummte Polizisten, Vielleicht Damaskus. Obwohl die Schutzanzüge der Polizisten beinahe europäisch aussahen. Die Ukraine?
Ich sah nicht mehr hin. Keiner der Tänzer sah mehr hin.
Wir tanzten. Und ich war nicht nüchtern, ich war der am wenigsten nüchterne Mensch der Welt. Ich spürte Cliff neben mir, sehr nah.
Schließlich fielen wir auf ein Sofa in einer eher dunklen Ecke des Kellers, zu dritt Margarete saß rechts, ich saß links, Cliff saß in der Mitte.

»Alles das«, sagte Cliff, »wird nicht mehr lange existieren.« Er nickte zu den Leuten hin, den Gläsern, dem bunten Licht.

»Was kommt danach?«, fragte Margarete müdeund legte ihren Kopf an seine Schulter.

»Die Apokalypse«, antwortete Cliff, nicht unheilvoll, auch nicht sarkastisch, sondern ganz selbstverständlich. »Ich habe nie mit Cemre geschlafen. Es ist abwegig.«

Ich legte meinen Kopf an seine andere Schulter. »Keiner hat das gesagt.«

»Doch. Ihr Typ. Ich bin der, dem jeder alles zutraut.«

»Werd nicht größenwahnsinnig«, wisperte Margarete. Und sie legte eine Hand an Cliffs Wange, drehte sein Gesicht zu sich und küsste ihn. Lange. Ich blieb sitzen, wo ich saß, an ihn gelehnt; die Welt würde ohnehin untergehen.

Margarete nahm meine Hand, über Cliff hinweg, und Cliff löste sich sachte von ihr.

Er hatte die Augen geschlossen, er sah seltsam konzentriert aus als müsste er sich sammeln. Oder als könnte er, wie ein Kleinkind, aufhören für den Rest der Menschheit sichtbar zu sein, wenn er sie nicht sah. Ich schloss ebenfalls die Augen. Wir konnten, dachte ich, gemeinsam unsichtbar werden. Ich spürte das Zittern in seinem Körper, es war wie Schüttelfrost, wie Fieber, es griff auf mich über

Und auf einmal spürte ich Cliffs Lippen auf meinen, spürte den Riss in der Unterlippe, die wieder zu bluten begann. Ich weiß nicht, wer sich wem zuerst genähert hatte. Ich schmeckte sein Blut, fühlte das zaghafte Tasten seiner Zunge, fühlte, wie er zögerte, innehielt, nicht wusste, ob dies richtig war. Wie er all dies, während er versuchte sich hinzugeben, bereits verdammte.

Lass dich fallen, wollte ich Cliff sagen. *Es ist okay. Du brauchst nicht nachzudenken.*

Keine Askese. Keine Prinzipien. Gesetze. Verbote. Regeln. Und bitte, bitte keine Koransprüche.

Du kannst morgen sagen, du wärst betrunken gewesen.

Eine kurze, feuerwerkartige Explosion von Glück brannte in meinem Kopf. Ich war unsichtbar, Margarete hielt meine Hand, die Welt bereitete

sich zwischen den Flaggen der Demonstranten und Kämpfer auf ihren Untergang vor, und ich küsste den Menschen, den ich liebte.
Wider alle Vernunft.

Cliff fuhr den Roller zurück durch die abgründige Berliner Nacht.
Die Lichter brannten in meinen Augen, und die Kälte des Windes war nicht für Zwanzigerjahrejacketts gemacht.
Wir saßen alle drei zusammen auf dem Roller, Cliff vorne, Margarete hinten, ich in der Mitte, eng und verboten. Aber wir hatten Glück, in dieser Nacht hatten wir Glück.
Margarete umarmte uns beide, ehe sie ihre Wohnungstür aufschloss.
Cliff und ich sprachen kein Wort über den Kuss auf dem Sofa. Wir stolperten in die stille Wohnung im zweiten Stock, wo meine Eltern längst schliefen, und in unsere getrennten Betten. Er sah mich nicht an.
Als ich mich im Bett ausstreckte, dachte ich noch, dass ich ihm in meinen Träumen begegnen konnte, niemand kontrolliert deine Träume. Ich träumte einen Garten, ein Paradies, grün und golden.
Als ich Cliff dort fand, kniete er in dem geliehenen Smoking neben einer sprudelnden Quelle und kühlte seine Hände und sein Gesicht unter ihrem Strahl. Doch das Wasser der Quelle war kein Wasser.
Es war Blut,

Als ich am Morgen aufwachte, war das Gästebett sorgfältig gemacht und leer.
Es war der 14. November.
Am Küchentisch saß Henri vor seinem Laptop, sehr ungekämmt und übernächtigt.
»Alain«, sagte er und sah nur kurz auf. »Es ist Krieg. Krieg gegen die Zivilisation. Hundertdreißig Tote in Paris.«

Als ich die ersten Bilder von Paris sah – als ich begriff, dass ich sie schon gesehen hatte, nachts, auf dem Bildschirm über der Tanzfläche – da sah ich zugleich auch wieder die Vergangenheit vor mir. Den noch nicht ganz siebzehnjährigen Alain, der im Garten der kleinen Moschee saß und

zeichnete, an diesem Tag nur Blüten und Ornamente. Er saß nicht alleine dort.
Und in den Zweigen über den beiden jungen Malern sang ein unsichtbarer Vogel ein Lied voller Geheimnisse.

Es war seltsam, nach all diesen Jahren waren sie wieder bei Blüten angekommen. Blüten war das Erste, was sie gemalt hatten, damals, als Kinder im Hof; die Blumen aus den sorgsam gepflanzten Hinterhofbeeten von Margaretes Mutter.
Die Blüten, die sie jetzt zeichneten, waren ungleich filigraner und komplizierter, und die Pflanzen, die über das Papier krochen, beunruhigend menschlich.
Eine Weile hatten sie sich mit den Berliner Malern vergangener Jahre auseinandergesetzt, blütenlose Maler, das war die Otto-Dix-Zeit gewesen, aber dann hatte Cliff begonnen, Pflanzen zu zeichnen, und Alain folgte ihm, fasziniert von den verschlungenen Wesen, die seine Gärten hervorbrachten.
Im Garten der Moschee war der Herbst eingekehrt.
Die Welt hatte sich verändert.
Durch die Nachrichten marschierten seit dem Spätsommer ab und zu schwarze Flaggen, und das Wort Islam hatte den Beigeschmack des Islamismus bekommen, wogegen sich die Gemeinde der kleinen Moschee entschieden wehrte. Alain erinnerten die Flaggen der Islamisten im Syrienkrieg immer an die Fahnen der Rechten auf den Demos, ihre schwarze Kleidung an die Kleidung der schwarzen Blocks auf linker oder rechter Seite.
Cliff war vor zwei Monaten konvertiert, obwohl er so lange gesagt hatte, er würde es nicht tun. Und er versuchte, mit dem Rauchen aufzuhören. Alain fragte ihn, ob es wegen Gülay war, er sah Cliff jetzt häufiger mit ihr, aber Cliff lächelte nur und sagte: »Die Mauern. Du weißt schon. Die einen schützen. Die Regeln. Es ist deswegen. Es ist … eine ganz neue Erfahrung.«
Alain kam manchmal an den Freitagen zur Moschee und wartete auf Cliff.

An den Wochentagen ging Cliff zu seiner Lehrstelle, er achtete darauf, nie zu fehlen, selbst, wenn er krank war. Er besaß auf einmal ein geregeltes Leben, geregelter als das von Alain, er lebte in seinen Schutzmauern und schien endlich, nach so langer Zeit, einen Weg gefunden zu haben. All diese unkanalisierte Energie, die ihn früher unruhig durch die Stadt getrieben hatte, die Energie, die sich immer wieder in Gewalt entladen hatte, steckte er jetzt in den neuen Glauben. Er las viel. Er hatte andere Freunde als früher, ernste Freunde, mit denen man über Philosophie sprechen konnte. Sie waren höflich, zurückhaltend und leise. Und Alain sah ihn leuchten, von innen heraus, er sah, wie etwas in Cliff aufblühte.
Es war merkwürdig, ihn beten zu sehen. Alain war ein paarmal dabei gewesen, hatte still am Rand gestanden, in respektvollem Abstand, und versucht, die Macht in dem Bewegungsmuster zu spüren, in den Worten, dem Knien und Aufstehen und Heben der Hände. Er sah sie nicht.
Für ihn blieben es leere Turnübungen, und er musste sich zusammenreißen, um nicht über Cliffs Ernst zu lachen, es wirkte so absolut abstrus, wie der Mensch, der einen Teil seines Lebens durch Straßen marschiert war, Steine geworfen und Parolen geschrien hatte, der Mensch, der seine Fäuste nie unter Kontrolle gehabt hatte, auf einem Teppich kniete und völlig versunken fremde Worte murmelte.
Er lernte sogar arabisch. Ein paar Floskeln brachte er Alain bei.
Und dann kam also der Herbst, es wurde kühler, und sie saßen im Garten und malten Pflanzen. Sie sprachen lange nicht, die Ranken und Blätter krochen übers Papier und verhedderten sich ineinander, und Alain sah Gesichter in ihnen, verborgene Monster, aber Cliff schüttelte den Kopf.
»Keine Gesichter«, sagte er bestimmt. »Ich male keine Gesichter mehr.«
»Warum?«
Cliff zuckte nur die Schultern und zeichnete weiter, aber er wandte Alain den Rücken zu, und zum ersten Mal in dieser neuen, helleren Zeit, hatte Alain das Gefühl, ihn zu verlieren. Er spürte, wie Cliff von ihm wegglitt, langsam aber unaufhaltsam, und er sagte: »Wenn ich beispielsweise auch konvertieren würde. Nur so, als Gedankenspiel.«
»Du?«, fragte Cliff, drehte sich um und sah ihn an.
»Ja. Ich meine, es ist nicht mein Plan, aber wäre dann etwas anders?«

Cliff zögerte. »Das ist keine Option«, sagte er schließlich. »Im Islam gibt es keinen Platz für dich.«
»Warum?«, fragte Alain.
Cliff musterte ihn eine Weile aufmerksam. »Jungs«, sagte er dann. »Du stehst auf Jungs.«
»Nicht unbedingt ausschließlich.«
»Du müsstest das aufgeben. Es ist verboten im Islam. Es ist … unnatürlich. Nicht so gewollt von Gott. Die Liebe ist dazu da, dass der Mensch sich vermehrt.«
Alain lachte. »Gülay würde sagen: Mittelalter.«
»Gülay und ich«, sagte Cliff leise, »sind nicht unbedingt immer einer Meinung.«
»Aber …« Alain lachte noch immer, das Lachen schien von ihm Besitz zu ergreifen wie ein giftiges Gas. »Sie hat doch recht! Solche Sachen sind … historisch. Früher hat das vielleicht Sinn ergeben … oder auch nicht … Ich meine, die Moslems, die heute leben … Erzähl mir jetzt nicht, es gibt in Berlin keine schwulen Moslems.«
»In Berlin vielleicht«, sagte Cliff und wandte sich seinem Bild wieder zu, und Alain dachte, dass er im Geiste nicht mehr in Berlin war. Aber wo war er?

Der Winter kam, und im Januar schneite es.
Coco hängte sich in die Flüchtlingssache, und Alain und Henri begannen zu helfen, es gab viele jetzt, die kamen, aber immer noch mehr, die im Mittelmeer blieben. Wenn Alain sie für Kleidung und Essen anstehen sah, wenn er die Kopftücher der Frauen ansah, dachte er an Cliff und an den Garten der Moschee, in dem der Vogel jetzt nicht mehr sang und die beunruhigend verschlungenen Pflanzen unter einer weißen Decke verborgen lagen. Diese Menschen, dachte er, beteten auf dieselbe ihm unverständliche Weise. Für Alain wurde Cliff zu einem der ihren, er glaubte manchmal, er sähe ihn in der Schlange stehen.
Margarete sagte ihm, dass das Unsinn war und dass man Moslem nicht mit Flüchtling gleichsetzen konnte, immerhin gab es X Tausend Moslems in Berlin, die hier geboren waren.

Sie sahen Cliff nur noch selten. Er hatte kaum noch Zeit, er jobbte bei McDonalds, wenn er nicht für seine Lehrstelle arbeitete, und am Freitag ging er von der Moschee aus zu irgendwelchen Treffen. Alain gab es auf, auf ihn zu warten. Es ist der Winter, sagte er sich, es geht vorüber. Im Frühjahr hat er genug Geld verdient und genug von theoretischen Gesprächen über Philosophie und Glauben.

Margarete hatte wieder einen Freund, Jan-Philipp aus der Musikschule, wo sie seit kurzem tanzte.

An einem Tag Mitte Januar sah Alain vom Fenster aus, wie sie ganz alleine im Hof einen Schneemann baute, und er ging hinunter, um ihr zu helfen.

»Wo steckt dein Jan-Philipp?«, fragte er, und sie sagte: »Baut keine Schneemänner. Kindisch.«

»Warum hast du ihn?«, fragte Alain und steckte das gelbe Plastikhütchen eines alten Silvesterknallers als Nase in den Kopf des Schneemannes.

Margarete machte Augen aus zwei Hustenbonbons, die sie in ihrer Tasche fand. »Es ist gut, jemanden zu haben. Nicht allein zu sein. Nicht zu sehr an jemanden zu denken, den man sowieso nicht haben kann.«

»Du könntest es versuchen.«

»Nein. Er ist schon wieder aus unserer Welt gefallen.«

»*Er* würde den Schneemann mit uns bauen.«

»Möglich«, sagte Margarete, löste ihr weiches, grün in grün gemustertes Seidentuch, dessen Muster Alain an die verschlungenen Blätter der Sommerzeichnungen erinnerte, und band es dem Schneemann um den Hals.

Dann ließ sie sich sich in den Schnee fallen und sah zum Himmel über dem Hof hinauf.

Alain ließ sich neben sie fallen. Der Schnee war kalt und drückte sich durch seine Jeans, und der alte Parker, den er wieder trug, fühlte sich wenig wasserdicht an.

»Der Himmel«, sagte Margarete, »hat exakt die Farbe von deinen Augen.«

»Ich hätte lieber andere Augen«, sagte Alain.

»Wenn es dunkel wird, ist es die Farbe von Cliffs Augen«, sagte Margarete.

»Kitschig«, sagte Alain.

Sie rollte sich im Hofschnee auf den Bauch, so dass ihr Gesicht vor dem augenblauen Himmel auftauchte, und betrachtete ihn eine Weile nachdenklich an. »Hol ihn zurück«, flüsterte sie.

»Vom Islam?« Alain lachte. »Rassist.«

»Ich glaube eigentlich nicht«, sagte Margarete leise, »dass es der Islam ist.«

Im Februar besuchte Alain Cliff das erste und einzige Mal bei McDonalds.

Draußen lag Schneematsch, die Luft war schneidend kalt, und die Lichter der Kaufhäuser spiegelten sich in schwarzen Pfützen. Es war kurz vor zwölf Uhr nachts, Freitag, und der Andrang im McDonalds war noch immer groß. Selbst das februarkalte Berlin lockte genug Touristen aus aller Welt an, selbst in einer Februarnacht gingen Menschen auf Partys und vorher oder hinterher zu McDonalds, und Alain saß eine ganze Weile mit einem Kaffee, der nach Tee schmeckte, in einer der Plastiknischen an einem Plastiktisch und wartete. Ein Typ mit einer lächerlich großen Goldkette und gegeltem schwarzem Haar hatte Alain den Kaffee eingeschenkt, Cliff, der neben ihm arbeitete, schien ihn zu kennen, er sah aus wie ein Südländer aus einem klischeebehafteten Achtzigerjahrefilm. Aber als Alain ihn einmal telefonieren hörte, sprach er eine Sprache, die kein italienisch war. Alain vergaß den Typen wieder.

Er saß da und zeichnete und trank noch zwei Tassen Kaffee, ein Umstand, der ihn zwischendurch auf die Toilette trieb, wo man unter dem blauen Licht seine eigenen Venen nicht sah. Nicht mal mehr Berlin war junkiefreundlich. Die Wände waren voller hässlicher Schriftzüge, mit Edding rasch hingemalt. Aber ganz am Rand, neben den verstopften, mit Klopapier verzierten Pissoirs wuchs eine Ranke an der Wand empor, die vielleicht aus einem spätsommerlichen Paradiesgarten stammte. Oben zwischen ihren Blättern fand Alain einen winzigen Vogel, kaum größer als sein halber Daumen. Er hörte ihn singen.

Er kehrte zurück ins Chaos aus allen Sprachen und allen Sorten von Plastikmüll und zeichnete weiter, zeichnete die Gesichter der nächtlichen Stadt.

Um halb drei ebbte der Andrang ab. Cliff wischte sich die Hände an seiner Schürze ab, sprach kurz mit dem Goldkettentypen und kam dann zu Alain herüber. Er stellte zwei Pappbecher mit Kakao auf den Tisch.

»Genießbarer als der Kaffee«, sagte er und setzte sich Alain gegenüber.
»Also?«
»Was also?«
»Warum bist du hier?«
»Nur so. Ich wollte dich sehen.«
Cliff nickte, trank einen Schluck und sagte: »Und sonst?«
»Sonst, Schule. Und ein-, zweimal die Woche irgendwelche Aktionen mit den Flüchtlingen, die jetzt alle kommen. Coco hängt sich da rein, und eigentlich ist es ihr Ding, aber ich versuche auch zu helfen. Leute irgendwo hinfahren. Zu Ämtern begleiten. Sachen erklären. Es ist gut. Sinnvoll.« Er machte eine Pause und überlegte, wie er dorthinkommen sollte, wo er hinwollte.
»Warum gehst du nicht mit? Bei unserer Runde durch die Flüchtlingsheime? Du hättest einen Draht zu ihnen. Gleicher Glauben.«
Cliff wiegte den Kopf. »Nein«, sagte er nach einer Weile. »Coco würde es nicht wollen. Das Letzte, was sie von mir weiß, ist, dass ich in der Klapse war, weil ich dich verletzt habe.«
»Unsinn. Das Letzte, was sie von dir weiß, ist, dass du dein Leben neuerdings auf die Reihe kriegst. Ich spreche manchmal mit meiner Mutter.« Er merkte zu spät, was er gesagt hatte.
»Ja, wahr«, sagte Cliff. »Ich nicht.«
»Was sagt sie denn dazu, dass du jetzt zur Moschee gehst und alles?«
»Nicht viel. Ich glaube, sie denkt, es stimmt nicht. Ihre Eltern waren vor einer Weile da, und sie hat mich tatsächlich mit meinem Großvater in die Moschee geschickt. Nur, dass er in Berlin in eine andere Moschee wollte als die, in die ich gehe. Und dann standen wir da nebeneinander und waren uns fremd. Wie immer. Falls es eine Art Prüfung war, habe ich sie wohl bestanden, er hat gesehen, dass ich alles kann, was ein Moslem können muss. Er sah aus, als wäre er selbst schon lange nicht mehr in einer Moschee gewesen.« Cliff zuckte die Schultern. »Ich habe ihm nichts zu sagen. Und ich habe sie gefragt. Warum sie nie zur Moschee geht. Ob sie je daran gedacht hat, einen Hidschab zu tragen. Sie hat gesagt, das ist verrückt, und wir leben in Deutschland, und sie hat keine Zeit für Diskussionen.«
»Sie hat nie Zeit«, sagte ich.

»Die … Flüchtlinge. Aus Syrien«, sagte Cliff nach einer Weile. »Warum ich nicht mit dir mitgehe … Es hat noch einen Grund. Viele sagen, es ist nicht richtig, dass sie hier sind.«

»Die Montagsspaziergänger. Natürlich. Aber du bist nicht mehr …«

Cliff schüttelte den Kopf. »Die meine ich nicht. Andere Muslime sagen es. Ein Muslim soll in einem muslimischen Land leben, es steht so geschrieben. Die, die hier sind, hätten bleiben sollen und helfen, den Krieg zu beenden. Abdelkhamid. Der, der mit mir hier arbeitet. Er … ist ein Freund geworden. Und ich habe einen anderen kennengelernt, über ihn, einen, der Familie da hat. Im Krieg. Die Cousins und Cousinen von dem gehen seit zwei Jahren nicht mehr zur Schule. Ich meine, es gibt keine Schulen, wo sie leben. Alles kaputt. Wenn die Leute weglaufen, statt gegen das Regime zu kämpfen, dann ist Sham irgendwann leer.«

Sham. Alain kannte den Begriff. Es war der arabische Ausdruck für die Levante. Großsyrien. Ein Land, dass es lange nicht mehr gab, ein Land aus einem Märchen. Ein Land, in dem vielleicht kleine Vögel in Pardiesgärten sangen, in Oasen mitten im Staub der Wüste.

Ein Land, dass es nur auf der Landkarte einer Gruppierung gab: des Daisch. Des Islamischen Staats, der versuchte, es zu erobern. Alain hätte es vielleicht nicht nachgelesen, wenn er nicht bei den Flüchtlingshelfern gewesen wäre.

Aber da war noch ein Satz, der seltsam schmeckte: Ein Muslim soll in einem muslimischen Land leben.

»In diesem Fall müssten alle Muslime aus Deutschland auswandern«, sagte Alain. »Und aus Frankreich. Belgien. England …«

»Ja«, sagte Cliff.

Dann sagte lange keiner von ihnen etwas. Alain trank seinen Kakao, der ungenießbar süß war, und sah eine Weile aus dem Fenster in die Nacht, durch die unübersichtliche Gruppen von Schattengestalten zogen.

»Schau dir den ganzen Konsumscheiß hier an!«, flüsterte Cliff plötzlich und machte eine ausladende Handbewegung. »Die Welt ist aus farbigem Plastik, und sie ist amerikanisch. Wir kaufen ständig Sachen für wenig Geld und werfen sie weg, wenn sie kaputt sind … Kleider, Geschirr, Möbel, DVDs mit sinnlosen Filmen, was weiß ich. Und die Leute kommen hierher und essen irgendwelches Zeug, von dem sie nicht wissen, was überhaupt drin ist. Hauptsache Geschmacksstoffe. Es ist alles eine große Party aus heißer Luft, nichts dahinter, ein paar Luftballons und ein paar Luftschlangen, es ist jeden Tag Silvester. Grell und laut und fettig und gezuckert. Keine Regeln. Alles ist erlaubt. Jeder mit jedem und auf jede Weise. Und jeder gegen jeden, jeder ist sich selbst der nächste. Sogar die Beziehungen sind voll von künstlichem Farbstoff. Diese Welt ... der ganze Westen ... ist hohl. Ohne Seele. Fühlst du das nicht?«

Das Dunkelblau seiner Augen glühte, und er hatte sich über den Tisch gebeugt und war Alain ganz nah. Als wollte er ihn packen und schütteln.

»Es gibt doch eine Menge Anderes«, begann Alain zögernd. »Leute, die anderen helfen. Die sich Gedanken machen. Nimm uns und die Flüchtlinge. Und ... ich meine, der Koran und alles ... Cliff. Du glaubst diesen ganzen Scheiß nicht wirklich!«

Er bereute das Wort, aber Cliff zuckte nur leicht zusammen.

»Es wäre schön, wenn man irgendetwas wiedergutmachen könnte. Für später«, sagte er. »Vielleicht glaube ich deshalb. Kapierst du, für die Zeit, in der abgerechnet wird Ich habe wahrscheinlich sehr viel mehr Leute fertig gemacht, als du denkst.«

»Und du glaubst, wenn du jetzt fünfmal am Tag betest, *das* hilft?«

»Nein«, sagte er mit einem Lächeln. »Das wird nicht reichen.«

Dann stand er auf und nahm die Pappbecher vom Tisch. »Ich muss weiterarbeiten«, sagte er. »Meine Schicht geht noch bis fünf.«

Er nickte nur, und Alain sah ihn hinter der Theke verschwinden, zwischen Türmen von Plastikbesteck und Styroporschalen. Mitten im Zentrum des Grellen, Lauten, Fettigen, Gezuckerten. Das Geld der Grellen und Lauten nahm er offenbar, damit gab es kein Problem.

»Ich kann ihn nicht zurückholen«, sagte Alain zu Margarete.

Margarete nickte nur. Sie hatte es geahnt.

Der Schneemann war längst geschmolzen, seine Augen und seine Nase lagen einzeln im Hof und waren nichts als Müll.

Als der Frühling kam, folgte Alain Ricki, der erzählt hatte, er würde sich endlich mit seinem Sohn treffen.
Ricki merkte nicht, dass Alain ihm nachging.
Er folgte ihm bis zum Mauerpark, und er dachte daran, wie sie früher hier gemalt hatten.
Von Weitem beobachtete er, wie Ricki auf einer Bank saß und rauchte und wartete. Als Cliff auftauchte, trug er eine großformatige, zugebundene Mappe unter dem Arm.
Er hatte begonnen, sich einen Bart stehen zu lassen, nur ums Kinn herum, es war ungewohnt. Aber er sah auch oder gerade mit dem Beginn eines Bartes gut aus. Er wirkte gesünder als vor dem Winter, muskulöser, als hätte er angefangen, irgendeine Art von Kraftsport zu machen. Er war breiter als sein Vater jetzt. Kräftiger. Er lächelte viel. Auf eine zurückhaltende Art.
Alain hörte kein Wort von dem, was sie zueinander sagten.
Ricki sah die ganze Zeit über vorsichtig aus, ein wenig wie jemand, der übers Eis geht, er gab sich Mühe, und auch Cliff schien sich Mühe zu geben. Sie sprachen eine geschlagene Stunde lang miteinander, und Alain saß oben bei der Mauer herum, wo die Sprayer das ihnen großzügig zugestandene Mauerstück so fleißig bearbeiteten wie immer, Schicht um Schicht von Farbe auftrugen, zweckfrei, bunt. Nein, dachte Alain. Nicht sinnlos. Wie konnte Farbe sinnlos sein?
Er hatte schon eine ganze Weile keinen Stift in der Hand gehabt.
Als Ricki aufstand und ging, seine über die Jahre gealterte Gestalt ein wenig krumm, ein wenig müde, selbst von hier oben aus war es zu sehen – da nahm Cliff die Zeichenmappe und wanderte mit ihr über die räudige Wiese mit ihren vereinzelten Gänseblümchen.
Alain war kurze Zeit später ebenfalls unten, stand, obwohl er sich dumm dabei vorkam, hinter einem Busch voller rosaweißer Blüten, deren Duft ihn beinahe zum Niesen brachte.
Cliff hatte eine der halblegalen Grillstellen erreicht, geschwärzte Kreise auf dem Boden, und er holte alle Bilder aus der Mappe, zog ein Feuerzeug aus der Tasche und hielt es an die Ecke des ersten Blatts. Alain befand sich nur dreißig Meter entfernt, er sah, was auf dem großformatigen Bild darge-

stellt war, es war ein Selbstportrait. Das zweite Bild brannte genauso rasch ab wie das erste, eine Zeichnung von Margarete, die im Hof stand und das Gesicht zur Sonne erhoben hatten. Eine Zeichnung von Alain, eine Zeichnung von Cliffs Mutter. Bilder von anderen Leuten, die Dix-Phasen-Bilder, die Giger-Phasen-Bilder. Lauter brennende Menschen.
Alain wollte hinrennen, ihn hindern, diese Bilder zu verbrennen, die gesammelten Arbeiten von Jahren, und sie waren alle gut, besser als seine eigenen.
Doch er blieb hinter seinem blühenden Frühlingsbusch stehen, versteinert.
Der Rauch der Bilder stieg als dünne Säule zum Himmel auf.
In Alains Kopf tauchte ein Wort auf, das er von Anfang an verabscheute, er hatte auch darüber gelesen. *Bilderverbot.* Niemand soll etwas mit einer Seele darstellen, da das hieße, sich dem Höchsten gleichzusetzen und Leben erschaffen zu wollen wie er.
Es stand nicht im Koran. Irgendwer hatte es später erfunden.
Das letzte Bild verbrannte, Cliff verbrannte auch die Mappe; am Ende griff er mit beiden Händen in die Asche, stand auf, hob die Hände über den Kopf und ließ die Asche hinunterregnen. Der Wind nahm sie mit.
Dies, dachte Alain, war das Ende eines Malers, der besser hätte werden können als alle vor ihm.
Er drehte sich um und ging nach Hause.

Alain.

Ich sitze im Hof, während ich dir schreibe. Meine Mutter steht oben am Fenster, ich weiß es, und beobachtet mich. In letzter Zeit tut sie das ab und zu.

Es wird wirklich Zeit, eine eigene Wohnung zu suchen, nichts ist schlimmer, als von Menschen beobachtet zu werden, die sich Sorgen um einen machen.

Vielleicht war es für Cliff immer so.

Ich habe dir nie erzählt, dass er zu mir gekommen ist, nachdem er die Lehrstelle verloren hatte. Er sah schlimm aus, er hatte sich mit einem anderen Lehrling geprügelt. Einem Türken.

Cliff hatte angefangen, und ich weiß nicht, wie der andere am Ende aussah, in jedem Fall hatten sie Cliff hinausgeworfen, aber der andere muss sich recht effektiv gewehrt haben. Er rief an, ehe er vorbei kam. Fragte, ob du da wärst, er würde glauben, dass nicht. Ich sagte, nein, du kämst erst abends, so viel ich wüsste, du hättest Unterricht bis um halb sechs. Meine Eltern würden um sieben kommen, und so kreuzte Cliff eine halbe Stunde später auf.

Sein Gesicht war blutig, die Lippe aufgeplatzt, das weiße T-Shirt voller Flecken, an die ich mich später, im Hackendahl, sehr erinnert fühlte, als er gewann, weil er Schläge einsteckte. Damals, im Sommer 2014, hatte er verloren, weil er selbst zugeschlagen hatte.

Ich setzte ihn im Bad auf einen Hocker und desinfizierte alle Wunden, die ich fand, und ich sagte ihm, da wäre wohl ein Messer im Spiel gewesen, und dass er Glück gehabt hatte, und er sagte, es sei sein Messer gewesen, der andere hätte das Glück gehabt. Er wirkte nicht mehr wütend, er wirkte seltsam resigniert.

»Du bist also zurück bei der Gewalt«, sagte ich. Ich hörte mich selbst, ich klang nicht nett, ich klang wie eine Lehrerin. Ich wollte nicht nett klingen.

»Aber das war gerechtfertigt«, sagte Cliff. »Du weißt, dass Ramadan ist. Dass wir nichts trinken und essen bis zum Sonnenuntergang.«

»Kluge Idee«, sagte ich, denn es war ungefähr vierzig Grad warm.

»Der Typ, mit dem ich mich geprügelt habe, hält den Ramadan nicht ein«,

sagte er. »Und er hat anfangen, sich über mich lustig zu machen. Das hält man nur eine Zeit lang aus.«
Ich klebte ein Pflaster über einen Schnitt an seiner Wange. »Und dann muss man zuschlagen. Oder ein Messer ziehen. Ja? Es gibt da das Prinzip der Verhältnismäßigkeit. Auf Stehlen steht übrigens Handabhacken. Ich lese auch manchmal Dinge nach.«
Er hob die Arme, beinahe hilflos. »Ich sage nicht, dass …«
»Am besten sagst du gar nichts«, murmelte ich.
Und ich weiß nicht, Alain, warum, aber ich konnte ihm nicht länger böse sein. Ich wollte es, aber mit Cliff war es unmöglich, du kennst das. Ich beugte mich zu ihm herunter und küsste ihn, nur ganz leicht, auf den Mund, und er zuckte zurück, und dann ging er, oder ich warf ihn hinaus, schwer zu sagen. Ich stand lange, lange am Fenster und sah ihm nach. Seiner Gestalt, die die Straße hinabging, zwischen all den anderen Menschen, so leicht zu erkennen. Er ging anders. Ihr beide. Ihr hattet immer einen anderen Gang. Als würdet ihr die Erde eigentlich nie ganz mit den Füßen berühren, als müsstet ihr euch bemühen, euch nicht aufzulösen zu einer Zeichnung, einem Phantom, einem Traum. Oder einem Alptraum.
Manchmal denke ich, dass ihr mich nie verlassen habt, weil ihr nie da wart. Das ist natürlich Unsinn. Jeder weiß, dass ihr da wart. Und wo ihr jetzt seid …
Und ich bin niemand, der sich Gedanken über Phantome hingibt. Ich bin Tischlerin, ich stelle Dinge her, die man anfassen und hochheben und sehr leicht begreifen kann. Ich bleibe mit den Füßen auf der Erde. Irgendwer muss doch bleiben, Alain.

8

Ich floh.
Wie konnte ich nicht fliehen.
Ich stand lange neben Alains Bett in dieser Nacht, ich sah ihn an, während er schlief, und ich dachte an Paris, und daran, dass Alain vor dem Morgen nichts davon wissen würde. Und stand länger dort, länger als geplant. Und vergaß Paris.
Alains helles Haar fiel über sein Gesicht, er schlief auf der Seite, zusammengerollt wie ein Tier, ich sah im Licht meiner Taschenlampe die Rundung seines Rückens, die sich deutlich unter der Decke abzeichnete. Wo hast du beim Schlafen die Flügel, die nicht sind? Hast du ihr Nichtsein gefaltet dort unter der Decke? Hast du sie, wie einen Gedanken, nach innen gekehrt? Dich in sie gehüllt, um Schutz zu finden gegen die Kälte der Wahrheiten und der Welt? Ich streckte die Hand aus und schob sein Haar beseite, ich wollte sein Gesicht sehen, noch einmal, ehe ich ging.
Ich würde nicht zurückkommen.
Ich musste den Rest der Sache durchziehen, ohne Alain zu begegnen, idealerweise ohne überhaupt an ihn zu denken. Was in der Nacht geschehen war, war schlimm genug. Ich hatte alles vergessen in diesem verfluchten Keller, auch meine Prinzipien. Ich sah meine rechte Hand, die das Haar des Schlafenden zurückgestrichen hatte, in der Luft verharren, als wollte sie sein Gesicht streicheln. Aber ich befahl ihr, es nicht zu tun. Diese Hand war zu anderem gemacht. Sie hatte sich oft genug zur Faust geballt und zugeschlagen, sie hatte Blut gespürt, hatte festgehalten, hatte eine Waffe gestützt. Ja, sie hatte auch gezeichnet, eine Schwäche, die sich in eine Stärke umkehren ließ, wenn es einen Zweck hatte, was sie zeichnete, einen Nutzen.
Aber sie war nicht dazu da, dieses Gesicht zu streicheln. Ich sah Alains geschlossene Augen mit den etwas zu langen Wimpern an, die schmale,

gerade Nase, die weichen Lippen, an deren Berührung ich mich zu gut erinnerte. Er hatte eine winzige Narbe unter dem einen Auge, an ungefähr derselben Stelle, an der ich die noch frische Erinnerung eines Faustschlags trug, und ich fragte mich, ob die Narbe von dem Tag stammte, an dem wir ihn nach der Demo fertig gemacht hatten.
Oder ob ihn später, ohne mein Zutun, noch jemand anders fertig gemacht hatte, vielleicht in dem Jahr, in dem ich fortgewesen war. Und ich spürte eine leise, heiße Wut darüber in mir aufsteigen, denn kein Fremder hatte das Recht, Alain zu verletzen. Ich hatte auch Farouk gesagt, sie sollten ihn in Ruhe lassen, ich hatte gesagt, das sei meine Sache – glaubte ich denn wirklich, das Recht läge bei mir?
Meine Hand senkte sich, kaum merklich, die Sehnsucht nach einer Berührung war so groß, dass sie mir unheimlich war, verdammt, wie machst du das nur? Du tust nichts, als dazuliegen und zu schlafen, und du ziehst mich noch immer, schon wieder, immer von Neuem auf deine Seite.
Ich zog die Hand weg und versenkte meine Zähne in ihr, bis ich mein eigenes Blut schmeckte, als wäre es die Hand, die ich bestrafen müsste.
Und dann ging ich, ich verließ die Wohnung leise, ganz leise, und stand draußen im fünf-Uhr-Morgen der Schivelbeiner Straße. Die blätterlosen Äste der Bäume sahen aus wie gezeichnet, sahen aus wie ein Labyrinth, sahen aus wie Linien auf brechendem Eis. Ich sah noch einmal zum Küchenfenster im ersten Stock empor. Ich hatte ein paar Hunderteuroscheine auf dem Tisch hinterlassen, sorgsam mit einer Klammer zusammengehalten, mit einem Zettel daran: STATT MIETE.
Geld war nicht das Problem.

Ich fuhr hinaus zu dem Ort, den ich gefunden hatte, ehe ich mit Alain gegangen war, um ins Gästezimmer der gezeichneten Flügel zu ziehen. Eine Stunde mit der S-Bahn, und um halb sieben Uhr streckte sich der Wannsee stahlgrau hinter seinen Ufern aus in der kalten Dunkelheit. Ich weiß nicht einmal mehr, wie ich den Ort gefunden hatte, ich war durch die Gegend gestreift, vielleicht hatte das Wasser mich angezogen. Die Glätte, die nicht zeigte, was darunter lag. Wenn man sein könnte, wie das Wasser.

Manchmal gelang es mir.
In den Ruderclub einzubrechen war noch leichter als ich damals gedacht hatte. Dies war einer der kleinen Clubs, ohne jahrhundertealte Tradition oder vielleicht sogar mit, vielleicht trafen die kleinen Leute Berlins sich schon seit hundert Jahren hier, ohne verschnörkelte Insignien über der Tür anzubringen, trafen sich seit hundert Jahren, ohne wichtig zu sein. Waren die kleinen Leute jemals wichtig gewesen?
Das Vereinshaus war nicht mehr als eine umgebaute Gartenlaube, keine der Rede werte Sicherung, keine Alarmanlage, keine Kameras wie bei den großen Clubs. Es war kalt, eiskalt, und das Wasser war abgestellt. Aber ich war alleine dort, ich war für die Zeit meines Aufenthalts hier niemandem Rechenschaft schuldig, von niemandem abhängig. Ich musste niemanden um mehr Geld bitten, niemanden um einen Schlafplatz. Hotels schieden aus, Hotels wollten Pässe sehen. Ja, ich hätte einen Pass gehabt, auf dem ein anderer Name stand, zwei sogar, doch an diesem Morgen war ein falscher Pass zu riskant. Ich gehörte zu denen, die eher zu vorsichtig waren, sagten sie, aber viele waren leichtsinnig. Dumm. Stefan, bei Gott, wie konnten sie Leute beschäftigen, die so dumm waren wie Stefan?
Natürlich gab es auf diese Frage eine einfache Antwort. Die Dummen waren am einfachsten zu kriegen. Stefan war nicht mehr als Material, sie hätten ihn rüberschicken und als Kanonenfutter verwenden sollen, statt ihm irgendeine Art von Verantwortung zu geben. Ich hätte ihnen das sagen können, ich hätte ihnen vieles sagen können, aber ich hatte mich nie darum bemüht, in irgendeine leitende Position aufzusteigen.
Es war zu kalt in dem verdammten Vereinshaus. Die angrenzenden Grundstücke am See lagen verlassen. Ich wartete dennoch – ich, der zu Vorsichtige, wartete mehrere Stunden, sprang dann über den Zaun und sah mich um. Da war wirklich niemand, die Rolläden der Vereinsheime und Häuser waren zugezogen. Es war seltsam, durch die großartigen Gärten und Anwesen zu wandern. Als gehörte dies alles mir.
Nach dem Ende der Zeit, dachte ich, könnte es so sein. Eine Welt ohne Menschen.
Schließlich kehrte ich zurück zu dem unwichtigen Verein und machte ein Feuer in der Feuerschale dort; das Holz war neben dem Vereinsheim ge-

stapelt, sogar Späne zum Anzünden gab es in einem großen Korb, wie das Holz sorgsam abgedeckt mit einem Stück alter Plane, vielleicht gegen den kommenden Schnee, der nie kam.
Ich wärmte meine Hände über den Flammen und dachte an all die Leute, die ich treffen und mit denen ich sprechen musste, und zwar nicht übers Handy. Aber ich konnte es nicht, noch nicht, ich brauchte Zeit. Alain saß am Feuer neben mir, unsichtbar, nur spürbar, und er streckte eine Hand aus und legte sie, vorsichtig, auf meinen Arm und fragte: Bist du nicht zu klug, dich von ihnen benutzen zu lassen?
Nein, sagte ich. Ich bin nicht wie Stefan. Sie benutzen mich nicht. Ich benutzte sie.

»Sie werden uns jagen«, sagte Ayna. »Wie die Ratten. Jeder Moslem ist ab jetzt ein Terrorist. Und jeder Konvertit sowieso. Es wird sein wie 2001, mit den Twin Towers.«
Abdelkhamid nickte nur. Er saß neben seiner Schwester auf dem Teppichboden der kleinen Wohnung;, die Wohnung war beinahe kahl, ein paar Sitzkissen, das Gewirr von Computerkabeln und Handyladegeräten, ein Billyregal mit Büchern und einer Graslilie, deren lange, blassgrüne Triebe hinunterhingen wie kranke Auswüchse von Träumen. Ayna hatte Bilder aufgehängt, in einem rührenden Versuch dies letzte Heimstatt wohnlich zu machen, Poster von Sonnenuntergängen über der Wüste, die sie nie gesehen hatte. Ich war nicht gerührt.
Ich wusste, dass die Wüste hässlich war.
»Hundertdreißig. Hundertdreißig Tote. Aber das Fußballstadion, das ist nicht gelaufen. Da sind sie nicht reingekommen. Ich meine, die haben weitergespielt, einfach weitergespielt, sie haben den Spielern nichts gesagt, Polizei und Sicherheitskräfte, nichts. Die Panik vermieden. Sie sind nicht dumm.«
Abdelkhamid schüttelte den Kopf, checkte sein Handy, griff in die Schale mit den Sonnenblumenkernen, schob sich eine Hand voll in den Mund und begann, darauf herumzugekauen, etwas, das mich auf seltsame Weise an Cemres Vater erinnerte, den ich zu selten gesehen und daher nie Großvater genannt hatte. Er hatte versucht, mir als Kind das Ausspucken der

Sonnenblumenkernhülsen beizubringen. Auf eine sehr ernste Weise, als sei es ein Leistungssport.

Ich hatte nie irgendetwas mit den Hülsen getroffen.

Ich nahm einen einzigen Kern aus der Schale und spuckte die Hülse aus, und sie landete am anderen Ende des Raums oben auf dem Bilderrahmen des einzigen gerahmten Bildes, einem Foto von Aynas und Abdelkhamids Eltern, als sie jung gewesen waren.

»Zielgerichtet«, sagte ich. »Die Dinge müssen zielgerichtet ablaufen. Wenn ich in Paris Leute umbringen wollte, würde ich es anders machen. Vergiss das Stadion. Vergiss auch das Gemetzel im Bataclan. In die Menge schießen ist sinnlos. MGs sind sinnlos. Weißt du, wie viel Munition du verballern musst, um einmal zu treffen?«

»Aber *du* bringst natürlich niemanden um«, sagte Ayna und sah mich an, und ihre Augen waren dunkel und warm wie eine Sommernacht, wie die Asche am Boden der Feuerschale, vor der ich in den letzten beiden Tagen alleine gesessen hatte, wie Blut, das über Hände rinnt.

»Ich? Nein«, sagte ich und lächelte, und sie lächelte zurück.

»Wir sind die Guten«, sagte Abdelkhamid und strich seiner Schwester mit einem leisen Grinsen über die Wange. Sie grinste zurück, spitzbübisch beinahe, und bewegte den Kopf ein wenig zur Seite, ins Licht. Ich sah ihr luxuriös langes schwarzes Haar unter dem Kopftuch, obwohl es nicht zu sehen war. Ich hatte es einmal zufällig gesehen, in ihrer Wohnung, damals, bevor ich das Land verlassen hatte, und mein Gedächtnis projizierte es in die Gegenwart wie Cemres Nacktheit und ihren verräterischen Leberfleck.

Ayna war zwanzig, so alt wie ich, aber ich fühlte mich um Jahrzehnte älter. Sie war so sehr Mädchen. Da war dieser unsägliche Facebookaccount, wenigstens nicht unter ihrem Namen, aber die Herzchen und Grüße waren schlimm genug. Sonnenuntergänge und Herzchen.

Abdelkhamid legte kurz den Arm um sie und griff dann wieder nach seinem Handy, doch ich hielt seinen Arm fest.»Nicht das Handy«, sagte ich. »Das hattest du schon drüben. Vergiss die nächsten Tage über das Handy. So fliegen die meisten auf. Sie hören alle mit. Handys, Pässe, Registrierungen. Hast du kein anderes Handy?«

Er schüttelte den Kopf. »Noch nicht.«
»Wie lange bist du jetzt wieder hier?«
»Drei Tage«, sagte er. »Aber bei den Grenzkontrollen ist nicht Abdelkhamid Umarov durchgegangen. Das war jemand anderer. Verdammt, ich brauche das Scheißhandy. Wie viele von den Dingern hast du denn?«
Ich zuckte die Schultern. »Du bist der unsichtbarste von uns«, sagte ich. »Du und die beiden Benjellouns. Nach Plan sind die beiden in zwei Wochen in Frankreich.«
»Und dieser Plan muss geändert werden, Frankreich ist erst mal tabu«, sagte Ayna. »Holland vielleicht, für eine Weile. Wir holen sie erst kurz vor dem Tag her, oder sie bleiben inexistent bis ganz zum Ende.«
Ich sah sie an, ihre mädchenhafte Figur, die sich unter dem Kleid abzeichnete, die Grübchen, die sie bekam, wenn sie lächelte. Sie war klug, ich vergaß es manchmal, und ich erinnerte mich wieder, wie viel weniger nervös sie in den letzten Wochen gewesen war als Farouk. All die Herzchen und Sonnenuntergänge führten vielleicht in eine falsche Richtung. Sie war klug, und sie war kalt hinter ihren warmen Augen, sie wusste genau, was sie sagte.
»Und du sitzt in einem Ruderschuppen herum und philosophierst vor dich hin oder was?«, fragte ihr Bruder.
»Ich habe zwei Tage herumgesessen. Ball flach halten. Jetzt bin ich wieder unterwegs.« Ich legte den Plastikordner mit den letzten Zeichnungen auf den Teppichboden zwischen Ayna und Abdelkhamid. »Ich bin natürlich noch nicht durch. Die Frage ist, wie viel Zeit uns noch bleibt, wenn sie jetzt Ratten jagen. Und was sie mit Stefan anstellen, nach Paris. Sie werden ihn nochmal befragen über seine kleine Privatsammlung in der Wohnung.«
»Es gibt keine Folter in deutschen Gefängnissen.« Abdelkhamid blätterte durch die Papiere in der Mappe, las, blätterte weiter.
»Theoretisch nicht«, sagte ich.
»Die Frage ist natürlich, was er seiner Ex für eine Geschichte erzählt hat, der kleinen Hure«, sagte Abdelkhamid, und Ayna zuckte zusammen, grinste dann aber wieder. »Er hatte immer noch Kontakt zu ihr, oder? Wegen der Tochter.«
Ayna nickte. »Er hat versucht, an sie ranzukommen. Er wollte sie sehen,

ich meine, wirklich. Er liebt die Kleine wirklich, er leidet darunter, dass sie ihn nicht an das Kind ranlässt. Eigentlich eine süße Eigenschaft für einen Mann.«

Wir sahen Ayna beide auf eine Weise an, die sie die Schultern zucken und den Kopf kokett, gespielt beleidigt, zurückwerfen ließ.

»Lass die Zeichnungen da, wir stellen eine Auswahl zusammen«, sagte Abdelkhamid, und ich hörte mein eigenes Lachen durch die kahle Wohnung hallen wie etwas Fremdes.

»Das hier sind Kopien, zur Info«, sagte ich. »Das Wählen überlässt du schön mir. Es ist meine Sache. Sie haben das klar gestellt. Aufgabenverteilung. Wie in der Schule.«

Er kaute eine weitere Hand voll Sonnenblumenkerne und spuckte sie mir vor die Füße, und ich sah ihn nur an und lachte wieder, und er knurrte »Spielen wir jetzt Machtspielchen?«

»Hat mich nie interessiert«, sagte ich. »Wichtig ist einzig und allein, dass die Sache sinnvoll bleibt. Zielgerichtet. Die Macht liegt an höherer Stelle.« Und ich sah zur Decke, zum Himmel, dorthin, wo manche sehr einfach denkende Menschen Gott vermuten, als wäre er lokalisierbar wie eine Packung Kippen oder ein Blumenstrauß.

»Dein Ruderverein eignet sich auch als Lager, wenn ich das richtig verstehe«, sagte Ayna und lächelte. »Das wäre doch eine schöne Sache.«

»Nein«, sagte ich. »Das ist mein Ort. Unabhängig von allem anderen.«

»Natürlich«, schnurrte Ayna, wirklich, sie schnurrte wie eine Katze. »Was ist überhaupt los, jetzt – wenn wir unsichtbar bleiben sollen, wie unsichtbar bist du?«

»Ich bin nicht unsichtbar«, sagte ich. »Die Strategie, die ich verfolge, besteht darin, dass ich für manche Leute zu sichtbar bin.«

Wenn man im Vereinshaus durchs Fenster gen Osten sah, sah man durch die Bäume am Himmel die Lichtstreifen der Stadt. Ich betete das Abendgebet allein wie alle Tage zuvor, und zwang mich, ein paar Stücke Brot zu essen. Alain hatte recht, es ging nicht ohne. Noch nicht, die Zeit würde kommen. Ich kaute sorgfältig, und mein Magen rebellierte. Ich zwang mich dennoch. Aus einer der Aluminiumtassen aus der Vereinsheimkü-

che trank ich Pfefferminztee, und über mir stachen Sterne aus dem Himmel, trotz des ewigen Berliner Lichts.
Irgendwo jenseits aller Gebete war Er, der Eine, und ich fühlte mich ihm für Sekunden nah unter den Sternen. Ich hatte begonnen zu glauben wie jemand beginnt, zu joggen oder zu fasten, es war immer anstrengend gewesen. Der Einzige hinter den Dingen war nie zu mir gekommen, ich hatte mich ins Regelwerk seiner irdischen Vertreter gefügt, um mich an etwas festhalten zu können.
Vielleicht war Er das Regelwerk.
Nichts weiter. Nichts Warmes, nichts Gütiges, nichts, das Gefühle besaß. Nur etwas, das dafür sorgte, dass mir die Welt nicht entglitt. Ich merkte, dass ich zitterte, dass ich mich nach einer anderen Wärme sehnte. In meiner Erinnerung lauerte noch immer die Wärme eines Kusses auf einem Sofa, die Wärme von anderen, winzigen Berührungen, über die Jahre verteilt, wie zufällig. Und ich kippte den Rest Pfefferminztee in den Ausguss und verließ das Vereinsheim, um den dunklen asphaltierten Weg am See entlang zu laufen, zwischen stillen winterlich unbewohnten Schuppen hindurch, ich lief und lief, ich lief vor mir selbst und dem davon, was in mir lauerte. Wenn es mir gelang, meinen Körper zu maßregeln, bis zur völligen Erschöpfung zu verausgaben, musste es möglich sein, zu vergessen. Die Sehnsucht dort unten in der Tiefe; den kranken, verkehrten, innersten Funken auszulöschen, der so gefährlich war. Ihn zu tilgen, zu zertreten wie ein hilfloses Geschöpf.
Aber jeder meiner Schritte sang Alains Namen, und jeder meiner mühsamer werdenden Atemzüge war ein Japsen nach der Luft in einem vergangenen Hinterhof voll Sonnenschein auf filigranen, langstiligen Blumen. Als ich glaubte, ich könne keinen Schritt weiter, kehrte ich um, aber ich lief weiter, und als mir ein älterer Spaziergänger begegnete, sah er einen zu stark keuchenden jungen Jogger, der in der Nacht, im Regen, vor sich hin läuft. Einen, der es übertreibt. Nur einen Jogger.
Er drehte sich nicht nach mir um, als ich mich umdrehte.
Er hatte mein Gesicht nicht gesehen, würde mich später nicht beschreiben können, ich war mir sicher.
So war es, zu sichtbar zu sein – und auf diese Weise unsichtbar zu werden.

Als ich wieder auf dem Grundstück meines kleinen, unbedeutenden Vereins ankam, war der Name noch immer in meinen Schritten, sang im Blut in meinen Ohren, und ich riss mir die Kleider vom Leib und sprang in den novemberkalten See.
Ich wollte schreien vor Kälte, aber ich schrie nicht. Ich schwamm hinaus, bis ich mich in der Schwärze von Wasser und Nacht verlor und meine Arme und Beine nicht mehr länger spürte.
Erst da war der Name fort.
War die Sehnsucht eingefroren.
Über mir hing zwischen dem Licht Allah, unter mir trieb er durchs Dunkel, er war um mich und in mir, und er führte mich zurück ans Land. Du hast es geschafft, sagte der Wind, sein wispernder Botschafter, du hast die Kontrolle über deinen Körper zurück, er ist dir untertan, wie du mir untertan bist, nimm ihn an, wie ich dich angenommen habe.
Doch die Kälte packte diesen mir unterworfenen Körper und schüttelte ihn, und es gelang mir erst beim fünften Versucht, mit zitternden Fingern ein Feuer in der Feuerschale zu entfachen. Dann saß ich, notdürftig abgetrocknet, angezogen, mit nassem Haar neben der verdammten Schale und versuchte, wieder warm zu werden und fluchte lautlos, denn es half nichts, den Körper vorzeitig zu zerstören. Beinahe verbrannte ich mir die Hände, als ich sie zu nahe, zu verzweifelt übers Feuer hielt, und der Schmerz, als die Durchblutung zurückkehrte, war unaussprechlich.
Auch die Rudervereinsdecke, die um meine Schultern lag, nützte wenig. Wenn man Flügel hätte, dachte ich. Man bräuchte nicht zu fliegen, es würde genügen, sie um sich zu breiten. Wie jemand, der zusammengerollt in seinem Bett in der Schivelbeiner Straße schlief.

Er war mir an diesem Tag nicht durch die Stadt gefolgt, ich hatte ihn, meinen Schatten, endlich abgeschüttelt. Tatsächlich, ich war wie der Mann ohne Schatten, der durch alle Märchen geistert. Ich stand auf und ging hinunter zum See, und natürlich hatte die Nacht den Großteil der sichtbaren Welt verschluckt, doch ich sah das Wasser und das Glitzern der winzigen Wellen. Ich stand lange so am Ufer, neben dem Steg, der im Sommer die sorglosen Ruderboote beherbergte, ja, lange stand ich so und sah ins Was-

ser hinab. Aber so sehr ich meine Augen auch anstrengte, ich besaß kein Spiegelbild.
Ich bückte mich und kratzte mit dem Daumennagel Linien in die feuchte, kalte Ufererde.
Erst, als ich aufstand, erkannte ich, was ich gemalt hatte: Es war ein Gesicht. Es war Margarete.

Eine Woche später stand ich in der Boutique ihrer Mutter, und ich fand mich zwischen weißen Spitzenvorhängen, Kristalllüstern und rot gepunkteten Vasen, die wie übergroße Fliegenpilze auf den dezent grau gemusterten Regalbrettern über Kopfhöhe wuchsen, beinahe bedrohlich, surreal.
Ich konnte weder sagen, was ich hier tat, noch, was ich mir erhoffte, vielleicht war ich nur der ständigen Planungen, Zeichnungen und Berechnungen müde, des ständigen Organisierens und Telefonierens, vielleicht wollte ich lediglich hier stehen; in einer Umgebung sein, in der Margarete gewesen war oder sein würde, als wäre diese Umgebung ein Stück einer vergangenen, einfacheren Zeit voller Licht im Hinterhof. Als ich noch einen Schatten, ein Spiegelbild gehabt hatte.
Um mich tanzte der ganze hübsche Tand in all seiner Nutzlosigkeit einen reglosen Reigen zur unhörbaren Musik des Geldes. Dieser Ort, diese Welt funktionierte nach ihren eigenen Regeln, den Regeln einer Zivilisation, die auf Angebot, Nachfrage, Kapital und Überfluss basierte. Es war die gleiche Zivilisation, die mich mehrmals von ihren Schulen geworfen hatte. Die selbst meine Bilder irgendwann kommerzialisiert hätte. Die Zivilisation, deren Teil Cemre versucht hatte zu sein, obwohl sie nicht hineingehörte, und aus der sie mich, den Störenfried, immer weggewünscht hatte. In der es keine tiefere Bedeutung gab, keinen Gott und keine Gesetze als die des Geldes. Ich nahm eine Kristallvase in die Hand, ja, dies war wertvoller Schund, Kinkerlitzchen für die bessere Gesellschaft. Früher, dachte ich, hätte ich es schön gefunden, Erfolg oder Geld zu haben. Hätte mir jemand gesagt, ich könnte Millionär werden, wenn ich dies oder jenes täte, vermutlich hätte ich es getan.
In der Zeit, bevor und dann während ich bei den Rechten gewesen war, hatte ich ein paar Nebenjobs gehabt, damals hatte manchmal Geld

die Hände gewechselt, wenn jemand im Weg war und eine Abreibung brauchte. Ich hatte für Geld Leute fertig gemacht, es war wahr. Nie jemanden erschlagen. Nie jemanden getötet. Nur Lektionen erteilt.
Jetzt ekelte der Gedanke an Geld mich an, genau wie der Gedanke an den damaligen Cliff mich anekelte. Ich war ein anderer geworden.
Margaretes Mutter, platinblond, mit einem hochaufgesteckten Dutt und einem grünen Kleid mit weißen Punkten, stand hinter dem Tresen und ließ die altmodische schwarze Kasse klingeln. Sie bewegte sich im Rhythmus der dezenten Musik, und wenn sie sprach, klirrten ihre Ohrringe ganz leise. Sie war hübsch, noch immer, und ich sah Margarete in ihr, obgleich nur in der Form ihres Kiefers, ihrer Wangenknochen. Nicht in ihren Bewegungen und noch weniger im Blick ihrer hellen Augen. Da war noch eine andere Frau bei ihr, eine jüngere, ebenfalls hübsche und zu dem Regaltand passende Frau, die mich misstrauisch musterte. »Kann ich Ihnen helfen?«
»Ich wünschte, das könnten Sie«, sagte ich, und es war durchaus ein ehrlicher Satz. Was ich nicht sagte, war: Sie sind so weit davon entfernt, irgendjemandem helfen zu können, wie ein Mensch sein kann. »Ich sehe mich nur um«, sagte ich und lächelte – ich in meinem sauberen Hemd, denn die Hemden konnte man auch im Vereinsheim waschen und bügeln, ich mit meinem rasierten Gesicht, dieses unsichtbare, weil zu sichtbare Ich, dieses nette, unauffällige, polierte Ich.
»Falls Sie sich Sorgen machen«, fügte ich hinzu, »ich stehle ausgesprochen selten Vasen.« Und sie lachte, und das Ich lächelte sein charmantestes Lächeln, während es die Frau hasste.
Ich sah zu Margaretes Mutter hinüber. Sie nickte einen Gruß, doch sie hatte mich nicht erkannt. Sie hatte mich vor Jahren zum letzten Mal gesehen, ich war ihr immer aus dem Weg gegangen, und die Frage war, ob sie mich überhaupt je gesehen hatte. Mit dem Herzen. Ich denke, ich passte nie in ihre kleine, glitzernde Dreiraumwelt, und so war ich wohl immer außen vor geblieben.
Es gab in diesem Laden mit den Regalen und den geflochtenen Körben und den Tischdecken eine Menge leicht brennbares Material.
Ich brauchte fünf Anläufe, fünf Versuche.

Als ich zum fünften Mal in der Boutique war, zwei oder drei Wochen später, luden sie im Hof einen Lieferwagen ab, Kartons um Kartons mit zerbrechlichen Gütern, und ich half, einfach so, ohne zu fragen, weil ich eben da war. Bei den letzten drei Besuchen hatte ich kleinere Dinge gekauft, »Geschenke«, und die beiden Frauen hatten sich an mich gewöhnt. Sie waren dankbar, dass ich mit auslud, sie lächelten mich an wie Schulmädchen, die an diesem Tag beide Mini trugen, Rüschenröckchen mit zu durchsichtigen Strumpfhosen wie gemeine Huren.

»Ein Gentleman«, sagte die jüngere, die mit einer Zigarette im Hof stand und einen Moment Pause machte. Sie hielt auch die Zigarette wie eine Hure. »Wirklich, furchtbar lieb, dass Sie helfen.«

Es ist ein Vorteil, dass der Mensch keine Gedanken lesen kann.

Fünf Versuche – und dies war mein letzter, denn diesmal hatte ich Glück. Als ich den letzten Karton im Laden abgestellt hatte und mich aufrichtete, sah ich in Augen, die wärmer waren als die der Ladenbesitzerin. Die Augen ihrer Tochter.

Margarete stand einfach da, mitten im Laden, und starrte mich an.

»Was zum Teufel machst du hier?«, fragte sie leise.

Ich zuckte die Schultern. »Kartons schleppen?«

»Hast du jetzt einen Job hier?«, fragte sie, und ich lachte. »Nein, das nicht. Ich war nur gerade da.«

»Und das glaube ich nicht«, flüsterte sie.

Dann sah sie sich um, ließ ihren Blick über die bedrohlichen Fliegenpilze über uns und die lächerlichen Kristalllüster an der Decke wandern, über die gedeckten Tische, die Servietten und die Blumensträuße, und sie durchquerte mit ein paar schnellen Schritten den Raum, beugte sich zu ihrer Mutter und gab ihr einen Kuss auf die Wange, sagte ein paar leise Worte. »Das sollte ich dir von Papa geben, irgendwas mit der Bank«, sagte sie, ein wenig lauter, und ihre Mutter nahm den Umschlag und nickte. Margarete umarmte sie, zu flüchtig für eine richtige Umarmung, und bedeutete mir mit einem kaum merklichen Kopfnicken, mitzukommen.

Ich folgte ihr zur Tür, und sie sagte »raus hier«, und dann standen wir draußen.

Die Luft war klar und kühl an diesem Tag, obwohl der November alle Farben aus der Welt gewaschen hatte, und ich atmete tief ein. Margarete neben mir tat das gleiche.

»Keine Luft bei den Fliegenpilzen, was?«, sagte sie. Und dann sah sie mich an, und ich kann nicht sagen, dass ihr Blick freundlich war.

»Also«, sagte sie. »Warum bist du schon wieder abgehauen?«

»Das weißt du«, sagte ich.

»Alain? Deine Mutter? Paris? Psycho-Rückfall?«

Wir standen immer noch vor dem Schaufenster der Boutique, in dem sich in einem künstlichen Windhauch die Fransen einer Seidendecke regten, die über einem Tischchen voller Silberbesteck hing.

»Können wir woanders hingehen?«

Sie nickte und ging, und ich folgte ihr, die Straße entlang, durch die klare Luft.

»Paris ist … unglaublich«, sagte ich. »Was da passiert ist … Margarete. Ich kann mich nicht bei dir für Paris rechtfertigen, weil ich nicht dort war. Was soll ich denn sagen? Was willst du hören?«

»Dass du weg bist von denen. Dass du nichts mehr mit ihnen zu tun hast. Dass es die Wahrheit ist, was Alain mir sagt.«

»Gut. Ich bin weg von … denen. Ich gehöre zu keiner Gruppe mehr, ich gehöre nur mir. Und ich war nicht in irgendeiner französischen Großstadt, um Leute abzuschlachten. Ich kann nicht mit einer Kalaschnikow im Bataclan gestanden haben. Ich kann nicht mal ein Fluchtauto gefahren haben. Ich *war nicht da.* Ich war bei Euch in der Nacht. Und …« Ich zögerte. »Und das ist der Grund, aus dem ich gegangen bin.«

»Du bist weg von denen«, wiederholte sie. »Ganz bestimmt?«

Ich biss mir auf die Lippe. »Ja. Ich bin zurück nach Berlin gekommen. Oder nicht.«

»Ich bin nicht Alain. Ich verzeihe nicht alles. Und ich glaube auch nicht alles.«

»Du unterschätzt Alain«, sagte ich leise, während wir weiter durch die Spätnovembersonne gingen. Vielleicht hörte sie es nicht einmal.

»Du hast nichts mit den Schlächtern von Paris zu tun. Nichts mit den Verrückten. Nichts«, sagte sie und sah mich an. »Nichts mehr mit dem Daisch.«

Ich zuckte reflexhaft zusammen bei dem Wort, es war das falsche Wort, ich hatte Leute dafür sterben sehen, dass sie dieses Wort benutzten. »Cliff? Sag mir das und sieh mich dabei an.«
Ich sagte es, ohne ihrem Blick auszuweichen, und endlich blieb sie stehen und nickte.
»Und wenn du betest, betest du nicht zu einem Gott, der Blut sehen will?«
»Ich bete zu dem einen, den es gibt«, sagte ich langsam. »Wie wir alle.« Und ich legte meine Arme um sie, und über uns rauschten die letzten blassgelben Blätter an einem sorgsam gepflanzten Kastanienbäumchen, dessen Fuß von einem Metallkäfig umgeben war und dahinter vom Asphalt der Stadt. Wir standen einen Moment nur so da, unsere Gesichter weit voneinander entfernt, bis Margarete sich losmachte und ihr braunes Glanzhaar zurückstrich, als müsste sie sich ordnen.
»Ich möchte dir etwas zeigen«, sagte sie. »Etwas, das mir wichtig ist.«

In der S-Bahn sagte ich, ganz leise, zur Fensterscheibe:
»Warum ich abgehauen bin. Es war diese Nacht. Ich wollte nie ... Wir hätten das nicht tun sollen.«
»Es ist doch gar nichts passiert«, flüsterte Margaretes Spiegelbild in der Scheibe.
»Ein Kuss ist nicht nichts«, sagte ich.
»Vielleicht passiert im Kopf zu viel«, sagte sie. Und ich nickte zur Scheibe hin.
Doch, dachte ich, ich hatte ein Spiegelbild, und vermutlich auch einen Schatten. Aber es war ein Spiegelbild, es war ein Schatten ohne Leben. Er sah mir nicht ähnlich. Er sah lediglich aus wie die glattrasierte Maske mit dem gebügelten Hemd.

Wir stiegen zweimal um und beim Hackeschen Markt aus. Sie führte mich zu den Höfen, jenen berühmten, die so sehr ein Teil der Welt aus Geld und Tand waren, zugleich aber auch ein Teil einer kleinen Sorte von Untergrund. Ich war vor zwei Tagen da gewesen, in einem der kleinen Kinosäle.

Nicht lohnend. Zweiundzwanzig Plätze.

Margarete ging voraus, durch mehrere der Höfe, vorbei an Jugendstilornamenten über den Durchgängen, an verwelkten Ranken, die im Sommer die Hauswände zurückerobern würden, vorbei an Schmuckläden und Kunstgalerien, vor deren Fenstern alternative Touristen von einer ästhetischeren Welt träumten, und schloss im hintersten der Hinterhöfe eine Tür auf.

Ein einfaches rundes Holzschild wies die Räume dahinter als Tischlerei aus, es gab nicht einmal einen Namen, als wäre Tischlerei genug, als gäbe es nur diese eine.

Holz lag sorgfältig gestapelt auf den Böden und lehnte an den Wänden, Bretter verschiedener Stärke, Platten, alte, zeitdunkle Balken, offenbar aus maroden Häusern geborgen, um sie weiterzuverwenden. Werkzeuge hingen penibel geordnet an den Wänden, die Arbeitsflächen mehrerer Werkbänke glänzten, bis in den letzten Winkel geputzt, und warteten auf den nächsten Morgen.

Auch Margaretes Welt, dachte ich, war voller Regeln, war perfekt aufgeräumt. Alles hatte seinen Platz, niemand brauchte über irgendetwas unsicher zu sein, jeder wusste, was er zu tun hatte.

»Mach die Augen zu«, sagte sie, und dann nahm sie mich an der Hand und führte mich in einen weiteren Raum. Verließ mich, um etwas zurechtzurücken oder um die Türen von etwas mit dem leisesten Quietschen zu öffnen, kehrte dann zurück, berührte ganz leicht meine Wange und wisperte: »Mach sie auf.«

Ich gehorchte.

Ich stand vor einem Schrank, einem doppeltürigen Schrank, der halb offen stand. Er war aus massivem Holz, und hinter den Schranktüren befanden sich Regalbretter, ein wenig unregelmäßig angeordnet. Nur eines, ungefähr in Schulterhöhe, war durchgängig, und es gab eine Wand, die den Schrank senkrecht unterteilte, alle anderen Abstände waren absichtlich unregelmäßig gehalten.

»Das«, sagte Margerete. »Ist mein Meisterstück. Es ist noch nicht fertig, natürlich. Aber ich wollte, dass du es siehst.«

Ich trat heran und ließ meine Hand über das glatt geschmirgtelte, massive

Holz gleiten, das von einem merkwürdigen Silberton war, den ich noch nie zuvor bei Holz gesehen hatte.
Die Ecken des Schrankes waren abgerundet, nichts hier war scharf oder spitz, alle Formen flossen ineinander.
»Er ist schön«, sagte ich. »Nur wozu … man kann keine Kleider hineinhängen.«
»Bücher«, sagte sie. »Er ist für Bücher.«
»Warum hat er dann Türen? Soll man die Bücher nicht sehen?«
»Manche Dinge müssen geheim bleiben«, sagte sie.
Und sie schloss die Türen mit einem leisen Klicken.
Da bemerkte ich das Muster des Holzes, die Astlöcher und die Linien der Maserung, die durch die Art der Beizung besonders hervorstachen. Sie bildeten auf den Türen zwei riesige Flügel, und als Margarete den Schrank wieder öffnete, war es, als breitete er diese Flügel aus. An einer Stelle hatte Margarete begonnen, Federn in die Maserung zu schnitzen, winzige, feine Vogelfedern, das Holz legte es nahe.
Ich schnappte nach Luft.
Da war noch etwas. Die Teilung durch das durchgehende Regalbrett und die Mittelwand bildeten eine Figur.
Ein Kreuz.
Und ich sah den Schuppen wieder vor mir, damals. Ich sah den kleinen Körper, dessen ausgestreckten Arme an eines der Regalbretter gebunden waren, einen hilflosen Körper, beschmiert mit roter Farbe. Andere Bilder kamen, Bilder, die weniger lange zurücklagen. Mehr Kreuze, Kreuze auf Plätzen, Kreuze in staubigen, trockenen Dörfern, Kreuze vor Trümmern. Kreuze kann man aus allem zimmern. Das Kind damals, Alain im Schuppen, war gewesen wie eine Zukunftsvision.
Ich sah es wieder dort stehen, das Kind Alain, in diesem Schrank, zwischen den noch nicht geschriebenen Büchern. Und die Maserung der Hinterwand, die gleiche Maserung wie die der Türen, bildete seine eigenen Flügel. Er hatte sie ausgebreitet und erhoben, als wolle er fortfliegen, jede Minute. Ich blinzelte. Natürlich stand niemand da, der Schrank war leer.
»Gefällt er dir?«, fragte Margarete.

Ich sah sie an und schüttelte langsam den Kopf.
»Du siehst ihn auch, oder?«, flüsterte ich.
»Wen?«
Aber ich antwortete nicht. Natürlich sah sie ihn. »Damals, im Schuppen«, flüsterte ich. »Wir …« Aber ich kam nicht weiter. Mir war auf einmal schwindelig, und ich tastete nach der Wand, um mich daran zu lehnen.
»Mach ihn zu«, bat ich leise. »Mach diesen Schrank zu. Er wird nirgendwohin fliegen.«
Sie schloss die Türen und musterte mich lange. »Du solltest was essen und was trinken«, sagte sie. »Sieht nach … einem Kreislaufproblem aus? Ich meine, Cliff. Es ist nur ein Schrank.«
Aber die Art, auf die sie mich musterte, sagte mir, dass sie genau wusste, was ich gesehen hatte. Und dass es ihre Absicht gewesen war. Konfrontierte sie mich mit Dingen, um mich brechen zu sehen? War es ein Test?
»Sag Alain von mir …«, begann ich. »Nein. Sag ihm nichts. Wir sehen uns. Irgendwann.«
Damit drehte ich mich um und verließ die Tischlerei, Margaretes Regelwerk und Lebenssinn, die Räume, in dem ein Schrank für Worte stand, die niemand sah.
Manche Dinge müssen geheim bleiben, hatte sie gesagt.

Auf der Straße draußen, im Gedränge der Novembermenschen, außerhalb der Höfe und ihrer Jugendstilschönheit, lehnte ich mich an eine Wand und schloss für einen Moment die Augen.
Ich dachte an den letzten Sommer, Sommer 2014. An die Bilder, die ich verbrannt hatte. Ich sah mich dort sitzen, neben dem Feuer im Mauerpark. Ich sah die Asche wieder vor mir, sah den Cliff von damals selbst neben den verglühenden Resten von Jahren sitzen.
Den verglühenden Resten eines Lebens, das er in diesem Moment abzuwerfen begann, aus dem er sich schälte wie einem Kokon. Ein Jahr lang hatte er in diesem Kokon verbracht, in den er sich verpuppt hatte, der damalige Cliff, nachdem er aus der Psychiatrie gekommen war.
Aber im Spätsommer des Jahres 2014 war es Zeit geworden, den Kokon abzuwerfen. Nicht unbedingt zu fliegen, denn Flügel hatte er nie besessen.

Ihm war etwas anderes gewachsen in diesem Kokon. Ein neuer Blick, glühend wie die Flammen der der Bilder.
2014 war das Jahr, in dem John-Clifford Bergmann den Weg fand.

Es war zuerst einer gewesen, der gepredigt hatte, in einer Versammlungshalle, auf andere Art als die üblichen Predigten. Voller Feuer. Mit einem Glänzen in den Augen, einem Strahlen, einem Leuchten, als könne er etwas jenseits der Menge sehen, die ihm lauschte. Etwas Großartiges, das nicht mehr lange fern bleiben würde.
Sharif, einer der jüngeren Männer aus der muslimischen Gemeinde, hatte Cliff mitgenommen.
Hör dir das mal an.
Es war seltsam, in dieser Menge zu stehen, die die Worte des Predigers aufsog, die mit jedem seiner Atemzüge vibrierte. Er begann auf leise Art. Er sprach vom Krieg und seinen Opfern in Syrien, von den Bomben und dem Giftgas, das Baschar al-Assad auf sein eigenes Volk geworfen hatte, er, ein Ungläubiger, kein wirklicher Moslem, kein Anhänger des Sunni-Islam. Einer, der sich nur in den Moscheen zeigte, um gesehen zu werden, und der dann Tausende von Sunnis niedermetzelte, zu Tode folterte, unterdrückte und zwang, gegen ihre eigenen Brüder zu kämpfen. Er sprach, jetzt bereits lauter, vom Irak, in dem es ähnlich war, eine schiitische Minderheitenregierung knechtete die wahren Gläubigen, hatte sie nach Saddam Husseins Verschwinden in Massen umgebracht, ihre Clans im Norden vernichtet. Dörfer dem Erdboden gleich gemacht, Frauen und Kinder massakriert, genau wie Baschar in Syrien. In Wahrheit, sagte er, leiser wieder, standen die westlichen Mächte hinter allem, die großen Drahtzieher, Amerika und Israel, und, ja, auch Europa. Es war nur gut für sie, Krieg im Osten zu sehen, so niedrig waren die Benzinpreise noch nie gewesen. Und ihr erklärter Feind, der Islam, den sie fürchteten, musste klein gehalten, niedergeschlagen, vernichtet werden. Denn im Westen hatten sie Angst vor dem Islam. Vor dem richtigen Weg. Angst, das er ihre Lügen bloßstellte. Wie viel Leid hatten die Amerikaner über Afghanistan

gebracht! Unter dem Vorwand, Frieden zu stiften, waren sie eingedrungen, wie überall auf der Welt … Aber eine Gruppe war aus dem Chaos Afghanistans entstanden, war ausgezogen, um den Glauben wieder neu zu verbreiten: den Glauben an Frieden. An ein starkes muslimisches Volk, dessen Menschen sich gegenseitig halfen und vor den Angriffen der Ungläubigen schützten. Den Glauben an ein Ende der Kriege, an ein gemeinsames großes Reich, das man von Sonnenaufgang bis Sonnenuntergang mit dem Wagen durchfahren konnte, ohne an eine Grenze zu stoßen, von Sonnenaufgang bis Sonnenuntergang nur friedliche Felder, fromme Menschen, kleine Jungen, die auf einfachen Schulbänken saßen und wieder lernten. Die ihre ehemals zerstörten Schulen schon beinahe vergessen hatten, weil jene gütige Macht, die über sie herrschte und wachte, alles wieder aufgebaut hatte. Alles, minutiös, sogar das Gesundheitssystem, straff organisiert, ohne Lücken, durch die jemand fiel.
Doch noch ist es nicht so weit, noch lange nicht, sagte der Prediger, dessen Namen Cliff sich nicht merkte. Es wurde ein später austauschbarer Name, er lernte mehr solche Prediger kennen. Dutzende.
Noch ist es nicht soweit, noch toben die Kriege im Osten. Die Männer des Glaubens, von denen ich spreche, kämpfen gegen die unrechtmäßigen Herrscher, gegen die falschen Propheten, doch noch sind es nicht genug. Mehr, mehr Männer müssen aufstehen und für die gerechte Sache ins Feld ziehen! Heute sind wir allerdings nur hier versammelt, um Spenden zu sammeln für die notleidenden Kinder. Der Winter kommt, und es fehlt an allem: Nahrung, Kleidern, Medikamenten, Verbandszeug, Lehrbüchern. Geld, um das nötigste vor Ort zu beschaffen und den Transport der Sachspenden zu finanzieren.
Cliff sah die Menschen spenden, es kam eine riesige Sammlung an warmen Winterkleidern, Stofftieren, Schuhen und großen Scheinen zusammen, und der Prediger dankte jedem Einzelnen für seinen Beitrag. Cliff gab, was er konnte, er ging zusammen mit Sharif an dem Prediger vorbei, der an der Tür jeden verabschiedete, und der Prediger begrüßte Sharif wie einen alten Freund.
»Ich habe jemanden mitgebracht«, sagte Sharif und schob Cliff vor. »Clifford. Er ist noch nicht lange dabei …«

Der Prediger nickte, strich sich durch seinen Bart, musterte Cliff. Und Cliff fühlte sich seltsam durchschaut. »Was sie gesagt haben … hat mir gefallen«, sagte er.
»Kämpfer«, sagte Sharif. »Es sind immer noch nicht genug Kämpfer, richtig?«
»Nein. Auch an Kämpfern fehlt es. Kämpfern, die bereit sind, für die gute Sache in den Krieg zu ziehen und notfalls zu sterben. Es gibt sie, und Allah sei mit jedem von ihnen, doch es sind nicht genug.«
In diesem Moment tauchte Cliffs McDonalds-Kollege in der Menge auf, Abdelkhamid Umarov, und trat zu ihnen. »Wo man dich so trifft!«, sagte er zu Cliff und lachte, und dann wurde er ernst.
»Ich gehe«, sagte er. »In zwei oder drei Monaten. Dann bin ich weg. Dann bin ich, wo ich hingehöre. Bei den Männern, die für Freiheit kämpfen. Gegen die Kuffar, die Ungläubigen. Gegen den ganzen Scheiß, den sie uns hier täglich zu fressen geben. Nicht nur McDonalds. Alles. Ihre Version der Nachrichten, ihre Meinungen, ihre bunte Plastikwelt. In Syrien brauchen sie uns. Da gibt es noch tatsächliche Werte. Glaube, Ehrlichkeit, Treue.«
Cliff sagte nicht viel an diesem Tag.
Er hörte sich an, was die Leute zu sagen hatten, die da gewesen waren, und er sah sich den Prediger im Internet an und stieß auf mehr Seiten, mehr flammende Reden. Zuerst schob er sie fort. Lachte darüber. Fühlte sich ihnen überlegen. Aber irgendwo in ihm, er wusste es vom ersten Moment an, hatten die Worte Wurzeln geschlagen. War ein Funken gefallen, der langsam vor sich hin glühte.
Er ging nur noch selten und dann gar nicht mehr zu der Moschee neben dem Gemeindezentrum mit dem Garten, in dem es Kuchenbasare unter den grünen Blätterschatten gab. Er ging jetzt, zusammen mit Abdelkhamid und Sharif, zu einer anderen Moschee, einer, die die beiden vorzogen, weil man dort sagen konnte, was man dachte. Auch, wenn es politisch nicht gerade korrekt klang.
Die Moschee war keine eigentliche Moschee, es war eine Wohnung im dritten Stock, aber die richtigen Leute wussten, wann dort gebetet wurde und wer kam. Die verschlungenen Muster der billigen, falschen Perserteppiche auf dem Boden sogen ihn in ihre Umarmung.

Und er lernte, im Schatten keiner Blätter, zwischen Teegläsern, und dem Fensterblick auf den tristen Hochhaushimmel der Stadt, lernte, dass Allah, der hinter den Dingen stand, alles vergab. Dass Er unendliche Güte walten ließ.

Wenn man einsah und Reue zeigte. Wenn man für ihn und seinen Frieden in den Kampf zog.

Es war verlockend. Zu kämpfen und dadurch das Richtige zu tun. Zu kämpfen und dadurch das gesamte Register an vergangenen Fehltritten zu löschen. Zu kämpfen.

Es war wie mit der rechten Kameradschaft. Das Computerspiel hatte nur andere Regeln. Die Feinde waren nicht mehr die Ausländer, die Feinde waren die Ungläubigen, und sie mussten beseitigt werden.

Nein, sagte er sich. Nein, es war nicht so.

Diesmal war es richtig. Diesmal waren die Feinde ihm nicht von außen gegeben, es waren Feinde, die er schon immer gehabt hatte. Die gesamte Gesellschaft, deren Teil er es nie geschafft hatte zu sein. Man würde nicht direkt gegen sie ins Feld ziehen, aber es wäre doch ein wenig so.

Er konnte zu denen gehören, die das Recht auf ihrer Seite hatten. Ein höheres Recht, jenseits von Paragraphen. Man konnte im Staub einer Bergpiste hinter einem Felsen liegen, die Waffe im Anschlag und die Frauen und Kinder eines Dorfes von Gläubigen hinter sich verteidigen. Schießen lernen, verdammt, es war ein so verlockender Gedanke, dass man ihn als erotisch bezeichnen konnte. Erregend.

Gewalt ausüben, um Gewalt zu verhindern. Gewalt, die zum ersten Mal legitimiert war. Das war es, dachte er, wozu er geboren war: Es hatte ihn immer auf die Seite der Gewalt gezogen, auf die Seite des Dunkels, des Blutes. Und hier also war der Grund, denn es gab einen Grund, er war nicht sinnlos so, wie er war, er hatte es nur nicht gewusst. Dies war seine Bestimmung.

Er musste sich nicht ändern. Nicht auf die Seite des Lichts wechseln, des Sichtbaren, des Hellen.

Er, der Mann der Schatten, würde aus den Schatten heraus für das Gute kämpfen. Zum ersten Mal.

Denn das Helle war falsch. War nichts als glitzernde Lüge.

Die Lüge des westlichen Abendlandes.

Anfang Juni zog Cliff, der nach seinem Rausschmiss nicht mehr im Lehrlingsheim wohnte und eine Weile bei verschiedenen Bekannten auf der Couch geschlafen hatte, zu Sharif und seinem Bruder.
Mitte Juni rief der Islamische Staat, der mit Al-Qaida gebrochen hatte, in Mossul das Kalifat aus.
Die neue Zeit begann.
»Endzeit«, sagte Abdelkhamid. »So steht es geschrieben. Wenn Kriege und Katastrophen die Menschheit heimsuchen und die Kuffar, die Ungläubigen, die Länder des Propheten verwüsten, beginnt der letzte Kampf im Namen Mohammeds, des Propheten. Dies ist der Beginn des letzten Kampfes. Er wird dauern, es wird Blut fließen, die Berge hinab und in den Wüstensand, Blut wird die Flüsse und die Tränen der Frauen rot färben, aber am Ende werden wir siegen.
Das ist der Beginn des Paradieses auf Erden.«
»Du bist ja ein Dichter«, sagte Cliff.
Sie standen hinter der Theke bei McDonalds, und sie arbeiteten im Akkord, um die Schlange an Menschen zu bewältigen, zapften im Halbminutentakt Coca Cola in riesige Halbliterpappbecher und wendeten mit fetttriefenden Metallzangen Burger auf dem Grill.
»Danke«, sagte Abdelkhamid, der die Ironie nicht gehört hatte. »Meine kleine Schwester sagt das auch. Ich hab mal Lieder gemacht. Oder so was in der Art. Poetry Slam. Auf der Schule. Lange her. Am Ende war ich denen nie gut genug. Scheiße, wenn du Eltern hast, die keinen deutschen Pass besitzen, weißt du? Tschetschenien, hey, ein Scheißland, hin will da keiner. Paar Berge und das war's, die Macht haben nur die Russen. Einmal waren wir dort. Die haben sich mal überlegt, ob sie mich einfach wieder zurückschieben, wenn ich achtzehn bin, verrückt, oder. Egal. Wenn deine Eltern nicht aus Deutschland sind, hast du den Stempel auf der Stirn: Versager.
»Was«, sagte Cliff und schüttete eine neue Portion Tiefkühlpommes in die niemals ausgeschaltete Fritteuse, »was, wenn ich mit mitgehe? Ins Kalifat? Vielleicht, ohne Gedichte zu machen. Ich habe hier eh nichts mehr zu tun.«

Sie saßen an diesem Abend lange zusammen.
Machten Pläne. Besprachen Dinge. Träumten. Sharif war nicht mehr bei ihnen, Sharif war schon weg. Auf seiner Facebookseite war er mit ein paar anderen Kämpfern zu sehen, die die Arme umeinander gelegt hatten, vor sich ihre Waffen. Gestellt wie eine Postkarte.

Eine Woche später stand Cliff draußen an dem See, an dem er vor einer Ewigkeit mit Alain gewesen war, mit dem Roller. Er war ganz allein mit dem Rad hinausgefahren, auf eine gewisse Weise zog das Wasser ihn an, das Wasser und die Erinnerung an den Sommer damals, als er versucht hatte, nach Hamburg zu Cemre zu kommen.
Inzwischen war sie wieder in Berlin, er hatte zweimal kurz mit ihr telefoniert, mehr Kontakt hatten sie nicht. Sie arbeitete auch hier an der Uni. Ihr Leben war ausgefüllt.
Nach langem Suchen hatte Cliff ein Stück Ufer gefunden, an dem auch im Sommer niemand campierte und niemand badete, ein Stück Ufer zwischen kranken Büschen und halbtotem Gras. Er starrte übers Wasser, wo die Mücken spielten, und dachte, dass dies alles Unsinn war. Dass das, was er zu Abdelkhamid gesagt hatte, nur so dahingesagt war, ohne Konsequenz.
Er setzte sich ins Gras und begann, auf einem Zettel, den er in der Tasche fand, mit einem Bleistift Linien zu kritzeln. Keine Gesichter mehr, Gestalten vielleicht, aber ohne Gesichter, und wenn sie doch Gesichter hatten, wer sah sie? Nein. Es gab keinen, der alles sah. Er. Er existierte nicht, nur seine Regeln. Aber es fühlte sich schlecht an, die Regeln zu brechen. Es fühlte sich an wie ein Versagen. Keine Zigaretten, kein Alkohol, keine Bilder. Er zerriss das Blatt, ließ die kleinen Fetzen in den See regnen.
Er wünschte, er hätte auf andere Art glauben können. So wie Abdelkhamid oder Sharif, so absolut, so mit vollem Herzen. Er glaubte mit dem Kopf, und nur an die Regeln. Alain hätte gesagt: Du bist zu klug, dich in etwas so Irrwitziges wie einen Gott zu verrennen.
Alain.
Er hatte ihn seit Monaten nicht gesehen.
»Wir haben ihn gemacht«, flüsterte Cliff. »Allah. Aus den Gesetzen. Den

Geschichten. Und deshalb ist er da. Wir erschaffen ihn und erschaffen ein Reich nach seinen Geboten und Verboten. Das ist kein Irrsinn. Das ist höhere Vernunft. Wenn alle die Gebote und Verbote einhalten, funktioniert die Welt doch. Ich brauche etwas, das funktioniert.«Es war ein Tag Ende August, und das Internet war voller Blut. Morden im Namen des Einzigen.

Und Cliff, dort am See, widerstand der Versuchung, zu zeichnen, aber nicht der Versuchung, das Handy einzuschalten und sich die Bilder anzusehen, die die Welt fluteten. Die Flut war rot, und die Welt würde in ihr ertrinken.

Es waren Bilder von Siegen unter der schwarzen Flagge mit dem weißen Glaubensbekenntnis. Bilder von einrollenden Panzern und Pickups voller Mörser und Gewehre, Bilder von Leichen, von Reihen aus Toten im Staub, von den Geköpften, Erschossenen, Gerichteten, Gesteinigten, Gepeinigten, Gehängten, Gekreuzigten. Die Faszination, die sie ausübten, war unerklärlich. Es waren nicht nur Allahs Regeln, die ihn anzogen, er wusste es, es war auch der Sog der Bilder. Er wünschte, er hätte ihn abstreiten können, aber das wäre eine Lüge gewesen. Ihm war heiß. Er schaltete das Handy aus und sprang ins Wasser, auch dies war die Wiederholung des Tages mit Alain, aber er schwamm nicht durch Wasser, er schwamm durch einen See aus Blut.

Und es trug ihn.

Es war das Blut derer, die besiegt werden würden und die zu besiegen legitim war. Das Blut derer, die sich weigerten, den richtigen Weg zu gehen. Der IS hatte den ersten Amerikaner geköpft. Amerika, die große Macht, verlor den Kopf, es war ein hübsches Bild – verlor den Kopf in der orangefarbenen Kluft der Guantanamohäftlinge: Moslems, Terrorverdächtige, die die Amerikaner ihrerseits seit Jahren langsam zu Tode folterten, um Geständnisse zu erzwingen. Und wir alle, hatte Sharif getwittert, sind solche Häftlinge gewesen, auf unsere Art, wir alle waren immer gefangen in ihrem System. Jetzt geben wir ihnen das alles zurück.

Cliff fand unter Wasser den Amerikaner, er fand den blutgetränkten Wüstensand, und er fand das Sindschargebirge, die Heimat der Jesiden. Ehe sie geflohen waren.

Er fand die Sklavinnen, die die Kämpfer mitgenommen hatten. Sie schwammen am Grunde des Sees wie eine seltsame Art von Wasserwesen, Blutwesen, blassen Nixen, da waren ganze Scharen von ihnen, ihre großen Augen ängstlich zu ihm emporgerichtet. Er konnte sie besitzen, wenn er wollte, sie alle, doch er schwamm nur über sie hinweg, auf der Suche nach mehr. Er fand die toten Kämpfer, und er fand die, die sich selbst als Waffe verwendet hatten, die Vorhut mit den Sprengstoffgürteln, die der IS vorausschickte, um Chaos zu stiften, ehe er die nächste Stadt angriff.
Märtyrer.
Ihre Körper oder das, was von ihnen übrig war, lagen in weiße, blutige Leintücher gehüllt, man würde ihre Überreste begraben, ohne das Blut von ihren Gesichtern abzuwaschen, wenn es noch Gesichter waren. Denn ihr Blut war heilig, sie waren rein von Natur aus, alle Märtyrer waren rein.
Und im Jenseits hatten sie neue Gesichter. Schönere, jüngere.
Gesichter mit einem Lächeln, denn sie waren nicht umsonst gestorben.
Die Jungfrauen des Paradieses warteten auf sie im Schatten grüner Bäume, zwischen dem Gesang von Vögeln und den goldenen Strahlen einer anderen, sanfteren Sonne.
Das Adrenalin, das mit den Bildern des Bluts in seinen Körper geschossen war, ebbte ab, und er wurde ruhig, schwamm auf den Wellen des Lichts aus dem Jenseits zurück und legte sich nackt zwischen die Sträucher, um zu trocknen.
»Am Ende, Alain«, wisperte er, »ist alles Frieden. Ein Frieden, den man nur finden kann, wenn man durch den Krieg geht, durch die Hölle. All diese Opfer sind notwendig. Wenn ich dort war, wenn ich all das gesehen und getan habe, kann ich es hinter mir lassen. Dann werde ich nie mehr fasziniert sein von diesen dunklen, schlüpfrigen Dingen, dem Blut, dem Schmerz, den Schreien. Ich werde sie vergessen.«
Er merkte erst, als es fertig war, dass er sich aufgesetzt und doch wieder begonnen hatte, zu zeichnen – diesmal in die feuchte Erde zwischen den Halmen. Alains Gesicht, detailgetreu. Alains Gesicht in Erde und Dreck.
Alles würde gut werden, wenn er fortging.

Nur eines war blieb unmöglich. Eine Sache in seinem Leben, die er schon zu lange mit sich herumtrug wie eine schwelende Wunde, wie ein Geschwür, etwas Unnatürlich, etwas, das man ausbrennen musste. Die Liebe zu einem Mann.

Er sah Alain Mitte September zum letzten Mal.
Cliff sah jetzt anders aus, er hatte sich den Kinnbart der Dschihadisten stehen lassen und machte zusammen mit Abdelkhamid und ein paar anderen Kraftsport und Ausdauertraining. Schon jetzt, in den Parks der Stadt, auf den Kieswegen zwischen Hunden und Herrchen, Ball spielenden Kindern und Sandkastenbuddlern, trainierten sie für die Ausbildung, die sie bald beginnen würden. Sie brauchten perfekte Kontrolle über ihre Körper, und Disziplin und Askese waren ein Teil davon. Sie standen jeden Morgen um fünf auf und joggten, ehe sie, immer noch, an ihren gewöhnlichen Arbeitsplatz zwischen heißem Fett und gestressten Menschen zurückkehrten.
Cliff hatte Alain angerufen, von sich aus. Sie trafen sich im Eisenbahncafé neben der Brücke, nur ein paar hundert Meter weit entfernt vom alten Haus in der Schivelbeiner Straße.
Alain jobbte jetzt im *Due Forni*, einer Punkpizzeria mit bemalten Wänden an der Schönhauser; von dort kam er. Er trug seit langem wieder den Kurt-Cobain-Parker.
Cliff war pünktlicher als er, saß schon da, als er kam, und es durchzuckte ihn wie ein Blitz, als Alain auftauchte. Sich neben ihn auf die schmale alte Bierbank setzte, die an der Hauswand in der Septembersonne stand. Er saß nicht einmal besonders nahe bei Cliff, aber es fühlte sich unglaublich nah an. Sein blondes Haar hing ihm offen auf die Schultern, nicht unbedingt sehr gekämmt, trotz allem war Alain nie mädchenhaft gewesen. Der helle Himmel in seinen Augen war ein wenig zerfasert, durchsetzt von Wolkenstreifen.
»Ich werde eine Weile nicht … hier sein«, sagte Cliff, und Alains Hand, die auf dem Tisch lag, nur so, möglicherweise absichtslos, kam ihm in die Quere seiner Gedanken. Er legte seine eigene Hand daneben, so dass ihre Handkanten sich berührten, und eine Weile sahen sie beide schweigend

diese Hände an. »Alles ist jetzt … in Ordnung. Ich habe einen Sinn gefunden. Einen Sinn im Leben. Ich werde etwas Gutes tun.«
Alain sah seine Hand an, machte keinen Versuch, die Berührung auszuweiten, und nickte. »Du bist wieder da angekommen, wo du immer warst«, sagte er und stand auf, und Cliff dachte, er würde gehen, doch er kam wieder, er hatte lediglich zwei Tassen Kaffee geholt, schwarz für Cliff, er hatte nicht vergessen, wie er ihn trank. »Falls du überhaupt noch Kaffee trinkst«, sagte Alain. »Falls es nicht zu den Dingen gehört, die jetzt plötzlich verboten sind.« Er klang bitter. Er wusste es, dachte Cliff, er wusste alles.
Cliff trank den Kaffee. In der WG tranken sie ihn türkisch und schwarz, das hier war Wasser dagegen, aber er sagte nichts.
»Die Jesiden sind ein interessantes Volk«, sagte Alain. »Ich hatte überlegt, sie als Thema zu nehmen, für meine Facharbeit in Kunst. Das Abi rückt bedrohlich näher.« Er grinste, aber nur ein wenig. »Früher habe ich mir immer vorgestellt, wir würden es eines Tages zusammen machen.«
»Ich war nie auf dem Gymmi.«
»Aber du hättest hingehen können.«
Cliff sah weg. »Nein«, sagte er. »Du willst es nicht wahrhaben, aber: nein. Du siehst Dinge in mir, die nicht da sind. Ich hab die Hauptschule gerade so geschafft. Manche Stempel sind zu tief. Eingebrannt, wie Feuermale. Die lassen dich kein Abi machen mit diesen Stempeln. Mutter aus der Türkei, Vater arbeitslos, zerrüttete Familie, Gewaltneigung.«
»Das ist Unsinn«, sagte Alain vorsichtig. »Millionen von Türken oder Halbtürken oder Leuten aus anderen Ländern machen Abi in Deutschland. Millionen von ihnen sind Teil der Gesellschaft, ohne dass es jemandem auffällt. Mein Vater kommt aus Frankreich.«
»Das ist EU.«
Alain lachte leise und trank seinen Milchkaffee aus.
»Die Jesiden«, wiederholte er. »Sind ein interessantes Volk. Weißt du, zu wem sie beten?«
»Zum Teufel«, antwortete Cliff.
Alain musterte ihn eine Weile aufmerksam. »Sie beten zu dem gefallenen Engel Pfau, Melek Taus«, sagte er dann. »mit den nachtblauen Federn. Er

ist vom Himmel gestürzt, weil er sein wollte wie Gott, aber Gott hat ihn aufgehoben und ihm vergeben. Nun ist er der erste Botschafter Gottes bei den Menschen

»Ein gefallener Engel«, sagte er. »Dem vergeben wurde.« Und die Worte an sich jagten ihm einen Schauer über den Rücken. Es war kindisch, doch sie machten ihn Angst.

»Alain?« Die Worte kamen ganz leise, kaum hörbar. »Du bist nicht Gott.«

»Natürlich nicht.«

»Und ich bin nichts weiter als ich.«

»Natürlich.«

»Du kannst mich nicht aufheben und mir vergeben und alles ändern.«

Alain sah ihn an, mit zusammengekniffenen Augen. »Geh nicht«, sagte er. »Geh da nicht hin.«

Da schob Cliff die Kaffeetasse weg und stand auf.

Alain stand ebenfalls auf.

Sie standen vor dem Tisch, vor dem Eisenbahncafé mit seinen alten Lampen und Gleisschildern und Schienenteilen und seltsamen Menschen, die des billigen Kaffees wegen da waren; sie standen auf dem Gehsteig in der Septembersonne, und sie sahen uns an. Und dann umarmte Alain Cliff. Er umarmte ihn mit mehr Kraft, als Cliff ihm zugetraut hatte.

Cliff erwiderte seine Umarmung nicht. Er schloss die Augen. Und spürte Alains Wange an seiner, eine leise, leichte Berührung, und er hoffte inständig, dass niemand dies sah. Dann erwiderte er die Umarmung doch noch und ersagte sich, dass all die verwirrenden Gefühle in ihm sterben würden, sobald er dort war, wo er hingehörte.

Dass er Alain niemals wiedersehen würde.

»Kommst du denn zurück«, sagte Alain.

»Ich weiß es nicht«, sagte Cliff.

Und er öffnete die Augen, und sie ließen sich los, und er ging.

Aber am Abend war er wieder beim Haus in der Schivelbeinerstraße. Da waren andere Menschen, von denen er sich verabschieden musste. Die Haustür unten schloss nicht mehr richtig, es war kein Problem, in den Flur zu gelangen. Cliff stand lange vor Rickis Tür im Erdgeschoss und lauschte dem Fernseher dahinter, dessen Worte er nur manchmal verstand. Irgendeine Soap. Reklame. Wieder Soap-Stimmen. Der Fernseher schien Rickis einzige Gesellschaft zu sein. Cliff stellte mir vor, wie er auf dem Sofa saß, im Unterhemd, das Krokodil auf seinem Oberarm deutlich zu sehen, vielleicht eine Bierflasche in der Hand, eine unerklärliche, weiche Sehnsucht in den dunklen Augen, die beinahe wie seine waren. Schließlich schrieb er einen Zettel und schob ihn unter der Tür durch.

»Werde eine Weile auf Reisen sein. Leb wohl. Cliff.«

Und er lief die ausgetretenen Stufen in den ersten Stock hinauf. Margaretes Vater öffnete. Er sah Cliff an wie den Fremden, als der er sich fühlte. Cliff fragte nach Margarete, als wäre er wieder vier oder fünf Jahre alt und wollte wissen, ob sie zum Spielen in den Hof runterkommen könnte. Er murmelte etwas von wichtig und länger weg, und Margaretes Vater schaltete immer noch nicht, hatte keine Ahnung, mit wem er sprach; vermutlich war es der Bart. Margarete tauchte hinter ihm auf und sagte, – auch das, als wären sie wieder vier oder fünf Jahre alt: »Lass uns in den Hof runtergehen.«

»So spät?«, fragte ihr Vater.

»Nur um zu reden. Ich bin achtzehn.«

»Könnt ihr nicht hier reden?«

»Es ist noch warm da draußen. Im Hof redet es sich besser.« Sie hauchte einen Kuss auf die Stirn ihres Vaters, ehe sie an ihm vorbeischlüpfte.

Und dann saßen sie unten auf den Stufen zum Hinterhaus, dem unbewohnten, dort, wo sie immer gesessen hatten. »Ich wollte … mich verabschieden.«

Sie nickte. »Alain hat gesagt, dass du gehst.« Dann sah sie Cliff an und schüttelte den Kopf. »Du siehst wie jemand aus, den ich nicht kenne.«

»Vielleicht bin ich das«, sagte er.

»Warum?«, fragte sie. »Warum das alles? Muss alles kaputt gehen? Und warum vertraust du uns? Wir könnten dich der Polizei melden. Alain oder ich.«

»Was willst du ihnen melden?«, fragte er und legte einen Arm um sie. »Dass ich gesagt habe, ich würde mich verabschieden?« Und dann, leiser:

»Margarete, ich werde etwas Gutes tun. Etwas, das richtig ist. Du verstehst es jetzt nicht, aber du wirst es dann verstehen. Ein Paradies auf Erden. Regeln, die funktionieren. Frieden. Das ist doch kein schlechtes Ziel.«
»Ich dachte, das Ziel ist eher, möglichst viele Leute umzubringen.«
Keiner von ihnen sprach genau aus, was er tat, vielleicht, weil es das wahrer gemacht hätte. Cliff fragte sich, ob Margaretes Vater am Fenster stand, und vielleicht nicht nur er. Da war Licht, oben im Fenster. Nach einer Weile verlosch es, und ein Schatten verließ das Fenster. Margarete stand auf, nahm Cliffs Hand und zog ihn zum Schuppen. Und der Schuppen war offen. Die Tür quietschte leise, als Margarete dagegen drückte, und ließ die beiden Heimatlosen ein.
Margarete schloss sie wieder. Setzte sich auf einen Stapel alter Luftmatratzen.
Dann löste sie ihr Halstuch, ein tiefblaues Tuch, das Cliff an die Flügel des Melek Taus, des Engel Pfau erinnerte. Sie schlang es um ihr langes Haar, verbarg es und sah zu ihm auf.
»Ist es so besser?«, flüsterte sie. »Und dann hättest du gerne, dass ich zu Hause sitze und fünfzehn Kinder werfe und die Wohnung nicht mehr verlasse? Ist es das, was du willst?«
»Nein«, sagte er. »Natürlich nicht. Das habe ich niemals gesagt.«
»Aber sie sagen es. Die, zu denen du gehst. Sie steinigen die Frauen, die nicht gehorchen. Sie graben sie bis zur Hüfte ein und hüllen sie in ein weißes Tuch, damit man ihr Gesicht nicht sieht, und steinigen sie. Es dauert Stunden, bis sie sterben.«
»Du weißt gar nicht, wo ich hingehe und was ich glaube«, wisperte er. »Was hat Alain dir bloß erzählt?«
Und er zog das Tuch von ihrem Kopf und griff in ihr Haar und küsste sie, weil es das war, was sie wollte, und vielleicht auch das, was er wollte, denn es war ein Abschied, und sie war immer ein Teil seines Lebens gewesen.
»Deine Eltern werden fragen, was wir so lange im Hof unten gemacht haben«, sagte er, aber sie lachte nur.
»Geredet, was sonst. Sie glauben meistens, was sie glauben wollen, und das bekommen sie zu hören«, sagte sie. »Aber ein Kuss wäre nicht so ver-

werflich. Wenn man nicht dort lebt, wo man dafür gesteinigt oder ausgepeitscht wird.«
»Hör auf damit«, sagte Cliff. Er küsste sie noch einmal, und ihr Haar roch so vertraut, genauso, wie es gerochen hatte, als sie Kinder gewesen waren. Nur der penetrante Gummigeruch des Luftmatratzenstapels drang in diesen Geruch nach Blumen und Sonne. Und er zwang seinen Körper zu tun, was Margarete von ihm wollte. Es war nicht schwer.
Er dachte an damals, mit fünfzehn, an die Szene auf ihrem Bett, die so jäh unterbrochen worden war. Er dachte an das Bild von Alain und Margarete als Kinder, das über ihrem Bett gehangen hatte, womöglich immer noch hing. Er dachte an Alain im Schuppen. Die rote Farbe.
Und während er dachte, schoben seine Hände Margaretes Rock hoch, ihre Strumpfhosen mit den winzigen Pünktchen hinunter, er löste den Knopf seiner Jeans, und sie stoppte ihn, sie war immer noch vernünftig, sie bestand auf allem, was nötig war, und er gehorchte, dieses eine und letzte Mal, zum Abschied: mehr Gummi als das der Matratzen, sie hatte, was gebraucht wurde, in der Tasche. Er fand sich tief in ihr wieder und war erstaunt, wie reibungslos es funktionierte, er hatte sonst bisweilen Schwierigkeiten gehabt mit den Mädchen. Obwohl er immer diese anderen Bilder heraufbeschworen hatte, die Bilder vom See, am Tag des Rollers, die Bilder des Jungen, der seine Flügel verlor und sie nicht verlor.
Die Bilder, die er träumte.
Er spürte die Berührung von Alains Hand, er spürte Alains Umarmung in der von Margarete, sie waren alle eins, doch es würde niemals verwerflich oder unnatürlich sein, mit Margarete zu schlafen.Er liebte sie, als sie selbst, auf eine ganz eigene Weise.
Sie war nie Platzhalter gewesen, sie war ein Anker. Für beide, ihn und Alain.
Sie war die Leinwand, auf der das Dunkle und das Helle sich abbildeten, sie war die Erde unter ihren Füßen. Sie hielt ihn in der Realität. Ein letztes Mal und mit ihrem ganzen Körper.
Später stand sie in der Haustür, diesen weichen, anschmiegsamen Seidenschal um den Hals, und sah ihm nach, und auch daran würde er sich immer erinnern.

Zwei Tage später saß er in einem Wagen in der Türkei, der gen Süden fuhr.
Es war ihm nicht gelungen, sich von Cemre zu verabschieden, sie hatte keine Zeit gefunden, ihn zu sehen. Er hatte vor ihrer neuen Wohnung draußen in Zehlendorf gestanden und lange gewartet, ob sie nicht zufällig doch nach Hause kam, aber sie war im Labor gewesen, hatte zu arbeiten gehabt, und am Ende hatte er die Terrassentür mit einem Stein eingeschlagen, um drinnen seinen Abschiedsbrief auf den einsamen Couchtisch im zu aufgeräumten Wohnzimmer zu legen.
Leb wohl.
Du wirst mich hassen, denn ich ziehe mit den anderen in den Dschihad.
Ich komme nicht zurück. Nicht lebend. Das ist der Plan.
Nein, er würde nicht zurückkommen.
Er zeichnete den Engel Pfau an die Fensterscheibe des Wagens, was niemand bemerkte. Der Gott der Jesiden hatte dem gefallenen Engel verziehen, ohne etwas dafür zu verlangen. Menschen, die einen solchen Engel, einen solchen Gott anbeteten, waren zu gefährlich. Bedingungsloses Verzeihen an sich war gefährlich.
Wenn der Eine verzieh, Er, das Regelwerk, forderte er seine Tribute. In den Krieg zu ziehen. Zu töten. Zu sterben.
Und wenn ich der Engel Pfau wäre … Cliff wischte den Engel weg. Sie hatten recht, sie zu töten. Tötet die Verzeiher, dachte er, ehe sie euch auf ihre Seite ziehen.
Diese Autofahrt war wie ein Sprung. Er sprang in die Dunkelheit wie in den See bei der Autobahnausfahrt, er nahm Anlauf und sprang und ließ alles andere hinter sich. Vor ihm lag eine Welt aus Schatten und Blut und überlieferten Versen, die eine perfekte Rechtfertigung bot für alles, was ab jetzt geschah.
Er war, nach Langem, dachte er, zu Hause. Im Nichts.

Cliff.
Ich habe mich damals gefragt, warum ich dich liebe. Was es ist. Vielleicht ist es nichts.
Vielleicht ist es unerklärlich.
Chemie. Aber das klingt flach, es klingt, als wären wir läufige Katzen. Molche. Nacktschnecken. Lieben Nacktschnecken?
Es gab tausend Gründe, dich zu hassen, aber ich konnte es nicht. Ich konnte keinen von Euch hassen, auch Alain nicht, der es mir einfach gemacht hätte, es mir gestattet und es mir verziehen hätte.
Als ich dich in den Schuppen gezogen habe, um dich zu küssen, um mehr mit dir zu tun, da war es ein verzweifelter Versuch, dich zu halten. Dir klarzumachen, dass du nicht gehen durftest. Es war ein ständiges Auf und Ab mit dir und den falschen Leuten, oder, du hättest gesagt: mit dir und der Dunkelheit. Aber jedes Mal, wenn Alain oder jemand anders dich zurückgeholt hatte, jedes Mal, wenn du wieder fielst, fielst du tiefer. Und damals, als du beschlossen hast, mit den Dschihadisten zu gehen, dachte ich: Das ist der tiefste Punkt. Der Punkt ohne Wiederkehr.
Ich hätte gern geglaubt, dass du edle Motive hattest, dass du gegen ein Unrechtsregime kämpfen wolltest und den Rest nicht sahst, aber du warst nicht dumm genug dazu, und ich wusste, dass es das Blut war, das dich faszinierte, es war eine kranke und mir unerklärliche Faszination.
Ich hoffte, du würdest einschlafen, dort im Schuppen auf dem Stapel alter Luftmatratzen, ich hoffte, du würdest am nächsten Morgen irgendwie den Anschluss verpassen. Du schliefst nicht ein, nicht eine Sekunde, du hieltst mich in den Armen, noch einen Moment, nachdem alles vorüber war, und dann hast du dich angezogen und bist gegangen, noch ehe ich ging. Du warst zu diszipliniert, um einen einzigen Moment lang zu entspannen.
Du weißt es nicht, und Alain weiß es nicht, aber ich bin am Morgen wirklich zur Polizei gegangen. Sie haben dich nicht mehr aufgehalten. Ich wusste die Namen der anderen nicht, nicht den Namen der Moschee, in der ihr euch traft, ich konnte ihnen keine schlüssigen Indizien liefern. Ich weiß nicht, ob sie es trotzdem versucht haben, vielleicht warst du einfach zu schnell.
Aber ich war da, ich, die Vernünftige. Ja, ich habe dich verraten.

Wenn es nur etwas genützt hätte.
Ich hatte weniger Angst davor, dass du eines Tages in der Wüste stehen und jemanden vor laufender Kamera (und das stimmt nicht einmal, die Videos sind geschnitten) köpfen würdest, ich hatte weniger Angst davor, dass du zu denen gehören würdest, die dort Schlächter spielen, denn sie würden dich das nicht tun lassen. Wir wussten ja, was mit den meisten geschah, die aus Europa kamen: Sie wurden Kanonenfutter.
Als du wiederkamst, im Herbst 2015, habe ich geweint. Aus lauter Erleichterung. Eine Weile habe ich mich der Hoffnung hingegeben, es wäre wirklich alles anders gewesen. Du sahst anders aus, du hast anders geredet, du hattest ein glattrasiertes Gesicht. Was ist schon eine Rasur? Aber ich gab mich der Hoffnung hin, alles würde gut, wie man sich einem neuen Liebhaber hingibt. Und die Hoffnung ist ein guter Liebhaber, glaub mir.
Wie sehr ich mit ihr lebte, mit der Hoffnung, während Alain sich damit beschäftigte, die Wahrheit herauszufinden, Beweise zu finden, Indizien, Dokumente, Namen.
Erinnerst du dich an den Tag, an dem du die Tischlerei verlassen hast, den Engel im Schrank in deinen Augen? Weißt du noch, wie ich dir nachgegangen bin und dich auf der Straße gefunden habe?
Wie es an diesem Tag zum allerersten Mal schneite?
Wir gingen zusammen weiter, du warst ruhiger geworden, hast dich entschuldigt, du wüsstest auch nicht, was los gewesen wäre. Und dann sind wir zum ersten offenen Weihnachtsmarkt gefahren, in jener letzten Novemberwoche, zum Weihnachtsmarkt am Alex, während der Schnee in dünnen, feuchten Flocken um uns schwebte und für Sekunden weiße Schichten auf den Dingen bildete.
Der Weihnachtsmarkt am Alex war immer schon zu laut, zu sehr Rummel und zu wenig Weihnachten, doch mit dir, an jenem Tag, war er schön. Wir drängten uns durch die Gassen, in denen die Leute dicht an dicht standen, der Schnee hatte sich in Regen verwandelt, der Wind war kalt und unangenehm schneidend, und wir tranken heißen Kinderpunsch. Keinen Alkohol. Das war gut, ich werde nur müde von Glühwein. Du hast mich untergehakt, um mich im Gedränge nicht zu verlieren, hast mich durch die Massen gesteuert wie ein Schiff, und manchmal habe ich dich gesteuert.

Du hast mir eine Tüte gebrannter Mandeln gekauft, und ich habe gesagt, wir müssten sie zu zweit essen, und du hast dich geschlagen gegeben. Die Askese für ein paar Mandeln unterbrochen.
Auch die Zeiten der Askese, dachte ich, gehen vorbei. Es ist ein langsamer Prozess.
Es gibt diesen wunderbaren Begriff der posttraumatischen Belastungsstörung, und vielleicht, dachte ich, war es das, vielleicht hast du deshalb kaum gegessen. Einfach, weil es nicht ging. Ich wusste nicht, was du gesehen hattest und warum du am Ende zurückgekommen warst.
Weißt du noch, ich hatte eine grüne Pudelmütze auf. Weißt du noch, wir sind Karussell gefahren, mit so einem unsäglichen Ding mit zu lauter Musik, wir saßen zu zweit in einem zu kleinen Auto, ich glaube, es war rosa, und die Kinder sahen uns komisch an. Und als wir uns trennten, um in verschiedene Richtungen davonzugehen, nahmst du mich in die Arme und zogst die grüne Pudelmütze von meinen Haaren, griffst mit beiden Händen behutsam in die Strähnen. Ich dachte an den Abend im Schuppen, im August, vor einem Jahr.
»Wenn du irgendwann einen kleinen grünen Vogel siehst«, sagte er. »Einen Vogel mit Gefieder wie Blätter im Schatten. Denk an mich.«
Und ich verstand dich nicht, damals nicht.
»Rufst du mich an?«, fragte ich.
»Ein Weilchen noch«, sagtest du. Und du gingst, und zurück blieb eine halbe Tüte gebrannter Mandeln in meiner Hand. Heute weiß ich, warum du zum Alex wolltest und wie genau du dich umgesehen hast. Heute weiß ich, was der grüne Vogel bedeutet.
Und es ist nur zwei Monate her, aber ich denke Damals, wenn ich an jenen Tag denke.
Cliff.

9

Mitten zwischen glitzerndem Schnee und weiß überfrosteten Ästen, mitten zwischen Zweigen voller roter Hagebutten, von denen glänzende Eiszapfen hingen, mitten im ganzen glorreichen Winter, rannte Margarete auf mich zu. Es war der dritte Dezember, der Advent war mit Macht eingekehrt, und sie flog zu mir und riss mich beinahe von den Füßen:
Margarete in ihrem über die Schulter gerutschten roten T-Shirt und ihren ausgeblichenen Jeans, die Winterjacke in einer Hand.
Ich fing sie auf, und sie hielt mich ein wenig von sich weg und sah unter den Winterzweigen zu mir auf, und sagte, außer Atem: »Er hat angerufen. Alain, er hat angerufen, und er hat sich gestellt. Wegen der Sache mit den Waffen in der Wohnung. Weil sie ihn doch suchen, seitdem. Er ist zur Polizei gegangen, endlich. Und sie haben ihn eine Weile dabehalten. Um alles mögliche zu kontrollieren.«
Ich nickte, und wir setzten uns auf eine Bank unter den beschneiten Ästen. Margarete fegte etwas Schnee beiseite, ehe sie sich setzte, und klopfte ihn von ihren Händen.
»Gott, es ist zu warm hier«, sagte sie und legte die Jacke über die Lehne der Bank.
Der Schnee, den sie weggefegt hatte, bestand aus weißen Watteflöckchen, und die Zweige über uns waren bis ins letzte Detail, bis zur letzten roten Hagebutte, künstlich. Hinter dem eisigen, etwas zu bläulichen Glitzern hasteten Menschen mit Einkaufstüten und Taschen vorüber die Gesichter schleiften hinter ihnen am Boden. Im Schaufenster des Papierwarengeschäfts gegenüber der künstlichen Ansammlung von Winter brannten rote Kerzen, doch weder die Kerzen noch die Flammen waren echt, natürlich.
Draußen, vor den Schönhauser Allee Arkaden, schoben sich die Menschenmassen durch den Regen die Treppen hinunter in den U-Bahntunnel. Ich

streckte die Hand aus und berührte die zu harte Nase eines Rehs, das ebenfalls frostbestäubt und ein wenig eingeschneit zu sein schien, lange vor dem Winter in plastinierten Tiefschlaf gefallen. *Jingle Bells* ertönte von links, *Last Christmas* von rechts und *Schneeflöckchen, Weißröckchen* aus dem Papierwarengeschäft direkt vor uns.

»Was heißt *dabehalten?*«, fragte ich vorsichtig.

»U-Haft?« Margarete pflückte eine Plastikhagebutte und drehte sie eine Weile zwischen den Fingern. Ich schwieg. Ich fragte mich, ob ich wissen wollte, was kam. Aber sie lächelte, beinahe heimlich.

»Drei Tage«, sagte sie schließlich. »Er war drei Tage da. Aber er hatte die Sachen mit, die sie sehen wollten. Papiere. Das Flugticket vom September letztes Jahr, als er weggegangen ist. Er hat es aufbewahrt und mitgenommen.«

»Und?«

»Es ist ein Flugticket nach London. Work and travel. Erst England, dann Australien und Neuseeland. Was man alles in einem Jahr machen kann.«

»Wie bitte?« Ich starrte sie an. Sie spielte immer noch mit der roten Plastikhagebutte, lächelte immer noch und schüttelte den Kopf. Zwei, dreimal. Endlich sagte sie: »Das hat er mir nicht erzählt. Das weiß ich von meinem Vater. Er kennt jemanden bei der Polizei.«

»Dürfen die das einfach weitersagen?«

»In diesem Fall … Es ist eine abgeschlossene Sache. Und es ist nichts dabei herausgekommen. Kein Geheimnis.«

»Warte. Neuseeland?

»Sie haben da angerufen. Er hat ihnen Adressen genannt. Leute, bei denen er war. Gearbeitet hat. Eine Plantage und ein paar Höfe. Sie haben alle bestätigt, das er da war. Im Frühjahr, als er uns das Paket geschickt hat, war er in Neuseeland und hat Kiwis geerntet. Ziemliche Knochenarbeit.«

»Warte«, sagte ich wieder. In meinem Kopf fiel ein bunter Scherbenhaufen durcheinander, und ich erkannte nichts mehr.

»Er hat mich angerufen, um mir zu sagen, dass sie ihn haben laufen lassen.« Margarete lächelte jetzt offener. »Und ich denke, er hat nichts dagegen, dass ich es dir sage. Wir … wir haben uns vor ein paar Tagen gesehen. Vor genau vier Tagen. Ehe er sich bei der Polizei gemeldet hat. Und wir haben über Paris gesprochen … Darüber, dass er nichts mehr mit dem ganzen Dschihadscheiß zu tun hat. Er hat gemerkt, dass ich ihm nicht ganz geglaubt habe. Wir waren auf dem Weihnachtsmarkt, beim Alex, wir sind Karussell gefahren wie kleine Kinder, und es war … Alain, es war schön. Es fühlte sich richtig an. So, wie es sein soll. Im Dezember. Wie in einem …« Sie zögerte. »Wie in einem alten Märchen. An Weihnachten wird alles gut.«

»Das ist nicht in alten Märchen so, sondern in neuen Hollywoodfilmen«, murmelte ich, und dann saß ich eine ganze Zeit lang still auf der kunstbeschneiten Bank neben dem toten, niemals lebendig gewesenen Reh und versuchte, ganz ruhig zu atmen und zu denken.

London. Australien. Neuseeland.

»Er ist nie da gewesen«, sagte ich, ganz leise. »Er hat das alles … nur gesagt, um … warum? Warum hat er uns glauben lassen, er wäre im Irak gewesen und in Syrien? In seinem verfluchten Kalifat? Hat er … einfach schon vorher gekniffen?«

»Du hörst dich enttäuscht an«, sagte Margarete und lächelte nicht mehr.

»Nein, ich … das hier passt nicht. Es passt zu gar nichts.«

»Glaubst du, ich habe mir das ausgedacht? Oder Cliff? Oder mein Vater? Oder der Beamte, der es meinem Vater heute Morgen erzählt hat, weil er weiß, dass ich Cliff kenne?«

Ich schüttelte den Kopf, seltsam gequält. Ich hätte Margarete gern geglaubt, aber all dies kam zu plötzlich.

»Er wollte gehen, damals«, sagte sie. »Ganz bestimmt. Er war wirklich bei diesen Wahnsinnigen. Aber er hat es am Ende nicht getan. Er hat uns nie gesagt, dass er wirklich zum IS geht. Es waren immer nur Andeutungen. Was er deinen Eltern erzählt hat, war die Wahrheit. Wir sind es nur nicht gewohnt, ihm zu glauben.« Sie sprach sanft mit mir, wie mit jemandem, dem man etwas langsam erklären muss, weil er es sonst nicht begreift.

Und sie hatte recht: Ich begriff es nicht.

»Er wollte sich nur interessant machen, oder wie«, sagte ich. »Nein. Unsinn.«

»Ich glaube, er konnte nicht zugeben, dass er, wie hast du gesagt? Gekniffen hat. Er kann schlecht Dinge zugeben. Du bist der, der das am besten wissen sollte.« Sie legte eine Hand auf mein Knie, eine warme Hand voller Schwielen vom Tischlern. Down to earth. Margarete, wie sie immer war. Glaub es. Akzeptier die Wahrheit. Keine romantischen Geschichten. Kein Blut, keine Ruinen.

Work and travel. Kiwis.

Mein Gott.

»Und was ist mit Stefan? Das war kein Zufall, erzähl mir bloß das nicht, erzähl mir nicht, das war einfach irgendein Mitbewohner, den er vorher nicht kannte. Und warum läuft er durch ganz Berlin und verschwindet, wenn man ihm folgt, früher oder später? Und warum ist er aus unserem Gästezimmer ausgezogen, wenn er sich der Polizei jetzt sowieso gestellt hat?«

»Du weißt«, sagte Margarete ernst, »warum er aus eurem Gästezimmer ausgezogen ist.«

Ich sah weg. »Verdammt«, sagte ich. »Ja. Meine Schuld. Wir hätten uns nicht küssen dürfen. Aber dich ruft er an, Shit, weshalb ruft er dich an und mich nicht, weshalb trifft er sich mit dir und rennt über Weihnachtsmärkte und nicht mit mir, weshalb …«

»Alain«, sagte Margarete. »Du weißt das alles.«

Ich erwiderte nichts. Was gab es zu erwidern.

»Was er in Berlin tut«, flüsterte sie nach einer Weile. »Warum er verschwindet, wenn du ihm nachläufst. Ich meine, er merkt, dass du ihm folgst, Alain.« Sie lächelte. »Mach dir nichts vor. Und dieser Mitbewohner … Das war kein Zufall. Natürlich nicht. Ich glaube nicht an Zufälle. Aber vielleicht ist er … Cliff … vielleicht ist er auf der anderen Seite. Vielleicht arbeitet er gegen die Leute, auf die er damals gehört hat. Vielleicht hat er in Moabit in dieser WG gewohnt, um den Typen zu beobachten, verstehst du? Er wollte immer Sachen wiedergutmachen. Von früher. Das wäre doch eine Gelegenheit. Eine große. Wenn der IS in Berlin etwas plant, nach Paris. Dann sollte jemand es verhindern. Jemand, der den Verein von innen kennt.«

Es klang logisch. Es klang vernünftig. Aber Cliff hatte noch nie logische Konsequenzen aus irgendetwas gezogen.

»Margarete«, sagte ich. »Haben wir die Rollen getauscht? Ich bin der, der

immer gesagt hat, dass … Cliff die Kurve kriegt. Dass ich ihm … helfen kann, irgendwie. Dass alles gut wird. Und du warst die, die gezweifelt hat. Weil es realistischer ist zu zweifeln. Ich war immer der, der … ihn zu sehr …« Ich hasste das Wort, es war ein leises, eiliges Wort, »geliebt hat.«
Sie sah mich lange nur an. Dann stand sie auf und strich ein paar Flocken Kunststoffschnee aus ihrem Haar, sie stand vor mir und sah zu mir herunter, und sie schüttelte langsam den Kopf. »Weißt du, in was du verliebt bist? In die dunkle Seite. Die Seite, auf die du es nicht geschafft hast. Du hast es ja versucht, weißt du noch, mit dem Falschgeld und der Spielerei und dieser seltsamen Hardrockerphase, aber es hat nicht funktioniert für dich. Du willst, dass *er* da drüben ist, in der Nacht! Du willst es ja! Damit du und nur du ihn zurückholen kannst. Das ist es, was du liebst, Alain. Nicht den Menschen. Und deshalb kannst du es nicht haben, dass er gar nicht mehr dort ist. Du hast immer geglaubt, dass man unendlich oft verzeihen muss, ja, dass man unendlich oft helfen muss. Aber dass Cliff es alleine schafft, ohne dich, das hast du nie geglaubt. Und das willst du nicht. Dann wäre das Spiel ja zu Ende.«
Sie spuckte mir die letzten Sätze entgegen, halb flüsternd, die Worte waren für niemanden in der Passage bestimmt als für mich, und wer weiß, vielleicht für das Plastikreh. Ich stand ebenfalls auf und legte meinen Arm um den Hals des Rehs, während ich Margarete nachsah, die den geraden, peinlich sauber gewischten Gang der Passage entlang davonging, beinahe rannte. Ich hatte sie selten wütend gesehen.
Als sie zwischen der Adventsmenge der eiligen Menschen in den Arkaden verschwunden war, sah ich das Reh an. Womöglich hatte ich gar nicht den Arm um es gelegt, sondern versucht, es zu erwürgen.
Die ganze Glitzerwelt zu erwürgen.
Cliff hatte sie lange verlassen, sein Leben hatte nichts mehr mit den Tempeln des Geldes zu tun. Er hatte etwas gefunden, das jenseits lag. Was immer das bedeutete. Ich denke, Dinge wie Geld oder Glitter waren mir immer schon auf eine gewisse Weise egal gewesen, aber ich hätte nie versucht, sie loszuwerden: die Welt der Blumengeschäfte, die Blumen aus Übersee verkaufen, die Welt der Pralinenmischungen und der globalen Musikindustrie. Die Welt meines Vaters: der Kneipen und der Rhythmen.

Die Welt meiner Mutter: der Galerien, in denen man Kunst zu Scheinen machen konnte. Die Welt, in der wir tanzen, wenn uns nach Tanzen zu Mute ist, und essen, wenn uns nach Essen zu Mute ist. Nicht, weil wir Hunger haben.
An diesem Tag fragte ich mich zum ersten Mal, wie es wäre, sie abzuschütteln.
Und was ich dahinter fände.

Am nächsten Morgen ging ich ins Gästezimmer hinüber, hakte beide Fensterflügel auf, oder eigentlich alle vier: jene alten, umständlichen Doppelglasfenster. Ich öffnete sie weit, spürte die kalte Dezemberluft, die hereinströmte, und ließ die Flügel hinausfliegen. Alle Flügel, die ich je gemalt hatte. Ich hörte ihr Flattern, spürte den Luftzug, als sie flohen.
Margarete hatte recht. Ich hatte immer daran geglaubt, dass alles vielleicht gut würde, aber nie daran, dass es schon gut war. Dass Cliff ohne mich zurechtkam. Auf der richtigen Seite.
»Es ist nicht wahr, was du gesagt hast!«, flüsterte ich und meinte Margarete. »Dass nur die Dunkelheit mich anzieht und der Gegensatz. Dass mich der Mensch John-Clifford Bergmann nicht kümmert. Das ist nicht wahr!« Ich spürte, dass Tränen in meinen Augen standen, als ich es sagte, die Tränen eines vierjährigen Jungen.
»Kiwis«, wisperte ich, während ich die Zeichnungen abhängte, eine nach der anderen. »Neuseeland. Es ist … völlig verrückt. Und das Paket. Warum wollte er, dass wir denken, er wäre im Krieg gewesen?« Der Stapel der kleinen Bilderrahmen auf dem Tisch wurde höher und höher, ein zerbrechlicher Turm, der zu tausend Scherben zerspringen würde, wenn ich daran kam und ihn umstieß.
Wenn nur ein Bruchteil von dem stimmte, was Margarete gesagt hatte. Wenn Cliffs seltsame Wanderungen durch Berlin sich so erklärten, dass er jemand anderem folgte, jemand anderen auffliegen lassen wollte, dann war er dabei, sich in eine verdammt gefährliche Lage zu bringen.
Ich setzte mich aufs Bett und presste die Hände an die Schläfen.
»Es ist nicht an dir, ihm zu helfen«, sagte ich, diesmal zu mir selbst. »Sieh es ein, Alain. Es gibt einen Grund, dass er Margarete anruft und nicht dich.

Dass er sich mit Margarete trifft und nicht mit dir. Du hast gedacht, es liegt daran, dass Margarete harmloser ist. Aber es liegt daran, dass Margarete wichtig ist. Und Alain Dubois nicht. Alain Dubois, der kleine Junge aus dem zweiten Stock, ist nur ein Sidekick, eine Nebenfigur.«

Die Tür zum Gästezimmer öffnete sich leise, und Coco trat ein. Sie setzte sich zu mir aufs Bett und legte die Arme um mich. »Was ist los?«, fragte sie. »Ist was mit Cliff? Irgendeine schlechte Nachricht?«

»Nein«, sage ich. »Zu viele gute. Sieht aus, als könnte ich sie nicht ganz prozessieren. Wie ein Computer, der hängt.«

»Du ... hast die Bilder abgenommen?«

Ich nickte. »Wer braucht schon Flügel. Es gibt kein Ziel, zu dem man mit jemandem fliegen könnte. Die Leute erreichen ihre Ziele alle allein.«

Vier Tage lang lebte ich einfach von Stunde zu Stunde, ich aß, ich schlief, ich zeichnete, ich lief herum, ich begleitete Coco zu ihren Flüchtlingshilfsgeschichten, aber ich war nicht bei der Sache. Ich sah Margarete ein paar Mal im Hausflur. Sie nickte mir nur zu und wehte vorbei wie ein vergangenes Stück Sommer. Sie war immer noch sauer. Cliff ging nicht an sein Handy. Aber das hatte er noch nie getan, wenn ich ihn angerufen hatte.

Am Abend des zweiten Advents, als Coco die zweite Kerze auf dem Kranz anzündete, der tannenduftend an seinen roten Bändern in der Küche hing wie er es schon in meiner Kindheit getan hatte, mit denselben Holzengelchen und demselben Teddybären mit dem misslungenen Gesicht, der immer ungehalten aussah, mit demselben gläsernen Nussknacker mit demselben Sprung quer über dem winzigen Gesicht und demselben hinkenden Pferdchen – als Coco die zweite Kerze anzündete, saß ich am Fenster, wie oft in den letzten Tagen, und da sah ich jemanden. Drüben, auf der anderen Straßenseite, vor dem kleinen Hutgeschäft, das Hüte zu jeder Gelegenheit und in allen Größen fertigt, Hüte mit einem halben Plastikstrauch am Band und Hüte, die aussahen wie sinkende Dreimaster.

Dort stand jemand, der nicht aussah, als wolle er einen solchen Hut kaufen, jemand mit einer dunklen Kapuzenjacke gegen die Kälte und dünnen Beinen in Jeans, und ich war mir auf einmal sicher, dass er schon eine ganze Weile da stand – und dass er den Eingang unseres Hauses beobachtete. Eigentlich hatte er schon gestern da gestanden. Er sah aus, als wartete er auf jemanden, eine Verabredung, die nicht eingehalten wurde, einen Freund, der ihn vergessen hatte. Ich kniff die Augen zusammen und erkannte ihn im Licht der Straßenlaternen und der sich vorbeischiebenden Autoscheinwerfer: Es war Cliffs zweiter Mitbewohner aus Moabit. Farouk mit dem weichen Gesicht. Glaubte er, Cliff wäre hier? Hatte er irgendwie herausgefunden, dass er früher hier gewohnt hatte?

Oder es immer gewusst?

Hatte er Cliff schon gekannt, ehe Cliff beschlossen hatte, wegzugehen? Er verkroch sich ganz in seine Jacke, die Hände in den Jackentaschen vergraben, frierend. Beinahe tat er mir leid. Der Wind trieb halb gefrorene Regentropfen durch die Straße, kein Wetter, um einen Hund vor die Tür zu jagen. Und er sah so jung aus, kindlich beinahe; ein Kind in den Kleidern eines Erwachsenen.

Als Coco und Henri zu Bett gingen, zwei Stunden und eine Unterhaltung über Musik im einundzwanzigsten Jahrhundert später, stand er immer noch dort.

Ich war der Letzte in der Küche, ich hatte das Licht schon gelöscht, und ich sah ihn vor dem Hutgeschäft stehen und sein Handy anstarren, und dann, plötzlich, schien er die Schultern zu zucken, genau sah ich es nicht, wandte sich ab und ging langsam, etwas unschlüssig in Richtung Schönhauser Allee davon.

»Coco?«, rief ich in Richtung Bad, während ich meine Schuhe band. »Ich muss nochmal los. Anruf von ’nem Kumpel. Bin morgen zum Frühstück da. Oder auch nicht.«

Ich hörte ihr Lachen, während das Wasser rauschte, warmes Wasser für Menschen, die in behaglichen Wohnungen mit Adventskränzen wohnen, und dann war ich auf der Treppe, und dann war ich draußen.

Ich holte Farouk an der Kreuzung zur Schönhauser ein. Das heißt, ich holte ihn nicht ein, ich blieb hinter ihm, versuchte, meinen Atem in den Griff zu bekommen, ich war zu schnell gerannt, und folgte ihm, wie ich Alain gefolgt war. Auf den Bahnsteig, wo ich mich bemühte, weit genug von Farouk weg nur irgendjemand zu sein, in die grell erleuchteten Waggons der S8, die die Augen schmerzen ließen und wo ich auf einem Sitz

in mich zusammensank und mich schlafend stellte. Er sah mich nicht. Bei Farouk war ich mir sicher, dass er mich tatsächlich nicht sah, vielleicht hatte Cliff mich immer gesehen. Aber vielleicht hatte Margarete auch unrecht, oder vielleicht hatte sie das gesagt, weil sie sauer gewesen war.
Farouk stieg am S-Bahnhof Grünau aus, ich folgte ihm durch ein Wäldchen und dann nach rechts, eine schmale, dunkle Straße entlang, deren Häuser lange schliefen. Dann kletterte er zur Rechten über ein altes Tor, auf ein Gelände voller alter, efeubewachsener Bäume und schief stehender Straßenlaternen und lief einen Pfad durch trockene, trostlose Stauden entlang, um ein großes, graues, altes Gebäude herum. Hinter dem dunklen Wildwuchs glänzte das Wasser der Spree.
Es war beinahe unmöglich, Farouk lautlos zu folgen durch all das tote, raschelnde Blattwerk, ich musste zu viel Abstand halten, und fast dachte ich, dies wäre das Ende meiner nächtlichen Tour: Er würde im Unterholz verschwinden, irgendwo zwischen alter Baumasse und vergangener Parkschönheit, und nicht wieder auftauchen. Doch dann lachte ich beinahe, denn er machte es mir leicht: Er hatte eine Taschenlampe bei sich, die er jetzt anschaltete, und schlich in ihrem Lichtkegel weiter, es war ein Kinderspiel, dem Licht nachzugehen. Als dieses Licht die hintere Fassade des Gebäudes abtastete, sah ich, dass es mehr als verfallen war, die hohen Fenster mit Spanplatten vernagelt, die teilweise schon Opfer von neuem Vandalismus geworden waren, das braune Gras voller Scherben. Ich begriff nicht, was Farouk hier tat, aber ich begriff, dass ich sehr allein war. Und wenn Farouk war, wer ich glaubte, dass er war – nicht nur der kindliche Mann mit dem weichen Gesicht – dann war dies hier eine schlechte Idee.
Man sollte so weit draußen zwischen Fensterscherben und totem Unterholz niemandem begegnen, der vielleicht ungern verfolgt wird. Der vielleicht bereit ist, andere Menschen für seinen Glauben in die Luft zu sprengen. Von einem weichen Gesicht sollte man nicht auf zu viel schließen. Ich fragte mich, ob Farouk etwas holte oder jemanden traf oder was er hier tat.
Es war zehn durch.
Ich schickte Margarete die Koordinaten des Grundstücks, während ich

zusah, wie Farouk eine Spanplatte beiseite schob und durch ein Fenster stieg.
Bin hier. Vielleicht dumm von mir.
Eine Weile wartete ich, dann benutzte ich das Handy als Lampe, hielt die Hand halb darüber, damit das Licht nicht zu weit zu sehen war, und ging außen weiter und fand eine andere Stelle, wo die Mauer marode war, um ins Gebäude zu kommen.
Drinnen trat ich auf mehr Scherben, erschrak und blieb stehen. Das Geräusch des brechenden Glases war verräterisch laut gewesen. Doch nichts geschah. Der gelbliche Strahl der Taschenlampe war nirgends zu sehen, in diesem Raum war ich allein. Ich leuchtete die Wände ab, leuchtete hinauf bis zur Decke und fand zwischen den gesplitterten Scheiben und den herunterhängenden Tapetenfetzen vergangene Grandeur: Die Wände waren vor allem im oberen Bereich voller Stuckverzierungen. Jugendstilerinnerungen schwebten unter den Decken, und man sah noch die Stellen, an denen höchstwahrscheinlich Kronleuchter gehangen hatten. Vor langer Zeit war der Saal in einem satten Gelb und einem tiefen Rot gestrichen worden, nun gab es nur noch Reste von Farbe. Ein Ballsaal. Dies war ein Ballsaal gewesen. Jetzt sahen mich die Fratzen verzerrter Tänzer aus teils schon überschmierten Graffitis an, Buchstaben und Ornamente ergossen sich über die wilde Mischung aus Verfall und mutwilliger Zerstörung. Erst jetzt erinnerte ich mich, dass ich von diesem Ort gehört hatte: Ddem ehemaligen Ballhaus Grünau. Es stand seit Langem leer, war ein Kultort für Berlinbesichtiger, aber vermutlich mehr im Sommer. Jetzt fror selbst der Schimmel an den Wänden.
Ich wanderte durch den großen Raum und blieb am anderen Ende unter einem Graffiti von einem Zwischending aus Hund und Monster stehen, das die Vorderpfoten auf eine alte Stuckverzierung gestützt hatte.
Was zum Teufel wollte Farouk hier draußen?
»Was zum Teufel willst du hier draußen?«, fragte jemand, und ich zuckte zusammen.
Einen Moment lang dachte ich, derjenige meinte mich, seine Stimme hallte durch die hohen Räume, doch er befand sich einen Raum weiter. Ein paar Meter weiter gab es eine doppelflügelige Tür in der Wand, die

halb offen stand, ich bemerkte sie erst jetzt und schaltete das Handy sofort aus. Es war Farouk, der die Frage gestellt hatte. Seine Stimme war weich wie damals in der Wohnung, weich wie sein Gesicht. Ängstlich.

»Ich meine, Scheiße, *hier?* Warum hast du mich *hier* herbestellt? Wo du vorher warst, das ging noch. Mann, aber hier …! Ist das eine neue Art von Selbstkasteiung? Du kannst in einem Fünf-Sterne-Hotel schlafen, du weißt, dass du das kannst, und dann baust du dir hier draußen in diesem Scherbenhaufen ein Lager wie ein zwölfjähriger Pfadfinder? Du bist total übergeschnappt. Ich …«

»Halt mal die Luft an«, sagte Cliff.

Ich biss mir so hart auf die Unterlippe, dass ich beinahe aufschrie vor Schmerz. Cliff. Er war hier.

»Und was verbrennst du da?«, fragte Farouk.

»Setz dich. Immerhin zwei Klappstühle. Luxus. Ich hab kein Problem mit Fünf-Sterne-Hotels. Aber ich bin gern allein.«

Ich hörte Stühle über den Boden scharren.

Und jetzt drang auch der Geruch nach Rauch in mein Bewusstsein. Ich trat nicht näher an die Tür heran, doch ich fand ein Loch in der Mauer, wo mehrere Steine herausgefallen oder herausgeschlagen worden waren, und durch dieses Loch konnte ich in den angrenzenden Raum sehen, wenn ich mich hinkniete. Der Raum war ein Tanzsaal wie dieser, nur kleiner. In seiner Mitte züngelten orangefarbene Flammen in die Höhe, daneben: eine alte Matratze mit einem ziemlich neuen Ourdoorschlafsack, ein ebenso neuer Campingkocher, Cliffs Trekkingrucksack, die beiden halb auseinanderfallenden Klappstühle.

»Die Ruderer hatten eine Nikolausveranstaltung«, sagte Cliff und lachte. »Lauter alte Herren. Ich bin rechtzeitig abgehauen. Aber es ist sowieso gut, nicht zu lange an einem Ort zu bleiben.«

»Kapier ich nicht. Du warst bei der Polizei, du bist durchgecheckt und sauber. Wovor versteckst du dich?«

»Ich habe nicht behauptet, dass ich mich verstecke«, sagte Cliff. Aber es klang nach einer lahmen Verteidigung. Wovor versteckte er sich? Vor mir? Vor sich selbst? Vor der Welt, durch die er am Tag pausenlos unterwegs war, auf einer Suche, die ich nicht begriff? Wenn Margarete doch recht

hatte, dachte ich, wenn er gegen den IS arbeitete … Dann und nur dann gab es einen realen Grund, unauffindbar zu bleiben. Aber dann hätte er Farouk nicht herlotsen dürfen.
Cliff hängte Teeebeutel in zwei Blechtassen, nahm einen Topf vom Campingkocher und goss heißes Wasser in die Tassen. Farouk häufte Zucker aus einer kleinen Metalldose in seinen Tee, und eine Weile hörte ich nur das Prasseln der Flammen und das Geräusch des Blechlöffels, der beim Umrühren gegen die Tasse klapperte, noch ein Zeichen von Farouks Nervosität.
»Also. Was ist rausgekommen bei deinem Detektivspiel?«, fragte Cliff schließlich.
»Wie ich dir am Handy gesagt hab. Nicht viel. Ich glaube nicht, dass er noch nach dir sucht. Mir wäre es trotzdem lieber, wenn er nicht da wäre. Die anderen auch. Wir würden ihn gerne …«
Cliff schnitt ihm das Wort ab. »Das ist meine Sache. Das habe ich euch gesagt.«
»Du bist nicht unbedingt der, der das Sagen hat.«
»Nein?« Ich sah Cliffs Blick nicht, aber Farouk sah ihn.
»Von mir aus«, knurrte er. »Aber kümmer dich. Das ist zu gefährlich.«
Ich krallte eine Hand in die andere. Das war der Grund, aus dem Farouk in der Straße herumgelungert hatte. Er hatte nicht auf Cliff gewartet, sondern auf mich. Auch ich besaß einen lebenden Schatten. Aber an diesem Abend hatte ich den Spieß umgedreht, und so viel Angst mir Farouks Worte machten – beinahe hätte ich gelacht, dort hinter meinem Mauerloch, wo ich zwischen den Scherben der großartigen Vergangenheit von Musik und Tanz und Unbeschwertheit hockte.
»Wenn du anfängst, wild irgendwelche Leute auszuschalten«, sagte Cliff, »dann kannst du gleich die Presse anrufen und alle Pläne im Netz posten.«
Farouk lachte, unfroh, und Cliff sagte: »Ich hab dich hergeholt, weil ich dich fragen wollte, was du von dem Ort hältst. Man könnte hier Kram lagern. Oder?«
»Müsste ich mir mal das ganze Ding angucken«, meinte Farouk und stand auf, und ich hörte, dass er sich geschmeichelt fühlte, weil Cliff ihn fragte.

Kram lagern. Es klang nach alten Lehrbüchern und Sommerklamotten. Farouk schob mit dem Schuh etwas Glut zurück ins Feuer und fragte wieder, was Cliff verbrannte, außer offenbar einem weiteren alten Stuhl, aber in diesem Moment verlagerte ich mein Gewicht und stieß eine größere Scherbe um, die bis jetzt an der Wand gelehnt hatte. Es klirrte, und Cliff sprang auf und drehte den Kopf in meine Richtung wie ein Tier, das Gefahr wittert. Plötzlich war sein ganzer Körper angespannt.
Er machte einen Schritt in meine Richtung, zögernd. Und noch einen Schritt. Beim dritten Schritt kniete ich nicht länger auf dem Boden, ich sprintete durch den Raum, fand noch eine Tür, die in einen Korridor führte, rannte den Korridor entlang, oder ich rannte nur halb, denn ich hatte es nicht geschafft, in der Eile das Handy einzuschalten, ich rannte im Dunkeln, stolperte, tastete mich voran, hinter mir die Stimmen und Schritte von Cliff und Farouk. Ich hörte sie fluchen, ich schaffte es irgendwie, den kleineren Ballsaal umrunden und auf der anderen Seite herauszukommen, was ich erst begriff, als ich durch eine neue Tür das Feuer wiedersah.
Die Schritte hinter mir waren verstummt. Einen Moment lang stand ich reglos an die Wand neben der Tür gelehnt, dann hörte ich die beiden wieder, irgendwo in den Eingeweiden des Gebäudes, obwohl ich nicht verstand, was sie sagten. Sie schienen zu streiten. Einer von ihnen sagte etwas von einem Tier. *Es ist nur ein Tier.* Ich war nur ein Tier, ja, ein Säugetier mit rasendem Herzen, getrieben von Adrenalin, kaum fähig zu atmen.
Das Tier schlich sich bis zum Feuer voran, auf leisen Sohlen, fiebrig vor Furcht, und dort verbrannte nicht nur Holz, nein, dort verbrannte Papier, Dutzende großer Bögen von dickem Papier. Ein Großteil war bereits verbrannt, doch ein paar der Bögen schienen nass gewesen zu sein und waren noch teilweise erhalten, ganz am Rand der kleinen Feuerstelle. Ich griff danach und zog sie heraus; das Adrenalin in meinen Adern ließ mich weder Hitze noch Schmerzen spüren.
Vier große DIN-A-3-Bögen, angesengt, dreckig. Einer davon mehr als zur Hälfte verbrannt. Ausbeute einer Nacht. Bilder, dachte ich. Er verbrennt wieder Bilder. Er hatte irgendetwas auf diese Bögen gezeichnet, ich sah nur vage, dünne Linien im Feuerschein, aber vielleicht betrachtete er in seinen

Bestrebungen nach absoluter Askese oder Läuterung oder was weiß ich auch das Malen, mehr noch als früher, als überflüssige Tätigkeit.
Oder er verbrannte immer noch Dinge, die Gesichter hatten.
Sie durften nicht brennen, nicht diese vier Bögen, diese Bögen, diese Bilder gehörten mir und ich würde sie vor ihrem Schöpfer retten. Er war immer noch verrückt, dieser Mann, auch wenn Margarete es nicht wahrhaben wollte, verrückt auf seine absolut eigene Weise, zu klug und verrückt zugleich.
Der Rauch des Feuers zog quer durch den Saal und suchte sich seinen Weg durch die schadhaften Stellen seitlich im Dach, verräterisch. Aber niemand schien es bisher bemerkt zu haben. Ich hörte jetzt Cliffs und Farouks Stimmen wieder, näher, war in Sekunden an der Wand und zwängte mich durch eine weitere Mauerlücke, in einen weiteren Flur, erreichte ein Zimmer voller Überreste von Möbeln, erfüllt von einem penetranten Geruch nach Urin. Ein paar leere Bierflaschen, die zur Seite kollerten, als ich dagegen trat. Als ich das Handy anmachte, fand sein Licht auf den Wänden Hakenkreuze und schwarz in schwarz verschmierte Sprüche in abenteuerlicher Orthografie.
Es ging vor allem um Ficken und um Scheiße und um Ausländer.
Schränke mit herausgerissenen Türen gähnten leer in die Nacht, dies schien eine Art Garderobe gewesen zu sein. Die Wände waren früher blau gewesen, goldene Verzierungen thronten über den vernagelten Fenstern.
Die Stimmen drangen fern zu mir, und dann hörte ich jemanden fortgehen, jenseits der Wand. Farouk. »Ich geh ja schon!«, hörte ihn rufen. »Mann, reg dich ab, ich geh ja. Aber du meldest dich, ja? Mach hier nicht dein eigenes Ding draus, wir hängen da alle drin.«
Cliff antwortete nicht.
Und ich stand zwischen uringetränkten, dreckverschmierten Sesseln mit halb herausquellender Füllung und Hakenkreuzen und starrte im Licht des Handys das erste Blatt Papier an.
Und auf einmal kamen mir die rechten Sprüche an den Wänden harmlos vor. Kindereien.
VERWORFEN stand mit dickem Stift quer über die Zeichnung in meinen Händen gekritzelt.

Wie auch auf allen anderen.
Die Zeichnung, die ich in einer Hand hielt, besaß kein Gesicht. Dies war nicht das Bild eines Menschen, nicht das Bild eines Tieres. Keine verschlungenen Pflanzen, keine Ornamente. Nein.
Dies war eine Architekturzeichnng.
Ein Gebäude in der Aufsicht, mit einzelnen Stockwerken, sorgsam und winzig beschriftet. Ausgänge, Notausgänge, Fahrstuhl. Und dann fand ich eine Skizze der Gebäudefassade. Es war das Sonycenter am Potsdamerplatz, das Emblem des IMAX war eingekreist.
Darunter Zahlen, sorgfältig aufgelistet: Besucherzahlen des Kinos und der Passage. Pfeile.
Die Öffnungsrichtungen aller Türen waren eingezeichnet, einer mit dem Begriff »toter Winkel« versehen. Da war noch ein Wort. Schusslinie. Immer wieder, versehen mit gestrichelten Linien, alles akkurat ausgeführt. Die zweite Zeichnung zeigte die alte Nationalgalerie, dazu gab es zwei Bögen. Treppen, Markierungen berühmter Werke, wieder Besucherzahlen und die »toten Winkel«.
Der vierte Bogen zeigte offenbar eine Schwimmhalle, ich kannte sie nicht.
VERWORFEN, VERWORFEN, VERWORFEN.
Was ich in der Hand hielt, waren die Pläne oder die verworfenen Pläne eines Anschlags oder eines Überfalls. Die Besucherzahlen sprachen mehr für ersteres. Aber wenn dies die verworfenen Pläne waren, wo waren die nicht-verworfenen?
Ich legte meine Handfläche auf eines der Hakenkreuze an der Wand. Ja, kindisch. Niedlich. Nichts als ein bisschen Kriegsspielerei, schickt die vandalierenden Jungnazis in den Kindergarten zurück. Die wahrhaft Gefährlichen, der Untergrund, auch im rechten Milieu, schmierte nichts an Wände. Plante still, plante genau.
So genau wie der IS.
Und da drüben, neben den Flammen eines kaum der Rede werten Feuers, saß einer und nutzte sein Talent, um alles zu zeichnen, was er sah, wenn er tagelang durch Berlin wanderte. Von Menschenansammlung zu Menschenansammlung.
Margarete. Du hast keine Ahnung.

Er ist nicht zurückgekommen, um zu verhindern oder zu helfen. Er ist zurückgekommen, um sich zu rächen. Vielleicht auch an uns. Ja, Margarete, zurückgekommen, dachte ich. Kiwis in Neuseeland? Flugtickets? Anrufe bei Arbeitgebern? Ich hatte es geschafft, mit siebzehn genug Geld zu fälschen, um mich ein paar Wochen durch die Kneipen der Stadt zu spielen. Willkommen in der Welt der Fälscher.

In der er, dachte ich, immer schon gelebt hatte. Alle seine Rettungen waren gefälscht gewesen, die Male, die er mich gerettet hatte und die Male, die ich geglaubt hatte, ihn zu retten.

Ich ging nicht nach Hause an diesem Abend. Ich stieg nicht in die S-Bahn, um zurückzufahren und in mein Bett zu fallen, die Papiere zu sichern, mit meinen Eltern zu sprechen. Mit Margarete.
Ich kroch mit den Papieren und meinem tonnenschweren Herzen tiefer in die Eingeweide des maroden Gebäudes, fand auf dem Weg einen Raum mit einem Flügel, den jemand blau und rot angesprüht hatte und dessen seltsame Schönheit mich noch melancholischer stimmte. Seine stummen Töne begleiteten mich weiter, eine Treppe zum ersten Stock hinauf, und dort, in einer windgeschützten Ecke, standen zwei alte Sessel, ähnlich vereinsamt wie der Flügel. Sie boten mehr Bequemlichkeit als irgendetwas zwischen den zerfallenden Räumen, ihre Sitzflächen waren aufgeschlitzt, aber sie stanken immerhin nicht nach Urin, und die Fenster hier oben waren so lückenlos zugenagelt, dass der Wind und der Dezember draußen blieben. Ich schob die Sessel zusammen, so leise es ging, und rollte mich darauf zusammen wie das Tier, das ich war, was ist der Mensch als ein Tier? Nur verdammt, wo hat er sein Fell verloren? Ich war unendlich müde, so müde wie Cliff nach seinem Herumstreifen durch die ganze Stadt es jeden Abend sein musste, nach seinen genauen Beobachtungen, die niemand außer ihm so im Gedächtnis behalten konnte, nach all der Konzentration. So müde, als hätte ich selbst Dutzende von Lageplänen gezeichnet, wäre meilenweit gelaufen. Hätte Hunderte Notausgänge und Schusslinien dokumentiert.
Ich schob die Papierbögen unter meinen Kopf, schloss die Augen, in

meine Jacke gewickelt, und vor mir drehte sich der dunkle Raum, begann vor meinem inneren Auge zu der Musik zu tanzen, die vor hundert Jahren diese Säle gefüllt hatte.
Ich sah uns. Cliff und mich. Mitten in dem Saal mit dem Flügel. Es spielte sich von selbst, und wir tanzten, und er sah mich ernst an und sagte: »Und wenn alles anders ist, Alain? Wenn Margarete doch nicht so falsch lag? Es ist immerhin möglich, dass sie gar nicht wissen, dass ich auf der anderen Seite stehe. Ich muss ihnen vorspielen, dass ich noch Teil ihres Projekts bin. Ich muss zu den Drahtziehern gehören, um die Drähte im richtigen Moment durchzuknipsen.«
»Aber du warst dort«, wisperte ich, meinen Kopf nahe an seiner Schulter, während wir uns drehten, unter unseren Füßen die Scherben der Fenster und die Flocken der Tapete, die wie Schnee die Dielen bedeckten. »Du warst im Dschihad. In deinem Kalifat. Du warst an all diesen Orten, an denen niemand sein will. Du warst in der Wüste, in den Bergen.«
»Und es ist schön dort«, sagte Cliff.
»Was ist denn schön? Die Leichen? Die Ruinen? Die Panzer?«
»Die Sonne über den Bergkuppen«, sagte er. »Ich habe dir so oft gesagt: Ich bin zurückgekommen. Ich habe mich abgekehrt. Nur dürfen sie es nicht erfahren. Noch nicht. Kannst du mir glauben?«
»Nein«, sagte ich, und wir tanzten am Flügel vorüber, und ich sah, dass es sich nicht länger selbst spielte, es war eine schwarz verschleierte Frau, die dort saß, verschleiert von Kopf bis Fuß, nicht einmal ihre Augen konnte man sehen. Ihre Finger auf den Tasten steckten in dünnen schwarzen Handschuhen, und auf ihrer Schulter saß ein kleiner grüner Vogel, der sein gefiedertes Köpfchen zärtlich an ihrem Hals rieb.
»Doch«, sagte ich. »Ich glaube dir.«
Da flog der grüne Vogel auf, ich sah ihm nach, aber er war fort, als hätte er sich in Luft aufgelöst, und als ich zurück zum Piano blickte, hatte die Frau ihren Schleier von sich geworfen. Oder es saß
eine andere Person dort, ich war mich nicht sicher. Die andere oder gleiche Person war Margarete.
Sie lächelte uns an, während das Mondlicht sich in ihrem Haar spiegelte, und ich wollte sagen, dass das Mondlicht nicht durch vernagelte Fenster

dringen kann, aber ich kam nicht dazu, denn Cliff und ich drehten uns jetzt so rasch im Kreis, das mich schwindelig wurde, und ich sah die Fenster als vorbeifliehende Schemen. Keines von ihnen war vernagelt, das silberne Licht der Nacht drang ungehindert herein.

»Gib mir noch ein wenig Zeit«, flüsterte Cliff. »Bitte. Alain. Es ist nicht leicht. Und ich weiß nicht, ob ich es am Ende schaffen werde. Ob ich das, was ich tue, überleben werde. Gib mir Zeit.«

Ich schreckte hoch.

Der Raum war dunkel, mondlichtleer, einsam. Und eiskalt. Natürlich waren weder Cliff noch Margarete hier, und das Piano stand ganz woanders. Cliff hatte einen Outdoorschlafsack da unten und ein Feuer und einen verdammten Campingkocher, um heißen Tee zu machen oder Suppe aufzuwärmen. Ich? Ich hatte nichts. Ich war warm angezogen, wenigstens das, ich trug ein T-Shirt und einen Wollpulli und diesmal nicht den alten Parker, sondern tatsächlich die gefütterte Winterjacke, die Coco mir geschenkt oder eigentlich mir aufgezwungen hatte wie einem Grundschüler und die ich selten anzog. An diesem Abend hatte ich geahnt, dass die Nacht lang und ungemütlich werden würde, als ich Farouk nachgegangen war.

Mein Plan war, bis zum Morgen auszuharren, ihm dann zu folgen, wohin er auch ging, und irgendwo zufällig aufzutauchen. Ich musste mit ihm reden. Aber er würde nicht das sagen, was er in meinem Traum gesagt hatte, und er würde nicht mit mir tanzen, und da wäre kein Flügel und kein Mondlicht. Nur eine laute, grelle, volle Stadt und der Dezember.

Ich zog meinen Schal über Mund und Nase und wärmte ihn mit meinem Atem an. Streckte mich, weil meine Knie wehtaten, und rollte mich sofort wieder zusammen, weil es einfach zu kalt war.

Outdoorschlafsack. Verdammt.

Ich schlief auf den vier Papierbögen. Und dann träumte ich einen zweiten Traum, und in diesem Traum kam Cliff zu mir, mitten in der Nacht, aber nicht, um zu tanzen. Es war ein Traum ohne Farben, ohne Geräusche, eigentlich ohne alles, und er war sehr real. Ich sah Cliff nicht, spürte ihn nur in der Dunkelheit, spürte, wie er sich an mich schmiegte und wie die Kälte mich verließ. Wie mein Körper aufhörte zu zittern, wie er einfach nur da war, sonst nichts. Wie er mir etwas von seiner Wärme abgab, damit ich nicht erfror in dieser verdammten kalten Scherbenwelt, in der die Tänze immer nur von gestern sind.

Er legte einen Arm um mich und zog mich ganz nah zu sich heran, und ich fragte mich, ob wir nicht von den aneinandergeschobenen Sesseln rutschen würden, da war zu wenig Platz für zwei. Aber der Platz reichte. Irgendetwas hatte Cliff über uns gebreitet, eine Decke oder den Schlafsack.

Ich nahm seine Hand in meine und drückte sie, dankbar, und so schlief ich weiter, bis das Tageslicht mich weckte, das seinen Weg durch Ritzen und Spalten fand.

Ich setzte mich auf und sah mich um. Ich war allein. Und ich konnte mich kaum bewegen vor Kälte.

Panisch fingerte ich nach dem Handy, schaffte es kaum, es anzumachen. Wie spät war es? Mehr als Dämmer war dieses Tageslicht nicht, es sagte nichts aus. War Cliff längst gegangen? Hatte ich umsonst gewartet und konnte ihm doch nicht folgen?

Sechs Uhr sieben, sagte das Handy. Ich atmete auf.

Machte ein paar dumme Kniebeugen, hüpfte auf und ab, möglichst leise, versuchte, irgendwie warm zu werden. Schrieb noch einmal an Margarete, der ich schon am Abend kurz durchgegeben hatte, alles wäre in Ordnung. Was es nicht war.

»Lebe noch«, schrieb ich. »Wusste gar nicht, dass du Klavier spielst.«

»Ich auch nicht«, schrieb Margarete. Und ich dachte an die Zeit, unsere Zeit, in der Cliff fortgewesen war, und lächelte.

Dann schlich ich mich die Treppe hinunter.

Er war noch da. Ja, er war noch da, er saß auf seinem Schlafsack und zeichnete, und beinahe war ich dankbar, dass ich von dem Loch in der Wand aus nicht sehen konnte, was.

Irgendeinen Plan. Einen nicht verworfenen. Nach einer Weile sah er auf sein Handy, tippte, las, tippte und stand schließlich auf. Er packte alle seine Sachen sehr sorgfältig zusammen. Rollte den Schlafsack ein, stopfte ihn in seine Hülle, befestigte ihn am Rucksack. Rieb die leeren Teebecher mit einem Tuch ab, verstaute Campingkocher und Geschirr, schob die Matratze an die Wand und lehnte sie hochkant dort an, vor den Rucksack. Verstreute die Reste der Asche. Weniger wie ein Krimineller, der Spuren verwischt, denn effektiv verwischt waren sie nicht, als wie ein Soldat, der am Morgen ins Feld aufbricht.

So begann unser Weg, aus dem Ballhaus hinaus, durch das verwilderte Gelände, hinein in die Stadt. Bei Tage wirkte das Ballhaus, genau wie sein Nachbargebäude, einbruchssicherer, als ich geglaubt hatte. Die Spanplatten vor den Fenstern schienen fast neu. Dass Cliff einen Durchgang gefunden hatte, war erstaunlich. Vermutlich hatte er eine der Platten aufgesägt oder -geschnitten, womit auch immer. Ihm schien eine Menge daran zu liegen, für ein paar Tage in diesem alten Ding zu schlafen.

Es waren eigentlich zwei Gebäude, zwei Gebäude in der Wildnis, und ich verstand ihre Anziehungskraft erst ganz, als ich, in einigem Abstand zu Cliff, wieder über den Zaun sprang:

Diese Tanzhäuser waren nur Opfer der Zeit und des Verfalls, aber sie glichen den Gebäuden, die Kriege hinterließen, doch ein wenig. Die Scherben, die einsturzgefährdeten Wände. Die darin vergessenen Möbel wie der Flügel – als hätte jemand rasch aufbrechen müssen. Fliehen.

Als wären die letzten Tänzer schreiend vor einer Katastrophe geflohen, ohne zurückzublicken.

Vielleicht vor einer Explosion. Vor Männern, die in die Menge schossen.

Dies war die Zukunft von Cliffs Plänen.

Ein Denkmal für das Paradies von morgen. Ein Mahnmal. Ein Zeichen für das, was er möglicherweise verhindern wollte. Wenn man dem Cliff der Nacht glaubte, der mit mir getanzt hatte zur Musik aus einem blaurot angesprühten Piano.

Ich folgte ihm an diesem Vormittag lange; die Zeit glitt an mir vorüber wie etwas Irreales, Wattiges, als wäre der Tag selbst nur ein Traum. Vermutlich lag es daran, dass ich mich nach der eisigen Nacht gerädert fühlte. Ich schaffte es immerhin, in einer Bäckerei einen warmen Kaffee zu trinken und ein belegtes Brötchen zu essen, auch Cliff machte ab und zu Pausen. Ich verlor ihn dreimal und fand ihn dreimal wieder. Im Eingangsbereich eines Supermarkts, beim Stehimbiss einer Fleischerei, sprach er mit einem verschleierten Mädchen und zwei Männern, es war vormittäglich leer und ich wagte mich nicht nahe genug heran, um etwas zu hören.

Ich fragte mich, ob es das Mädchen aus meinem Traum war, das am Flügel. Jetzt trug sie Jeans, Turnschuhe und einen blauen Pullover zu dem Kopftuch. Sie war hübsch. Vielleicht so alt wie wir. Für zwei Sekunden dachte ich an Gülay aus dem Gemeindezentrum, aber dies war ein anderes Mädchen. Ihre Augen waren heller. Irgendetwas zwischen braun und grün. Groß und intensiv. Sie flackerten durch die Gegend, wenn sie sprach, auf der Suche nach jemandem, der ihr etwas Böses wollte. Sie fand mich nur beinahe.

Der einzige andere besetzte Tisch des Stehimbisses wurde von einer Familie mit drei Koffern und vier Plastiktüten belegt. Die beiden Frauen trugen Kopftücher und Winterjacken, die Männer müde Augen und Zettel in den Händen: vielleicht Ausdrucke der deutschen Bahn oder irgendeines Amts. Auf dem Tisch standen die weißen Billigkeramiktassen der Fleischerei, gefüllt mit langsam erkaltendem Kaffee und unbeantworteten Fragen, und auf den Koffern saßen drei kleine Kinder, erschöpft, mit glasigen Augen, halb schlafend. Flüchtlinge. Hier und überall. Ich fragte mich, wie viele von denen, die ich sah, vor dem IS geflohen waren. Und wie viele ahnten, dass sie ihn mitgebracht hatten.

Ich folgte Cliff weiter, ich sah seine Augen Orte sammeln. Orte, an denen viele Menschen waren. Er sammelte einen McDonalds, einen Subway und ein weiteres Kino, und dann kannte ich die Straßen und Plätze plötzlich, ich meine, ich kannte sie wirklich, so wie jemand sein Dorf kennt: Wir waren im Prenzlauer Berg. Wir gingen die Seelower Straße entlang, und Cliff führte mich zu einem kleinen Platz, nicht viel mehr als der Kreuzung zweier unbedeutender Seitenstraßen. Dem Platz mit der Gethsemanekirche, an die wir manchmal an Weihnachten gingen, Henri, Coco und ich. Sie ragte hoch und backsteinern in den Himmel in ihrem Rahmen aus wilden Sträuchern, umzäunt von alten Eisenstäben.

Die Gethsemanekirche stand nicht in einem Garten, man konnte es nicht so nennen, es war zu winzig, nur ein Stückchen Erde mit ein paar Sträuchern. Dennoch dachte ich an Jesus im Garten Gethsemane. Mein Gott, warum hast du mich verlassen? Aber nein, nein, das hatte er erst später gesagt. Am Kreuz. Davor … die Nacht davor musste die schlimmste gewesen sein, das Wissen darum, was geschehen würde. Der Gedanke an jene Nacht hatte mich schon als Kind mehr schaudern lassen als alles, was später kam, und ich schüttelte den Gedanken ab.

Ich folgte Cliff auch durch das Tor, das weit offen stand, folgte ihm bis hinter den eisernen Zaun. Er umrundete die Kirche … und das war der Moment, den ich brauchte. Ich umrundete sie ebenfalls. In der anderen Richtung. Da war eine Bank vor den wilden Winterbüschen, die mit ihren kahlen Ästen in den grauen Himmel griffen. Und auf diese Bank ließ ich mich fallen und schloss für einen Moment die Augen. Als ich sie wieder öffnete, kam Cliff eben um die Ecke der Kirche. Er sah mich sofort, blieb stehen wie festgefroren und starrte mich an. Ich starrte zurück. Machte Anstalten, aufzuspringen, ließ es dann aber. »Was tust du denn *hier?*«, fragte ich. Und die Frage war durchaus ernst gemeint.

»Ich wollte mich nur auf irgendeine Bank setzen und einem Moment Pause machen«, sagte Cliff mit einem halben Grinsen.

»Na dann«, sagte ich. Aber es war keine Antwort darauf, was er im Prenzlauer Berg machte.

Er sah sich unschlüssig um, seufzte dann und setzte sich neben mich.

»Und warum sitzt du auf einer Kirchenbank rum?«

Ich sah an dem Backsteinturm der Kirche hinauf. »Ich hatte irgendwie das Gefühl … ich wollte an einem Ort sein, an dem Leute Gott finden. Ein höheres Wesen. Ich habe eine Menge darüber nachgedacht in letzter Zeit«, sagte ich. »Ich habe mich gefragt, ob ich je etwas hinter der Oberfläche finden werde.«

»Gott«, wiederholte Cliff.

»Oder Allah, wie du willst«, sagte ich. »Wo kriegen die Leute ihn bloß her? Wo finden Sie ihn? Oder … wer ist er?«

»Jemand, der sich darum kümmert, dass Unrecht vergolten wird. Dass am Ende die Gerechtigkeit siegt. Ein Rächer.«

»In dem Glauben, den ich auf dem Papier habe, ist es anders«, sagte ich leise. »Er ist einer, der allen vergibt. Ein Vater. Gütig und weise. Ich meine, nicht dass ich Christ wäre. Aber ich bin getauft. Evangelisch.«

»Was würde ein Gott der Vergebung nützen?«, fragte Cliff. »Gegen das Unrecht auf der Welt? Verzeihen wir einfach allen Mördern und Kindesentführern und Folterknechten, und das war's? Das wäre eine Welt ohne Regeln. Ohne Abschreckung. Ohne Grenzen. Jeder würde rauben und töten. Wenn immer verziehen wird, hat es ja keinerlei Konsequenzen.«
»Aber wünscht du dir das nicht manchmal?«, flüsterte ich. »Dass da ein Gott ist, der vergibt? Ich wünsche es mir oft. Man macht so viel falsch, immerzu. Wie soll man alles richtig machen?«
Cliff nickte, schüttelte den Kopf, zuckte die Schultern. »Allah verzieht im Koran denen, die den rechten Weg einschlagen«, sagte er. »Allen, die sich bekehren. Aber er ist trotzdem nicht schwach, er ist … für mich …ein Regelwerk. Er selbst. Jemand muss Regeln aufstellen.«
»Regeln, nach denen man Kiwis pflückt«, sagte ich, ohne ihn anzusehen. Ich sah nur die Gethsemanekirche und die kahlen Sträucher an. Doch ich spürte, wie Cliff sich neben mir anspannte.
Er sagte nichts.
»Regeln dafür, wie man sich auf australischen und englischen Farmen zu verhalten hat«, sagte ich.
Und diesmal nickte er.
»Weißt du das von … Margarete? Ich habe sie angerufen …«
»Warum?«, fragte ich und kickte einen kleinen Stein in Richtung der Kirche. »Warum hast du uns weisgemacht, du wärst im Dschihad, Cliff? Kiwis, verdammt. War das alles nur eine Art, sich … interessant zu machen? Sich aufzuspielen? Oder warst du nie in Australien? Vielleicht hast du Deutschland noch nicht mal verlassen. Ich glaube nicht an Flugtickets.
Er lachte leise. »Und wenn ich da war? Wenn ich Kiwipflücker in Neuseeland war und Viehhüter in Australien? Wenn es stimmt?«
Er stand auf, und diesmal folgte ich ihm nicht mehr heimlich. Wir gingen nebeneinander her und verließen die Umzäunung des verzeihenden Gottes, der vielleicht zu schwach und gerade deshalb, zu seinem eigenen Schutz, eingezäunt war. Cliff sagte nichts mehr über Neuseeland, und ich fragte nichts mehr, ich fragte auch nichts über das Ballhaus Grünau, über die verworfenen Pläne, die ich gefunden hatte, es war zu gefährlich, zu fragen. Oder, wenn das alles nichts bedeutete, zu lächerlich.

So gingen wir nur stumm nebeneinander her, an kleinen Läden mit bunten Kinderkleidern vorüber, an Schaufenstern voller Stoffblumen und Plüschtiere und exotischer Papierwaren, und erst, als wir beinahe da waren, fiel mir auf, wohin wir gingen: Wir gingen nach Hause. In die Schivelbeiner Straße.

Vor der Haustür blieben wir stehen.

»Was willst du hier?«, fragte ich. »Margarete ist nicht da. Sie ist in der Tischlerei. Es ist überhaupt niemand da. Vormittags ist das Haus ziemlich ausgestorben. Im Hinterhaus wohnt immer noch keiner, keiner hat Lust, das zu restaurieren, und die anderen sind bei der Arbeit. Wenn ich hier bin und zeichne, bin ich meistens der Einzige.«

Cliff nickte. »Ich habe geträumt, letzte Nacht«, sagte er dann unvermittelt.

»Von einem Flügel, der sich selbst spielte?«, fragte ich. »Von Margarete und von einer verschleierten Frau mit einem Vogel auf der Schulter? Von … unserem Tanz, hatte ich sagen wollen. Doch ich biss mir auf die Zunge. Es hätte zu viel verraten, hätte vielleicht verraten, dass ich das Ballhaus Grünau gefunden hatte. »Das habe ich nämlich geträumt«, murmelte ich.

»Von einem Flügel? Nein.« Cliff schüttelte den Kopf. »Ich habe vom Schuppen geträumt. Von dem alten Schuppen im Hof. Deshalb bin ich hergekommen. Ich wollte ihn noch einmal sehen. Es war … heute morgen … als müsste ich hierher kommen. Ich glaube, ich muss ihn noch einmal sehen und ihn zeichnen, damit … damit ich mich besser auf andere Dinge konzentrieren kann.«

Ich schloss die Haustür auf, und wir gingen durch den dunklen Flur, in dem mehr oder weniger kranke Fahrräder unter den Briefkästen lehnten, durch bis in den Hinterhof.

Cliff blieb einen Moment im Hof stehen und sah sich um. Drehte sich mit erhobenem Gesicht um die eigene Achse. Als könne er hinter all die dunklen Fenster sehen.

Dann öffnete er die Schuppentür und trat ein.

Ich trat neben ihn.

Einen Moment standen wir still da und sahen die jahrzehntealten Staubkörner in dem Strahl von silbergrauem Licht tanzen, der durch eine Ritze in der Außenwand drang. Vor uns stand das Regal, in dem sich aller mögliche unnütze Kram stapelte, das Regal, dessen Querstrebe die Erinnerung an einen gefesselten kleinen Jungen war. Der Stapel alter Decken und Luftmatratzen, der die Weihnachtskälte vor sechzehn Jahren war. Und mehr, und mehr, der Schuppen hatte all unsere Kindheitstage gesehen, all unsere späteren Lebenslügen, er war immer da gewesen, bei jeder Begegnung, jedem Besuch, ein stummer Zeuge.

»Hier hat alles angefangen«, wisperte Cliff. »Hier. Der verdammte Schuppen ist Schuld daran. Alles wäre anders geworden … Bist du dir sicher, dass niemand im Haus ist?«

Ich nickte.

Und da drang aus Cliffs Kehle ein merkwürdiger, wilder, anschwellender und beunruhigender Laut, etwas zwischen Knurren und Luftholen, und er stürzte sich mit einem Satz auf das Regal voller unnützer Dinge, warf sich mit der Schulter dagegen, immer und immer wieder, bis ich Holz splittern hörte, eines der Bretter brach, das Regal schwankte, doch noch stand es. Er nahm die Füße, trat dagegen, zerrte die alten Luftmatratzen von ihrem Stapel wie Menschen, die er aus dem Schlaf zerrt, warf sich abermals gegen das Regal. Und das Knurren, das an und abschwellende Geräusch schier unmenschlicher Wut, war die ganze Zeit über da.

Er musste dieses Regal, das Innere dieses Schuppens zerstören, um die Vergangenheit loszuwerden.

Ich zögerte nicht lange. Ich half ihm.

Ich rannte gegen das zu schwere Regal an wie er, trat zu, rammte es mit der Schulter, spürte den Schmerz durch meinen Arm zucken und dachte an andere Schmerzen, die Schmerzen, die die Kälte einen Vierjährigen an Heiligabend fühlen lässt, beißend und lähmend; die Schmerzen eines Siebenjährigen, der Prügel von anderen einsteckt, die Schmerzen der Scham, gefesselt und reglos vor diesem Regal zu stehen, ja, doch, ich wusste es noch, noch jede Einzelheit. Die Schmerzen von zwei tiefen Schnitten in meinem Rücken, später. Die Schmerzen, die der Erhalt eines Pakets verursacht hatte, das nicht an mich, sondern an Cemre Bergmann adressiert gewesen war.

Und auf einmal begriff ich Cliffs Zerstörungswut, sie gehörte ihm nicht alleine, wir teilten sie. Wir warfen das Regal mit dem Zorn unserer Erinnerung um, es stürzte und zerbarst, aber das war nicht genug, unsere Tritte ließen mehr Holz splittern, Blumentöpfe zerbrechen, alte Einmachgläser in tausend Scherben zerplatzen.

Ja, zum ersten Mal in meinem Leben fühlte und verstand ich Cliffs Bedürfnis, Dinge kaputt zu machen. Sei es etwas Fassbares oder etwas Unfassbares: Menschen, Freundschaften, Beziehungen. Wenn alles Vergangene falsch war, nichts zu retten, gab es nur die eine Möglichkeit: Es vollkommen zu zerstören.

Ich dachte an die verworfenen Pläne, an die Worte »Schusslinie« und »toter Winkel«, an die Kälte der Nacht im Ballhaus Grünau. An den Kuss in der Nacht von Paris. An unseren Tanz neben dem rotblaubesprayten Flügel, der sich so nah und so richtig angefühlt hatte. Daran, dass Cliff Margarete angerufen hatte, als die Bullen ihn hatten laufen lassen, nicht mich. Alles war verkehrt, ja, und vielleicht war wirklich nichts zu retten.

Vielleicht ließ sich niemand jemals auf eine andere Seite ziehen, vielleicht gab es keinen Übergang zwischen Dunkel und Hell. Und Vergebung war nutzlos. Vielleicht hatte ich mein Leben lang etwas Sinnloses getan und an etwas Sinnloses geglaubt.

Und so trat ich mit Cliff zusammen auf das Regal ein, als wäre es ein Mensch, half ihn, die ohnehin kaputten Klappstühle im Schuppen genau so zu Schrott zu verwandeln wie den eigentlich heilen Holzschlitten, zu dem aber kein Kind mehr gehörte, hieb und trat und machte kaputt, und das Blut rann heißer durch meine Adern als sonst. Es war ein befreiendes, befriedigendes, ein extatisches Gefühl, zu zerstören.

Ich dachte keine Sekunde lang daran, was später geschehen würde, wer wann in den Schuppen kommen und was aus dieser Orgie der Zerstörung schließen würde. Ich war wie betrunken, wie auf Drogen, und in Cliffs Augen sah ich, dass es ihm genauso ging.

Am Ende ließen wir uns auf den Boden fallen, der übersät war mit Holzsplittern, Plastikfetzen, Glas- und Tonscherben, und wir saßen da und rangen nach Atem, zusammen, nah beieinander. Immer noch nicht nüchtern.

»Alain«, sagte Cliff schließlich, noch immer keuchend.
»Hm«, sagte ich.
»Du bist ja ich. Wie kannst du ich sein?« Er schüttelte den Kopf. »Das war es. Das Ende … des Schuppens. Ich wünschte, wir könnten ihn anzünden.«
Ich nickte. »Aber das geht nicht.«
»Natürlich nicht«, sagte er. »Irgendwas bleibt doch immer, Alain …«
Er sah mich an, und das graue Zwielicht machte das Blau seiner Augen zu etwas zwischen Mitternacht und einer Wasseroberfläche draußen bei der Autobahn. Zu etwas sehr nahe an schwarz, das aber noch nicht schwarz war.
Er streckte eine Hand aus, legte sie auf meinen Kopf, auf mein staubiges Haar, und ließ sie einen Moment so. Es war wie eine seltsame Segnung. Dann glitt die Hand hinab auf meine Stirn, auf meine Wange – und dann nahm er sie plötzlich weg, stand auf und klopfte sich Erde und Staub aus den Hosen.
»Danke«, sagte er, drehte sich um und verschwand durch die Schuppentür.
Als ich auf den Hof hinaustrat, war er fort.

Ich textete Coco, dass ich den Tag sozusagen frei brauchte, zum Nachdenken und Zeichnen, dass es gestern zu spät geworden war, und ich am Nachmittag nicht bei dem Infovortrag über Flüchtlinge auftauchen würde wie geplant. Sie schrieb, ich könne nicht immer überall auftauchen und ich solle mir mal Gedanken über mich selbst machen, nicht ständig über andere. Plus drei Smileys.
Gedanken über mich selbst.
Ich ging hoch in den zweiten Stock, zog die verworfenen Pläne aus meiner Jacke, die ich die ganze Zeit über dort aufbewahrt hatte, und verstaute sie in der untersten Schublade des Schreibtischs.
Danach legte ich mich, staubig und dreckig wie ich war, auf mein Bett, das Gesicht nach unten, und so blieb ich lange, lange liegen, ohne mich zu rühren.

Hier hatte ich im letzten September genauso gelegen, damals, als Cliff gegangen war.
Ja, da lag er, der nicht ganz 18jährige Alain, ich sah ihn; ein stilles Bild des Verlusts. Wie ein Kind lag er da auf dem Bett und versuchte, seine Gedanken zu ordnen, versuchte, zu begreifen, was geschehen war. September 2014.
Es gab zwei E-Mails, dann keine mehr.
Cliff war angekommen, in seinem gerechten Kampf, in seiner eigenen neuen Welt, aber er schrieb nicht, wo genau. Es war entweder Syrien oder der Irak, so viel stand fest. Die zweite E-Mail kam kurze Zeit später. Ich zeichne wieder, schrieb Cliff. Hier werde ich gebraucht, zu etwas tatsächlich Sinnvollem. Selbst das verdammte fotografische Gedächtnis, wenn es das gibt, ist zu etwas Nutze. Dies wird die letzte E-Mail sein. Kein Kontakt mehr.
Und es war wirklich die letzte Mail.
Was, fragte sich Alain, alleine auf seinem Bett, ließen sie ihn zeichnen? Keine Menschen, keine Gesichter. Wozu war sein Gedächtnis Nutze? Was half ein Mensch mit einem fotografischen Gedächtnis dem Daisch? In Zeiten, in denen jedes Handy binnen Sekunden Fotos verschicken konnte?
Denn eins war klar, er war dort, beim Daisch, beim IS, er hatte sich wie so viele, von denen man las, den Reihen der Gotteskämpfer angeschlossen, die mit dem Blut der Ungläubigen oder von ihnen für ungläubig erklärten, den Boden in Sham, Großsyrien, reinwuschen, um ihren Staat auszudehnen wie eine unheilbare Krankheit. Und Alain las alles über den Daisch, was er finden konnte. Jeden Zeitungsartikel, jeden Artikel im Netz, jedes Sachbuch. Er hatte sogar begonnen, den Koran zu lesen. Schöne, aber oft schwer verständliche Verse und Schachtelsätze verfolgten ihn bis in seine Träume, und er fand in dem Labyrinth der Worte das Blut nicht, nachdem der Prophet angeblich so entschieden verlangt hatte. Es war da, sicher, irgendwo, es floss verborgen zwischen den Seiten.
Aber Blut floss auch zwischen den Seiten der Bibel, Rache wurde auch dort gefordert, verbannt, gemetzelt und gemordet. Das alte Testament war kein Zeugnis eines verzeihenden Gotts.

Stundenlang lag Alain auf dem Bett und las, und so, wie er das Blut im Koran nicht fand, fand er in der Geschichte des Daisch keine Spur von Allah. Die Entstehung des Daisch war ein rein strategisches Spiel gewesen, der Aufbau der Macht schleichend und gut durchgeplant, wenn man den Artikeln glauben konnte. Die Erschaffer dieser Maschinerie hatten mit Gottesfürchtigkeit nie etwas am Hut gehabt, und seine ersten Kader waren die Männer der gestürzten Husseinregierung im Irak, keine Moscheebesucher, sondern Strategen, Logistiker, straffe Organisatoren.
Sie hatten den vor sich hin kränkelnden Dschihadismus zum ersten Mal so durchorganisiert, dass er funktionieren konnte, ein Netz gegenseitiger Überwachung geschaffen und in Syrien, und an dieser Stelle stockte Alain beim Lesen, die eingereisten, völlig planlosen ausländischen Dschihadisten eingesammelt und ihnen eine Richtung gegeben. Dort, im Machtvakuum des Chaos, zwischen den Bomben des Assad-Regimes, war der Daisch gewachsen wie eine giftige Pflanze.
Und Cliff saß irgendwo zwischen ihren Blättern, lehnte sich an ihren Stamm und atmete ihren Duft.
Und Alain lag auf dem Bett, dem verdammten Bett seiner Kindheit und Jugend, und hieb mit den Fäusten auf die Matratze ein, als wäre er wieder vier Jahre alt, und spürte Tränen in seinen Augen.
Es war alles umsonst gewesen. Alles, was er je getan, was er je versucht hatte.
Cliff war immer auf der schmalen Schneide eines Messer gewandert, und er war auf die Seite gefallen, in der das Dunkel herrschte.

Der Winter kam, und es schneite nicht. Im Mittelmeer ertranken die Fliehenden zu Tausenden, hinter sich den Krieg und die schwarzen Flaggen, vor sich die Zäune und Grenzposten Europas. Durch die Straßen marschierten Cliffs ehemalige Kumpel mit ihren Deutschlandfahnen.
Alain versuchte, aufs Abitur zu lernen. Es war ihm immer leicht gefallen, zu lernen. Jetzt hatte er mehr Zeit als je zuvor, da war niemand, den er suchen, finden und verlieren konnte, niemand, von dem er hoffte, ihn zu treffen. Doch das Lernen fiel ihm auf einmal schwer.
In den Nachrichten, im Internet, vor den Fenstern schlich sich die Gewalt

wie schwarze Tinte an, verschmutzte die Wirklichkeit. Die Dunkelheit, die Cliff unerklärlicherweise immer gesucht hatte, war auf einmal da, die friedliche, leicht ihrer selbst überdrüssige Gesellschaft zerbröckelte. Alain spürte es überall.

Und er sagte mit einem bitteren Lachen zu Margarete: »Er hätte gar nicht weggehen müssen. Hier gibt es ausreichend schlimme Dinge. Er hätte bleiben und ein paar Flüchtlingsheime anzünden können. Oder auf der Straße mit Pflastersteinen werfen. Demos gibt es genug.«

»Darum ging es nicht«, sagte Margarete.

Sie standen im Flur unten, vor der offenen Tür zum Hof, in den der Regen in langen, zähen grauen Fäden fiel. Sie standen da wie zwei Raucher, nur dass keiner von ihnen rauchte, sie sahen einfach zusammen in den Regen, neben sich die Skelette der winterkalten Fahrräder an der Wand.

Er glaubt wirklich, er täte etwas Gutes, sagte Margarete.

Er ist nicht blöd, sagte Cliff.

Nein, sagte Margarete. Aber er braucht ein Ziel. Einen Sinn. Das ist es, was der Daisch den Leuten gibt. Du hast diesen ganzen Kram gelesen. Du müsstest es wissen. Es geht auch um Rache, oder? Die Leute, die in den Dschihad ziehen, rächen sich immer ein bisschen an der Gesellschaft zu Hause. In der sie es nie zu was gebracht haben.«

»Er rächt sich an Cemre.«

»Vielleicht.«

»Aber das ist doch Unsinn, Margarete. Was kümmert es Cemre, wo er ist? Ob er kämpft?« Alain streckte eine Hand aus und fing den Regen auf. »Wie läuft deine Tischlersache?«

»Irgendwie holzig«, sagte Margarete und lachte. »Nein. Es war eine gute Entscheidung. Was machst du nach deinem Abi?«

»Malen«, sagte Alain. »Es ist das einzige, was ich kann. Aber er konnte es besser.« Er trat hinaus in die Mitte des Hofs, in den Regen, und blieb dort stehen, den Blick auf Margarete gerichtet, bis er vollkommen nass war. Es war eisig, der Regen beinahe Schnee. »Warum habe ich es nicht geschafft?«, rief er. »Warum konnte ich ihn nicht zurückholen? Was habe ich falsch gemacht?«

Sie ließ ihn seine Fragen in den Winterabend hinausschreien, da waren mehr, tausend Fragen. Anklagen an sich selbst. Margarete antwortete auf keine.

Schließlich kam sie zu ihm, nahm ihn am Arm und zog ihn mit sich ins Haus, fuhr mit ihren Händen durch sein nasses Haar und strich das Wasser aus seinem Gesicht. »Komm jetzt mit«, sagte sie. »Du holst dir den Tod. Du brauchst was Trockenes zum Anziehen.«

Alain folgte ihr die Treppe hinauf, auf einmal zitternd, ausgelaugt von seinen Fragen, noch immer verzweifelt. Sie nahm ihm den Schlüssel ab und schloss die Wohnung auf, Coco und Henri waren an diesem Tag noch nicht zu Hause. Margarete suchte einen Pullover und Hosen heraus, seltsam mütterlich, zwang ihn, sich umzuziehen, setzte ihn auf einen Küchenstuhl, rubbelte mit einem großen, gelben Frotteehandtuch seine Haare trocken.

Dann machte sie Tee und stellte Tassen auf den Tisch, wozu sie eine ganzen Stapel Zeichenblätter beiseite schieben musste. Erst als sie Alain mit dem dampfenden Tee in ihren Händen gegenüber saß, nahm sie das oberste Blatt und sah es sich an. Blätterte die anderen durch, schüttelte den Kopf. Es waren alles Studien von Menschen, teilweise nackten, teilweise angezogenen Menschen in seltsamen Haltungen, gefesselten Menschen, liegenden Menschen, Menschen, denen Körperteile fehlten.

»Ich … habe sie alle gezeichnet«, flüsterte Alain und umklammerte seine dampfende Teetasse. »Man wird nicht fertig damit. Es gibt immer neue.

»Das sind alles …«

»Fotos aus dem Netz. Manche sind Videostills. Alles, was der Daisch postet. Alle Morde. Alle Hinrichtungen. Die Amerikaner waren die ersten, die ich gezeichnet habe, nur so, und dann … konnte ich nicht mehr aufhören. Jedes einzelne Blutbad … jemand muss es dokumentieren. Fotos sind so beliebig.«

»Du machst es nicht deswegen«, sagte Margarete sachlich. »Du machst es, weil du glaubst, du findest ihn beim Zeichnen. Irgendwo auf den Bildern.«

»Nein. Sie sind zu alt. Das heißt, die neueren nicht … ich …« Er trank den Tee, zuckte die Schultern. »Vielleicht glaube ich, dass es weniger schlimm wird, wenn ich es zeichne. Wenn ich es oft genug genau ansehe. Ich habe so viele Männer gezeichnet, deren abgetrennter Kopf auf ihrer Brust liegt, ich entwickle eine gewisse Übung. Mit Kreuzigungen bin ich auch ganz gut geworden. Tote Kinder sind am schwierigsten. Man sieht ihre Gesichter auf den Fotos zu schlecht. Dann diese Bilder von Kätzchen, die sie posten. Kätzchen, die um Kalaschnikows streichen. Da ist ein Bild von solchen Kätzchen dabei … Hast du es gesehen? Ich habe mich bemüht, die Kätzchen extra fluffig zu machen und mit extra süßen Babygesichtern … Und dann gibt es natürlich die toten Kämpfer selbst. Die Märtyrer. Man erkennt sie schlecht, weil sie sie nicht waschen. Weil sie sie in ihrem Blut beerdigen. Es ist meistens ein Durcheinander aus Feuchtigkeit und Körperteilen. Schwer einzuordnen.«

»Glaubst du, dass es das ist, was Cliff zeichnet? Ich glaube es nicht«, sagte Margarete, immer noch sachlich. »Vielleicht lassen sie ihn Propaganda malen. Helden, die mit der Waffe posieren.«

Alain wischte den Einwurf weg und zeigte auf die Bilder.

»Er ist da«, sagte er. »Mitten drin. Jetzt, in dieser Minute. Eines Tages werde ich ein Foto von ihm finden, ich werde es erst beim Zeichnen merken. Ich werde ihn zeichnen, wie er mit dem abgeschlagenen Kopf eines Menschen in der Hand dasteht. Wie er über ein Leichenfeld geht. Wie er mit einem Messer Gliedmaßen durchtrennt.« Er schüttelte den Kopf. Margarete saß so still hinter ihrer Tasse, so ruhig. Wie konnte sie so ruhig sein?

»Wo ist das Paradies?«, flüsterte er. »Wo ist das Paradies auf Erden, von dem er gesprochen hat? Erschaffen sie es auf diese Weise?«

»Vielleicht«, sagte Margarete. »Die Städte, die sie eingenommen haben, sind sehr … ordentlich. Regeln, hat er gesagt, sind wichtig. Es waren Regeln, die er gesucht hat. Anerkennung und feste Regeln.«

Alain schob die Zeichenblätter zusammen und legte sie aufs Fensterbrett.

»Ist es dir egal?«, flüsterte er.

Und da, ganz plötzlich, sah er, dass Margarete Tränen in den Augen hatte. Sie beugte sich vor und berührte seine Hand. »Alain«, sagte sie. Mehr nicht. Es war ein wenig so, wie Cliff es manchmal gesagt hatte, ein Name als Platzhalter für anderes, was man nicht sagen konnte.

»Ich vermisse ihn«, flüsterte Alain. »Schrecklich.«

»Ich auch«, flüsterte Margarete.
»Wenn er da drüben stirbt, mit all diesen ... Bildern um sich, diesen furchtbaren Bildern«, wisperte Alain. »Wie kann man nach dem Tod in ein Paradies kommen, wenn man als Letztes solche Bilder sieht? Ich kann ihn nicht mehr rausholen. Er ist zu weit weg. Er war immer zu weit weg.«
»Du bist nicht allmächtig.«
»Wer ... oder was ... hat das alles kaputt gemacht? In ihm? Ist jemand von Anfang an so? Oder war es Cemre? Ricki? Ricki hat immer versucht, sich zu kümmern ... Oder waren es die falschen Freunde zu einem falschen Zeitpunkt, irgendwann? Wie wird jemand ...«
»Böse?«
»Er ist nicht böse«, sagte Alain sofort. »Das ist es nicht. Nur ... zerrissen. Ich liebe ihn. Ich habe ihn immer geliebt. Es klingt so dumm. So flach. Wenn man es sagt. Aber es ist so.«
»Du bist nicht der Einzige«, flüsterte Margarete.
»Es ist vorbei, oder? Es ist jetzt vorbei. Kein Kontakt mehr. Wir werden ihn nie wiedersehen.«
Da stand Margarete auf, und Alain stand ebenfalls auf. Sie gingen beide zwei Schritte um den Küchentisch herum und trafen sich davor, da war ein sekundenlanges Zögern, ehe sie sich umarmten und sich gegenseitig festhielten, sehr, sehr fest, als müsste einer den anderen wärmen in diesem kalten Winter.
Und als sie sich küssten, was keiner von ihnen eigentlich erwartet oder geplant hatte, da war es vielleicht nicht ihr Kuss, sondern ein Kuss, der jemand anderem galt. Cliff war da, bei ihnen, doch er stand nicht als Wand zwischen ihnen; er verband sie. In ihrer Einsamkeit, in ihrem Vermissen, wurden sie eins. Und Alain spürte Margaretes Lippen und ihren warmen Mund, und es war, als wäre dies Cliff, aber es war auch ganz anders.Alain hatte nie zuvor eine Frau geküsst, Jungs ein paar, aber es war nichtsErnstes gewesen. Dies hier war ernst. Er stellte fest, dass er größer war als Margarete, einen ganzen Kopf, und dass er sie hochheben konnte. Er trug sie wie ein Kind. Vielleicht war sie eines der Kinder aus den Videos, den Fotos, den Zeichnungen, und dieses eine rettete er. Er trug sie, die ältere, ver-

nünftigere, die den Boden nie unter den Füßen verloren hatte, er trug sie, und sie verlor den Boden also doch. Er trug sie durch die Wohnung, die Treppe hinunter, den Flur entlang, durch den Regen, stieß die Schuppentür auf und trug sie hinein, vorsichtig, sanft.

Da war ein Stapel aus gefalteten Luftmatratzen, Zeugen vergangener Kindheitssommer, und dort setzte er sie ab und fiel zu ihr auf dieses seltsame Bett aus Gummi und Sonnencremegeruch.

Es war kalt, Alain fand zwei Decken auf den Sommerreifen ihres Autos, und als sie nichts mehr anhatten, hüllten sie sich in diese Decken und pressten ihre Körper eng aneinander.

»Ich dachte nie, dass ich jemals mit einer Frau schlafe«, sagte Alain.

»Es ist nicht notwendig«, sagte Margarete.

»Doch«, sagte Alain. Und, nach einer kurzen Pause. »Bitte.«

Aber er brauchte sie nicht zu bitten, sie hielt sich so sehr an ihm fest wie er an ihr, und wieder war Cliff bei ihnen, unter den Decken, oder vielleicht war es nur sein Schatten. Alain schloss die Augen und ließ sich von Margarete führen, Margarete hatte tatsächlich sogar Kondome, Margarete hatte mehr Erfahrung, als er geglaubt hatte und als ihre Mutter in der Welt des Dekorationsgeschäfts und ihr Vater in der Welt seines Büros vermutlich für möglich hielten.

»Es ist nicht nur ein Stattdessen«, flüsterte Alain, als er sich tief in ihr spürte und ehe er begann, sich weiter zu bewegen. »Bitte denk das nicht.«

»Nein, ist es nicht«, wisperte Margarete. »Vielleicht … ich meine, wir könnten lernen …«

Niemand von ihnen sagte: einander zu lieben. Es hätte zu pathetisch geklungen. Und es war nichts, was sie lernen mussten. Sie hatten einander vermutlich immer geliebt, auf ihre eigene Weise, seit sie vier Jahre alt gewesen waren und zusammen einen halb erfrorenen Jungen in diesem Schuppen gefunden hatten.

Sie lagen lange zusammen unter den Decken, sie ließen sich gegenseitig Zeit, und sie fanden zusammen zu einem stillen und leise glühenden Scheitelpunkt, an dem sie umkehren und zurück in die Realität kehren konnten. Aber auch danach lagen sie noch lange zusammen.

Als sie sich anzogen und hinaustraten, hatte der Regen sich in feine Schneeflocken verwandelt, die lautlos vom Himmel schwebten. Wie Flaumfedern unsichtbarer Flügel.

Alain und Margarete verbrachten den ganzen Winter zusammen, das Frühjahr und den Sommer. Sie hielten einander weiter fest, sie schufen sich warme Höhlen aus Zweisamkeit und sprachen leise von früher und manchmal von der Tischlerlehre und dem Abi, aber nie von der Zukunft. Sie waren einander auf eine so stille und dezente Weise nah, dass nicht einmal ihre Eltern merkten oder sich jemals sicher waren, ob man sie als liiert betrachten konnte. Sie selbst wussten es nicht zu sagen.
Sie trafen sich nicht jeden Tag, manchmal grüßten sie sich nur im Vorbeigehen auf dem Flur, und dann gab es Tage, die sie ganz und gar zusammen verbrachten, an denen sie stundenlang im Mauerpark saßen, oben, bei den Sprayern und den Schaukeln, und in den blauer werdenden Frühlingshimmel sahen. Und es gab Abende, an denen sie zusammen in irgendeine Kneipe gingen und im schummrigen Licht der niedrigen Lampen die Welt vergaßen.
Viele, die sie sahen, fanden, sie wären ein hübsches Paar.
So verträumt.
Wenn sie die Köpfe aneinanderlegten, was gelegentlich geschah, mischten sich die braunen Wellen von Margaretes Haar mit den langen hellen Strähnen von Alain, und es war wie ein Strudel von Herbstlaub im Wind. Wie die Maserung des Holzes, aus dem Margarete ihre eigenen Kunstwerke schuf. Alain kam sie in der Tischlerei besuchen und strich mit der Hand über jedes der Möbelstücke, an dem sie arbeitete, und er begriff, dass ihre Kunst eine andere war als seine. Ein Stuhl, ein Tisch, ein Schrank. Etwas, das auf festen Füßen stand und denjenigen, der es benutzte, am Boden hielt.
Er malte sie, wie sie im Mauerpark auf der Schaukel saß und hoch in den Himmel flog.
Margarete brauchte keine Flügel.
Denn sie kehrte immer wieder zur Erde zurück. Vielleicht deshalb, weil die Erde ohne Margarete nicht sein konnte.
Vielleicht, dachte Alain manchmal, wenn er mit ihr zusammen in den

schummrigen Ecken einer Kneipe saß oder mit ihr zusammen in seinem Bett lag, dicht an dicht und doch mit genügend Raum zum Atmen, – vielleicht gab es doch eine Art von Zukunft.
Etwas würde stets fehlen, in ihnen beiden, wie eine Scherbe, die herausgebrochen war. Sie teilten die Melancholie dieses Fehlens, die Melancholie ihrer Träume, wenn sie beide einen anderen Namen flüsterten. Vielleicht konnten sie sie für immer teilen.

Das Paket kam Anfang Mai, als die Bäume in Berlins Straßen blühten und vor den Blumengeschäften wieder gefüllte Narzissen in Töpfen standen. Alain war mit dem schriftlichen Abitur fertig und bereitete sich aufs mündliche vor.
Das Paket war an das Haus neben dem Umstandsmodeladen adressiert, trug jedoch den Namen Cemre Bergmann in der ersten Zeile der Anschrift. Margarete nahm es an, mehr durch Zufall, Ricki war zu dem Zeitpunkt nicht im Haus. Der Poststempel, sie brauchten lange, um die Schrift mithilfe des Internets zu entziffern, war der von Mossul im Irak. Absender war keiner abgegeben.
Sie und Alain öffneten das Paket, ohne dass einer den anderen fragte, ob sie es öffnen sollten.
Es enthielt ein gestreiftes Hemd. Blau und weiß. Und sie wussten beide, dass Cliff dieses Hemd als Kind seiner Mutter entwendet und später manchmal getragen hatte. Aber es dauerte eine Weile, bis sie es erkannten.
Denn von den Streifen, von dem Blau und Weiß war nur noch an einigen wenigen Stellen etwas zu sehen. Das Hemd war zu einer braunroten, verkrusteten Masse geworden, als hätte jemand es in Farbe getaucht, die inzwischen eingetrocknet war. Aber es war keine Farbe, sie wussten es beide. Das Hemd war blutgetränkt. Sie sahen, als sie die Stoffschichten lösten, dass es an mehreren Stellen zerrissen war. Das Zentrum des Blutes befand sich an der rechten unteren Seite des Hemdes, dort war der Stoff beinahe aufgelöst von vergangener Feuchtigkeit und jetzt steif wie dicke Pappe. Wenn jemand das Hemd getragen hatte und verletzt worden war, befand sich die Wunde im rechten Unterbauch. Eine bei der Blutmenge vermutlich tödliche Wunde.

Margarete und Alain sahen das Hemd lange an, sie sahen es an wie einen Gegenstand von einem anderen Planeten. Dann ging Margarete ins Bad und übergab sich.
Alain wollte sie in die Arme nehmen, als sie zurückkam, doch sie schüttelte ihn ab.
Keiner von ihnen sprach. Keiner fragte danach, was dieses Paket bedeutete. Ob es bedeutete, dass Cliff tot war. Und warum jemand ihnen solch ein Paket schickte. Ob er selbst es gewesen war und doch nicht tot war oder möglicherweise zum Zeitpunkt des Verschickens noch gelebt hatte.

Alain wusste nicht genau, warum er weder Coco noch Henri von dem Paket erzählte. Vielleicht deshalb, weil er dann hätte zugeben müssen, dass es immer sinnlos gewesen war, Cliff helfen. Ihn ändern zu wollen. Vielleicht, weil er wusste, dass auch Coco an die Möglichkeit einer Änderung geglaubt hatte, dass auch Coco irgendwie trotz allem an ihm hing oder an dem Bild des Vierjährigen in ihren Armen, und weil Alain nicht wollte, dass sie fühlte, was er fühlte.
Sie schickten das Paket weiter an Cemres Adresse. Sie rief zwei Tage später an und fragte, mit leiser und sehr heiserer Stimme, ob Alain wüsste, was das blutgetränkte Hemd bedeutete. Alain sagte ihr die Wahrheit. Dass er es nicht wusste. Und dass sie sicherlich wüsste, wo Cliff wäre. Sie sagte, nein, aber er hörte, dass sie log, und sie hörte, dass er hörte, dass sie log.
»Ich verstehe nicht, wie das passieren konnte«, sagte sie am Telefon. »Er war nie religiös, vorher. Er wollte nie etwas mit dem türkischen Teil der Familie zu tun haben. Nur diese letzten beiden Jahre, da war er anders, da fing er plötzlich an, Koransuren zu zitieren, da war er auf einmal gläubig auf eine so merkwürdige Weise. Es war wie eine Krankheit, von der man ihn nicht heilen konnte.«
»Haben Sie es versucht?«, fragte Alain.
Sie schien die Bissigkeit in seiner Stimme nicht einmal zu bemerken. »Wie denn?«, fragte sie, mit der klagenden Verzweiflung einer trauernden Mutter des Mittelmeerraums in ihrer schönen Stimme. »Was hätte ich denn tun sollen? Zu Cliff war ja nie ein Durchkommen, ich habe den Draht zu ihm vor so langer Zeit verloren. Auf mich hätte er ja doch nicht gehört.«

Das war der Punkt, an dem Cemre zu Ricki zurückkam. Nicht, um zu bleiben.
Alain sah die beiden im Hof, wo sie auf der Treppe zum leerstehenden Hinterhaus in der Maisonne saßen, nebeneinander saßen wie Schüler. Wie Margarete und Alain es so oft getan hatten. Die Luft war voller Frühling, voller Duft aus den Beeten, die Margaretes Mutter immer noch jedes Jahr sorgfältig neu anlegte und durch den Sommer pflegte, rote und rosafarbene Tulpen, Hyazinthen, Osterglocken, kleine violettblaue Glocken mit einem filigranen Schachbrettmuster, deren Namen niemand kannte. Cliff hätte sie gezeichnet und sie zu etwas Verschlungenem, Unerklärlichem, Wunderschönem gemacht. Alain zeichnete sie nicht. Er zeichnete Ricki und Cemre, die zusammen auf der Treppe saßen, von seinem Fenster im zweiten Stock aus. Er zeichnete Cemre, wie sie den Kopf mit dem kurz geschnittenen dunklen Haar an Rickis Schulter legte, wo das tätowierte Krokodil gealtert war wie er selbst und sein schütterer Pferdeschwanz, er zeichnete, wie Ricki einen Arm um Cemre legte. Sie sahen einander nicht an, sie sprachen leise, während sie vor sich auf den Boden sahen, auf den rissigen Asphalt des Hinterhofs.
Margarete trat hinter ihn, während er zeichnete, er hörte ihre leisen Schritte, sie hatte vorher mit Coco in der Küche gesessen. »Haben sie sich jetzt wiedergefunden?«, fragte sie leise. »Nachdem das Einzige, was sie verbindet nicht mehr existiert?«
»Er ist nicht tot«, sagte Alain, sofort und reflexartig.
Margarete legte ein kleines Stück Papier neben ihn aufs Fensterbrett, an dem er saß und zeichnete. »Ich habe Cemre vorhin unten getroffen«, sagte sie. »Sie hat mir das gegeben. Wir haben es übersehen. Es war auch in dem Paket. Irgendwo in einer Ecke festgeklebt oder verhakt. Cemre hat gesagt, sie glaubt, dass es nicht für sie ist, auch wenn der Tod im Paket für sie ist. Genauso hat sie es gesagt.«
Alain nahm das Papier, es war kaum größer als sein Daumen, abgerissen von irgendeinem größeren Stück. Darauf war die winzige Zeichnung einer Gestalt, nackt, mit ausgebreiteten Armen, die jemand an etwas gefesselt zu haben schien, vielleicht ein Stück von einem Regal in einem Schuppen. Doch die Fesseln auf der Zeichnung waren durchtrennt. Und die Figur

war nicht die eines siebenjährigen Jungen, es war die eines jungen Mannes. Der Mann war frei. Die Schwingen auf seinem Rücken waren nur angedeutet, aber er sah sie deutlich.
Wenn Cliff wirklich tot war oder signalisieren wollte, dass er starb, war dies eine deutliche Botschaft.
Ich bin fort und du bist frei.
Es war die einzige Botschaft, die Alain nicht von ihm bekommen wollte.

Als er den Fetzen Papier umdrehte, sah er sich einem Wirrwarr an Linien gegenüber, das weder ein Oben noch ein Unten besaß. »Es sieht ein bisschen aus wie Höhenlinien«, sagte Margarete.
»Das Stück einer Karte. Aber die Linien sind mit Bleistift gezeichnet.«
»Dann ist es das, was er tut? Oder getan hat? Karten zeichnen? Dazu braucht man kein fotografisches Gedächtnis.«
Margarete zuckte die Schultern und sah wieder aus dem Fenster. Cemre und Ricki saßen so eng zusammen wie zuvor, Ricki hatte sich eine Zigarette gedreht und rauchte langsame Wolken in den kommenden Abend. Schließlich stand Cemre auf, umarmte ihn noch einmal und ging quer durch den Hof. Kurz darauf hörten sie ihren Wagen vor dem Haus starten. Sie kam nie wieder.
Nicht sehr viel später fielen Alain die Sammlungen leerer Flaschen auf, die Ricki vor der Haustür stapelte, wobei das, wenn er darüber nachdachte, schon eine ganze Weile so ging. Aber jetzt waren es noch mehr. Er bot an, sie wegzubringen, aber Ricki sagte, das würde er schon alleine hinbekommen. Er bekam es hin. Sonst bekam er wenig hin, wie es schien.
Wenn er bei offenem Fenster rauchte, lag die Wohnung hinter ihm im Dunkeln, aber es war ein unheilbares Chaos dort zu erahnen. Ein paarmal, als Alain und Margarete zusammen weg gewesen waren und spät zurückkamen, sahen sie ihn durchs Fenster am Computer sitzen, zwischen leeren Pizzakartons, Dosen, Flaschen und halbherzig zusammengelegten Wäschestücken. Vielleicht suchte er nach den Bildern, die Alain zeichnete.
Zwei Monate später gab es einen unglaublichen Lärm in der Wohnung, beinahe wie in den alten Zeiten, in denen Cliff noch dort gewohnt hatte

und die beiden sich geprügelt hatten. Der Lärm wurde gefolgt von einer zu tiefen Stille, die andauerte. Niemand öffnete auf die Klingel.
Als Margaretes Eltern die Polizei riefen, die die Tür aufbrach, fanden sie Ricki Bergmann inmitten eines Haufens Scherben und Splitter; den Scherben und Splittern der gesamten Einrichtung. Er hatte die Wohnung komplett zerstört, hatte alles kurz und klein geschlagen wie ein Wilder, sie fanden einen Vorschlaghammer neben ihm. Ricki lag mitten in dem Durcheinander und rührte sich nicht, aber er atmete, wenngleich sehr langsam.
Sie stellten einen Blutalkoholspiegel bei ihm fest, der eigentlich nicht mit dem Leben vereinbar und offenbar Folge langer Gewöhnung war.

Das einzig Heile, was Alain später aus der Wohnung barg, war ein gerahmtes Kinderfoto von Cliff.
Er war vielleicht drei Jahre alt, und er saß auf einer riesigen Schaukel.
Einer der Schaukeln im Mauerpark. Das Graffiti hinter ihm war bunt, ohne schwarze Linien.
Und die Sonne schien. Er lächelte, und seine Augen waren nur blau, nicht dunkelblau. Am Rand des Bildes sah man
Cemre, die hinter ihm stand, vielleicht hatte sie die Schaukel angestoßen.
Ihr Lächeln, halb zu sehen, halb abgeschnitten, machte sie schön.
Und Cliff flog auf den Betrachter zu, auf Ricki, auf seinen Vater mit der Kamera, im Gesicht ein vollkommenes Strahlen.

Alain.
Heute habe ich ganz alleine einen Schneemann gebaut wie wir damals zusammen, und dann habe ich lange in der offenen Tür zum Treppenhaus unten gestanden, bei den Fahrrädern, so wie wir beide im letzten Herbst. In zwei Tagen werde ich meine Meisterprüfung ablegen, und dann kann ich beginnen, eine Zukunft zu planen.
Fortgehen.
Alain, es gibt Tage, an denen möchte ich dir so vieles sagen.
Es gibt Tage, an denen möchte ich dir für die Zeit danken, in der wir zusammen waren oder uns jedenfalls nahe, näher noch als sonst. Und ich möchte dir sagen, dass ich damals geglaubt habe, es könnte so weitergehen. Aber natürlich war es nicht so: Wie sehr wir einander auch damals brauchten, wir waren keine Einheit, die überdauern konnte. Was wir hatten, war eine temporäre Geschichte gegenseitigen Tröstens. Als das Paket kam und ich Cliffs winzige Zeichnung sah, habe ich geahnt, dass sich unsere Wege früher oder später trennen würden.
Ich würde auf dem Boden bleiben, in der Welt der Schwerkraft.
Und du würdest irgendwohin entfliehen, wo ich dich nicht mehr fassen kann.
Es gibt Tage, da möchte ich dir sagen, dass ich dich liebe. Immer noch. Auf andere Art als Cliff, aber ja, ich liebe dich.
Und es gibt Tage, da möchte ich dir sagen, dass ich dich hasse. Dass es niemals fair war, wie nah ihr euch standet und wie ihr mich zwischen euch aufgerieben habt.
Und es gibt Tage, da spüre ich, dass letztlich ich die bin, die von uns dreien als einzige je Macht über ihr eigenes Leben hatte.
Heute ist ein Tag, an dem ich nicht weiß, was ich dir sagen möchte.
Ich hatte ein seltsames Gespräch mit Coco, über Gott, denk dir, und sie hat gesagt, sie hätte keinen Gott, und dass es gefährlich wäre, einen Gott zu haben, was man ja überall sehen könnte. Kreuzfahrer, Judenverfolgung, Daisch, was weiß ich. Sie hat gelacht dabei, wie nur Coco lacht, hat das Schlechte weggelacht.
Ich glaube nicht, dass es gefährlich ist, einen Gott zu haben. Es ist gefährlicher, ihn zu suchen. Und am gefährlichsten ist es, ihn zu finden. Aber in

dem Moment, in dem Cliff und du gefunden habt, was ihr gesucht hattet, das Ziel, das Höhere hinter den Dingen, in diesem Moment war nichts mehr gefährlich, es ist sehr sanft geschehen. Ich war nicht dabei. Keiner war eigentlich dabei.
Eines Tages werde ich euch fragen, wie es tatsächlich war.

10

Als der zweite Advent über Berlin lag wie eine Wolke aus penetrantem Kerzenduft, besuchte ich endlich, nach zu langer Zeit, meinen Vater.

Das betreute Wohnheim, in dem Ricki jetzt lebte, war ein Stück mit der S-Bahn von Grünau entfernt. Ich war mir nicht sicher, wie lange ich noch im Ballhaus bleiben würde, aber noch hatte ich den Absprung nicht geschafft, die alten Tanzsäle waren wie ein Bild, in dem man lebte und in das Dix' Figuren genauso gut hineinpassten wie die von Giger. Der blaurote Flügel bewegte seine Tasten nachts von selbst, wenn man von Weitem hinsah. Trat man näher, stand es selbstverständlich still.

An dem Tag, an dem wir das Innere des Schuppens zerstört hatten, war ich völlig erschöpft zurückgekommen, schon nachmittags in meinen Schlafsack gekrochen und eingeschlafen. Selbst das tägliche Ritual des Betens, das so wichtig war, um eine Zeithygiene einzuhalten, hatte ich missachtet.

Und irgendwann in der Nacht, mitten an ihrem dunkelsten Punkt, hatte ich entschieden, dass es Zeit war, mit Ricki zu sprechen. Ricki hatte den Schuppen zu dem gemacht, was er war, und Alain und ich hatten ihn zerstört. Es war jetzt alles anders.

Alain hatte vom vergebenden Gott gesprochen, bei der Gethsemanekirche. Ich lag in meinem Schlafsack und spürte Alain neben mir. *Du kannst es*, wisperte er. *Du kannst ihn treffen. Fahr hin.*

Glaubst du an diesen vergebenden Gott?, fragte ich. *Du bist kein Christ. Oder?*

Nein, sagte Alain. *Aber ich glaube an das Vergeben.*

Mein eigener Gott, der Rache übte und nur unter Bedingungen vergab, Handel abschloss mit seinen Gläubigen und Gläubigern, lauerte hinter den Scherben der Fenster. Ich hatte ihn selbst dort hingestellt. Ich war verwirrt, mehr als nach der Nacht der Bohème Sauvage. Alain war mir mit

der Zerstörung des Schuppens schon wieder zu nahe gekommen, oder er hatte mir vielleicht nur klar gemacht, dass er immer nahe gewesen war.
Ich musste einen Weg finden, ihn zurückzustoßen, endgültig und für immer, um ihn vor sich selbst zu retten. Das Wohnheim. Haus Güns-,bach. Allein schon die Tatsache, dass das Haus einen Namen hatte, ließ mich würgen. Vielleicht hatten auch die Etagen und die Zimmer Namen. Vielleicht lebte Ricki jetzt auf der Rotkehlchen-Etage im Marienkäferzimmer. Es war wie ein Besuch im Kindergarten. Die Bilder auf der Internetseite der Stiftung waren farbenfroh, klar und sauber. Hilfsbereite Sachverständige, gut bezahlte Sozialarbeiter, die seelisch kranken Menschen eine würdevolle Umgebung boten und sie Aquarellbilder malen ließen.
Wie und wann war Ricki Bergmann so weit gesunken?
Im Mai, hatte Margarete gesagt, hatten sie ihn in die Klinik gebracht. Warum war er nicht in die alte Wohnung zurückgekommen? Wie konnte jemand wie Ricki zu einem Objekt werden, das in Marienkäferzimmern Aquarelle malte?
Als ich in Blankenburg aus der S-Bahn stieg, stand ich eine Weile vor dem alten Bahnhofsgebäude herum, betrachtete sein rotes Ziegeldach mit der geschwungenen Gaube oben, auf dem die Feuchtigkeit des Tages glänzte, und sehnte mich, nicht zum ersten Mal, danach, zu rauchen. Eine Verzögerungszigarette. Die letzte war Monate her.
Aber natürlich hatten sie recht, Tabak war, wie Alkohol, eine Droge. In Rakka hatten sie einen riesigen Berg an Zigarettenpackungen zu einem Scheiterhaufen aufgerichtet und angezündet.
Wer nicht raucht, lebt länger. Wer im Dschihad lebt, lebt kürzer. Es war ein Paradoxon. Was machte es für einen Unterschied, ob du als Märtyrer mit Nikotin in den Adern ins Paradies eingehst? Gab es eine Atemkontrolle am Eingang? Ich steckte die Hände in die Taschen und ging die Straße entlang, ich hatte den Weg im Netz nachgesehen.
Während ich Fuß vor Fuß setzte, sah ich Ricki vor mir.
Ricki mit dem Krokodil auf der Schulter. Seine Fäuste, denen ich mich mit den meinen entgegen gestellt hatte. Sein wutverzerrtes Gesicht. Seinen brüllenden Mund.

Und seine Gestalt, die mit hängenden Armen in einem Türrahmen stand, ratlos.
Was soll ich mit dir machen? Was soll ich bloß mit dir machen, John-Clifford Bergmann?
Ich hatte nie nicht zurückgeschlagen.
Das allererste Mal, als ich Alain gesehen hatte, damals im Treppenhaus, hatte Ricki ihnen gesagt, ich wäre die Treppe hinuntergefallen. Daher die blauen Flecken.
Die Wahrheit? Oh, die Wahrheit war, *dass* ich die Treppe hinuntergefallen war.
Aber nicht von allein. Das war unser erster schlimmer Streit gewesen, es war um Cemre gegangen, sie war zur Tür hinausgegangen, und ich wollte ihr nach, und Ricki sagte: *Bleib hier.* Ich weiß noch, wie ich ihn biss. Er hielt mich fest, damit ich ihr nicht nachlaufen konnte. Er war viel stärker als ich, aber ich hatte die schärferen Zähne. Ich biss so fest zu, dass er schrie – schrie und die Wohnungstür aufstieß und mich von sich schleuderte wie eine tollwütige Katze.
Meine Wut zerschellte auf den Stufen.
Und ich muss wohl eine ganze Weile still dort an ihrem Fuß gelegen haben, weil Ricki sehr besorgt aussah, besorgt und erschrocken, als er sich über mich beugte. Er trug mich nach oben. Ich biss ihn nicht noch einmal.
Ich glaube, ich hatte eine Gehirnerschütterung, denn ich spuckte, aber wir gingen nicht zum Arzt.
Ricki sagte, dass es ihm leid täte. Ich nicht.
Was habe ich mir gewünscht, in dem Augenblick, in dem ich meinen Vater biss, um meiner Mutter nachzulaufen? Vielleicht habe ich mir gewünscht, dass er mich ohrfeigt und mich dann in die Arme nimmt und alles gut ist. Dass wir zu zweit bleiben, wenn sie für immer geht. Er hat es nicht begriffen. Mein Tröster wurde nicht er, sondern die harte Kälte der Treppenstufen. Das war der Moment, der mich kalt und hart machte wie die Stufen selbst. Um zu überleben in einer Welt aus Stufen, musst du so sein.

Und mein Vater? Was hat er sich gewünscht? In jenem Moment, ehe er mich von sich schleuderte?

Als ich vor dem Haus Günsbach stand, von dem so schöne, bunte und glatte Werbefotos im Internet klebten, musste ich lachen. Es war nichts als ein riesiger, langgestreckter Wohnblock hinter einem Park aus braunem Wintergras und müden Sträuchern unter Raureif. Ich fand den Eingang des Blocks, und drinnen war es warm. Der Eingangsbereich war hell, modern und freundlich, weniger steril als im Internet. Eigentlich angenehm. Auf einmal verspürte ich den Wunsch, mich auf eines der Sofas fallen zu lassen und zu behaupten, ich wäre ein Alkoholiker und müsste betreut werden: Alles abzugeben. Verantwortung. Entscheidungen. Pflichten. Alpträume.
Auf einem Sofa saßen zwei alterslose Männer und lasen Zeitung, ordentlich gekleidet, aber mit einem verbrauchten Grau in ihren Gesichtern, das mich an die Wintersträucher erinnerte.
Ich fand eine Art Büro, in dem ein nettes Lächeln mit einer Dame drumherum saß und die Stirn runzelte, als ich sagte, ich wäre Ricki Bergmanns Sohn.
»Wir wussten nicht«, sagte das Lächeln, »dass er einen Sohn hat.«
»Soll ich Ihnen meinen Ausweis zeigen?«
»Nein. Nein, nicht notwendig. Ich kann ihn anrufen, er wohnt auf der zweiten Etage.«
»Marienkäfer«, sagte ich.
»Wie bitte?«
Ich schüttelte den Kopf. »Nichts.« Und auf einmal lächelte ich. draußen war unerwartet die Sonne herausgekommen und fiel winterlich schräg durch die großen Fenster.
Eine Hecke aus kleinen, blassrosa Rosen wuchs dort, hartnäckig blühend gegen den Dezember, es ist ein Ros entsprungen. Ich dachte an Weihnachten.
Das, worauf ich zuging, war unwiderruflich und endgültig, aber vorher würde ich meinen Vater, der sich ohne mein Wissen zu einem Wrack gesoffen hatte, umarmen. Es wäre ein gutes Gefühl. Leicht. Als werfe man eine Last ab.

Ja, und dann stand er vor mir, Ricki Bergmann mit dem Krokodil auf der Schulter.
Man sah nur ein Stück der Krokodilschnauze an seinem Hals, der Rest blieb unter einem dicken Wollpullover verborgen. Als würde er auch hier drinnen, trotz der Heizung, ständig frieren. Er war alt. Unglaublich alt. Nie hätte ich gedacht, dass jemand in so kurzer Zeit so alt werden kann.
Aber vielleicht war es schon vor meinem Weggang geschehen, vielleicht hatte ich es nicht gemerkt; ich hatte ihn in den letzten Jahren nur selten gesehen.
Sein Haar war grau und schütter, der Pferdeschwanz wirkte lächerlich. Seine Haut war blass und irgendwie schlaff, faltig um die Mundwinkel, das Weiße in seinen Augen gelblich angelaufen.
Die Dame vom Empfang stand einen Augenblick neben uns, und wir sahen uns an, und ich glaube, sie erwartete, wir würden uns in die Arme fallen. Doch wir taten nichts, standen nur da. Ricki nickte, und ich nickte auch, und schließlich zuckte die Dame die Schultern und verschwand hinter ihrem Computer.
Ricki wies mit dem Kopf zur Tür.
Erst draußen sagte er meinen Namen. »Clifford.« Und sah mich weiter an. Er hatte nie Clifford zu mir gesagt.
»Du gehörst du denen, die dachten, ich wäre tot«, stellte ich fest. »Aber ich scheine zu leben.«
»Ich weiß«, sagte er. »Cemre hat mich angerufen.«
»Und sie … hat dir gesagt, dass ich …?«
»… dass du in Berlin bist.«
Er ging einfach los, mit kleinen, nicht ganz sicheren Schritten, den Kiesweg entlang in den braunen, abgestorbenen Park hinein, und ich ging neben ihm her. Er sagte nicht: Du hast lange gebraucht, um dich zu melden. Du bist seit Wochen in der Stadt. Er sagte gar nichts.
»Du hast ihnen nicht erzählt, dass du einen Sohn hast«, sagte ich. Die Sonne spiegelte sich in einzelnen Wassertropfen auf den kleinen Rosen. »Als Margarete mir erzählt hat, dass du hier bist … dass du die Wohnung verwüstet hast, nachdem Cemre dir das Paket gezeigt hatte … da dachte ich tatsächlich, es wäre meinetwegen gewesen.« Ich schüttelte den Kopf.

»Ich dachte einen Moment, ich wäre wichtig genug dazu. Aber natürlich ist das falsch. Sonst hättest du ihnen etwas erzählt.«
Ricki schüttelte den Kopf, ohne stehen zu bleiben, konzentriert auf seine Schritte.
»Es war deinetwegen«, sagte er leise. »Nur wen geht das was an? Die Leute hier sind nett. Machen viel. Reden viel. Aber was unter den Oberflächen ist, ist nicht ihre Sache.«
Ich blieb stehen und fasste ihn an der Schulter, zwang ihn, ebenfalls stehen zu bleiben.
»Was war hinterher? Nach der Klinik? Du bist doch nicht von der Klinik direkt hierhergekommen. Du hättest zurückziehen können in die alte Wohnung.«
»Nein«, sagte er. »Ich … bin eine Weile durch die Stadt … gewandert, könnte man sagen. Der Entzug war für die Katz. Ich habe mich durch die Kneipen gesessen. Da war es warm. Irgendwann war das Geld alle. Na, es war vorher schon alle gewesen, eigentlich. Ich hatte wohl die letzten Jahre ein bisschen viel getrunken. Na ja.«
»Du hast dich … durch die Kneipen gesessen? Nach dem Entzug? Du hättest …«
»Sch«, sagte er »Was weiß du schon, was ich hätte?« Er schob mich zur Seite und setzte seinen sinnlosen Weg über den Kies fort. »Ich hab dich gesehen, Cliff. In dem verdammten gestreiften Hemd, mit dem Blut dran. Wie zu Halloween. Überall hab ich dich gesehen, in den Seitenstraßen, hinter den Fenstern, in den Parks. Immer wieder. Du hast mich verfolgt, bis in den Schlaf. Als wäre ich Schuld. Einmal habe ich Cemre angerufen und sie gefragt, ob sie dich auch sieht, und sie hat gesagt, ich muss zum Arzt gehen und ob wir uns treffen sollten, da habe ich aufgelegt. Ich habe irgendwo geschlafen, auf Parkbänken, war ja Sommer. In der Wohnung, im alten Haus … da waren die alten Zeichnungen von dir, alle Schubladen voll. Und Alain und seine Eltern, und Margarete. Ich wollte sie nicht treffen. Und ich hatte … *habe* … diese Schulden. Über die Jahre angesammelt.«
»Wovon hast du gelebt? In der Zeit, in der du … nirgendwo gewohnt hast?«
Wir waren zu einer Bank gekommen, hinter der ein Hagebuttenstrauch

rote Beeren in die Sonne hielt wie absichtlich, und Ricki ließ sich auf die frostüberzogenen Bretter fallen.

»Gelebt, wer hat schon gelebt«, murmelte er. »Du sitzt da in der Stadt und irgendein guter Mensch kommt immer vorbei und gibt dir was. Nein, nicht immer. An manchen Tagen bist nur du gekommen, in diesem furchtbaren alten Fetzen von Cemre, so standst du zwischen den Bäumen. Und dann haben sie mich irgendwann eingesammelt und versucht, mich nochmal in den Entzug zu stecken, und dann bin ich hier gelandet. Sie verbieten dir hier nicht zu trinken. Sie kontrollieren es nur. Es geht darum, dass du die Menge reduzierst. Dass du dein tägliches Leben wieder auf die Reihe kriegst. Ich ... bin ganz gut darin. Werde nicht mehr lange hier sein.« Er pflückte eine Hagebutte, drehte sie zwischen den Fingern und fragte leise: »Warum hast du das gemacht?«

»Zwischen den Bäumen herumgestanden? Habe ich nicht. Das war deine Einbildung.«

»Nein. Das Paket geschickt. Du wolltest uns fertig machen, oder? Aus der Ferne noch. Warum war es so wichtig?«

»Ich wollte dich nicht fertig machen«, sagte ich. »Ich habe das Paket an Cemre geschickt.«

»Dann war es nur eine Rache an ... ihr? Warum hast du es an das alte Haus adressiert?«

Ich zuckte die Schultern. Es gab nicht auf alles Antworten.

In meiner Jackentasche fand ich einen Bleistift und ein Stück Papier, und ich begann, Ricki Bergmann zu zeichnen, wie er auf der Bank saß, nachdenklich die Hagebutte zwischen seinen Fingern betrachtend. Hinter den herabsinkenden Schultern und den trüben Augen konnte man noch immer erahnen, dass er einmal ein gut aussehender Mann gewesen war. Irgendeinen Grund musste Cemre ja gehabt haben, Ricki zu ihrem Gefährten zu wählen.

Er holte eine Zigarette aus der Tasche, zündete sie an und hielt mir auch eine hin.

Ich schüttelte den Kopf. »Keine Zigaretten, kein Alkohol. Ich bin weg von diesen Sachen. Völlig.«

»Gut für dich«, sagte mein Vater und rauchte weiter. Seine Fingerkuppen waren tabakbraun vom Selberdrehen. Eine Weile rauchte er schweigend, während ich zeichnete.

Ein kleiner Wintervogel sang über uns in den Ästen; ich war mir sicher, das sein Gefieder grün war.

»Viele Dinge, die damals passiert sind, tun mir leid«, sagte ich, und es sagte sich ganz leicht, erstaunlich leicht. »Wir hatten immer schlechte Karten, du und ich. Oder?«

Er nickte schließlich, kaum merklich. »Ja. Wahrscheinlich.«

»Wie lange hast du getrunken, bevor ich aus Berlin weggegangen bin?«

»Vielleicht … ich weiß nicht. Seit du nicht mehr bei mir gewohnt hast. Seit sie dich in die Psychiatrie gesteckt haben.«

Er trat die Zigarette aus, suchte eine neue, fummelte ungeschickt mit dem Feuerzeug herum.

»So viel hat es dir ausgemacht, dass ich nicht mehr da war?« Er antwortete nicht, hatte mit der Zigarette zu tun. Das Bild, das unter meinen Händen entstand, war schön. Ricki war schön darauf. Ich bedauerte, dass es keine Farben hatte: Das Rot der Hagebutten, das Blau des Himmels über uns. Das Weiß des Raureifs auf den Zweigen. Der ganze vergammelte Park war ästhetisch geworden.

»Weihnachten«, flüsterte ich und holte tief Luft. »Der Schuppen. Es ist jetzt in Ordnung. Alain und ich haben den Schuppen zerstört. Innen. Ich war sehr böse auf dich, damals. Aber ich bin es nicht mehr.«

Er warf mir einen Blick unter in der Sonne halb geschlossenen Augen zu.

»Du hast nie jemandem erzählt, wie es wirklich war«, sagte ich. »Oder.«

»Wie war es denn?«, fragte er. »Ich erinnere mich nicht.«

»Natürlich erinnerst du dich«, sagte ich. »Du weißt, dass du diesen Schuppen abgeschlossen hast. Und du weißt, dass du mich in diesen Schuppen getragen hast und gesagt hast, ich solle dort darüber nachdenken, wie ich mich benehme. Ich hatte zwei Teller zerschlagen, weil ich Weihnachten mit Cemre feiern wollte und das nicht ging. Ich meine, es war nicht deine Schuld, dass es nicht ging. Du hast mich eine Weile um mich schlagen lassen, dann hast du mich unter den Arm geklemmt und runtergetragen und gesagt: Denk über alles nach. Und die Tür verriegelt.«

»Ich habe den Riegel gelöst«, sagte Ricki. »Später. Du hättest rausgekonnt.«
»Aber du hast mich nicht gerufen, nichts getan, damit ich merke, dass der Riegel nicht mehr davor ist. Und du wusstest, dass die Tür sich bei Kälte verzieht. Dass sie klemmt. Du bist zu deinen Kumpels gegangen, trinken, und hast mich vergessen.« Ich schüttelte den Kopf. »Es ist vorbei, jetzt. Verziehen. Ende.«
Er sah mich aufmerksam an, nickte aber nicht und sagte mit keinem Wort, dass ich recht hatte mit der Geschichte, er sah mich an, als wäre sie möglicherweise frei erfunden. Auch das zu vergeben, dieses Nichtzugeben, tat weh. Ich tat es trotzdem.
Alles vergeben. Das war es, was Alain tat.
Er hatte einmal versucht, ich zu sein, und jetzt war ich er.
»Wenn du lebst, wem gehört das Blut an dem Hemd?«, flüsterte Ricki plötzlich, und ich fragte mich, ob alles andere, was ich gesagt hatte, vielleicht gar nicht zu ihm durchgedrungen war. »Du hast es in das Blut von einem anderen Menschen getaucht. Du hast ihn umgebracht. Richtig?«
»Was? Nein.«
»Mossul, Clifford. Ich bin hier in diesem komischen betreuten Wohnding, aber ich bin nicht blöd. Wir wissen doch alle, was du da gemacht hast. Du gehörst zu den Schlächtern da drüben, die Kinder köpfen und Frauen vergewaltigen und Männer zu Dutzenden nackt in die Wüste schicken und sie erschießen. Ich habe mir das alles im Netz angesehen, als wir rausfanden, dass du dort bist. Ich weiß eine Menge.«
»Du weißt nichts«, sagte ich. Der Bleistift fiel in den überfrorenen Matsch.
Das Bild in meinen Händen war noch immer schön. Aber ich sah jetzt das Rot der Hagebutten, obwohl ich es nicht gemalt hatte. Blutstropfen.
»Bei der Polizei hatten sie auch interessante Theorien«, sagte ich leise. »Ich habe ihnen mein Flugticket gezeigt. Nach London. Und die Kontakte genannt. Work and travel in England, Australien und Neuseeland.«
»Und wer hat das Paket aus Mossul geschickt? Von dem du weißt? Mit deiner Zeichnung darin?«
»Vielleicht war der Poststempel nicht ganz richtig. Vielleicht … war da

ein bisschen gefälscht worden. Vielleicht wollte ich nur jemanden beeindrucken.«
»Was hat die Polizei dazu gesagt?«
»Gar nichts. Cemre war bei ihnen, aber sie hatte das Paket in ihrer Wohnung nicht mehr gefunden, sie wusste nicht, wo es geblieben war.«
Er nickte langsam. »Auf geheimnisvolle Weise verschwunden. Und Neuseeland. Wer soll das glauben? Cliff. Du bist Moslem.«
»Und? Sind alle Moslems Schlächter?«
»Die Art, auf die du konvertiert bist … und die Leute, mit denen du zu tun hattest … Cemre und ich haben darüber geredet. Deshalb, Clifford. Deshalb bin ich hier.« Er sah mich an, seine Augen jetzt trotz der zu hellen Sonnenstrahlen weit aufgerissen. »Keiner von uns ist ideal«, wisperte er. »Cemre war immer gleichgültig, kalt. Und ich war jähzornig. Aber du, Clifford, du bist etwas anderes. Du bist böse. Tatsächlich böse. Ich weiß nicht, ob es unsere Schuld ist. Wahrscheinlich. Wir haben ein Monster in die Welt gesetzt. Und das macht mich fertig.«
Ich starrte ihn an. »Das ist es, was du denkst?«
»Das ist es, was ich weiß«, wisperte er. Die Zigarette fiel ihm aus den zitternden Fingern, und er trat sie nicht aus. Ich stand auf, und er sah zu mir empor. »Ich habe keine Angst«, sagte er.
»Vor wem? Vor mir?«
»Ja. Wenn du beschließt, mich umzubringen, jetzt oder ein andermal, solltest du das wissen. Ich habe keine Angst mehr vor dir.«
Ich schüttelte den Kopf, machte einen Schritt zurück, noch einen. Ließ das Bild zu Boden segeln, das Bild von dem Mann, den ich hatte umarmen wollen. Und ging. Ließ meinen Vater allein mit der trügerischen Sonne und den blutigen Hagebutten, allein mit seiner Schuld.
Die darin bestand, mich in die Welt gesetzt zu haben.
Zum ersten Mal fragte ich mich, ob Cemre und Ricki sich wegen dieses Kindes getrennt hatten, das in Anfällen von wilder Aggression zu viel zerstörte und die Welt nicht begriff und dessen seltsame Kritzeleien man nur vom zweiten Stock aus erkannte. Wegen dieses Kindes, vor dem sie, vielleicht immer schon, Angst gehabt hatten.

Alain hatte versucht, zu sein wie ich und war gescheitert.
Ich hatte versucht, so zu sein wie Alain und war gescheitert.
Ein Wechsel der Seiten war unmöglich.
Bleib bei den Schatten.

Ich hatte es immer das Dunkle genannt, aber vielleicht hatte Ricki recht, vielleicht war es das Böse, das mich anzog und mich begleitete.
Zerstörung.
Zerstörung war notwendig, um die Welt von vorne anfangen zu lassen. Aus der Asche würden die neuen, grünen Triebe einer anderen Zivilisation sprießen. Einer Welt, in der Frauen nicht fortgingen, um Karrieren zu verfolgen. Einer Welt, in der Menschen sich nicht gegenseitig Treppen hinunterstießen.
Es würde Opfer geben, große Opfer. Wie in jedem Krieg. Unschuldige, Kinder, Frauen.
Aber warum waren Kinder und Frauen eigentlich immer unschuldig?
Sie waren grausam, ihre kleinen Fäuste gnadenloser als Panzerketten, ihre Worte zerstörerischer als Fassbomben. Ihre abschätzigen Blicke durchschlugen mehr Mauern als jeder Granatwerfer, ihre Liebe – und der Entzug dieser Liebe – war quälender als jede Foltermethode in den dunklen Kellern der Menschheit.
Let them burn.
In der neuen Welt wäre es anders. Ich sah sie vor mir, während ich zu Fuß durch die kalte Luft zurückwanderte und das Verzeihen hinter mir ließ. Ich sah den lichten Wald, der in Berlin wuchs, zwischen den Ruinen der Häuser blühten Bäume, in den Straßen wurzelten Ölpalmen und über den grauen Häusern erhob sich die smaragdgrüne Kuppel einer riesigen Moschee, eines Hauses für den einen Gott, der überdauert hatte. Den Gott der Regeln, unter dessen Dach sich die Menschen trafen, in Frieden, nachdem alle Gewalt überwunden war. Ich sah die Blumen, Blumen überall in den Stadt, Blumen wie sie Margaretes Mutter im Hinterhof gesetzt und gegossen hatte. Und einen Schwarm kleiner grüner Vögel am Himmel über Berlin. Aber Berlin würde einen anderen Namen tragen.

Zwei Tage später stand ich unter dem großen Weihnachtsbaum im Erdgeschoss des KaDeWes und versuchte, in der Masse der Leute die zu finden, die ich brauchte. Ayna hatte den Treffpunkt vorgeschlagen. Sie war es, die mich fand, sie tippte mir auf die Schulter, und ich fuhr herum und merkte, dass ich bereit gewesen war, zuzuschlagen oder mich wegzuducken und zu laufen.

»Cliff«, sagte sie, und in ihren Augen war ein seltsames Leuchten, sie strahlten unter den langen Wimpern. Der Weihnachtsbaum spiegelte sich in diesen dunklen Augen, das liebliche Pfefferminzgrün seiner Äste, die dicht an dicht standen, mit Nadeln aus Plastik, die nicht stachen. Die Silbersterne und die roten Stiefelchen und Mäuse und Bären und Schlitten aus Schokolade in Alufolie spiegelten sich ebenso in Aynas Augen wie die Porzellananhänger: gestiefelte Dackel, Feen mit Einkaufstüten, Mäuse im Nussknackerkostüm, Krokodile mit hochhackigen Schuhen, kreischend bunt, gewollt modern. Und da war mehr in Aynas Blick, als sie den Kopf drehte, viel mehr: die Geländer der Rolltreppen nach oben, wo sich mehrere Galerien um den Innenhof reihten, die Kristallgläser auf den Regalen, die tausend Lichter an der Decke, die Äpfelchen aus Marzipan, die an langen roten Bändern von der Decke herabhingen. Dazwischen hingen weiße Federn wie von Engeln.

Gefallenen Engeln. Aber gefallene Engel haben keine Flügel mehr. Sie verbrennen bei ihrem Kontakt mit der Erdatmosphäre wie Sternschnuppen.

»Schau!«, sagte Ayna. Sie strich ihr violettes Kopftuch glatt und drehte mich sanft um, und da sah ich sie, im Gewühl zwischen Baum und Schokoladenregalen: zwei Gestalten, mit denen ich an diesem Tag nicht gerechnet hatte. Eine kleine, schlanke, drahtige und eine große, kräftigere; beide frisch rasiert, mit ungewohnt glatten Gesichtern, nichtssagenden Kapuzenpullis und suchenden Augen. Ich hatte sie mit Bärten gekannt.

Die Brüder, so hatte ich sie im Kopf immer genannt. Falih und Marzuq.

»Sie sind zehn Tage zu früh«, sagte ich leise. »Zehn Tage zu früh in der Stadt.«

»Ich dachte, du freust dich«, sagte Ayna. »Aber es ist nicht meine Sache. Sie haben sich gemeldet, und ich dachte, wenn sie schon da sind, sollten wir uns treffen.«

»Und warum hier, verdammt?«, fragte Farouk, der neben uns aufgetaucht war.
»Sie hat ihre Gründe«, meinte Abdelkhamid, Aynas Bruder, und legte einen Arm um ihre Schultern. »Sinem sollte auch da sein.« Er sah sich suchend um, und dann steuerte ein schmächtiges Mädchen mit dunkelblauem Hidschab und zwei Einkaufstüten auf uns zu. Sinem war ganz anders als Ayna, es fiel mir jedes Mal von Neuem auf. Sie kam auf uns zu, als wären wir ein Magnet, als wären wir mehr Gott als Gott selbst. Aynas Blick lachte mich aus, Sinems Blick sprach mich heilig.
Ich spürte eine Wut auf beide in mir aufsteigen, auf Ayna, die die Brüder hergeholt hatte, leichtsinnigerweise zu früh, und auf Sinem, die sich an uns klammerte wie ein Popstars. Sie war fünfzehn. Und bei Farouk und Abdelkhamid fragte ich mich, ob sie es nicht genossen, Popstars zu sein. Idole. Ikonen.
Ich ballte die Fäuste, als wir uns durch das Gewühl der Einkäufer schoben; es war ein Wunder, dass sie sich nicht gegenseitig tottrampelten.
Dann standen wir vor Falih und Marzuq. Sie sahen müde aus, sie hatten die Reise zurück gerade erst hinter sich, sie sahen aus, als schliefen sie mit offenen Augen. Vielleicht war es das KaDeWe, der Kulturschock dieses überdimensionierten Weihnachtsbaums, der sich zwischen die Galerien hinein über drei der vielen Stockwerke nach oben erstreckte. Vielleicht tat ihnen das Glitzern in den Augen so weh wie mir. Marzuq war Ende zwanzig, Falih erst sechzehn; Sinem hängte sich bei ihm ein, und ich verdrehte die Augen. Falih sah nicht aus wie ein Idol, er sah krank aus, gerädert, er hatte Dinge erlebt, die er vielleicht nicht erwartet hatte.
Sie lernen die Wahrheit alle spät.
In ihrem Neuseeland. Auf den Kiwiplantagen ihrer Zukunft.
Was dort gepflanzt und gepflegt wird, ist die Angst, sie ist Mittel zum Zweck, man muss sie schützen und den Boden für sie düngen … Ich dachte wieder an die grünen Triebe des Gartens, der eines Tages hier sein würde.
Die Rolltreppe ließ uns über die Köpfe der Menschen aufwärts gleiten, in einer Schlange anderer Rolltreppenfahrer, an einem Plakat vorbei, das das ultimative Einkaufserlebnis anpries: Zum ersten Mal würde das KaDeWe

am 25. Dezember geöffnet sein, drei wertvolle, goldene Stunden lang am Nachmittag, zu einer großen Einlösungsaktion von Weihnachtsgutscheinen. Auf dem Plakat schwangen dünne junge Frauen Dutzende von bunten Einkaufstüten und strahlten den Betrachter an. Das war es, was aus dem Glauben der Christen geworden war. Weihnachten. Beinahe lachte ich.

Doch in Aynas Augen spiegelten sich mit jeder Rolltreppe, jeder Etage neue Auslagen: silberne und goldene Armbanduhren, Schmuck in allen Farben und Formen.

»Du magst es«, stellte ich leise fest. »Du hast uns hergeführt, weil du es in Wirklichkeit liebst. Diesen ganzen Kommerz.«

Sie zuckte die Schultern. »Es einmal zu besitzen, all das«, sagte sie, »das wär schon was. Sag nicht, das reizt dich nicht?«

»Nein«, sagte ich ehrlich. »Gar nicht.« Und ich kämpfte die Übelkeit nieder.

Wir fuhren bis nach oben in die Feinkost-Etage, ein ganzes Stockwerk nur voll Essen. Exotisches Essen, ökologisches Essen, nostalgisches Essen, auf jeden Fall teures Essen. Ayna bugsierte uns in eine Nische mit Tischen und sagte: »Arabisch. Na bitte. Dann muss niemand Heimweh haben. Falih und Marzuq sind erst vor 48 Stunden aus Syrien abgereist. Sie haben hier sogar Fleisch, das halal ist.«

Marzuq schüttelte den Kopf, stand wieder auf und winkte uns, mitzukommen.

Eine Viertelstunde später saßen wir an einem Tisch neben einem bayrischen Stand, der Brezeln, Schupfnudeln, Bier, auch alkoholfrei, Sauerkraut und Würstchen anbot.

»Das ist es«, sagte Marzuq, »was Falih und ich jetzt brauchen. Deutsches Essen.«

Falih nickte, und wir sahen ihnen zu, wie sie Schupfnudeln und Sauerkraut in sich hineinschaufelten. Ayna grinste. »Der typische Marokkaner«, sagte sie.

Falih und Marzuq waren in irgendwo in der Nähe von München aufgewachsen. Als sie mit ihren Eltern von Marokko nach Deutschland gekommen waren, war Falih gerade ein paar Monate alt gewesen.

Mir wurde übel beim Geruch des Bratfetts.
Aber als Falih sich den Mund mit einer Papierserviette abwischte und mich anlächelte, spiegelten sich in seinen Augen keine Teile der Umgebung, des Essens oder es Kommerz. In Falihs Augen schwamm die reine, pure Hingabe an seinen Gott.
»Wir mussten früher kommen«, sage er leise. »Der Plan, noch zehn Tage in Frankreich zu bleiben, hat sich zerschlagen. Zu gefährlich jetzt. Erklär uns, wie alles laufen wird, wir sind bereit.«
Er war von uns allen vielleicht derjenige, der am stärksten glaubte. Falihs Allah war kein Regelwerk, er war da, in jedem Lebewesen, jedem Ding, jedem Atemzug. Er folgte ihm wie ein Kind.
Sein Bruder hatte ihn vor ein paar Jahren in die Bewegung gebracht, und Falih hatte schnell gelernt. Er war klug, er war bis zur Ausreise der Brüder aufs örtliche Gymnasium gegangen, er hatte früher Architektur studieren wollen, hatte mir viel übers architektonische Zeichnen erklärt. Doch wohin Marzuq ging, ging Falih, obwohl Marzuq der trägere, schwerfällige war. Und so hatten sie das Land zusammen verlassen.
»Ich erkläre euch alles«, sagte ich. »Aber nicht zwischen Sauerkraut und Würstchen.«
Ayna sah mich an und schüttelte den Kopf.
»Gerade hier«, sagte sie, »kümmert es niemanden.«
Und so begann ich, leise zu Falih und Marzuq zu sprechen, während meine Stimme im Chaos der anderen Stimmen, im Chaos von Musik aus mehreren Lautsprechern und dem Geräusch einer Espressomaschine unterging. Falihs Augen leuchteten am Ende noch stärker, er sagte »großartig«, und dann legte er seinen Kopf an die Schulter seines Bruders und schlief ein, vollkommen erschöpft. Sinem legte ihm eine zärtliche Hand auf den Arm. Ayna lehnte sich zurück und nippte an dem Latte Macchiato, den es auch in der bayrischen Feinkostbar gab, das Getränk absoluter Globalisierung.
»Kapierst du, warum wir uns hier getroffen haben?«, fragte sie leise und sah sich um.
»Es dämmert mir.«
»Nein!«, sagte Farouk, nervös wie immer. »Der Supermarkt in Paris hat auch nichts gebracht. Ist verdammt schlecht gelaufen mit den Geiseln.«

»Immerhin«, sagte Abdelkhamid, »haben sie ihn zwei ganze Tage lang gehalten, bevor die Polizei das Ding gestürmt hat.«
»Wofür? Für nichts.«
»Für die Geschichte«, sagte Abdelkhamid, »die es später darüber gibt.«
Ich brachte sie mit einer Handbewegung zum Schweigen. »Wir machen nicht die gleichen Fehler«, sagte ich. »Paris war schlecht geplant.«
»Geiselnahmen haben schon was«, meinte Abdelkhamid, und Marzuq, dessen massiger Körper neben dem schlafenden Falih noch massiger wirkte, nickte. »Vor allem für die Medien.«
»Niemand redet von Geiseln«, sagte ich leise. »Aber die Masse ist erdrückend. Wie viele Leute drängen sich da unten um diesen Baum? Wenn die alle rennen …«
»Und es ist leicht, hier reinzukommen«, sagte Ayna. »Noch gibt es keinen Bodycheck am Eingang von Kaufhäusern.« Wir lachten alle, die Vorstellung war interessant.
»Geht ihr.« Ich stand auf. »Ich mache noch einen kleinen Rundgang. Ich brauche Falih, falls jemand ihn wecken kann«
Doch Falih, der vielleicht nie geschlafen hatte, schüttelte den Kopf. »Ich hab eine Verabredung.«
»Mit wem?«, fragte Sinem und machte eine Bewegung, als striche sie ihr Haar zurück, eine Flirtbewegung. Sie hatte bis vor einem Jahr noch keinen Hidschab besessen, sie kam aus einem westorientierten türkischen Haushalt, ihre Mutter war Lehrerin und trug Miniröcke, und ihre Eltern waren gegen jegliche Verschleierung. Sie klagte oft darüber, dass sie zu Hause nicht sie selbst sein durfte. Wer wollte sie sein? Ein Popstar-Fan? War auch Allah nichts als ein Popstar für sie?
Manchmal widerten Menschen wie Sinem mich an, sie war die Göttin des Konsums, sie und ihre Freundinnen mit den Smartphones und den Liebesbriefen an Kämpfer – sie konsumierten sogar den Islam, den heiligen Krieg und seine Märtyrer.
»Mit wem hast du eine Verabredung?«
»Mit der Wohnung, die Ayna für uns organisiert hat«, antwortete Falih. »Gleich ist Zeit fürs Mittagsgebet. Ich … funktioniere nicht gut ohne.« Er lächelte, beinahe entschuldigend.

Ich sah auf meinem Handy nach der Uhrzeit. »Bis ich hier alles durch habe, ist es zu spät fürs Mittagsgebet«, murmelte ich. »Sieht aus, als würde ich im Fahrstuhl beten.«

Am Samstag auf Sonntag, den dritten Advent, standen wir in der Schlange vor dem Berghain.
Das Berghain.
Natürlich hatte es schon lange auf der Liste gestanden, aber ich hatte es hinausgeschoben: Technoclub, Betonquader, Traumland, Mythenort, ehemaliges Heizkraftwerk, Heimat des berühmtesten Türstehers Berlins. Es war noch der gleiche, ein Zufall, dass gerade er auch an diesem Abend vor der Tür stand und nicht einer seiner wechselnden Kollegen.
Die Schlange war lang, die Nacht spät, oder früh, je nachdem: Clubnacht im Berghain. Wir warteten seit zwei Stunden, aber es war okay, wir warteten, um die Schlange zu beobachten, die Menschen, die Umgebung.
Ich war schon hier gewesen, vor Jahren, mit sechzehn. Das Fälschen war damals noch nicht Alains Gebiet gewesen, ich hatte andere Leute gekannt, um vorzeitig achtzehn zu sein.
Es ist sinnlos, das Berghain beschreiben zu wollen, wer kennt das Berghain nicht? Wer kennt es wirklich? Es ist ein Gewebe aus Geschichten, nicht jeder – nur einige – kommen hinein, an der Tür wird aussortiert, kontrolliert, abgewiesen. Ich habe nie verstanden, wie man nicht hineinkommen kann, auch damals, auch mit offensichtlich nicht achtzehn Jahren, haben sie mich immer durchgewinkt. Denn drinnen regierte die Dunkelheit, und ich war ein Teil von ihr, sie müssen es gemerkt haben. Und jetzt, nach Jahren, war ich zurück.
Wir waren zu viert, Farouk, Abdelkhamid, Falih und Marzuq.
»Das ist kein Ort für die Mädchen«, hatte Abdelkhamid gesagt, und Sinem hatte eine Schnute gezogen wie ein Kind, ein Gesicht, dass sie offenbar für sexy hielt, eine Mischung aus Kussmund und Kleinkinderweinen. Ich hatte mich abgewandt.
»Wir machen hier keine Party. Wenn du das nicht begreifst, bist du raus. Keine. Party.«
»Aber ich dachte«, hatte sie gesagt, »darum geht es im Berghain? Endlos

Party? Freitag Nacht bis Montag früh? Ich stand schon fünfzehn Mal in der Schlange, ich meine, bevor ich richtig geglaubt habe und alles. Die haben mich nie reingelassen, die Arschlöcher. Ich wär gerne heute Abend mit einem Lächeln einfach so an ihnen vorbeigezogen.«

»Das wärst du nicht«, hatte Falih gesagt, freundlich aber bestimmt. Sie hätten dich genauso abgewiesen wie sonst. Ich glaub nicht, dass du Hidschab tragen kannst an einem Ort wie dem Berghain.

Ich hätte ihn nicht getragen, hatte sie gemurmelt, und wir hatten uns entschieden, es nicht zu hören.

»Einem Ort wie dem Berghain.«

Ja, da stand ich wieder, in dieser Schlange, die war wie ein Lebewesen, die war wie ein sich hin und her bewegendes Gebilde mit eigenem Atem, einer Schlange aus Leuten, die versuchten, gelangweilt zu wirken, die versuchten, nonchanlant auszusehen, wie Schmuggler auf einem Flughafen. Das Berghain hatte eine strengere Kontrolle als ein Flughafen, sie kontrollierten nicht nur deine Taschen, sie kontrollierten dein Gesicht, deine Einstellung.

Keine MakeUp-Mädchen in engen Minis. Keine angestrengt aufgehübschten Falschbewimperten. Oder vielleicht wenn, dann nur, wenn es Männer waren. Keine hochhackigen Handtäschchenträgerinnen, keine gestylten blonden MTV-Moderatortypen. Keine Playboys, keine Popper. Was hier durchkam, war eine Mischung aus Schatten, ich hatte es ihnen gesagt, und es war nicht leicht gewesen, sie gaben sich im Alltag zu viel Mühe, noch immer, gut auszusehen: gepflegt, gesund, muskulös. Rein. Wir sind die Reinen, sagte Abdelkhamid, müssen wir uns mit Dreck und Asche beschmieren und Lederhosen und Gummiunterhemden anziehen, um da reinzukommen?

»Das ist ein Schwulenclub, verdammt.« Er flüsterte es noch in der zu lebendigen Schlange. »Ich geh da nicht rein.«

»Dann lass es«, zischte ich. »Hau ab. Aber wenn du etwas besiegen willst, musst du es kennen.«

»Wenn Mohammed nie auf ein Pferd gestiegen wäre«, sagte Falih, »um ins verhasste Land seiner Gegner zu reiten, hätte er dann gesiegt?«

»Falih«, sagte ich. »Du auch, überleg es dir gut. Keine Pferde hier. Was du da drin sehen wirst, ist das Gegenteil des Paradieses.« Falih nickte.

»Mir egal. Ich habe meinen Schutz bei mir.« Und er sah zum schwarzen Himmel hinauf, so voller Vertrauen, dass es wehtat. Wenn man so hätte vertrauen können! »Ich gehe mit Ihm auch durch die Hölle, wenn es notwendig ist.«

Und dann musterten uns die Augen des Türstehers zwischen den Tätowierungen in seinem Gesicht. Er nickte. Sogar Falih, der eindeutig noch nicht achtzehn war, nickte er zu, er musste den gefälschten Ausweis nicht einmal vorzeigen. Er sah noch immer und trotz seines Lächelns so aus, als wäre er zu Fuß durch die Wüste gelaufen, wild, müde, abgemagert und ein wenig verwirrt. Er sah aus wie auf Droge. Ich weiß nicht, durch was sie ihn in Syrien geschleust haben. Was er gesehen und getan hat, an der Seite seines älteren Bruders. Ich werde ihn nicht fragen.

Taschenkontrolle – keine Waffen, keine Flüssigkeiten, keine Handys. Wenn jemand eines mithatte, klebten sie ihm die Fotolinse ab, machten es blind, drinnen durfte nicht fotografiert werden. Nichts dort drinnen durfte an die Außenwelt geraten, das Berghain garantierte eine absolute Privatsphäre.

Wenn man daran dachte, was wir vom Berghain wollten, was wir erwogen, dann war das durchaus zuvorkommend.

Und dann also drinnen: Welcome back. Ich atmete die Luft der hohen Räume, sah die Menschenmenge zwischen dem Beton, Körper im bunten Licht, und es war wie vor Jahren, und es war anders. Weil ich andere Erinnerungen hatte. Weil ich ein anderer war.

»Durch diese Tür kriegst du keine Extasytablette reingeschmuggelt, ohne dass es einer merkt«, sagte Abdelkhamid hinter mir, und ich nickte. »Nicht mal ein Taschenmesser. Es gibt andere Pläne.«

Vor uns, auf einer langen Wand aus einzelnen Aluminiumplatten, erstreckten sich in überraschend hellem Licht seltsame Kringel und Striche: Es waren vier irrational vergrößerte alte Zeichnungen, damals Kupferstiche, von Naturerscheinungen: der Ausbruch des Vesuvs, ein Sturm auf See, Hurricans, die über eine weite Ebene fegten, die Nordlichter. Wenn man direkt davor stand, lösten sie sich in Details auf, nur, wenn man zurücktrat, waren sie zu erkennen.

Es war wie mit meinen Bildern auf dem Asphalt des Hinterhofs.

Ich erinnerte mich an den Namen dieser seltsamen Wand: Rituale des Verschwindens.
Jetzt erschien er mir bedeutsamer als damals, beinahe prophetisch. Die Katastrophe war imminent, sie hing über dem Berghain und über der Stadt, aber niemand trat weit genug aus der Realität zurück, gewann genug Abstand, betrachtete sie nüchtern genug, um diese Katastrophe zu erkennen.
An der Bar unten, wo es wieder dunkel war, erklärte ich es ihnen leise.
Eine Gruppe. Drei mindestens.
Eine kleine Waffe, gut in der Tasche zu tragen, beim ersten.
Die anderen beiden trugen, verborgen, das schwerere Gerät. Die Türsteher werden bei der Taschenkontrolle sehr kurz und ohne viele Diskussionen beseitigt, die beiden anderen der Gruppe stürmen den Club, schließen die Türen von innen. Das wäre der Beginn.
»Klingt zu einfach«, sagte Marzuq, und ich gab ihm recht. »Deshalb sind wir hier. Um die Lage zu checken. Und die Einzelheiten zu planen.«
»Seht es euch eine Weile an. Seht euch an, was dieser Ort bedeutet. Für Berlin. Für die Welt. Die westliche Welt. Aber rührt nichts an! Trinkt nur, was ihr selbst geöffnet habt.«
»Wir sind nicht so blöd, wie du denkst«, sagte Abdelkhamid gereizt. »Hör auf, dich als Fremdenführer aufzuspielen. Glaubst du, ich war nie hier?«
Und dann hatte uns der Rhythmus des Techno, minimalistische Töne und Geräusche, die nur von Ferne und in ihrer Gesamtheit ein Bild ergaben, genau wie die Rituale des Verschwindens. Dennoch war er mitreißend, berauschend, unerklärlich, wie eine Droge. Als drängen die Vibrationen der Töne direkt in den Körper, direkt bis ins Hirn. Ach das Licht vibrierte, die Treppe, die hinaufführte, schien auf der Musik zu schweben, und dort oben, am Geländer einer Art Galerie, sah man im blauen und orangeroten Zucken schon die ersten menschlichen Gestalten lehnen, die ersten Tänzer sich winden, die ersten nicht mehr in der Wirklichkeit befindlichen Gestalten. Nein, die Wirklichkeit blieb draußen.
Hier ließ man sie an der Tür nicht ein, schickte sie weiter.
Der Raum mit der Tanzfläche im ersten Stock war ganze achtzehn Meter hoch; auch vom Berghain gab es Pläne und Schemazeichnungen, einen

Dank hiermit an die zuvorkommende Süddeutsche Zeitung, die mir ein wenig Arbeit gespart hatte. Und ich stand da, eine Flasche Mate in der Hand, und verlor die anderen, und sah den Tänzern zu.
Ja, hier waren sie: muskelbewehrte Jungs in knapper Bekleidung, Leder, Latex, zungenküssende Pärchen, Typen in Kapuzenpullis dazwischen, ein paar vereinzelte Frauen, und mehr der tätowierten Metallträger; im spärlichen Buntlicht glänzte ihr Schweiß auf der Haut des anderen. Oben, in der Panoramabar, wo das Licht heller war, gab es mehr Frauen, Frauen in Jeans und BH, Frauen in Ekstase und in Trance, Frauen wie Schlangen und Frauen mit leeren Augen, gleichgültige Frauen und schöne Frauen.
Aber die Männer da unten, und ich stand wieder dort, die Männer auf der dunkleren Tanzfläche, waren schöner. Sie waren, in ihrer verschwitzten, sich regenden, seltsamen Masse vollkommen. Ein Objekt der Kunst.
Sie waren alles, was nicht sein durfte. Sie waren gegen jede der Regeln, jede natürliche Ordnung. Der Mensch ist auf der Erde, um sich zu mehren, das ist der Sinn des Geschlechtsaktes. Mann mit Mann soll sich niemals zusammenlegen, Frau mit Frau oder mehr als zwei Menschen.
Die westliche Gesellschaft krankt und geht an diesen Auswüchsen perverser Praktiken zu Grunde. Sie sind wie Geschwüre, die eitern und aufbrechen, die den ganzen Körper mit Fieber schlagen und töten können. Einer der Prediger hatte das gesagt, es stand nicht so geschrieben, nicht genauso, aber er war ein guter Rhetoriker gewesen, er hatte in den Raum geschrien, was alle dachten. Wovor alle sich fürchteten.
Interessanterweise war es damals, bei den Nationalen, genauso gewesen, hierin waren die Urdeutschen und die Kämpfer des heiligen Krieges sich einig. Das Kriechwesen homosexueller Sexualpraktiken war ein Ungeziefer, das es zu tilgen galt.
Da kroch es, vor mir, um mich, und ich tanzte, ich tanzte mit den Körpern, all den Körpern, die es hatte, in der Nacht.

Ich fand auch etwas anderes. Ich sah zwischen all diesen Oberflächen hindurch, und ich fand, auf den Treppen und Sofas, an den Bars und vor den Toiletten, Menschen, die liebten. Die zu zweit waren. Die sich, man konnte es fühlen, tatsächlich etwas bedeuteten, zwischen Lack und Leder, zwi-

schen Spiel und Morgen, zwischen Darkroom und der Chemie, die mit Clubmate und Bier heruntergespült wurde. Ich sah Gefühle. Aber ich sagte mir, dass sie nicht echt waren. Sie waren nur für diese eine Nacht. Such dir jemanden und nick ihm zu, die Toiletten sind eine Spielwiese. Tauch in einen der Darkrooms und such dir jemanden, dem du nicht zuzunicken brauchst.
Nichts hier bedeutet etwas.
Das Paradies ist fern, die Liebe nur ein Traum und das Morgen fern. Der Zerfall der Weltenordnung sei uns gegrüßt.

Und dann sah ich ihn.
Alain.
Auf der Tanzfläche.
Es war ein so plötzlicher Sinneseindruck, dass ich ihn zuerst für eine Täuschung hielt.
Er befand sich nur ein paar Meter von mir entfernt, schwamm in der Masse wie in einem Meer, bewegte sich mit den anderen zu den Klängen des abstrakten Technos, als hätte er nie etwas anderes getan, Alain im wirbelnden Schummerlicht, sein helles Haar offen und feucht, sein Gesicht schweißnass.
Er konnte nicht hier sein, es war unmöglich. Ich war mir absolut sicher, dass er mir nicht gefolgt war. Und doch war er da. Und er sah aus, als wäre er schon länger da als ich. Als wir.
Ich sah mich nach den anderen um. Farouk war in meiner Nähe geblieben, ein wenig, als könnte ich ihn notfalls vor einem ungewollten Übergriff schützen, auch er hatte Alain gesehen, und er runzelte die Stirn und warf mir einen fragenden Blick zu, oder jedenfalls glaubte ich, dass er das tat im Zwielicht. Ich schüttelte den Kopf. Nein, ich wusste nicht, wie Alain hierherkam.
Ich wünschte ihn mit aller Macht fort, doch mein Gott der Regeln erfüllte keine Wünsche dieser Natur. Und ich merkte, während ich Alain fortwünschte, wie mir warm wurde, wie diese sich langsam, zittrig, vorsichtig ausbreitende Wärme meinen Körper entlangfloss, durch Arme, Beine, Kopf und Rumpf rann, bis in tiefere Gefilde, als käme man von der eisigen

Kälte eines Schneespaziergangs in einen Raum, in dem man sich vor einen warmen Kamin setzte. Als wäre ich plötzlich geborgen, geschützt, als könnte ich mich fallen lassen und nachgeben, einfach einschlafen, hier und jetzt, an dem Kamin meiner Vorstellung, und alles wäre in Ordnung, weil Alain neben mir sitzen und über mich wachen würde. Er würde mir mit einer Hand über die Stirn streichen, geduldig, ohne Eile, und bleiben, bis die Nacht vorüber war.
Ich schüttelte die Vorstellung ab, versuchte mich wegzubewegen, ehe er mich sah, aber natürlich war es zu spät, er hatte mich längst gesehen. Und er war nicht allein. Margarete war bei ihm. Wie zum Teufel hatten die beiden es durch diese Tür geschafft? Sie sahen weder aus wie auf Droge noch, als hätten sie seit drei Tagen nicht geschlafen oder erst vor Kurzem aufgehört, in Syrien zu kämpfen. Ich sah Margaretes so oft gemaltes Haar im Licht der Diskokugeln und der Scheinwerfer Wellen schlagen wie ein Strand. Sie trug Jeans und ein Kapuzenshirt, nichts Auffälliges, und ihre Tischlerhände fassten in der Luft nach den Tönen der Musik, und sie war schöner als alle anderen Frauen. Nicht schöner als Alain.
Aber ich wandte mich ab, ich musste wegsehen, der Rhythmus und die Lichtblitze waren zu viel, ich hatte vergessen, wann ich zuletzt etwas gegessen hatte, ich spürte den Kreislauf trotz aller Übung wegknicken, und weil ich ihm nicht erlaubte, mich zu verlassen, war es mein Hirn, das wegknickte und mir Streiche spielte. Und ich sah.
Ich sah alles.
Wie in der Philarmonie, mit Margarete.
Ich sah die Schützen hinter dem DJ auf seinem Podest stehen, das Maschinengewehr in die Menge gerichtet. Ich sah sie in die Menge feuern, die Musik fiel aus und mit ihr fielen die Menschen, ich hörte die Schreie, Licht!, jemand schrie nach Licht! Aber alles blieb dunkel, und die bunten Scheinwerfer flackerten noch immer, und das Blut lief aus den Körpern am Boden, und andere rannten über sie, versuchten, zur Treppe zu kommen, stolperten übereinander, doch da unten wartete es auf sie, das Schicksal, dass sie sich selbst zugedacht hatten mit ihrer Art zu leben, mit ihrer Gleichgültigkeit, ihrem Egoismus, ihrer so freien, ihrer gedankenlosen Kultur. Ich sah sie sich auf der Treppe gegenseitig tottreten. Ich hörte sie

keuchen, sie keuchten wie ein einziges großes Tier, ihr schweres, feuchtes, rasselndes Atmen füllte die Luft, und ließ das alte Heizkraftwerk zittern.
Und die Betonwände, an denen jetzt das Blut hinablief, während die Maschinengewehre nicht stillstanden, die Betonwände waren die Wände eines Gefängnisses, und die verschachtelten Räume der Bars und Toiletten und Sitzecken waren die Folterkammern der Angst. Keine Fotos, die Handys sind alle blind, niemand draußen weiß, was hier drinnen passiert.
Dann eine Explosion in der Bar, Scherben, die nach allen Seiten davonspritzen und Haut aufreißen, und noch immer singen die Gewehre. Das ist das Inferno, ein Inferno wie die Hölle von Hieronymus Bosch, ich sah die alten Wagenräder aus seinen Bildern über die Tanzfläche rollen, auf die die zu Peinigenden gespannt waren, ich hörte ihre Knochen brechen, im Takt der Musik, ich sah die aufgespießten Leiber, aus denen die Eingeweide quollen, ich sah die unbegreiflichen Monster, die Albträume und Nachtmahre, die den Lügnern die Zungen aus den schreiend aufgerissenen Mündern fraßen. Ich sah die glänzenden Muskeln der sich umtanzenden Männer zerschmelzen zu zuckendem Fleisch, ich sah die Paare, die nicht sein durften, sich gegenseitig verschlingen und im Erdboden versinken.
Ich schüttelte den Kopf, wurde die Vision los und sah wieder nur, was tatsächlich existierte, hier und jetzt: eine tanzende Menge im Sprühregen von Licht und Ton. Es war nichts geschehen.Und ich hatte es besser abgefangen als in der Philharmonie. Ich war noch auf den Beinen.
Schwer atmend, zitternd, schweißgebadet stand ich da, die Mischung aus Boschs Bild und einer möglichen Zukunft verfolgte mich noch immer, und ich fand mich neben Alain und wusste, dass meine verräterischen Beine mich dorthin getragen hatten.
Schnee. Kaminfeuer. Eine Hand. Halt mich fest.
»Was macht ihr hier?«, schrie ich gegen die Musik an.
»Golfspielen!«, schrie Alain und grinste. Wir tanzten einen Moment lang nebeinander, und ich wusste, dass Farouk uns beobachtete, vermutlich nicht nur er, die Blicke brannten. Ich kam Alain nicht näher als unbedingt notwendig, ich versuchte, Margarete zwischen uns zu schieben, ohne sie zu berühren, und sie wunderte sich und schüttelte den Kopf.

Dann zeigte sie an den Rand der Tanzfläche und sagte etwas, und zehn Minuten später standen wir zusammen an der Bar, Flaschen in den Händen, und hörten geringfügig mehr. Es war wie im Hackendahl, in der Nacht der Bohème Sauvage, aber die Masse, die hier tanzte, war anders.

Dort hatte die Dekadenz der Helligkeit getanzt, die Hoffnung, der Unsinn und die Entschlossenheit, trotz allen Widrigkeiten etwas aus dem Leben herauszuholen, Berlin in den Zwanzigern, Berlin zwischen zwei Weltkriegen.

Hier tanzte die Dekadenz der Dunkelheit. Es war nichts mehr aus dem Leben herauszuholen, und niemand interessierte sich dafür. Es gab keine Hoffnung, nur den Beat, die Nacht und leicht schluckbare Chemie. Berlin im Frieden, Berlin 2015.

»Wie hast du es geschafft, mir zu folgen?«, fragte ich, zum ersten Mal fragte ich offen, vielleicht, weil die Musik laut genug war, vielleicht, weil ich noch immer halb gefangen war in den Bildern, die ich gesehen hatte und die nicht wirklich waren.

»Ich bin dir nicht gefolgt«, sagte Alain und fuhr sich durchs tanzverschwitzte Haar. »Ich war die letzten drei Samstage hier. Nachts, meine ich. Ich dachte mir, dass du irgendwann kommst.« Er grinste.

»Dass ich irgendwann komme?«, fragte ich. »Warum?«

»Du bist doch hier«, sagte Alain. »Also.«

»Ich muss sagen, ich halte das nicht jeden Samstag aus«, meinte Margarete. »Das ist das erste Mal für mich. Es ist … anstrengend.« Sie sah sich um. »Ich vermisse Dinge wie … Luft. Holz. Menschen.«

»Aber … Menschen sind doch genug da?«

»Ich bin mir nicht sicher«, sagte Margarete. »Eine Menge dieser Menschen haben sich draußen gelassen.« Sie lachte die Philosophie in diesem Satz weg und trank einen Schluck aus ihrer Bierflasche, nur Bier, sonst nichts. »Das riesige Foto von der Vagina oben bei der anderen Bar ist ganz hübsch«, sagte sie. »Wenigstens nicht aus Beton.« Und dann verschwand sie im Gewühle, um weiter zu tanzen, Margarete, fest auf dem Boden verankert, entschlossen, das Beste aus der Nacht herauszuholen. »Warum bist du hier?«, fragte ich und sah Alain an.

»Warum bist du hier?«, fragte er zurück.

Und wir schwiegen unsere Antworten beide.
»Deine Jungs gucken rüber«, sagte Alain schließlich, und ich zuckte die Schultern. »Und?« Aber ich fragte mich, wen er genau meinte und was er genau über die »Jungs« wusste oder dachte.
»Henri war übrigens erstaunt darüber, dass das Regal im Schuppen umgefallen ist«, sagte Alain. »Ganz von selbst. Er hat gefragt, ob das eine neue Kunstform ist. Coco und er haben geredet, als sie dachten, ich höre es nicht. Darüber, was mit mir los ist.« Er lachte. »Kunst … Cliff. Hier. Hier ist alles Kunst. Die letzten beiden Male habe ich gezeichnet. Nur dagesessen und gezeichnet. Denkst du manchmal noch an die Mappe? Daran, dass du auf die Kunsthochschule gehen könntest? Dass wir … zusammen … hingehen könnten?« Er lachte wieder, um die Naivität der Frage, die kindliche Bitte, zu tilgen wie Margarete zuvor ihre Philosophie.
Dann sagte er, er würde zum Klo gehen, und ich wollte noch sagen, du wirst lange warten, die Klos sind zu vielem da außer dazu, sie als Klo zu benutzen, doch er war schon fort. Ich ging langsam in die gleiche Richtung, unschlüssig. Ich wünschte, ich wäre schneller gegangen.
Ich hing eine Weile in der Nähe der Toiletten herum, und dann, schließlich, sah ich Alain wieder zwischen den Leuten, Alain, der die Klos verließ. Aber jemand hielt ihn auf.
Es war Marzuq.
Er legte ihm eine Hand auf die Schulter und sprach mit ihm. Marzuq war zweimal so breit und muskulös wie Alain, ein Berg neben ihm, ein ungleiches Paar, aber warum nicht – vielleicht war es das, was die anderen dachten. Marzuq sagte etwas zu Alain, führte ihn mit sich weg, und mir wurde schlagartig kalt; die Wärme des imaginären Kaminfeuers schwand. Alain schlüpfte mit einer raschen Drehung unter Marzuqs Hand weg und ließ ihn stehen. Marzuq folgte ihm, ich rief seinen Namen, doch er hörte mich nicht oder wollte mich nicht hören, und ich ging den beiden nach, holte sie aber nicht ein, es waren zu viele Menschen im Weg, auf Sofas herumhängende Menschen, ineinander verschlungene Menschen, Menschen mit gläsernem Blick.
Und dann sah ich, worauf Alain zusteuerte und begriff seine rettende Idee, Marzuq loszuwerden.

Alain verschwand in einer Dunkelheit, in die Marzuq ihm nicht folgen würde.
Es war die Dunkelheit des oberen Darkrooms.
Alles in mir sträubte sich dagegen. Ich wollte nicht, dass er dieses Dunkel betrat, jede Nacht, aber nicht diese. Ich wollte mir nicht vorstellen, was dort geschah. Auch wenn er nur hineinging, um seinen lästigen Gesprächspartner abzuschütteln. Ich wollte ihm nach, ich wollte ihn packen und aus diesem Sumpf des Zwielichts ziehen, ehe jemand dort drinnen sein Auftauchen falsch verstand.
Oder richtig verstand.
Vielleicht betrat er den Darkroom nicht nur, um zu entkommen. Vielleicht war es mehr. Vielleicht war es die Gleichgültigkeit, die hier in der Luft lag, die Gleichgültigkeit, die sich einstellte, wenn man zum dritten oder vierten Mal herkam, ein Konsument der lichtfernen Luft wurde, ein Schatten unter Schatten. Alles egal. Und es ist nach vier Uhr morgens, aber keiner weiß das genau, die Sonne geht in diesen Räumen niemals auf, dann geht man eben in den Darkroom, um sich ficken zu lassen, warum nicht, wen kümmert es, wen kümmert irgendetwas.
Aber Alain hatte sich verrechnet.
Marzuq folgte ihm ohne eine Sekunde zu zögern.

Sekunden später schluckte mich die Dunkelheit ebenfalls, wir verschwanden alle drei gemeinsam von der Bildfläche. Rituale des Verschwindens.

Ich fand sie nicht. Diese beiden. Ich stand und war blind, bis meine Augen sich an das kaum vorhandene Licht gewöhnt hatten, ich spürte meinen Herzschlag schneller werden, meinen Atem hetzen, während ich versuchte, diesen Atem möglichst leise zu atmen.
Jemand drängte sich von der Seite an mich, ich nahm nur einen Schatten war, und ich schüttelte ihn ab und murmelte: »Nein. Nein, ich suche jemanden.«
»Jeder sucht jemanden«, sagte der andere und lachte. »Hier hast du gute Chancen zu finden. Irgendwen.« Doch das Lachen entfernte sich mit dem

Schatten, dieser Schatten brauchte mich nicht, hatte mich schon als lächerlich abgestempelt, ein Anfänger, schüchtern, unerfahren.
In der Schwärze zeichneten sich jetzt einzelne Nischen ab, und ich ging an ihnen entlang, langsam, lauschend, hier war ich nie gewesen, auch damals nicht, natürlich nicht, obwohl es durchaus möglich war, den Raum mit einer Frau zu benutzen. Wobei man höchstwahrscheinlich dabei nicht alleine bleiben würde. Geschichten kannte ich genügend, dies war die Spielwiese all jener Spiele, die man im Hellen nicht wagte.
Ich würde sie nicht finden. Weder Marzuq noch Alain, die Gänge zwischen den Nischen waren wie ein Labyrinth, die Nischen vielmehr Kabinen, abgeteilt, erstaunlich privat … Da war ein Knäuel aus zwei oder drei Körpern am Boden, außerhalb der Nischen, ich stolperte beinahe, ich hörte den Atem derer dort unten und ignorierte ihn, tastete mich weiter voran, wispernd: »Alain?«
Er war nicht Teil des Knäuels, wenigstens das.
Ich hasste den Gedanken, wie jemand in einer der Nischen seine Hände unter Alains Pullover gleiten ließ, wie jemand ihn küsste und er zurückküsste, wie einer, den er nie gesehen hatte, mit müheloser Leichtigkeit in ihn eindrang, halb angezogen, eilig, wie sie sich gemeinsam bewegten im Schutz der Anonymität, sich aneinanderrieben und pressten und ihre Zungen den Schweiß des anderen ableckten … Mir wurde schlecht, wenn ich daran dachte, schwindelig, der Kreislauf drohte wieder zusammenzuklappen, es war zu warm hier.
Und dann hörte ich sie. Ich hörte Alains Stimme, aus einer der Kabinen.
»Hau ab«, sagte er, sehr deutlich, aber auch sehr leise. »Ich schnüffle überhaupt niemandem nach.«
»Doch, das tust du«, flüsterte Marzuq. »Ab heute allerdings nicht mehr.«
Dann war da ein unterdrücktes Keuchen, etwas wie ein leiser Aufschrei, gedämpft, als hielte jemand jemandem den Mund zu. Und ich schnellte vor, streckte den Arm in die tiefere Dunkelheit dieser privaten Nische, ohne das Geringste zu sehen – griff nach den Geräuschen, tastete, fand Stoff und Haut, griff in eine Klinge. Ich spürte den Schmerz wie ein Signal, das mich aus meinem Schwindel riss, ich war wieder ganz da, ich kniete jetzt auf dem Boden, und das Blut lief über meine Hand, ich hörte noch

immer das Keuchen zweier Menschen, Marzuq und Alain, hörte die Anstrengung darin, als sie miteinander rangen, nein, keine Klinge, das war keine Klinge, das war etwas anderes, und ich begriff: eine Glasscherbe. Die Scherbe einer Bierflasche, Marzuq hatte sie zerstört, um damit zu zustechen, und die Haut, über die das Blut von meiner Hand aus lief, war glatt und gehörte Alain, und darüber fand ich ein Kinn, ein Gesicht: Marzuq hatte die Scherbe an Alains Hals gesetzt.

Aber in dem Moment, in dem ich das begriff, war es schon vorüber, ich stieß Marzuqs schweren Körper mit aller Kraft zur Seite, ich hatte einen Teil der Scherbe in meiner Faust behalten und traf ihn damit, irgendwo, ich hörte ihn scharf die Luft einziehen vor Schmerz, dann schien er herumzurollen, sich aufzurappeln, und dann stand er.

»Idiot«, fauchte ich. »Du Idiot. Wie kannst du …« Doch er war nicht mehr neben mir, hatte die Kabine verlassen, war geflohen.

Einen Moment lang knieten Alain und ich nebeneinander auf dem Boden, ich spürte ihn, ohne ihn zu sehen. Dann tastete ich wieder, tastete nach seinem Hals, nach dem Blut dort. Wusste nicht, ob es mein Blut oder seines war, das ich fühlte.

Er fand meine Hand und presste sie auf seine Haut, und ich spürte den Puls der Schlagader. Und einen Schnitt. »Ist nicht tief«, wisperte Alain. »Alles okay. Ungefährlich.«

»Was wollte er?«

»Er wollte wissen, warum ich dir nachspioniere.«

»Es tut mir leid«, sagte ich. »Er ist verrückt. Verstehst du … eifersüchtig.«

»Das Gefühl hatte ich nicht«, wisperte Alain mit einem Grinsen in der Stimme, aber da war auch ein Zittern, die Angst steckte noch in ihm wie eine Krankheit. Sie war ansteckend, ich kauerte neben ihm, lag halb, und ich fühlte seine Angst, ich fürchtete mich wie ein Kind vor dem, was nicht geschehen war. Wir waren uns so nah, wann waren wir uns je im Dunkeln so nah gewesen?

Ich bewegte mich nicht, und er bewegte sich nicht, wir lagen da und atmeten nur, jetzt lang ausgestreckt, entspannter als zuvor, um die Furcht davongleiten zu lassen.

Alles konnte passieren, alles. Meine Hand lag immer noch an Alains Hals,

unser Blut aus den Schnitten der Scherbe vermischte sich. Um uns herum, in anderen Nischen und Kabinen, anderswo in der Dunkelheit, vereinigten sich vielleicht gerade jetzt Körper und wurden Teil voneinander, griffen Menschen nacheinander und hielten sich aneinander fest …
Und da rutschte ich wieder weg, in die Vision von vorher.
Ich sah den Darkroom brennen.
Die Unzüchtigen ausräuchern wie die Ratten.
Ich sah die Rauchschwaden aufsteigen und die Flammen am Boden entlangkriechen, einer Benzinspur folgend, ich sah sie den Raum erhellen und die Pärchen und Gruppen im plötzlichen Licht entblößen, ehe das Feuer nach ihnen griff, ich hörte sie husten im Qualm, sie versuchten, davonzukriechen, schafften es aber nicht, es war nicht genug Sauerstoff im Raum.
Die Verwerflichen ersticken wie Ungeziefer.
Die Kleider von zwei Männern nahe am Eingang fingen jetzt Feuer, und sie wurden zu einem Flammengebilde, einem Kunstwerk, sich ein letztes Mal gemeinsam aufbäumend, eben noch gefangen in Lust und Mysterium, jetzt zerstoben zu Funken und einem gemeinsamen, gellenden, langen Schrei. Sie verglühten wie Sterne. Ich sah die Zungen und Finger der Männer und Jungen, die sich nacheinander reckten und abrupt innehielten, sah, wie das Feuer sie briet, roch den Gestank des verkohlenden Fleisches. Da war er wieder, Hieronymus Bosch mit seiner Hölle, dies war die Hölle, es war nicht mehr nötig als ein Streichholz und ein wenig Benzin, und, natürlich, gute Planung, sie alle würden brennen, all diese Geschöpfe der Unterwelt.
Die Ungläubigen ausmerzen wie eine Seuche, nur Feuer kann alles desinfizieren.
Das Berghain versank in Blut und Chaos, draußen hallte noch immer Gewehrfeuer, da war nichts und niemand mehr zu retten, und hier drinnen zerplatzte die eben noch liebkoste Haut zu Brandblasen, verkohlte die Lust derer, die nicht mehr wegkamen, weil der Eingang verbarrikadiert war, sodass nur noch das Feuer durch die Ritzen genügend Luft holen konnte. Oben in der Panoramabar, anstelle des übergroßen Bildes der Vagina, hing der gekreuzigte Körper eines DJs.

Ich sah Alain aufstehen, mitten in diesem Inferno.
Ja, das war das Inferno.
Es war schön.
Die Farben der glühenden Flammen, orange, gold, rot, die perfekten Körper im Licht und ihre Qual, ihre verschiedenen Enden, all dies war ein Kunstwerk, wie Alain es gesagt hatte, das ganze Berghain war nichts als Kunst. Und als Alain über mir stand, sah ich seine Flügel wieder. Es waren Flügel aus Feuer. Er brannte, wie sie alle, wie auch ich, und was dann kam, umarmte mich bereits, an diesem Tag des Bluts.
Der Tag des Bluts. *Endlich*, dachte ich, *hat das, was geschehen wird, einen Namen.*
Der Tag des Bluts … Er würde kommen. Was einen Namen hatte, kam.
Ich schloss die Augen und ließ mich fallen, dies war das Ende.
»Cliff«, flüsterte Alain, und auf einmal wusste ich nicht mehr, ob ich all das nur gedacht hatte – oder es laut gesagt. Ich fühlte mich wie betrunken, nichts war mehr sicher. Ich musste etwas sagen, das Ganze relativeren.
»Wenn das Inferno kommt«, flüsterte ich, »wenn die Darkrooms brennen. Dann muss jemand das alles aufhalten.«
»Wer?«, wisperte Alain.
Und ich nahm seine Hand in meine blutige und legte sie an meine Brust, in der mein Herz weiter und weiter raste. »Er ist schon hier. Ganz nah.«
»Was hast du vor? Was haben sie vor, diese Jungs mit denen du hier bist, und was hast du vor?«
»Frag nicht«, sagte ich. »Frag nicht nach, Alain. Bitte. Lass mich machen. Und geh mir nicht mehr nach, es ist zu gefährlich. Am Ende wird alles gut. Am Ende steht ein großer Garten mit Springbrunnen und blühenden Bäumen und singenden Vögeln, wie auf diesen Bildern, weißt du, diesen winzigen Bildern in den Büchern des Mittelalters.«
»Wie im Koran«, sagte Alain. »Es klingt … schön.«
»Ja«, flüsterte ich, »das ist es.«

Unser Blut trocknete langsam in der Dunkelheit.
Noch einen Moment, nur noch einen Moment so verharren. Nichts geschieht, nichts darf hier geschehen. Töte all die Vorstellungen in dir ab, sie

sind es, diese verbotenen Vorstellungen, die das Inferno heraufbeschwören, die deine Wahrnehmung kippen lassen.
Wer die Welt retten will, oder nur eine Stadt, muss einen klaren Kopf bewahren.
Ich nahm die Hand von Alains Hals, stand langsam auf und half ihm hoch. Mein Herz raste noch immer, als wir den Darkroom verließen; ich ignorierte es.
Auf der Toilette half ich Alain, das Blut abzuwaschen. Es gab fast keine Spiegel im Berghain, auch hier nicht, niemand kontrolliert ständig sein Aussehen, Spiegelbilder existieren nicht, und Schatten hat vermutlich niemand, da alle Schatten sind. Der Schnitt an seinem Hals war tatsächlich nicht tief, doch meine Hand, zerschnitten zwischen Daumen und Zeigefinger, blutete noch immer. Wir wickelten mehrere Lagen Klopapier darum.
Zwei Typen in knapper Lederbekleidung, Typen wie von einem Flyer des Berghains, standen hinter uns herum und knutschten, aber ihre Blicke glitten immer wieder zu uns herüber, fasziniert
»Was genau habt ihr angestellt?«, fragte der eine schließlich.
Alain schob sich die Haare aus dem Gesicht, die an einer Stelle dunkel waren von meinem Blut. »Nächstes Mal rechtzeitig fragen, dann könnt ihr mitmachen«, sagte er.

Als ich Marzuq und die anderen fand, war es später Vormittag.
»Bist du eigentlich vollkommen bescheuert«, fragte ich Marzuq, »in einem Club jemanden mit einer Scherbe anzugreifen? Weißt du, was passiert wäre, wenn ich nicht dazwischen gegangen wäre?«
»Ja«, knurrte Marzuq. »Wir hätten ein Problem weniger.«
»Wir hätten ein Problem mehr«, fauchte ich. »Und dein Gesicht auf einem Polizeiplakat.«
»Im Darkroom sieht niemand Gesichter.«
»Cliff hat recht«, sagte Falih zu meiner Überraschung. »Es ist falsch, vorher aufzufallen. Vor der Nacht. Wir sollten uns still und ruhig verhalten.«
»Halt den Mund«, sagte Marzuq zu seinem jüngeren Bruder, und Falih

zuckte die Achseln. Wir standen draußen vor dem Berghain, in das noch immer Leute strömten, und blinzelten ins Tageslicht.

»Bleibt vernünftig«, sagte Abdelkhamid, und Farouk nickte, hektisch. »Natürlich.«

»Der blonde Typ«, sagte ich und sah die anderen der Reihe nach an, bemüht, meinen Blick zu einer reinen Drohung zu machen. »Ich hab euch gesagt, er ist meine Sache.«

Aber ich hatte diesen Satz schon zu oft gesagt.

»Wenn jemand diesen Typen verschwinden lässt, bin ich das. Aber … vielleicht brauchen wir ihn noch. Es gibt da eine Möglichkeit. Er und das Mädchen … wir kennen uns von früher. Haben im gleichen Haus gewohnt. Vielleicht können wir sie einspannen. Sie können uns helfen, ohne dass sie es wissen.«

»Das Feuer, das die Welt reinigt, kann man auch an einen Ort tragen, ohne es zu wissen«, sagte Falih, und ich fragte mich, ob es eine Koransure war, die ich nicht kannte.

Ich nickte. »Ich denke darüber nach.«

»Es bleibt nicht mehr sehr viel Zeit zum Denken«, sagte Abdelkhamid und legte mir seinen Arm um die Schultern.

Vor einem Jahr waren sie so über die Grenze gegangen, zu zweit.

Hatten McDonalds hinter sich gelassen, Berlin hinter sich gelassen, Deutschland. Die westliche Welt. Es war eine unsichtbare Grenze gewesen und gleichzeitig die Grenze von der Türkei zum Irak, über die Türkei war es am einfachsten. Sie hatten sich sagen lassen, was zu tun war, Kontakte geknüpft, es gab immer Kontakte. Selbst die Jordanier kamen über die Türkei ins Kalifat, ihre eigene Grenze zu Syrien war dicht.

2014, Anfang Oktober.

Und Sonne im Gesicht. In den Bergen war es schon kalt, die Landschaft karg, kahler als zu Hause. Als würde auch sie sich selbst kasteien, strengen Regeln gehorchen, sich die Üppigkeit und das Grün verbieten. Zurück zum Wesentlichen.

Abdelkhamid atmete die Luft ein und lächelte. Auch die Tschetschenen, sagte er, waren ein Bergvolk, obwohl man sie nie ein Volk sein ließ, dies war die richtige Umgebung, hier, unter dem weiten Himmel, konnte man Allah noch spüren. Konnte spüren, wie er auf sie wartete, auf jeden, der kam, um für ihn zu kämpfen. Das Land, dieses wunderschöne Land, zu befreien. Cliff nickte nur stumm, während sie neben dem Jeep standen, der sie das letzte Stück mitgenommen hatte. Vielleicht würde er Allah eines Tages ebenfalls spüren. Als eine Macht, die in seinen Träumen zu ihm sprach.
Noch suchte er ihn stets als etwas Abstraktes.
Aber hier hatte er die Chance, sich zum zweiten Mal bekehren zu lassen, zu einem Moslem des Herzens und nicht des Kopfes.
Sie schliefen in jenem Ort in den Bergen in einem einfachen Haus auf dem harten Boden, und er begrüßte die Härte. Sich alles zu versagen war der erste Schritt. Es gab viele Menschen, auch außerhalb des Kalifats, die die Kämpfer auf der Durchreise bei sich schlafen ließen. Die mit ihnen zusammenarbeiteten, ihnen Informationen weiterreichten, im Glauben oder, auch das, gegen Geld. Menschen, die sich darauf vorbereiteten, auf der richtigen Seite zu stehen, wenn der IS ihr Dorf eroberte. Die bereit waren, ihre Nachbarn zu verraten.
Cliff verstand nicht, was sie sagten, doch er sah es in ihren Augen, und er verachtete sie. Ein ehrlicher Kampf, der da war, wenn er da war, kein Verrat zuvor – wäre ihm lieber gewesen. Und er begriff, wie aussichtslos das gewesen wäre und schalt sich selbst einen Romantiker, schon auf dem Weg zum nächsten Ort.
Da war ein Camp, in dem sie lernten.
Nur deutsche Einheiten. Drei Wochen Training.
Die Waffe lag gut in seinen Händen, es war, als hätte sie immer dort hingehört. Rennen, fallen, schießen, marschieren. Gemeinsam Beten, gemeinsam essen. Koranschule. Filme und Bilder, vom Kampf, vom Sieg, auf einer Leinwand im Essenssaal, jeden Abend. Auch dieser Tagesablauf fühlte sich gut an, nie hatte es so viel Struktur in Cliffs Leben gegeben, nie so straff geregelte Zeit. Und alle Sekunden, Minuten, Stunden liefen auf den Kampf zu. Dieser Kampf, sagten sie, stand schon im Koran geschrieben, sie sagten die gleichen Worte, die schon Abdelkhamid damals gesagt hatte. Der

Kampf würde lange dauern, Jahre, Jahrzehnte vielleicht, aber er würde der letzte sein. An seinem Ende stand eine veränderte Erde. Das Paradies im Diesseits. Die Kämpfer würden es nicht erleben, doch sie würden helfen, es zu schaffen.
Und während er mit den anderen lief und zielte und kniete und aufstand und sich auf die Erde warf, begann dieser Traum in sein Herz zu sickern, ganz langsam vom Kopf aus hinunter. Allah offenbarte sich nie, aber der Traum von der veränderten Welt nistete in Cliff.
Alles, was bisher geschehen war, all die vergeudeten Jahre, das Scheitern an der Normalität und der Gesellschaft, das Scheitern daran, Cemre für sich zu gewinnen – all das war nicht mehr wichtig, es schmolz zu einem winzigen Tropfen heißen Wachses und verging in der Sonne.
Er hatte es hinter sich gelassen, es zusammen mit seinem Handy abgegeben. Keine Fotos von früher, keine Bilder, keine Vergangenheit. Er bekam einen anderen Namen wie sie alle, Abbas al-Almani.
Doch in der Gemeinschaft blieb er immer allein. Abdelkhamid fand Freunde. Es ist besser, sagte er, Freunde zu haben, wenn es ringsum so viele Feinde gibt. Cliff lächelte und begrüßte den Gedanken, viele Feinde zu haben.
Es war gut, gegen etwas zu kämpfen, das vorhanden war. Nicht nur gegen sich selbst.
Er war anders als die anderen.
Manche von ihnen waren dumm, sie glaubten, sie wären bereits Helden, obwohl sie nichts getan hatten als zu gehorchen und zu essen. Sie gaben mit den Mädchen an, denen sie im Internet von ihren Taten berichten würden, wenn sie erst außerhalb des Trainingslagers waren. Wenn sie erst frei waren zu töten und zu siegen. Und sich fotografieren zu lassen.
Manche waren klug, gebildet, es gab ein blondes Brüderpaar aus einer heilen, christlichen deutschen Familie, Ingenieure, ihnen hatte die Gesellschaft da drüben nichts getan. Dennoch folgten sie dem Ruf, folgten Allah. Sie sagten, er hätte sich ihnen offenbart, als jemand sie mitnahm zu einer Predigt. Das waren Menschen, die mit der Seele glaubten, in ihrem Kopf lagen nur Zahlen. Der IS würde sie brauchen. Ihren Umgang mit den Zahlen. Ihr technisches Wissen.

Andere, ehemalige Paketboten und Amazon-Packer, Pizzalieferanten und Hartz-4-Empfänger, wurden zu Anderem gebraucht. Es gab Listen, in die man sich eintragen musste – Listen, wer zu was bereit war. Die berühmteste war die Liste der Selbstmordattentäter. Manche trugen sich nur ein, weil ihre Freunde es taten. Es bedeutete nicht, dass man unbedingt ein Attentäter werden würde, es bedeutete nur, dass es die Möglichkeit gab.
Cliff schrieb seinen Namen unter die vielen anderen und fühlte sich an diesem Abend, als er auf die Isomatte in der Reihe der anderen Isomatten fiel, zum ersten Mal vollkommen glücklich.
Wer für den Glauben stirbt, sagten sie, geht direkt ein ins Paradies. Es ist ein Ort voller blühender Bäume und sprudelnder Quellen. Vögel singen in den Bäumen, und junge Frauen tanzen durch die grünen, duftenden Schatten.
Es war ein Bild aus einem Märchen, und er träumte die ganze Nacht davon, obwohl er keine Sekunde lang glaubte, er würde tatsächlich an einen solchen Ort gelangen, falls er sich hier von einem Sprengstoffgürtel in Fetzen zerreißen ließ. Andererseits … niemand konnte beweisen, dass es nicht so war. Da blieb der winzige, glühende Funke einer Möglichkeit.
Im Schlaf stand er unter einem der schattenspendenden Bäume, alt und knorrig war der Baum wie ein alter, gütiger Mensch. Als Cliff am Morgen erwachte, schmerzten seine Hände beim Gedanken daran, dass er all dies nicht zeichnen durfte.

Nach der Trainingszeit brachten sie ihn und ein paar andere fort, und für eine Weile lebte er mit drei anderen Kämpfern in einem leeren Haus in einem Ort, dessen Namen er vergaß. Man sagte ihnen, er läge an der Grenze zu Syrien.
Die Tage wurden ihm lang dort, sie beteten gemeinsam und warteten und beteten, und sie begannen, sich gegenseitig auf die Nerven zu gehen. Er verstand die anderen nicht, einer von ihnen war Marokkaner und zwei Algerier. Eine Frau aus dem Ort kochte für sie, sie sahen nie ihr Gesicht. Sie erhielten Nachrichten, dass sie weiter warten sollten.
Am dritten Tag fand er auf der trockenen, rissigen Erde vor dem Haus ein

leeres, dreckiges Stück Papier. Es gab alles hier, was sie brauchten, aber Papier gehörte nicht dazu. Er sah das Papier lange an. Dann zog er einen Bleistift aus seinem Rucksack und begann zu zeichnen.

Zuerst waren es noch Ornamente. Dann Pflanzen, die Äste der Olivenbäume neben dem Haus, die Blätter des wilden Weins an einer Mauer am Ende der unbefestigten Straße. Ziegen, die in die niedrigen Bäume kletterten. Den Jungen, den er täglich diese Ziegen hüten sah. Den Mann im Wagen, der sie hergebracht hatte, mit den Falten im Gesicht, mit den klaren durchsichtigen Augen, mit dem sorgsam gepflegten Bart, den sie alle jetzt trugen. Er zeichnete sich selbst und er zeichnete die Algerier und den Marokkaner und den Mond über der kargen Landschaft, mit all seinen Kratern. Es war wie ein Rausch, er konnte nicht aufhören, obwohl das Blatt nicht ausreichte, er zeichnete mit dem Fingernagel in der Erde vor dem Haus weiter, bis seine Fingerspitzen bluteten, zeichnete einen Grundriss, teilte die endlose Fläche in Einheiten, die ihn beruhigten: Baracken, Schlafräume, Gebetsraum, Schießplatz. Er teilte die Fläche, wie sie im Lager die Zeit geteilt hatten, gab der Fläche Regeln. Er hatte nie zuvor Grundrisse gezeichnet, doch auf einmal erschien es ihm notwendig und natürlich, seine Hand bewegte sich von selbst.

Das Blut seiner Finger sickerte in die Erde, und er begrüßte es, es brachte Farbe in das Bild, die Farbe seiner Selbstkasteiung. Wenn irgendwo ein höheres Wesen existierte, Allah, so musste er sehen, dass Cliff bereit war, alles aufzugeben. Nur eines konnte er nicht aufgeben: das Zeichnen.

Er bemerkte weder das Motorengeräusch noch die Schritte. Erst als eine Hand ihn an der Schulter packte, fuhr er herum und sprang auf die Füße, erwachend wie aus einem tiefen Traum.

Der Mann, der neben ihm stand, war groß gewachsen und hager, er hatte ihn noch nie gesehen; er trug die Barttracht aller Gotteskämpfer, und seine Augen zwinkerten leicht, als müsse er gegen die Sonne blinzeln, obwohl sie von Wolken verdeckt wurde. Bei dem Jeep, aus dem der Mann gestiegen war, standen zwei andere, lehnten mit verschränkten Armen am Wagen und sahen herüber.

»Was ist das?«, fragte der Mann und nahm Cliff das Blatt Papier weg.

Cliff stand ganz still, während er es drehte und wendete. Das Blatt war so

voll mit Zeichnungen, dass die Linien wie ein Labyrinth ineinandergriffen, es war möglich, dass dieser Mann nur Muster sah. Dass er die Menschen und Gesichter gar nicht erkannte …
Cliff sah ihn an, und er sah, dass der Mann alles erkannte. Jede Einzelheit. Und er wusste, dass er verloren hatte. Er hatte das Bilderverbot des Islam missachtet, schlimmer noch, er hatte das Trainingscamp gezeichnet, mit allen Einzelheiten. Und er wusste, was der Mann dachte: Der Deutsche, Abbas al-Almani, war ein Spion. Cliff wusste, dass sie Leute wegen geringerer Vergehen hinrichteten. Sie waren nicht gekommen, um einen Spion zu entlarven, sie waren gekommen, um die vier Kämpfer aus dem Haus irgendwoanders hinzubringen, vielleicht endlich zu einem Kampfeinsatz, aber jetzt änderte sich die Mission dieses Mannes schlagartig.
Er deutete mit dem Fuß auf den Boden. »Das da?«, fragte er, in gebrochenem Deutsch. »Das Camp?«
»Ja«, sagte Cliff. »Ich habe es gezeichnet, weil … mir die Ordnung dort fehlt.«
»Zeichne mich«, sagte der Mann.
»Sie?«
»Ja.«
Auf dem Papier war kein Platz mehr. Cliff kniete sich auf den Boden und zeichnete den blinzelnden Mann mit dem Fingernagel in die Erde. Der Mann stand ganz still vor dem weißen, dunstigen Himmel. Dann saß Cliff neben dem Portrait, und der Mann nickte. Wischte das Bild mit dem Fuß weg, nicht ganz erfolgreich, die Kratzer in der Erde waren tief wie Narben.
»Das hier«, sagte er Mann und zeigte auf das Papier. »Ich kenne diese Mensch. Ich kenne. Männer von Trainingscamp. Aber hier?« Er zeigte in eine Ecke, wo ein anderes Gesicht den Betrachter ansah. Das Gesicht eines Menschen, der in den Ästen eines Olivenbaums hing, seine Arme ausgebreitet und an zwei Zweigen festgebunden wie an einem Kreuz. »Wer ist diese Mann?«
»Das … das ist jemand aus meinem Land«, antwortete Cliff leise.
»Er hier? Wer hat ihn getötet?
»Nein, er ist noch dort«, murmelte er. »Es ist nur eine Erinnerung.«

Er hatte nicht einmal gemerkt, dass er Alain gemalt hatte. Alain in der Pose des Schuppens.
Wer hat ihn getötet?
Ich habe ihn getötet, dachte Cliff. *Die Erinnerung getötet. Versucht, ihn zu vergessen. Aber wie könnte ich.*
Der Mann faltete das Papier sorgsam, steckte es ein und nickte Cliff zu. »Steh auf«, sagte er.

Sie brachten sie an diesem Tag alle vier im Jeep weg, aber die Algerier und den Marokkaner setzten sie in einem anderen Ort ab als Cliff. Cliff fuhr weiter mit ihnen. Bis in die Nacht. Er hörte den Mann mit dem Blinzeln mehrfach telefonieren, ohne ein Wort zu verstehen, er verstand nur das allernötigste Arabisch. Wasser, Brot, Beten. Er saß hinten im Jeep und sah seine Hände an. Das Blut an den Fingern der rechten Hand war lange eingetrocknet.
Er wusste, dass sie ihn töten würden. Aber sie würden es nicht gleich tun. Sie würden ihn irgendwohin bringen und ihm Fragen stellen, die man Spionen stellte, und er würde sie nicht davon überzeugen können, dass er kein Spion war.
Jeder wusste, was sie mit Leuten taten, die sie verrieten. Aber das war es nicht, wovor er sich fürchtete. Wovor er sich fürchtete, war, wieder zu versagen. Berlin hatte ihn nicht gewollt, der Westen hatte ihn nicht gewollt, Cemre hatte ihn nicht gewollt. Und nun würden sie ihn also wieder ausstoßen, nur eines Missverständnisses wegen.
Nein, sagte er sich. Weil ich es nicht durchgehalten habe, das Zeichnen zu lassen. Weil ich nicht stark genug war.
Stark sein. Er hatte es Alain und Margarete nie erzählt, aber seine größte Angst damals war die vor den Liedern der Kinder auf der Straße gewesen.
Schwuchtel sitzt am Straßenrand, hat ein Blümchen in der Hand.
wenn er sich mal kloppen soll, macht er sich die Hosen voll.
schau mal, wie er knutschen will. Mach ihn platt, dann ist er still.
Sie hatten das nie über ihn gesungen. Über eine Menge andere, immer über den eigentlich, der gerade als der Schwächste galt. Aber er hatte

Angst davor gehabt, dass er dran war. Jeden Tag. Angst auch, dass sie ihn zu oft mit Alain sahen.
Stärker werden, stärker werden. Mehr Faust, mehr Gewalt. Lass es sie nicht sehen, wenn du schwach bist! Er hatte sich das schon mit vier Jahren gesagt. Es hatte nichts genutzt. Jetzt, hier, war er nicht stark genug gewesen, gegen die Linien und Striche in seinen Fingern, gegen die Welt in seinen Augen anzukämpfen.

Sie brachten ihn in ein größeres Haus in einem Ort am Ende der Nacht, wo andere Kämpfer waren, er schlief zwischen ihnen und begriff nichts, man sagte ihm nichts, der dünne Mann mit dem Blinzeln war auf einmal fort, und Cliff sagte sich, dass sie auf den nächsten Tag warteten, dass sie sich dann mit ihm befassen und ihn fertig machen würden, aber er erwachte zwischen den Kämpfern, die er nicht verstand, und das Einzige, was geschah, war, dass er mit ihnen betete und mit ihnen aß.
Auf einmal jedoch zerbrach alles in hektisches Hin und Her, man drückte ihm ein Gewehr in die Hand, es gab Anweisungen, die er nicht verstand, die meisten hier schienen arabisch zu sprechen, obgleich einige Franzosen oder Belgier und bei der Truppe waren. Das Gewehr war ein deutsches Sturmgewehr. Ehe er Zeit hatte, das, was geschah, zu verarbeiten, saß er mit den anderen auf einem Pick-up, der mit einem Dutzend anderer im Konvoi über eine sich windende Schotterstraße fuhr, zwischen Felsen und Abhängen, durch menschenleeres Gebiet. Am Himmel stand ein Falke, scheinbar reglos nach seiner Beute auf der Erde spähend. Cliff trug die Kleidung, die sie ihm im Trainingscamp gegeben hatten: feste Stiefel, schwarze Jacke und Hose, die Sturmhaube, die sein Gesicht halb verdeckte und vor dem aufwirbelnden Staub der Piste schützte. Er sah, dachte er, exakt aus wie die anderen, als hätten sie nichts Besonderes mit ihm vor. Er ging in der Masse unter, doch er atmete nicht auf, blieb angespannt wie ein Tier.
Da war nur ein Wagen, der vor ihnen fuhr, ein gutes Stück vom eigentlichen Konvoi entfernt.
Schließlich tauchten in der Ferne die flachen, lehmbraunen, betongrauen Häuser eines Ortes auf, ein paar Bäume, Felder, Schuppen und Baracken.

Es schien etwas wie einen Militärposten außerhalb des Ortes zu geben, dort standen Soldaten, die die Einfallsstraße bewachten, obgleich unklar war, welcher Gruppierung sie angehörten.
Der Wagen vor ihnen erreichte den Posten.
Er brach in den Ort ein wie in Eis.
Cliff sah das Feuer der Explosion nicht, ahnte es nur, hörte. Was er sah, war die Staubwolke, eine Wolke aus aufspritzenden Steinbrocken, Holzstücken, Metallsplittern, es war wie der Ausbruch eines Vulkans. Nachdem der Staub sich gelegt hatte, war da kein Kontrollposten mehr. Keine Schranke. Der Weg in den Ort war frei. Jubel brach unter den Männern auf den Pick-Ups aus, und Cliff hörte sich mit ihnen jubeln.
Als sie an den Trümmern der Schranke vorbeifuhren, sah er die Soldaten zwischen den Überresten ihres Postens liegen, ihre Körper davongeschleudert. Dazwischen lagen drei Körper, die schwarz getragen hatten wie die Kämpfer auf dem Pick-up, zerfetzt, kaum noch erkennbar.
»Shuhada«, hörte er jemanden sagen, das Wort verstand er: *Märtyrer.* Sie waren gestorben, um den Weg für die anderen frei zu machen. Cliff dachte an die Liste der Selbstmordattentäter, in die er sich eingetragen hatte. Dies war also die Taktik.
Sekunden später brandete der Kampf im Ort hoch, Cliff fand sich im Chaos. Zielte, feuerte, lud, die Waffe war eins mit ihm. Es war wie in einem Computerspiel, aber doch anders. Er schwitzte, und das Gewehr war nicht sehr zielgenau, und neben ihm fiel einer vom Wagen. Er sah den feindlichen Soldaten noch einmal schießen, auf den am Boden liegenden IS-Mann, bis der sich nicht mehr regte. Aber die Gegner waren zu wenige, und sie waren zu zu wenig Opfern bereit. Die Mudschahedin, die Gotteskämpfer, denen es egal war, ob sie starben, überrannten sie, und Cliff war Teil der überrennenden Macht. Er dachte an den, der auf den am Boden Liegenden geschossen hatten: ein ungläubiger Teufel. Befreit dieses Dorf von den Teufeln!
Allahu Akbar!
Wie gut es tat, zu schießen, zu rennen, Teil des Ganzen zu sein. Endlich tat er etwas, wartete nicht nur – und zugleich fragte er sich, ob dies ihre Art war, ihn wegen der Bilder zu bestrafen: ihn ganz nach vorne zu schicken,

ihn, den Ahnungslosen, den Ausländer, der nicht einmal ihre Befehle verstand. Kanonenfutter.
Es war vorbei, ehe er es noch richtig begriff. Die Pick-ups unter den schwarzen Flaggen rollten weiter, ohne auf Widerstand zu stoßen, Türen schlossen sich, Menschen versteckten sich in ihren Häusern. Dies war der Punkt, an dem die Plünderung begann, und auch die Gefangennahmen. Einer aus dem Dorf zeigte dem IS-Kommandanten die Häuser, in denen die schlimmsten Teufel saßen, und sie traten Türen ein und zerrten die Teufel heraus.
Cliff half, sie auf die Wagen zu verladen. Wie Vieh. Männer, Frauen, ein paar Kinder.
Und er wanderte mit den anderen durch die verlassenen Wohnungen und sah, wie sie sich nahmen, was sie brauchten: eine Hand voll Schmuck, Kleider. Zigaretten, die sie vernichten würden.
Einer der Kämpfer steckte eine Puppe ein. »Ich hab eine kleine Tochter zu Hause«, sagte er entschuldigend, halb Englisch, halb in Zeichensprache. »Das andere Kind braucht die Puppe nicht mehr.« Er nickte zur Seite hinüber. Dort lag ein kleiner Körper auf dem blutgetränkten Teppich: ein Mädchen in einem blauen Kleid, ihr kleiner Körper zerfetzt von einer Kugel. Sie hielt eine zweite Puppe im Arm, fest an sich gedrückt, das helle Puppenhaar rot von Blut.
Sie war jetzt im Paradies, sagte Cliff sich. Sie konnte nichts dafür, dass ihre Eltern Ungläubige gewesen waren. Er versuchte, das Bild zu vergessen.
Sie waren doch siegreich, sie waren die Gewinner, die Befreier, die Überbringer der zukünftigen Ordnung!
Am Abend holten sie die Märtyrer, um sie zu bestatten, und danach feierten sie. Cliff fühlte sich betrunken. Er fragte einen der anderen, wo sie wären. Sie waren nach Nordwesten gefahren, und sie waren schon zuvor in Grenznähe gewesen. Er fragte, ob sie in Syrien wären.
Der andere lächelte. »Wir sind über keine Grenze gefahren«, erwiderte er, in einem Zwischending aus Englisch, Arabisch und Französisch. »Wir sind immer noch im Kalifat. Heute ist es um ein Dorf größer geworden. Eines Tages …«, und er breitete seine Arme aus, »wird es den Globus umspannen.«

Er begleitete die Truppe weiter. Er gewöhnte sich daran. Und niemand kam, um mit ihm über Bilder zu sprechen. Es war merkwürdig.
Nach den ersten beiden Orten, die sie erobert hatten, besorgte er sich Papier und zeichnete weiter. Wenn sie ihn töten wollten, würden sie es tun, daran war nichts zu rütteln. Der Tod war überall. Er zeichnete das tote Mädchen und die toten Märtyrer. Er zeichnete die Reihen der gefangenen Soldaten und Zivilisten, jene Reihen, die sie vor die Dörfer führten. Er zeichnete, wie sie auf einem Acker niederknieten, wie sie auf dem Boden lagen, tot. Er zeichnete die Bäume und die Pflanzen auf den Feldern und die Frauen, nach dem Einmarsch des IS alle verschleiert, die die jungen Pflänzchen mit ihren schönen Händen pflegten. Er zeichnete die Schule, die, mit einer schwarzen Flagge versehen, nach langer Zeit wieder eröffnet und dem Schutz des IS unterstellt wurde. Was sie hinterließen, waren Trümmer, aus denen ein neues, geregeltes Leben für die Menschen entstand, die bereit waren, sich unterzuordnen, und all das zeichnete er.
Sie sahen ihn seltsam an, manche ängstlich, manche bewundernd, manche mit offenem Misstrauen. Er war ein Einzelgänger, der Deutsche, er war unbegreiflich.
Aber er war zufrieden. Er tat, wozu er gekommen war. Er kämpfte. Und es war eine nicht abreißende Welle des Sieges. Der Kick der Gewalt war immer nah, doch es war anders als damals in Deutschland, er war jetzt Herr seiner Sinne, er brauchte keine Exzesse mehr. Keiner der anderen hielt seine Disziplin durch. Er stahl nie etwas. Einmal nahm er einen silbernen Becher mit, der in der Straße auf dem Boden lag, achtlos fallen gelassen und vermutlich nicht wirklich aus Silber. Die Schriftzeichen, die ihn zierten, waren so kunstvoll hineingeritzt, dass er sie nicht lesen konnte, es war wie ein Symbol: ein Becher, aus dem er eine Wahrheit trank, die er nicht einmal selbst verstand. Nein, er stahl nicht. Er zerstörte und tötete und brach den Feind. Er gehorchte den ehernen Gesetzen seines eigenen Krieges.

Nachts träumte er von Margarete. Immer den gleichen Traum.
Sie lag zwischen den neu sprießenden Pflanzen auf einem Feld und sah zu ihm auf. Der Muezzin rief von einem nahen Minarett zum Gebet, und mit

jedem klagenden Ton versank Margarete ein Stück tiefer, bis die rissige Erde ihren Körper ganz geschluckt hatte.
Wenn Cliff den Horizont nach einer zweiten Person absuchte, einer Person mit blondem Haar bis auf die Schultern, war da niemand. Bis er seinen Schatten auf dem Feld ansah. Es war nicht sein Schatten. Es war der von Alain. Und er wachte auf und spürte einen ziehenden Schmerz in seinen Eingeweiden, als wäre ein Granatsplitter dort eingedrungen. Doch er besiegte den Schmerz jeden Morgen und vergaß seine Träume bis zum Abend.
Noch ein Ort, noch ein Sieg, andere Männer an seiner Seite.
Wann, fragte er sich manchmal, würde er auf dem ersten Wagen sitzen, der sich selbst in die Luft sprengte und die Schneise schlug?

Dann kam der Tag, an dem sie ihn wegholten, und auf einmal saß er in einem schönen Raum und bekam ein Glas Tee gereicht und blickte in das ernste Gesicht seines Gegenübers. Dies war kein Kämpfer, man sah es ihm an.
»Abbas al-Almani«, sagte er, und Cliff nickte. Das winzige Teeglas auf der gläsernen Untertasse in seiner Hand klirrte, seine Finger waren nicht ruhig genug.
»Sie zeichnen«, sagte der Mann in tadellosem Deutsch. »Aus dem Gedächtnis. Portraits, Menschen. Grundrisse von Gebäuden.« Er nahm seinerseits einen Schluck und scheuchte den Teejungen, der in einer Ecke stand, mit einer ungeduldigen Geste fort. »Ist das richtig?«
»Ja«, sagte Cliff. Sein Mund war trocken.
»Es gibt im Islam ein Bilderverbot«, sagte der Mann mit einem feinen Lächeln. »Aber es steht nirgendwo ausdrücklich geschrieben. Ist das nicht erstaunlich? Jeder glaubt, es gelesen zu haben, doch es steht nicht da. Eine Menge Dinge, die angeblich da stehen, sind im Koran überhaupt nicht zu finden.«
Cliff presste die Lippen aufeinander. Es wäre falsch, jetzt etwas zu sagen, sicherlich. Es fühlte sich an wie eine Falle.
»Sie sind zu einer Truppe gestoßen, zu der ich Sie niemals beordert habe«, sagte der Mann. »Wir hatten seit dem ersten Bild etwas anderes mit Ih-

nen vor. Man hat Sie in den richtigen Ort gebracht, aber dann ist etwas … schief gelaufen. Ärgerlicherweise.« Er trank noch einen Schluck Tee. Er hatte tatsächlich keinen Akzent, er war offenbar ein Deutscher.

»Allah ist groß und weiß, was er tut«, sagte er, obwohl es nicht klang, als glaubte er das oder irgendetwas anders über Allah; er klang wie jemand, der kühl und sehr vernünftig Dinge plant und berechnet. »Vielleicht ist es gut, dass Sie einen Eindruck von unserem Kampf gegen das Böse auf der Welt bekommen haben, das sich auf so viele Arten tarnt. Aber von jetzt an werden Sie nicht mehr kämpfen.«

»Was machen Sie mit mir?«

»Machen?« Ein weiteres Lächeln, amüsiert. »Mein lieber Junge. Wir brauchen Sie an anderer Stelle. Sie werden für uns zeichnen. Wir werden Sie an Orte schicken, die noch nicht dem Kalifat … angegliedert sind. Wir möchten, dass Sie dort für uns Aufklärungsarbeit betreiben. Sich umsehen. Uns Lagepläne zukommen lassen. Zunächst nur einfache Orte. Wenn das gut geht, peilen wir später wichtigere Ziele an. Militärische Einrichtungen. Niemand wird eine Kamera oder ein Handy in die Nähe solcher Ziele lassen. Was zwei Augen sehen und eine Hand später malt … daran denken viele Menschen nicht. Sie haben etwas wie …«

»… ein fotografisches Gedächtnis«, sagte Cliff. Wie er gelernt hatte, dieses Wort zu hassen! Diese affige Ausdrucksweise dafür, dass man etwas ansah und es dann zeichnete! Als Kind hatte er sich gefragt, wieso nicht alle Leute es taten. Dass andere Menschen nicht konnten, was er konnte, war ihm erst mit Coco und Henris Erstaunen aufgegangen.

»Ein fotografisches Gedächtnis«, wiederholte der Deutsche, und aus seinem Mund klang es beinahe wie die Diagnose einer chronischen Krankheit.

»Morgen beginnen Sie mit ihrem ersten Einsatz. Sie werden Begleitung haben, auch der Sprache wegen. Sprechen Sie selbst so wenig wie möglich. Sie sollten nicht auffallen. Optisch ist es kein Problem. Gut, dass Sie nicht, sagen wir, blond sind.«

Cliff dachte an den Schatten. »Ich wäre mir nicht so sicher«, murmelte er.

So begann die Laufbahn des Abbas al-Almani im Kalifat des Jahres 2015. Es war kompliziert, und am Anfang war, was er tat, weniger sinnvoll als vielmehr eine Vorbereitung, eine Probe. Er kundschaftete mit zwei oder drei Männern, die das Reden übernahmen, Orte aus, meist gaben sie sich als Flüchtlinge aus anderen Dörfern aus. Hier, wo der Krieg alle Regeln lahm gelegt und jeder Ort seine eigenen Gesetze, seine eigenen Bürgerkommitees hatte, war das durchaus glaubhaft.

Und Cliff zeichnete. Häuser, Grundrisse, Straßenzüge, die Gesichter wichtiger Menschen, die niemand mehr würde denunzieren müssen. Denn manchmal hatten die potentiellen Denunzianten Angst, und das war lästig. Jetzt reichte ein Bild aus. In vielen der Orte gab es bereits Da'wah-Büros, Missionierungsstellen, die in Wirklichkeit Spionage- und Rekrutierungsbüros waren und oft ihren ersten Anlaufpunkt darstellten. Dort warteten die Brüder, die Freunde, mit süßem Tee und Informationen, mit Schulterklopfen und Heldengeschichten und Kalaschnikows.

Und natürlich gab es Frauen, es gab immer Frauen. Zwischen den verschiedenen Einsätzen. Jedes Mal, wenn sie einen neuen Ort befreiten, in dem er vorher spioniert hatte.

Er war es nicht, der die Frauen aussuchte, er interessierte sich nicht dafür, nur gerade so weit, dass sein Desinteresse nicht auffiel. Er hätte sie gerne gezeichnet, ihre rasch vors Gesicht gezogenen Schleier, ihre Blöße, später, in hinteren Zimmern, ihre Angst oder ihr Aufgeben, wenn sie begriffen hatten, dass es keinen Ausweg gab. Manche wurden weitergeschickt, verkauft, man brauchte Geld. Manche wurden ausgesucht, um für eine Weile bei den Kämpfern zu bleiben. Manche waren noch Kinder.

Er nahm die Frauen, die sie ihm anboten, aber er hätte ihre blassen, furchtsamen Leiber lieber gezeichnet, als sie zu Boden zu drücken und sich ihnen aufzuzwingen. Er hatte keinen Spaß daran, es war eine Pflichtübung. Er durfte keine Gerüchte entstehen lassen.

Die Frauen und ihre Augen verfolgten ihn nachts in seinen Träumen.

Keine der Frauen sah aus wie Margarete, und keine glich Alain.

Zwei Operationen gab es, die wirklich wichtig waren. Die erste betraf einen kleinen Flugplatz, den die Kurden für Versorgungszwecke nutzten.

Es dauerte zwei Monate, bis sie es schafften, ihn einzuschleusen. Er machte seine Sache gut, mehrere kleine Maschinen und eine Menge Waffen wechselten die Seiten, von den Kurden vor Ort überlebte keiner.
Die zweite Operation war ein Gefängnis, in dem er sein fotografisches Gedächtnis verfluchte. Es war ein Gefängnis des Assadregimes, und er glaubte zuerst, es wäre seine eigene Dummheit gewesen, die dazu geführt hatte, dass sie ihn enttarnt und festgesetzt hatten.
Dann begann er zu begreifen, dass auch dies ein Plan des Islamischen Staats gewesen war. Sie hatten ihn extra gefangen nehmen lassen, damit er das Gefängnis von innen sah. Der Gefängnistrakt beherbergte ebenfalls Waffen und Munition in großer Masse und ein Büro wichtiger Geheimdienstoffiziere.
Die Beamten, die dort arbeiteten, waren sozusagen zuvorkommend. Sie schleusten Cliff durch eine Menge von Räumen, in denen sie ihm Fragen stellten, die er alle beantwortete, ohne jemals die Wahrheit zu sagen. Sie merkten es natürlich. Dann taten sie mit ihm, was sie mit jedem taten, der nicht die Wahrheit sagte.
Vierzehn Tage lang.
Er spürte die Kehrseite der Gewalt und ihres Rausches in diesen Tagen am eigenen Leib, er zeichnete später die verschiedenen Foltermethoden in der gewöhnlichen Genauigkeit: Auswüchse der Unterwelt. Der Hölle. Dante. Er besichtigte alle Höllenkreise: Da waren Menschen, die von der Decke hingen, bisweilen mit dem Kopf nach unten, manche lebten noch, andere nicht, da war eine Menge elektrischer Strom, plusminus Wasser, Vergewaltigungen, Verätzungen durch Säure, Verstümmelungen, Auspeitschungen, Autoreifen, in die man tatsächlich Menschen quetschen konnte, um sie über den Boden zu rollen oder zu fixieren und bewusstlos zu schlagen. Er sah dies, und er bekam manches davon zu spüren, in all jenen Räumen.
Und er sah die Menschen, die die Gewalt ausübten, ihre Fratzen, Teufelsfratzen voller Befriedigung, die gar keine Fratzen waren, sondern ganz gewöhnliche Gesichter. Er merkte sie sich, jedes einzelne. In diesen Tagen wurde auch die alte Tätowierung unterhalb seiner Schlüsselbeine endgültig zerstört, die Sütterlinbuchstaben, die das Wort ALLE MACHT FÜR

DEUTSCHLAND gebildet hatten, unlesbar gemacht von den Spuren der Macht auf seiner Haut.
Sie schienen allerdings niemals vorzuhaben, ihn tatsächlich abkratzen zu lassen, was ihn manchmal, wenn er zu müde war nach ihren Behandlungen, enttäuschte.
Der IS verhandelte nach zwei Wochen und bekam ihn durch einen Gefangenenaustausch frei. Sie ließen ihn duschen und zwölf Stunden schlafen. Dann setzten sie ihn an einen Tisch und gaben ihm Papier und einen Stift in die zitternden Finger.
»Zeichne«, sagten sie.

Sie befreiten alle Gefängnisinsassen eine Woche später, nahmen die Geheimdienstoffiziere als Geiseln und waren neue Besitzer des Lagers an weitgehend russischen Waffen. Natürlich wurden die Befreiten selektiert, auch unter ihnen gab es Ungläubige, Kämpfer der Freien Syrischen Armee, Liberale, die die Befreiung nicht überlebten.
Die Menschen, deren Gesichter Cliff gezeichnet hatte, überlebten die Befreiung nur so lange, wie man brauchte, um an ihnen die gleichen Methoden anzuwenden, die sie selbst so professionell ausgeführt hatten. Höchstwahrscheinlich ging es ihren Familien ähnlich. Cliff fand kurz Genugtuung darin, es sich vorzustellen, in allen blutigen Einzelheiten.
Dann begann die Zeit, in der er kein Essen mehr bei sich behielt.

Nach der Sache mit dem Gefängnis war er ein Held für andere, mehr oder weniger ein lebender Shahid, ein Märtyrer. Nach fünf Monaten im Kalifat hatte er es so weit geschafft.
Das Gefängnis hatte Dinge in ihm geändert, und seine Vorgesetzten boten ihm an, sich eine Weile zurückzuziehen, in ein Haus in einer kleinen, ruhigen Siedlung am Rand der Wüste. Sie sprachen mit ihm wie mit jemandem, der alt geworden ist und es selbst nicht merkt. Cliff sah in den Spiegel und gab ihnen recht.
Er nahm das Angebot an, erklärte aber, er werde weiter arbeiten und das Haus nur zwischendurch nutzen. »Tu, was du willst«, sagten sie. »Es gehört dir.«

Und dann saß er an einem kahlen Tisch und sah durch das glaslose Fenster mit dem Moskitogitter hinaus ins Nichts. Es gab eine ältere Dienerin, die englisch verstand.
»You draw?«, fragte sie und sah die zwanzig Bleistifte an, die ordentlich nebeneinander auf dem Tisch lagen. »Yes«, sagte er, und seit Langem spürte er ein Lächeln auf seinem Gesicht. »I do.«
Er hatte zu lange nichts mehr gezeichnet, das kein Auftrag war. Nichts Richtiges.
Und so begann er.
Aber er benutzte nicht das Papier, das ebenfalls bereit lag, er benutzte die weiß gestrichene Wand.
Er zeichnete die Jungen des Ortes, die er beim Fußballspielen gesehen hatte. Er zeichnete die verschleierte Dienerin ohne Namen und ohne Gesicht. Er zeichnete die kleinen Singvögel im Baum vor dem Haus, er zeichnete die streunenden Hunde und die mageren Katzen. Als er zurückkehrte zu der Wand mit den spielenden Jungen, sah er, dass ein Mädchen unter ihnen war; ein Mädchen mit langem, gewelltem braunem Haar. Und zwei der Jungen spielten gar nicht Fußball; sie saßen vor einem Beet mit langstiligen Blumen und malten. Die Dienerin sagte nichts zu seinen Gemälden, aber sie sah sie lange an, perplex darüber, dass die Wirklichkeit, aus raschen Strichen bestehend, in ein Haus geholt werden konnte. Und dass jemand die Erlaubnis besaß, Wände zu bemalen.

Das Haus am Rande der Wüste wurde sein Rückzugsort. Zwischendurch war er mit Aufträgen unterwegs, wurde abgeholt und wieder zurückgebracht.
Einmal traf ihn der Splitter einer amerikanischen Bombe. Er trug Cemres altes blau-weiß-gestreiftes Hemd, als es geschah, das Hemd, das er ihr als Kind gestohlen hatte und seitdem bei sich trug wie einen Talisman. Es saugte sein Blut auf, und als es ihm besser ging, steckte er es in ein Päckchen und gab es jemandem mit, der versprach, es für ihn abzuschicken.
Seine Aufträge waren jetzt anders. Er fertigte kaum noch Pläne von Orten und Gebäuden, sondern Portraits für die Großen, die Wichtigen, die entdeckten, dass sie sich gerne malen lassen wollten. Er begann, Propa-

gandamaterial zu illustrieren und für die sonst mit Fotos angefüllte Zeitschrift »Da'wah« zu zeichnen, eine Art Graphic Novel über einen Helden. Er begleitete die Wichtigen zu Strafvollstreckungen und Hinrichtungen, auch das zeichnete er für sie auf, in allen Einzelheiten: Material zur Abschreckung vor Vergehen.

Wo der IS herrschte, gab es keine Vergehen mehr. Niemand stahl, niemand mordete, niemand hatte außereheliche Beziehungen. Niemand betrieb Wucher, niemand handelte mit verdorbenem Fleisch, betrank sich, rauchte, nahm verbotene Substanzen. Die Müllabfuhr und die Schulen funktionierten, die Evakuierung der Bevölkerung vor amerikanischen oder syrischen Luftangriffen verlief rasch und effektiv.

Cliff zeichnete Käfige, in denen Menschen ertränkt und verbrannt wurden. Er zeichnete abgeschlagene Hände und abgeschlagene Köpfe. Er zeichnete Kreuzigungen und Steinigungen von Frauen. In all dem zeichnete er das, was er selbst hinter den Mauern des Gefängnisses erlebt hatte: die Lust anderer an der Grausamkeit.

Und etwas Merkwürdiges geschah.

Je mehr er von Grausamkeit umgeben war, Grausamkeit als Mittel zum Zweck, als Strafe, die Allah befahl oder auch als zu verdammende Gewalt der Ungläubigen – je mehr er davon erfuhr, desto weniger faszinierte sie ihn. Desto weniger verspürte er das Bedürfnis, sie selbst auszuüben. Das Dunkle, die Schatten, auf deren Seite er geglaubt hatte, geborgen zu sein, spieen ihn aus.

Einmal besuchte er auf der Durchreise ein Gefängnis des IS, sie hatten geplant, ihn dort in einem bequemen Zimmer im ersten Stock übernachten zu lassen, wo manchmal auch einer der IS-Offiziere schlief. Aber die Schreie aus den unteren Räume hielten ihn wach.

Ein paar Tage später saß er wieder mit dem Deutschen zusammen, der ihn zu Beginn empfangen hatte. An diesem Nachmittag sprachen sie zum ersten und einzigen Mal über Allah.

»Ich bin mir nicht mehr sicher«, sagte Cliff, »dass alles, was wir tun, richtig ist. Will Allah all diese Toten? Es kommt mir vor wie Verschwendung. Es ist … als müsste alles, was hier geschieht, immer ein … Superlativ sein. Warum?«

»Weil wir der Superlativ der Macht sind«, antwortete der Deutsche, ohne zu lächeln.
»Ist das nicht Blasphemie?«, fragte Cliff. »Der Superlativ der Macht kann nur Allah sein.«
»Ziemlich gewagt, jemanden wie mich der Blasphemie zu bezichtigen«, sagte der Deutsche. »Könnte schlecht für dich ausgehen.«
»Es ist egal, wie es ausgeht«, sagte Cliff. »Ich bin auf der Liste der Selbstmordattentäter. Ich war in diesem Gefängnis. Machen Sie mit mir, was Sie wollen.«
Der Deutsche nickte, nicht unbeeindruckt. »Worauf willst du hinaus?«, fragte er. »Willst du uns verlassen? Viele der ausländischen Kämpfer gehen irgendwann nach Hause, weil sie nicht hart genug sind, aber ein Kampf ist ein Kampf, das Paradies wird erst hinterher blühen.«
»Sie desertieren«, sagte Cliff. »Sie laufen weg. Und sie werden hingerichtet, wenn man sie erwischt. Ich habe es gezeichnet.« Er seufzte. »Es gibt nichts mehr, was ich nicht gezeichnet habe. Nein, ich werde nicht weglaufen. Ich weiß nur nicht mehr genau, was ich hier tue. Und wir verlieren jetzt an Land.«
»Nein.«
»Doch«, sagte Cliff. »Die Kurden haben eine Menge Orte zurückerobert, und da sind die Amerikaner und die Russen. Es läuft nicht mehr so glatt. Sie wissen das.«
»Kleine Rückschläge sind normal in einem so großen Krieg«, sagte der Deutsche, jetzt ein wenig ungeduldig. »Du bist unzufrieden, etwas nagt in dir, das ist es.«
Cliff zuckte die Schultern. »Ich war zufriedener, als ich gekämpft habe. Am Anfang.«
»Du bist zu wertvoll, um zu kämpfen. Das wäre Verschwendung. Wir können jeden mit einem Gewehr auf einen Wagen setzen, wir können jeden mit einer Sprengstoffweste losschicken. Du musst zeichnen. Es ist die Aufgabe, die Allah dir zugedacht hat.«
Cliff musterte sein Gegenüber, doch in den Augen des Deutschen glomm kein einziger Funke von Fanatismus. Was er sagte, war genau berechnet, es war nicht unbedingt das, was er glaubte.

»Du musst weitergehen«, sagte er. »Du brauchst eine neue Aufgabe. Sag mir … glaubst du an Allah? Hast du ihn je gesehen? Gehört?«
»Ich glaube an sein Regelwerk«, antwortete Cliff. »An seine Verbote. Es ist gut, Dinge zu ordnen.«
Der Deutsche nickte langsam. »Vielleicht glauben auch wir, an der Spitze des Kalifats, lediglich an … ein Regelwerk. Ein Regelwerk der Macht.« Er wiegte den Kopf, nachdenklich. »Ruh dich eine Weile einfach aus. Du siehst krank aus. Du siehst nicht besser aus als vor ein paar Monaten, als wir das Gefängnis eingenommen haben. Isst du etwas?«
»Ich esse die Bilder in meinem Kopf«, sagte Cliff.
Der Deutsche nickte. »In einer Woche werde ich Besuch von ein paar leitenden Männern aus Rakka und Mossul haben, und wir werden über neue Aufgaben sprechen.«

So kehrte er in das Haus am Rande der Wüste zurück, und er fragte sich, welche Konsequenz seine Unterredung mit dem Deutschen haben würde. Es wirkte, als wollten sie ihn auf jeden Fall halten. Sie brauchten ihn, und es fühlte sich noch immer gut an, gebraucht zu werden. Das war es, was ihn noch hielt.
Ein paar Tage, nachdem er zurückgekommen war, um am Tisch vor dem Fenster zu sitzen, über die steinige Ebene zu sehen und zu zeichnen, schickten sie ihm etwas, das bestätigte, wie sehr sie versuchten, ihn zu halten.
Sie schickten ihm ein Mädchen.
Nicht irgendein Mädchen wie die bei den Eroberungen, das man zu benutzen und wieder abzugeben hatte. Ein Wagen brachte sie, und der Fahrer erklärte, hauptsächlich durch stumme Gesten, dieses Mädchen wäre einzig und allein für ihn, für Abbas al-Almani. Sie würde ihm vom IS geschenkt, sie war sein Eigentum.
Es war das schönste Mädchen, das Cliff je gesehen hatte.
Er setzte sie drinnen auf einen Stuhl und sah sie lange an. Sie saß still wie eine Puppe. Ihr Kopftuch war verrutscht, nur lose und unachtsam umgeschlungen, ihr Haar frisch gekämmt, für ihn vermutlich, schulterlang, sonnengebleicht. Beinahe blond. Ihre Augen waren ungewöhnlich hell.

Die alte Dienerin wechselte ein paar Worte mit dem Mädchen und sagte in ihrem stockenden Englisch: »Jeside. Sie Jeside. Berg. Sklavin, jetzt ein Jahr.« Und, sehr sachlich, als spräche sie über ein Auto oder ein Pferd: »Sie Jungfrau«. Damit verließ sie den Raum, verschwand in der kleinen Küche.

Cliff versuchte, das Alter des Mädchens zu schätzen. Zwölf oder dreizehn vielleicht, sehr hochgewachsen.

Sie besaß keine einzige weibliche Rundung. Ihr Gesicht war kantig, ihre Augen groß, ihre Wangenknochen hoch.

Als er ihr abends ihren Schlafplatz anwies, legte sie sich in ihren Kleidern darauf, und er sah ihr zu, wie sie schlief, verbrachte die ganze Nacht damit, sie zu zeichnen. Ihre Brust war flach wie bei einem Jungen, ihr Körper lang und schlank, ihre Arme und Beine sonnengebräunt und muskulös.

Gegen Morgen, als die ersten Sonnenstrahlen aus der Wüste durch das Moskitogitter vor dem Fenster krochen, weckte er sie mit einer sachten Berührung seiner Hände, und als sie hochschrak, legte er einen Finger an ihre Lippen. »Sch!«

Dann streifte er ihr das Kopftuch ab und zog ihr langsam das Hemd aus. Tatsächlich besaß sie so gut wie keine Brüste, war in der Entwicklung ihrer Weiblichkeit weit zurück. Er zog sie ganz aus, sie war unzweifelhaft ein Mädchen, und er sagte ihr, sie solle warten, obwohl sie nichts verstand, aber sie blieb, wo sie war, gehorsam wie ein Hund.

Er kehrte mit einer seiner eigenen Hosen zurück und hieß sie, die Hose anzuziehen. Ein Stück Tau diente als Gürtel. Er zog sie sachte auf die Beine und drehte sie um, sie stand mit dem Gesicht zur weißen Wand, die übersät war mit seinen Zeichnungen, und rührte sich nicht

Das schulterlange helle Haar, die Hose, obgleich umgekrempelt und zu groß, der muskulöse, schlanke Oberkörper. Was vor ihm stand, hätte ein Junge sein können. Er strich mit beiden Händen über den Rücken dieses Jungen, spürte die Kanten der Schulterblätter unter der Haut, die Rippen, die einzelnen Wirbel der Wirbelsäule, betastete all das vorsichtig und genau. Und zum ersten Mal, seit er hier war, empfand er etwas wie Erregung.

Sie begann langsam, wuchs mit jeder seiner behutsamen Berührungen

und schwappte schließlich über ihn wie eine Welle. Ihm war heiß, er riss sich das Hemd vom Leib und stand keuchend hinter dem stillen Bild.
Seine Füße berührten den Boden nicht mehr, er schwebte; sein Kopf war leicht, sein Körper schwerelos. Er sah das Messer in seiner Hand erst, als er es hob, er hatte nicht einmal gemerkt, dass er es geholt hatte. Und noch immer stand das Geschöpf mit dem hellen Haar vor ihm, reglos.
Er fand, wieder tastend, die richtige Stelle unterhalb des ersten Schulterblatts und setzte die Klinge an, und der Körper unter seiner Hand zuckte kaum merklich.
»Flügel«, hörte Cliff sich flüstern. »Du wirst keine Flügel mehr haben. Verstehst du? Alain. Alain, ich habe es damals nicht geschafft, du bist weitergeflogen, aber diesmal … diesmal werde ich sie abtrennen, ein für alle Mal, du wirst nie mehr fliegen.«
Und er flüsterte in das Ohr des Geschöpfes vor sich, was er damals, in Berlin, vor dem Blumengeschäft voller Frühling, zu Alain gesagt hatte.
Ich liebe dich.
Dann stieß er das Messer ins Fleisch vor sich und schnitt die erste Kerbe, als schnitte er eine Wurzel aus dem Fleisch, der Körper wand sich jetzt reflexhaft; während das Blut über seine Hand lief, hielt Cliff ihn fest, als müsste er ihn retten, vor einem Abgrund bewahren. Sie sanken gemeinsam auf die Knie, auf die dünnen Schlafmatten, und ein leiser, unterdrückter Ton entfloh dem Mund des Körpers in Cliffs Armen, das leiseste Wimmern, als er den zweiten Schnitt setzte.
Dann stieß er den Körper von sich, stand auf, steckte das Messer ein. Der Junge, den nur er in seiner Vorstellung zu einem Jungen machte, saß auf allen Vieren auf dem Boden, und da war zu viel Blut, um das Werk wirklich zu begutachten, er brauchte Handtücher, er brauchte, dachte er, etwas, um die Wunden zu desinfizieren. Er fand sich in der Küche wieder, wo die alte Dienerin ihn mit schreckgeweiteten Augen ansah, seine Hände waren voller Rot. Sie gab ihm die Tücher, eine Schale Wasser, fand ein Fläschchen Alkohol, alles war da, und sie kehrte mit ihm zurück und schrie auf, doch dann steckte sie sich die Faust in den Mund, um sich selbst zum Schweigen zu bringen.
Cliff säuberte die beiden tiefen Wunden sorgfältig und wartete, bis die

Blutung aufhörte. Irgendwo zu seinen Füßen lagen zwei daumengroße entfernte Stücke Haut und Muskelfleisch.
Dann zog er den Jungen auf die Beine, er war nicht länger ein Junge, er war im Begriff, ein Kunstwerk zu werden ein Kunstwerk der Erinnerung.
»You will kill she?«, fragte die Dienerin. »Wirst du sie töten?« Und es irritierte Cliff, dass sie »sie« sagte; er schüttelte den Kopf, ungeduldig, er konnte jetzt keine Ablenkung brauchen. Er schwamm auf den Wellen von Empfindungen, die er seit Langem nicht gespürt hatte. Und noch nie war er so frei gewesen, zu tun, was er wollte. Er wollte das Gesicht des Jungen, es war ein Junge!, er wollte sein Gesicht nicht sehen, denn es war in diesem Moment das Gesicht eines anderen. Er griff nur in das helle Haar und streichelte es, und dann löste er den Gürtel seiner Hose, um die Erektion zu befreien, schob auch die Hose des Jungen ein wenig nach unten.
Er spürte die Anwesenheit der Dienerin, aber er scherte sich nicht darum, er konnte sich jetzt nicht darum scheren, er hatte endlich gefunden, was er immer gesucht hatte, niemand würde ihn dafür verurteilen, was er tat, sie hatten ihm ein Mädchen gebracht, oder nicht? Und dass er sie verwandelt hatte, würde keiner verstehen.
Er streichelte wieder den Rücken vor sich, ohne die frischen, glänzenden Wunden zu berühren, er roch die Frühlingsblumen vor dem Blumengeschäft damals in Prenzlauer Berg. Er ließ seine Hand nach unten gleiten, zwischen die Pobacken des Jungen, in die Tiefe. Nie war ihm so heiß gewesen.
Da sagte der Junge etwas, unerwartet.
»Melek Taus«, sagte er, und noch etwas, das Cliff nicht verstand. Melek Taus, er kannte den Namen: der gefallene Engel, den die Jesiden anbeteten, das, was die Gläubigen nur den Shaitan nannten. Den Teufel.
Die Stimme war nicht die eines Jungen, und das Bild zerbrach, der Wahn zerriss. Sie drehte sich um, sah über die Schulter zurück, sie war wieder ein Mädchen, ein Mädchen aus der Kultur der Teufelsanbeter.
»Was sagt sie?«, fragte er, zu verwirrt, um wirklich wütend zu werden.
»Wings«, übersetzte die alte Dienerin leise, kaum hörbar. »Sie sagt: Flügel. Sie sieht.«

Aber das war nicht möglich, dachte Cliff, wie konnte sie begriffen haben, was er getan hatte?
»Flügel«, wiederholte die Dienerin. »Blau. Sie sagt, du bist blaue Flügel. Wie Melek Taus. Der Engel. Ihre Religion. Teufel-Engel.«
Cliff starrte das Mädchen an. Sie lächelte. Und jetzt wandte sie sich ganz zu ihm um, streckte eine Hand aus und berührte seine Schulter. Er erwischte sich dabei, wie er reflexhaft selbst den Kopf drehte, um nachzusehen, ob dort etwas wie ein blauer Schimmer lag. Flügel. Blaue Federn. Der Engel Pfau.
»Sie sagt: Da sind Schatten, auf Boden, Flügelschatten, bei dir. Du bist Engel Pfau. Engel ist gefallen. Allah nimmt ihn wieder. Er wird Botschaft für Menschen.«
»Ich bin kein Engel«, flüsterte Cliff.
Das Mädchen legte ihre kühle, glatte Hand an seine Wange. Sie war nie Alain gewesen, war nie seine Erinnerung gewesen, sie war nur sie selbst. Sie verzieh ihm, er spürte es, es bedurfte keiner Übersetzung. Und in ihrem Verzeihen wurde sie selbst zu Allah, ohne es vielleicht zu beabsichtigen.
»Melek Taus«, flüsterte sie wieder, sie streichelte sein Gesicht, und er merkte, dass Tränen darüber rannen.
Dann schüttelte er den Moment ab. Brüllte.
»Raus!«, brüllte er. »Schmeißt sie raus! Ich will sie hier nicht mehr sehen!«
Er hob das Hemd des Mädchens auf und streifte es ihr über, hektisch, jede Sekunde ihres Verzeihens zerstörte ihn, er hatte nie damit gerechnet, dass Allah zu ihm sprach, und sicherlich nicht in Form eines jesidischen Mädchens. Er zerrte sie am Arm aus dem Zimmer, zur Haustür. »Geh!«, schrie er, außer sich. »Geh zum Teufel! Zu deinem Shaitan!«
Doch das Mädchen blieb stehen und sagte wieder etwas, leise, sanft, bestimmt.
»Sie sagt, Shaitan, hier«, erklärt die Alte, die hinter Cliff in der Tür stand. »Sie hat gefunden. Du. Blaue Flügel. Sie oft gehört. Sie will sein nur hier.«
»Sie ist verrückt«, flüsterte Cliff. »Sie ist frei! *Sie soll! Gehen!*«
Und damit stieß er sie hinaus in die staubige Ebene, mit aller Kraft, so dass sie auf die Knie fiel, sie saß da auf der Erde und drehte sich nach ihm um,

streckte ihre Arme aus, doch, sie musste verrückt sein. Aber er sah die Schatten. *Er sah die Schatten seiner Flügel im Staub.*

Und dann sah er ihn nicht mehr, es war nur eine Sekunde gewesen.

»Niemand soll dem Shaitan verzeihen!«, schrie er. »Es ist falsch! Die ganze Religion ist Irrsinn! Sie zerstört alle Regeln! Und ich! Bin! Kein! Gefallener! Engel!« Er hob einen Stein auf und schleuderte ihn in Richtung des Mädchens, zielte nicht auf sie, sondern neben sie. Sie zögerte noch. Da hob er einen zweiten Stein auf, der traf. Und mehr, mehr und mehr Steine, und endlich, endlich entfernte sie sich, eilig jetzt; sie hatte keine Zeit, aufzustehen, sie floh auf allen Vieren. Erst ein Dutzend Meter weiter kam sie auf die Beine und rannte.

Er ließ den letzten Stein fallen und stand mit hängenden Armen da, vor dem Haus, das sein Refugium hätte sein sollen und das in diesem Moment zu einer persönlichen Apokalypse geworden war. Sah der Gestalt nach, die dort in die Wüste hineinwanderte, langsamer nun, und immer kleiner wurde, einer schlanken Gestalt mit hellem Haar, in Männerhosen und einem Hemd.

Es war nicht Alain.

Er würde Alain nie wiedersehen.

Er liebte vergeblich, unerklärlich und gegen alle Regeln, und er war noch immer nicht stark genug, um das Gefühl aus seiner Seele zu reißen. Vielleicht gab es nur eine Möglichkeit, diese falsche und verbotene Empfindung zu tilgen: die Seele zu zerstören. Den ganzen Menschen. Er stand noch immer auf der Liste der Selbstmordattentäter.

»Sie stirbt in Wüste«, sagte die alte Frau und wies mit einem Nicken hinaus in die unendliche graue trockene Ebene. »Oder jemand bringt zurück zu hier. Leute wissen, sie gehört dir.«

Cliff fluchte. Am Ende der leeren Gasse, die zum Ort führte, stand ein Auto, schon seit Monaten, möglicherweise nie benutzt. Er konnte Autos kurzschließen. Er dachte an Alain und den Roller. Er fand in der Küche einen Draht und schleifte die Alte mit zu dem Wagen. Tatsächlich war der Tank beinahe voll: ungeahntes Glück. Er konnte nicht zulassen, dass sie das Mädchen zurückbrachten, es wäre sein Ende gewesen.

Er jagte den Wagen, der nicht dazu gemacht war, über das Geröll, pistenlos, während die alte Frau sich hinten festklammerte und schrie vor Angst. Es beunruhigte sie mehr, in diesem Auto zu sitzen, als zu sehen, was er mit dem Mädchen getan hatte. Vermutlich hatte sie, die stille Dienerin, andere Dinge gesehen, die mit Mädchen getan wurden.

Sie fanden die einsam wandernde Gestalt nach Minuten, und Cliff sprang aus dem Wagen und stieß sie auf den Beifahrersitz. Ihr Gesicht war tränenverschmiert, ihre Augen verständnislos.

Er startete den Motor wieder, fand die Piste. »Sag ihr, ich will wissen, wo ihr Dorf ist. Nein, zu weit. Irgendein Ort mit Verwandten, irgendein Ort mit *irgendwem*, der nicht dem IS gehorcht.«

Die alte Frau wies ihm die Richtung. Er befürchtete die ganze Zeit über, das Mädchen würde herübergreifen und wieder seine Wange streicheln, doch sie tat es nicht, auch sie hielt sich jetzt krampfhaft am Sitz fest. Er sah die tiefdunklen Stellen, an denen das Blut der frischen Wunden ihr Hemd gefärbt hatte.

Er fuhr eine geschlagene Stunde lang nach den Anweisungen der alten Frau, sie verließen die Wüste und kamen in hügeliges Gelände, und dann war da ein Ort, an dessen Rand er das Mädchen aus dem Wagen ließ.

»Hier Peschmerga. Kurden.«, sagte die alte Frau. Und Cliff nickte. Die Grenze des Kalifats.

Er wendete den Wagen in einer Staubwolke und raste den kurvigen, schmalen Weg zurück.

Einmal sah er kurz in den Rückspiegel.

Da stand das Mädchen, von Ferne war sie für Sekunden wieder Alain, und sah ihm nach. Hob den Arm und winkte. Er schwor sich, nie wieder in einen Rückspiegel zu sehen, wenn es nicht lebensnotwendig war.

In dem leeren Haus am Rand der Wüste wischte er den Fußboden, obwohl die Dienerin es tun wollte, und warf die beiden kleinen Fetzen toten Fleisches fort, rasch, wie etwas, das ihn beißen konnte. Dann setzte er sich an den leeren Tisch vor ein leeres Blatt Papier und starrte wieder hinaus in die leere Wüste.

Seine Zeit im Kalifat war vorbei.

Etwas anderes würde kommen, er spürte es deutlich, wie einen Wechsel des Luftdrucks.

Er hatte es satt, wirklich: er hatte all die Gewalt satt. Er würde nur noch ein ein Mal Gewalt ausüben. Um zu helfen, den Frieden zu rufen. Noch ein Mal töten. Um zu retten.
Zwei Wochen später wusste er, wie und warum. Zwei Wochen später saß er in einem Wagen in Richtung der türkischen Grenze, das Gepäck voll neuer Papiere, die sie ihm von höchster Stelle aus ausgehändigt hatten. Er hatte mit dem Deutschen telefoniert, die neue Aufgabe besaß jetzt eine nähere Bezeichnung. Vier Wochen später stand er in Berlin, an einen Baum gelegt, im Mauerpark, und rauchte nach Monaten die erste Zigarette.
Er hatte das Gefühl, dass jemand ihn beobachtete.
Doch er dachte an den Rückspiegel. Und er drehte sich nicht um.

Cliff.
Die Prüfungen sind vorbei, ich bin frei.
Die Sonne scheint, es ist ein schöner Tag, das Frühjahr kann jetzt kommen, die letzten Vorhersagen von spätem Schnee strafen sich Lügen. Heute habe ich den Schrank nach Hause geholt, es war nicht leicht, das Ding ist verdammt schwer.
Schwer wie das Leben.
Zwei Möbelpacker haben geholfen, Gelegenheitsjobber aus einem der Flüchtlingsheime, zu gut aussehende junge Männer mit Bärten. Ich weiß nicht, wo sie stehen in diesem politischen Chaoskosmos, wer sie sind oder waren und wohin sie wollen. Ich habe sie nicht gefragt.
Das ganze Zeitalter krempelt sich um, niemand weiß eigentlich, wo irgendjemand hinwill oder hingeht.
Am rechten Flügel der Schranktür ist das Holz gerissen, durch den Transport, glaube ich, jedenfalls habe ich es erst jetzt bemerkt, und es ist der Flügel, an dessen Innenseite die winzige Zeichnung von dir ist. Weißt du noch, ein paar Tage vor Weihnachten bist du noch einmal aufgetaucht und hast diese Zeichnung für mich gemacht, als ich dich darum bat. Ich habe nur gesagt, zeichne irgendetwas, und du hast mich gezeichnet. Genau wie Alain mich gezeichnet hat, auf der anderen Tür. Die beiden Zeichnungen sind so winzig, dass der Prüfer sie möglicherweise nicht einmal bemerkt hat; gesagt hat er nichts darüber.
Das Holz, habe ich geschrieben, ist gerissen, und wenn ich es ansehe, diesen Riss, der quer durch die Tür läuft, denke ich nicht, dass es schlecht gearbeitet ist, was vermutlich der Fall ist – ich denke an dich und dass es reißen musste, weil auch du immer zerrissen warst. Es tat weh, diese Zerrissenheit zu sehen, bis zum Schluss schienst du nicht zu wissen, auf welche Seite du wirklich gehörst. Bis zum Schluss wusste ich nicht, ob du mit oder gegen die Leute arbeitetest, die zu der Berliner Gruppe gehörten, und ich hatte oft den Verdacht, du weißt es selbst nicht. Wie du schwanktest zwischen dem Licht und dem Schatten, wie ein Baum im Sturm, der irgendwann bricht. Vielleicht habe ich dich in manchen Momenten für diese schmerzhafte Zerrissenheit geliebt, für die Wunde, die unsichtbar tief in dir klaffte, die dich in zwei Teile teilte und die du dir ganz alleine beigebracht hast.

Weißt du jetzt, wo du hingehörst?
Der Schrank steht inzwischen im Schuppen, im Hof. Dort, wo früher das Regal stand, du weißt, mit den unnützen Dingen und dem Längs- und Querholz, die zu sehr an ein Kreuz erinnerten. Er wird nicht dort stehen bleiben, mein Schrank. Möglicherweise ist es nicht mal meiner.
Ich verwahre alles darin, was von Bedeutung ist, alle Eure Dinge.
Das Geschenk, das Alain dir nie gegeben hat, weil keine Zeit mehr dazu war. Die Zeichnungen. Einen silbernen Becher. Die wenigen Fotos, die ich habe. Meine Erinnerungen, die sich wie Staub in die Ritzen und Spalten legen. Irgendwann, Cliff, werden wir uns wiedersehen, und du wirst mich in die Arme nehmen und eine Hand auf mein Haar legen, mitten im Sonnenschein, und mir sagen, das alles in Ordnung gekommen ist.
Vielleicht erst in Jahren.
Ich weiß nicht genau, was ich mit dem Schrank tue, aber ich werde nicht mehr lange warten. Ich muss aufbrechen, etwas da draußen in der ersten Frühlingswärme ruft mich. Ich stehe im leeren Hof unter dem leeren Himmel und starre meine leeren Hände an.
Meine Zeit in Berlin ist vorbei.
Etwas anderes wird kommen, ich spüre es deutlich, wie einen Wechsel des Luftdrucks.

11

Können wir uns treffen?
Es war dumm, eine SMS an jemanden wie Cliff zu schreiben.
Aber er antwortete. Immerhin. *Nein.*
Wo bist du?
Such nicht, schrieb er. *Lass mich in Ruhe. Du musst jetzt allein auf dich aufpassen. Ich kann es nicht immer tun.*
Ich hörte mich selber lachen, als ich das las. Es klang fast romantisch. Und dann wieder gar nicht.
Ich wusste, dass ich ihn finden musste. Dass ich mich auf seine Spur setzen musste, egal, wie lächerlich es war. Mich notfalls verändern, ein anderer sein, aber ich musste ihm folgen. Die Apokalypse des Berghains verfolgte mich bis in meine tiefsten Träume. Er hatte Dinge gemurmelt, dort im Darkroom, von Bildern gesprochen, die mir klar vor Augen gestanden hatten und die mich, seltsamerweise, nicht überrascht hatten. Auf seltsame Weise hatte ich immer gewusst, worauf die ganze Sache hinauslief. Warum Cliff und seine Leute im Berghain waren.
Er hatte mich vor ihnen gerettet, aber es hießt nicht, dass er Berlin rettete. Ich wollte so sehr daran glauben, dass Margaretes wilde Theorie stimmte und er seine eigenen Leute hinters Licht führte, um die ganze große Sache platzen zu lassen, die sie planten. Aber er würde es nicht allein schaffen. Er hatte immer versucht, alles alleine zu schaffen. Und es hatte nie geklappt. Am Ende verletzte er sich nur selbst.
Du musst jetzt nicht mehr allein auf dich aufpassen. Ich kann es tun.
Ich schrieb ihm das nicht.
Ich fragte Margarete, die ich im Treppenhaus traf. »Woher wusstest du von der Sache mit der Bohème Sauvage?«, fragte ich. »Du hast es mir nie gesagt. Ich muss ihn finden, heute, jetzt, wie hast du das gemacht damals? Woher kam die Information?«

Sie blieb mitten auf den Stufen stehen, strich den kurzen Cordrock glatt, den sie über der warmen roten Strumpfhose trug, und lächelte. »Er hat es mir geschrieben«, antwortete sie zu meiner Überraschung. »Du kannst ihn nicht finden. Du kannst nur ihn dich finden lassen.«
»Fuck«, sagte ich. »Aber das wird er nicht tun. Es reicht, drei Wochenenden im Berghain herumzulungern, vielen Dank. Das Glück, ihn da zu treffen, habe ich garantiert nicht nochmal.«
Sie legte den Kopf schief und musterte mich eine Weile.
»Bist du sicher, dass er Dich nicht schon einmal gefunden *hat?*«, fragte sie. »Woher wusstest du, dass er draußen im Ballhaus Grünau ist?«
»Farouk«, sagte ich. »Ich bin Farouk gefolgt.«
Sie nickte, und ich begriff. Cliff hatte Farouk geschickt. Er hatte ihn geschickt, um mir den Weg zu zeigen.
»Nein«, sagte ich. »Das ist verrückt. Warum sollte er wollen, dass ich ihn finde, wenn er sich gleichzeitig vor der Welt versteckt?«
»Niemand weiß, was in ihm vorgeht«, sagte Margarete. »Und vielleicht stimmt das ja alles gar nicht. Mach, was du willst.« Sie sagte es leichthin, als wäre es nicht wichtig, sie drehte sich um und lief weiter die Treppe hinunter. Ich sah ihr nach. Sie wusste, dass es wichtig war. Natürlich.
Ich glaubte keine Sekunde daran, dass Cliff noch immer im Ballhaus Grünau war. Er wechselte seine Schlafplätze oft genug, um eben nicht gefunden zu werden. Aber ich fuhr noch einmal hinaus in der nächsten Nacht.
Ich kletterte noch einmal über den Zaun und schlich mich noch einmal durchs Unterholz um das Ballhaus herum, stieg noch einmal über Schutt und tote Äste, zwängte mich durch einen Spalt ins Innere des maroden Gebäudes … und da lag er. Mitten im gleichen Saal wie zuvor, neben den Resten eines herunterbrannten Feuers, den Kopf auf einen Stapel Papiere voller Linien gebettet. Ich ballte die Fäuste und zwang mich, ruhig zu atmen. Nichts zu tun. Kein Geräusch zu machen.
Er lebte noch immer hier, zwischen den Scherben.
Wie gerne wäre ich zu ihm gegangen, hätte mich neben sein Lager gekniet, seinen Namen geflüstert. Hier, hätte ich geflüstert, können wir reden. Ohne die anderen. Sag mir, was du wirklich vorhast.

Doch ich schwieg. Ich fuhr nach Hause und saß am nächsten Tag ab fünf Uhr früh am S-Bahnhof Grünau, las Zeitung, trank Automatenkaffee und hatte eine blöde Wollmütze über den Ohren, die meine Haare verbarg, eine Jacke an, die ich sonst nie trug, und eine Brille auf der Nase, die Coco benutzt hatte, ehe sie sich hatte Kontaktlinsen machen lassen. Ich war der Gipfel der Lächerlichkeit.
Und Cliff tauchte nicht auf.
Bis acht.
Um acht tauchte er auf und stieg in die S-Bahn, und ich folgte ihm. Und er sah den Gipfel der Lächerlichkeit nicht, er sah gar nichts, er blickte aus seinen dunkelblauen Augen in eine andere Welt, vielleicht eine, die er nur träumte.

Und so begann ich, ihm in einer zweiten, intensiveren Phase zu folgen. Nicht sporadisch wie bisher, sondern immer. Den ganzen Tag. In wechselnden Jacken und Mützen. Ich klaute einen ganzen Stapel davon aus Cocos Spendenkisten für die Flüchtlinge, die ständig bei uns im Hausflur herumstanden, weil sie immer neue Leute fand, die spendeten. Einmal die Woche fuhr sie zu einem der Heime und gab das Zeug ab; Jacken, Hosen, Schuhe, Kinderwagen, Handtücher, alte Föhne, Toaster, Geschirr. Und Henri lachte und sagte: »Gut für die deutsche Ordnung, die Flüchtlingswelle. Endlich werden wir alle unseren Sperrmüll los, und dann auch noch kostenlos, einen schönen Dank an alle Islamisten und Diktatoren. Vielleicht gibt es demnächst eine Flüchtlingstonne …«
»Henri«, hatte Coco vorwurfsvolle gesagt, ihn dann aber umarmt. »Die Welt ist zu voll von schrecklichen Meldungen«, sagte sie, »wahrscheinlich ist es das beste, darüber zu lachen … Was soll ich noch aufhängen in der Galerie? Es kommt mir alles verkehrt vor. In was für einer Zeit leben wir?«
»In einer Zeit, in der ein Bild von Bäumen fast ein Verbrechen ist«, antwortete Henri mit übertriebenem Ernst, und Coco sagte ihm, dass er Brecht falsch zitiere, und Henri sagte, Brecht könne man nur falsch zitieren, sonst sei er unerträglich, und ich verließ die Wohnung und trug Kleider aus der Flüchtlingskiste, und sie merkten es nicht.

Fragten, in dieser Zeit der Schreckensmeldungen, nicht, wohin ich ging. Berlin war nicht Paris, Berlin war nicht Mossul, Berlin war nicht Damaskus. Berlin war sicher. Die innere Sicherheit Deutschlands war mit die stabilste in Europa, auch das stand in der Zeitung.
Hätten sie gefragt – meine liberalen, offenen, künstlerischen, freundlichen, klugen, naiven Eltern, die ich im Flur in einer Umarmung zurückließ. Hätten sie gefragt: »Wohin gehst du, Alain? Wohin verschwindest du den ganzen Tag?«
So hätte meine Antwort gelautet: in den Krieg.

Denn er kam.
Ins Land mit der möglicherweise stabilsten inneren Sicherheitslage der Welt. Er stand vor der Tür wie Weihnachten, er lag hinter den weißen Seidenfalten des Dezembers, schmiegte sich in die Sofakissen der Berliner Kneipen und wartete. Er hatte es nicht eilig. Er plante sich gut.
Er kam.

Ich fand lange nichts heraus, folgte Cliff vergeblich, frierend, mich langweilend, nahe daran, aufzugeben. Er führte mich zu mehr öffentlichen Orten, ich sah ihn in Cafés sitzen und zeichnen, kam aber nie nahe genug, um etwas zu erkennen. Ich beobachtete, wie er sich mit den immer gleichen Leuten traf, obgleich selten mit allen zusammen. Doch ich konnte nie hören, was sie sagten.
Ich machte eine Liste in meinem Kopf: Da war das schöne Mädchen mit den Mandelaugen, die immer an der Seite eines Typen in Cliffs Alter war. Da war Farouk, der schmächtige, nervöse Mensch, der in unserer Straße gewartet hatte. Da waren zwei, die ebenfalls immer zusammen zu den Treffen erschienen, ein Junge von vielleicht sechzehn Jahren und ein Mann von vielleicht Ende zwanzig. Sie sahen sich ähnlich, nur dass der Jüngere ein Leuchten ins einen Augen hatte, das beinahe unheimlich war. Und noch ein Mädchen, ein zu junges Mädchen, vierzehn oder fünfzehn, das seltener auftauchte als die anderen.
Am fünften Tag meines karnevalartigen Detektivspiels führte Cliff mich zu einer Wohnung; fünfter Stock, Wohnblock, Marzahn. Und er verschwand

hinter einer Haustür, durch die ich ihm nicht folgen konnte. Ich las die Namen auf der Klingel, die er gedrückt hatte: Ayna und Abdelkhamid Umarov. Dritter Stock. Dies war die Adresse des Pärchens. Ein Triumph für die Liste. Aber noch immer war ich mir bei nichts sicher, hatte keine Beweise dafür, dass jemand hier überhaupt etwas plante. Farouk führte mich selbst zu seiner Wohnung, als ich ihm von einem der Treffen nach Hause folgte. Er schien mit seiner Mutter, Großmutter oder Tante zusammenzuleben, in einem hübschen alten Haus im Wedding. Das sehr junge Mädchen bekam einen Namen, soviel hörte ich bei einem Gespräch von Cliff und Farouk mit. Sinem.

Sie zu verfolgen war nicht sonderlich schwierig. Sie schloss die Tür des Einfamilienhauses draußen in Dahlem auf, zu dem sie mich unwissentlich gebracht hatte, stieß sie mit dem Fuß ganz auf, die Arme voller Tüten, aus denen Lebensmitteleinkäufe und T-Shirts quollen, sie hatte den Rückweg genutzt.

Ein T-Shirt fiel ihr vor der Tür herunter, rutschte aus der Plastiktüte und landete im Gras und Schlamm vor der schmalen Treppe: ein enger, mit Glitzerpailletten bestickter, blassrosa Stofffetzen, der vom nächsten Sommer träumte, von Freibädern und brütender Hitze, Eis und Sonnencreme. Der Schlamm der Pfütze, in die er fiel, färbte den blassrosa Stoff dunkelbraun.

Sinem hob ihn auf, ich sah ihr ärgerliches Schulterzucken, den ungeduldigen, kindlichen Blick unter ihren zu stark geschminkten Augen. All ihre Gesten straften das Kopftuch, das sie trug, Lügen. Wie war dieses Mädchen bei der Gruppe gelandet? Was versprach sie sich? Wovon träumte sie wirklich? Begriff sie überhaupt, was hier geschah?

Oder war ich es, der alles falsch verstanden hatte, plante diese Gruppe von bunt zusammengewürfelten Menschen eigentlich gar nichts? War das, worüber sie sprachen und was Cliff zeichnete, nicht mehr als eine Phantasie, eine Gegenwelt, ein Rollenspiel?

Vielleicht würde Sinem im Sommer dieses T-Shirt an einem Badesee tragen, darunter einen Bikini, und andere Spiele spielen, ohne Kopftuch, ohne Schleier, ohne Glauben.

Das hübsche und sicherlich teure Einfamilienhaus mit seinem winterkah-

len Garten leuchtete warm aus allen Fenstern in den Abend, der in der Einfahrt geparkte BMW sah frisch gewaschen aus, eine Vogeltränke aus Ton, vielleicht von einer noch jüngeren Sinem getöpfert, stand neben dem Gartentörchen. Aber die Schlammspritzer auf dem T-Shirt, das das Mädchen mit ins Haus nahm, sahen aus wie Spritzer von Blut.
Ich notierte die Namen auf dem sorgfältig selbst gemalten Schild an der Tür, Hamid, Nina + Sinem Wagner, Sinem in Kinderschrift mit einem Herzchen.

Der Ort, der mir von all meinen Tagen der Verfolgung am besten im Gedächtnis blieb, wartete in einem rötlich-dämmerigen Spätnachmittaglicht, einer seltsam unwirklichen Vorabenddämmerung, und das war, als es geschneit hatte. Ich hatte mich daran gewöhnt, in Hausfluren und U-Bahnen zu sitzen und mich dumm zu fühlen, aber an diesem Tag führte mich Cliff zurück in Richtung der Schivelbeiner Straße, und für einen Moment dachte ich: Er will zu mir. Oder er ist auf dem Weg zu Margarete, eher das.
Er war nicht auf dem Weg zu ihr.
Er schlug von der U-Bahn aus den Weg zum Humboldthain ein. Der Himmel warf das Licht der Stadt zurück, und der frisch gefallene Schnee glitzerte auf der Winterwiesen des Parks, über die Cliff ging. Er ging unter den kahlen Bäumen hindurch, die dort standen wie große Kinder, die mitten beim Ballspiel im Sommer plötzlich verwandelt worden waren. Zur linken erhob sich der bewaldete Hügel, der früher der südliche Bunker mit seinen vier Flaktürmen gewesen war, im Krieg zur Fliegerabwehr in den Park gestellt. Jetzt war er nichts mehr als ein Trümmerberg, im Frieden gesprengt, bewaldet, im Sommer grün. Auf der Rodelbahn zwischen den Bäumen gab es vermutlich schon die ersten Schlittenspuren. Und es schneite noch. Die Flocken fielen sacht, der Wind schlief.
Die Äste der Bäume waren Wunderwerke von Raureif und weißen Flaumfedern, und obwohl die Luft nicht kalt genug war, um den Schnee länger zu halten, war dieser eine, einzige Abend verzaubert.
Cliff bewegte sich auf den zweiten Trümmerberg zu, der ebenfalls bewaldet war, ein Park; keine Trümmer mehr zu sehen. Nur die beiden nörd-

lichen Flaktürme dieses anderen Bunkers standen noch, ragten oben aus dem angeschütteten Hügel heraus, sie hatten sie nie gesprengt, weil die Eisenbahnlinie in zu großer Nähe verlief. Von Ferne ragten die Spitzen der klobigen Türme über die Baumwipfel wie eine mittelalterliche Festung, eine Filmkulisse, ein Berg mit einer gut bewachten Burg. Und auf diese Kulisse ging Cliff zu, ein winziger Mensch unter dem dunklen Himmel, ein Filmheld in Jeans und einer vermutlich zu dünnen Jacke.
Es war eine unwirkliche Szene.
Ich wünschte, ich wäre wieder vier Jahre alt gewesen und hätte über den Schnee zu ihm rennen können ohne nachzudenken. Seinen Namen rufen. Ihn umstoßen, ihn mit mir auf die verschneite Wiese hinunterzerren, wo wir uns mit Schnee einseifen und einander beschimpfen und zusammen lachen würden, bis wir erschöpft nebeneinander auf dem Rücken lagen, schwer atmend, über uns den hellen Schneehimmel und die Unendlichkeit. Kann man mit neunzehn noch über eine Wiese rennen und jemanden in den Schnee schubsen?
Sicher.
Nur nicht jemanden, dem man folgt, ohne dass man gesehen werden darf. Nicht jemanden, von dem man nicht sicher ist, ob man für oder gegen ihn arbeitet.
Und nicht in einer Zeit, in der Männer mit schwarzen Fahnen durch die Welt und die Köpfe der Weltbevölkerung marschieren und ihre blutigen Fußabdrücke hinterlassen.
Dennoch. Beinahe. Beinahe wäre ich gerannt, hätte alles hingeworfen, jede Verantwortung –
Doch da war Cliff schon nicht mehr allein, von irgendwoher war noch eine Gestalt aufgetaucht. Ein Mädchen. Ich glaubte in ihr das Mädchen zu erkennen, dessen Adresse ich kannte, Ayna. Es versetzte mir einen unsinnigen Stich, die beiden zu zweit durch den verzauberten Park wandern zu sehen. Sie waren schön zusammen. Sie, geheimnisvoll, verborgen unter dem Hidschab, er an ihrer Seite, größer als sie, der Beschützer, obgleich er sie nicht berührte; höflichen Abstand hielt. Dennoch waren sie vertraut miteinander, ich sah, dass sie sich die Köpfe zuwandten und dass sie miteinander sprachen; Worte, die ich niemals hören würde.

Ich folgte ihnen den gewundenen Weg hinauf, auf die Flaktürme zu, ich sah sie kaum, diese beiden menschlichen Schatten, hier fiel wenig Licht durch die dichten Bäume. Ich war lange nicht hier gewesen, das ganze Gelände kam mir fremd vor, unwirklich. Und dann erreichten wir nach einer letzten Biegung die Türme. Die Festung. Oben auf dem ersten Turm erhob sich schwarz ein Mahnmal gegen den nicht ganz dunklen Himmel: zwei langgezogene, spitze Flügel.

Aber vermutlich stellte es etwas anderes dar.

Der Weg um die Türme herum, aus breitem, bequemem Beton, wurde zur linken von hohen Gittern geschützt; die äußere Bunkerwand darunter gehörte den Kletterern. Zur Rechten erhoben sich die Türme selbst, oder ihre obersten beiden Stockwerke. Der Rest lag seit der Sprengung im aufgeschütteten Hügel wie ein Geheimnis.

In diesem ersten Turm gab es, tief in den Stein eingelassen, eine Tür. Und dort warteten mehr Schatten: Dort trafen die beiden Schneewanderer den Mann, der mit Ayna zusammen lebte, Abdelkhamid. Ich konnte nur von Weitem erahnen, dass er es war, ich presste mich in eine windige Ecke am Gitter, dann an die Wand, die von der Tür aus nicht einsehbar war.

Und es dauerte nur Minuten, da kamen mehr, sie gingen an mir vorbei, ohne mich zu sehen, ich war ein Teil der alten, unebenen Betonwand.

Schließlich kam niemand mehr, und ich atmete auf. Dort standen sie, sieben Gestalten, neben der Stahltür, die den Eingang zum Turm verschloss. Außerhalb der Wintermonate fanden hier ab und zu Führungen statt.

»Hier?«, fragte Cliff. »Was wollen wir hier?«

»Du wirst es sehen«, sagte Sinem.

Und sie holte einen Schlüsselring aus der Handtasche, die sie über dem weiten Wintermantel trug, der ihren jungen Körper verbarg, sittsam wie das Kopftuch. Ich dachte an das knappe rosa T-Shirt mit den Pailletten. Sinems schlanke Hand öffnete die Vorhängeschlösser an der äußeren Tür, schloss dann die innere Tür auf, die aus einer Art engem Gitter bestand.

Der Strahl einer Taschenlampe wanderte über die Betonwände eines breiten Korridors, der kurz nach der Tür abbog. Sinem trat als Erste ein, die anderen folgten.

»Wo zum Teufel hast du die Schlüssel her?«, hörte ich Farouk fragen, seine

Stimme seltsam nachhallend am Beton, so dass er selbst erschrak. Ich schlich näher und stand jetzt außen direkt neben dem Eingang, auch hier mit dem Rücken dicht an die Wand gepresst, um die Antwort zu hören.
»Ab hier ist Helmpflicht«, sagte Sinem mit einem übermütigen Schwung in der Stimme. »Bei den Führungen achten sie da total drauf. Sie machen das im Sommer zweimal die Woche. Festes Schuhwerk und warmer Pullover obligatorisch.« Sie lachte. »Ich war mal mit einem von den Typen zusammen, die die Leute hier runter führen. Das mit dem Schuhwerk ist ein Satz aus der offiziellen Führung.«
»Du warst mit …? Du bist … fünfzehn?«, fragte der, den ich aus dem Berghain kannte und an den ich eher ungerne zurückdachte.
»Da war ich vierzehn«, verbesserte sie und lachte wieder. »Aber das war eine andere Zeit. Ich hab ihm erzählt, ich wäre siebzehn, er hat's gefressen.«
Dann wurde die innere Tür vorsichtig zugezogen. Ich verließ meinen Platz an der Wand und sah nach: Die Stahltür war unverschlossen, natürlich, man konnte die Vorhängeschlösser schlecht von innen verriegeln. Und, tatsächlich, auch die Gittertür ließ sich öffnen. Sie hatten sie nicht von innen abgeschlossen. Vielleicht rechneten sie in dem einsamen, dunklen Park einfach nicht damit, dass irgendwer auf die Idee kam, durch diese Tür zu gehen.
Sekunden später war ich im Inneren des Flakturms, und das Licht meines Handys wanderte, blass, kränklich, zu schwach, über die Betonwände. *Ab hier ist Helmpflicht.*
Aber es gab keine Helme.
Ich schickte Margarete eine SMS, wo ich war, es war zur Angewohnheit geworden. Ich wusste, dass es im Notfall nichts nützte. Im Notfall nützte nichts etwas. Der Turm wurde nach den nächsten Biegungen des Ganges weitläufiger, unübersichtlicher, bestand aus einer Vielzahl an Treppen, halb eingestürzten Schächten und später eingebauten Metallleitern und Geländern, es wäre hier nicht schwer, sich vor jemandem zu verstecken, der glaubte, einen Verfolger bemerkt zu haben.
Das Innere des Flakturms bestand aus nichts als Schatten.
Als ich die anderen wiederfand, ihr Licht und ihre Stimmen, machte ich

mein Handy aus und tastete mich durch die Dunkelheit voran. Ihre Lampen leuchteten nur vorwärts, ich kam ihnen wieder gewagt nahe, aber sie sahen mich nicht.
Wir stiegen hinab in die Tiefe, stiegen hinab in eine andere Welt, kletterten über loses Geröll, übrig geblieben von den Sprengungen nach dem Krieg, und dann weiter hinunter, Stufe um Stufe. Wir stiegen hinab als wären wir eine Expedition, ich gehörte dazu, war nur ein wenig zurückgefallen, wir waren in diesem Moment eine Einheit.
Es war zwar ein Ort voller Möglichkeiten, sich unsichtbar zu machen. Aber es war auch ein Labyrinth hier unten. Wenn ich die anderen verlor, dachte ich, würde ich für immer unsichtbar bleiben. Ich war mir sicher, dass ich den Weg hinaus alleine nicht fand.
Und auch die anderen blieben dicht zusammen, ich spürte den Respekt, den sie vor dem alten Gebäude hatten. Nur eine Person schien sich hier unten auszukennen, und das war Sinem.
Sie blieb jetzt stehen, im Licht der Taschenlampe eines anderen, an ein Metallgeländer gelehnt, und sah hinab in die Tiefe, die sich in der Mitte des Turms fünf Stockwerke weit nach unten erstreckte. Es sah gefährlich aus, wie sie da lehnte, sie konnte jeden Moment das Gleichgewicht verlieren und hinabstürzen.
Sie war immer noch bei dem Typen, mit dem sie zusammen gewesen war. »… ein ganz Süßer, wirklich«, sagte sie jetzt. »Manchmal sind wir zu zweit hierher gekommen, nur er und ich. Haben Fotos gemacht. Wir auf dem Schutt. Oder nur ich. Nackt. Obwohl es so kalt war. Er hatte es mit Kunstfotografie, ich hab Modell gestanden.«
Der aus dem Berghain wandte sich ab und spuckte in die Tiefe. »Widerlich«, sagte er.
Sinem nickte. »Damals war ich anders. Na, irgendwann wollte er nicht mehr, wollte Schluss machen, ich hab das gemerkt, ehe er was gesagt hat. Da hab ich mir die Schlüssel nachgemacht, hab sie im Büro ausgeliehen, da hab ich ihn öfter mal besucht. Er hat nichts gemerkt. Der Plan war, dass sie mich hier finden, später. Dass er mich findet. Ich wollte mit dem Schlüssel rein und irgendwo tief runter, da hätte ich mich auf einem der Schuttberge, da hätte ich mich hingelegt, mit einer Flasche Schnaps, und

mir die Pulsadern aufgeschlitzt. Längs, nicht quer. Ich hab mir das vorgestellt, all dieses Blut auf dem Schutt, und ich, blass und still, und er hätte geheult.«

Ayna schüttelte den Kopf, ungeduldig, und Sinem zuckte die Schultern.

»Das war eben so eine Zeit. Da hab ich solche Sachen gedacht. Und ich hab den echt geliebt. Dachte ich jedenfalls. Aber ich hab's ja nie gemacht, mit den Pulsadern, weil Günan kam, also, meine Freundin, und mit mir über den Glauben und alles sprechen wollte. Sie hatte übers Netz einen Kämpfer kennengelernt. Das war der Wendepunkt, könnte man sagen. Danach bin ich weg von dem ganzen verrückten Kram und hab angefangen, auch zu glauben. Aber die Schlüssel hab ich behalten. Meine Eltern haben ja sofort Stress gemacht, als sie mitgekriegt haben, was für Kontakte ich hatte. Und als Günan ins Kalifat ist, zu ihrem Verlobten, und ich mitwollte, weil ich auch einen kennengelernt hatte, haben sie mich quasi eingesperrt. Damit ich da bleibe. Wie ein Tier. Wie eine Leibeigene. Als könnten sie über mein Leben bestimmen. Kann denen doch egal sein, ob ich das Gymmi schmeiße, ist doch mein Leben, oder? Sie haben gesagt, ich wäre doch gut, ich hätte doch keine Probleme, als wären gute Noten das, was dich glücklich macht. Der Lebenssinn. Und dauernd reden wollten sie, und da hab ich die Schlüssel wieder rausgeholt und gedacht, vielleicht mach ich's doch noch, ich hau ab und leg mich hier unten auf einen Schuttberg. Und dann hat Abdelkhamid mich gefunden, im Netz, und seitdem denk ich über die Bunkerräume nach und darüber, was man sonst so dort machen kann. Das ist schon 'ne ziemlich geile Location. Fünf Stockwerke tief. Mehr, eigentlich.«

Ich stand in einer Lawine aus Geröll, weit genug hinter der Metallplattform der anderen, und verkniff mir das Lachen. Es war so abstrus, was dieses Mädchen erzählte. Weshalb es vermutlich stimmte. Ich sah ihre Leiche auf einem Schuttberg liegen, perfekt geschminkt, wunderschön, romantisch: ein Bild für ein CD-Cover. Nicht für die Wirklichkeit.

Sinem war so weit entfernt von der Wirklichkeit, wie man sein konnte.

»Schön, und was *machen* wir hier«, fragte Ayna und trommelte mit den Fingern auf das Metallgeländer. »Warum hast du uns hergeführt? Um uns Geschichten aus deinem früheren Leben zu erzählen?«

Der jüngste von ihnen, dessen Namen ich nicht kannte, zog Sinem sanft vom Geländer und von der Tiefe fort. »Erzähl uns, was du hier vorhast«, sagte er, sanft, ohne Ungeduld. »Es ist ein spezieller Ort, auf jeden Fall.«
»Das hier ist nur der Anfang«, flüsterte Sinem, und ihre Augen waren groß, als hätte sie Angst vor dem, was noch in der Tiefe wartete, obgleich es sie faszinierte. »Da unten geht es noch meilenweit weiter. Man kommt von hier aus vielleicht bis unter den Bahnhof Gesundbrunnen. Man kommt von hier aus vielleicht überall hin. Die Stadt hat ein eigenes System von Gängen und Schächten unter der Erde, das hat mir mein Typ damals erzählt, man weiß bis heute nicht, welche mit welchen verbunden sind: stillgelegte U-Bahn-Schächte, alte Fluchttunnel unter der Mauer durch …«
»Wir sind Kämpfer«, sagte Cliff mit einem Lächeln. »Keine Maulwürfe, Sinem.«
»Ihr wolltet Waffen lagern«, sagte sie, ein wenig trotzig. »Sprengstoff, Munition. Ihr habt gesagt, wenn das Zeug da ist, brauchen wir einen Ort, an dem die Polizei nicht sucht. Bitte sehr.«
Ein paar der Männer stöhnten.
»Sinem«, sagte Cliff sanft. »Wir schleppen den ganzen Kram durch die halbe Stadt und kommen heimlich in der Dunkelheit hierher, um unser Zeug in einem unterirdischen Bunker aus dem zweiten Weltkrieg zu lagern? Wenn wir es auch ganz bequem in einer Wohnung in den Schrank legen können? Wir haben nur darüber diskutiert, in wessen Wohnung. Das war alles.«
»Das ist nicht wahr«, erwiderte sie, ihre Stimme jetzt weinerlich. »Ihr habt gesagt, eine Wohnung ist zu gefährlich, wenn da der nächste auffliegt, so wie Stefan, dann sind wir wieder alles los … dann gibt es keinen Tag des Bluts, dann platzt der Plan.«
»Sinem. Die Dinge müssen realistisch bleiben. Das hier ist … romantisch. Aber es ist nicht praktisch.«
»Da ist noch was«, sagte Sinem rasch. »Da unten, ganz unten, im fünften Stockwerk unter der Erde, kannst du ein MG abfeuern, ohne dass es oben jemand merkt. Es wird niemandem auffallen. Das ist vermutlich der beste Platz zum Üben, den ihr finden werdet in der Stadt.«

Sie verschränkte die Arme und musterte die anderen der Reihe nach mit schief gelegtem Kopf.
»Ich muss auf jeden Fall üben. Und ich schätze, Ayna auch. Ich habe noch nie ein Maschinengewehr in der Hand gehabt.« Ihre Stimme leuchtete, in Erwartung dessen, was sie lernen würde. »Und ich weiß nicht, wie viel Zeit seit Farouks Ausbildung vergangen ist. Wo war das noch?«
»Jemen«, knurrte Farouk. »Zwei Jahre. Okay, ein paar Übungsschüsse wären nicht schlecht.«
»Der Hall da unten haut dich um«, sagte Abdelkhamid kopfschüttelnd.
»Er kommt nicht bis nach oben«, meinte Sinem schulterzuckend. »Und das, was ankommt … Jeder wird denken, das wäre ein Teil des Straßenlärms oder ein Geräusch von einer Baustelle. Falih?« Sie sah den jüngsten der Jungen an. »Kommst du mit mir weiter runter?«
»Mit dir und Allah«, sagte Falih und lächelte. »Er wird dafür sorgen, dass wir uns hier nicht verirren. Ich kann ihn spüren, Sinem. Er ist bei uns. Es ist richtig, hier zu sein.«
Sinem lächelte, ehe sie sich umdrehte und weiter ihrem Taschenlampenlicht nachstieg. Falih folgte ihr, danach kamen die anderen, und ich sah ihre übergroßen Schatten an den halb zerstörten Wänden entlanggleiten, wo in manchen Nischen überwinternde Fledermäuse hingen.
Falls Allah hier war, reihte er sich lautlos unter die Schatten. Und ich fragte mich, was er über die Kämpfer dachte: diese romantischen Kinder mit ihrer kitschigen Todessehnsucht, diese Stümper.
Aber eine Menge Leute auf der Welt hatten den Fehler gemacht, Menschen wie sie zu unterschätzen.
Ich stieg, kletterte, kroch ihnen nach, manchmal mussten wir uns ducken, uns auf allen Vieren zwischen einer eingestürzten Decke und Geröll bewegen, dann wieder führten breite, intakte Treppen weiter in die Tiefe. Die weiße Farbe der Beschriftungen an der Wand sprang ins Lampenlicht: Schutzbunker 13. Mutter-und-Kind-Bunker. Notausgang B.
Ich hörte nicht mehr, was vor mir gesagt wurde, die Stimmen waren nur noch ein Murmeln, und dann verstummten sie. Wir näherten uns dem Herz der Unterwelt in absoluter Stille. Doch ich hörte den Lärm des Kriegs draußen, den Lärm der Nächte, in denen sich die Menschen hier im Bun-

ker unter dem Flakturm versteckt hatten: Ich hörte die Flieger über Berlin, ich hörte die Bomben, die Berlin in Schutt und Asche legten, ich hörte die Durchhalteparolen in den Bunkern.
1944/45.
Da draußen ging die Welt unter.Das Gebilde, durch das wir uns hier bewegten, war die Konsequenz des Größenwahns damals. Der Versuch eines Irren, die Welt zu erobern, war gescheitert. Aber er war nicht allein gewesen, allein kann keiner regieren, die Menschen hatten auf seiner Seite gestanden. Letztendlich lassen sich die Menschen immer für etwas Großes begeistern. Das Deutsche Reich. Das Kalifat. Und gleichzeitig ging die Masse jetzt wieder auf den Straßen spazieren und grölte rechte Parolen. Die Geschichte wiederholte sich nicht eins zu eins, sie versponn sich zu einem unlösbaren Knoten, fesselte uns mit Seilen, die tief in die Haut schnitten.
Hier kroch ich, Alain Dubois, neunzehn Jahre alt, durch den Schutt eines alten Krieges, auf den Spuren eines neuen. Denn dies war, was es war. Keine phantastischen Tagträume, keine haltlosen Worte, keine romantischen Geschichten, die nur im Kopf der Erzähler existierten. Oder vielleicht war es all das gewesen, doch jetzt war es mehr. Die sieben vor mir planten eine Wiederholung der Nacht von Paris. Sie waren keine unabhängigen Spinner, sie lebten und atmeten unter dem Dach einer Organisation, die sie mit falschen Papieren ausstattete, Flugtickets fälschte, sie schützte und kontrollierte.
Der Daisch. Der IS. Der Islamische Staat.
In ihren Köpfen hing die gesichtslose Gestalt eines rächenden Allah, der von Blut lebte wie die vielarmige Rachegöttin der Hindus. Der nichts mit dem Gott der Muslime gemein hatte bis auf den Namen. Diese Menschen vor mir trugen ihn in sich wie eine Krankheit, und die Krankheit war ansteckend, war eine Seuche. Tödlich. Gnadenlos.
Kehr um. Versuch, den Rückweg allein zu finden. Geh zur Polizei.
Mit drei Adressen und einer handvoll Namen? Ein paar Zeichnungen? Was beweist das schon?
Kehr um.
Nein. Noch nicht. Noch lange nicht.

Und dann erreichten wir das unterste Geschoss des Flakturms, wo in den Vertiefungen schon das Grundwasser stand, schwarz glänzend wie Spiegel aus Stücken der Nacht.

Hier war ein großer Raum erhalten, überwölbt von Stahlbeton, aus dem die verbogenen Streben ragten wie merkwürdige, verkrüppelte Wurzeln. Der Boden war uneben, bedeckt von mehr Steinen, Erde und altem Müll, der mit dem Schutt hier unten hingekippt worden war. Aus einem der Geröllberge starrte ein Gartenzwerg mit abgebrochenen Armen und einem klaffenden Loch im Gesicht anstelle einer Nase.

An einem Ende des Raums stand eine Schaufensterpuppe, nackt und blond.

Ayna stellte sich neben sie und legte einen Arm um sie. »Seht ihr? Ich habe schon mal für die Einrichtung gesorgt. Das wäre dann die Zielscheibe.«

»Woher hast du das Ding?«

Sie zuckte die Schultern. »Unwichtig. Sie ist ein gutes Ziel.«

Sie streichelte das Gesicht der Puppe und küsste sie auf den Mund.

»Und man könnte ganz andere Dinge hier tun«, wisperte sie. »Hier unten kann man Menschen verschwinden lassen, und sie tauchen nie wieder auf. Feinde. Gefangene. Geiseln. Man kann alles mit ihnen tun, ohne dass irgendwer etwas mitbekommt, wir sind so unendlich weit weg von der Oberfläche.«

Es war Cliff, der hinüber ging, sie an den Schultern nahm und von der Schaufensterpuppe wegzog.

»Sinem«, sagte er ernst. »Das ist kein Spiel.« Er sah sich zu Abdelkhamid um. »Du hast sie angeschleppt«, sagte er. »Ich hoffe, du weißt, was du tust.«

Und dann setzte er Sinem auf einen Geröllhaufen, als wäre sie selbst eine Puppe, und sie blieb sitzen und sah zu ihm auf, wagte nicht, dem Blick seiner dunklen Augen zu widersprechen.

»Wenn du nach ein paar bösen Spielen suchst, bist du falsch bei uns«, sagte er. »Such dir irgendeinen SM-Schuppen, es gibt genug. Wenn wir Geiseln nehmen, hat das einen Zweck. Wir dienen den Regeln. Wir sind Kämpfer für das Gute. Kämpfer für Allah. Es geht nicht um irgendeinen persönlichen Lustgewinn. Und nicht um persönliche Rache. Begreifst du das?«

Ich saß auf der Metalltreppe, oberhalb der beiden, reglos, und ich dachte: Doch, genau darum geht es.

»Begreifst du das?«, wiederholte Cliff, lauter, bedrohlicher.

»Natürlich, ich …« Sinem wollte aufstehen, doch er hob die Hand.

»Sei still«, sagte er, und sie blieb, wo sie war. »Wenn wir zuschlagen, wenn der Tag des Blutes kommt, wird er ein Ziel haben. Ein höheres Ziel. Wir werden die Ungläubigen bestrafen und dem Westen zeigen, wer wir sind. Wie verletzlich sie sind. Sie werden es auf die Flüchtlinge schieben, weil es da Leute gibt, die gerne alles auf die Flüchtlinge schieben. Drei von uns werden Pässe von Flüchtlingen haben. Wenn sie sich politisch entzweien, wenn sie gegeneinander kämpfen, die Rechte gegen die Linke, sind sie noch schwächer, und das ist die Chance für die, die nach uns kommen. Das ist das große Ganze. Der Plan. Keine Einzelfantasien. Wenn wir kämpfen, kämpfen wir für das Kalifat, in dem die Menschen auf glücklichere Weise zusammenleben werden. Mit mehr Regeln und im Frieden. Wenn wir töten, töten wir für das Kalifat. Wenn wir foltern, foltern wir für das Kalifat. Aber es wird unnötig sein. Menschen zu quälen ist verlockend, aber am Ende immer unnötig.«

Er zog seine Jacke und sein T-Shirt aus und drehte sich um, und das Licht zweier Taschenlampen fiel auf seinen bloßen Oberkörper. Ich hatte ihn nicht so nackt gesehen, seit wir zusammen in einem See nahe der Autobahnauffahrt gebadet hatten.

Damals war die Haut über seinen Muskeln intakt gewesen, jung, glatt und intakt.

Jetzt war sie es nicht mehr.

Striemen und Krater zerrissen sie, zogen sich über den hageren Körper wie ein Bild, das ich nicht erkannte, manche schienen in die Haut gebrannt worden zu sein, andere von Schlägen zu stammen, die Haut hatte sich an diesen Stellen zusammengezogen und sah unregelmäßig und hässlich aus. Cliff drehte sich langsam einmal um die eigene Achse, er trug die Narben auch an den Flanken und auf dem Bauch, und ich fasste die Kanten der Metalltreppe, auf der ich saß, so fest, dass es schmerzte.

Sinem presste eine Hand vor die weichen Lippen, ihre Augen waren noch größer als zuvor.

»Das ist es, was man mit einem Menschen tun kann. Und mehr«, sagte Cliff. »Ich war dort. Sie haben mich in eines der Gefängnisse geschickt, um es von innen zu zeichnen. Aber dies war die einzige Möglichkeit, mich einzuschleusen.«
»Wie bist du … wieder rausgekommen?«, fragte Ayna und legte ihm eine Hand auf die Schulter, ganz sacht. Sie war so anders als Sinem, so ernst, so sanft, ich mochte sie in diesem Moment wie man eine Person aus einem Film mag, den man schon viele Male gesehen hat.
»Sie haben mich mit irgendeinem Gefangenenaustausch frei gekriegt«, sage Cliff, nahm ihre Hand behutsam weg und zog sich wieder an. »Marzuq und Falih haben die gleichen Dinge gesehen wir ich, denke ich.«
Falih nickte, und ich sah, wie er blass wurde, selbst in diesem schlechten Licht war es deutlich.
»Aber wir müssen das nicht tun«, sagte Cliff. »Es ist unnötig. Keine Gefangenen. Tod oder Leben. Entweder oder.«
Und dann griff er in die Tasche, zog eine Waffe hervor, eine kleine Pistole, verdammt, wirklich, fuhr herum, noch während er die Waffe entsicherte, und drückte ab.
Die Kugel durchbohrte die Brust der Schaufensterpuppe exakt auf Herzhöhe.
Cliff sah die Pistole einen Moment lang an und steckte sie wieder ein.
»So«, sagte er. »So oder gar nicht.«
Da stand Sinem endlich auf und fasste nach Falihs Hand. »Cliff«, flüsterte sie. »Hast du da draußen einen Menschen umgebracht? Sie köpfen die meisten, oder …? Wie ist das? Wie fühlt es sich an?«
Cliff legte beide Hände vors Gesicht, stand eine Weile nur da und atmete still.
Sinem hatte nichts verstanden, ihre großen Augen hingen in stummer Anbetung an dem Helden vor ihr.
»Nehmt dieses Mädchen aus meinem Blickfeld, bevor etwas passiert«, knurrte er schließlich. Dann seufzte er und sagte: »Gut. Wir können hier unten üben. Und wir können vielleicht unser Zeug weiter oben irgendwo lagern. *Vielleicht.* Morgen kommt mehr, das könnte gleich hierher. Nach der Dämmerung. Es ist ja nicht für lange. Ich weiß immer noch nicht,

wie viel Verstärkung wir kriegen. Notfalls ziehen wir es alleine durch.« Er nickte ein paar Mal, nachdenklich.
»Bleibt es bei Silvester?«, fragte Farouk, frierend seine Oberarme reibend.
»Ich muss noch telefonieren«, sagte Cliff. »Vielleicht müssen wir früher was tun.«
»Und wann bekommen wir die Pläne? Wann wissen wir, wann der Tag des Bluts tatsächlich … beginnt?« Da war ein nervöses Grinsen in seiner Stimme.
»Rechtzeitig. Die Einteilung steht. Du und Abdelkhamid übernehmt dieses Kaufhausding am Alex. Damit beginnt es. Marzuq und Falih sind in der Philharmonie, Ayna später im Theater. Sinem kümmert sich um den Bahnhof und fährt dann mit der U weiter zur Nationalgalerie, und ich mache mein Ding und finde euch beim KaDeWe, linker Eingang. Das Berghain ist unser letztes Ziel am Tag des Bluts.«
»Du … gehst mit?«, fragte Farouk. »Sie werden dich nicht lassen. Die brauchen dich zu wichtigeren Dingen. Du bist der Joker, den sie vorausschicken, wenn sie mit Handyfotos nicht weiterkommen, oder?«
Cliff sah ihn an, ernst und eine Weile schweigend.
»Vielleicht werde ich der Joker sein«, sagte er dann, nur gerade so laut, dass ich es noch hörte, »der ins Paradies vorausgeht.«

Sie blieben nicht lange dort unten im Herzen der Unterwelt, aber lange genug, um zu frieren;lange genug, dass ich Gestalten dort sah, die nicht existierten, Gestalten aus der Apokalypse und aus Aynas Fantasien.
Hier unten kann man Menschen verschwinden lassen, und sie tauchen nie wieder auf. Man kann alles mit ihnen tun, ohne dass irgendwer etwas mitbekommt.
Sich windende Schatten, auf dem Boden, an den Wänden, gefesselt, verdreht, gesichtslos, das Geröll an manchen Stellen dunkel von herabgetropftem Blut. Ich dachte an das, was Cliff gesagt hatte. Über das Gefängnis, in dem er gewesen war. Ich kauerte dort auf dem kalten Metall und dachte daran, wie ich währenddessen im warmen Berliner Frühling gesessen und mein Abitur geschrieben hatte.

Und dann machten sie sich auf den Rückweg, nach oben, in die Welt.
Für Sekunden packte mich die Panik, ich tastete mich die Eisentreppe hinauf, ich brauchte eine Nische, einen Ort, an den ich ausweichen konnte, um die Gruppe an mir vorbei zu lassen, denn nur, wenn ich hinter ihnen blieb, würde ich sehen, wo sie hintraten. Nur dann würde ich wieder nach oben finden. Es wäre Wahnsinn, den ganzen Weg ohne Licht klettern zu wollen, ihnen voraus, nie hätte ich die richtigen Durchschlupfstellen durch das Geröll gefunden, die richtigen Schächte, die richtigen Abbiegungen. Die Metalltreppen und Gerüste begleiteten diesen Weg nur sporadisch, lagen weit auseinander, dies war kein Spaziergang.
Ich fand nach ein paar Metern eine Stelle, wo ich von der Treppe klettern und mich hinter einen größeren Betonbrocken ducken konnte. Das Licht erreichte den Stein, ohne mich zu finden, wanderte weiter hinauf, nahm die Stimmen mit.
Minuten später hatten sie wieder einen stillen Verfolger.
Sinem führte die Gruppe wieder an, an ihrer Seite Farouk, der die Unterwelt offenbar so schnell verlassen wollte wie möglich. Cliff und Abdelkhamid fielen nach einer Weile zurück, und schließlich blieb Abdelkhamid stehen und fasste Cliff am Arm. Ich stand reglos, nur ein paar Meter vom Kegel ihres Lichts entfernt, und atmete nur flach.
»So«, sagte Abdelkhamid. »Also. Was sollte das? Der Schuss auf die Puppe? Warum spielst du dich auf? Du bist ein schlimmerer Romantiker als die Kleine! Vergiss nicht, du machst vielleicht die Pläne, aber du bist nicht der Boss. Der Orga-Boss sollte ich sein. War mal so abgemacht.«
»*War es?*«
Die beiden sahen sich einen Moment lang stumm an, ich konnte mir Cliffs Blick vorstellen, ich kannte ihn gut genug, durchdringend, von der Farbe des Wassers, wo es zu tief wird, um darin noch zu schwimmen.
»Und du weißt, dass die MGs sowieso nicht treffen. Niemand wird da geradewegs erschossen, das ist ein einziges Gemetzel. Und wir wollen ein Gemetzel. Oder nicht. Die Apokalypse, du hast es nach dem Berghain selbst gesagt. Es geht nicht darum, möglichst viele Menschen sauber zu töten. Es geht darum, ihnen Angst zu machen. Denen, die dabei sind und eben nicht sterben. Die es weitererzählen. Das ist die Taktik. Das ist der einzige

Weg, sie zu besiegen. Die Kuffar, die Ungläubigen, die Schweinefresser, die Bastarde. Sie haben lange genug in ihrer Plastikglitzerwelt gelebt und auf uns runtergespuckt, oder nicht? Als ich versucht hab, einen Job zu kriegen, und sie haben nur meinen Namen gehört, keinen deutschen Namen ...«
Cliff nickte nur.
Und plötzlich nahm Abdelkhamid ihn an den Schultern, zog ihn zu sich heran; ihre Gesichter waren sich ganz nah. »Also, was war los, vorhin?«, zischte er. »Plötzlich verwandelst du dich in eine Friedenstaube, oder was. Wir foltern nicht. Wir töten sauber! Manchmal ... manchmal habe ich das Gefühl ... du weißt nicht mal, was du willst. Bist du überhaupt auf unserer Seite?«
»Sprich mit den wirklich Großen darüber, und meine besten Grüße«, knurrte Cliff. »Sprich mit Abu Bakr al-Baghdadi. Frag ihn, wer verantwortlich ist für der Bluttag von Berlin. Du oder ich.«
»Als ob du dem je begegnet wärst.«
Cliff zuckte nur die Achseln, ließ Abdelkhamid im Zweifel.
»Sinem himmelt dich an«, sagte Abdelkhamid. »Vergöttert dich.« Er schnaubte. »Macht's dir Spaß, sie vor den Kopf zu stoßen?«
»Ich will sie nicht haben. Ich will nicht vergöttert werden. Willst du die Wahrheit wissen?« Cliff spuckte auf den Boden. »Es ekelt mich an. Dieser ganze Wahnsinn ekelt mich an. Herzchen auf Facebook und Katzenbabys neben den Kalaschnikows, und Sonnenuntergänge. Und die Helden mit ihren Gewehren. Wer von uns ist schon ein Held? Wir rennen doch alle nur vor unserem eigenen Schatten weg.«
Damit riss er sich los, drehte sich um und folgte den übrigen, und Abdelkhamid knurrte und ging ebenfalls weiter. Sie sprachen mehr, dort über mir, aber die Worte zerbrachen am Hall und der Entfernung zu tausend Splittern, die in die Tiefe regneten, ehe ich sie auffangen und verstehen konnte.
Es dauerte eine Ewigkeit, wieder nach oben zu gelangen, der Weg war weiter geworden, vielleicht durch das, was ich jetzt wusste und was schwer in mir wog wie Blei. Wie Betonbrocken aus dem zweiten Weltkrieg. Wie Schutt von früheren Leben. Irgendwann wusste ich, wo ich hinmusste, erkannte den Weg durch das Labyrinth der Gänge und geröllbedeckten

Steilhänge, und ich wusste auch, dass wir jetzt bald die obersten Schächte erreichen würden.
Jetzt, da ich mich wieder auskannte, war es Zeit, die Gruppe zu verlassen. Sie würden die Türen hinter sich verschließen, diesmal ganz bestimmt. Ich musste zuerst beim Ausgang sein; hinausschlüpfen, ehe sie dort waren.
Ich begann, fieberhaft nach einer Möglichkeit zu suchen, schalt mich einen Idioten, dass ich zuvor nicht an dieses Problem gedacht hatte – und fand, wie durch ein Wunder, eine Abkürzung. Doch, wirklich, eine Abkürzung, die quer durch die Serpentinen des hier steil ansteigenden Metallgitterweges führte. Man musste an dieser Stelle nicht den bequemen Serpentinen folgen. Man konnte über die Absperrung steigen und über die losen Steine nach oben klettern und würde drei Biegungen des Weges einsparen.
Wenn. Ja *wenn* man gut genug dazu wäre.
Es war verrückt.
Ich hatte keinerlei Erfahrung mit Bergklettertouren, ich würde mich auf allen Vieren fortbewegen müssen, ich hatte keine Handschuhe und kaum Licht.
Ich holte tief Luft, schlüpfte unter dem Geländer durch und begann, den Hang hinaufzuklettern. Die Gruppe war weit genug entfernt, um mich nicht zu hören, die Serpentinen liefen hier weit nach den Seiten, vermutlich, um den Besuchern möglichst viele Ausblicke auf die surreale Geröllandschaft zu bieten. Die ersten Meter waren leichter, als ich gedacht hatte, das Geröll ruschte nicht weg, saß seit Jahren fest, hatte sich verkeilt, ich kam gut voran. Aber nichts geht ganz gut auf der Welt.
Es passierte, als ich mich bereits ein gutes Stück über den Stimmen befand. Das letzte Drittel war steiler, ich spürte es, sehen tat ich fast nichts, ich wusste weder, wie weit es noch war, bis ich die Metallstege wieder erreichte, noch wie das Geröll aussah, das meinen Weg bildete. Ich trat einen Stein los, einen großen Stein, und rutschte ab.fing mich wieder – ja, ich fing mich, doch der Stein fiel. Er fiel ein Stück weit ohne viel Lärm zu machen, dann schlug er auf, schien abzuprallen, riss mehr Steine mit; eine kleine Lawine stürzte in die Tiefe.
Ich hörte unten eines der Mädchen aufschreien.
»Verdammt, hier ist jemand«, sagte Farouk. Ich hörte seine hallenden

Worte so klar, als stünde er neben mir; die Angst schärfte meine Sinne. Ich hielt nicht an, ich kletterte weiter, schneller, schneller! Ich spürte, wie die Kanten der Steinbrocken meine Hände aufrissen, meine Hose an den Knien und die Haut darunter zerfetzte, all das war egal. Das Licht. Sie würden das Licht auf mich richten, diese tödlichste ihrer Waffen, das Licht irgendeiner Taschenlampe, und sobald es mich erreichte, war alles zu Ende.

Ich sah das Licht wandern, im Augenwinkel sah ich es, während ich weiterkletterte – ein gehetztes Tier auf der Flucht, eine Ratte, eine Eidechse. Aber Ratten und Eidechsen schlüpfen in Ritzen, wenn das Licht sie trifft, machen sich unsichtbar, verschwinden.

Für Menschen gibt es nur andere Arten, zu verschwinden.

Rituale des Verschwindens …

Für einen Menschen gibt es genau die eine Art, aus einer solchen Situation zu verschwinden, und dies ist nicht die Art, die der Mensch sich wünscht. Ein Schrei. Nur ein Wort. »Da!« Ein Schuss, zielgenau. Ein scharfer Schmerz im Oberarm, der Mensch verliert, während er weiterzukriechen versucht, den Halt. Stürzt, fällt, überschlägt sich mehrfach.

Der Schmerz des letzten Aufpralls unten, tief unter den Stimmen, ist der größte. Ein Aufprall auf hartem Beton, hier liegt er still: reduziert zu einem hilflosen Bündel Muskelmasse, Knochen und Fleisch, rührt sich nicht mehr. Ahnt, dass etwas zerstört ist, irreversibel, das Rückgrat vielleicht.

Oder sind es nur Brüche der Rippen und vielleicht der Unterschenkel oder Arme, das ist jetzt nicht zu sagen.

Schritte von oben. Sie kommen.

Sie brauchen zu lang, der Schmerz singt und pocht und schreit, unaushaltbar, sie sollen jetzt da sein, jetzt, und da ist die Stimme von einem von ihnen in der Dunkelheit, hinter dem blendenden Licht ihrer Taschenlampen.

Schau an. Dein kleiner Freund.

Du hast gesagt, wir sollen ihn in Ruhe lassen, war das nicht so?

Du hast gesagt, das ist deine Sache.

Ja. Diese Stimme ist rau, belegt. *Das ist meine Sache.*

Dann zeig uns, dass du es ernst meinst. Oder ist das hier in Wirklichkeit

dein heimlicher Liebhaber? Lachen. Aber kein wirklich ernst gemeinter Vorwurf. *Der darf hier nicht mehr raus.*
Der Mensch will die Augen des anderen Menschen suchen, flehen, bitten: *Tu es. Schieß noch einmal. Erlöse mich.*
Aber da sind andere Arme jetzt, die an ihm zerren und den Schmerz noch vergrößern, absichtlich.
Und dann hängt der Körper am Metallgerüst einer der Treppenkonstruktionen, die Arme ausgebreitet, mit irgendetwas gefesselt, Schnur, Klebeband, es ist unwichtig, die Füße an einer tragenden horizontalen Metallstrebe fixiert, zwanzig Zentimeter über dem Boden. Ein Kreuz aus Metall, darüber die Treppe, der Weg nach oben, in die Freiheit.
Da hängt er, der zerbrochene, gestürzte. Der gefallene Engel. In einem Meer von Feuer, das nur er sieht, Feuer aus Schmerzen.
Und jetzt, jetzt sieht er doch die Augen unter sich, die dunkelblauen Augen, die hier unten keine Farbe haben. In seinen Augen steht eine Bitte. *Verzeih mir.Dann erlöse mich. Bitte.*
Und Cliff streckt den Arm aus, zielt noch einmal, ein letztes Mal.

Rituale des Verschwindens.

»Da unten!« Ich hörte es erst jetzt, das war der Ruf unter mir, und ich war noch immer in Bewegung, kroch noch immer panisch aufwärts. »Da unten ist jemand!« Schritte, die sich auf Metall entfernten. Eine letzte verzweifelte Anstrengung; meine Hände erreichten den Metallsteg über mir, ich zog mich hoch, rollte unter dem Gitter durch, blieb keuchend liegen. Im Dunkel, im gnädigen Dunkel, außerhalb des Lichts.
Nichts von all dem, was ich gesehen hatte, war wirklich geschehen, es war nur die Vorstellung meines rasenden, wirren Gehirns gewesen. »Da war eben … Ich habe eine Bewegung gesehen und …« Die Stimme verlor sich, wurde zu stark verzerrt, ging unter in meinem eigenen Keuchen, das mich ganz ausfüllte. Cliff. Es war Cliffs Stimme.
Hatte er mich gesehen? Wusste er, dass ich hier war? War es möglich?
Er hatte die anderen nach unten geführt, dorthin, wo der Stein zum ersten Mal aufgeschlagen war, ehe er die Lawine mitgerissen hatte. Nein, er

konnte mich nicht gesehen haben, es war logisch, dort nachzusehen, wo der Stein das erste Geräusch ausgelöst hatte. »Ratten«, hörte ich einen von ihnen sagen.

Mehr hörte ich nicht, ich zwang mich, aufzustehen, das Blut sang in meinen Ohren, und ich tastete mich weiter vorwärts. Kein Licht, nur kein Licht! Hier war der Weg leicht zu finden, das Metallgeländer begleitete mich … dann Treppen … eine Kurve, ich wagte, das Handy zu benutzen, rannte. Raus hier, raus, raus. Mehr Kurven, aufwärts, mehr Stufen, der letzte Gang mit dem Knick. Unversehrter Beton, glatte Wände. Die Gittertür, die Stahltür. Und dahinter, weit unten, die Lichter der Stadt. Und ich rannte; rannte den Hügel hinunter, rutschte, schlitterte, fiel, rappelte mich hoch, sah wenig zwischen den Bäumen – war unten. Lief über die verschneite Wiese des Humboldthains, dort, wo schon eine Vielzahl von Spuren einen Pfad im Schnee bildete, sie durften die meinen nicht sehen. Keine Zeit jetzt, an noch mehr zu denken, keine Zeit, Schatten zu suchen, die mich schützten, keine Zeit für nichts! Bis ich kurz vor der Straße in den Schnee fiel und zwischen den Büschen liegen blieb, die weiße Kälte an meiner Wange, und den Lärm des nahen Verkehrs begrüßte wie Freunde. Alain Dubois, neunzehn Jahre alt, am Leben.

Als ich in dieser Nacht die graffitiverzierte Haustür erreichte, an der die Figuren unserer Jugend längst von anderen, bunteren, lauteren Graffitis übersprayt worden waren, war es, als beträte ich nicht ein Haus, sondern ein rettendes Schiff. Ich brauchte drei Anläufe, um sie aufzuschließen.

Sah mich immer wieder um, während ich zitternd mit den Schlüsseln hantierte.

Aber keiner der Menschen, die auf der Straße vorbeikamen, blieb stehen. Und die Handvoll Südländer vor dem Spätkauf ein paar Häuser weiter war einfach nur eine Handvoll Südländer, die vor einem Spätkauf herumstanden. Zum ersten Mal in meinem Leben hatte ich Angst vor ihnen, zum ersten Mal spürte ich das, was vielleicht die Menschen auf den Montagsspaziergängen spüren. Die Südländer vor dem Spätkauf waren in meinem Augenwinkel Marzuq und Falih und die anderen, die mir doch gefolgt waren. *Hätten* es sein *können.*

Ich stolperte die Treppen hinauf wie im Fieber, zog mich aus und kroch unter meine Decke. Das Bett bot keinen Schutz, denn jetzt wusste ich, dass es wahr war, alle Zeichnungen, alle Pläne. Berlin würde einen Tag des Bluts erleben, es war ein Projekt mit einem Namen, ordentlich betitelt und irgendwo abgeheftet im Kalifat weit fort.
Doch das Kalifat rückte näher. Mit langsamen, leisen, schweren Schritten. Ich träumte es; träumte es nach Berlin hinein. Alle Flüchtlinge, die ich je am Bahnhof oder auf den Straßen gesehen hatte, ratlos, hilflos, bettelnd – sie alle kamen in dem Traum vor. Doch es waren mehr, in meinem Traum quollen sie aus den Gullideckeln wie Wasser und überschwemmten die Straßen, weil der Daisch immer mehr und mehr von ihnen in die Flucht zwang. In meinem Traum brannte Berlin, und die Flüchtlinge in den Straßen rannten, zusammen mit den Deutschen, um ihr Leben. Und da waren Deutsche, die sich ihnen in den Weg stellten.
»Ihr seid es!«, schrien sie. »Ihr habt diese Seuche mitgebracht, die Gewalt! Geht nach Hause!«
In meinem Traum prügelten sie die Fliehenden zurück in die Flammen, die der Daisch gelegt hatte, und ich erwachte schweißgebadet und stellte fest, dass ich tatsächlich Fieber hatte.
Coco saß neben mir und legte einen kühlen, feuchten Waschlappen auf meine Stirn, wie sie es getan hatte, als ich klein gewesen war. »Was ist bloß passiert?«, flüsterte sie. »Wo warst du letzte Nacht, Alain? Warum ohne Jacke?«
Und ich setzte mich auf und nahm sie in den Arm, meine weiche, nachgiebige, wunderbare Mutter mit ihren freundlichen Rundungen, ihrem weiten, losen Schlafanzug und ihrem kurzen Männerhaarschnitt.
»Im Humboldthain«, flüsterte ich. »Es war schön dort. Der Schnee unter den Straßenlaternen … man sollte das malen. Coco … ich muss nachdenken. Ich muss eine Weile ganz in Ruhe und ganz alleine nachdenken.«
Sie nickte und verschwand, und am nächsten Tag schlief ich lange. Coco und Henri sahen ab und zu nach mir, besorgten Wasser und Paracetamol, und ließen mich für den Rest im Bett liegen und fiebern und schlafen. Ich nahm das Paracetamol nicht. Ich musste das Fieber durchleben, es aus meinem Körper schwitzen, es selbst besiegen, erst dann würde ich auch

wissen, was zu tun war. Oder vielleicht war es eine Flucht; vielleicht floh ich mich in das Fieber wie ein Tier, das sich totstellt.
Ich kannte jetzt die Wahrheit. Obwohl ich nicht wollte, dass sie wahr war. Ich wusste, dass alles, was ich vermutet und befürchtet hatte, stimmte. Ich wusste, dass ich zur Polizei gehen musste. Mit jemandem darüber sprechen, was ich gehört hatte.
Aber noch war ich nicht so weit. Und ich hatte Zeit, sagte ich mir, Zeit bis Silvester.
In sechs Tagen war Weihnachten.
Eines wusste ich nicht, und ehe ich es nicht herausfand, kam ich nicht weiter: Was hatte Cliff, nur Cliff persönlich, vor? Er war verändert, auch in seiner Einstellung zu Gewalt, der Droge, dem Krater, der ihn in immer wieder hinabgezogen und verschluckt hatte. Jetzt war es anders. Ich dachte an die Narben, die ich da unten unter der Welt gesehen hatte. Das also waren die Kiwis gewesen, die er geerntet hatte.
Genau zielen, rasch töten. Unnötig, zu quälen.
Die Apokalypse im Berghain war keine Wunschvorstellung gewesen, sondern ein Horrorszenario, auch für Cliff.
Würde er die ganze Sache in letzter Minute platzen lassen? War das der Plan? Oder würde er nur das Schlimmste verhindern, wie er immer nur das Schlimmste durch etwas ebenfalls Schlimmes verhindert hatte? Oder würde er gar nichts verhindern, lag ich mit allem falsch, musste ich mich zwingen, einzusehen, wer er wirklich war?
Ich lag unter meiner Decke, versteckt wie ein Kind, und trug auf meinen Schultern die Verantwortung für ganz Berlin – für einen Tag in Berlin. Der Tag des Bluts. Was an diesem Tag geschah, war allein von mir abhängig, es klang größenwahnsinnig, aber es stimmte.
Ich rief nicht einmal Margarete an.
Gegen Nachmittag, als das Licht golden in den Hof fiel, ehe es verendete und die Dunkelheit für diesen Tag über Berlin sank, stand ich auf. Ich durchwühlte die Schubladen meines Zimmers und fand mehrere Rollen Draht, zwei Tuben Kleber, Farbe und mehrere scharfe Messer, mit denen ich irgendwann Halme zum Tuschezeichnen zurechtgeschnitten hatte. Ich arbeitete die nächsten Stunden bis zum Abendessen wie besessen, und als

Coco gegen acht Uhr klopfte, saß ich in einem Durcheinander an Federn auf dem Bett; dem Inhalt von zwei aufgeschlitzten Federbetten.
Ein Teil der Federn befand sich in einem Eimer zu meinen Füßen, in der Farbe.
»Warte«, sagte ich. »Komm nicht rein. Ich muss noch etwas wegräumen.«
Ich hörte das Lächeln in ihrer Stimme. »Das hast du schon mit vier genauso gesagt, kurz vor Weihnachten«, sagte sie durch die Tür. »Damals hast du einen Wandteppich für uns aus Papier gebastelt, weiß du noch, er fiel sofort auseinander, als wir versuchten, ihn aufzuhängen, und wir haben ihn unter Glas gerahmt ...« Ich hörte sie lachen, das leichte, glückliche Lachen einer bunten Erinnerung. Es war das Weihnachten gewesen, an dem wir Cliff zu uns genommen hatten, aber als sie den Wandteppich ausgepackt hatten, hatten Coco und Henri es noch nicht gewusst. Erst am nächsten Morgen.
»Ich wollte nur sagen, die Leute kommen gleich, mit denen ich zum Kochen verabredet bin«, sagte Coco. »Die Gruppe vom Freien Malen in der Galerie. Nur, damit du Bescheid weißt. Du kannst dazu kommen, wenn du willst, falls du Hunger hast ... Irgendwas musst du ja essen.«
Mir war nicht nach essen, aber ich sagte, ich käme, damit sie sich nicht unnötig Sorgen machte.

Konnte jemand sich im Jahr 2015 unnötig Sorgen machen?

Eine halbe Stunde später saß ich unserer Küche und schnitt Tomaten klein und unterhielt mich mit einem Eritreer über seine Kinder, die er vermisste und nicht nachholen konnte. Aber das Fieber war wieder gestiegen, mir war schwindelig, ich sah die schwarzen Hände mit dem Tomatenmesser an, die neben meinen die roten Stücke hackten, und ich dachte an Dinge, die ich nicht denken wollte, und der Eritreer sah mich besorgt an und fragte, ob ich mich nicht besser hinlegen sollte.
Ich bemühte mich, ihn anzulächeln. »I'm okay. Don't worry.«
Ihn und die neun anderen Flüchtlinge, Afrikaner und Araber, die in unserer Küche saßen und standen und rührten und schnitten und lachten

und erzählten, zusammen mit Henri und Coco, umgeben von den Düften mehrerer Kontinente und Jazz von einer sehr alten Schallplatte. Ich sah sie an, die Küche drehte sich um mich wie ein Karussell, und ich sah ihre Hände, die arbeiteten und ihre Münder, die sprachen, und ich dachte: Dieses Gesicht sieht aus wie das von Abdelkhamid, diese Hände könnten die von Marzuq sein, diesen Akzent hat auch Falih, diese Nervosität ist die von Farouk.

Und dann saßen wir auf dem Boden und aßen, und sie sprachen über den IS und Boko Haram und Paris, sie redeten sich heiß darüber, dass das nichts mit dem Islam zu tun hätte, und sie hoben ihre Fäuste gegen die Extremisten und verschlossen ihre Gesichter und sprachen von den Verrückten und ihren Opfern, damals, zu Hause, als sie noch ein Zuhause gehabt hatten. Sie sprachen von Dingen, die ich mir nicht vorstellen wollte.

Und ich wusste, dass all dies gute, freundliche Menschen waren, die nichts und niemandem etwas zu Leide taten als den Tomaten und Paprika, aber im drehenden Karussell meiner Fieberküche verzerrten sich ihre Gestalten, und ich hatte Angst vor ihnen. Ich hasste diese Angst.

Ich nahm sie mit unter die Bettdecke, die ich aus dem Gästezimmer geholt hatte.

Die Federn meiner alten Decke lagen unter dem Bett in einem Kübel Farbe, noch immer. Sie würden fliegen. Bald. Sie wären das einzige wirkliche Weihnachtsgeschenk, dass ich je jemandem machen würde. Das einzige Geschenk überhaupt. Das einzige, das jemand wirklich brauchte. Dringend.

Ich blieb drei Tage im Bett. Ich stand nur auf, um weiter zu arbeiten, um Draht zu biegen und Federn zu trocknen und zusammenzuleimen. Wenn ich in die Küche tappte, um mir ein Glas Tee oder Wasser zu holen, sah Coco mich seltsam an. »Iss was«, sagte sie.

Aber ich schüttelte den Kopf. Ich hatte schon an dem Flüchtlingsabend kaum etwas herunterbekommen. Mein Magen war voll von Angst und Fieber. Ich versuchte es, würgte ein paar Bissen trockenes Brot hinunter, wenigstens das.

Und saß wieder über den Federn, allein, und dachte: Ich fange an, zu sein wie er. Wie Cliff.
In den Lebenslinien meiner Hände hatte sich Farbe gesammelt, die ich nicht mehr abschrubben konnte: Feine, grüne Wege über die Haut.
Ich wusste nicht, wohin sie führten.
Aber ich würde dort ankommen. Ich war entschlossen.

Coco schmückte die Wohnung, Weihnachten kam. Im Hof stand ein Baum, noch im Netz wie ein Fisch. Henri putzte die Fenster und pfiff dabei wie immer. Draußen hatte sich der Schnee in Regen verwandelt. Margarete fragte wohl ein paar Mal nach mir, aber ich wollte allein sein, und Coco sagte es ihr. Margarete würde es verstehen.
Ihre Mutter stand mit einem Paket kleiner goldener Porzellanengelchen vor der Tür, Ausschussware aus ihrem Dekogeschäft. Drei von ihnen waren die Flügel abgebrochen. »Ich dachte, vielleicht möchten Sie sie haben, da sind ja noch neun Intakte drin«, sagte sie mit einem rotwangigen Vorweihnachtslächeln. »Die passen bestimmt gut in eine Künstlerwohnung.«
»Danke«, sagte Coco und umarmte sie. Eine Vorweihnachtsumarmung.
Dann legte sie die Engel in die unterste Küchenschublade und hängte schielende bunte Fische aus Papier in die Fenster, die die Kinder der Flüchtlingsgruppe beim freien Malen gemacht hatten.
Und ich beschloss, kein Fieber mehr zu haben.
Das war am 21. Dezember. Dem kürzesten Tag des Jahres.
Ab jetzt würden die Tage wieder länger werden, die Nächte kürzer.
Es war der richtige Tag.
Ich stand auf und holte unter dem Bett hervor, was ich aus den Federn gemacht hatte. Lehnte es an die Wand, um es anzusehen: Zwei riesengroße Flügel, beinahe so hoch wie der Raum, komplett mit der Vorrichtung, sie fest an den Körper zu schnallen und durch die Bewegung der Arme mitzubewegen. Sie sahen nicht aus wie Engelsflügel. Nicht wie Flügel, mit denen sich jemand verkleidet, um an Weihnachten zu den Kindern zu kommen und Geschenke zu bringen, eine Kerze in der Hand.
Sie sahen aus wie Flügel aus einem Bild von Giger. Aus einem Bild von Hieronymus Bosch.

Flügel einer Gestalt auf einen surrealen Graffiti.
Flügel, die jemand unter Drogeneinfluss hergestellt hat – oder im Fieber.
Ihre zerfetzen, gewundenen Umrisse waren merkwürdig, die Struktur, die die Federn darauf bildeten, glich am ehesten Strudeln unter Wasser, die den Betrachter mit sich hinabzogen. Oder ihn hinaufwirbelten in die lichtdurchflutete Unendlichkeit des Himmels. Je nachdem.

Und endlich, endlich rief ich Margarete an.
Ich wusste jetzt, was ich tun würde. Ich hatte einen Plan, und in meinem Kopf gab es eine Reihenfolge der Dinge, die geschehen würden. Dies war der Anfang eines Endes.
Aber ich musste mit Margarete sprechen.
Ich würde mit ihr zusammen unten in der zu dekorierten Wohnung sitzen, auf ihrem Bett, vor dem Fenster, das in den Hof hinabsah. Wie kriege ich die Wahrheit aus ihm heraus?, würde ich fragen. Die Wahrheit über seine Rolle bei der ganzen Sache? Wenn jemand sie kennt, dann du.Aber Margarete ging nicht ans Telefon.
Sie war auch nicht in der Wohnung, nur ihre Mutter war da. Sie steckte in einer schwarzen Schürze mit winzigen goldenen Christbaumkugeln, hielt einen silbernen Kerzenleuchter und ein Poliertuch in der Hand und sagte Margarete käme sicher gleich zurück, sie hätte gesagt, es »sei nur für ganz kurz.« Da wäre jemand, der sie brauchte, ein Freund oder so.
Erst als die Tür zu der Welt aus Glitzerkugeln und künstlichem Vanillekerzenduft sich wieder schloss, sah ich, dass ich eine SMS von Margarete hatte, eine halbe Stunde alt. Und diese SMS war seltsam, denn sie enthielt den Wortlaus meiner SMS an sie vor einiger Zeit:
Koordinaten, die mir bekannt vorkamen, und drei Sätze:
Bin hier. Ballhaus Grünau. Vielleicht dumm von mir.
Es war bereits dunkel an diesem kürzesten Tag des Jahres, als ich in der S-Bahn in Richtung Grünau saß.
Der Anfang eines Endes.

Als ich die S-Bahnstation verließ und den langen geraden Weg entlangging, war es, als schleife hinter mir etwas auf dem Boden. Als trüge ich

selbst die riesigen Flügel, die ich aus den Bettfedern gemacht hatte. Ich fragte mich, ob ich über sie stolpern würde. Aber natürlich standen sie noch immer in meinem Zimmer an der Wand, und was dort auf dem Boden schleifte, konnte nur eingebildet sein.
Einmal hatte ich als Kind im Park am Arnimplatz, beim Spielplatz, eine Taube gesehen, deren Flügelspitzen am Boden schleiften. Am nächsten Morgen lag sie tot auf der Bank, doch schon am Tag davor, als sie die Flügel nicht mehr hatte falten können, hatte der Tod in ihr gewohnt und mich durch ihre Augen angesehen.
Das Ballhaus Grünau lag als schwarzer, klobiger Umriss zwischen den Bäumen wie immer, still und verlassen; die beiden Gebäude gefangen in einem nie endenden Traum vom vergangenen Glanz, als die Menschen hier beim Licht der Gaslampen und Kronleuchter durch ihre Türen geströmt waren; sich hinter ihren Buntglasfenstern zur Musik der Kapelle gedreht hatten, wie in Trance; selbstvergessen, weltvergessen, glücklich für eine Nacht.
Ich vergewisserte mich, dass vor keinem der Nachbarhäuser jemand stand und rauchte oder die Dunkelheit ansah, dann kletterte ich über den Zaun und schlich mich durchs Gebüsch wie eine Katze, diesmal trug ich eine Taschenlampe bei mir, diesmal kannte ich das Grundstück mit seinen efeuummäntelten Bäumen und seinem Geschmack nach Erinnerung, kannte seine Unebenheiten und Schuttberge, es war alles beinahe zu leicht. Ich konnte mir nicht vorstellen, dass Cliff noch immer hier war, es war zu viel Zeit vergangen.
Warum war Margarete gekommen?
Was tat sie hier?
Eine ungewisse Furcht pochte in mir wie eine Wunde, etwas war nicht in Ordnung.
Es nützte nichts, eine SMS an Margarete zu schreiben, wo ich war, diesmal nicht. Als ich durch das Loch in der Mauer hineinkletterte, war noch immer alles still, absolut still, doch die Stille atmete.
Ich blieb stehen, machte die Taschenlampe aus und lauschte.
Doch das Atmen war nur ein Gefühl, kein hörbares Geräusch.
Und auf einmal fragte ich mich, ob Margarete diese SMS überhaupt ge-

schrieben hatte. Oder ob jemand anders sie von ihrem Handy abgeschickt hatte. Ob dies eine Falle war. Ob sie genau wussten, was ich tat und was ich vorhatte, ob sie mich doch gesehen hatten im Flakturm, und es nur aufgeschoben, besser geplant hatten, mich zu beseitigen. Aber wenn sie Margaretes Handy hatten, bedeutete das … dass sie auch Margarete hatten.
Ich versuchte, zu spüren, ob Cliff hier war oder nur die anderen. Ich spürte nichts. Nur die Nacht.
Und ich stand in der absoluten Schwärze zwischen den verfallenen Wänden und suchte in dieser Nacht nach einem Gott.
Nach einer Präsenz in der Stille, nach einem alles überspannenden Gewissen, nach einem abstrakten Geschöpf, das mein Gebet hören konnte. Ich hatte nie geglaubt. Das heißt, ich hatte geglaubt – an Werte. Freiheit, Menschlichkeit, Toleranz, Demokratie, Kunst. Doch niemals an einen Gott. Ich hatte nie geglaubt, dass ich einen nötig hatte. Jetzt, in dieser Sekunde, spürte ich, wie dringend ich einen Gott brauchte, zu dem ich sprechen konnte, einen unerklärlich und einfach vorhandenen Gott, der seine schützende Hand über mich hielt, über mich und die Menschheit. Der mir sagte: *Sorge dich nicht, auch nicht in diesem Jahr, es ist unnötig, sich zu sorgen. Alles wird am Ende gut. Vertrau mir.*
Es wird Gerechtigkeit geben.
Ich brauchte diesen Gott so dringend, dass ich glaubte, ich könne ihn erschaffen – aus dem Nichts, aus der Luft in der Ruine des Ballhauses. Doch es gelang mir nicht. Ich blieb allein.
Und auf eine gewisse Weise spürte ich Neid gegenüber denen, die so fest an ein höheres Wesen glaubten, dass sie bereit waren, dafür zu töten und zu sterben. Die Welt war so einfach, wenn man jemanden hatte, der einem Gerechtigkeit versprach. Auch wenn es ein rächendes Monster war, solange man seinen Regeln gehorchte, brauchte man sich nicht zu fürchten, brauchte nicht selbst zu denken, niemals an sich zu zweifeln.
Ja, ich beneidete nicht nur die Christen oder die Juden oder die Moslems; ich beneidete die Islamisten in dieser Nacht. Die Fanatiker. Die Verrückten. Verrückt zu sein, macht die Welt leicht.

Schließlich schaltete ich die Taschenlampe wieder ein, hielt sie jedoch so in der hohlen Hand, dass nur ein winziger Rest ihres Lichts rötlich durch meine Finger schien, so dass ich gerade sah, wohin ich trat. Ich fand einen der Durchbrüche zu dem Saal, in dem Cliff beim letzten Mal Feuer gemacht und geschlafen hatte, doch er lag still und verlassen. Das ganze Gebäude war still und verlassen.

Vielleicht war es das falsche, vielleicht waren sie in dem anderen.

Was hatten sie mit Margarete angestellt?

Ich streifte durch die dunklen Räume wie ein rastloses Tier, über herausgefallenen Mauersteine und Fensterscherben, und schließlich stieg ich die Treppe hoch zum ersten Stock, dorthin, wo der blaurotbespayte Flügel stand.

Aber ich erreichte den Raum nicht. Ich öffnete nur die Tür zum Korridor davor und blieb abrupt stehen. Denn von dort, aus dem Flügelsaal, drang Licht, so plötzlich und hell, dass es mich blendete, es kam von tausend Kerzen, lodernd wie Feuer, strahlend, heller als die Sonne.

Natürlich waren es nicht so viele, es waren nur ein Dutzend; ein Dutzend langer, weißer Kerzen brannte auf dem Flügel, festgeklebt mit ihrem eigenen Wachs. Sie flackerten im Luftzug, der durch die undichten Ritzen der vernagelten Fenster und der Mauern fiel. Die Tapete hing in Fetzen von den Wänden, als wäre sie in der Wärme des Lichts geschmolzen und herabgetropft; der ganze Raum schien zu schmelzen wie auf einem Bild von Dalì. Doch Dalì hatte nur die Zeit schmelzen lassen in seinen Uhren. Was hier schmolz, war die Wirklichkeit.

Ich stand stumm in der Tür zum Flügelsaal, ohne mich zu rühren, aber auch ohne mich zu verstecken, an die Wand zu pressen, den Schatten zu suchen.

Sie sahen mich ohnehin nicht und würden mich nicht sehen, nicht, solange ich schwieg.

Sie lagen unter den Fenstern zur Linken, deren Scheiben lange vor ihrer Abdichtung mit Brettern herausgebrochen waren und den Boden bedeckten, ich sah die Scherben im Kerzenlicht glänzen, das Licht zurückwerfen wie Spiegel. Sie lagen inmitten dieser Lichtreflexe, sie lagen inmitten der flackernden Schönheit. Zwei Körper. Nur zwei.

Es war niemand hier außer ihnen.
Und mir.
Ich sah noch die letzte Bewegung des Hinlegens, ich sah, wie Cliffs Rücken die Scherben berührte und sie zerdrückte, ich hörte das leise Knirschen des bunten Fensterglases. Er zog Margarete mit sich hinunter, auf sich, hatte sie mit beiden Armen um die Hüfte gefasst. Ich sah die angespannten Muskeln an seinen hageren Armen, deutlich unter der Haut. Ich sah Margaretes sanftere Konturen, die Rundungen ihrer Oberschenkel, die Linie ihres Rückens. Sie richtete sich ein wenig auf, lag nicht mehr, saß jetzt. Sie waren beide nackt, ich fand ihre Kleider über dem alten Flügelschemel, teilweise herabgerutscht, auch sie zerschmolzen.
Es hätte kalt sein müssen in diesem Raum, ohne ein Feuer, mitten im Dezember, in der längsten Nacht des Jahres. Doch es war warm; die Wärme drang bis hinaus in den Flur. Es war, als brannten nicht nur die Dochte, als brannte der ganze Raum.
Ich sah das Auf und Ab der beiden auf dem Boden, in den Scherben, und dann hörte ich ihren Atem, unwirklich laut; als stünde ich nicht in der Tür, sondern dicht neben ihnen.
Ich war nicht gekommen, um das hier zu sehen, aber ich konnte mich nicht rühren, ich hatte alle Macht über meinen Körper verloren. Natürlich hatte ich gewusst, dass Cliff mit Margarete geschlafen hatte, früher. Das hier war etwas anderes. Die Intensität, das Licht, die Unwirklichkeit der ganzen Sache machten es zu etwas jenseits von Sex.
Ich spürte mit ihnen.
Ich spürte, was sie spürten; den Schmerz der scharfen Kanten, die in die Haut schnitten, ich fühlte sie in meinem Rücken wie Cliff und an meinen Unterschenkeln, als wäre ich Margarete; als wäre ich es, der dort kniete. Ich spürte das Ineinander dieser beiden, ohne es erklären zu können, auf eine merkwürdige Weise von beiden Seiten. Ich war Cliff, und ich war Margarete.
Ich war der Körper, der penetrierte, und der Körper, der penetriert wurde.
Aber ich empfand keine Lust, nicht eine Sekunde lang. Nur den Schmerz und eine seltsame, alles umfassende Melancholie. Margarete beugte sich

zu Cliff hinunter, und sie küssten sich, während sich ihre Körper weiter ineinander bewegten, und dann trennten sich ihre Münder und es gab Worte – geflüsterte Worte in der Nacht.

»Warum«, flüsterte Margarete. »Warum hast du mich gerufen?«

»Ich denke«, wisperte er. »Es ist wie damals.«

»Als du gegangen bist.«

»Ja.«

»Es ist ein Abschied«, sagte sie.

»Ja«, flüsterte er wieder. »Aber auf andere Weise. Diesmal ist es … für immer. Endgültig. Wenn ich diesmal gehe, werde ich nicht zurückkommen. Ich gehe durch die Kuppel ins Nichts.«

»Sag das nicht«, wisperte sie und legte einen Finger an seine Lippen. »Das hast du damals auch geglaubt.«

»Jetzt ist es wahr«, flüsterte Cliff und hörte auf, sich zu bewegen, konzentrierte sich nur noch auf seine Worte. »Hör mir zu. Ich möchte, dass du am ersten Weihnachtsfeiertag nicht in Berlin bist. Fahr irgendwohin. Raus. Es gibt schönere Orte, Weihnachten zu feiern, als diese Stadt. Nimm Alain mit.«

»Alain ist niemand, der sich irgendwohin mitnehmen lässt«. Sie lachte leise. »Er ist genauso dickköpfig wie du.«

»Und du«, sagte Cliff und streckte den Arm aus, um ihr, ganz langsam, durchs Haar zu streichen, das über ihre Schultern hinunterhing.

»Ich werde dich vermissen«, sagte er. »Aber ich werde an einem Ort sein, an dem es gut ist. Und ich werde etwas Gutes tun, vorher. Auch wenn ihr mich nicht verstehen werdet, mich nicht und die anderen nicht, die bei mir sind. Später, wenn alles sich geändert habt, dann vielleicht. Der Ort, an dem ich sein werde … er wird sein wie ein Garten. Wie ein Bild von einem Garten. Ich denke, es wird nicht erlaubt sein, dort zu malen. Es wird auch nicht mehr nötig sein. Es ist ein Ort jenseits der Malerei. Jenseits der Kunst.«

»Voller Jungfrauen«, sagte Margarete sarkastisch.

»Ich denke nicht«, sagte Cliff.

Und dann fasste er sie wieder um die Taille und zog sie hinunter; sie setzten ihre Bewegungen auf dem Boden fort, und ich sah das Blut auf den

Scherben, die sich tief in das vernarbte Gewebe von Cliffs Rücken bohrten, und fühlte mit ihm – diese letzte Selbstkasteiung, die er sich auferlegte.
Die Kerzen flackerten auf, und das Licht erreichte mit den beiden auf dem Boden seinen Höhepunkt, der Raum versuchte, zu implodieren, aber es gelang ihm nicht, die Realität war trotz allem noch zu nah.
Und schließlich atmeten sie leiser, dort auf dem Boden, und irgendwann zog Margarete Cliff hoch, die Scherben klebten an ihm wie schillernde Farbflecken, als wäre auch er, zum Teil, aus buntem Glas.
Zerbrechlich.
Sie umarmten sich lange, ohne zu mir hinzusehen. Margarete hätte mich sehen können, ganz leicht, sie hätte nur den Kopf ein wenig zu drehen brauchen. Doch sie sah nur Cliff an.
»Es ist immer Alain, oder?«, fragte sie leise, bitter. »Es ist nie jemand anders, in deinem Kopf, wenn du mit irgendwem schläfst.«

Und ich drehte mich um und ging. Leise, langsam, hinaus in die Dunkelheit.

Alain.
Heute hatte ich die richtige Idee. Ganz plötzlich.
Ich weiß jetzt, was mit dem Schrank geschehen wird.
Ich stand vorhin im Hof und sah ihn an und dachte an dich, und es schneite, letzter Vorfrühlingsschnee. Und ich dachte daran, was du mir über den Schnee im Humboldthain erzählt hast und über das Straßenlaternenlicht und Cliffs Gestalt, die hindurchging und sich entfernte. Manchmal sehe ich ihn so, in meinen Träumen. Er ist nie allein, da ist immer eine zweite Silhouette an seiner Seite. Du. Natürlich.
Keiner von euch hat gewusst, was am Ende passieren würdet, auch wenn ihr beide dachtet, ihr wüsstet es. Jeder von euch in seiner Version.
Aber alles ist ganz anders gewesen.
Ich sitze hier am Küchentisch und schreibe diese Worte an dich, während meine Mutter neue Bilder aufhängt, Zeichnungen von Blumen, sehr filigran, sehr hübsch. Völlig nichtssagend. Ihr hättet gelacht. Meine Mutter sagt, der Frühling muss endlich auch in der Wohnung einziehen, und der Schnee ist nur ein Versehen, draußen blüht es ja schon, die Knospen der Büsche platzen alle auf.
Mein Vater sitzt in seinem Arbeitszimmer und brütet über seiner Steuererklärung.
Alles hier scheint beim Alten zu sein, nichts scheint sich verändert zu haben über die Jahre, und es ist merkwürdig, als lebe man in einem Museum.
Nicht mehr lange.
Alain, ich bin auf dem Weg zu euch. Ich sehne mich danach, deine Hände in meinen zu spüren, deine – und seine. Ich bin auf dem Weg zu euch, aber ich werde einen kleinen Umweg machen.
Da gibt es noch etwas zu erledigen.

12

Die Wohnung war klein, aber sie besaß alles, was notwendig war.
Ein Bad mit einer Wanne, die ich nie benutzen würde. Eine Küche mit Ofen, Herd und Espressomaschine. Ein Fenster mit einer großartigen Aussicht über die Stadt, von den nahen Gebäuden des Potsdamer Platzes bis zum Wasser der Spree und der dunstigen Ferne. Man konnte die Reichstagskuppel sehen.
An der Tür stand diesmal ein anderer Name, nicht meiner.
Ich hatte nachgegeben; mich breitschlagen lassen, diese letzten Tage in der Zivilisation zu verbringen, außerhalb von Scherben und Schutt, an einem Ort, der meinem Körper die notwendige Ruhe bot. Sie hatten darauf bestanden, und jetzt, nach der letzten Nacht, stand das Ballhaus Grünau wieder leer.
Für mich würde bis in alle Ewigkeit Margarete zwischen seinen Wänden wohnen; sie lehnte für immer an dem blauroten Flügel und sah mich an und wusste alles und sagte kein Wort. Sie war nicht zu mir gekommen wie ein Hund, den man ruft. Sie war zu mir gekommen wie ein Priester, der die letzte Beichte abnimmt und die letzte Ölung gibt, aber all das hatte stattgefunden, ohne dass wir dazu sprechen mussten. Bis ganz zuletzt, als die Worte mich packten, als ich nicht mehr anders konnte als ihr zu sagen, dass sie gehen sollte.
Es gibt schönere Orte, Weihnachten zu feiern, als diese Stadt.
Wie konnte ich zulassen, dass ihr etwas passierte? Sie war schweigend gegangen, ich hatte im Flügelsaal gestanden und ihren Schritten auf der Treppe nachgelauscht wie einer Melodie. Dann erst hatte ich den Reiserucksack aus seiner Ecke im unteren Tanzsaal geholt, die letzten Dokumente zusammengesucht; dann erst war ich gegangen.
Und nun diese Wohnung.
Darin zu beten war wie Blasphemie.

Die Wohnung verkörperte alle Werte des Westens, gegen die wir kämpften.
Sie hatten am Telefon gesagt, ich würde ihnen nichts nützen, wenn ich ihnen mitten bei der ganzen Sache zusammenklappte, sie hatten von Abdelkhamid gehört, dass ich schlecht aussah, schlechter noch als damals, in Syrien.
Ich stellte mich vor den Spiegel im Bad, der von der Decke bis zum Boden reichte. Was ich sah, war ein junger Mensch, dem seine Kleider zu groß waren, ein Mensch, der aus Muskeln und seinem Blick bestand, nichts Überflüssiges an sich. Es war gut so. Ich war alles, was ich sein musste, um zu funktionieren.
Es ist Gotteslästerung, hatten sie gesagt, den eigenen gottgegebenen Körper zu zerstören, fasten ist eine Sache, aber dies ist keine Fastenzeit, und wenn Allah dir die Möglichkeit gibt zu essen, musst du essen, du musst schlafen, atmen. Die absolute Macht über deinen Körper zu erstreben ist eine Sünde.
Iss. Schlaf. Das ist ein Befehl.
Du wirst das nur durchziehen können, wenn dein Kreislauf mitmacht.
Ich hatte in den letzten zwölf Stunden mit drei von ihnen telefoniert, und sie schienen sich tatsächlich ernsthaft Sorgen zu machen. *Sie.* Namen? Wozu sind Namen gut. *Sie* waren *sie*, Männer mit Bärten und einer Meinung, Männer mit Macht. Die Namen, die sie sich gaben, waren ohnehin zu lang, um sie ernst zu nehmen.
Vielleicht war es das, was sie wollten: in Wohnungen wie diesen leben, für immer, über der Stadt, über den gewöhnlichen Menschen, vielleicht ging es nur um Macht. Vielleicht glaubten sie tatsächlich nicht an den Gott, mit dem sie uns anderen so gerne drohten.
Die Sache war – und bei diesem Gedanken lächelte ich mein Spiegelbild an – dass Er am längeren Hebel saß. Was immer Er war, ein Geschöpf, ein Gedanke, das einzig funktionierende Regelwerk, Er würde am Ende gewinnen, denn Er hatte uns, das Fußvolk, das gewöhnlich nicht in solchen Wohnungen saß.
Vielleicht waren die bärtigen Herren mit den langen Namen, die Emire und Kalifen und Muftis und wie sie alle hießen, fanatisch. Aber sie würden

verlieren. Wir waren fanatischer als sie, und das machte uns stärker. Wir waren die wahren Kämpfer. Das Paradies, das erdumspannende Kalifat, in dem es keine Verbrechen und keine Gewalt mehr geben konnte, keinen Geschlechterkampf, keine Mütter, die ihre Kinder für eine Karriere verlassen; das Paradies, in dem jeder seinen Platz hat, die Frauen und die Männer, die Jungen und die Mädchen, würde kommen.

»Oder bist du damit allein?«, fragte mein Spiegelbild. »Geht es den andern allen um etwas anderes? Denk an die Facebook-Herzchen. Die Popstarposen der Schlächter mit den abgeschlagenen Köpfen. Geht es ihnen allen nicht nur darum, gesehen zu werden? Macht zu haben? Applaus zu bekommen?«

»Ich bin *nicht* allein«, antwortete ich mir selbst. »Sie sind anders als ich, aber sie sind alle da. Hunderte, Tausende. Nicht nur die sieben aus Berlin, oder die, die uns in drei Tagen helfen. Da sind mehr.«

Und ich betete auf meinem Teppich in der kahlen, perfekten Wohnung, und ich zwang mich zu essen: kahlen Toast. Einen Apfel. Mit Pfefferminztee ließ sich beinahe alles hinunterspülen, selbst die letzten Zweifel.

Letzte Zweifel, letzte Telefonate, letzte Mails, letzte Zeichnungen.

Auf dem Tisch lagen ordentlich nebeneinander die drei Handys, die ich benutzte, seit ich wieder hier war. Eines, das, dessen Nummer Alain und Margarete und die Polizei kannten, war der Ortung wegen bereits zerstört.

Irgendwann war nichts mehr zu tun als zu warten.

Ich hatte mich von Margarete verabschiedet. Von Alain konnte ich mich nicht verabschieden; ich hatte es nie gekonnt.

Auf dem Tisch beim Sofa lagen zwei Weihnachtspäckchen, die auch nie geöffnet werden würden. Ich hatte mit dem Gedanken gespielt, Alain und Margarete mitzunehmen in mein Paradies, sie als Boten zu benutzen, mit diesen Weihnachtsgeschenken, die sie in eine der tausend Menschenmengen der Hauptstadt getragen hätten, ohne zu wissen, was darin auf sie wartete: ein kurzes Feuerwerk und der Tod aller Umstehenden. Ich hatte die Zünder nie gestellt, die Päckchen waren im Moment harmlos.Ich hatte mich dagegen entschieden.

Alain und Margarete gehörten hierher, in die Welt. Nicht dorthin, wo ich hingehen würde.

Ich war nicht so blauäugig, zu glauben, dass das Kalifat morgen begann; vielleicht wären sie alt, wenn es kam, vielleicht wären sie nicht mal einmal mehr da; vielleicht mussten sie ihr Leben in dieser Chaoswelt aus Perversität, Kommerz und Gewalt zu Ende leben, die ihnen wohlgesonnener war als mir.
Solange sie glücklich wurden. Ich legte alle Zeichnungen ordentlich in die Mappe, die ich dafür besorgt hatte, eine großformatige, grüne Mappe aus steifem Karton, die ich im Schrank verstaute. Die Pläne lagen ein Fach weiter oben.
Dann verließ ich die Wohnung doch noch einmal.
Denn es war Augenwischerei, dass es nichts mehr zu tun gab. Da war eine letzte Sache.

Ich fand meinen Vater nicht mehr im Haus Günsbach draußen in Blankenburg.
Die Dame an der Rezeption sah im Computer nach und sagte dann: »Ach, *der* Ricki Bergmann.« Als gäbe es Dutzende. Dann musterte sie mich eine Weile über ihre Brille hinweg und seufzte. »Sie haben ihn vor einer Woche wieder in die Klinik eingeliefert. Eine Weile ging es gut hier, aber irgendetwas muss passiert sein, er ist wieder abgerutscht, ziemlich plötzlich.«
Es war nicht die gleiche Dame wie beim letzten Mal. Sie schien nicht zu wissen, wann oder dass ich schon einmal hier gewesen war.
Es war meine Schuld. Er hatte die Kontrolle wieder verloren, weil ich ihn besucht hatte.
Die Dame nannte mir eine Adresse und eine Abteilung der Charité. Und wünschte mir viel Glück, als ich ging, mit diesem Beileidsblick.

So fand ich meinen Vater doch noch. Ich fand ihn in einem weißen Klinikbett, auf dessen Bettwäsche kleine blaue Lilien gedruckt waren. Er lag ganz still da, das Gesicht und die Augen fahlgelb wie die Sonne zwischen den Wolken vor einem Sturm, und starrte zur Decke. Die Schwestern hatten mich ohne Probleme zu ihm gelassen.
»Sind Sie ein Angehöriger?«

»Ja. Der einzige. Ich bin sein Sohn. Ich will ihn noch einmal sehen, ich werde abreisen, mein Flug geht am ersten Weihnachtsfeiertag.«
»Er hat von seinem Sohn gesprochen«, hatte die eine gesagt. »Aber es war zu undeutlich. Und er fantasiert viel. Die Bauspeicheldrüse und die Leber sind nicht mehr zu retten. Die Ärzte sagen, er hat sich in den letzten beiden Wochen quasi tot gesoffen. Als hätte er es mit voller Absicht getan.«
Ich saß an seinem Bett, unbequem auf der Kante, und hielt seine magere, gelbe Hand. Der Rest seines Körpers war seltsam verformt, der Bauch aufgedunsen vom Wasser, weil die Leber nicht mehr genügend Eiweiß produzierte, um das Wasser im Blut zu halten, so erklärten sie es mir. Er sah grotesk aus; ich brauchte keine Erklärungen. Das Krokodil auf seiner Schulter schlief oder war schon gestorben.
Ich saß lange so, während er unaufhörlich und lautlos die Lippen bewegte und an die Decke starrte.
»Ricki«, sagte ich schließlich und beugte mich ganz nah zu ihm, obwohl ich die Gerüche seines Körpers und die der Krankenhaushygiene kaum aushielt. »Ricki, ich bin hier. Cliff. Ich wollte dir sagen, dass ich gehe. Diesmal für immer. Und … es tut mir leid. Alles.« Ich atmete tief ein und wieder aus. »Das wollte ich nur sagen.«
Da packte er plötzlich meine Hand, drehte den Kopf und sah mich an.
»Cliff«, sagte er. »Mein Sohn. Ja. Holen Sie ihn her. Ich muss ihn sehen!«
»Aber ich bin da«, sagte ich. »Ricki, ich bin da.«
Er schüttelte den Kopf, klammerte sich auch mit der zweiten Hand an mich. »Sagen Sie, die sollen ihn herholen! Wer sind Sie denn? Sind Sie der Arzt? Machen Sie mich hier los! Ich will diese Fesseln nicht! Sie fesseln mich ans Bett, ich bin nicht ihr Gefangener, ich bin ein freier Mann …«
Ich löste eine meiner Hände, schlug die Decke zurück und sah nur seinen aufgedunsenen Bauch unter dem Kliniknachthemd. Natürlich waren da keine Fesseln. Ich deckte ihn behutsam wieder zu.
»Was müssen Sie ihm denn sagen?«, flüsterte ich. »Ihrem Sohn? Kann ich ihm etwas ausrichten?«
Seine trockenen, spröden Lippen bewegten sich ein paarmal übereinander wie schabende Mühlsteine, ehe er wisperte: »Sagen Sie ihm … dass es

falsch war. Was ich gesagt habe, als er bei mir war. Es war falsch. Falsch. Ich weiß, dass er ein guter Mensch ist. Ich weiß es. Ich wusste es immer. Ich habe ihn immer ... sehr lieb gehabt. Egal, was er gemacht hat, ich hatte ihn lieb. Er war doch mein Sohn, natürlich hatte ich ihn lieb ... Aber er hat es nie verstanden. Nie. Er hat ... sagen Sie ihm ... kann denn niemand diese Fesseln lösen?« Er schrie jetzt, versuchte, sich im Bett aufzurichten, was ihm nur halb gelang und wobei er sich den Schlauch aus seinem Arm riss, und dann waren die Schwestern da und hielten ihn fest, und ich stand auf und wusste nicht mehr, was ich tun sollte, streichelte hilflos Rickis Schulter mit dem toten Krokodil, seine eingefallene Wange, seine schweißnasse Stirn. Doch er erkannte mich nicht mehr.

»Müssen Sie wirklich am ersten Weihnachtsfeiertag fliegen?«, fragte die Schwester, die zuvor mit mir gesprochen hatte. »Können Sie diesen Flug nicht verschieben?«

»Nein«, sagte ich. »Es tut mir leid. Aber das geht nicht.«

Im Fahrstuhl merkte ich, dass ich heulte. Wie ein Kind. Ein Kind, dass in die Arme genommen werden und hören möchte, dass jemand es lieb hat, egal, was geschehen ist. Manche Dinge, die meisten auf der Welt, passieren zu spät.

Es war schwieriger, Cemre zu finden, doch letztlich gelang es mir. Sie wohnte nicht mehr in Zehlendorf wie damals. Aber ich kannte den Namen des Mannes, mit dem sie im Hackendahl gewesen war, und er stand im Telefonbuch, samt Adresse. Leichtsinnig.

Als es dunkel wurde am Tag vor Heiligabend, stand ich auf der sorgfältig gemähten Wiese hinter einem modernen Reihenhaus am Blankensteinpark in Friedrichshain, zwischen den toten Blättern des letztes Sommers. Bäume umrahmten das Stückchen Wiese, ein paar eingeklappte Gartenstühle aus Tropenholz standen an die dunkle Glasfront des Erdgeschosses gelehnt. Ein Vogelhäuschen voll nicht gefressener Körner stand auf schmiedeeisernen Stelzen und wartete umsonst auf lebendige Besucher, nur ein kleiner Tonvogel hockte auf seinem Rand wie eine Schaufensterpuppe.

Ich dachte kurz an die Puppe unten im Flakturm, neben den dunklen Grundwasserpfützen.
Falih und Sinem waren die einzigen, die dort in der dunklen Tiefe übten, obwohl ich ihnen gesagt hatte, dass es keine gute Idee war. Ich hatte es ihnen nicht verbieten können, weil Abdelkhamid auf Sinems Seite stand. Sie war vermutlich dabei, die erste Jungfrau seines persönlichen Paradieses zu werden.
Im ersten Stock, hinter dem Balkon aus horizontalen Holzstreben, war Licht. Das ganze Haus mit seinen drei Wohneinheiten war ein Klotz aus Linien, ein Versuch, japanisch anzumuten. Teuer.
Ich sah Schatten oben, auch dort bestand die Wand beinahe ganz aus Glas, doch die Holzstreben des Balkons schnitten die Schatten in merkwürdige Streifen. Es waren Schatten, die herumgingen, sich setzten, offenbar fernsahen, wieder aufstanden … Und schließlich verließ der breitere, der männliche Schatten den Raum. Ich hatte Glück.
Ich warf einen Stein, traf nach mehreren Anläufen die Scheibe hinter dem Balkon. Und sie kam zum Fenster. Trat hinaus. Zögernd, ängstlich.
Da stand sie auf dem Balkon, dessen Brüstung ihr bis zur Hüfte reichte, und sah hinunter: Cemre Bergmann, oder vielleicht nicht mehr Bergmann, vielleicht hatte sie Rickis Namen längst abgeworfen. Sie hatte sich also wieder mit dem Mann vertragen, nach dem Hackendahl, ich hatte mich nicht getäuscht, sie lebten zusammen hier. Cemre sah hinunter, doch sie konnte mich nicht sehen: Ich stand im Dunklen, und sie kam aus dem Licht.
»Cliff«, sagte sie, mit einem Zittern in der Stimme. »Ich weiß, dass du da bist.« Sie klang wie ein kleines Mädchen, dass einem Monster begegnet. Warum war sie auf den Balkon gekommen, wenn sie solche Angst hatte?
»Was willst du, Cliff?«
»Das hast du mich schon beim letzten Mal gefragt.« Ich schüttelte den Kopf. »Nicht alle Menschen wollen immer etwas, Cemre. Ich bin hier, um mich zu verabschieden.«
»Verlässt du … Berlin wieder?«
»Ja«, sagte ich. »Eine Menge Leute werden mit mir gehen.«
»Eine Menge Leute? Freunde?«

»Auch«, sagte ich und trat näher, trat ins Licht. »Ich war bei Ricki. Er liegt in der Charité. Nur, falls du hinwillst.«
»Ich war da. Ich besuche ihn jeden Tag, Cliff.«
»Gut«, sagte ich und merkte, dass ich das nicht von ihr erwartet hatte. »Cemre. Ich habe Ricki gesagt …« Es war so schwer, es auszusprechen, »dass es mir leid tut.« Noch einmal tief einatmen. »Ich wollte es auch dir sagen. Alles, was falsch war, tut mir leid.«
Sie sah sich um, doch der männliche Schatten blieb verschwunden, und da lehnte sie sich über das Geländer und streckte ihre Hand nach mir aus, obwohl es unmöglich war, dass wir uns berührten; der Balkon lag zu hoch.
»Mir genauso«, wisperte sie, und es war keine Angst mehr in ihrer Stimme. »Ich hätte ganz anders sein müssen.« Ich spürte ihre Erleichterung darüber, dass ich endgültig ging, vielleicht konnte sie deshalb diese Worte sagen. Aber sie klangen, als meinte sie sie. »Wir waren nicht füreinander gemacht«, sagte sie, und ich wusste nicht, ob sie uns meinte oder sich und Ricki.
»Die Welt und ich waren auch nie füreinander gemacht«, meinte ich und lachte, plötzlich war auch ich seltsam erleichtert.
»Ich habe dich lieb«, sagte Cemre. Es war beinahe der gleiche Satz, den Ricki gesagt hatte.
»Ich dich auch«, sagte ich, und es war wie ein Gespräch aus einem kitschigen Frauenfilm, ein Film über niedliche kleine Kinder, furchtbar eigentlich, aber es fand so statt, und es war gut.
»Cemre, denkst du manchmal über Allah nach? Wer er ist und wo und was er tut?« Auch das klang wie eine Kinderfrage. »Ich meine, du weißt, dass er für mich da ist. Auf seine Weise.«
»Er ist für alle Menschen da«, sagte sie fest.
»Aber *glaubst* du? Betest du? Befolgst du seine Gebote?«
»Versuchst du, mich auf den letzten Metern zu bekehren?« Jetzt war sie es, die lachte. »Ich habe ihn geerbt, Cliff, von meinen Eltern, diesen Allah. Ich wollte ihn nie haben. Ich wollte frei sein. Ich habe lange dafür gekämpft.«
»Man kann glauben und frei sein.«

»Vielleicht«, sagte sie. »Nur … nicht alle Menschen können das. Frauen schon gar nicht. Ich … ich wollte damals gerne ein Mädchen, das freier hätte sein können als ich. Du konntest nichts dafür, dass du kein Mädchen warst, nehme ich an. Und du konntest nichts dafür, dass du … diese Gabe hattest. Das Zeichnen. Und diese … ich weiß nicht, was es ist. Diese Dunkelheit.«

»Nein«, sagte ich. »Ich konnte nichts dafür.«

Und dann reckte ich mich, so hoch ich konnte, und sprang, aus dem Stand. Mein Körper hatte alle Muskeln, die er brauchte, sie waren gut trainiert, es war überflüssig, sie mit zusätzlicher Nahrung zu füttern, die Männer mit den Bärten hatten keine Ahnung. Ich sprang, und meine Hand erreichte die meiner Mutter. Für Sekundenbruchteile berührten sich die Spitzen unserer Finger.

Und ich landete wieder im Gras, auf den toten Blättern, und rannte, lautlos, geduckt, drehte mich nicht um, wollte nicht wissen, ob Cemre mir etwas nachrief, ob der Mann auf den Balkon getreten war, weil er etwas gehört hatte. Rannte durch die Nacht, alle Abschiede hinter mir.

So frei, wie sie immer gern gewesen wäre.

Aber war ich es wirklich?

Vor einem Spätkauf, an dem ich auf dem Weg zu der Wohnung vorbei kam, strahlten noch immer Äpfel und Orangen im Lampenlicht, Bananen, Kiwis, weit gereiste Himbeeren und Erdbeeren, rot in kontrastblauen Plastikschalen. Ich blieb stehen und ließ meine Finger über die Äpfel und Orangen gleiten, sie waren schön. So schön, dass man sie malen wollte. All dies würde es immer noch geben, in meinem Berlin in hundert Jahren, wenn die Gesetze der Scharia herrschten und nichts mehr gestohlen wurde, nicht mal mehr ein Apfel aus einer Kiste vor einem Spätkauf. Die Schönheit würde noch da sein. Ich sog die Farben mit meinen Augen auf und dachte, dass ich sie vermissen würde. Das poröse Strahlen der Orangen, das glatte Grün der Äpfel, das glänzende Rot der Erdbeeren. Ich würde so vieles vermissen.

Den Regen im Rinnstein der Straßen. Die Graffitis an den Hauswänden.

Die Hässlichkeit der halb heruntergerissenen Plakate an den Stromkästen. Die Fahrräder. Die Sterne. Den Wind.
Mal all das. Cliff! Mal es so, wie du es siehst, gib eine Mappe ab, geh mit mir auf die Kunsthochschule. Sie nehmen dich auf, ganz bestimmt, wir können das zusammen durchziehen. Es wäre ein ganz neues Leben.
Ich würde Alain vermissen. Seine Worte. Seine Zeichnungen. Seine Klugheit. Seine Naivität. Seine Gesten. Seine Abwesenheit, wenn ich mir verbot, ihm nah zu sein.
Welche Farben, welche Gerüche hätte das Paradies? Gäbe es Früchte dort? An den Bäumen? Aber glaubte ich das? Glaubte ich wirklich an einen Ort, wo ich zwischen Bäumen und Bächen sitzen würde und dem Klang der Stille lauschen? Ich musste an ihn glauben, damit es ihn gab.

Und dann klingelte mein Handy, und es war Abdelkhamid.
»Cliff. Kannst du reden? Wo bist du?«
»Nirgendwo. Unterwegs. Auf der Straße. Was ist.«
»Haben sie dich nicht angerufen? Verdammt, in was für einem Funkloch hast du gesteckt? Sie ziehen vor. Einen Tag. Wir starten morgen. Elf Uhr.«
»Morgen?« Ich blieb stehen. »Das ist Unsinn. Es ist schlimm genug, Silvester zu canceln und auf den ersten Weihnachtsfeiertag vorzuziehen. Reines Glück, dass das KaDeWe diese Sonderaktion am 25. macht. Aber am 24.? Nein.«
»Doch. Ich weiß nicht genau, warum, sie haben wohl Informationen erhalten, dass etwas nicht stimmt. Irgendwer ist uns auf den Fersen. Morgen um zehn Uhr.«
»*Das* ist ein Befehl aus Mossul? Nicht eine eigene Idee von dir?«
Abdelkhamid knurrte. »Was würde es mir nützen, einen Tag vorzuziehen?«
»Ich weiß nicht. Vielleicht machst du das, um mich zu verwirren. Es ist alles genau geplant, und ich habe die Pläne gemacht. Die Zeiten, zu denen die … Besucher … an den richtigen Orten sind. Ich habe das alles berechnet, über Wochen. Deine verdammte Aufgabe ist es bloß, unsere Verstärkung zu organisieren, die Fahrzeuge und das Material.«
»Nur.«

»Ja, natürlich, es ist eine große Aufgabe, lang lebe Emir Abdelkhamid. Jetzt hör zu, das ist Quatsch. Wir machen alles genauso, wie es geplant ist.«
»Nein.« Er schrie jetzt in sein Telefon. »Wir müssen vorziehen! Glaub mir oder nicht, ruf sie an, es ist ein Befehl von ganz oben! Ganz, ganz oben! Berlin ist wichtig, Deutschland ist wichtig, symbolisch, wichtiger als Paris. Hier sitzen die Flüchtlinge, hier wollen sie alle hin, ins sicherste Land Europas, in das Land, das blöd genug ist, seine Grenzen zu öffnen für die Verräter, die vor dem heiligen Krieg weglaufen! Sie wissen schon, was sie tun, da ganz oben, wenn sie sagen, wir müssen die Sache vorziehen! Ich meine, Scheiße, ich will das auch nicht, denkst du, ich will mir den Zusatzstress jetzt machen? Dich setzen sie in die schickste Wohnung, die sie haben, und mich kommandieren sie rum. Und soll ich dir sagen, warum? Nicht, weil du klüger oder besser bist als der Rest von uns. Nicht, weil du Bildchen für sie malst. Weil du so einen schönen deutschen Nachnamen hast, deshalb.« Er holte Luft, und ich wartete darauf, was noch kam. Ruhig jetzt, geduldig, nichts sagen …
»Irgendwer hier will unseren Bluttag von Berlin verhindern«, knurrte Abdelkhamid. »Irgendjemand weiß zu viel. Vielleicht jemand, der weit, weit innen sitzt, mitten in der Sache drin.«
»Dann nützt es auch nichts, einen Tag früher zuzuschlagen. Kriegst du denn die zusätzlichen Leute überhaupt ran?«
»Ja. Schon geregelt. Stehen bereit. Ich verschwinde nicht vom Radar, so wie du. Ich bin immer erreichbar. Ich arbeite. Ich regle Dinge.« Seine Stimme war ätzend.
»Und das Berghain? Die haben gar nicht offen am vierundzwanzigsten. Die bestimmt nicht.«
»Doch. Weihnachtsparty, special.« Diesmal war ein Lächeln in seiner Stimme zu vernehmen wie das Schnurren eines großen Katers. »Das KaDeWe ist bis sechzehn Uhr auf. Und das wird der Andrang des Jahres. Letzte Geschenke. Und noch was. Eine Sache wird besser. Der Alex.«
Ich nickte. »Natürlich. Sie bauen den Weihnachtsmarkt erst am 24. nachmittags ab. Ich war da, ich hab die Plakate gesehen.«
»Siehst du, du kapierst es langsam. Es ist *alles besser.*« Stell sie die vor, die fetten Schweinefleischfresser und Glühweinsäufer mit ihren roten Gesich-

tern. Und die bunten Karusselle. Als Kind bin ich mal von so einem Ding gefallen. Seitdem hab ich mit Karusselltieren eine Rechnung offen.« Er lachte. Auf eine freundschaftliche Art, als wollte er den Streit zwischen uns beilegen. Erinnere dich an früher, als wir zusammen im Dunst des heißen Bratfetts im McDonalds standen …

»Und die Philharmonie?«, fragte ich trocken.

»Ja. Auch nicht zu. Da läuft nur was anderes. Keine Oper. Der Nussknacker. Singspiel mit Ballett. Kindervorstellung.«

Ich stand mitten auf dem regennassen Bürgersteig in der Nacht vor Weihnachten und spürte, wie mir übel wurde. *»Keine Kindervorstellung.«*

»Wer ist das, der ganz innen sitzt und plant, uns zu verraten?« Abdelkhamids Stimme wandelte sich vom Schnurren in etwas Bedrohliches.

»Vielleicht du«, sagte ich. »Diese Änderungen sind genau das Instrument, um die ganze Planung kaputt zu machen.«

Wir schwiegen beide eine Weile, schwer atmend, wütend. Aber ich wusste im Grunde, dass der Plan nicht von ihm kam. Jemand ganz oben hatte gemerkt, dass es Risse im Kitt gab. Ich fragte mich, wie viel sie wussten. Wie viel sie spürten. Diese Männer mit den langen Namen. Waren sie heiliger, spiritueller, als ich gedacht hatte? Konnten sie tatsächlich *spüren*, dass ich begonnen hatte, zu zweifeln? Nein, sagte ich mir, es waren die Steine gewesen, die im Flakturm heruntergeregnet waren. Einer der anderen hatte ihnen davon erzählt.

Obwohl Sinem und Falih den Flakturm für sicher genug hielten dort unten das Zielen zu üben. Oder übten sie nicht nur? Warteten sie darauf, dass der, der die Steine losgetreten hatte, wiederkam, um ihn zu beseitigen?

»Gut«, sagte ich. »Morgen. Wir telefonieren nachher nochmal, wenn ich in der Wohnung bin. Sprechen die Uhrzeiten durch. Du hast alle Pläne von mir.«

»Ja. Ich kann sie auswendig.«

»Eins noch … Ist jemand in der Kuppel am vierundzwanzigsten?«

»Auch das. Sondersitzung Flüchtlingskrise. Lob mich, ich hab sogar deinen Kontakt angerufen. Der hat eine verdammte Angst. Er hat seinen Dienst nochmal vorverlegt. Er wird da sein.«

»Gut. Gut, gut. Verdammt. Ich bin bereit.« Ich biss die Zähne zusammen.
»Ja. Dann eben morgen. Es kommt ja nicht drauf an, ob man diese Welt einen Tag früher oder später verlässt.«
»Warte«, sagte Abdelkhamid, ehe ich auflegen konnte. »Diese Welt verlässt? Du hast nicht vor, dich da mit reinzuschmeißen ins Spiel, oder? Das ist nicht geplant. Sie reißen mir den Kopf ab, wenn du das tust. Du stirbst nicht. Du wirst dort sein, schießen, und dich mit uns zurückziehen. Du bist nicht bei den Selbstmordleuten.«
»Du kannst mir den Eintritt ins Paradies kaum verwehren«, sagte ich mit meiner sanftesten Stimme.
»Scheiße, mir ist das doch egal, ob du dich unter irgendeiner Kuppel durch die Decke bombst! Die Sache ist nur, das geht bis nach oben, die brauchen dich noch, du bist zu wertvoll für sie! Ich meine, okay, ich nehm das mit den Bildchen zurück, aber jetzt dreh nicht durch! Du bist ihr Prinz! Die erwarten dich am sechsundzwanzigsten zurück in Mossul! Nächste schicke Wohnung, nächster Auftrag. Du kannst jetzt nicht einfach dein Ding machen!«
»Doch«, sagte ich schlicht.
»Nein!«
»Ich stehe auf einer ihrer Listen für Selbstmordattentate.«
»Du wirst das nicht tun«, sagte Abdelkhamid ruhig. »Ich sorge persönlich dafür.«
»Das wird schwierig«, sagte ich freundlich. »Nach Plan wirst du gegen fünfzehn Uhr dreißig im Untergeschoss des KaDeWe mit der Menschenmenge am Weihnachtsbaum in die Luft fliegen.«
»Dieser Plan war noch nie aktuell«, sagte Abdelkhamid.
»Was?«
»Ich werde nicht sterben.«
»*Was?*«
»Du bist vielleicht verrückt genug dazu. Ich nicht. In deinem Tag des Bluts steckt auch eine Menge Geld. Ich bin gut, Cliff. Besser als die übrigen. Mich haben sie eingekauft. Der Ablauf im KaDeWe wird ein bisschen anders sein, als du dachtest. Ich weiß, du magst Geiselnahmen nicht, aber das wird es sein, was passiert. Wir verschanzen uns da eine Weile, dann gibt es

einen geordneten Rückzug des Kämpfers Abdelkhamid Umarov alias Abu Mohammed al-Shishani mit Schutz durch ein paar Geiseln. Ich haue ab, verstehst du? Setze mich irgendwohin ab.«

»Fucking bastard«, flüsterte ich. »Was ist mit Ayna? Nimmst du sie mit?«

»Nein«, sagte er.

»Weiß sie denn, dass du …?«

»Nein. Schsch. Wir brauchen auch Leute wie sie. Sie wird glücklich sein, Cliff. Als Heldin zu sterben, ist das beste, was dir passieren kann, wenn du eine Frau bist im Kalifat. Du weißt das genauso gut wie ich. Lass uns nachher reden wegen der Zeiten.«

Damit legte er auf, und ich ging den Rest des Weges mit raschen Schritten, rannte fast, als könnte ich Abdelkhamid mit jedem meiner Schritte treten. Für Geld.

Oh ja, fucking bastard.

Du wirst dich nirgendwohin absetzen und deine Schwester alleine ins Jenseits springen lassen, sangen meine Schritte im Regen. *Ich werde da sein. Mit der Waffe. Die MGs zielen schlecht, das ist wahr. Aber ich habe eine Waffe, die besser zielt. Der letzte Schuss ist für dich reserviert.*

Und da war sie, Ayna. Vor dem Haus am Potsdamer Platz, in dem die zu schicke Wohnung lag. Da stand sie und wartete auf mich, wie lange wohl schon? Im Regen.

»Verdammt, komm rein, was machst du hier«, sagte ich, noch immer ärgerlich. »Das ist viel zu auffällig, hat dich jemand gesehen?«

Sie schüttelte den Kopf, der Hidschab war klatschnass. Warum hatte sie keine Kapuze an ihrem verdammten Mantel? Ich bugsierte sie in den Glas-und-Stahl-Fahrstuhl und nach oben in die Wohnung wie ein Stück Vieh, sie folgte mir gehorsam, und dann saß sie auf dem zu eckigen, modernen Ledersofa, schwarz, scheußlich. Da saß sie und trank dankbar den Pfefferminztee, den ich vor sie hinstellte und sah mich schweigend an.

Und schließlich löste sie das nasse Kopftuch und hängte es über die Sofalehne.

Dann sah sie mich an und sagte: »Morgen. Es ist schon morgen.«

»Ich weiß«, knurrte ich. »Seit eben. Von deinem Bruder. Hat er eine Ahnung, wo du steckst?«

Sie schüttelte den Kopf. Ihr feuchtes schwarzes Haar war wunderschön.

»Cliff«, sagte sie leise. »Ich bin hier, weil … das Paradies. Zweiundsiebzig Jungfrauen.«

»Unsinn«, sagte ich, »das ist eine Metapher.«

Sie hörte nicht zu. »Ich«, sagte sie, mit angestrengt konzentriertem Blick, als müsste sie mich von einem komplizierten Zusammenhang überzeugen, »werde eine von ihnen sein.«

Ich stellte meine eigene Teetasse ab. »Gut.«

»Nein.« Sie schüttelte wieder den Kopf. »Nein, das ist nicht gut. Ich werde nie … nie die Gelegenheit haben … Ich will das nicht.« Sie hatte die Hände auf die Knie gelegt, sie saß sehr ordentlich dort auf dem Sofa, wie ein Schulmädchen. »Ich will nicht als Jungfrau sterben. Ich wollte dich bitten …« Sie sah zu Boden. »Würdest du mit mir schlafen?«

»Bitte? Jetzt? Deshalb bist du gekommen?«

»Ja«, sagte sie einfach.

Ich sprang auf. »Frag jemand anderen. Frag Farouk. Frag Marzuq, frag Falih. Frag deinen Bruder!«

Ich merkte, dass ich sie anschrie, sie sah furchtsam zu mir auf, verkroch sich ganz in sich selbst. »Du bist doch viel zu klug, um so etwas Dummes zu verlangen!«, schrie ich. »Was hast du denn davon?«

»Ich weiß nicht«, sagte sie leise. »Ich will es einmal getan haben. Und ich kann die anderen nicht fragen. Ich frage dich, weil … ich dachte, dass du mich verstehst.«

»Warum? Warum gerade ich? Weil ich die dummen Pläne gemacht habe? Weil ich diesen Bluttag leite?«

»Nein. Weil du am nächsten von allen bei ihm bist. Bei Allah. Ich spüre ihn, wenn du da bist.«

Ich blieb mitten im Raum stehen und starrte sie an. »Du bist wahnsinnig.«

»Nein. Ich spüre ihn wirklich. Du berührst den Boden fast nicht, wenn du gehst. Als würdest du schweben. Jetzt schon. Obwohl du noch auf der Erde bist. Er ist in dir. Immer.«

»Wahnsinnig«, wiederholte ich, leise jetzt. Und setzte mich neben sie und nahm sie in die Arme, wiegte sie wie ein Kind.

»Ich habe Angst!«, wisperte sie. »Ich habe solche Angst davor, zu sterben! Ich habe Angst, schreckliche Angst vor den Schmerzen. Ich bin vielleicht klug, auf mathematische Art, nur bin ich nicht mutig, Cliff. Keine Heldin. Ich bin ein Feigling.«

»Wenn du es nicht willst, lass es«, flüsterte ich. »Wir brauchen dich, aber du musst es freiwillig tun. Niemand kann dich zwingen.«

»Ich muss … Es ist so geplant. Es ist so gewollt. Mein Bruder …«

»Er kann dich auch nicht zwingen. Hau ab. Ich helfe dir, abzuhauen, wenn du willst.«

»Wohin denn?«, flüsterte sie und sah zu mir auf, durch einen Schleier an Tränen, die sie jünger machten. »Und was wäre dann? Was würde ich machen? Ich habe nichts. Keinen Ort, wo ich hingehen könnte. Keine Leute, die sich kümmern.«

»Du würdest jemanden finden.«

»Nein. Ich gehe mit euch mit. Ich helfe euch. Ich tue, was Allah von mir verlangt«, sagte sie und straffte ihren Rücken. »Ich werde stark sein. Die Schmerzen aushalten. Alles aushalten. Ich möchte nur einmal vorher mit einem Mann zusammen sein. Ich …« Sie legte ihren Kopf an meine Schulter, sie war ganz weich, ganz nachgiebig, lieferte sich selbst vollkommen aus. »Ich sehe manchmal etwas wie Schatten«, flüsterte sie. »Neben dir. Als wäre da noch jemand. Zwei Gestalten, die hinter dir stehen, links und rechts.«

Oder etwas wie zwei große Objekte auf meinem Rücken. Flügel.

Ich sprach es nicht aus. Vielleicht hatte sie recht, und es waren zwei Gestalten.

Natürlich hatte sie nicht recht und es war gar nichts.

»Ich habe dir gesagt, dass du wahnsinnig bist«, wisperte ich.

Und dann rief ich ihr ein Taxi, das sie nach Hause brachte zu ihrem Bruder, obwohl es zu gefährlich war, dieses Taxi zu rufen. Aber der Taxifahrer sah aus, als wäre er einer von uns. »Ich passe auf sie auf«, sagte er und lächelte. Und ich dachte, sie könnte ihn fragen, den Fahrer, ob er sie entjungferte, doch ich glaubte nicht, dass sie das täte. Sie sah mich mit diesen

großen, enttäuschten Augen an, als das Taxi losfuhr, und ich wandte mich ab und ging nach oben zurück, um mit ihrem Bruder am Telefon über genaue Uhrzeiten zu sprechen, ohne ihn anzubrüllen.
Ich wusste, dass es mir schwer fallen würde.

Die hohen Herren mit den Bärten riefen mich dreimal an in der nächsten Stunde.
Ich sagte ihnen, dass ich natürlich am siebenundzwanzigsten in Mossul sein würde. Dass sie Abdelkhamid nicht alles glauben mussten. Ja, ja. Ich würde den Teufel tun und mich in die Luft jagen. Nein, nein. Auf keinen Fall. Ich war für die Kuppel zuständig und danach würde ich einen neuen Pass erhalten und in ein Flugzeug steigen.

In dieser Nacht fand ich die Scherben, auf denen ich mit Margarete geschlafen hatte, in meinen Träumen in dem weichen Bett der Wohnung. Und als ich am Morgen aufwachte, war das Laken ein Kunstwerk aus blutigen Linien. Wie Lebenslinien in einer Hand. Ich sah sie an und dachte aus irgendeinem Grund an Alain, als wäre da eine Verbindung, ich schloss die Augen, und er hielt mir seine Handflächen hin, in deren Lebenslinien sich Farbe gesammelt hatte, nicht rot wie auf dem Laken, sondern grün.
Grün, die Farbe des Glaubens.
Die Farbe der Bäume im Paradies. Die Farbe der Vögel, die ewig sangen.
Niemand würde mich davon abhalten, zu gehen, wohin ich gehen wollte.

Cliff.
Henri wird mir mit dem Schrank helfen. Morgen.
Die Flügel passen gerade hinein, es ist ein Glück, dass sie nicht noch größer sind. Sie färben immer noch ein wenig ab, meine Hände sind grün, wenn ich sie berühre, und manchmal stehe ich einfach dort unten im Hof und streichle sie wie ein Tier.
Und ich denke wieder an die letzte Nacht, die wir zusammen verbracht haben, die Nacht im Ballhaus in Grünau. An die Scherben. Ich habe noch immer kleine Narben auf den Unterschenkeln, aber das war nicht schlimm, du warst es, der dort liegen wollte, du warst es, der den Schmerz brauchte, es tat mir mehr weh, dich in diesem Schmerz zu sehen.
Wusstest du, was ich tun würde, als du oben in dem Saal mit dem Klavier standest und mir nachblicktest? Wusstest du, was ich tun würde, nachdem ich die Treppen hinunter gelaufen war? Nein, ich glaube nicht, ich glaube, manchmal warst du selbst naiv.
Ich habe damals deinen Rucksack gefunden, Cliff, in dem großen Raum unten, den Alain mir beschrieben hatte. Nicht mehr neben der kalten Feuerstelle, sondern an der Wand, in einer Nische, kaum sichtbar. Ich ahnte, dass er dort war. Es dauerte nicht lange, die Pläne darin zu finden sorgfältig gerollt. Ich habe sie genauso sorgfältig zurückgelassen, wie ich sie vorgefunden habe, alle Rucksackschnallen wieder verschlossen.
Ich habe kein fotografisches Gedächtnis; zum Glück nicht.
Aber ich habe ein Handy. Ich hielt es auf dem ganzen Heimweg an mich gepresst, das Handy mit den Fotos von deinen Plänen, den Namen der Orte.
Eines Tages werde ich es dir erzählen. Ich glaube, du wirst lachen.

13

23. Dezember.
Keine Zeit mehr.
Zuerst reichten sie mich herum, von einer Polizeidienststelle zur nächsten, telefonierten, machten ernste Gesichter, warteten, telefonierten wieder, und ich saß auf meinem Stuhl und wippte mit dem Fuß.
Erster Weihnachtsfeiertag. 25. Dezember. Nicht Silvester. Das war es, was Cliff zu Margarete gesagt hatte. Noch zwei Tage. Ich hatte nicht geschlafen, ich stand seit sieben Uhr vor der Polizeiwache, zusammen mit Coco und Henri, die vermutlich noch nervöser waren als ich. Sie hatten alle Termine für den Tag abgesagt.
Wir hatten die ganze Nacht geredet.
Margarete ging nicht ans Telefon, vermutlich schlief sie selbst ihre Verwirrung aus, ich wusste nicht, was in ihr vorging. Ich hatte beschlossen, sie schlafen zu lassen.
Henri rauchte eine Zigarette nach der anderen und ging draußen auf und ab, während ich mit den Beamten sprach.
Und dann, nach all den Telefonaten, wurde es plötzlich eilig, wurde der ganze Apparat mit einem Schlag effektiv. Irgendwer kam von irgendwo, irgendein Vorgesetzter, und Sekunden später saßen wir in einem ihrer Wagen und fuhren zum Humboldthain, während sie in der Polizeidienststelle Adressen und Kontakte überprüften, Listen in Computern checkten, Telefonverbindungen kontrollierten. Es dauerte weitere Telefonate, bis jemand von den »Berliner Unterwelten« sich fand, der auch in der Wintersaison die beiden Türen aufschloss, die Gitter- und die Eisentür.
Diesmal trugen wir Helme. Coco sagte, sie bliebe oben, aber Henri ging mit, er sah grimmig und entschlossen aus unter dem Comichaften gelben Bauarbeiterhelm. Mein Vater, der gutmütige, breitschultrige, nicht sehr groß gewachsene Bär, der in Jazzkneipen gehörte, beim Fensterputzen

pfiff und gutes Essen liebte, der nach Prenzlauer Berg übersiedelte Franzose, der sich immer nach Paris zurückgesehnt hatte – jetzt war er bereit, alles zu tun, um zu helfen: mir, der Polizei, Deutschland. Gegen ein paar Verrückte, die seine liberale Welt bedrohten. Ein Kämpfer mit dicker Kapuzenjacke aus Strickwolle, das neongrüne Emblem irgendeiner hippen Ski-Firma auf dem Oberarm. Ich liebte ihn sehr, als ich hinter ihm und den Beamten hinunterstieg in die Eingeweide Berlins, die verborgene Welt des Flakturms.

Die Lampen der Polizisten waren stärker als die von Cliff und seinen Leuten es gewesen waren. Ich zeigte ihnen die Stelle, an der ich über das Geröll geklettert war, um die Serpentinen der Metallstege zu umgehen, und sie schüttelten die Köpfe. »Das ist zu steil«, sagte einer. »Ich bezweifle, dass da jemand hochkommt. Runter vielleicht, runter kommt man immer.«

»Wenn Sie glauben, dass mein Sohn lügt, brauchen Sie ja nicht mit uns runterzugehen«, sagte Henri trocken. »Wir können uns auch alleine vergewissern, was dort …«

»Das können Sie nicht und das werden Sie nicht«, sagte der Beamte. »Niemand geht hier alleine runter. Ich unterstelle auch niemandem, dass er lügt. Aber die Geschichte Ihres Sohnes ist an einigen Stellen … sehr schwer nachzuvollziehen.«

»Arschloch«, knurrte Henri, ganz leise, so dass vermutlich nur ich es hörte, während wir weiter nach unten stiegen. Das Licht der Lampen ließ die Metallgeländer glänzen und zeigte uns Nischen und Schächte, in die man nicht hineinkam. Es traf nirgends auf Dinge, die neuerdings hierher gebracht und gelagert worden waren. Waffen.

Und langsam dämmerte mir, dass es unmöglich war, hier irgendetwas zu finden. Der Bunker mit seinen fünf unterirdisch gelegenen Stockwerken war das beste Versteck Berlins. Sinem hatte recht gehabt, auch Cliff hatte sie unterschätzt. Was hier verborgen war, blieb verborgen. Wir krochen durch die eingestürzten Schächte, über lose Steine und gesprengte Betonbrocken, und ich dachte, dass es sinnlos war. Es verfolgte nur einen einzigen Zweck: Wir würden ganz unten die Schaufensterpuppe finden, die Puppe mit der Einschusswunde in der Brust.

Sie mussten mir glauben.

Ich dachte wieder an die letzte Nacht, dachte daran, wie ich meine Eltern geweckt und das Licht in der Küche angeknipst hatte, Tee gemacht, Tassen auf den Küchentisch gestellt.
»Seit wann trinken wir Pfefferminztee? Und mitten in der Nacht?«, hatte Coco verschlafen gefragt, im Pyjama am Tisch sitzend, verwirrt.
»Paris«, hatte ich gesagt. »Paris kommt nach Berlin. In zwei Tagen. Sie werden das gleiche hier anstellen wie da. Sie nennen es ›Tag des Bluts‹. Pathetisch. Aber es wird passieren.«
Henri hatte sich mit beiden Händen durchs wirre Haar gestrichen und sich in seinem Stuhl zurückgelehnt, um mich zu mustern.
»Hast du wieder Fieber? Oder ist das irgendein Kunstprojekt?«
»Nein«, hatte ich gesagt.
Und dann hatte ich ihnen alles erzählt, nein, nicht alles, aber die Dinge, die sie wissen mussten. Ich konnte nicht länger allein bleiben mit dem, was ich wusste. Mehr noch: Ich durfte nicht länger allein damit bleiben, ich hatte es schon viel zu lange für mich behalten.
»Ich dachte«, hatte ich am Ende gesagt, ganz leise und vielleicht nur zu meiner Teetasse. »Ich dachte, er lässt die Sache auffliegen. Er verhindert sie am Ende. Und es kann immer noch sein. Aber ich fürchte … was er zu Margarete gesagt hat. Dass sie aus Berlin raus soll. Am ersten Feiertag. Und mich mitnehmen. Das bedeutet etwas anderes. Es bedeutet …«
»Es bedeutet, dass er immer noch ein Teil des IS ist«, sagte Henri schroff. »Dass er sich nie von ihnen getrennt hat. Er ist mit einem Auftrag hierher zurückgekommen, und er wird ihn ausführen.«
»Er hat hier bei uns im Gästezimmer geschlafen«, flüsterte Coco, ihren Blick nach innen gerichtet. »Ich habe ihn gemocht. Den, der er am Ende war. Nein. Zu sein schien. Er war so höflich. Freundlich. Er hat … eine gewisse Anziehungskraft.«
»Ohne Zweifel«, knurrte Henri und sah mich an, und ich zuckte die Achseln.
»Du willst jetzt wissen, ob ich immer noch blöd genug bin, um in ihn verknallt zu sein.« Ich wählte die Worte extra so, dass sie dumm klangen, lächerlich.

»Nein«, sagte Henri. »Du warst nie in Cliff verknallt.«
»Ach nein?«, fragte ich mit einem dummen, übergeschnappten, verzweifelten Lachen.
»Nein«, sagte Henri langsam. »Verknallt sein ist ungefährlich. Du hast ihn immer geliebt. Das war das Fatale.« Er sah mich aufmerksam an. »Und du tust es noch.«

»So«, sagte einer der Beamten. »Weiter runter kommt man nicht.«
Wir standen zwischen den glänzend schwarzen Grundwasserpfützen, in dem verlassenen, leeren, halb eingestürzten Raum. Sie machten die Runde, leuchteten in alle Ecken. »Und? Hier ist nichts gelagert. Nirgendwo. Waffen, Munition, Sprengstoff – wo soll das Zeug denn sein?«
Ich sah mich um, unsicher. »Sie wollten hier üben. Die Schaufensterpuppe als Ziel verwenden. Es ging darum, wie gut man mit Maschinengewehren zielen kann. Sie hatten diese Diskussion darüber, ob es wichtig ist zu treffen, wenn man ohnehin in eine Menschenmasse schießt. Dass es vielleicht nur darauf ankommt, möglichst viel Blutvergießen anzurichten, nicht um das genaue Zielen. Ein Gemetzel.«
»Sie gehören alle in die Klapse«, knurrte Henri. »Gummizelle, lebenslang. Wie kann man nur so denken?« Er schüttelte den Kopf. »Und wo ist denn diese verdammte Schaufensterpuppe?«
»Das wüssten wir auch gern«, sagte der andere Beamte kalt.

Sie war nicht da. Nichts war da.
»Kann es sein, dass Sie das alles nur geträumt haben? Zusammenfantasiert? Sie hatten in letzter Zeit hohes Fieber, haben Ihre Eltern erzählt. Und eine Menge Stress.«
»Nein. Nein! Da ist noch jemand. Ein Mädchen. Ich wollte sie aus allem raushalten, aber …«
»War sie auch dabei? Hier unten? Hat sie gehört, was Sie gehört haben?«
»Das nicht.«
»Aber?«
»Sie kennt Cliff Bergmann. Sie kennt die ganze Geschichte.«
Ein Knurren, ungehalten. »Dann rufen Sie sie an.«

Nie, nie werde ich vergessen, wie Margarete auf der Polizeiwache auftauchte. Wie sie ruhig den Stuhl zurückzog, sich setzte, ihr Haar glatt strich.
Es täte ihr leid, dass sie morgens noch geschlafen hatte, sagte sie und lächelte.
Und legte ihr Handy auf den Tisch im Polizeirevier.
Da waren sie. Bilder von den sorgfältig gezeichneten Plänen aller Orte, die ich der Polizei genannt hatte, und noch mehr, andere, die ich vergessen oder nicht gehört hatte:
Das Alexa.
Die Philharmonie.
Das deutsche Theater.
Der Hauptbahnhof.
Die Nationalgalerie.
Das KaDeWe.
Das Berghain.
»Er hat mich gewarnt«, sagt sie. »Am ersten Weihnachtsfeiertag wäre es klüger, hat er gesagt, außerhalb von Berlin zu sein.«
Der Beamte sah sie lange an, machte dann den Computer an, in den er zuvor Dinge eingetragen hatte, und starrte auf den Bildschirm.
»Korrigieren Sie mich, wenn etwas falsch ist«, sagte er zu mir. »Wir haben hier die Adressen von … Ayna Umarova und Abdelkhamid Umarov, Sinem Wagner, Farouk Soudani. Des weiteren die Namen Clifford Bergmann, Marzuq und Falih Benjelloun. Und höchstwahrscheinlich Stefan Fresemann, der wegen illegalen Waffenbesitzes demnächst ohnehin vor Gericht steht.«
Ich nickte.
Niemand sagte mehr, dass ich fantasierte.
Vier Stunden später wussten wir, dass zumindest Marzuq Benjelloun seit 2008 auf einer Liste dem Verfassungsschutz als potentieller Gefährder der öffentlichen Sicherheit bekannt war, vorbestraft war wegen schwerer Körperverletzung und im Gefängnis Kontakte zu mehreren anderen Dschihadisten gehabt hatte. Seit 2009 war er wieder auf freiem Fuß und hatte es ein Jahr später geschafft, trotz allem in den Jemen auszureisen. Möglicherweise, um ein Trainingslager für islamistische Kämpfer zu be-

suchen. Er war nach Deutschland zurückgekehrt, zwei weitere Jahre hatte man sein Telefon überwacht, aber nichts Verdächtiges feststellen können. Vor einem knappen Jahr war er mit seinem jüngeren Bruder Falih in den Irak ausgereist, woran man keinen von ihnen hatte hindern können. Abdelkhamids Geschichte war ähnlich, auch er hatte, mit knapp achtzehn Jahren, schon gesessen. Bewaffneter Raubüberfall. Gute Führung im Knast, früher entlassen. Eine Weile beobachtet wegen angeblicher Kontakte zu Al Qaida Sympathisanten, eine geplante Afghanistanreise abgesagt, vom Radar verschwunden. Sinem war bislang unauffällig gewesen, genau wie Ayna. Kein Eintrag in irgendeinem Computersystem. Niemand kannte einen Farouk Soudani.
Blieb John-Clifford Bergmann. Mehrmals für kleinere Delikte in seiner Jugend vorbestraft, längere Zeit in der Psychiatrie. Danach unauffällig. 2014 Reise nach London und Neuseeland.
Kiwi-Ernte.

23. Dezember, abends.
Cliffs Handy – das, dessen Nummer ich kannte – war tot. Keine Chance, ihn darüber zu orten, er war nicht dumm. Die letzten Gespräche auf diesem Handy, die sie nachverfolgen konnten, waren harmlos gewesen. Keine Verbindung zu den anderen der Gruppe über dieses Handy.
Unter der Adresse von Ayna und Abdelkhamid wohnte niemand mehr.
Unter Farouks Adresse gab es nur eine Tante, die nicht verstand, was die Polizei von Farouk wollte und ihnen mehrere andere Nummern von Verwandten gab, bei denen er möglicherweise war.
Sinems Eltern sagten, ihre Tochter würde bei einer Freundin übernachten, aber die Adresse der Freundin, die Sinem ihnen dagelassen hatte, stellte sich als nicht existent heraus.
Niemand war da, sie hatten sich alle kurz vor dem Anschlag in die Ritzen der Stadt verkrochen.
Gegen Abend schickten sie uns nach Hause, wir hatten den ganzen Tag auf der Wache verbracht.
Sie planten für den fünfundzwanzigsten einen Großeinsatz, sagten uns aber nichts Genaues und verpflichteten uns zu absolutem Stillschweigen.

Und ich lag auf meinem Bett, das Gesicht nach unten, neben mir an der Wand die riesigen Flügel, und fühlte mich hilflos und dumm.
Ich hatte nichts verhindert, nichts.
Sie waren da draußen und suchten, gerade jetzt, sie suchten in ganz Berlin nach Clifford Bergmanns Spur. Ich hatte ihnen gesagt, dass sie ihn nicht festnehmen sollten, wenn sie ihn fanden. Ihn nur beobachten, dass ich glaubte, dass er, möglicherweise, vielleicht, wahrscheinlich … plante, selbst den Anschlag zu vereiteln. Weil er der Punkt war, an dem alle Fäden zusammenliefen.
Ihr Schweigen hatte Bände gesprochen.
Alles in mir schmerzte, als ich so auf meinem Bett lag.
Ich hatte nichts verhindert, ich hatte nichts erreicht, ich hatte versagt.
Und ich hatte ihn verraten.

Margarete kam mitten in der Nacht zu mir. »Die Wohnungstür war nicht verschlossen«, sagte sie, »aber das ist sie ja nie.« Und sie schlüpfte neben mich unter die Decke.
»Er hat sich verabschiedet«, sagte Margarete. »Er wird gehen. Er wird das durchziehen, egal was passiert.«
»Was passiert denn?«, wisperte ich. »Am fünfundzwanzigsten ist ganz Berlin voll mit Polizisten, sie stehen vor den Eingängen der Philharmonie, des Theaters, am Bahnhof … Sie legen die Stadt lahm? Ich meine, sie haben nirgendwo Waffen gefunden, sie haben keine Beweise, glauben sie uns denn wirklich?«
»Ich weiß es nicht«, flüsterte Margarete. »Ich weiß es nicht, Alain.«
Und sie strich durch mein Haar und hielt sich an mir fest, und ich hielt mich an ihr fest.
Wir lagen in einem Kokon, gewoben aus dem Wissen, dass Cliff gehen würde. Diese Welt verlassen. Egal, was passierte.
»Ich lassen ihn nicht«, flüsterte ich. »Das ist *mein* Plan. Wenn überall die Polizei auftaucht, werde ich auch da sein. Ich weiß nur immer noch nicht, wo ich ihn suchen muss. Jetzt noch weniger als vorher. Er hat gesagt, sie treffen sich am Ende, im KaDeWe, oder erst im Berghain? Wie war die Reihenfolge? Oder teilen sie sich auf? Ich glaube sowieso nicht, dass er

dabei sein wird. Wenn sie sich alle wieder treffen. Er zieht sein Ding alleine durch, vorher. Ganz woanders. Ein Plan fehlt, Margarete. Einen Plan konntest du nicht fotografieren, weil er nicht da war. Weil er nicht nötig war. Weil Cliff den Ort, an dem er selbst sein wird, nicht gezeichnet hat, er hat den Grundriss im Kopf. Das verfluchte Gedächtnis.«

Margarete schwieg eine Weile, atmete nur leise und warm in mein Haar, das sich mit ihrem vermischte.

»Das widerspricht der Theorie«, flüsterte sie schließlich, »dass er die ganze Sache verhindert.«

»Ja«, sagte ich. »Ich weiß.«

»Die Flügel«, flüsterte sie. »Wozu die Flügel?«

»Sie sind für ihn. Zu Weihnachten. Er muss endlich fliegen. Er braucht sie.«

»Das ist verrückt.«

»Ja«, sagte ich wieder, mit einem Lächeln diesmal, und streichelte ihre Wange. »Ich weiß.«

Ich küsste sie ganz vorsichtig und sehr lange, es war eine Erinnerung an unser Jahr zusammen und eine Erinnerung an den Kuss in der Nacht der Bohème Sauvage, eine Erinnerung an alles, denn dies war der Anfang vom Ende.

Und als sie sich von mir löste, wisperte sie: »Die Kuppel.«

»Was?«

»Er hat gesagt, er wird durch die Kuppel ins Nichts gehen. Das ist der Ort. Die Kuppel.«

Ich dachte an das Ballhaus in Grünau. An die Glascherben. Auch dort draußen gab es Kuppeln. Moscheen hatten Kuppeln, aber was hätte es für einen Sinn, in eine Moschee einzudringen und dort Leute zu erschießen? Keinen.

»Schlaf jetzt«, wisperte Margarete. »Morgen ist noch genug Zeit. Morgen ist Weihnachten! Weihnachten für alle Menschen. Vielleicht sitzt da ja doch irgendwo irgendein Gott rum und rührt mal einen Finger für uns, möglich ist es. Bis zum ersten Feiertag regelt sich alles.«

Die Wohnung am Potsdamer Platz war sehr ordentlich. Alles aufgeräumt, alles an seinem Platz.

Ich warf einen letzten Blick auf die kleine Küche hinter ihrer offenen Tür, das glänzende Weiß des Bades, die beiden übrig gebliebenen rotwangigen Äpfel auf dem Couchtisch. Die Mappe, die daneben lag. Ich sah auf mein Handy. Neun Uhr vierzig. Ich war zu früh, wir würden erst um elf Uhr beginnen. Ich wusste nicht, was ich noch tun sollte.

Draußen lag der Potsdamer Platz unter einem sonnig blauen Himmel, der Wind fegte Blätter an der Fensterfront vorüber, scheuchte einen Schwarm kleiner Vögel durch das Blau.

Ich schloss den Reißverschluss der Winterjacke, er ging ohne Probleme zu, trotz dem, was ich darunter trug, die Jacke war für einen Menschen geschneidert, der seinem Körper mehr Nahrung gönnte.

Wozu würde ich diesen Körper noch brauchen? Nur noch zu einer einzigen Sache.

Und dann klingelt das Handy, und es war Farouk, aber ich verstand ihn kaum, er stolperte über seine eigenen Worte, seine Nervosität pulsierte in meiner Hand, die das Handy hielt.

»Scheiße, Cliff, sie waren da. Hier. Bei mir in der Wohnung«, sagte er, kaum zwischen den Worte atmend. »Sie haben mich gefunden. Ich hatte die Wohnung gewechselt, wir ihr gesagt hab, ich war nicht mehr bei dieser Tante von mir! Ich hab die letzten Tage bei einem Cousin gewohnt, sie müssen alle Leute unserer Familie abgeklappert haben, wieso dürfen sie das überhaupt, sie hatten nicht mal einen Durchsuchungsbefehl oder was, standen einfach vor der Tür! Und wollten mich sprechen, und er war cool, hat gesagt, ich wäre nicht da, ich war hinten in dem anderen Zimmer, hab mich fertig gemacht, um loszugehen, und Scheiße, Cliff, sie haben mich gesehen, ich bin zum Fenster raus, durch den Garten, Kurzschlussreaktion, ist ein Wunder, dass ich's an denen vorbei geschafft hab, Allah war bei mir. Wir müssen anfangen, jetzt sofort, bevor sie sie Scheißstadt abriegeln! Cliff, alles geht schief! Verdammt, die kriegen uns! Die sind mir hinterher, bestimmt!«

Er weinte fast, und ich ärgerte mich über ihn, wie ich mich selten geärgert hatte.

»Bleib jetzt ganz ruhig«, sagte ich und befahl mir das selbe. »Dann fangen wir ebensofort an. Du und Abdelkhamid, ihr beginnt, es bleibt dabei.«

»Ich meine, vielleicht hab ich sie abgeschüttelt, ich bin tausend Umwege gefahren mit dem Wagen, und dann bin ich in die S-Bahn, hab das Auto stehen lassen … Cliff?«

»Was?«

»Ich werde die Katze vermissen. Glaubst du, meine Tante kümmert sich um sie? Sie muss bald geimpft werden, sie ist jetzt groß genug.«

»Farouk! Reiß dich zusammen. Hast du Abdelkhamid angerufen?«

»Nein, ich …«

»Ruhig, ruhig. Ruf ihn an. Alles läuft nach Plan. Du hast das gut gemacht, du hast sie ganz bestimmt abgehängt. Du triffst dich jetzt mit ihm, und ihr legt los. Es sind vermutlich schon genug Leute auf dem Weihnachtsmarkt am Alex, immerhin ist Weihnachten.«

»Gut. Gut! Wir sehen uns später, ja? Im KaDeWe? Sehen wir uns?«

»Ja. Das KaDeWe bleibt bei fünfzehn Uhr, Philharmonie und Theater bleiben auch bei den alten Zeiten. Ich rufe die anderen an. Sag du nur Abdelkhamid Bescheid. Wir schaffen das.«

Es war ein Satz, der mich lächeln ließ. Auch Sätze lassen sich als Geiseln nehmen.

Ich unterbrach die Verbindung, wählte wieder. Sinem war aufgeregt wie ein Kind. Am liebsten hätte sie vermutlich einen Facebookpost über den Plan geschrieben. Marzuq hörte sich gleichgültig an, eine Stunde hin oder her, es war ihm gleich. Farouk macht mal wieder Stress, sagte er nur. Ich hörte Falih im Hintergrund beten. Ja, sie waren bereit, sie waren ausgerüstet, alle Waffen griffbereit oder am Leib. Er blieb ruhig, ruhiger als ich. Er hatte mehr Erfahrung, ein Fels in der Brandung.

Ein tödlicher Fels.

»Was ist eigentlich mit dem Typen aus dem Berghain?«, fragte er, ein Nachgedanke am Ende des kurzen Telefonats. »Hast du dich inzwischen darum gekümmert, den auszuschalten?«

»Ja«, sagte ich, etwas zu rasch vielleicht. »Vergiss ihn.«

»Erzählst du mir jetzt, dass der nichts tut?« Marzuq schnaubte. »Der will nur spielen?«

Ich legte auf, ohne zu antworten.
Der Fahrer des Lieferwagens reagierte irritiert auf den Anruf, er begriff nicht, warum zum zweiten Mal alles geändert wurde, es ist doch nur eine Stunde, sagte ich, aber er sagte, das würde er nicht mitmachen, er hätte jetzt seine Termine, das würde doch auffallen, würde ihm gefährlich werden, das ginge nicht, und ich stimmte seufzend zu, dass wir die Uhrzeit beim Alten ließen.
Draußen glänzte die Kuppel unter dem Himmel wie ein Juwel.

Die Polizei rief uns um neun Uhr dreißig an. Sie hatten Farouk gefunden, er war abgehauen und sie waren ihm gefolgt, aber offenbar hatte er sie abgehängt, den Wagen stehen lassen, war möglicherweise zu jemand anderem in einen anderen Wagen umgestiegen.
Ob ich irgendwelche Autokennzeichen der Gruppe kennen würde? Nein, sagte ich perplex. Autokennzeichen?
Aber auf einmal ahnte ich, wo Farouk war. Natürlich konnte es kompletter Unsinn sein … Ich hörte wieder Cliffs Worte im Bunker, seine Worte zu Farouk: Die Einteilung steht. Du und Abdelkhamid übernehmt den Weihnachtsmarkt am Alex, damit beginnt es.
»Er ist auf dem Weg zum Alex«, sagte ich ins Telefon. »Die fangen jetzt an, nicht morgen. Bestimmt. Sie haben gemerkt, dass Sie etwas wissen, und schlagen jetzt los.«
»Glauben Sie?«
»Ich hab's nicht mit dem Glauben«, knurrte ich. »Ich *weiß* es. Ich fahre jetzt da hin. Vielleicht sehen wir uns gleich.« Ich wartete nicht auf die Antwort des Beamten, ich war schon halb in meiner Jacke, ich erklärte niemandem etwas, raste die Treppe nach unten, keine Zeit zu nichts.
Nicht einmal dazu, Margarete anzurufen oder herauszuklingeln, sie war morgens nicht mehr bei mir gewesen.
Der alte Roller stand im Hof und, ein Wunder, sprang beim dritten Versuch an.
Heute, sang es in meinem Kopf, heute, heute heute. Heute ist der Tag des

Bluts. Nicht Silvester, nicht am ersten Weihnachtsfeiertag. Heute. Und er beginnt jetzt, genau jetzt.
Sie sind schneller als wir, schneller als alle Sicherheitskräfte, sie haben die Pläne geändert, sie gleiten den Uniformierten durch die Finger wie Eidechsen, wie Fische, wie giftiges Quecksilber, fallen zu Boden und vermehren sich zu tausend Tropfen, die in alle Richtungen davon kugeln und sich wiederum weitervermehren.

Der Alex-Weihnachtsmarkt grüßte mich schon von Ferne, über den zähen Verkehr hinweg; mit bunt bewegten Karussellarmen winkte er mir, mit blinkenden Lichterketten und amerikanischer Weihnachtsmusik. Zehn Uhr fünfzehn. *Last Christmas, I gave you my heart …* Hinter den Marktbuden erhob sich wie ein Felsen das Alexa, ein riesiger Betonklotz voller Waren. Weihnachtswunschzettel? Füll einfach einen Bestellschein im Internet aus, Gefühle nicht notwendig. *The very next day, you gave it away …* Mir war übel.
Es war beinahe nicht möglich, durch den Verkehr auf die richtige Abbiegespur zu kommen, Autos hupten, die Blechkolonne wie ein Meer – und dann stand ich am Eingang des Weihnachtsmarkts, die Hand noch am Roller, und versuchte, mich zu orientieren in all dem Geblinke und dem Chaos der verzerrten Musikstücke. Es waren erstaunlich viele Menschen hier für die Uhrzeit, aber dies war Weihnachten, sie machten letzte Besorgungen, quetschten sich durch die Gassen zwischen den Buden. ie Karusselle drehten sich, bis mir schwindelig wurde, und die Geisterbahn wechselte ihre Beleuchtung alle drei Sekunden.
Niemand war hier. Niemand. Nur die Menschenmasse. Kein Polizeiauto. Keine schwarzgekleideten Männer, die vorhatten, irgendwelche Gottesparolen zu brüllen. Niemand.

Aber dann hörte ich die Schüsse, und plötzlich ging alles sehr schnell.
Die Masse geriet in Bewegung, wurde panisch wie Vieh. Mehr Schüsse, sie kamen vom größten Karussell her. Ich ließ den Roller stehen, stürzte mich in die Masse, ich lief in die falsche Richtung, gegen den Strom, ohne dass mir klar war, was ich eigentlich vorhatte.

Ich musste wissen, ob Cliff hier war.
Ich musste die sehen, die da schossen.
Chaos. Schreie. Die Musik in mehreren Buden verendete, das Karussell drehte sich weiter, drehte und drehte sich, und ich sah die beiden jetzt da unten stehen, doch, ja, in schwarz, wie in den Nachrichtenbildern. Sie hatten Tücher um den Kopf geschlungen, Schals bis über den Mund, ich hörte sie etwas brüllen, das niemand verstand, erkannte sie aber nicht, und ich sah sie schießen, der eine feuerte in die Menge, der andere, zielgerichteter, auf die sich vorüberdrehenden plastikbunten Gondeln des Karussells. Warum hielt denn niemand das Karussell an? Er lud und schoss, lud und schoss, und ich sah, wie er traf, ich sah einen Körper in einem pinkfarbenen, fliegenden Elefanten in sich zusammensacken, ich wusste nicht, ob es ein Kind oder ein Erwachsener war, auch Erwachsene, sagte ich mir, fahren Karussell, und MGs zielen schlecht, da waren mehr Verletzte, da waren Menschen, die auf dem Boden lagen, die Masse wich zurück, verstopfte aber die Gänge, minutiöse Planung, was für ein Ort, ein Labyrinth aus Kommerz.
Endlich, endlich hielt das Karussell, die Gondeln sanken zur Erde, die Menschen versuchten hinauszuklettern, schreiend, manche verletzt, Blutspritzer im Gesicht und auf der Kleidung, sie fielen beim Klettern übereinander, es waren zu viele Kinder, und jetzt, wo das Karussell sich nicht mehr drehte, war es noch einfacher, auf sie zu zielen …
Ich? Ich stand an eine der Buden gepresst, in künstliches Tannengrün, ich war nichts als ein Zuschauer, ich war nur meine Augen. Nein, ich tat nichts.
Ich konnte mich nicht rühren.
Ich war die Schaufensterpuppe unten im Bunker. Ich war ein Körper aus Kunststoff.
Da war ein sehr kleines Kind, es lag auf dem Boden und weinte, es war nicht verletzt, es lag ganz nah, es reckte die Arme, aber niemand lief zu ihm, und ich sah das Gewehr zielen, es war jetzt still genug, um die gebrüllten Worte zu verstehen. Allahu Akbar. Gott ist groß. Es war nicht Cliffs Stimme, es war die von Abdelkhamid. Und seine Stimme verwandelte mich zurück in einen Menschen. Ich war bei dem Kind, ohne zu wissen, wie ich hin-

gekommen war, ich riss es in meine Arme, es strampelte, wehrte sich, trat mich in seiner Panik, es war vielleicht drei Jahre alt, ein schwarzhaariges, nicht deutsch sprechendes, untergewichtiges Kind mit dunklen panischen Augen und zu dünner Jacke, vielleicht hier aufgewachsen, vielleicht vor Monaten erst hergekommen mit den Flüchtlingen: Guck mal, wir fahren Karussell, das ist ein deutscher Weihnachtsmarkt, ist das nicht hübsch?
Ich sah den Schützen über uns nicht an, ich schleifte das tretende Kind mit mir weg wie eine Puppe, und ich wusste, dass er schießen würde, ich spürte die Detonation des Schusses und den Schmerz bereits, aber nichts geschah, und als ich im Schutz der Buden war und mich umdrehte, erst da, hörte ich die Polizeisirene, die schon länger da gewesen sein musste. Und ich sah die Beamten in ihren Helmen und schwarzen Anzügen und mit ihren Waffen, sie sahen den beiden Attentätern beinahe ähnlich.
Ich hockte auf dem Boden und hielt immer noch das Kind umklammert, wir zitterten beide, es trat jetzt nicht mehr, presste sich an mich und heulte bloß noch, seine Nase lief.
Da waren mehr Schüsse, ein Schusswechsel zwischen Polizei und Attentätern, oder ich nehme das an, denn ich war zu durcheinander, um etwas zu begreifen, aber es war vorbei, der Alex-Plan war vorbei, und dann sah ich, wie der kleinere der beiden fiel, Farouk, dachte ich, es muss Farouk sein, sie hatten ihn getroffen, aber der andere hatte es irgendwie geschafft, sich durch das Chaos zurückzuziehen, sie folgten ihm, und ich hörte das Heulen von Motoren. Abdelkhamid war immer noch auf den Beinen, er war verdammt zäh und offenbar verdammt gut ausgebildet.
Dies war nur der erste Ort am Tag des Bluts.
Berlin im Chaos. Das war es, was sie gewollt hatten. Sie hatten es geschafft.
Ich wartete nicht, bis die Sirenen des Krankenwagens den Platz erreichten, ich drückte das Kind einer mandeläugigen jungen Frau in die Arme, die nicht seine Mutter war und vielleicht nicht die gleiche Sprache sprach, aber ich musste weg. Weiter.
Ich funktionierte jetzt wieder, es war reines Adrenalin, das mich trieb.
Ich musste zu den anderen Orten. Keine Ahnung, wozu. Um einzelne Kinder zufällig zu retten, wenn es nicht mehr nötig war? Um die Stimme jedes

brüllenden Gotteskämpfers als nicht die von Cliff zu identifizieren? Einfach, um irgendetwas zu tun?
Ich saß wieder auf dem alten Roller, ehe ich mir selbst auf diese Fragen antworten konnte.
Der Verkehr gehorchte keinen Regeln mehr, staute sich, verkeilte sich, die Autos verbissen sich ineinander. Ich schlängelte mich durch, fuhr am Ort der nächsten Chaos-Eruption vorüber, keine fünfhundert Meter vom Alex entfernt war der Aufruhr in einem Café ausgebrochen, vor dem die Leute im überraschenden Weihnachtssonnenschein bis eben draußen gesessen hatten, in dicke Decken gehüllt, aber auch dort war die Gewalt angekommen, war der schwarze Gott mit seinen Fahnen angekommen, es war ein Bild, eins zu eins aus Paris übernommen: Auch dort war ein Café eines der Ziele gewesen. Abdelkhamid musste es quasi im Vorbeifahren mitgenommen haben, wie praktisch. Später hieß es, die Schüsse wären aus einem fahrenden Wagen abgegeben worden. Ich sah Menschen über Menschen am Boden knien, Blut, mehr Polizei. Keine Kinder zu retten.
Der Wagen, Abdelkhamid und sein Fahrer waren fort, verschwunden im Getümmel des Verkehrs.
Ich glaubte keine Sekunde, dass Cliff den Wagen gefahren hatte.
Die Kuppel.
Ich stand, einen Fuß auf dem Boden, mit dem Roller am Straßenrand, im Durcheinander der Menschen, und dann, ganz plötzlich, wusste ich es.
Ich wusste, wo die Kuppel war.
Es war ein zu gewagter Plan. Es war unmöglich. Aber alles, was Cliff plante und was er tat, war immer unmöglich gewesen.

Ich traf den Fahrer in einer der kleineren Seitenstraßen.
Es war jetzt sechs Wochen her, dass wir – dass ich – ihn gekauft hatte. Er würde sich mit der Summe, die auf ihn wartete, sehr weit weg absetzen können. Er hatte das Land einmal geliebt und dann, enttäuscht, gelernt, es zu hassen. Er hatte, so hatte er mir erzählt, lange versucht, ein guter Deutscher zu sein. Er war mit acht Jahren allein aus Nigeria gekommen.

Bis er achtzehn gewesen war, hatte man ihn geduldet, dann war er untergetaucht, um nicht abgeschoben zu werden in ein Land, dessen Sprache er nicht mehr sprach. Irgendwie hatte er es geschafft zu bleiben, inzwischen durfte er, aber seine Schwester, die nicht untergetaucht war, hatten sie zurückgeschickt. Sie hatte sich bei ihrer Ankunft im Land erhängt. Er erzählte etwas von Boko Haram und wie er sie hasste, es war paradox, dass er dies hier für mich tat, er sagte, es sei nur gerecht, die Deutschen sollten spüren, wie es wäre, von Dschihadisten erschossen zu werden, und er lachte mit seinen weißen Zähnen, als er das sagte. Er war ein verzweifelter Mensch. Ich mochte ihn.

Und nun fuhr er für mich. Er hatte die Schicht kurzfristig von einem anderen Lieferanten übernommen. Ähnlich wie unser anderer Kontakt die Schicht gewechselt hatte. Das ganze Hin und Her war gewagt, ein ärgerliches Risiko.

Ich stieg zu ihm in den Lieferwagen. Catering. Die Sicherheitsvorkehrungen vorne am offiziellen Eingang waren strikter als die im Flughafen. Um die Belieferung des Büros mit den Tonnen von Papier und Büromaterialien, die Versorgung von Restaurant und Caféteria zu sichern, gab es einen Versorgungstunnel, der die Spree unterquerte, doppelt dreifach gesichert gegen Wasser von außen, gegen Feuer, gegen alles. Auch die Einfahrt in den Tunnel war gesichert. Ehe irgendein Fahrzeug unter die Erde kam, musste es durch die Kontrolle: Beamte hinter schusssicherem Glas, Kontrolle des Wagens von unten, optische Kontrolle des Inhalts, Papiere, Personencheck.

Die Kalaschnikow lag jetzt hinten unter dem Eis der Fischkisten für das Restaurant.

Ich saß vorne, gut sichtbar, offiziell.

Der Beamte, der uns durchwinken würde, der zweite Kontakt, war uns seit zwei Monaten bekannt. Er hatte private Probleme, Spielschulden, von denen seine Familie nichts wusste. Er konnte sowohl das Geld als auch die Nichtweitergabe dieser Informationen gebrauchen. Er hatte zwei kleine Kinder. Und er hatte, Abdelkhamid hatte es gesagt, eine Wahnsinnsangst.

Er würde keine Probleme machen.

Der Weg durch den Tunnel wäre kein Problem, am anderen Ende musste ein Alarm zerstört werden, wenn ich das Gebäude betrat: tausendmal durchgespielt, tausendmal im Kopf geprobt.
Danach würde ich laufen. Ich musste schnell sein, musste alle Treppen und Gänge da drinnen bewältigen, ehe sie wirklich Alarm schlugen, ich hatte ausgerechnet, dass mir zwischen sieben und elf Minuten blieben.
Die offiziellen Besichtigungen waren sehr hilfreich, um die Architektur zu verstehen, es ist überhaupt zuvorkommend, wie Deutschland all seine öffentlichen und wichtigen Orte von Besuchern besuchen lässt. Interessierten Besuchern wie mir. Das ist sie, die direkte Demokratie. An der Leute wie ich doch nie teilhaben werden, die Ausgestoßenen, von vornherein Abgestempelten, der Abschaum.
Ich rief den Hass zurück, als ich im Wagen saß und dem Fahrer zulächelte, ich brauchte den Hass, um die Zweifel zu besiegen. Er zögerte, zu mir zu kommen. Wie ein Hund, der zu oft gerufen wurde und müde geworden ist, müde und alt. Schließlich kam er doch, legte sich auf mein Herz und nahm es gehorsam zwischen seine Fänge.
Zwischen sieben und elf Minuten ... Die Pistole, die zielgenauere, wog fast nichts, doch da oben wäre ich wieder im Krieg, weshalb ich auch die MG schleppen musste, es ging um die Optik, um die Artikel später in den Zeitungen, das Martialische. Ich hatte es einmal faszinierend gefunden, ich hasste es jetzt, es war ein Comic-Element. Unpraktisch, grotesk. Aber ich konnte dies nicht alleine entscheiden. Allein, dass sie mich die Kuppel nehmen ließen, war gewagt. Sie hatten es nicht gewollt. Ich hatte ihnen gesagt, dass ich es konnte. Der ganze Plan war so verrückt, so unmöglich, dass ich selbst manchmal darüber staunte. Ich hatte ihn schon lange. Den Plan. Den Traum.
Das Herz der deutschen Einheit. Der Regierung. Hier schlug es.
Um das Sicherheitsglas der inneren Kuppel zu zerschlagen brauchte man einen schweren Vorschlaghammer und sehr viel Kraft. Eine halbe Minute dafür. Ich wusste nicht einmal, ob es wirklich möglich war, das Glas zu zerschlagen. Ich wusste nur, dass es möglich sein *musste*. Allah, die Macht seiner Regeln und Gesetze, mussten es in diesen dreißig Sekunden möglich machen. Dann: knien, von oben zielen, mehr oder weniger, das ver-

dammte Gewehr halten, und wechseln, zur Pistole wechseln, für das Herz des Herzens, wenn sie da war, musste ein gezielter Schuss genügen. Ein Vakuum der Macht, Futter für die rechten, die das Land spalteten. Gute Nacht, Frau Merkel.

Wie gut, dass es Sondersitzungen am Weihnachtstag gab, diese Verantwortung der Politiker, dieses mangelnde Privatleben war bewundernswert. Vielleicht war sie, dachte ich, wie ich. Eine Anhängerin der absoluten Selbstkasteiung.

Nein, das war sie nicht, sie war ein Feind, weil alle hier Feinde waren. Fass, alter Hund fass, du bist die Wut, du bist die Kraft, beiß zu. Zerbeiß dieses Herz, das in mir schlägt. Und dann das Ende, das Ende wäre der Sprung, die Zündung, die Explosion: ein Ende, das die Männer in Mossul nicht kannten, aber es wäre großartig.

Danach durfte der Hund schlafen.

Die anderen würden das KaDeWe und das Berghain alleine nehmen. Ich hätte das Berghain ohnehin nicht ausgehalten. All diese Jungs, die waren, wie ich nicht sein konnte. Die Jungs im Darkroom, vereint in ihren Umarmungen. Ich wollte sie nicht brennen sehen, nicht den Geruch des versengten Fleisches in der Dunkelheit riechen, nicht hören, wie die mitreißende Musik die letzten Feuerdämonen auf die Tanzfläche des Untergangs rief.

Ich hatte eine Menge unsinniger Gedanken, während ich auf dem Weg zum Reichstag den alte Roller zu Höchstleistungen antrieb wie ein lahmes Pferd.

Wie würdest du in den Reichstag kommen, wenn du hineinkommen müsstest? Mit Waffengewalt?

Nicht vorne, wo die Besucher nach umständlicher Anmeldung hineinkommen. Obwohl das wahrscheinlich der perfekte deutsche Attentäter wäre; er meldet sich an, reiht sich brav in die Schlange ein, zahlt den Eintrittspreis, um, die Kalaschnikow beiseite haltend, höflich noch eine Dame mit Kind vorzulassen, ehe er sein Ticket zur Entwertung vorzeigt.

Die Kalaschnikow müssen sie aber an der Garderobe abgeben, sagt der Ti-

cketentwerter. *Größere Gegenstände dürfen nicht auf die Führung mitgenommen werden.*
Gibt es keine Ausnahmen?, fragt der perfekte deutsche Attentäter.
Nun, vielleicht. Wenn Sie dieses dreiseitige Formular ausfüllen …
Der Lieferanteneingang, dachte ich dann. Es war die einzige Möglichkeit. Der Versorgungstunnel. Ich wusste, es wäre besser, die Polizei anrufen, doch ich tat es nicht. Ich fand die Schranke, durch die die Lieferanten fahren mussten, dahinter ein Kontrollpunkt wie an einer Grenze. Da wollte er durchkommen? Er hatte seine Methoden.
Ich postierte mich in der verlassenen Zufahrtsstraße direkt oberhalb der Spree und wartete. Ich würde hier warten, so lange es notwendig war. Den ganzen Tag. Es war kalt, aber die Sonne schien. Ich setzte mich auf einen Streugutcontainer und atmete tief durch.
Später erfuhr ich, was anderswo geschah, während ich wartete.
Sie hatten, übereilt, den ganzen Großeinsatz der Sicherheitskräfte vorgezogen, und dafür, wie überstürzt alles geschah, lief es vermutlich gut.
Der Hauptbahnhof stand als Sinems Ziel auf der Liste, aber sie fanden sie dort nicht, trotz großer Polizeipräsenz. Sie evakuierten den Bahnhof nicht, um Panik zu vermeiden. Die meisten Menschen wunderten sich über die vielen schwarz gekleideten Polizisten und vermuteten eine Demo. Auf manchen der Nachrichtenbildschirme sah man ab vierzehn Uhr die ersten Bilder vom Gemetzel am Alexanderplatz, vielleicht auch dies erst spät, um keine Panik zu verbreiten.
Gegen vierzehn Uhr dreißig Uhr detonierte ein Sprengsatz in der öffentlichen Toilette des Bahnhofs. Er tötete nur eine Person: die Putzfrau, die in die Kabine kam, um die Klobrille zu desinfizieren wie hinter jedem Besucher, und die sich vermutlich über den stehen gelassenen Rucksack wunderte. Der Sprengsatz verletzte elf Menschen und sorgten für genau die Panik, die bisher vermieden worden war. Sinem war zu diesem Zeitpunkt schon nicht mehr dort.
Sie fassten sie bei ihrem Versuch, kurz danach in die Nationalgalerie einzudringen, sie kam nur bis in die Eingangshalle und fiel schon dort auf, sie hatten ein Bild von ihr, Langwimper-Sinem von ihrem Facebookaccount mit den Kätzchen und den Kriegerfotos.

Sie drängten sie in die Ecke, ehe sie ernsthaften Schaden anrichten konnte, und sie warf ihnen eine letzte Kusshand zu und rief ihren Satz, Allahu Akbar, ehe sie sich neben dem Ticketcounter, an dem zu diesem Zeitpunkt niemand mehr saß, in die Luft sprengte. Sie zerstörte nichts als zwei Computer und sich selbst.

»Alles bereit, ja?«, fragte der nigerianische Fahrer und lächelte mich an.
Ich nickte.
»Du weißt, wo du dir das Geld abholst.«
»Ja«, sagte er und drehte das Radio lauter, irgendein Reggae-Lied von Freiheit und sonstwas. Bob Marley. »Aber ich werde es nicht abholen.«
»Warum nicht?«
»Hast du mal darüber nachgedacht, es nicht zu machen? Die ganze Sache in den Wind zu schießen?«
»Warte«, sagte ich. »Du steigst jetzt nicht aus.«
»Nicht aus dem Wagen.« Er lachte. »Nein.«
»Aus der anderen Sache auch nicht«, sagte ich, und die Pistole sprang von selbst in meine Hand. Er hob die seine, beruhigend. »Nicht schießen. Ist ja gut. Ich habe nur überlegt, ob das klug ist. Ob wir das wirklich machen sollten. Es ist ein Traum, den man hat, weißt du. Sich an allen zu rächen. Aber letztlich ist es doch dumm.«
Er fuhr, während er sprach, und er fuhr den richtigen Weg, immerhin.
»Dumm? Warum?«
»Na ja, was wollt ihr denn? Herrschen, wie alle. Aber was wird besser davon? Selbst wenn du das hier durchziehst, na ja, es ändert vielleicht gar nichts. Nicht mal auf Dauer. Ihr wollt das Land schwächen, Europa schwächen. Oder? Aber vielleicht rückt dieses Europa nur noch enger zusammen. Macht sich stark gegen Euer Kalifat.«
»Du bist kein Muslim, oder?«
»Oh. Falls du mich gleich erschießen willst, ich bin Christ.« Er grinste schief, schaltete einen Gang herunter, hielt bei einer Ampel, vorschriftsmäßig.

»Ich erschieße hier keinen. Ich brauche dich«, sagte ich, bemüht, ruhig zu bleiben, genau wie am Telefon mit Farouk. Gleichzeitig war da eine SMS von Abdelkharim, und ich zog das Handy heraus und las sie, ohne die Pistole wegzunehmen.

»Pass auf, Bullen sind gewarnt«, schrieb Abdelkhamid. »Farouk ist tot, Alex abgehakt, lief nicht ganz nach Plan. Seh dich im KaDeWe, drei Uhr. Bin mit drei Jungs auf dem Weg zur Philharmonie, Ayna schon da. Theater lassen wir weg.«

Ich fluchte leise. In diesem ganzen Tag war der Wurm drin, die Dinge liefen nicht, wie sie sollten.

Allah, steh uns bei.

Und ich vernahm ihn deutlich. Ihn, der nie Kontakt mit mir aufgenommen hatte. Ich vernahm deutlich, wie er sich abwandte, mir den Rücken zukehrte und schwieg. Hast du mal darüber nachgedacht, es nicht zu machen?

»Du würdest also lieber alles sein lassen«, sagte ich. Der Nigerianer, dessen Namen ich nie gekannt hatte, zuckte die Achseln. Nickte dann. »Die kriegen mich sowieso, die machen mich fertig.«

»Kann sein«, sagte ich. »Wen du's verbockst. Aber ich. Ich, ganz persönlich. Ich muss gehen, kapierst du? Manchmal muss man gehen. Fahr weiter.«

»Mein Gott, dann knüpf dich am nächsten Baum auf, Junge!« Er verschaltete sich, fand den richtigen Gang mit Mühe, der Motor heulte. Ich griff mit einem Arm hinüber und drückte die Pistole zwischen seine Beine, den Finger am Abzug.

»Fahr anständig. Wir wollen nicht auffallen.«

Ayna, auch das erfuhr ich später von der Polizei, wartete wie ich. Nicht vor dem Reichstag, sondern auf der Straßenseite gegenüber der Philharmonie. Sie wartete auf ihren Bruder, der mit drei der Leute von der Verstärkung kam, und sie wartete auf das Publikum. Nicht ganz gegenüber, das wäre zu nah gewesen, zweihundert Meter die Straße hinauf warteten sie … Groß

und bunt hingen die Plakate des Nussknackers an den Glastüren, von weit weg zu erkennen.
Die Livecam in der Philharmonie war fest eingeplant. Es war tatsächlich ein großartiger Plan, eine großartige Choreographie, auch wenn sie ursprünglich für ein erwachsenes Publikum gedacht gewesen war. Die Pläne, die genauen Aufzeichnungen, die später gefunden wurden, besagten, dass sie die Türen verschließen und das gesamte Publikum festsetzen würden. Eine Geiselnahme, aber eigentlich keine Geiselnahme, denn es würde keine Bedingungen für die Freilassung geben.
Dies wäre größer als der Supermarkt von Paris vor einem Jahr, dies wäre gigantisch.
Man konnte es gut vor sich sehen, wie einen Film: Die Bühne, geschmückt mit einem Weihnachtsbaum und einer übergroßen Spielzeugkiste für den Nussknacker, nach der Ouvertüre ganz plötzlich umfunktioniert in einen Ort der Hinrichtung.
Die Livecam zeigt, wie die Kämpfer die einzelnen Menschen dort hinaufführen, Gruppenweise, wie vor einiger Zeit im eroberten römischen Amphitheater von Palmyra mitten in der Wüste. Und gruppenweise stürzen sie, leblos, werden beiseite geräumt. Die nächsten! Niemand auf den Rängen würde es schaffen, zu entkommen. Bis die Sicherheitskräfte die Türen geknackt hätten, wäre bei effektiver Arbeitsweise die Hälfte des Publikums tot und die verbleibenden Menschen irreversibel traumatisiert. Und jeder einzelne Tod, jeder einzelne Schrei, jedes einzelne Wort des Bettelns per Livecam im Internet zeitgleich abrufbar. Zwischendurch die Gebete der Kämpfer. Unglaublich, ja, eine Choreographie, die in die Geschichte eingehen würde.
Das Publikum des Nussknackers in der Weihnachtsvorstellung besteht erfahrungsgemäß zu zwei Dritteln aus Kindern unter zehn Jahren.
Ayna muss nervös gewesen sein, während sie wartete. Sie muss gezweifelt haben, ich kann mir nicht vorstellen, dass sie nicht zweifelte. Denn die Philharmonie war schon zu diesem Zeitpunkt umstellt von Sicherheitskräften, ihr muss klar gewesen sein, dass der Plan geändert werden würde. Ich werde immer an ihre Augen denken, diese sanften schwarzen Augen, und an ihre weiche Stimme, die ich nur ein paar Mal gehört habe.

Niemand erschien zur Vorstellung des Nussknackers. Nicht einmal das Orchester, und kein einziger Balletttänzer. Die Polizei hatte sie alle abgefangen.
Abdelkhamid und die Jungs sahen die Polizei schon von Ferne, trotzdem, das muss man ihm zugute halten, sammelte Abdelkhamid seine Schwester dort ein, wo sie stand, weit genug entfernt von allem – aber nicht weit genug entfernt. Der Wagen oder sein nervöser Fahrer waren zu auffällig, die Polizei heftete sich ihnen an die Fersen, und sie lieferten sich eine Verfolgungsjagd mit ihr, schafften es diesmal nicht, sie abzuhängen. Als sie beim KaDeWe aus dem Wagen sprangen, waren andere Männer in den Uniformen da, hatten schon gewartet. Sie sollten, so hieß es später, das KaDeWe evakuieren, aber alles geriet durch Abdelkhamids Auftauchen durcheinander, Menschen strömten panisch aus dem KaDeWe, andere blieben drinnen, weil draußen erste Schüsse fielen, und in der Schießerei, die folgte, schlüpfte die junge Frau an allen vorbei durch die Glastüren nach drinnen, so stand es danach im Bericht.
Sie stand, sagte ein Zeuge später, eine Weile einfach in der wogenden und verwirrten Menge, mehr Schüsse hallten jetzt bis hinein, aber die Weihnachtsmusik drinnen war zu laut, um sie ganz ins Bewusstsein der Einkäufer auf ihren duftenden Traumwolken aus Schokolade dringen zu lassen. Manche hatten noch immer nichts bemerkt. Ayna also stand zwischen den Leuten, den Blick zu dem riesigen glitzernden grünen Weihnachtsbaum erhoben und sah ihn einfach an. Dann hatte sie plötzlich ein Maschinengewehr in der Hand, das zuvor unter dem Mantel verborgen gewesen war, aber sie schoss nicht, sie schien vergessen zu haben, wie man es benutzt. Die Menge wich zurück, auf einmal war da auch Polizei, die von draußen hereindrängte, und die Leute sahen, wie die junge Frau sich zum Fahrstuhl durchdrängte, als könnte sie mit dem Fahrstuhl in eine Welt jenseits dieser fliehen, nach oben, immer nach oben, ihr Blick war der eines Wesens, das die Rettung vor Augen sieht.
Sie sprang in den Lift, und ein paar Menschen schafften es hinaus, aber zwei, Kopfhörer in den Ohren, waren gefangen in ihren eigenen Fantasien und Träumen und blieben einfach stehen, entrückt, und sie drückte den Knopf und ließ den Lift anfahren. Niemand hat je erfahren, was sie zu

diesen beiden Menschen gesagt hat. Ob sie etwas gesagt hatte. Ob sie sie um etwas gebeten oder geschwiegen hat. Ob der Satz *Allahu Akbar!* über ihre weichen Lippen kam.

Ab dem zweiten Stockwerk fährt der Lift des KaDeWe eine Art Innenhof hoch, man sieht von jedem Punkt der umlaufenden Galerien aus die gläsernen Fahrstühle. Man sah auch diesen, auch an diesem Tag.

Die junge Frau darin ahnte wohl, das der Lift sie nicht wirklich fortbringen konnte, dass die Polizei in den oberen Geschossen inzwischen wartete. Sie betätigte den Zünder an ihrem Sprengstoffgürtel irgendwo zwischen dem zweiten und dem dritten Stock. Das Glas splitterte dort oben über den Köpfen der Menschen, über den Laufschuhen, den Jacketts, den Handtaschen, den Schmuckauslagen, splitterte rot vom Blut der Körper dahinter.

Niemand sonst im KaDeWe, niemand bis auf die Fahrstuhlbenutzer, kam zu Schaden.

Draußen wurden drei der vier Männer auf der Flucht erschossen. Der vierte entkam. Abu Mohamed al-Shishani. Alias Abdelkhamid Umarov.

Vor uns hielten zwei andere Lieferwagen, blockierten die Sicherheitskontrolle am Reichstag.

Der Nigerianer, der noch immer das Metall der Pistole zwischen den Beinen spürte, fuhr langsamer, ließ das Auto um die letzte Kurve schleichen, unter uns, zur Rechten, glitzerte das Wasser der Spree.

Der Nigerianer hielt und legte die Papiere zurecht, die er vorzeigen musste. Und plötzlich riss jemand die Beifahrertür auf, war da wie vom Himmel gefallen.

Alain.

»Sie sind hier«, sagte er leise. »Die Bullen. Und alle Sicherheitskräfte sind gewarnt. Du wirst hier nichts ausrichten, außer dich von ihnen fassen zu lassen.« Er packte mich im gleichen Moment mit einer Kraft, die ich niemals zugetraut hätte, und zerrte mich aus dem Wagen. »Sie wissen alles«, sagte er. »Komm. Ich bin deine einzige Chance. Die letzte. Du wirst hier nicht glorios sterben, du wirst nur in eine Zelle wandern, vermutlich bis an dein Lebensende.« Er hatte diesen Satz geübt, so rasch, wie er ihn sagte, er musste lange hier gestanden und gewartet haben. Dann sah ich den alten Roller, der am Rand der schmalen Durchfahrt stand, und beinahe begann ich, hysterisch zu lachen.

Und erst, als ich mich an diesem Lachen verschluckte, wurde mir klar, dass ich die Pistole nicht mehr in der Hand hielt, auch dies war der Plötzlichkeit des Überfalls geschuldet. Ich sah mich um. Der Nigerianer hielt sie in der Hand wie ein Reptil, das er eigentlich nicht anfassen wollte. Dann stieg er aus und schleuderte sie mit ausgestrecktem Arm von sich. Hinab in die Spree.

Das Lachen kitzelte in meiner Kehle. Vielleicht, dachte ich, werde ich wahnsinnig. In diesem Moment. Vielleicht bin ich es seit Langem.

Wie schön Alain ist, wenn er so entschlossen aussieht.

Ich saß hinten auf dem Roller, ohne überhaupt dazu zu kommen, Luft zu schnappen, ich hörte hinter uns Rufe. Die Bullen, dachte ich, sie mussten uns ja längst gesehen haben, Alain startete den Roller und raste los, und die Spree, der Reichstag, das Parlament blieben hinter uns zurück.

Es ging alles wahnsinnig schnell.

Auch Alain besaß einen Plan, dachte ich, den er tausendmal durchgespielt hatte.

Mehr dachte ich nicht, während wir durch den Verkehr rasten, ich fühlte mich, als hätte ich den Anschluss an die Realität ganz plötzlich verloren.

Alles war falsch. Alles lief schief.

Der Tag des Bluts.

Jemand, hatte ich mal gesagt, muss ihn verhindern.

Jemand hatte ihn verhindert.

Oder war noch dabei.

Ich dachte: Er lässt sich einfach fallen und haut ab. Er lässt sich vom Roller fallen, wenn ich am schnellsten bin. Aber ich musste schnell sein, falls irgendwelche Sicherheitskräfte doch etwas mitbekommen hatten. Ich hatte

sie nicht angerufen, das war eine Lüge gewesen, aber es waren ohnehin genug Sicherheitskräfte vor genug Bildschirmen in und um den Reichtstag verteilt.
Jemand an dem Kontrollpunkt vor der Einfahrt zum Tunnel musste gesehen haben, wie der Afrikaner die Pistole weggeworfen hatte, oder nicht? Abgesehen davon waren wir nicht auffällig.
Cliff trug keine Maske, trug seine gewöhnlichen Sachen: Jeans, Winterjacke. Es war ihm nie darauf angekommen, dass irgendjemand ihn nicht erkannte. Warum auch. Vielleicht hatte er sogar gewollt, dass man ihn erkannte, später, auf Bildern von Überwachungskameras, auf Fotos in der Zeitung. Vielleicht wäre es ein letzter Gruß an Cemre gewesen. Oder an die Welt. Oder an mich.
Er ließ sich nicht vom Roller fallen, er hielt sich an mir fest. Ich spürte, dass er unter der dicken Winterjacke den Sprengstoffgürtel hatte, und mir wurde schlecht bei dem Gedanken daran, was er geplant hatte. Wie er hatte gehen wollen.
Er konnte das Ding immer noch zünden. Ineffektiv, selbstverständlich, er würde hier niemanden damit beeindrucken. Und er hatte keine Waffe mehr. Es war unglaublich, dass dies so glatt gelaufen war. Als gäbe es, irgendwo da oben, irgendwo hier unten, doch ein höheres Wesen, das auf meiner Seite war. Ein Wesen des Lichts.
Unsinn. Es war ein Zufall gewesen. Und nichts war vorüber.
Ich fuhr Umwege durch die Stadt, unsinnige Kurven und Schleifen, um die Sicherheit, falls sie uns gesehen hatte, abzuhängen. Cliff spürte, was ich tat, denke ich, er hielt sich noch immer fest, schwieg, war einfach da, als wäre dieser Platz hinter mir auf dem alten Roller der Ort, an den er gehörte auf der Welt.
Und ich dachte, dass wir immer so weiterfahren könnten, immer und immer, wie damals auf der Autobahn, als er den Roller entführt hatte, damals mit dreizehn in der Sonne. Jetzt hatte die Dunkelheit die Stadt schon wieder gefressen, es war fünf Uhr: Wir fahren, dachte ich voller Staunen, durch die beginnende Weihnacht. Die Straßenbeleuchtungen waren stiller an diesem Abend, festlich und ruhig, nur noch wenige Menschen hasteten über die Bürgersteige. Es war die Zeit, zu der man nach Hause ging. In den

Familiengottesdienst. Coco und Henri hatten vor ein paar Tagen gesagt, sie würden vielleicht in das Gospelkonzert in der Gethsemanekirche gehen, erst um elf, sie gingen gerne in solche Konzerte. Ich konnte mir nicht vorstellen, dass sie an diesem Tag noch irgendwohin gingen. Sie warteten zu Hause auf mich. Ganz sicher.

Ja, es war die Zeit, zu der man einen langsamen Weihnachtsspaziergang durch einen Park machte, Handschuhhand in Handschuhhand, Kinderhand in Erwachsenenhand, Männerhand in Frauenhand. Ich sah Pärchen, die so durch die Straßen gingen.

Alte Menschen, die ihre Hunde ausführten, mit denen sie Weihnachten verbringen würden, sie alle hatten einander, und sie waren, für diesen einen Abend, glücklich. Und hier fuhr ein Roller mit zwei Gestalten durch die Dunkelheit, die einander nicht hatten, nie gehabt hatten und niemals haben würden.

Ich wusste es ja.

Ich rette, dachte ich, einen Mörder. Ich helfe einem Attentäter, vor der Polizei zu fliehen. Ich habe die Polizei auf die Spur der Islamisten an einem halben Dutzend Plätze gesetzt, und den Drahtzieher der ganzen Sache habe ich hinten auf meinem Roller, den Drahtzieher lasse ich nicht in ihre Hände fallen.

Das Zentrum ihres Plans, ihrer Macht in der Stadt, das Zentrum, ja. Des Bösen.

Aber war er das? Wie konnte er das sein?

Als ich hielt, waren wir wieder in der Schivelbeiner Straße, und Cliff sagte: »Was –« Aber ich legte nur eine Hand auf den Mund, schloss die Haustür auf, schleifte den Roller in den Flur und dann in den dunklen Hof. Die Lichter in den Fenstern oben brannten warm und stetig, nur im Erdgeschoss war alles schwarz, und das Fensterglas spiegelte die Nachthelligkeit des Stadthimmels.

Wir standen uns gegenüber, in diesem verfluchten, alten Hinterhof und sahen uns an.

»Frohe Weihnachten, Cliff«, sagte ich ganz leise.

»Warum?«, flüsterte er. »Warum, Alain? Warum hast du das gemacht? Ich hätte sterben sollen. In der Kuppel. Es war alles geplant.«

»Hast du gedacht, du könntest dich tatsächlich ins Paradies bomben?«, wisperte ich. »Hast du das gedacht? Du bist viel zu klug für solchen Unsinn. Ich … ich habe bis zuletzt geglaubt, du hinderst sie. Ich habe geglaubt, du hältst sie auf. Du bist weg von denen, wie du gesagt hast, und du bist hier, um etwas gutzumachen.«

Ich hörte die Tränen in meiner Stimme, aber ich hatte keine Kraft mehr, mich dafür zu schämen.

»Denkst du wirklich, etwas wird besser, wenn du möglichst viele Leute umbringst? Wenn die ganze Welt irgendwann nach Regeln lebt, die den Menschen verbieten selbst zu denken? Die die Frauen zu Zuchttieren degradieren? Die die Kunst verbieten, die Musik, das Theater, die Freiheit? Die Leuten die Köpfe abschlägt, weil sie eine andere Religion haben? Wie kann etwas auf diese Weise besser sein?«

Er schüttelte den Kopf, ganz langsam. Sagte nichts.

»Nimmt dieses blöde Ding ab«, sagte ich und schluckte die Tränen weg. »Du siehst aus wie ein Michelin-Männchen.«

Zu meinem Erstaunen gehorchte er, er zog die Jacke aus und löste den Verschluss des Sprengstoffgürtels, ganz langsam. Dann legte er ihn auf den Boden zwischen uns und zog die Jacke wieder an.

»Es war mein Ende«, sagte er. »Mein Paradies. Du verstehst es nicht.«

»Du verstehst es ja selbst nicht!«, sagte ich und hob den Gürtel auf, obwohl alles in mir sich dagegen sträubte, ihn anzufassen. »Und du wolltest es auch nicht, am Ende nicht mehr, oder? Du hast nur gedacht, du musst das durchziehen, weil du damit angefangen hattest. Wie ein … wie ein vierjähriges Kind! Du hast dich in diese Idee festgebissen, dass die Welt hier dich nicht haben will und dich verstößt, dabei hat es nie gestimmt!«

»Doch«, flüsterte er. »Das hat es. Ich habe nie hierher gehört.«

»Natürlich, und du gehörst noch immer hierher«, sagte ich. »Wirf ihn weg, diesen Gott, an den du gar nicht glaubst.«

»Alain«, sagte er ernst. »Ich glaube. Auf meine Weise.«

»Aber jetzt ist es vorbei«, sagte ich. »Es ist vorbei, alles, verstehst du? Euer Tag des Bluts hat angefangen, aber er ist nicht weitergegangen. Er hat nicht stattgefunden. Sie sind alle weg, ich habe das auf dem Handy verfolgt, während ich gewartet habe. Farouk ist tot, die Mädchen auch. Sie haben fast niemandem mitgerissen. Am Alex gab es dreizehn Verletzte und eine Tote, ein paar Verletzte am Bahnhof und zwei Tote im KaDeWe. Das ist die Ausbeute deiner Planung. Herzlichen Glückwunsch.«

Ich dachte, er würde wütend werden, mich anschreien, wenn er das war, was er zu sein versuchte, das Böse, wäre dies nicht der Moment gewesen, mir etwas anzutun? Doch er schüttelte nur den Kopf und machte einen Schritt von mir weg, rückwärts.

»All die Kinder in der Philharmonie«, sagte er tonlos. »Der Nussknacker. Es ist also nichts passiert?«

»Nein. Sie haben die Vorstellung abgesagt.«

Er nickte. »Das ist gut«, sagte er und klang auf einmal erleichtert und sehr, sehr müde. »Das ist gut. Sie können mit ihren Eltern Weihnachten feiern. Keiner wird sie vergessen.«

»In einem Schuppen vergessen«, sagte ich.

»Ja. Keiner wird das tun. Keiner.« Er hörte sich jetzt an wie eine hängen gebliebene Langspielplatte.

»Und das Berghain. Keine Apokalypse.«

»Ich denke nicht«, sagte ich. »Die Polizei ist auch dort. Sie wartet auf die beiden Brüder.«

»Der Stein. Im Flakturm. Die Lawine. Das warst du.«

Ich zuckte die Schultern. »Du wusstest es«, sagte ich dann. »Du wusstest die ganze Zeit, dass ich da war, oder? Du hast mir geholfen, da wegzukommen. Wolltest du, dass ihr auffliegt? War es das? Warst du eigentlich der Schwachpunkt in der ganzen Geschichte?«

Er hob die Hände, hilflos, machte noch einen Schritt zurück.

Da ging ich zu ihm, griff um ihn herum und öffnete die Schuppentür.

»Das ist der einzige Ort«, sagte ich, »der dich jetzt noch schützt. Ich rufe die bei der Polizei an und sage ihnen, dass ich gesehen habe, wie du abgehauen bist. Richtung Bahnhof. Dass du vermutlich weg bist aus der Stadt. Bleib hier, bis alles vorbei ist, du musst eine Weile unsichtbar sein. Danach können wir reden. Danach können wir mit allem von vorne anfangen. Ich … ich sorge dafür, dass du wegkommst aus Berlin, dass du irgendwo einen neuen Anfang findest, dass du … Du kannst wieder zeichnen. Du kannst anfangen, dein Leben zu leben. Ein richtiges Leben. Du kannst … Du kannst so viel!«

Die Tränen waren immer noch da, machten die Worte schwer.
Ich wollte, dass er etwas sagte, dass er sagte, ich hätte recht, dass er sagte, er würde anfangen, anders zu sein. Aber er hatte es schon oft gesagt und war es nie geworden, und so war es vielleicht nur richtig, dass er schwieg.
Ich rette einen Mörder. Ich rette einen Wahnsinnigen.
Ich nahm seine Hand und führte ihn in den Schuppen, und da begann er zu lachen, als hätte er das Lachen die ganze Zeit über aufgeschoben; er lachte lange und herzlich. Dann setzte er sich auf den Berg Brennholz, zu dem Henri das kaputte Regal zerhackt hatte.
»Weihnachten«, sagte er bitter. »Schön. Ich warte. Bis man mich holt. Wie damals. Ich bin immer noch der, der im Schuppen wartet. Aber damals war es kälter.« Er rieb seine Hände aneinander und sah sich um. »Eigentlich schade, dass es nicht sehr viel kälter ist.«
Und ich sah Tränen in seinen Augen glänzen, als er das sagte.
Er hatte gehen wollen, ich wusste es. Die Welt verlassen. Sehr dringend.
»Du machst doch keinen Unsinn, oder«, sagte ich. »Die Welt wird neu beginnen. Für uns. Für dich. Und … Cliff. Es ist völlig unspektakulär, allein hier drin zu sterben.«
»Ich weiß«, sagte er. »Ich habe es schon einmal nicht getan.«

Ich schloss den Schuppen mit dem großen Vorhängeschloss ab. Die Fenster waren seit Langem vernagelt. *Ich rette einen Mörder, indem ich ihn einsperre wie einen bissigen Hund.*
Ich wusste nicht, was ich mit der Weste tun sollte, und so legte ich sie in die Mülltonne und drapierte etwas Abfall darüber. Ich würde mich später darum kümmern. Nicht jetzt, jetzt konnte ich es nicht. Ich ging ganz langsam hinauf in unsere Wohnung und setzte mich an den Küchentisch. Rief die Polizei an. Sagte, was ich sagen musste über Cliff, den ich aus den Augen verloren hatte. Sie hatten ohnehin wenig Zeit, sie waren noch immer überall in der Stadt, aber langsam flaute die Welle der Eruptionen an Gewalt ab.
Die Brüder Marzuq und Falih waren erst geortet worden, als sie versuchten, mit Gewalt ins Berghain einzudringen. Sie hatten geduldig in der

Schlange gewartet, Gewehre unter den Wintermänteln, und den Türsteher mit einer Pistole bedroht, aber der Türsteher war gewarnt. Die Sicherheitskräfte standen gleich hinter der Eingangstür. Beide Brüder waren auf der Flucht von der Polizei erschossen worden.

Ich dachte daran, dass Falih erst sechzehn gewesen war.

Natürlich machte es keinen Unterschied.

Alain.
Weißt du noch, was für ein seltsames Weihnachten.
Als alles vorüber zu sein schien, als die Nachrichten keine neuen Bilder mehr brachten und ich deine Schritte auf der Treppe hörte, wollte ich hinausstürzen, aber ich wartete. Ich gab dir eine halbe Stunde mit deinen Eltern.
Die meinen saßen am Abendbrottisch. Das, was passiert war, hatte meine Mutter als Nervenbündel zurückgelassen und meinen Vater groß und stark gemacht. Er hatte sie in den Arm genommen: *ruhig, ganz ruhig, uns wird nichts passieren, hier sind wir sicher.* Er hatte den Tisch gedeckt, und um sechs Uhr saßen wir alle dort, bekamen aber keinen Bissen herunter.
Schließlich entschuldigte ich mich und ging hinauf.
Eure Wohnungstür war nicht abgeschlossen, auch jetzt nicht, und ich drückte sie auf und fand euch in der Küche, in einer Umarmung zu dritt, vor einer Kanne frischem Pfefferminztee, nach dem die ganze Wohnung roch. Es war normalerweise Cliff, der Pfefferminztee trank, und für Sekunden glaubte ich, er wäre bei euch. Natürlich war er das nicht.
»Wo ist er?«, fragte ich.
»Margarete«, sagte Henri und rückte einen Stuhl zurück. »Frohe Weihnachten. Setz dich. Es ist vorbei. Sieht aus, als hätte die Stadt überlebt.«
»Großteils«, sagte Coco und schniefte und wischte sich mit dem Ärmel über nasse Gesicht. Sie mussten fast wahnsinnig geworden sein vor Sorge um dich, Alain, als du da draußen gewesen warst.
Ich war fast wahnsinnig geworden.
»Das verdankt sie euch«, sagte Coco. »Ihr seid Berlins Helden. Morgen steht es in der Zeitung.«
»Nein«, sagte ich. »Ganz bestimmt nicht.«
Und du hast den Kopf geschüttelt. »Oh nein«, sagtest du entschlossen.
Im Wohnzimmer, zu dem es keine Tür gab, sah ich an eurem Weihnachtsbaum die altmodischen echten Kerzen brennen, die ich schon immer geliebt habe. Nie war ihr Schein tröstlicher gewesen als in dieser Nacht. Unter dem Baum lagen lauter unausgepackte Päckchen. Keinem war in dieser Nacht nach Auspacken zumute. In deinem Zimmer, das wusste ich,

standen zwei riesengroße Flügel aus grünen Federn, mit einem perfekten Gestell, um sie sich umzuschnallen und zu fliegen.
»Wo ist er?«, fragte ich noch einmal. »Wo ist Cliff? … Alain? Es war nichts davon in den Nachrichten, dass sie ihn gefasst haben. Einer ist entkommen, und das war Abdelkhamid. Aber was ist mit Cliff? Sie haben ihn nicht mal erwähnt. War er nicht dabei?«
»Doch«, hast du gesagte. »Aber ich habe ihn rausgeholt. Wie ich es gesagt habe. Die Kuppel. Du hattest recht. Der Reichstag.«
»*Da* ist er reingekommen?«
»Ist er nicht«, sagtest du mit einem Lächeln. »Ich habe … ich habe ihn da weggeholt.«
»Und jetzt? Alain, verdammt! *Wo ist er?*«
»Ich weiß es nicht«, hast du gesagt und den Kopf geschüttelt und in deinen Becher gesehen, in dem die duftenden grünen losen Minzblätter schwammen. Es war der metallene Becher, den Cliff dir geschenkt hatte, der, der beinahe silbern aussah, der mit den vielen kleinen geflügelten Gestalten zwischen den geschwungenen Schriftzeichen, die ich nicht lesen konnte.
»Ich habe ihn verloren«, sagtest du. »Er hat sich vom Roller fallen lassen und ist abgehauen und … Er ist verschwunden. Wieder einmal.«
»Das hast du der Polizei vorhin am Telefon eben auch gesagt«, meinte Henri. »Die Frage ist nur: Stimmt es?«
»Stimmt es?«, echote ich und sah dich eindringlich an.
Du trankst deinen Pfefferminztee und sahst die leise im Luftzug baumelnden Papierfische an. »Nichts auf der Welt stimmt mehr«, sagtest du leise. Und nahmst mich in die Arme.
»Es ist vorbei«, hast du geflüstert. »Es ist jetzt alles vorbei, Margarete. Ich bringe ihn weg. Weit weg. Bald.«

14

Da sitzt man in einem Weihnachtszimmer, den Kopf voller Ideen. Es ist wie ein Märchen.

Du kannst alles tun. Ihr könnt alles tun. Alles ist möglich.

Sagte ich mir.

Die Zukunft lag vor uns, hingebreitet wie eine Decke aus Kerzenlicht, und auch, wenn wir sie nicht teilen würden, war alles darin enthalten. Ich würde einen Ort finden, an dem Cliff tatsächlich anfangen konnte, zum ersten Mal jemand anders zu sein. Unter einem anderen Namen. Er würde wieder zeichnen. Er würde nie wieder dorthin zurückgehen, wo er gewesen war, weder geographisch, noch im Kopf. Er hatte mir nicht widersprochen, als ich gesagt hatte: Und du wolltest es auch nicht, am Ende nicht mehr, oder? Du hast nur gedacht, du musst das durchziehen.

Er war erleichtert gewesen, trotz allem.

Ich saß in einen unserer Sessel gekuschelt beim Fenster, ein Buch in der Hand, das ein Weihnachtsgeschenk gewesen war, weil ich letztlich doch eines ausgepackt hatte, damit alles irgendwie wieder normal wurde – ein Buch, dessen Buchstaben jedoch vor meinen Augen keinen Sinn ergaben. Mein Kopf war zu voll mit Gedanken. Mit Bildern. Ein Ort weit weg. Nicht Deutschland. Ein Ort, an dem ich Cliff besuchte, vielleicht zusammen mit Margarete, und er war älter, viel älter, und zeigte mir die Bilder der letzten Zeit, wir gingen sie durch, um einige davon für die Galerie auszusuchen …

Von Henris uraltem Plattenspieler sangen Cocos uralte Knabenchöre:

Am Weihnachtsbaum die Lichter brennen, wie glänzt er festlich, lieb und mild …

Ich würde eine Menge Zeit bei der Polizei verbringen, in den nächsten Tagen, so viel war klar, Aussagen machen und unterschreiben … Aber dann. Margarete würde mir helfen. Und in ein paar Jahren … vielleicht wäre da ein Meer in der Nähe, ein kaltes Meer voller grüner Wellen, und wir würden über den Strand gehen, zu dritt, Cliff, Margarete und ich, die Füße in die Wellen halten, bis sie taub wären vor Kälte, über den Sand rennen, um die Wärme zurückzurufen … Die Wohnung, in der er wohnen würde, hätte einen Kamin, der bereits auf uns wartete. Er würde noch immer einfach leben, irgendwie karg, zwischen seinen Bilderstapeln an den Wänden, ich sah den rauen Dielenboden vor mir, die Abwesenheit von Mobiliar, eine Matratze, ein paar Blumentöpfe. Er würde wieder rauchen, da war ein überquellender Aschenbecher auf dem Balkon, von dem aus man das Meer sah. Er würde immer noch zu Allah beten, doch auch Allah wäre ein anderer geworden. Der Gott der Moslems, die keine Gewalt brauchten.

Zwei Engel sind hereingetreten, kein Auge hat sie kommen sehn.

Sie geh'n zum Weihnachtstisch und beten, und wenden wieder sich und gehn.

Coco und Henri saßen zusammen auf einem Sessel, aneinander gelehnt, und sahen sich ebenfalls ein Buch an, sie ließen mich träumen. Und ich, was würde ich sein, in dieser Zukunft, was außer einem Reisenden, der ab und zu die Wohnung bei den grünen Wellen besuchte? Was würde ich zeichnen?

Ein Geräusch von unten riss mich aus meinen Träumen, ein Krachen, als würde eine Tür zugeschlagen, vielleicht bei Margarete. Ich schüttelte den Kopf, beinahe wäre ich eingeschlafen.

Als ich meine Hand an die Fensterscheibe legte, war sie kalt. Eiskalt. Viel zu kalt. Draußen schien die Temperatur zu sinken. Oder war es nur der Kontrast zur Wärme hier drinnen?

Er saß da, alleine, eingeschlossen im Schuppen, der Gefangene aus meinen Zukunftsträumen.

Ich stand auf und ging in die Küche, setzte Wasser auf, goss es auf einen Strauß frischer Minzblätter in die Thermoskanne. Nahm eine der Keksdosen, steckte sie zusammen mit der Thermoskanne, dem silbernen Becher und einer Decke in meinen Rucksack und zog meine Jacke an.

»Mir ist noch was eingefallen«, sagte ich. »Ich gehe nur runter. Ich habe vergessen, ein Weihnachtsgeschenk abzugeben.«

Sie dachten, natürlich, ich ginge zu Margarete.

Ich holte die Flügel aus meinem Zimmer, dies war der Zeitpunkt, dieser und kein anderer, ich durfte nicht bis morgen warten, es durfte nicht sein wie damals, als wir vier Jahre alt gewesen waren. Es durfte deshalb nicht so sein, damit nicht alles von vorne losging, ich durfte nicht erst morgen hinunter gehen. Wie hatte ich glauben können, ich könnte ihn die ganze verdammte kalte Nacht da unten lassen? Er war kein streunendes Tier. Kein Ding, das ich besaß.

Ich hasste mich für meinen Egoismus, als ich die Treppe hinunter lief, leise, die Flügel mit beiden Händen seitwärts neben mir hertragend, wirklich, sie waren zu lang, sie würden immer auf dem Boden schleifen, wenn er sie trug. Solange er auf der Erde ging.

Ich wusste selbst nicht, was ich mir vorstellte.

Was geschehen sollte.

Ich wusste nur, dass ich mit ihm reden musste, jetzt, vielleicht war genug Zeit vergangen, um mit ihm reden zu *können*. Über die Zukunft, die ich träumte. Über alles. Ich würde die Schuppentür aufschließen und mit einem verlegenen Lachen sagen:

»Die Flügel … es sind deine.«

Und er würde nur nicken. Stumm.

Und ich würde ihn umarmen, dort im Schuppen, wo wir allein waren, und ich würde sagen: »Ich erwarte nichts, okay? Gar nichts. Nur dass du lebst und dass du dir helfen lässt.«

»Das ist viel.«

»Vielleicht«, hörte ich mich sagen. »Viel und wenig. Ich wollte dir vor allem eins sagen. Ich habe es nie gesagt. Es ist wichtig.«

Und ich würde Tee in den silbernen Becher gießen, und wir würden gemeinsam daraus trinken.

Ich lehnte die Flügel an die Schuppenwand, zitternd, es war wirklich kalt geworden. Ich streckte die Hand nach dem Schloss aus. Drehte den Schlüssel um.Öffnete die Tür. Und sah nichts. Es war zu dunkel. Ich hatte in all meinen hellen, lichtdurchfluteten Träumen nicht daran gedacht, eine Taschenlampe mitzunehmen. Ich lachte lautlos über mich selbst. »Cliff?«, flüsterte ich.

Er antwortete nicht.»Cliff, schläfst du?« Und plötzlich wurde ich unruhig,

plötzlich spürte ich, dass etwas nicht stimmte, und ich fand das Handy in meiner Tasche und leuchtete in den Raum, in der schrecklichen Erwartung, dort etwas zu finden, das einmal Cliff gewesen war. Auf einmal war mir eiskalt. Es war alles falsch, ich hätte ihn nie hier einsperren dürfen, ich war Ricki geworden in diesem Moment, ich war die ganze westliche Kultur geworden, die er hasste und von der er sich verfolgt glaubte. Ich war der Feind. Er hatte gehen wollen, er hatte es mehrfach gesagt, weg aus dieser Welt.
Ich stellte mir vor, wie ich ihn finden würde: An einem Deckenbalken des Schuppens. Sie waren gerade hoch genug.
Aber das Licht des Handys fand nichts. Gar nichts. Es war niemand mehr im Schuppen.
Eines der vernagelten Fenster war aufgebrochen, die Wand daneben teilweise eingedrückt, da das Fenster selbst zu klein war, um hinauszuklettern. Ich hatte nicht gedacht, dass man die Bretter mit reiner Kraft von innen beiseite drücken konnte.
Ich stand wieder vor dem Schuppen, leuchtete den Hof ab, nichts.
Doch. Etwas war verändert. Die Mülltonne stand offen, der Deckel war außen heruntergeklappt. Er hatte sich nicht mehr die Mühe gemacht, sie zu schließen. Und auf einmal erinnerte ich mich an das Geräusch, das ich gehört und das mich aus meiner Träumerei aufgeschreckt hatte. Es war keine Tür gewesen sondern das Fallen dieses Metalldeckels.
Ich musste nicht hineinleuchten, um zu wissen, dass das, was ich hineingelegt und mit Abfall bedeckt hatte, nicht mehr darin war. Wie lange war es her, dass ich das Geräusch gehört hatte? Zehn Minuten? Eine Viertelstunde? Nicht länger. Ich sah auf die Uhr. Zehn Minuten vor elf.
Wohin ging jemand um zehn Minuten vor elf Uhr nachts? Jemand, der möglicherweise … Ich zwang mich, diesen Gedanken weiterzudenken. Der möglicherweise noch etwas vorhatte?
Wo waren Menschen um diese Zeit?
Eine Kneipe. Ein Restaurant. Ein Puff. Es gab Dutzende davon in der Nähe. Es wäre unmöglich, ihn zu finden. Ich stand da und versuchte, zu denken, schneller zu denken. Nützte es etwas, die Polizei noch einmal anzurufen? Aber was konnte ich ihnen sagen? Wohin sie schicken?
Die Nacht des vierundzwanzigsten Dezembers, die heilige Nacht, die

Nacht des Bluts war noch nicht vorbei. Noch eine Stunde war der Tag lang.
Noch eine Stunde und zehn – nein – sieben Minuten.
Und plötzlich wusste ich es. Elf Uhr.
Alle Gottesdienste waren lange vorüber, die Mitternachtsmessen der katholischen Kirchen nicht nah und erst um zwölf Uhr, aber um elf Uhr begann das Gospelkonzert in der Gethsemanekirche. Um die Ecke. Er war bei dieser Kirche gewesen. Vielleicht hatte er da schon mit dem Gedanken gespielt … Er musste das Plakat gesehen haben, es war groß genug. Und die Gethsemanekirche fasste eine Menge Leute, sie hatte es schon '89 getan, vor der Wende, als sich die Menschenmassen dort versammelt hatten, um für die Freiheit zu beten und zu demonstrieren.
Ich hatte keine Zeit mehr, Coco und Henri Bescheid zu sagen. Ich schrieb Margarete eine SMS, als ich schon halb rannte.
Dann rannte ich wirklich.
Fünf Minuten.
Kein Konzert fängt pünktlich an.
Renn schneller. Schneller. *Schneller!*
Die Schivelbeiner Straße entlang, am Spätkauf vorbei, der auch an Weihnachten noch offen hatte, wie schön die glänzenden Äpfel und Orangen vor der Tür waren! Die Schönhauser Allee entlang, über die Straße, an den Arkaden und der U-Bahn vorbei, wo um diese Zeit keine Musikanten, keine Obdachlosen und keine Flüchtlinge mehr saßen. Noch ein Stück, nur noch ein Stück – und da war sie, da erhob sie sich schwarz hinter dem schmiedeeisernen Zaun in den dunkelblauen Berliner Nachthimmel.
Dunkelblau. Die Farbe seiner Augen.
Die Kirche stand auf ihrer eigenen, winzigen Anhöhe, die sie nur ein paar Meter an allen Seiten umgab, auf einer Insel zwischen den vier kleinen Straßen, einer im Sommer grünen Insel in der Stadt, umgeben von einem schmiedeeisernen Zaun. Das Tor darin stand offen, und die Türen der Kirche standen offen, hießen die Gäste Willkommen in dieser heiligen Nacht. Kommt, kommt alle herein! Gott, der Gott des Friedens, der seinen Sohn für uns in einem Stall hat zur Welt kommen lassen, er und die Musik: Sie warten. Gott, der Gott des Vergebens, der seinen Sohn für uns geopfert hat. Es standen noch Menschen draußen, es hatte noch nicht begonnen, und

ich stieg die Stufen hoch, langsamer. Versuchte, meinen Atem unter Kontrolle zu bringen. Ging die paar Meter bis zur Kirche, sah mich um. Er war nicht da. Nicht draußen. Ich trat durch die Tür, wo sie die Eintrittskarten kontrollierten, verdammt. »Ich suche jemanden!«
»Ohne Karte kann ich Sie nicht reinlassen, tut mir leid.«
Ich fand einen zusammengeknüllten Zwanziger in meiner Hosentasche. Kaufte eine Karte. War endlich in der Kirche. Die Bänke waren alle voll, die Leute saßen dicht gedrängt, es gab nur noch Stehplätze. Und auch hier, unter den hinten Stehenden, fand ich Cliff nicht. Ich hatte mich geirrt, er war nicht da. Oder hatte er noch einen der Sitzplätze bekommen, war er doch früh genug hier gewesen? Schwer vorstellbar.
Vorne glänzte ein hoher, schlanker Weihnachtsbaum, dicht behängt mit Goldsternen und Kerzen. Auf dem Altar stand ein Leuchter mit noch mehr Kerzen, die ganze Kirche war festlich erleuchtet, erfüllt von warmem, gelbem Licht und strahlenden Gesichtern, vom Geruch nach heißem Wachs, Holz, nassen Mänteln und Händen, die einander drückten.
Und dann schlossen sie die Türen, und alles in mir sträubte sich dagegen, schließt nur diese Türen nicht! Diesen letzten Fluchtweg! Aber sicher war das Unsinn … Und der Gospelchor, all die strahlenden dunklen Gesichter dort vorn in ihren festlichen Gewändern, trat vor den Altar. Afrika in Deutschland, zur Heiligen Nacht. Eine Versöhnung aller Kontinente.
In dieser Nacht gab es keinen Unterschied mehr, nicht zwischen Weiß und Schwarz, nicht zwischen den Flüchtlingen und den Deutschen. Natürlich war der Gospelchor höchstwahrscheinlich legal aus den USA eingereist und bestand aus gut genährten Amerikanerinnen, aber ein leiser Gedanke über den vorübergehenden Weltfrieden ist wohl erlaubt in der Heiligen Nacht.
Ich stellte mich auf die Zehenspitzen und versuchte, über die Köpfe der Menge zu sehen, Cliff in der Masse auf den Bänken zu finden. Er war nicht da.

Ich sah, wie Alain die Kirche betrat.
Wie er den Kopf wandte. Mich suchte. Und nicht fand.

Ich zwang mich, den Blick abzuwenden. Wenn ich ihn zu lange ansah, würde er es spüren; meine Anwesenheit spüren wie ich seine spürte. Die schmale Gestalt mit dem hellen Haar, die ganz hinten bei der Tür stand, zog meinen Blick an wie ein Magnet, es war kaum möglich, nicht hinzusehen. Der Pfarrer sagte Sätze ins Mikro.

Sprach, ehe das Konzert begann, von den Toten und Verletzten dieses Tages, eines schrecklichen Tages in Berlin. Acht Tote, die Attentäter mitgezählt, einunddreißig Verletzte. Lächerlich.

Aber das alles zählte nicht mehr, war weit weg gerückt, jetzt zählte nur noch, was hier geschah. Dies war meine Nacht. Sie gehörte niemand anderem.

Sie hatte einmal einem Kind gehört, das in einem Stall geboren wurde und die Welt veränderte, einem Kind, an das Tausende von Menschen geglaubt hatten, aber es war klein geworden und unbedeutend in dieser Zeit, kaum einer scherte sich noch um dieses Kind. Sie erstickten es in Glanzlichtern und Geldstücken, sie ließen es ein zweites Mal sterben. Wie die Kinder in der Philharmonie.

Aber in der Philharmonie war kein Kind, kein einziges Kind gestorben, keines auf die Bühne geführt und erschossen worden. Abdelkhamid hätte das gerne gesehen, vielleicht auch Marzuq. Sie hatten etwas, diese beiden, das weit jenseits der Dunkelheit lag, in der ich mich bewegte.

Und sie sahen es nicht als Dunkelheit an.

Ich merkte, dass ich mich in meinen Gedanken verhedderte.

Ich war müde, ich durfte nicht müde sein, ich musste konzentriert bleiben. Dort unten stand Alain, ich verfluchte ihn lautlos dafür, dass er gekommen war, ich wünschte ihn weit weg. Weit weg, wo ihm nichts geschehen konnte.

Er hatte versucht, mich zu retten an diesem Tag, aber wovor? Vor mir selbst?

Wie schön es gewesen war, mit ihm auf diesem alten Roller durch den Weihnachtsabend zu fahren, schön wie ein Bilderbuch. Wir hätten immer und immer so weiter fahren können. Wie damals, auf dem geklauten Roller, mit dreizehn. Auf der Autobahn.

Ich dachte an den See, in dem wir geschwommen waren. Ich dachte an

das Gästebett in der Wohnung seiner Eltern. Ich dachte daran, wie wir das Regal im Schuppen zerstört hatten. Wirre Bilder der Vergangenheit.
Sie war, was Vergangenheit meistens ist: vergangen. Hier begann etwas Neues.
Und diesmal würde er mich nicht daran hindern.
Im Augenwinkel sah ich eine Bewegung dort unten, wo er stand, die Gospelsänger begannen, den Raum mit Musik zu füllen, das Publikum wippte im Takt mit wie Wasser, das von leisen Wellen geschaukelt wird, doch die Bewegung, die ich gesehen hatte, war eine andere gewesen. Ich sah wieder zur Tür.
Alain stand nicht mehr dort.
Da war ein Huschen gewesen, ein Schatten. Wie von etwas, das sich erhob und flog.

Ich hob den Blick erst, als sie begannen zu singen, ja, ich hob den Kopf wie um den Tönen zu folgen, die im Kirchenschiff hinaufstiegen wie unsichtbare Seifenblasen.
Und suchte mit den Augen die Emporen ab, was ich gleich hätte tun sollen, die unregelmäßig verschachtelten umlaufenden Emporen der Gethsemanekirche, für die sie seit '89 bekannt ist. Jetzt war es beinahe so voll wie damals, als in der Kirche über Freiheit und die Vereinigung Deutschlands gesprochen wurde. Dicht gedrängt saßen und standen die Zuhörer dort oben hinter den Geländern aus rötlich braunem Stein, der sich gegen das gegen das schlichte Weiß der Wände absetzte. Es war eine wunderschöne Kirche, schon immer gewesen. Eine wunderschöne Nacht.
Und ich fand ihn, ich fand Cliff, in dieser Schönheit und diesem Frieden. Ich fand ihn auf der rechten mittleren Empore, seitlich zwischen den eng beieinander sitzenden und stehenden Menschen. Auch unter ihm waren die Bänke voller Menschen, voller Körper, dich an dicht.
Er trug die dicke Winterjacke wieder.
Er sah mich nicht an, er sah starr geradeaus, als könne er durch die Wirklichkeit in ein Jenseits blicken, in dem bereits die Bäume zwischen den

ewigen Frühlingsbächen blühten. Oder einfach ein Jenseits, in dem alles fort war, Farben, Geräusche, Bilder. Kein fotografisches Gedächtnis mehr. Endlich vergessen.
Es musste ihn verrückt machen, dachte ich, all diese Erinnerungen, genau bis ins Detail, die er nicht mehr loswurde, die Erinnerungen an jede winzige Szene der Gewalt und des Exzesses, an jeden Fehler, den er gemacht hatte, an jeden Rückfall. Erinnerte er sich denn nicht an die schönen Dinge? Vielleicht, dachte ich. Vielleicht besteht aus ihnen sein Paradies.
Ich war auf der Treppe nach oben, ignorierte die Ermahnungen, ich sollte mich ruhig verhalten, das Konzert nicht stören, stehen bleiben! Nein, ich gab mir keine Mühe, leise zu sein. Nie wieder würde ich leise sein, dies war das Ende der Rücksicht.
Dann stand ich oben, drängte mich an anderen vorüber, die keine Sitzplätze bekommen hatten.
War neben ihm.
Er sah mich an.
Einen kurzen, den kürzesten Moment.
Und ich sah die Winterjacke an und wusste alles. Dies war immer der Plan B gewesen. Nach der Kuppel. Er ging, so wie er gehen musste. Es hatte nie eine Alternative gegeben.

Es gibt zwei Geschichten darüber, was aus den Kämpfern wird, die sich opfern. Die eine, die die meisten kennen, besagt, dass sie im Paradies 72 Jungfrauen treffen werden, die ihnen dienen.
Die andere erzählt, dass sie sich in Vögel verwandeln. Kleine, grüne Vögel mit wunderschönen Stimmen. Ich glaube nicht an Jungfrauen.
Wie wird es sein, zu fliegen? Endlich?
Ich sah Alain an, und er sah mich an, und ich tat einen Schritt zurück, aber er begriff, was geschehen würde, und er streckte die Hand aus –
Hätte er nur niemals die Hand ausgestreckt.
Alain, warum hast du das getan? Warum bist du in diese Kirche gekommen? Gethsemane. Im Garten Gethsemane hat Jesus gebetet, ehe die Jün-

ger ihn verrieten. Ja, ich weiß das alles, ich habe nicht nur den Koran gelesen. Im Garten Gethsemane hat Jesus gezweifelt, im Garten Gethsemane hatte er Angst, wollte nicht mehr, wollte alles aufgeben. Mohammed war anders. Er hat nie gezweifelt. Zweifel kosten zu viel wertvolle Zeit.

Jetzt.

Ich schrie. Ich schrie die Menschen an. Nie wieder leise –
»Weg! Geht weg! Zurück! Geht von der Empore! Runter! Alle! Raus!« Ich schrie lose Worte, manche nur halb, unartikuliert. Niemand verstand mich, und ich zog sie von Cliff weg, zerrte sie vom Geländer fort, an dem er stand. Ich schlug um mich, damit sie begriffen, dass sie wegmussten; sie sahen mich an, als wäre ich irre geworden, vermutlich war es das, was sie dachten, und die, die zurückwichen, wichen vor mir zurück, nicht, weil ich es ihnen ins Gesicht schrie.
»Auseinander!« Ich brüllte den Befehl auch nach unten, meine Stimme überschlug sich; gleichzeitig sah ich, wie Cliff die Hand hob, um unter die Jacke zu greifen. Ich stürzte mich auf ihn wie ein Tier.
Packte ihn, riss seine Hand hoch, hielt sie fest, und wir rangen, dort am Geländer, dort über dem Abgrund, wir rangen keuchend miteinander wie zwei wilde Geschöpfe, es war keine Zeit, kein Atem für Worte, ich sah, wie die Menschen weiter zurückwichen, wie einer von ihnen ein Handy herausholte, merkte, dass der Gospelchor verstummt war, Cliff war stärker als ich, zäher, ich biss ihn in den Arm, alles war erlaubt, alles, es gab keine Regeln mehr, wir waren jenseits von Dingen wie Regeln. Er war zäh, aber er aß seit Wochen nicht mehr richtig, nur deshalb schaffte ich es überhaupt, ihn so lange zu hindern. Lange genug, dass sich die Bänke um uns leerten.
Aber nicht ewig.
Der Wahnsinn, der immer in ihm gewohnt hatte, siegte, die Kraft der Verzweiflung siegte, seine Verzweiflung war größer als meine.
Wir standen allein am Geländer, als er seine rechte Hand befreite und den Auslöser des Sprengstoffgürtels betätigte. Da war eine winzige – die

winzigste – Verzögerung. Ein Moment, in dem die Zeit stehen blieb. Ein Moment, in den die Worte passten, die ich hatte sagen wollen. Die gleichen Worte, die er mir gesagt hatte, als er versucht hatte, die Flügel abzutrennen, die nur er sah.

Ich liebe dich.

Dann verstand ich, dass der Moment der Verzögerung nur in meinem Kopf stattgefunden hatte.

Der Gürtel detonierte, und da war nichts mehr und alles.

Ein Feuerball.

Ich weiß, dass wir fielen, ich weiß nicht, warum ich es weiß. Wir stürzten über das Geländer in die Tiefe, aber ich hörte die Schreie der Menschen dort nicht, ich hörte nur meine eigenen Worte, ich liebe dich, und ich hörte Cliffs Worte, und es waren die gleichen.

Wir fielen in der engsten Umarmung, die Menschen möglich ist, wir verschmolzen noch in der Explosion miteinander, drangen ineinander, waren einander, es gab keinen Unterschied mehr zwischen unseren Körpern.

Dies war absolut.

Es war wie ein Kuss. Es war wie Sex, aber es war jenseits von beidem, es war besser und mehr. Es war ein Orgasmus aus Feuer, der uns in die Ewigkeit mitnahm. Das, worauf wir ein Leben lang gewartet hatten. Wir waren immer eins gewesen, Margarete hatte das einmal gesagt, und in diesem Moment, dem letzten, war es endlich für alle klar.

Und Cliff gab auf. Er gab in meinen Armen auf, jemand anders zu sein, als er war.

Er war in den letzten Bruchteilen von Sekunden seines Lebens nur er selbst, Cliff, und er gehörte zu mir, er war der, den ich liebte und der mich liebte und es gab keinen Grund mehr, zu leugnen, dass es so war. Er war nicht mehr böse, er war nie böse gewesen, er hatte nur versucht, es zu sein, doch das Gute, das in ihm wohnte, drang bei der Explosion an die Oberfläche und umgab alles andere. Er war nicht mehr auf der Seite der Dunkelheit. Er war das Licht.

Wir waren das Licht.

Ein fallendes Kunstwerk.

Wir stürzten durch den Raum, weiter als nur ein Stockwerk tief, zwei fallende Engel. Ich sah unsere Schwingen, die sich ausbreiteten, Schwingen aus Blut und Funken, die letzte Apokalypse, der erste Schritt ins Paradies.

Alain versuchte bis zuletzt, es zu verhindern. Er wollte leben, ich wusste es. Er wollte, dass wir beide lebten. Aber es war unmöglich. Ich wünschte bis zuletzt, er hätte losgelassen.
Er ließ nicht los, auch nicht, als ich den Auslöser zog.
Er sagte Worte, die niemand mehr hörte. Die ich fühlte.
Als der Gürtel detonierte, wusste ich, dass ich lächelte.
Und ich zwang mich nicht länger, zu wünschen, er hätte losgelassen. Wir fielen gemeinsam.
Es war der erste Moment des Lebens, in dem ich vollkommen glücklich war.
Wir fielen als ein Geschöpf.
Es war wie ein Kuss. Es war wie Sex, doch es war jenseits von beidem. Es war das, worauf wir ein Leben lang gewartet hatten. Ich gab in Alains Armen auf, jemand anders zu sein, als ich war, gab alle Anstrengung auf. Jeden Zwang. Ich brauchte meinen Körper nicht mehr zu quälen, nicht mehr anzutreiben, nicht mehr zu trainieren, brauchte nicht mehr stark zu sein.
Und so waren wir am stärksten. Die Kraft, die von uns ausging, wurde Licht und erhellte die ganze Kirche, wir waren die Taube, der heilige Geist.
Wir waren Melek Taus, der gefallene Engel der Jesiden.
Ich hatte Allah nie gesehen.
In diesem Moment, in dem ich eins wurde mit Alain, für immer – in diesem Moment sah ich ihn.
Wir waren Allah.

Cliff.
Als ich in jener heiligen Nacht die Gethsemanekirche betrat, wusste ich, dass ich zu spät kam.
Alain hatte mir geschrieben, wohin er ging, und ich war sofort losgerannt, aber ich kam zu spät.
Sie hatten die Türen schon geschlossen, es war schwierig, überhaupt noch reinzukommen wegen des Konzerts.
Ich betrat die Kirche, und sie hörten bereits auf zu singen, auf der rechten Empore schrien Menschen, und dann hörte ich die Explosion und sah euch fallen.
Sah den Feuerball.
Ihr wart nicht mehr ihr, als ihr fielt. Was fiel, explodierend, war nur noch eine Erinnerung an Körper, nicht genau zu erkennen in der gleißenden Helligkeit. Nein, es war nicht die Erinnerung an Körper, es war die Erinnerung an einen Körper.
Es gab keinen Unterschied mehr, das, was ich sah oder ahnte, war irreversibel miteinander verschmolzen. Ich stand da und konnte mich nicht rühren und verstand, dass Alain recht gehabt hatte: *Es ist jetzt alles vorbei, hatte er gesagt. Ich bringe ihn weg. Weit weg.*
Ich sah die Schwingen aus Licht. Ich weiß, es kann nicht sein, aber ich hab sie gesehen.
Eine Sinnestäuschung, dem Feuer geschuldet.
Sie waren sehr schön, jede Feder ein Dutzend Funken, schön wie der Tod. Schön wie das Leben.
Aber schön wart ihr immer.

Die Menschen, die unten gesessen hatten, waren schon geflohen, als ihr fielt. Ein gemeinsamer Körper, oder nur nur der Nachhall eines gleißenden Leuchtens, eines Feuerballs, eines Dings, zu intensiv, um es zu verstehen. Aber die Menschen saßen nicht mehr in den Bänken.
Ich habe später erfahren, dass es Alain war, der dafür gesorgt hatte. Dass er dich lange genug aufgehalten hatte, sodass die Leute etwas merkten.
Die Reste des Feuerballs, vielleicht nur die Reste des Sprengstoffgürtels,

brannten auf den alten Holzbänken aus, flackerten noch eine Weile, ein paar der Kissen fingen Feuer. Mehr geschah nicht.

Wäre der Sprengstoffgürtel inmitten der gedrängt sitzenden Leute explodiert, wären seine Reste auf ungewarnte Menschen hinabgefallen, du hättest deine fünfzig, sechzig Toten gehabt.

Wolltest du das?

Ich glaube, im letzten Moment nicht mehr.

Alain ist es, der als Held in die Geschichte dieses Jahres eingehen wird, als der, der die Menschen in der Gethsemanekirche gerettet hat. Ich denke, du wärst damit einverstanden. Weißt du, er wollte wirklich leben, bis zum Schluss. Er hatte noch längst nicht alles gemalt, was er malen musste. Er verdient es also, ein Held zu sein, auch wenn er sich natürlich dagegen gewehrt hätte.

Die Kerzen am Weihnachtsbaum und auf dem Altar brannten still weiter, während die Menschen in heller Panik nach draußen strömten, Sirenen sich näherten, Polizei, Krankenwagen. Die Panik jedenfalls hattest du. Ich stand noch in der Kirche, als die Polizisten und die Sanitäter kamen. Nur der Pfarrer und eine der Gospelsängerinnen waren bei mir, eine riesige, ausladende Frau, die einen Arm um mich legte, obwohl wir uns nicht kannten, und die ganze Zeit murmelnd ihre Lippen bewegte. Ich glaube, sie betete für die Überreste dessen, was sie sah und was die anderen nicht ausgehalten hatten, anzusehen.

Der Pfarrer betete nicht.

Er muss geahnt haben, dass es nicht notwendig war.Und dann schlugen die Glocken der Gethsemanekirche Mitternacht. Der Weihnachtstag, der Tag des Bluts war vorüber.

Coco und Henri waren draußen, als ich schließlich nach allen anderen die Kirche verließ, ich weiß nicht, wann sie begriffen haben, was passierte. Ob sie mich vom Fenster aus hatten rennen sehen? Dort, in ihrer weihnachtlichen Behaglichkeit, in der sie auf Alain gewartet hatten? Hatten sie in dem Moment verstanden oder geahnt, dass sie für immer warten würden? Sie mussten mir sofort nachgekommen sein, keiner von ihnen trug einen Mantel.

Sie nahmen mich stumm in die Arme, und so standen wir, zu dritt, und ich versuchte lange Zeit, etwas zu sagen, etwas Gutes, etwas Tröstendes. Das, was ich gesehen hatte.
Aber die Worte kamen nicht.

Cliff. Ich habe nachgelesen. Es gibt zwei Geschichten darüber, was aus den Kämpfern wird, die sich opfern. Die eine, die die meisten kennen, besagt, dass sie im Paradies 72 Jungfrauen treffen werden, die ihnen dienen. Die andere erzählt, dass sie sich in Vögel verwandeln. Kleine, grüne Vögel mit wunderschönen Stimmen. Ich glaube nicht an Jungfrauen.

15

Die Tage werden länger und die Kapitel unseres Lebens kürzer, und nun bin nur noch ich übrig.
Das letzte der drei Kinder aus dem Haus in der Schivelbeiner Straße.
Das letzte der drei Kinder, die früher im Hinterhof gespielt haben, sich stritten und vertrugen und einander immer zu nahe waren.
Die Bäume sind jetzt schon überall grün, es ist nur ein zarter Schleier, aber er ist da. Und im übrigen verschleiert er nichts, noch tragen die Bäume hier keinen Hidschab. Ich habe Gülay noch einmal getroffen, vor Kurzem, im Supermarkt. Ich habe ihr gesagt, dass ich bald weggehe. Sie hat gesagt, das wäre eine gute Idee. Besser, den ganzen Wahnsinn zu vergessen.
Wie könnte ich Alain und Cliff vergessen.
Ich war zuerst sehr böse auf sie, weil sie mich zurückgelassen hatten, weil ich nie wichtig genug gewesen war, um mich mitzunehmen. Und dann war ich lange sehr traurig, aber auch das beginnt nachzulassen. Der Schmerz flaut ab. Oder ich habe mich an ihn gewöhnt.
Irgendwann werde ich sie wiedersehen, das Leben ist endlich.
Man kann sich immer einreden, dass es irgendeinen Ort nach dem Tod gibt, wo man sich doch wieder trifft. Eine kleine, bescheidene Wohnung mit einem Fußboden aus rauen Holzdielen und einem Meer voll grüner Wogen hinter dem Strand.
Grün wie die riesigen Flügel, die Alain gemacht hatte, dieses abstruseste aller Geschenke. Aber Künstler sind so. Sie haben abstruse Ideen. Man braucht nicht alle von ihnen ernst zu nehmen.
Ernst nehmen muss man andere Dinge. Kinder, zum Beispiel. Zerrissene Menschen.
Schwarze Flaggen mit weißer Schrift. Hasspredigten. Marschierende Stiefel.

Nie wieder darf es einen Tag des Bluts geben in Berlin, das haben alle gesagt. Es ist besser, wenn keine Helden gebraucht werden wie Alain.
Irgendwann wird der Islam vielleicht unter den Stiefeln der schwarzen Kämpfer einfach zertreten werden, der wahre Islam. Ich habe Angst um ihn wie um Deutschland unter den Mikrofonen der Montagsredner.
Abdelkhamid ist übrigens nie gefasst worden, er hat sich irgendwohin ins Ausland abgesetzt. Und der IS hat sich offiziell zu den Anschlägen bekannt und seine Kämpfer zu Märtyrern erklärt.Aber bärtige Männer mit langen Namen, die Dinge wie diese erklären, langweilen mich zunehmend.
Nach Cliffs Tod fanden sie in einer Wohnung, in der er offenbar die letzten beiden Tage verbracht hatte, eine Mappe voller Zeichnungen.
Alain hatte ihn gebeten, eine Mappe für die Kunsthochschule zusammenzustellen, und er hatte es getan, ohne dass Alain es wusste. Coco hat sie abgegeben, zusammen mit der von Alain. Sie wären beide angenommen worden. Sie hätten zum nächsten Semester anfangen könne.
Zusammen. Der Herr von der Kunsthochschule, der mit Coco sprach, sagte, sie seien vermutlich Ausnahmetalente, beide auf ihre Art. Coco hatte andere Namen auf die Mappen geschrieben, und es machte den Herrn traurig, zu erfahren, wer sie gewesen waren. Denn natürlich kennt ganz Berlin die Geschichte.
»Cliff«, sagte Coco zu ihm, während ich daneben stand, »hatte etwas, das er manchmal verflucht hat. Ein fotografisches Gedächtnis. Er hat das Wort gehasst, glaube ich.«
»Das ist verständlich«, sagte der Herr von der Kunsthochschule. »Denn so etwas wie ein fotografisches Gedächtnis gibt es nicht. Er war einfach ein sehr, sehr talentierter junger Mann. Obwohl ein gewisser Wahnsinn aus seinen Bildern spricht.«
»Was hat er denn gemalt?«, fragte ich. »Was war in der Mappe?«
»Eigentlich nur Bilder von zwei Menschen«, sagte der Herr und sah mich eine Weile an. »In sehr verschiedenen Posen der Merkwürdigkeit. Manchmal als Maschinen oder vereint mit Pflanzen. Oft geflügelt. Der eine dieser beiden Menschen sind Sie. Wussten Sie das nicht?«
»Und Alain?«, fragte ich Coco. »Was hat Alain gemalt?«

Doch ich wusste schon, dass es dieselbe Antwort sein würde, die ich bekam. Eigentlich nur zwei Menschen. Und der eine davon war ich.
An diesem Punkt hörte ich endgültig auf damit, böse auf die beiden zu sein. Ich war doch nie ganz unwichtig gewesen. Sie hatten mich vermutlich gebraucht, um sie für die Dauer von neunzehn Jahren auf der Erde zu verankern.

Henri half mir mit dem Schrank.
Ich sagte ihm, es würde ein Happening werden und ich wollte den Schrank im Mauerpark haben. Er organisierte einen Möbelwagen, und mein Vater und er schleppten den Schrank von dort, wo sie ihn hinfuhren, bis auf das nächste Stück Wiese. In der Ferne hörte man die Karaokesänger des Amphitheaters, es war Sonntag.
Henri wusste nicht, was ich vorhatte, aber er sagte, ein Happening brauche Musik, und er würde für mich spielen, wenn ich wolle. Ich sagte, das wäre eine gute Idee.
Es kamen eine Menge Leute, es war ungewöhnlich, dass ein offener Schrank auf der Wiese im Mauerpark stand, auf dem oben zwei riesige grüne Flügel befestigt waren, als könnte er jeden Moment damit wegfliegen.
Einige Leute machten Fotos mit ihren Smartphones oder filmten.
Was sie sahen, was sie filmten, war ein Mädchen mit einem Kopftuch, das sie bat, zurückzutreten, und dass dann in den geflügelten Schrank trat und die Türen schloss. Mehr geschah zunächst nicht, so stand es später in der Zeitung. Aber der Schrank begann sich zu regen.
Zu leben.
Der Schrank begann, zu brennen.
Die ersten, die es rochen, die es sahen, wurden unruhig, wollten vortreten und etwas tun, riefen, man müsste löschen.
Doch da war es zu spät, denn das Mädchen musste den Schrank mit Benzin übergossen haben, ehe es ihn von innen angezündet haben, denn auf einmal griff das Feuer rasend schnell um sich, verwandelte die Konturen des Holzes in ein knisterndes, loderndes Inferno an Flammen, leckte bis zu den Flügeln empor, ließ brennende, lose Federn in alle Richtungen fliegen.

Die Türen schwangen auf in der Hitze, und drinnen sahen die Menschen das Mädchen stehen, mitten im Feuer. Sie hatte das Kopftuch gelöst, und ihr langes Haar fiel in Wellen bis auf ihre Schultern herab.
Die Leute wichen zurück, und der Mann mit der Kapuzenjacke hatte längst aufgehört zu spielen, stand einfach da und starrte, und der Schrank, der jetzt aussah, als würde er wirklich auf den Farben der rotgelben Funken schweben, brannte mitsamt allem, was darin war, zu einem winzigen Häufchen Asche ab, bis die Feuerwehr kam.
Einige Leute in der Menge übergaben sich.
Es roch nach verbrannten Federn und verbranntem Haar.
Es hieß, dies sei das Mädchen gewesen, das den Attentäter des Bluttages von Berlin gekannt hätte, eine Schwester im Wahnsinn. Bisher hatte sie sich normal verhalten.

Die Forensik, die später vor Ort war, fand in der Asche einen einzigen unversehrten Gegenstand: einen vom Feuer geschwärzten metallenen Becher voller winziger, eingravierter Flügelgestalten. Dazwischen waren die arabischen Worte für LIEBE und GLAUBEN eingeritzt.
Ein Relikt, das niemand zu deuten wusste.
Tatsächlich fanden sie auch DNA der jungen Frau, die den Schrank angezündet hatte. Margarete, sie hieß Margarete. Eine übrigens sehr plumpe Annäherung an Faust.
Die DNA, die gefunden wurde, stammte sämtlich aus Haaren.
Es wurden keine Knochen gefunden, keine Zähne.
Was die Menschen im Schrank hatten brennen sehen, die Figur eines Mädchens mit langem, glühendem Haar, war, so hieß es in einer kleineren Zeitungsnotiz – denn die Sensationsnotizen, die Schreckensnachrichten sind immer die größeren – war wohl nichts gewesen als eine Schaufensterpuppe. Wo immer das Mädchen sie hergehabt hatte. Es war ein Happening, sagte die Polizei, ein gefährliches und verbotenes, das Konsequenzen haben würde für die Künstlerin, aber sonst nichts. Sie hatte ihr Haar ganz offensichtlich abgeschnitten und der Puppe geschenkt, und sie selbst musste im Tumult der ganzen Sache irgendwie hinten aus dem Schrank geklettert sein, ein billiger Zaubertrick.

Das Happening hatte nie Konsequenzen für irgendjemanden.
Das Mädchen, Margarete, blieb verschwunden.

Irgendwo ging ein anderes Mädchen eine Straße entlang, in irgendeiner Stadt, ein Mädchen mit kahlgeschorenem Kopf und einem neuen Leben vor sich.
Wisst ihr.
Ich komme zu euch, nach meinem Umweg. Und der Umweg, den ich machen werde, ist das Leben.
Ich weiß, es klingt pathetisch. Die ganze Aktion im Park war vermutlich pathetisch. Aber es gibt Momente, da braucht der Mensch einen pathetischen Schlussstrich. Selbst ich. Wer kann immer vernünftig sein?
Mein Umweg, das Leben, wird ein ganzes sein.
Von vorne bis hinten, ein Leben als ich, ich allein. Kein Platzhalter mehr. Kein Anker.
Ich weiß nicht, was passieren wird mit dieser Welt, die in Gewalt und Krieg versinkt, in Hass und Widerhass, dieser Welt aus Flüchtlingen und Zäunen und Gotteskriegern mit Flaggen und Montagsspaziergängern. Ich weiß es nicht. Aber ich werde es erleben.
Und wenn ich alles gesehen habe, wenn ich müde bin, dann werde ich zu euch kommen.
Erst dann. Ihr müsst euch wohl gedulden.
Zwei kleine grüne Vögel begleiten meinen Weg manchmal ein Stück.
Ich versuche nie, sie zu locken.
Sie sind frei.

2016

27. März. Pakistan. Anschlag in Lahore. 70 Tote und 300 Verletzte.
25. März. Irak. Anschlag in Al-Asrija. 40 Tote und 105 Verletzte.
22. März. Belgien. Anschläge in Brüssel. 35 Tote und 340 Verletzte.
19. März. Türkei. Anschlag in Istanbul. 5 Tote und 36 Verletzte.
13. März. Elfenbeinküste. Anschlag in Grand-Bassam. 22 Tote.
13. März. Türkei. Anschlag in Ankara. 37 Tote und 120 Verletzte.
21. Februar. Syrien. Sechs Anschläge in Damaskus und Homs. Über 150 Tote und über 180 Verletzte.
17. Februar. Türkei. Anschlag in Ankara. 28 Tote und 61 Verletzte.
21. Januar. Ägypten. Anschlag in Kairo. 6 Tote und 20 Verletzte.
21. Januar. Somalia. Anschlag in Mogadischu. 20 Tote und 35 Verletzte.
20. Januar. Pakistan. Anschlag in Peshawar. 19 Tote und 50 Verletzte.
16. Januar. Burkina Faso. Anschlag in Ouagadougou. 28 Tote und 33 Verletzte.
15. Januar. Somalia. Anschlag in Somalia. 40 Tote.
14. Januar. Somalia. Anschlag in Somalia. 11 Tote.
14. Januar. Türkei. Anschlag im Südosten der Türkei. 5 Tote und 39 Verletzte.
14. Januar. Indonesien. Anschlag in Jakarta. 7 Tote und 10 Verletzte.
12. Januar. Türkei. Anschlag in Istanbul auf deutsche Touristengruppe. 11 Tote und 15 Verletzte.
2. Januar. Indien. Anschlag auf die Pathankot Air Force Station. 7 Tote.

2015

18. November. Bosnien und Herzegowina. Attentat in Sarajevo. Tote und 5 Verletzte.

13. November. Frankreich. Anschlagsserie in Paris. 130 Tote und 352 Verletzte.

13. November. Irak. Anschlag in Bagdad. 18 Tote und 41 Verletzte.

12. November. Libanon. Anschlag in Beirut. 43 Tote und 239 Verletzte.

31. Oktober. Ägypten / Saudi-Arabien / Russland. Anschlag in russischem Passagierjet. 224 Tote.

10. Oktober. Türkei. Anschlag in Ankara. 102 Tote und 500 Verletzte.

7. September. Türkei. Anschlag in Da@148lıca. 16–31 Tote.

21. August. Belgien. Anschlag im Thalys-Zug. 2 Verletzte.

20. Juli. Türkei. Anschlag in Suruç. 34 Tote und 76 Verletzte.

17. Juli. Nigeria. Anschlag in Gombe. 49 Tote.

10. Juli. Somalia. Anschlag in Mogadischu. 22 Tote und 20 Verletzte.

26. Juni. Somalia. Anschlag in Leego. 50 Tote und mehrere Verletzte.

26. Juni. Kuwait. Anschlag in Kuwait-Stadt. 26 Tote.

26. Juni. Tunesien. Anschlag in Port El-Kantaoui. 27 Tote.

27. April. Bosnien und Herzegowina. Anschlag in Zvornik. 1 Toter und 2 Verletzte.

2. April. Kenya. Anschlag in Al-Schabaab. 148 Tote.

18. März. Tunesien. Anschlag in Tunis. 27 Tote.

7. Januar. Frankreich. Anschlag auf Charlie Hebdo in Paris. 12 Tote.

Diese Aufstellung erhebt keinen Anspruch auf Vollständigkeit und Richtigkeit.